KONSALIK

Der Gefangene
der Wüste

In den Klauen
des Löwen

KONSALIK

Der Gefangene der Wüste

In den Klauen des Löwen

ZWEI ROMANE

ERSCHIENEN BEI HESTIA

Printed in Austria
ISBN 3-7770-0312-3
Umschlaggestaltung: Atelier 14, München
Umschlagzeichnung: Ulrich Lichthardt, München
Satz: Compusatz GmbH, München
Druck und Bindung: Wiener Verlag, Himberg bei Wien

INHALT

ERSTES BUCH

DER GEFANGENE DER WÜSTE

Es war kurz vor der Abzweigung nach Bou Akbir, als es Bob Miller schlecht wurde. Mit zurückgelehntem Kopf saß er da, preßte die flachen Hände gegen den Leib und stöhnte leise auf. Luciano Pella, der neben ihm hockte und den schweren Lastwagen fuhr, blickte kurz zur Seite und bremste dann scharf. Eine gelbweiße Staubwolke hüllte sie sofort ein und blieb in der heißen Luft hängen wie ein Vorhang.

Um sie herum war die Wüste, die glühende Sahara, die »unendlich Schweigende«, wie der Araber sie nennt. Leicht gewellte Sandhügel, in die der Wind schlangenförmige Muster gegraben hatte. Geröllstreifen, gebleichte Felsen, flimmernde Einsamkeit. Und darüber ein weißblauer Himmel, aus dem die Sonne gnadenlos eine Glut schleuderte, in der alles verbrannte, zusammenschrumpfte, erstarb, was nicht aus feinem Sand war oder sich retten konnte in die Nähe von Wasser.

Die Straße, schnurgerade durch diese Grenzenlosigkeit gezogen, auf dem Reißbrett konstruiert, mit Bulldozern ausgeschaufelt und von riesigen Walzen festgestampft, nur sichtbar an den Masten, die sich scheinbar völlig sinnlos durch den Sand zogen – links die Elektrokabel, rechts die Telefonleitung –, diese verhaßte, verfluchte, bespuckte, aber lebensnotwendige Straße von Zaouia el Kahla nach Bou Akbir, der Oase, schälte sich jetzt wieder langsam aus der Staubwolke. Der aufgewirbelte Sand sank zurück und puderte den schweren Lastwagen ein.

»Was ist?« fragte Luciano Pella und stieß Bob Miller in die Seite. Bob stöhnte wieder und verdrehte die Augen.

»Der Magen, Junge. Verdammt, der Magen. Ich muß kotzen...«

»Dann raus! Ich hab was gegen gegorenen Brei im Wagen!« Luciano Pella öffnete die Tür an seiner Seite und sprang aus der hohen Fahrerkabine in den Sand. Er war ein junger, kleiner, aber ungemein muskulöser Italiener. Ein fröhlicher Kerl, der gern sang – welcher Italiener singt nicht gern? – im Lager einmal wöchentlich Spaghetti kochte oder eine Riesenpizza buk und ab und zu, vor allem an den Abenden, am Fenster der Baracke saß und von Messina träumte. Warum er in die Wüste gekommen war, hier Lastwagen durch die glühende Sahara fuhr, in einem Ölcamp lebte, drei Monate lang keine Frau sah und trotzdem mit allem zufrieden war, wußte niemand. Man fragte auch nicht. Hier, in der Wüste, waren Fragen Luxus. Woher einer kam, wie er wirklich hieß, warum er bei 60 Grad in der Sonne nach Öl bohrte, das war ohne Bedeutung. Nur die Arbeit galt, das Durchhalten in dieser glühenden Hölle, das Zusammenbeißen der Zähne, das Herunterklappern der Stunden am Bohrturm, in der Energiestation, an der Pumpstation, an der Pipeline, im Magazin oder im Lastwagen, dessen Steuer man nur mit Handschuhen anfassen konnte, weil sonst die Haut an den Händen in Fetzen abging und am heißen Lenkrad klebenblieb.

Auch Bob Miller hieß nicht Bob Miller, wen kümmerte das? Als er sich bei der Hauptverwaltung der französisch-amerikanischen Ölgesellschaft »Sahara-Petrol« vorstellte, ein Bulle von Kerl, dessen Armmuskeln den Anzug sprengten und dessen Hemd beim tiefen Einatmen jedesmal aufklaffte, notierte man seinen Namen Miller, ließ ihn den Verpflichtungsschein unterschreiben und schickte ihn dann mit einem Flugzeug von Marseille über Algier direkt in die Wüste, nach Hassi Messaoud, der Zentrale für die Verwaltung der Außenstellen.

Das war ein vornehmer Name für die elenden Bohrcamps mitten in der Sahara, für diese armseligen, auf dem Rücken des Satans lebenden Gruppen von Männern, die, verstreut im glühenden Sand wie weggeschüttelte Schweißtropfen Gottes, in die Tiefe der Wüste bohrten und dort das schwarze, stinkende Gold an die Oberfläche holten: Erdöl. Die Energie, die eine ganze Welt in Bewegung hält.

Bob Miller kletterte nun auch aus dem Glutkasten des Fahrerhauses und lehnte sich draußen gegen den Wagen. Er würgte, dicker Schweiß stand auf seiner Stirn, und Luciano wunderte sich darüber. Noch nie hatte einer Bob schwitzen gesehen, selbst nicht in der Sonne am Bohrgestänge. »Er muß alle Flüssigkeit auspissen, sonst ist's nicht erklärbar«, hatte einmal Pierre

Serrat, der Vorarbeiter, gesagt. Aber jetzt, hier auf der Wüstenpiste, im mageren Schatten des Lastwagenaufbaues, krümmte sich Bob Miller, schwitzte, als sei seine Haut ein Sieb, und dann preßte er die Stirn gegen das gelb gestrichene Holz der Ladeklappe und keuchte.

Luciano steckte sich eine Zigarette an und hob die Schultern.

»Das kommt vom Saufen«, sagte er. »Zwei Tage in el Kahla, und schon laßt ihr euch vollaufen wie die Wassersäcke. Und dann noch die verdammten Ouled Nail-Huren! Irgendwo nagt das an den Knochen, Bob.«

Bob Miller schüttelte den Kopf. Er hatte keine Kraft mehr zu sprechen; ein widerlich saurer Brei stieg ihm in der Speiseröhre hoch und drängte in die Mundhöhle.

Er beugte sich zu den hohen Zwillingsrädern vor, umklammerte das heiße Schutzblech und erbrach. Sein ganzer, massiger Körper zuckte dabei. Dann lehnte er wieder am Aufbau und atmete kaum. Luciano kam näher und zog kräftig an seiner schwarzen Zigarette – algerisches Kraut, scharf wie Möbelbeize – und betrachtete das, was Bob erbrochen hatte.

»Da ist ja Blut drin«, sagte er plötzlich. »Mensch, Bob... das ist Blut! Junge!« Er schob die Zigarette in den linken Mundwinkel und faßte seinen Freund an der Schulter. Mühelos ließ sich Bob herumdrehen, als stände er auf einer Drehscheibe. Miller hatte die Augen geschlossen, sein breites Gesicht war verzerrt und merkwürdig leer. Das Braun der Haut war fahl geworden wie gebleichtes, altes Leder. Er hatte noch immer die Hände auf den Leib gedrückt und schien überhaupt nicht mehr zu reagieren.

»Bob!« sagte Luciano leise. Seine sonst so hell klingende Stimme war plötzlich dumpf und heiser. »Das ist Blut. Bob, mein Gott, wenn du die verdammte Hadjar-Krankheit hast... Wir müssen sofort zurück! Wir schaffen es noch bis el Kahla. Du mußt sofort ins Hospital.«

Bob Miller schüttelte den Kopf. Er atmete ein paarmal tief durch, und es klang, als sauge ein riesiger Blasebalg Luft ein. Mit merkwürdig staksigen Schritten ging er zum Fahrerhaus zurück und hielt sich dabei an der Wagenwand fest.

»Es ist schon besser«, sagte er. »Los, du italienischer Floh, fahr weiter! Darf ein ausgewachsener Mensch nicht mal kotzen? Das war gestern zuviel, das ist alles. Der verfluchte Calvados, und dann die Weiber!« Er blieb an den beiden Trittstufen, die hinauf in die Kabine führten, stehen und drehte sich zu Luciano um. Der Italiener folgte ihm; in seinen großen, dunkelbraunen Kinderaugen hockte die Angst um Bob Miller.

Die Hadjar-Krankheit! Gnade uns Gott! Wenn sie mit Bob jetzt zu den Ölcamps kommt, kann das große, unrettbare, qualvolle Sterben beginnen. Dann werden sie an den Bohrtürmen zusammenbrechen, sich im Sand wälzen und brüllen vor Schmerzen, und keiner wird ihnen helfen können, weil man nicht weiß, woher diese Krankheit kommt. Sie werden sich in Krämpfen winden und dann Blut spucken, so lange Blut, bis der Körper nicht mehr mitmacht und kapituliert.

So war es in In Adeb... in Oued el Fezzan... in Azaoua und in Massif.

Die Männer starben wie die Fliegen. Ein ganzes Bohrcamp war ausgelöscht, ehe man in der nächsten Station etwas merkte und erst nach zwei Tagen nachsah, was eigentlich los war. Kein Telefon mehr, keine Funkverbindung, kein Tagesbericht für Hassi Messaoud.

Als ein Ingenieur mit einem Hubschrauber landete, fand er einen Haufen verwesender Leichen. Zuerst dachte man an einen heimtückischen Überfall fanatisierter, nationaler Araber; aber dann fand man keine äußeren Verletzungen an den Körpern, nur überall Erbrochenes, durchsetzt mit Blut.

Einen Tag später schafften zwei Hubschrauberstaffeln alle Toten in Zinkkisten weg nach Hassi Messaoud und von dort mit einer großen Maschine der »Sahara-Petrol« nach Algier. Von da ab hörte man nichts mehr. Nur langsam sickerte etwas durch und kroch wie Sirup von Oase zu Oase, von Bohrloch zu Bohrloch, von einer Wasserstelle zur anderen, die Pipeline entlang, bis in die fernsten, einsamsten Wüstenwinkel, wo selbst die Sandflöhe vor Einsamkeit weinen: Es ist eine neue Krankheit! Niemand kennt sie. Es gibt kein Medikament dagegen. Keine Pillen, keine Tropfen, keine Spritzen. Man kann nur sterben. Die Hadjar-Krankheit nennen sie dieses hilflose Sterben, nach dem Wadi Hadjar mitten im großen östlichen Erg, wo die Krankheit zuerst entdeckt wurde.

Luciano Pella betrachtete seinen Freund Bob Miller kritisch, wie sich dieser in das Fahrerhaus zog und auf den Sitz plumpsen ließ.

»Fahr los!« sagte Bob und wischte sich mit dem Handrücken den Mund. »Zu Hause leg ich mich hin und freß Haferschleim. Dieser verdammte Schnaps und die Weiber! Vier auf einmal kamen ins Zimmer. Puppen wie aus dem Katalog! Aber Bob Miller hat sie geschafft! Los, du traurige Spaghetti – steig ein!«

Luciano kletterte hinter sein Lenkrad und ließ den Motor an. Wohin, dachte er. Zurück nach el Kahla? Das kann mit Bob eine wüste Auseinandersetzung geben. Was der Bulle einmal will, das setzt er auch durch. Weiter nach Bou Akbir? »Nach Hause«, hat Bob gesagt. Welch ein Wort für diesen Mistfleck auf dieser Erde! Zu Hause, das war Messina, das blaue Meer, der Geruch von Fisch und Teer, die untergehende Sonne in den Wellen, die weißen Boote, der Gitarrenklang aus den Tavernen... Nach Hause!

Zwei Bohrtürme, zehn Baracken, eine Energiestation, ein Magazin, eine Krankenbaracke aus Wüstensteinen, das Haus des Ingenieurs Alain de Navrimont, dieses versoffenen Loches, der nur aufsteht aus seinem dreckigen Bett, um eine neue Flasche zu holen. Drei Garagenhallen mit Lastwagen und zwei Jeeps. Die Abzweigung der Pipeline. Ein Badehaus.

Und drumherum der weißgelbe Sand, der glühende Himmel und genau neun Geier, die über diesem Camp kreisen und darauf warten, daß alles, was da unten durch die Wüste kriecht, einmal krepiert.

Das ist »zu Hause«. Die Bohrstation XI, Sektion Zaouia el Kahla, Hauptstelle Hassi Messaoud. Gelegen mitten im Erg Tifernine. Ein Stück Land, das sowohl Gott als auch der Teufel vergessen haben. Nur Erdöl gibt es in der Tiefe dieser Wüste. Und die Oase Bou Akbir, ein grüner Fleck inmitten von Gelb. Rätselhaft quillt hier gutes, kühles, trinkbares Wasser aus dem Sandboden und verzaubert die Sandhölle zu wogenden Palmen, blühenden Gärten und weißen, aus Sandstein gebauten Häusern.

Luciano entschloß sich, ins Camp zu fahren. Pierre Serrat, der Vorarbeiter, sollte entscheiden, was mit Bob geschah. Er konnte in el Kahla anrufen, und vielleicht war's wirklich nur ein verdorbener Magen. Aber das Blut? Woher kam das Blut? Rotwein war es nicht. Bob Miller hatte in seinem Leben noch nie Rotwein angerührt.

In der Nacht erreichten sie ihr »Zuhause«, die Bohrstation XI.

Aber da war Bob Miller bereits ohnmächtig und lag hinten im Wagen auf den Ersatzteilen für eine Turmplattform und sechs neuen Bohrköpfen.

Zwei Stunden später starb Bob Miller. Er verblutete nach innen. Seine ganze Bauchhöhle mußte ein Blutsee sein; wenn man ihm auf den Unterbauch drückte, war es, als drückte man auf eine Wärmflasche aus Gummi. Als er seinen letzten, langgezogenen Seufzer ausstieß, war sein Gesicht bleich, als wäre es nie drei Jahre der Saharasonne ausgesetzt gewesen.

Pierre Serrat, der Vorarbeiter, ein Kerl wie ein pamplonischer Stier, stand vor Bob Millers Bett und starrte Alain de Navrimont an, den Chef der Station. Da es gegen vier Uhr morgens war, schien der Ingenieur ansprechbar zu sein. Die erste Flasche Pernod trank er erst gegen sieben Uhr zum Frühstück.

»Was nun?« fragte Serrat.

»Das fragen Sie mich, Pierre?« De Navrimont setzte sich auf einen Stuhl und sah den toten Bob Miller an. »Was schlagen Sie vor?«

»Er hatte die Hadjar-Krankheit.« Serrat wischte sich über das Gesicht. »Nach allem, was wir bisher von ihr hörten: Sie war es! Die Magenwände werden zerfressen, sie platzen auf. Eine schöne Scheiße ist das, Chef! Wenn wir den Fall nach el Kahla melden, wirbeln die uns hier durcheinander wie im Sandsturm! Ansteckungsgefahr, für alle Quarantäne, Untersuchungen ...«

»Was sein muß, muß sein, Pierre.«

»Aber in der Quarantäne gibt's keine Flasche, Chef! Und keine Weiber! Nicht mal ein Araberweib aus der Oase.«

Ingenieur de Navrimont verzog die Lippen. Keine Flasche, wie soll man da leben? Er blinzelte dem toten Bob zu und schüttelte erneut den Kopf.

»Man soll Unannehmlichkeiten vermeiden, Pierre. Unser Leben ist dreckig genug, wozu noch die Quarantäne. Ich errate Ihre Gedankengänge. Tun Sie, was Sie vorhaben, Pierre!« De Navrimont erhob sich. Er starrte auf Bob Miller hinunter und schluckte ein paarmal. »Armer Kerl. Wissen Sie, wo er seit drei Jahren den Hauptteil seines Geldes läßt?«

»Nein. Er muß ein Vermögen gespart haben. Bob war nie einer, der die Francs aus dem Fenster warf. Selbst bei den Huren handelte er den Preis herunter.«

»Er ließ 75 Prozent seines Lohnes direkt von Algier aus in die USA überweisen. Nach Tucson-Valley. Ein kleines Nest im Westen. Für seine Schwester, eine Miß Watson. Sie ist seit zwanzig Jahren gelähmt. Kinderlähmung.« De Navrimont wandte sich ab und ging zur Tür. »Wenn Sie Bob Miller verschwinden lassen, Pierre... tun Sie es mit Würde!«

Als der Morgen über die Sahara stieg und die Wüste zweifarbig wurde – goldrot dort, wo die Sonne auf den Sanddünen glänzte und blauschwarz in den noch unbeleuchteten Senken – gab es keinen Bob Miller mehr.

Leo Domaschewski, der Pole, und Laslo Nemecz, der Ungar, begruben ihn hinter dem Magazin in der Wüste und ebneten dann das Grab ein, häuften Steine darüber und stapelten alte Benzinfässer aufeinander. Niemand würde auf den Gedanken kommen, daß darunter ein Mensch begraben lag.

Nur die neun Geier kreisten noch ein paar Stunden geduldig über dem Grab, ehe sie wieder abstrichen und sich auf ihren Warteplatz zurückzogen: das Dach der Sanitätsbaracke. Ihr Vorhandensein war wie eine Medizin... niemand blieb länger im Krankenrevier als unbedingt nötig.

Luciano Pella aber berichtete am Telefon dem fassungslosen Oberingenieur der »Sahara-Petrol« in Hassi Messaoud, daß der Ölmineur Bob Miller anscheinend in einem Anfall von Blödheit kurz hinter el Kahla den Lastwagen verlassen und mit einer Kamelkarawane in anderer Richtung weitergezogen sei. Alles Bitten habe nichts geholfen. So sei er, Luciano Pella, allein zurück zur Station XI gefahren, weil man dort dringend die neuen Bohrköpfe brauchte.

Bob Miller blieb verschollen. Sein letztes Gehalt – für 19 Tage – wurde noch nach Tucson-Valley in die USA überwiesen. Dann senkte sich das große Schweigen über ihn. Wie soll man auch einen einzelnen Mann in der Wüste suchen?

Auf der Station XI allerdings wartete man, und jeder beobachtete jeden. Wer hatte Magenschmerzen? Wer krümmte sich, mit den Händen vorm Bauch? Spuckte einer heimlich Blut? Veränderte jemand seine Hautfarbe?

Wer ist der nächste? Wen muß man wie Bob verschwinden lassen? Oder gehen wir alle drauf wie die armen Kerle von Hadjar? Ist diese Mistkrankheit überhaupt ansteckend? Lohnt sich dieses Warten? Warum ziehen wir nicht alle nach el Kahla und sagen: »Schluß jetzt! Ölbohren, gut. Schwitzen, gut. Keine Weiber, nur Schnaps, Hitze, Sand und Wüstensturm. Und Jules, den Schwulen aus Lyon, der einen Narren ausgerechnet an Pierre Serrat gefressen hat, diesen männlichsten Mann, den es im Umkreis von 500 Kilometer der Sahara überhaupt gibt. Alles soweit gut. Und der Lohn ist sehr gut. Aber krepieren an dieser Magenkrankheit? Nein!«

Nach acht Tagen Warten und Belauern legte sich die Angst schnell wieder. Der heiße Alltag schluckte alles auf. Außenstelle II meldete, daß eine neue Bohrung voraussichtlich fündig würde; man röche schon das Ölgas.

Bob Miller, das war ein Einzelfall. Weiß der Teufel, wo er sich die Krankheit geholt hatte.

Was man auf Station XI nicht wußte, füllte in Algier einige dicke Aktenordner: Im ganzen südalgerischen Ölgebiet, von Ouargla bis Djenet, von Edjeleh bis Amguid, lagen bisher 429 Todesmeldungen vor.

Die Hadjar-Krankheit. Inneres Verbluten durch Riß der Magenwände.

Und deshalb kam Dr. Ralf Bender in die Sahara.

Saada war ein hübsches Mädchen und der Stolz ihres Vaters Seradji Achmed.

Die Würde eines Arabers wächst mit der Zahl seiner Söhne. Die Geburt einer Tochter dagegen ist fast ein Trauertag für die Familie. Wozu ist eine Tochter gut? Sie kann weniger arbeiten als ein Kamel, selbst ein räudiger Esel leistet mehr; sie kostet nur Geld, ißt und will gekleidet sein, nimmt Platz weg, der den Söhnen gebührt, und bringt Unruhe in die Familie, wenn sie geschlechtsreif wird. Nur zum Kinderkriegen taugt sie etwas, für das Kochen und etwas Gartenarbeit – sehr wenig für die gute Speise, die sie vertilgt.

Seradji Achmed machte da eine Ausnahme. Er war der Scheich der Oase Bou Akbir, ein geachteter, gefürchteter Mann, der sein Dorf mit harter Hand zusammenhielt und eine Ordnung geschaffen hatte, die aus der Oase einen wahren Zaubergarten machte und wo nicht nur die Frauen und Tiere, sondern auch die ansonst stolzen Männer arbeiteten.

Saada war Achmeds einziges Kind. Erst spät hatte er sich eine

Frau genommen, eine wunderschöne Ouled Nail aus Ghardaia. Ein reiches Mädchen, das seinen Wohlstand in langen Ketten aus goldenen Münzen um den Hals trug, ein Beweis ihres Fleißes und ihres Könnens. Denn wie viele ihrer Stammesgenossinnen hatte auch Damira in einem Bordell gedient; erst in Bou Saada, wo sie mit zweihundert anderen Ouled Nail-Mädchen ausgebildet wurde, dann in Touggourt und schließlich in Ghardaia, wo Seradji Achmed das Mädchen kennenlernte. Sie war die erfolgreichste aller Liebesdienerinnen und legte ihr Geld, wie es Sitte war bei den Ouled Nails, in Ketten aus goldenen Münzen an. Als Damira 10 Goldketten zusammengearbeitet hatte, holte sie Achmed aus Ghardaia nach Bou Akbir in sein Haus und heiratete sie.

Das war vor einundzwanzig Jahren gewesen. Zwei Jahre später wurde Saada geboren, und Achmed klagte nicht tagelang laut und herzergreifend, weil das Kind ein Mädchen, sondern weil seine geliebte Damira bei der Geburt gestorben war. Seit diesem Tage lebte der Scheich von Bou Akbir allein in seinem großen, weißen Haus am Rande der Oase, zog seine Tochter groß und sah mit Wohlgefallen, daß sie noch hübscher wurde, als Damira es gewesen war. Und so behandelte er Saada wie seinen Augapfel, ließ sie reiten wie einen Sohn, war stolz auf sie, als sei sie ein Held, und war so ganz anders als andere arabische Väter.

In der Oase gewöhnte man sich daran, daß Saada wie ein Mädchen aussah, aber wie ein Junge lebte, und als die große Auseinandersetzung mit den Franzosen begann, war Saada als halbes Kind noch mit nach Norden gezogen, um die Verwundeten zu pflegen, die nach den Überfällen auf die Forts der französischen Soldaten aus der Wüste zurückkehrten.

Achmeds Haus war von einer hohen Mauer umgeben, über die in üppiger Pracht wilder Wein und Malven mit roten Riesenblüten wucherten. Ein Garten mit einem sprudelnden Brunnen war der ganze Stolz des Scheichs, und oft saß er mit Freunden unter den großen, schlanken Palmen und sah Saada zu, wie sie die Blumen beschnitt und etwas außerordentlich Kostbares in dieser goldgelben, vor Hitze flimmernden Wüste besprengte: eine Wiese, eine richtige grüne, saftige Wiese, wie sie Seradji Achmed drüben in Europa bei einer seiner Reisen gesehen und auf einem Farbfilm fotografiert hatte.

»Wenn der Prophet Saada gesehen hätte, er würde anders über die Frauen gesprochen haben«, sagte Achmed einmal zu seinen Freunden. »Ist sie nicht wie eine Huri im Siebten Himmel des Paradieses?«

Die Freunde nickten und bewunderten Saada. Sie trug lange, schwarze offene Haare, die ihr bis zu den Kniekehlen reichten, und sie ging unverschleiert, was eigentlich ungeheuerlich war. Aber auch daran hatte man sich in Bou Akbir gewöhnt. Achmed, der Scheich, hatte Fotos aus den großen Städten mitgebracht, vor allem aus Kairo. Dort liefen die Weiber in kurzen Röcken und mit blankem Gesicht durch die Straßen. Saada dagegen trug noch die langen Gewänder, unter denen man ihre Schlankheit und das Ebenmaß ihres Körpers nur ahnen konnte. Es war eben alles in der Wandlung begriffen, die neue Zeit stürzte vieles um. O Allah, da kein Feuer vom Himmel fällt, muß es also auch Dein Wille sein...

In einer dieser Nächte – um genau zu sein, es war vier Tage nach dem Tode Bob Millers – hatte Saada einen Traum. Sie erzählte ihn sofort am Morgen ihrem Vater, und Seradji Achmed wurde sehr nachdenklich.

»Ein Mann kam in unseren Ort«, sagte Saada und goß ihrem Vater dampfenden Kaffee in die schlanke, hohe Tasse. »Ein Fremder. Ein Europäer. Er sah mich an, mit wundervollen blauen Augen, und da öffnete sich meine Brust, mein Herz löste sich heraus und flog allein, wie ein Vogel, zu ihm hin, in seine Hand, die er offenhielt wie eine Schale. Aber dann wehte eine Wolke von Sand heran, und als sie sich verzogen hatte, war der Fremde fort, und mein Herz mit ihm. Da habe ich geweint und bin aufgewacht.«

»Ein dummer Traum«, sagte Achmed. »Vergiß ihn, Saada.«

»Ich habe noch nie so geträumt wie gestern. Ich habe sogar seine Stimme gehört.«

»Welche Stimme?«

»Die Stimme des Fremden.«

Seradji Achmed vermied es, mit Saada weiter darüber zu sprechen. Aber als sie auf den Markt gegangen war, um ein Stück Hammelrücken zu kaufen, rief er den uralten Kebir, einen Priester, zu sich und erzählte ihm davon. Kebir runzelte die Stirn.

»Nimm es nicht leicht hin, Seradji«, sagte er. »Seitdem die

Weißen hier sind und nach Öl bohren, hat Allah keine Macht mehr, das Unglück abzuwenden. Ich sage dir: Es wird einmal ein weißer Mann kommen und deine Saada wegnehmen in die Ferne.«

»Nie!« Achmed richtete sich im Sitzen auf. »Ich töte ihn vorher.«

»Er wird heimlich kommen wie die Hyäne. Mit dem Öl bricht das Verderben über uns herein! Zuerst haben wir gegen die Franzosen gekämpft, ein Jahrhundert lang, dann wurden wir ein freier Staat, aber man entdeckte das Öl unter unserer Wüste. Nun ist alles schlimmer als zuvor. Der Profit verdunkelt die Augen, und wir werden verkauft für eine Tonne Benzin. Warum laßt ihr euch das gefallen?! Warum duldet ihr es, daß die Bohrtürme in unserem Land stehen wie Geschwüre? Allah gab uns die Wüste, rein wie eine Mädchenhaut nach dem Bade – was hat man aus ihr gemacht? Und auch deine Saada wird man holen; irgendein Weißer wird sie verführen und ihr Herz brechen. Allah schickte den Traum zur Warnung. Denk an mich in den nächsten Wochen, Seradji!«

Achmed gab dem alten Kebir zehn Francs und ein Töpfchen mit kandierten Datteln, begleitete ihn bis vor das Haus und drückte ihm die Hand.

»Es wird vieles anders werden«, sagte er dabei fast feierlich. »Es gibt noch mutige Männer in der Wüste. Die Sonne und der Sand ziehen ein starkes Geschlecht, Kebir. Ich werde die Augen offenhalten.«

Von diesem Tage an war Saada nie mehr allein. Wenn Seradji Achmed nicht in ihrer Nähe war, wurde sie von einer alten Frau begleitet, die hinter oder neben ihr herlief wie ein Hündchen.

Zwei Tage nach dem Traum zeichnete Saada auf ein Blatt Papier das Gesicht des Mannes, von dem sie geträumt hatte. Am nächsten Morgen war das Blatt verschwunden. Saada ließ es suchen, stellte das Haus und den Garten auf den Kopf und beschwor Allahs Zorn über alle Hausbewohner. Aber man fand die Zeichnung nicht. Das war verständlich, denn sie lag im Dienstzimmer ihres Vater, im Aktenschrank abgeheftet unter »Bauvorhaben«, und wer sucht schon im Büro des Scheichs?

Achmed aber beschäftigte sich intensiv mit dem Bild. Er prägte sich die Gesichtszüge ein, er saugte sie in sich auf wie ein Kamel Wasser in seine Höcker. Bald war ihm das Gesicht so vertraut wie sein eigenes, und es kam die Nacht, in der auch er von diesem Manne träumte... nur war dieser jetzt das Opfer, das, von der Klinge Achmeds durchbohrt, sein Leben aushauchte.

»Er entgeht mir nicht!« sagte er später stolz zu dem alten Kebir. »Ich werde ihn erkennen, wenn er die Oase betritt. Er lebt schon nicht mehr, denn ich habe ihn aufgefressen.«

Aber der Fremde kam nach Bou Akbir.

Er war schon unterwegs, als Seradji Achmed noch das von Saada gezeichnete Bild in sein Herz preßte.

»Haben Sie sich das so vorgestellt?« fragte Léon Boucher, der Hubschrauberpilot aus Ouargla und flog noch einen weiten Kreis über den Erg Tifernine.

Dr. Ralf Bender blickte hinunter auf die Wüste. Die Trostlosigkeit der Sanddünen; die Unendlichkeit des gelben, gewellten Meeres; die flimmernde Luft, die wie eine Wand aus Kristall stand; der weißblaue Himmel, aus dem die Glut geschleudert wurde – alles das ergriff ihn mit einer prickelnden Unruhe.

Als sie weiterflogen, hinüber zu den Erhebungen der Wüstenberge von Issaouane, über Geröllhalden und Felsen, die aussahen wie riesige, gebleichte Gerippe von Urwelttieren; als er plötzlich, auftauchend aus dem Nichts, wie geboren aus heißer, zitternder Luft, die beiden Bohrtürme, die staubüberzogenen Baracken und die Fahnenstangen mit den träge hängenden Flaggen in der Wüste auftauchen sah, nickte er und drückte die Stirn gegen die gläserne Kanzel des Hubschraubers.

»Genau so, nicht anders, habe ich mir das gedacht«, sagte er.

»Sie waren noch nie in der Sahara?«

»Nein.«

»Blödsinn, Sie ausgerechnet nach Bou Akbir zu schaffen.«

»Ist die Sahara nicht überall so wie hier?«

»O nein! Es gibt auch Perlen in diesem Meer aus Sand, Geröll und Salzseen. In Salah oder Bou Saada oder El-Goléa. Ouargla kennen Sie ja jetzt, auch dort läßt es sich gut leben. Aber hier, Monsieur docteur... ich kenne nichts Trostloseres als den Erg Tifernine. Wie die Kerle das da unten an den Öltürmen aushalten, ist mir ein Rätsel. Ich würde wahnsinnig, bestimmt, Monsieur.«

Der Hubschrauber flog eine Schleife über der Station XI; Dr.

Bender hatte Zeit genug, sein neues Wirkungsfeld zu betrachten. Das muß die Krankenbaracke sein, dachte er, als sie über das weiße Steinhaus flogen. In drei Tagen wird mit einer Lastwagenkolonne die Laboreinrichtung aus Hassi Messaoud eintreffen. Von Marseille ist sie nach Algier geflogen worden, von dort mit einem Transporter der »Sahara-Petrol« nach Hassi Messaoud. Die Kolonne ist schon unterwegs. Bis el Kahla sind es 421 Kilometer durch Glut und Sand und von el Kahla noch einmal 96 Kilometer bis zur Station XI. 517 Kilometer durch ein Land, das geschaffen wurde, Menschen zu vernichten.

»Sollen wir landen, docteur?« fragte Léon Boucher sarkastisch. »Oder soll ich umdrehen? Noch können Sie nein sagen. Haben Sie erst Ihre Schuhe auf den Sand gesetzt, sind Sie verloren.«

»Landen Sie, Léon.« Dr. Bender lächelte etwas verzerrt. »Ich habe eine Aufgabe übernommen und wußte, wohin sie führt. Kneifen gibt es nicht. Schließlich bin ich gekommen, um zu helfen.«

»Für ein elendes Drecksgehalt, nicht wahr, docteur?«

»Wie man's nimmt. Ich verdiene mehr als in Deutschland. Dort ist ein junger Arzt mit eigenen Ideen noch immer ein Sohn des Beelzebubs.«

»Und da mußte es ausgerechnet die Sahara sein?«

»Die Krankheiten, mein Lieber, suchen sich nicht immer ein gemütliches Bett aus.« Dr. Bender blickte wieder hinunter auf die Station XI, diese lächerlich kleine Warze am Körper der großen Wüste. Sie kreisten jetzt um den Wasserturm und sahen, daß die wenigen Männer, die zwischen den Baracken herumliefen, nicht einmal den Kopf hoben und zu ihnen hinaufstarrten. Es war, als seien sie alle taub und hörten nicht das Gedröhn der Rotorflügel. »Das scheinen merkwürdige Kerle zu sein. Ein Flugzeug interessiert sie gar nicht.«

»Man hat Sie avisiert, docteur.«

»Was heißt das?«

»Die Verwaltung in Hassi Messaoud hat telefonisch Ihr Kommen angemeldet.« Léon Boucher ging tiefer und flog den gewalzten Landeplatz zwischen Bohrturm I und II an. »Glauben Sie nicht, daß man Sie unten mit Girlanden und Ehrenjungfrauen empfängt. Auch das Ölbohrer-Orchester wird keinen Triumphmarsch blasen. Sie kommen als Außenseiter, als

Schnüffler, als Störenfried ... als unerwünschte Person, um es milde auszudrücken.«

»Aber das ist doch idiotisch. Ich will ihnen doch nur helfen.«

»Sie wollen sich aber nicht helfen lassen.« Boucher schwebte über dem Landeplatz. Er blieb in der Luft stehen und sank Meter um Meter tiefer. Die Motoren brüllten. »Sie werden sich wundern, docteur, was das für Menschen sind. Der einzige, der Sie beachten wird, kann Jules sein; aber nur, weil er schwul ist. Die anderen ... na, erleben Sie das mal selbst! Gut, daß es ein Telefon gibt. Ich hole Sie sofort ab, wenn Sie anrufen: Léon, ich hab' die Schnauze voll!«

Der Hubschrauber sackte ab, die Kufen bekamen Grund, staubfeiner Sand wirbelte hoch und hüllte alles in einen körnigen Nebel ein. Erst als die Propeller ausliefen und die Sandwolke zusammensank, öffnete Boucher die Glaskanzel und winkte Dr. Bender zu.

»Bitte, docteur, Sie zuerst! Aha ... das Empfangskomitee.«

Dr. Bender sprang aus der Kanzel in den Sand. Zehn Meter vor ihm stand ein einzelner Mann, breitbeinig, wie in die Wüste gerammt, ein Denkmal von Kraft und Trotz. Ein Kerl wie ein Schrank, auf dem Kopf ein weißes Käppi, ähnlich denen der Fremdenlegion, aber zerknautschter, ölbeschmiert, vom Wüstensand gepudert. Hellblaue Hosen, ein kariertes Hemd, und darunter ein Berg aus Muskeln.

»Hallo, Léon!« sagte der Mann und hob kurz die Hand. Dann schwieg er wieder und sah Dr. Bender mit zusammengekniffenen Augen an.

»Das ist Pierre Serrat, der Vorarbeiter«, erklärte Boucher und lud die Koffer Dr. Benders aus. »Wenn er Ihnen die Hand drückt, gehört die Wüste Ihnen ... soviel ist das wert. Aber er wird nicht drücken.«

Dr. Bender sah sich um, ohne Pierre Serrats herausfordernde Haltung zu beachten. Die Trostlosigkeit dieses Camps war bedrückend. Daß Menschen hier monatelang lebten, war fast ein Wunder. Was tut man nicht alles für Geld, dachte er. Oder haben sie alle einen Grund, die Einsamkeit als neue Heimat anzusehen? Das hier ist ein kannibalisches Land; wer es überlebt, muß ein noch größerer Kannibale sein!

»Schön!« sagte Dr. Bender zur großen Verblüffung Bouchers. »Es gefällt mir hier.«

»Das ist doch nicht Ihr Ernst, docteur?«

»Mein vollster, Léon. Ich habe immer einen Ort gesucht, wo Ruhe ist. Nun habe ich ihn gefunden. Hier haben selbst die Menschen ihre Stimme mit Sand verklebt.«

Pierre Serrat verstand. Sein dicker Bullenkopf senkte sich angriffslustig.

»Wir haben niemanden angefordert!« sagte er rauh. »Einen Arzt schon gar nicht! Was hier krank wird, versorgen wir allein! Sie werden sich langweilen.«

»Das glaube ich nicht.« Dr. Bender kam auf den riesigen Serrat zu. Kurz vor ihm blieb er stehen und streckte ihm die Hand hin. »Sie waren Legionär?«

Pierre übersah die Hand. »Ja«, antwortete er kurz.

»Ich sehe es an Ihrem Käppi. Wie lange?«

»Fünfzehn Jahre. Corporal...«

»Dann kann ich Ihnen einen Gruß ausrichten. Ich habe ein Bataillon von Ihnen auf Korsika gesehen.«

Über das breite Gesicht Serrats zuckte es. Aber er starrte über Dr. Bender hinweg in die Wüste. »Sie sind nur noch ein Schatten der Legion«, sagte er dann dumpf. »Frankreich hat uns verraten!« Und plötzlich wandte er sich ab, ergriff die Koffer Dr. Benders, wuchtete sie auf seine breiten Schultern und trug sie davon zur Krankenbaracke. Mit offenem Mund starrte ihm Léon Boucher nach.

»Das ist Geschichte«, sagte er und faßte Dr. Bender an dem Ärmel der Leinenjacke. »Das ist Wüstengeschichte! Pierre trägt Ihre Koffer! Wenn ich das in Hassi Messaoud erzähle, verprügelt man mich als elenden Lügner.«

Dr. Bender hob stumm die Schultern und ging Pierre Serrat nach. Wie ausgestorben lag das Camp unter der glühenden Sonne. Nur von den Bohrtürmen schallte das rhythmische Gepolter der schweren Pumpen herüber, und irgendwo hinter einem der gelben Sandhügel kreischte ein Bohrgestänge in den Halterungen.

Als sie kurz vor der Krankenbaracke waren, flog die Tür auf und krachte gegen die Steinwand. Und dann erlebte Dr. Bender seine erste große Überraschung in der Sahara: In der Tür stand eine Frau. Sie trug wie Serrat hellblaue Hosen, eine ausgebleichte Bluse und dicke Schuhe gegen die Sandflöhe. Ihr fahlblondes, kurzgeschnittenes Haar hatte sie mit einem roten Band durchzogen, und um die Hüfte trug sie einen breiten Ledergürtel mit einem offenen Pistolenhalfter. Der Griff einer schweren Armeepistole leuchtete schwarz in der Sonne.

»Das ist Cathérine«, sagte Pierre Serrat und warf die Koffer vor der Tür in den Staub. »Oder genau gesagt: Schwester Cathérine... unsere Krankenschwester!«

Dr. Bender schluckte. »Ich freue mich«, sagte er dann.

»Wir nicht.« Cathérine gab die Tür frei und trat zur Seite. »Kommen Sie rein, wenn's schon sein muß.«

Was Dr. Bender nicht wußte, war die große Aufregung, die seinem Eintreffen vorausgegangen war.

Wie eine Bombe schlug in Station XI der Anruf der Distriktsverwaltung in Hassi Messaoud ein. Der Leiter des Gesundheitswesens Südost verlangte den Ingenieur Alain de Navrimont, aber der lag bereits wieder in seinem Bett und soff, betrachtete in amerikanischen Magazinen nackte Mädchen und warf Pierre eine halbvolle Flasche an den Kopf, als dieser die Tür aufriß und brüllte: »Chef! Telefon!«

»Der Herr Ingenieur ist auf einer Inspektionsreise zu den beiden neuen Bohrstellen«, log Serrat später am Telefon. »Um was geht es denn?«

»Ihr werdet morgen einen Gast bekommen.«

»Einen was?«

»Es wird ein Arzt zu euch eingeflogen.«

»Wir sind hier eine Bohrstation!« schrie Serrat in den Hörer. »Erholungsreisende sollen an der Küste bleiben!«

»Die Krankenstation von XI ist die beste im ganzen Umkreis. Ihr seid die einzigen, die sogar eine ausgebildete Schwester haben.«

»Wenn du dieses geschlechtslose Wesen als Schwester bezeichnest – deine Sache. Hier wagt keiner krank zu werden, nur um mit ihr nicht in Berührung zu kommen.«

»Halt mal den Mund, Serrat, und hör zu!« Der Verwaltungsbeamte in Hassi Messaoud räusperte sich. Ihm unterstand die Abteilung Hygiene, aber er hatte wenig Ahnung davon. Er war gelernter Buchhalter, verwaltete gewissenhaft die verschiedenen Apotheken, aber mit der ärztlichen Versorgung der über 600 wilden Männer, die da verstreut in der glühenden Sahara nach

Öl bohrten, war er restlos überfordert. Zwar gab es zwei Ärzte, aber die saßen in Ouargla und in der Wüstenstadt In Aménas, dem Punkt, wo zwei Pipelines aus den südlichen Bohrgebieten zusammenliefen und zur Küste gepumpt wurden. Für die Gesundheit sorgten sonst in den Camps ausgebildete Sanitäter; schwere Fälle wurden mit dem Flugzeug abgeholt und in das Hospital von Ouargla gebracht. Nun kam ein neuer junger Arzt in die Wüste – die Idioten sterben nicht aus! –, wollte bei Bou Akbir eine Krankenzentrale aufbauen, und nun war auch das wieder nicht richtig in den Augen Pierre Serrats. Der Teufel trete ihn in den Hintern!

»Es ist ein deutscher Arzt«, sagte der Mann in Hassi Messaoud. »Die Hauptverwaltung in Marseille hat ihn engagiert. In einigen Tagen werden alle Distrikte neu aufgeteilt, und ihr werdet Zentrale für die am weitesten liegenden Außenstellen. Ihr seid die Vorposten der Kultur, Pierre. Die Pioniere der neuen Zeit!«

»Leck mich am Arsch!« antwortete Serrat grob. »Spar dir den Pflaumenbrei. Was will der Kerl bei uns?«

»Ein Krankenhaus aufbauen, die Hygiene überwachen und ... sich um die Hadjar-Krankheit kümmern –«

»Aha!« Serrat zog die buschigen Augenbrauen zusammen. »Bei uns gibt es keine Hadjar-Krankheit.«

»Das wissen wir. Aber sie ist auf dem Vormarsch. Dr. Bender, der sechs Wochen in Algier im Labor war, meint, es müsse sich um Viren handeln, die die Magenwände durchfressen.«

»Keine Sorge.« Serrat starrte gegen die rohe Holzwand der Schreibbaracke. »Ich will keinen Arzt hier haben. Uns genügt die Cathérine. Schickt ihn zu V oder VIII, da gibt's auch was zu tun.«

»Es geht nicht, Pierre. Befehl von oben. Morgen trifft Dr. Bender bei euch ein. Empfangt ihn nett.«

»Darauf könnt ihr euch verlassen.«

Serrat knallte den Hörer zurück und lief hinüber zu Alain de Navrimont. Der Ingenieur saß auf der Bettkante und pinkelte in einen Eimer. »Kannst du Affe nicht anklopfen?« schrie er, als er Serrats massige Gestalt in der Tür sah. Er schob den Eimer unters Bett und knöpfte seine Hose zu.

»Ein Arzt kommt aus Algier! Morgen schon!« brüllte Pierre.

»Na und?«

»Begreifen Sie nicht, Chef? Ein Arzt! Wegen der Hadjar-Krankheit! Irgend jemand muß uns verpfiffen haben. Dem Schwein drehe ich den Hals rum wie eine Spirale! Wenn die Sache mit Bob Miller herauskommt, haben wir hier die Sandflöhe am Tanzen!«

Ingenieur de Navrimont sah Pierre aus wäßrigen, betrunkenen Augen an. Sein Gehirn arbeitete langsam; es war schwer für die Gedanken, sich durch den Alkohol durchzuwühlen.

Ein Arzt. Der Fall Miller. O verdammt, verdammt, das gibt Unruhe in der Wüste.

»Was sollen wir tun?« fragte er hilflos.

»Das einzige, was uns übrigbleibt: Wir werden den Deutschen wegekeln. Für ihn wird die Wüste nicht aus Sand, sondern aus Beton sein. Keiner von uns wird mit ihm sprechen. Und wenn's sich nicht vermeiden läßt, werden es Unfreundlichkeiten sein. Er soll bei 60 Grad Hitze das Frieren lernen. Und wenn er auf Inspektionsreise geht, wird genau dort, wo es kein Wasser gibt, der Motor aussetzen.«

»Das kannst du nicht tun, Pierre.«

»Ich kann alles.« Serrat ballte die riesigen Fäuste. »Wir brauchen keinen Schnüffler hier. Am besten ist es, Sie halten sich aus allem heraus.«

Er brachte de Navrimont eine neue Flasche Pernod und einen Krug Wasser, stellte beides auf den Nachttisch und verließ das Zimmer.

Das war morgens um 10 Uhr. Um 12 Uhr war der Ingenieur wieder unansprechbar und Pierre hielt eine Versammlung mit seinen Leuten ab.

»Er ist Luft für uns!« brüllte er und starrte dabei Jules aus Lyon, den Schwulen, an. »Auch für dich, du Süßer! Ich schlage jedem die Hirnschale ein, der sich um den Doktor kümmert.«

Das war vor 24 Stunden gewesen. Nun saß Dr. Ralf Bender in der steinernen Krankenbaracke, im Zimmer von Schwester Cathérine. Ein großer Ventilator drehte sich an der Decke, vor den Fenstern hingen dichte Vorhänge, es war angenehm kühl im Vergleich zu der Glut, die draußen über den Sanddünen brütete. Nur die Geier auf dem Dach hörte man; ihr heiseres Krächzen durchdrang jede Mauer.

»Ihr Zimmer ist vorbereitet«, sagte Cathérine und goß ein Glas mit kaltem Tee voll. »Sie können es beziehen, wenn Sie bleiben wollen.«

»Natürlich bleibe ich.« Dr. Bender blickte Serrat an. Der Riese stand an der Tür und rauchte nervös. »Ich packe sofort aus und besichtige dann die Krankenstation.«

»Die erste Chefvisite!« sagte Serrat anzüglich. »Sie werden sich wundern!«

»Ich glaube nicht. Ich habe alles, was möglich ist, erwartet.«

»Sie wissen gar nicht, was in der Wüste alles möglich ist.«

»Vielleicht. Man lernt nie aus, und ich lerne gern.«

Serrat schob die Unterlippe vor, tippte an sein verbeultes, altes Legionärskäppi und verließ das Zimmer. Draußen im Flur warf er die halb gerauchte Zigarette an die Wand, zertrat sie dann mit dem Stiefel und sagte laut: »Scheiße!« Dr. Bender hörte es durch die Tür und lächelte Schwester Cathérine an.

»Er hat Manieren wie ein Büffel.«

»Wundert Sie das? Er ist seit zwanzig Jahren in der Wüste. Da trägt man keinen Brillantring mehr am kleinen Finger. Hier können Sie mit einer Konversation über das Mystische in Sartres Dramen nichts erreichen, wohl aber mit einem Faustschlag unters Kinn. Ölbohren in der Sahara, das ist eine Welt für sich.«

»Aber sie alle hier sind Menschen.«

»Doch was für welche!«

Eine Stunde später, nachdem Dr. Bender seine Koffer ausgepackt und von seinem Zimmer Besitz ergriffen hatte, inspizierte er die Krankenstation. Der Pilot Léon Boucher war wieder abgeflogen, nicht ohne vorher noch einmal zu Dr. Bender gesagt zu haben: »Docteur, steigen Sie ein und kommen Sie mit! Sie sind nicht der zähe Bursche, der diese Hölle aushält. Sand, Wind und Sonne allein, das ließe sich noch ertragen – aber die zweiundvierzig Kerle hier, diese zweiundvierzig Teufel, die schaffen Sie nie!«

Dr. Bender hatte stumm den Kopf geschüttelt, Boucher die Hand gedrückt und war ins Haus zurückgegangen. Dort half ihm niemand beim Einräumen seines Gepäcks. Er mußte die Kisten mit den wichtigsten Laborgeräten allein hereinschleppen, und vier Männer aus dem Camp standen draußen herum, die Hände in den Hosentaschen, und grinsten ihn an.

Die Krankenbaracke war ein elender Stall, nach europäischen Begriffen. Die Wände waren weiß getüncht, nur im Untersuchungszimmer gab es fließendes Wasser, das mit einer Pumpe aus dem Wasserturm angesogen wurde. Die Betten, einfache, aus ungehobeltem Holz gezimmerte Gestelle, hatten Auflagen aus Seegrasmatratzen und waren mit Decken überzogen. Nur Schwester Cathérine und jetzt auch Dr. Bender hatten weiße Bettwäsche.

Als er seine Visite begann, erlebte Dr. Bender eine neue Überraschung: Schwester Cathérine erwartete ihn auf dem Flur in Schwesterntracht, mit einem blauweiß karierten Kleid, einer weißen Schürze und einem etwas verbeulten Häubchen auf den fahlblonden, kurzen Haaren. Erstaunt stellte Dr. Bender fest, daß sie weibliche Formen hatte: einen kleinen, spitzen Busen, schöne, runde Hüften und schlanke, ziemlich lange Beine.

Was allein an diesem Bild störte, war wieder der breite Ledergürtel mit der offen getragenen Pistole. Cathérine hatte ihn über die weiße Schürze geschnallt. Der schwarze Pistolenknauf lag griffbereit.

Dr. Bender vermied es, jetzt schon Fragen zu stellen. Er nickte ihr zu und knöpfte seinen weißen Arztmantel zu. Cathérine lächelte ihn schief an. Weißer Kittel, Membranstethoskop in der Tasche, Blutdruckmesser in der linken Hand, als ob das hier eine Station in der Majo-Klinik wäre! Brüllen vor Lachen werden die Kerle, wenn sie ihn so sehen. Über Hämorrhoiden werden sie klagen, nur um ihm ihren ungewaschenen Hintern zeigen zu können! Wie war das damals, als sie nach Station XI kam, zusammen mit dem Sanitäter Felice? Da standen die Kerle grinsend Schlange vor der Ambulanz und klagten über Schwellungen am Unterleib. Felice prügelte sie aus dem Zimmer. Der gute Felice... er verdorrte vor einem Jahr, trocknete buchstäblich aus, und als man ihn nach Ouargla flog, war's schon zu spät. Aber Cathérine blieb, und alle hatten höllischen Respekt vor ihr.

»Na, dann wollen wir mal!« sagte Dr. Bender mit krampfhafter Fröhlichkeit. »Wieviel Kranke haben wir?«

»Vier.«

»Von allen Bohrstationen?«

»Ja. Leichte Unfälle werden gar nicht mehr gemeldet, die versorgen sich selbst. Jeder Bohrturm hat einen Verbandskasten.«

»Und diese vier?«

»Eine Gelbsucht, eine Fußquetschung, ein Malariaanfall und – na ja –«

»Na ja? Eine neue Krankheit? Kenne ich noch nicht.«

»Ein Tripper«, sagte Cathérine mürrisch. »Das Schwein hat ihn aus el Kahla mitgebracht.«

Dr. Bender schielte aus den Augenwinkeln zu Cathérine. Ist sie so völlig mannhaft, oder spielt sie nur das Mannweib? Wenn sie die Haare länger wachsen ließe, in weichen Wellen bis zur Schulter... sie könnte hübsch aussehen. Hat sie noch nie ihren Körper im Spiegel gesehen? Ihr Mund beleidigt ihn mit jedem Wort.

»Gehen wir!« Dr. Bender riß die Tür zum ersten Krankenzimmer auf. Zigarettenrauch und der Geruch von abgestandenem Bier und Schnaps quollen ihm wie eine Wolke entgegen. »Wieso wird in einem Krankenzimmer geraucht und gesoffen?« fragte er laut über die Schulter.

Cathérine stand dicht hinter ihm. Er spürte ihren Atem in seinem Nacken, als sie antwortete.

»Bringen Sie den Ochsen bei, daß sie es *nicht* dürfen.«

»Nichts einfacher als das.«

Dr. Bender trat in das Zimmer, ging zum ersten Bett und nahm von dem Holzstuhl, der als Nachttisch diente, die Zigaretten und die Bierflasche weg. Der Kranke, es war die Fußquetschung, sprach kein Wort; er drehte sich nur auf die Seite, streckte Dr. Bender seinen Hintern unter die Nase und ließ einen streichen. Der Kranke im Nebenbett, die Gelbsucht, lachte meckernd.

Dr. Bender nickte ungerührt. »Das ist gut«, sagte er und klopfte dem Mann vor sich auf das Gesäß. »Ein Arzt freut sich immer, wenn bei den Kranken die Verdauung klappt. Aber zuviel Blähungen sind ungesund, mein Freund. Schwester, freimachen zur Injektion!«

Cathérine fragte nicht lange. Sie griff die Hose des Mannes, zog sie mit einem Ruck herunter. Dr. Bender nahm eine Spritze aus einem kleinen blinkenden Kasten, den er in der rechten Kitteltasche trug, und ehe der Kranke noch reagieren konnte, saß die Nadel in seiner Hinterbacke und Dr. Bender drückte zu.

»Verdammt!« schrie der Gespritzte. »O verflucht!« Er drückte die Hände vor den Unterleib, aber es half nichts mehr: Es wurde naß unter ihm.

»So geht es«, sagte Dr. Bender gemütlich, ja fast väterlich und reichte Cathérine die leere Spritze. »Große Fresse, aber dann ins Bett pinkeln vor Angst. Der nächste...« Er wandte sich um zu dem Gelbsüchtigen, der eben noch gelacht hatte. Nun lag er wie in strammer Haltung auf dem Bett und starrte den Arzt mit seinen gelbgefärbten Augäpfeln lauernd an. »Und Sie?«

»Alles in Ordnung, Doktor.«

»Sie haben Gelbsucht und saufen Schnaps! Wollen Sie krepieren?«

»Das werden wir alle in der verfluchten Wüste! Da ist Schnaps noch das Beste!«

»Auch eine Philosophie.« Dr. Bender setzte sich ans Bett, untersuchte den Kranken, tastete die harte, geschwollene Leber ab und maß den Blutdruck. Cathérine murmelte die Medikamente herunter, die sie gegeben hatte. Es war erschreckend. Medizin des Mittelalters.

»Sie müssen eine Bärennatur haben, um das bisher überstanden zu haben«, sagte Dr. Bender. »Aber jetzt wird ein anderer Wind wehen. Sie werden versorgt werden wie im Krankenhaus von Paris.«

»Eine Pariserin wäre mir lieber, Doktor.«

»Beim nächsten Urlaub, mein Lieber. Erst müssen wir Ihre Leber hinkriegen...«

Es war eine trostlose Visite. Auch die beiden anderen Kranken sperrten sich gegen den jungen Arzt; seine Worte flossen an ihnen vorbei wie fauliges Wasser. Sie ließen sich die Zigaretten und Flaschen wegnehmen, aber als er das Zimmer verlassen hatte, griffen sie unter die Matratzen und zogen die versteckten Packungen hervor.

So ein dämlicher Affe, dachten sie. Krankenhausdrill wie in Paris. Hier leben wir in der Wüste, docteur, in einem Meer von glühendem Sand. Du hast noch keinen Sandsturm erlebt, wenn die Welt untergeht in einer Wolke aus feinkörnigem Staub, der dir den weißen Kittel vom Leib reißen wird wie Lokuspapier! Du kennst die Sahara nicht, docteur – die unendlich Schweigende, sagen die Araber, aber manchmal brüllt sie auf wie zehn Vulkane. Dann wirst du dir in die Hose machen, docteur!

»Was haben Sie da vorhin gespritzt?« fragte Schwester Cathérine, als sie wieder im Untersuchungszimmer saßen und Dr. Bender die Krankenkartei durchblätterte, die Cathérine gewissenhaft geführt hatte.

»Einfaches Calcium. Sie wissen doch: Wenn man schnell statt

ganz langsam injiziert, kommt eine Hitzewelle über den Patienten und schließlich muß er in die Hose machen, ob er will oder nicht.« Dr. Bender blickte von den Karteiblättern auf. »Wie weit ist Bou Akbir?«

»24 Kilometer. Warum?«

»Ich werde die Oase inspizieren und alle Einwohner untersuchen. Der geheimnisvolle Hadjar-Virus ist nicht eingeschleppt; er muß aus der Wüste, aus den Oasen kommen.«

»Das wird Schwierigkeiten mit Seradji Achmed geben.«

»Wer ist denn das?«

»Der Scheich von Bou Akbir. Ein König in seiner Oase.«

»Ich werde mit ihm sprechen. Morgen fahren wir hin.«

»Wie Sie wollen, Doktor.« Cathérine hob die Schulter, streifte das Häubchen vom Haar und strich die weiße Schürze glatt. Ihre spitzen, kleinen Brüste drückten sich durch den Stoff. »Sie werden dabei das Phantastische dieser Wüste kennenlernen: Wir arbeiten für das Jahr 2000 und leben doch im Altertum!« Abrupt, als habe sie zuviel Menschliches gesagt, stand sie auf. »Ist noch etwas, Doktor?«

»Nein. Sie können gehen, Schwester. Vergessen Sie nicht die Medikamente für die einzelnen Kranken. Sie haben sich nichts notiert.«

»Ich vergesse nie etwas!«

Sie ging hinaus, mit einem festen Schritt und doch mit einem fraulichen Wiegen der Hüften. Das Pistolenhalfter wippte auf ihrem Oberschenkel.

Am Abend trafen sie sich vor der Tür der Krankenbaracke.

Im Camp war das Abendessen vorüber. Die Küche hatte für den neuen Doktor einen Topf herübergeschickt. Nudeln mit Backpflaumen. Luciano, der kleine Italiener, brachte ihn und stellte ihn stumm vor Dr. Bender hin. Das Essen für die Kranken und für sich selbst holte Schwester Cathérine mit einem kleinen Handwagen von der Küche. Dr. Bender hielt Luciano am Ärmel des weiten Pullovers fest.

»Sagen Sie dem Koch, daß ab morgen das Essen für die Krankenstation pünktlich gebracht wird! Ab sofort wird Schwester Cathérine nicht mehr mit dem Handwagen kommen. Haben Sie verstanden?«

»Ich schon, dottore«, sagte Luciano grinsend. »Aber ob der Koch...?«

»Das wird sich zeigen.«

Nun saß Cathérine auf einer Holzbank, in einem dicken Pullover und mit Stiefeln an den schlanken Beinen. Die Wüstennacht war kalt und sternenklar. Die Sanddünen glitzerten schwarz, nur die Kuppen schienen wie mit Silber gestrichen. Auf dem Dach flatterten stumm die Geier. Wie zwei Totenfinger, die Gott anklagen, ragten die beiden Bohrtürme zu den Sternen empor. Weit weg hörte man das heisere Bellen von Schakalen.

»Sie kommen von der Oase«, sagte Cathérine, als sich Dr. Bender neben sie auf die Bank setzte.

»Wer?«

»Diese Viecher. Der Koch, René Bourgès, ist ein perverser Kerl. Er lockt die Schakale mit den Küchenabfällen ins Lager. Er nennt sie ›meine Mülleimer‹.«

»Warum sprechen Sie so, Cathérine?«

»Was meinen Sie damit?« Ihr Kopf wandte sich zur Seite.

»Sie reden wie ein Clochard, aber Sie sind eine hundertprozentige Frau.«

»Blödsinn. Ich bin ein Sandfloh in der Wüste.« Ihre Stimme war rauh geworden, aber sie flatterte auch ein wenig. »Lassen Sie mir meine nächtliche Stunde, Doktor. Ich will mich nicht unterhalten. Ich will Ruhe haben und in die Sterne sehen.«

»Warum tragen Sie eine geladene Pistole?«

»Sie ist nötig bei fast fünfzig Männern in der Wüste. Männer, die monatelang keine Frau sehen. Als ich hierherkam, habe ich Schlachten geschlagen; zuerst mit einem Brett, dann mit einer Eisenstange. Schließlich schoß ich drei Kerlen in die Beine. Da hatte ich endlich Ruhe! Jetzt rührt mich keiner mehr an.« Sie wandte den Kopf und sah Dr. Bender aus graugrünen Augen an. »Ist das klar, Doktor?«

»Ganz klar, Cathérine. Aber Sie sollten sich die Haare wachsen lassen. Sie könnten wunderbare Haare haben, goldgelb und matt glänzend wie die Pferde in der Camargue.«

Er stand auf und ging, ohne sich umzublicken, ins Haus zurück. Cathérine starrte ihm nach, ihr schmaler Mund zuckte. Dann krallte sie beide Hände in den Seidenschal um ihren Hals und zerriß ihn mit einem Ruck.

Zum erstenmal, seit sechs Jahren, spürte sie, daß auch sie ein Herz hatte.

Am nächsten Tag, sieben Uhr früh, erreichten sie die Oase Bou Akbir. Die Fahrt mit dem Jeep über die Wüstenpiste war kein Problem gewesen. Zwei Geier von Station XI begleiteten sie, bis von Bou Akbir andere Geier herüberkamen und das Geleit übernahmen.

»Das ist sie«, sagte Cathérine, als Dr. Bender anhielt und auf den großen, grünen Fleck blickte, der dort mitten in der Sandwüste auftauchte. Eine Laune der Natur. Blühendes Leben inmitten eines toten Landes. Gärten und Palmen, weiße Häuser und Blüten, aus dem Sand gezaubert durch das Geheimnis des Wassers. »Seit 35 Jahren herrscht hier Seradji Achmed. Es ist die fortschrittlichste Oase im ganzen Süden der Sahara. Achmed ist ein hochintelligenter Kopf, Sie werden es ja gleich erleben.«

Langsam fuhren sie in die Oase ein, zwischen schwer bepackten Eseln und Lastkamelen, die schon an diesem frühen Morgen große Steine von den nahen Wüstenfelsen in den Ort schleppten. Baumaterial für eine neue Planung Achmeds: Er wollte eine neue, große Moschee in Bou Akbir errichten.

Saada war auf dem Rückweg von dem alten Priester Kebir, der jeden Morgen einen Korb voll Früchte von Achmed bekam, als sie den Jeep durch die Hauptstraße fahren sah. Sie blieb stehen, strich ihr langes, schwarzes Haar aus der Stirn und lehnte sich an eine Gartenmauer.

Ab und zu kamen Männer von den Bohrstellen in die Oase, meistens von der Küche, um Obst einzukaufen und frisches Gemüse. Die Bauern von Bou Akbir begrüßten sie stets mit Stolz und deutlichem Widerwillen, aber sie verkauften ihnen doch das Gemüse für gute Francs, denn sie nahmen überhöhte Preise und die weißen Hohlköpfe bezahlten sie, ohne zu handeln.

Keine sechs Meter stand Saada von Dr. Bender entfernt, als dieser seinen weißen Korkhelm abnahm und sich Luft zufächelte. In diesem Augenblick schlug das Schicksal in Saadas Herz wie ein gewaltiger Blitz.

Dieses Gesicht... diese Haare... diese blauen Augen...

Er ist es! Er ist gekommen!

Das Wunder eines Traumes wurde Wirklichkeit.

Der Mann war gekommen, der Saadas Herz aus der Brust nahm und es behielt.

Sie drückte den Korb gegen ihre Brüste, wirbelte herum und lief fort. Als verfolge der Teufel sie, jagte sie über die Straße, erreichte die Gartentür ihres Hauses, stürzte in das sichere Viereck der hohen Steinmauern und fiel dort auf die grüne Wiese, auf der sich, welch königlicher Luxus, ein Rasensprenger drehte.

»Er ist es...«, stammelte sie. »Er ist es. O Allah, er ist gekommen. Und er ist herrlicher, viel herrlicher als mein Traum. Wie eine Flamme traf mich sein Blick. Er ist gekommen...«

Sie drückte das heiße Gesicht in das feuchte Gras und preßte beide Hände auf das zuckende Herz.

Das große Schicksal Saadas begann.

Dr. Ralf Bender brauchte nicht lange zu warten. Er wurde sofort von Scheich Seradji Achmed empfangen. Cathérine war schon öfter bei ihm gewesen, und immer handelte es sich um die »verdammte Geilheit der Männer«, wie sie es in ihrer Art ausdrückte: Beschwerden über Mädchen der Oase, die – obgleich das verboten war – doch mit Ölbohrern hinter die Büsche und in die Sanddünen gegangen waren und dann allerlei Krankheiten hinterließen; von einer widerlich juckenden Krätze bis zu einer ausgewachsenen Gonorrhöe. Achmed hatte dann immer großzügig abgewunken. »Warum schlafen sie mit unseren Weibern?« fragte er hochmütig. »Unsere Männer werden nicht krank! Es muß an dem merkwürdigen Blut der Weißen liegen.«

»Wenn Sie etwas erreichen wollen, Doktor«, hatte Cathérine vor der Fahrt nach Bou Akbir gesagt, »dann müssen Sie mit dem Scheich reden. Er ist Alleinherrscher in der Oase. Und er möchte uns Eindringlinge in seine Wüste am liebsten fressen.«

Nun stand also Dr. Bender vor Seradji, und Achmed erkannte ihn sofort. Er brauchte erst gar nicht aus dem Aktenschrank die Traumzeichnung Saadas zu holen. Diese Augen, dieses stolze Gesicht, die blonden Haare – er war es! Ohne Zweifel. Allah hatte ihn im Traum angemeldet, und Achmed schämte sich vor seinem Gott, daß er daran gezweifelt hatte, daß es diesen Mann überhaupt geben konnte.

Der Empfang im Haus des Scheichs war höflich, aber eisig. Seradji bot Dr. Bender ein rundes Lederkissen als Sitz an, streifte Cathérine mit einem abweisenden Blick, als auch diese sich ohne Aufforderung setzte, und hockte sich dann selbst auf den dicken Teppich. Ein Diener brachte ein kupfernes Tablett, auf dem eine schmale Kaffeekanne, ein Topf mit Kamelstutenmilch und ein Gefäß mit Honig standen. Drei kleine, runde Tassen wurden auf ein aus Messing getriebenes Tischchen gestellt.

Die Höflichkeit, einen Gast zu bewirten, verletzte Seradji nie, aber nach dem Schluck heißen, dickflüssigen Kaffee folgte die dicke Quaderwand der Ablehnung.

Er ist es, dachte er immer wieder. Bei Allah, er wird mir meine Tochter wegnehmen. Was kann ich tun?

Er flüsterte mit dem Diener und war danach zufrieden. Saada wurde eingesperrt, solange der Fremde in der Oase war. Wer sich nicht sieht, kann sich auch nicht lieben. Das ist eine furchtbar einfache Weisheit.

»Was führt Sie zu mir?« fragte Achmed in einem einwandfreien klassischen Französisch. Er war ein gebildeter Mann, und es war gut, das auch mitten in der glühenden Wüste herauszustellen. Dr. Bender stellte die Tasse mit dem dampfenden, herrlich duftenden Kaffee zurück auf den Messingtisch.

»Es sind zwei Dinge, Scheich«, sagte er. »Zunächst wollte ich mich vorstellen als der neue Arzt für diesen Bohrdistrikt. Ich wohne auf Station XI.«

»Ich sehe es an Ihrer Begleitung«, antwortete Achmed zurückhaltend. »Seien Sie willkommen, Doktor.«

»Zum anderen möchte ich einen Kranken ansehen.«

»Bei mir?« Die Lippen Achmeds wurden schmal.

»In Ihrer Oase. Schwester Cathérine sagte mir, daß seit zehn Tagen ein Mann mit heftigen Magenkrämpfen in seinem Haus liegt und auch Blut spuckt.«

»Schwester Cathérine liebt es, zu übertreiben.« Ein harter Blick traf die Krankenschwester. »Der Mann ist längst wieder gesund. Er hatte verdorbenes Fleisch gegessen. Wir heilten ihn mit Kräutersaft. Unser Arzt in Bou Akbir ist gut.«

»Sie haben einen Arzt hier?« fragte Dr. Bender erstaunt. Er

blickte Schwester Cathérine an, aber diese schüttelte mißmutig den Kopf.

»Was sie hier so Arzt nennen«, sagte sie grob. »Der Kerl hat irgendwo im Norden eine Art Sanitäterausbildung gemacht. Erste Hilfe und so. Dann hat er im Algerienkrieg die verwundeten Berber versorgt. Sogar amputiert hat der Kerl. Seitdem nennt er sich Hakim.«

»Er ist einer!« warf Achmed dazwischen. »In Bou Akbir gibt es keine Kranken.«

»Weil sie rechtzeitig sterben...«

»Es war ein Fehler Allahs, die Frauen mit einem Mund zu schaffen.« Achmed klatschte in die Hände. Der Diener erschien wieder, lautlos, wie ein Schatten aus der Wand, und räumte das Geschirr ab. Die Höflichkeit wurde weggetragen, nun blieb die verborgene Feindschaft übrig. »Ich habe keinen Kranken hier, Doktor, der zu Ihrer Beschreibung paßt.«

Dr. Bender sah auf seine Hände. Was Cathérine von Bauern aus der Oase gehört hatte, war die Wahrheit. Die Symptome glichen genau denen der Hadjar-Krankheit. »Wir müssen sofort hin!« hatte Dr. Bender gesagt. »Wenn in Bou Akbir diese verfluchte Krankheit ist, kann hier bald der Teufel los sein! Ich habe für diesen Fall alle Vollmachten der Gesellschaft und der Regierung in Algier.«

»Trotzdem möchte ich den Magenkranken einmal sehen«, sagte er jetzt und sah Seradji Achmed freundlich an. »Zur Sicherheit.«

»Für die Sicherheit meiner Oase sorge ich selbst.«

»Es kann eine ansteckende Krankheit sein.«

»Sie ist es nicht.«

»In einem halben Jahr kann Bou Akbir eine Leichenstadt sein.«

»Wenn es Allahs Wille ist – wer kann ihn hindern?« sagte Achmed und blickte an die Decke des großen Audienzzimmers.

»*Ich* werde es verhindern, Scheich.«

»Er will Allah zwingen... welch ein Frevel!« Seradji sprang auf, seine schwarzen Augen glühten. »Ich spreche kein Wort mehr mit Ihnen, Monsieur! Verlassen Sie mein Haus. Sofort! Sie beleidigen meinen Gott!«

Dr. Bender und Cathérine erhoben sich von ihren runden Sitzkissen. »Das hat er gut hingekriegt«, sagte sie. »Wenn ein

Gespräch bei Allah endet, gibt es keinen Rückweg mehr. Gehen wir, Doktor!«

»Noch nicht.« Dr. Bender trat einen Schritt auf Achmed zu, der in stolzer Haltung, die Hände am Gürtel seines Untergewandes, wie ein Nachfolger der fanatischen Derwische wirkte. Die Dschellaba, den weiten Umhang, hatte er über die Schultern zurückgeschlagen. »Wenn in Ihrer Oase die Hadjar-Krankheit ist, wird sie auch Sie nicht verschonen, Scheich.«

»Auch das liegt in Allahs Hand.«

»Sie sturer Hund!« schrie Bender plötzlich. Achmed zuckte vor dem Ton zusammen, aber rührte sich sonst nicht. Außerdem hatte Bender deutsch gebrüllt, merkwürdige Töne, die Achmed noch nie gehörte hatte. »Wissen Sie, daß ich Ihnen befehlen kann, mir den Kranken zu zeigen?« fuhr Dr. Bender wieder auf französisch fort.

»Erst will er Allah befehlen, jetzt Seradji Achmed. Was ist das für ein wunderlicher Mensch?« Achmed wandte sich an Cathérine. Seine Augenbrauen waren hochgezogen. Was an Spott möglich war, lag in seinem Blick.

»Das ist leicht zu erklären.« Dr. Bender nahm aus seiner Gesäßtasche eine dünne Brieftasche und holte daraus einen Brief hervor. Es war ein Schreiben des Gesundheitsministers von Algerien, der Dr. Bender bevollmächtigte, im Namen der Regierung zu handeln, was er auch tat. Nur weil die Hadjar-Krankheit so unheimlich und gefährlich war, konnte diese Vollmacht für einen Weißen zustande kommen. Man hatte in Algier lange gezögert, bis man den Brief unterschrieb.

Seradji Achmed las das Schreiben. Kein Muskel zuckte in seinem Gesicht. Wortlos gab er die Vollmacht an Dr. Bender zurück und blickte dann an ihm vorbei.

»Ein unangenehmer Mensch«, sagte er stolz. »Mein Diener wird Ihnen den Weg aus dem Haus zeigen, Monsieur.«

Zwei Minuten später standen Dr. Bender und Cathérine wieder auf der Straße vor ihrem Wagen. Kinder spielten auf der Kühlerhaube und benutzten die hinteren Kotflügel als Rutschbahnen. Kinder, unbeschreiblich schmutzig, in zerfetzten Kleidern, in den Augenwinkeln Fliegen, als hätten sie dort ein Nest.

»Das war ein vollendeter Rausschmiß«, sagte Cathérine sarkastisch. »Was wollen Sie tun, Doktor?«

»Den Kranken suchen.«

»Wie?«

»Mit meiner Vollmacht. Gehen wir zur Moschee. Der Priester wird den Kranken auch kennen.«

»Ihre dumme Vollmacht aus Algier können Sie sich einrahmen lassen als Bildnis von der Blödheit der Behörden! In der Wüste gilt das Gesetz Allahs, wie vor tausend Jahren! In Bou Akbir sind Sie ab heute ein Aussätziger, weil Seradji Achmed es will. Sie vergessen eins: Diese glühende Sonne trocknet die Hirne nicht aus, sondern läßt einen Stolz wachsen wie einen Urwaldbaum.«

»Auch wenn sie an der Hadjar-Krankheit reihenweise krepieren werden?«

»Auch dann! Was Allah macht, ist gut.«

»Aber was ich machen werde, ist besser!« Dr. Bender setzte sich in den Jeep. Was jetzt? dachte er. Die offene Feindschaft Achmeds war ihm unerklärlich. Man hatte ihm erzählt, der Scheich von Bou Akbir sei ein gebildeter Mann, der gerade Reformen gegenüber sehr aufgeschlossen war. Nun erlebte er gerade das Gegenteil, das graue Mittelalter in der Wüste. Warum? Schon als er ins Haus kam, hatte Dr. Bender die Gegnerschaft gespürt. Es war, als knisterte die Luft vor elektrischer Spannung.

»Was raten Sie mir, Cathérine?« fragte er plötzlich.

Cathérine zuckte zusammen. Wie er das sagt, dachte sie. Wie mein Name so ganz anders klingt, wenn er ihn ausspricht. Es ist, als gleite seine Hand über meine Haut, und das ist ein verzauberndes Gefühl.

Sie strich sich mit beiden Händen durch die kurzen, fahlgelben Haare und schürzte die Lippen.

»Wenn Sie zurückfahren, gestehen Sie Ihre Niederlage ein. Bleiben Sie aber, müßten Sie Berge versetzen können, um ans Ziel zu kommen. Suchen Sie eins aus, Doktor.«

»Ich bleibe und fahre rund um die Oase.«

»Und wozu soll das gut sein?«

»Abwarten. Auch ein Seradji Achmed hat Nerven. Nichts regt mehr auf als ein Feind, der nichts tut. Achmed erwartet von mir eine Aktion, aber ich fahre spazieren. Das wird ihn verrückt machen.«

»Nicht übel.« Cathérine sah Dr. Bender von der Seite an, hinter halb gesenkten Lidern. Ihr Herz schlug schneller als sonst; sie spürte ihr Blut wie Sprudelwasser. Welche Dummheit, dachte sie dabei. Welcher Irrsinn, Cathérine. Seit zwei Jahren hältst du die Kerle mit der Pistole von dir fern, und bei diesem Mann merkst du, daß du ein weibliches Herz hast! Gib dem Herzen einen Tritt und sag ihm, es soll still sein. Was käme schon dabei heraus? Ein Abenteuer, das eines Tages der Wüstensand zuweht. Eine Liebe, die in der Sonne verdunstet. Verdammt, ich hasse die Männer. Bisher haben sie sich mir gegenüber benommen wie die wilden Tiere.

»Fahren wir!« sagte sie mit plötzlich rauher Stimme. »Ich bin gespannt, wie das alles ausläuft.«

Und sie meinte es doppelsinnig und blickte dabei auch nach innen, wo es kochte und brodelte wie in einem Dampftopf.

Dr. Bender fuhr mit dem Jeep davon, und Seradji Achmed sah ihm durch die Gartenhecke nach. Er war in großer Erregung. Saada, die bis zur Abfahrt des Arztes eingesperrt bleiben sollte, war verschwunden. Die Diener hatten sie fieberhaft im Haus und im Garten gesucht, um den Befehl des Scheichs auszuführen. Vergeblich. Saada hatte das Haus verlassen, ehe Achmed die Einschließung anordnen konnte.

»Dann bewacht ihn!« schrie Seradji die Diener an. »Laßt ihn nicht aus den Augen! Verhindert, daß ihn Saada sieht! O bei Mohammed, ich hänge euch an den Bärten auf, wenn Saada ihm auch nur von weitem ins Auge blickt!«

Nach zwei Stunden wurde die Sache für Seradji rätselhaft. Seine Diener meldeten ihm, daß der weiße Hakim um die Oase fahre... draußen herum, dort wo der fruchtbare Boden überging in Geröll und Sandwüste.

»Sein Wagen hüpft durch den Palmenwald wie ein Floh!« sagte einer der Bewacher. »Immer rundherum. Er ist verrückt, Scheich.«

Seradji Achmed wurde unruhig. Was soll das, dachte er angestrengt. Nur ein Irrer fährt um die Oase. Was hat er davon, Bou Akbir zu umkreisen?

Nach drei Stunden noch dasselbe.

Auch nach vier Stunden.

»Er fährt noch immer rundherum«, sagten die Diener. »Einmal hat er schon nachgetankt aus den Kanistern.«

Es war um die Mittagszeit, als sich auch in Bou Akbir alles vor der Hitze verkroch, in den kühleren, fensterlosen Zimmern der Steinhäuser lag oder in den Gärten zusammenhockte und auf dem Boden eine Art Domino spielte – ein Privileg der Männer, während die Frauen im Haus blieben. Da stand plötzlich an der zerbröckelnden Mauer eines Gartens ein Mädchen und winkte Dr. Bender zu. Das Mädchen trug ein kurzes, europäisches, weißes Kleidchen mit großem Blumenmuster. Darüber hatte sie einen großen, durchsichtigen Umhang gelegt, der auch die langen schwarzen Haare bedeckte. Dr. Bender bremste sofort.

»Sehen Sie da!« sagte er. Cathérine nickte mit schmalen Lippen.

»Fahren Sie weiter, Doktor. Es kann eine Falle sein.«

»Wenn das stimmt, ist die Falle wenigstens entzückend.«

Über der Nasenwurzel Cathérines erschien eine tiefe, steile Falte.

»Sie will betteln«, sagte sie rauh.

»Danach sieht sie nicht aus. Sie trägt sogar ein modernes Kleid.« Dr. Bender stieg aus, Cathérine sprang aus dem Jeep wie ein Soldat, der aus dem Hinterhalt beschossen wird.

»Jetzt erkenne ich sie«, sagte sie heftig atmend. »Es ist Saada. Die Tochter Achmeds.« Sie packte plötzlich den Arm Dr. Benders und hielt ihn fest. »Gehen Sie nicht weiter! Kehren wir zum Wagen zurück. Der Scheich hat uns deutlich gesagt, was er von uns denkt. Jetzt ohne seine Erlaubnis mit seiner Tochter zu sprechen, wäre eine grobe Beleidigung. Sie wissen noch nicht, was das in der Wüste bedeutet.«

»Nicht *ich* will mit ihr sprechen, sondern sie mit mir. Sie winkt mir ja zu.« Dr. Bender befreite sich aus dem Griff Cathérines. Er sah sie verwundert an, denn ihr Gesicht war gerötet, ihre Brust flog vom schnellen Atmen und ihre graugrünen Augen sprühten von einer nie geahnten Leidenschaft. »Was haben Sie denn, Cathérine?«

»Ich muß Sie vor Dummheiten bewahren. Kommen Sie zurück!«

Aber es war zu spät. Das Schicksal, das Saada im Traum gesehen hatte, vollzog sich unaufhaltsam. Saada wehrte sich nicht dagegen, lief nicht mehr vor ihm weg, versteckte sich nicht mehr. Es ist so vorbestimmt, dachte sie. Ich kann mich verkriechen, wo ich will: Er wird mich immer erreichen. Warum soll ich weglaufen, welchen Sinn hätte es? Mein Herz läuft ja mit, ich kann es nicht aus der Brust reißen, und solange mein Herz in mir ist, wird es zittern bei seinem Anblick, wird es jauchzen in seiner Nähe...

Vier Stunden lang hatte sie an der alten Mauer gesessen und den fremden Mann beobachtet. Wenn er vorbeigefahren war, hatte sie Obst gegessen und sich ins Gras gelegt, in den bleiernen Himmel gestarrt und hinüber zu den Sanddünen, über deren Kämme der ständige Wüstenwind flache Nebel aus weißgoldenem Staub trieb. Kam dann aus der Ferne der Wagen wieder heran, sprang sie auf und versteckte sich hinter dem Stamm einer dicken Palme. Mit großen, schwarzen Augen betrachtete sie den weißen Mann, und das Gefühl in ihr war so selig, daß sie den rauhen Stamm der Palme umschlang und die Rinde küßte. In der fünften Stunde trat sie dann hervor und winkte... Allah wollte es ja so.

Und dann standen sie sich gegenüber, sahen sich eine Weile stumm an, und es war ihnen, als seien sie keine Fremden, sondern wären sich immer und überall schon begegnet.

»Ich habe Ihr Gespräch mit meinem Vater gehört«, sagte Saada ohne Einleitung. Ihre Stimme war hell, von einem Ton wie melodisch schwingendes Glas. »Es gibt eine dünne Tür in der Wand, davor hängt ein Seidenvorhang. Ich stand dahinter. Mein Vater ist ein unhöflicher Mann... ich bitte um Entschuldigung, Monsieur docteur...«

»Nicht alle Menschen finden sich gegenseitig sympathisch. Dabei bin ich gekommen, um zu helfen. Wenn es Sie beruhigt, Mademoiselle: Ich nehme Ihrem Vater nichts übel.«

»Sie sind Arzt?«

»Ja. Dr. Ralf Bender.«

»Welch ein Name.« Sie lächelte, und es war, als blühe eine Rose auf. »Wo kommt er her?«

»Ich bin aus Deutschland.«

»Deutschland?« Saadas Blick ging an Dr. Bender vorbei in die Unendlichkeit. »Ist es das Land, wo es weiß regnet?«

»Ja. Im Winter. Wir nennen es Schnee.«

»Ich habe davon gelesen. In einem Märchenbuch aus Frankreich. Es war schwer, sich das vorzustellen. Weißer Regen. Da habe ich ihn gemalt... auf schwarzes Papier weiße Tupfen... da erkannte ich es, und es war schön. Hier sind nur Sand und Sonne.«

»Ich beginne sie zu lieben.«

»Sie wollten einen Kranken suchen, docteur?«

»Ja. Aber Ihr Vater sagt, es gibt keinen.«

»Er lügt. Der Kranke ist Abdallah Ibn Rahman, ein Kesselschmied. Er schreit vor Schmerzen. Dreimal am Tag ist der Hakim bei ihm und gibt ihm Tropfen. Danach schläft er. Aber Ali, Abdallahs Sohn, hat gesehen, daß der Hakim ihm einfach mit einem hölzernen Hammer auf den Kopf schlägt, damit er still liegt.«

»Eine einfache Behandlung.« Dr. Bender wandte sich zu der bisher stillen Cathérine um. Ihr Gesicht war verkniffen und machte sie jetzt älter, als sie war. »Ich sage Ihnen, Cathérine, das kann eine Katastrophe geben. Ein Kesselschmied ... mein Gott, mit wieviel Personen ist er als Virusträger schon zusammengekommen! Diese idiotischen Selbstmörder!«

»Nicht schimpfen, docteur.« Saadas Augen glänzten wie poliert. »Ich führe Sie zu Abdallah. Ich habe mit Ali, dem Sohn, gesprochen. Er erwartet Sie.«

»Was sagen Sie nun, Cathérine?« Dr. Bender streckte Saada beide Hände entgegen. »Ich danke Ihnen, Mademoiselle.«

»Ich heiße Saada Aisha Sinah. Aber ich werde nur Saada gerufen.«

»Drei Namen wie Musik.«

»Ihr Vater wird Sie auspeitschen, wenn er davon erfährt«, sagte Cathérine laut.

»Er wird es nie erfahren! Wo liegt der Kranke, Saada?«

»Hinter dieser Mauer, docteur. Kommen Sie!«

Sie schob ein paar lose Steine aus dem alten Mauerwerk, und ein Loch wurde frei, groß genug, um bequem hindurchzusteigen. Ein verwilderter Garten mit verfilzten Büschen nahm sie auf. Im Hintergrund, zu einer Nebenstraße hin, stand ein niedriges, von der Sonne gebleichtes Haus mit einem schiefen, eingebrochenen Dach. Dahinter ragte ein zweites, flaches Dach auf, auf dem an einer Leine Wäsche wehte. Zwei verschleierte Frauen saßen wie Lehmfiguren dazwischen, anscheinend unbeweglich.

»Das vordere ist Abdallahs Werkstatt«, sagte Saada und ergriff Dr. Benders Hand, als müsse sie ihn durch ein Labyrinth führen. »Dahinter auf dem Dach des Wohnhauses sitzen seine Frau und seine Tochter. Ali ist bei ihm im Haus und bewacht seine Schmerzen. Kommen Sie schnell, docteur!«

Abdallah Ibn Rahman lag im Sterben.

Dr. Bender sah es sofort, als er in das halbdunkle, karg möblierte Zimmer trat. Die fahle, graue, stumpfe Haut, die blutleeren Lippen, die Erschlaffung aller Muskeln... Abdallah verblutete nach innen. Seine Magenwand war zerrissen, zerfressen von den unheimlichen Viren, die plötzlich in der Wüste aufgetaucht waren und von denen niemand wußte, woher sie kamen.

Ali, der Sohn, hockte neben Abdallah auf dem festgestampften Boden. Ein Teppich aus Palmfasern war alles, was den Raum wohnlich machte.

»Ist das der fremde Hakim?« fragte Ali und starrte Dr. Bender kritisch an. Seitdem er heimlich beobachtet hatte, wie der Hakim von Bou Akbir den stöhnenden Vater durch einen Hieb mit einem Holzhammer einschläferte, hatte er ein tiefes Mißtrauen gegenüber der Medizin.

»Ja.« Saada nickte und winkte Ali, den Platz neben Abdallah frei zu machen. »Er wird dir helfen.«

»Ich fürchte, dazu ist es jetzt zu spät.« Dr. Bender kniete neben Abdallah auf der Palmmatte und schob die unteren Lider von den geschlossenen Augen.

Eine helle, fast weißliche Schleimhaut. Das gleiche im Mund, als er die Oberlippe hochhob.

Totaler Blutverlust. Dafür schwappte es im Unterbauch, als sei er ein gefüllter Wassersack.

Abdallah spürte von all dem nichts mehr; er lag im Koma, und nur sein gutes Herz schlug noch, unregelmäßig und schwach, aber es arbeitete, solange noch ein Tropfen Blut zu pumpen war.

»Die Tasche!«

Cathérine reichte Dr. Bender die Arzttasche. Er klappte sie auf und entnahm ihr den Spritzenkasten. Mit hochgezogenen Brauen sah sie zu, wie er eine Spritze aufzog und dann die Nadel aufsteckte.

»Ich würde es nicht tun«, sagte sie.

»Warum?«

»Abdallah liegt im Sterben. Wenn Sie jetzt injizieren, wird man sagen, Sie hätten ihn getötet, denn Sie haben ihn als letzter angefaßt. Der Kerl, der hier Arzt spielt, wird alle Schuld auf Sie schieben. Warten Sie noch etwas... es wird sich alles von allein regeln...«

»Ich kann als Arzt nicht untätig herumsitzen und zusehen, wie jemand stirbt.«

»Können Sie ihm helfen?«

»Nein.«

»Hat er Schmerzen?«

»Jetzt nicht mehr.«

»Also, was wollen Sie noch?«

Dr. Bender erhob sich und legte die aufgezogene Spritze zurück in den Sterilkasten. »Sie bleiben mir ein Geheimnis, Cathérine.«

»Wollen Sie immer so schnell Klarheit? Wir kennen uns kaum vierundzwanzig Stunden.«

»Warum tut er nichts?« fragte Ali im Berberdialekt Saada. »Er steht auch nur herum wie unser Hakim.«

»Es ist zu spät, Ali.« Saada kniete neben dem sterbenden Abdallah, aber Dr. Bender riß sie zurück, so plötzlich, daß sie leise aufschrie.

»Nicht berühren! Es ist ansteckend. Sagen Sie Ali, daß ich ihm und allen Bewohnern des Hauses ein Serum spritzen muß. Ob es hilft, weiß ich nicht, wir haben noch keine Erfahrung damit. Um sie zu sammeln, bin ich ja hier. Sagen Sie ihnen, sie sollen keine Angst haben; ich will ihnen nur helfen.«

Eine Stunde später starb Abdallah Ibn Rahman. Es war ein stilles Sterben. Das Herz setzte einfach aus, es gab kein Blut zum Pumpen mehr in den großen Adern. Er starb allein, denn Dr. Bender impfte Saada, Ali, die Frau Ibn Rahmans und die beiden Töchter, die irgendwoher aus den Winkeln des Hauses hervorkrochen wie blinde Hühner. Als alle zurück in das Wohnzimmer kamen, lag Abdallah erlöst auf der Palmblättermatratze. Sein farbloser Mund stand offen, und ein Schwarm dicker Fliegen umkreiste sein spitzes, zu einer Kindergröße zusammengeschrumpftes Gesicht.

»Ich brauche die Leiche«, sagte Dr. Bender später zu Saada. Im Zimmer klagten die Weiber laut neben dem Toten und erfüllten das Haus mit ihren schrillen Schreien. Es war keine echte Trauer, denn Abdallah war immer ein Tyrann gewesen, aber jetzt gönnte man ihm die ewige Ruhe und schrie laut im Chor, denn je lauter man einen Toten beweint, um so mehr rührt man das Herz Allahs und öffnet das Paradies.

»Was wollen Sie denn damit?« Cathérine ahnte, was Dr.

Bender plante. Die Komplikationen, die daraus im Lager XI entstehen konnten, waren unüberblickbar.

»Ich will ihn genau untersuchen.«

»Obduzieren?«

»Ja.«

»Bei uns?«

»Natürlich. Ich werde eine Isolierstation einrichten. Alles ist vorbereitet. Ich nehme an, daß jetzt gerade einige Hubschrauber aus Hassi Messaoud landen und alles Material ausladen. Ich habe von Algier einen kompletten kleinen OP mitgebracht. Daß ich direkt bei meiner Ankunft einen Hadjar-Fall vorfinde, ist ein ungeheures Glück. Ich kann sofort mit meiner Arbeit beginnen.«

»Wie Sie wollen!« Cathérine hob die Schultern. Die Bluse spannte sich dabei wieder über ihren Brüsten, und Dr. Bender stellte erneut fest, daß sie eigentlich sehr hübsch sein könnte, wenn sie mehr Wert auf ihr Äußeres legen würde. »Pierre wird Ihnen Schwierigkeiten machen, Doktor.«

»Serrat geht mich nichts an!«

»Unterschätzen Sie ihn nicht! Er ist in unserem Gebiet die Faust, gegen die niemand ankommt.«

In der Nacht geschah etwas Seltsames.

Ein Kamel, beladen mit einer Rolle aus Palmmatten, verließ die Oase Bou Akbir und trottete hinaus auf die Wüstenpiste. Ali saß vorne am Hals des Kamels, eingewickelt in seine dicke Dschellaba, und betete die Sterbesuren aus dem Koran.

Zehn Kilometer von Bou Akbir entfernt wartete Dr. Bender mit einem kleinen Kastenwagen auf das einsame Kamel. Als es gegen den sternenübersäten Himmel auf dem Kamm der Sanddünen auftauchte wie ein Holzschnitt gegen eine silberbesprengte Wand, blinkte er dreimal kurz mit einer Taschenlampe.

»Er kommt tatsächlich«, sagte Cathérine, die im Wagen saß und trotz des dicken Pullovers in der kalten Wüstennacht fror.

»Ich habe ihm ja auch 400 Francs versprochen.«

»Was haben Sie?«

»Ich habe ihm den Vater abgekauft. Soviel hätte er selbst für den Lebenden nicht bekommen.«

»Jetzt bleiben *Sie* mir ein Rätsel, Doktor.«

»... weil wir uns erst vierunddreißig Stunden kennen!«

Er lächelte und ging Ali ein paar Meter entgegen. Das Kamel hob den Kopf und brüllte dumpf. Dann blieb es stehen und ging in die Knie, zuerst mit den Vorderbeinen, dann hinten. Ali sprang in den Sand und legte die Hand auf die Mattenrolle.

»Hier ist er, Hakim!«

»Danke, Ali.«

Dr. Bender gab ihm ein Bündel Geldscheine, die Ali schnell in seiner unsichtbaren Tasche unter seiner Dschellaba verschwinden ließ. Dann banden sie die Rolle vom Kamelsattel und trugen sie hinüber zum Wagen.

So kam Abdallah Ibn Rahman auf die Station XI und wurde in eine elektrisch gekühlte Spezialwanne gelegt, eine Art Tiefkühltruhe, die ein paar Stunden vorher mit dem Hubschrauber in die totale Einsamkeit der Sandwüste geflogen worden war.

Der nächste Morgen brachte den Besuch Pierre Serrats in der Krankenbaracke. Dr. Bender saß gerade beim Frühstück, als die Tür aufflog und der Bulle von Mensch hereinkam, daß die Dielen zitterten.

»Was ist das nebenan?« bellte er ohne Begrüßung. »Isolierstation. Abgeschlossen! Merken Sie sich eins, Doktor: Bei mir gibt es keine abgeschlossenen Türen!«

»Aber die bleibt zu!« Dr. Bender lehnte sich zurück. »Und auch die Krankenbaracke wird nur von dem betreten, der krank ist!«

»Oho! Und wer bestimmt das?«

»Ich!«

»Einen Scheißdreck tun Sie!« Pierre Serrat warf die Tür mit einem Fußtritt zu, daß die Wände knirschten. »Was im Camp XI geschieht, bestimme ich!«

»Zuerst doch wohl Ingenieur de Navrimont –«

»O Gott! Den sehen wir nur viermal am Tag, wenn er auf den Lokus rennt.« Serrat baute sich breitbeinig vor Dr. Bender auf, ein Gebirge aus Fleisch und Knochen, das unüberwindbar schien. »Geben Sie den Schlüssel her!«

»Welchen?«

»Fragen Sie nicht so dämlich! Den vom Isolierraum. Ich will

sehen, was Sie da verstecken. Ist es wahr, daß Sie gestern nacht mit dem Wagen V unterwegs waren?«

»Ja.«

»Auch das hört sich auf! Wer einen Wagen braucht, hat sich bei mir zu melden!«

»Nun hören Sie mal zu, Serrat...«

»Den Schlüssel!« brüllte Pierre wie ein Stier. »Ich höre Ihnen nicht zu! Ich klebe Sie an die Wand wie einen Kalender, wenn Sie aufsässig werden!«

Dr. Bender sah Pierre Serrat ruhig an. Die große Kraftprobe war gekommen. Bisher hatte alles nach den Befehlen Serrats gehandelt, er war der Herr über sechs Bohrtürme und drei Camps, von denen Nr. XI die Zentrale war. Er regierte mit der Faust, und es war bisher immer gutgegangen. Vielleicht war es anders auch nicht möglich, in der Wüste Ordnung zu halten, bei einer Horde Männer, von denen keiner vom anderen wußte, wer er wirklich war. Nur das galt: die Arbeit am Bohrturm, das Schuften unter glühender Sonne, das Durchhalten bei 50 Grad Hitze, das Überleben im Sandsturm, das Ertragen der Einsamkeit zwischen Wüstensand und gnadenlos glühendem Himmel. Wer hier ausbrach, einen Koller bekam und durchdrehte, den brachte nur die Faust Serrats wieder zur Vernunft. Ein paarmal hatte man es erlebt, zuletzt bei dem Polen Leo Domaschewski. Vor sechs Wochen lief er mit einer Sprengladung durch das Lager und drohte, sich und die ganze Bande – wie er die Kameraden nannte – in die Luft zu jagen. Keiner wagte es, sich ihm zu nähern, denn er hielt sein Feuerzeug an die Zündschnur... da kam Pierre Serrat mit einem Jeep von Station XII, sprang heraus, zog im Laufen seine Jacke aus und zeigte die riesigen Pakete seiner Muskeln. Das war so faszinierend, daß Leo Domaschewski ganz vergaß, die Zündschnur anzustecken. Als er es dann dennoch tun wollte, war es schon zu spät: Er flog von einem mörderischen Schlag waagrecht durch die Luft und ließ die Sprengladung fallen. Drei Wochen lag er dann mit schiefem Gesicht im Krankenrevier und ließ sich von Cathérine pflegen. Kurz vor seiner Entlassung heulte er wie ein getretener Hund: Er hatte Cathérine zufällig durch die Ritze einer Tür beobachtet, wie sie sich wusch. Nackt stand sie vor einem Holzkübel und goß sich das Wasser über ihre festen, spitzen Brüste.

Von da an war Leo Domaschewski wie ein Kater. Er wartete.

Wartete auf die Stunde, in der selbst ein Weib wie Cathérine es müde war, immer nur die Männer abzuwehren.

»Sie ist gebaut wie jede Frau«, sagte er zu sich. »Sie hat oben alles und unten alles, ich hab's ja gesehen! Und getan hat sie's auch schon, ganz sicher! Einmal wird sie weich. Wer's schon mal gemacht hat, kann auf die Dauer nicht darauf verzichten.«

Doch nun war der Arzt gekommen. Ein Hauch der fernen, heilen Welt wehte mit ihm in die Wüste. Er trug weiße Anzüge, weiße Hemden und hatte gepflegte Hände. Und er wollte befehlen, die Macht Pierre Serrats aufweichen. Das war unmöglich!

Pierre schürzte die dicken Lippen, als Dr. Bender keinerlei Anstalten machte, sich zu erheben und den Schlüssel des Isolierraumes herauszugeben. Im Gegenteil, er sagte:

»Was glauben Sie, passiert wohl, wenn ich über Sie eine Beschwerde nach Ouargla schicke?«

»Nichts!« brüllte Serrat. »Einen Dreck ist Ihre Beschwerde wert. Ärzte gibt es genug, die werden von den Universitäten nur so ausgespuckt. Aber Mineure, Bohrfachleute, Vorarbeiter wie mich, die suchen Sie mal! Für die Gesellschaft ist ein Serrat wertvoller als hundert Ärzte! *Ich* bohre ihnen das Öl, mit *mir* verdienen sie Geld, *ich* verrecke für sie in der Wüste... Sie kosten nur Geld, Doktor. Sie sind nur ein Aushängeschild der Humanität. Weil es sich so schön anhört: Ärztliche Betreuung in der Wüste. Der Albert Schweitzer der Wüste! Alles Scheiße! Geld muß aus der Wüste kommen. Geld! Dafür bin ich da!« Pierre Serrat hielt die riesige Pranke offen hin. »Wie ist das nun? Wo bleibt der Schlüssel?«

»In meiner Tasche«, sagte Dr. Bender ruhig.

Pierre Serrat zog den Kopf ein und atmete tief auf. Mit einem gewaltigen Schritt war er vor dem Tisch Dr. Benders, hob ihn mit allem Geschirr hoch und warf ihn gegen die Wand. Krachend zerbarst der Tisch, das Geschirr klirrte über den Boden.

Drei Räume weiter, in der Ambulanz, die Schwester Cathérine jeden Morgen um 8 Uhr allein durchführte, hoben die vier Männer, die zum Verbandswechsel kamen, die Köpfe und grinsten breit.

»Pierre stellt sich vor«, sagte einer. »An der Visitenkarte wird der Doktor noch lange zu tragen haben.«

»Ihr wartet einen Augenblick.« Cathérine legte die Verbandspäckchen hin, holte die Pistole aus dem Halfter, entsicherte sie und steckte sie wieder ein. Plötzlich war es still im Zimmer, das Grinsen auf den Gesichtern erfror.

Mit großen Schritten verließ Cathérine die Ambulanz und warf die Tür zu.

»Jetzt gibt's Kleinholz«, sagte einer der Ölbohrer und suchte in seinen Taschen nach einer Zigarette. »Verdammt, wer die heiratet, muß Eisen fressen können!«

Pierre Serrat stand vor Dr. Bender, der nun einsam mitten im Zimmer saß, wie ein Delinquent auf dem elektrischen Stuhl. Er wird mich nicht angreifen, dachte Dr. Bender. Er blufft nur mit seiner Stärke. Er wird es niemals wagen, seinen Arzt zu schlagen. Er weiß genau, wie schnell es passieren kann, daß er mich braucht. Und außerdem: Er weiß nicht, daß ich Judo und Karate kann. Auch dieses Gebirge aus Muskeln ist mit einem Schlag zu fällen, mit einer Bewegung umzuwerfen. Ich werde ihn damit besiegen, aber es wird eine Todfeindschaft entstehen, gnadenloser als der glühende Sand der Sahara.

Pierre Serrat schien diesen Gedanken nicht zu haben. Er streckte die Arme vor, dick wie der obere Teil eines Elefantenrüssels, krallte die Hände in den Anzug Dr. Benders und hob ihn hoch wie eine Puppe.

»Den Schlüssel!« brüllte er. »Oder Cathérine muß Sie von der Wand kratzen.«

Dr. Bender wurde einer Antwort enthoben. Von der Tür krachte ein Schuß und fuhr vor Pierres Stiefelspitzen in die Dielen. So knapp war der Einschlag, daß die Sohle an der Kappe des linken Stiefels noch gestreift wurde.

Serrat ließ Dr. Bender fallen und wirbelte herum wie ein von hinten gestochener Stier.

»Du Satansaas!« schrie er dumpf, aber er blieb stehen, wo er war. »Du verfaulte Hure! Nimm das Ding weg!«

»Raus!« Cathérine winkte mit der Pistole zur Tür. Ihr Gesicht war von wilder Entschlossenheit. Serrat kannte es; so war es damals gewesen, als er sie ins Bett ziehen wollte und er zum erstenmal Respekt vor ihrer Pistole bekam, die sie unter dem Rock hervorzog. »Raus, du Büffel, oder ich schieße dir das weg, was du am liebsten hast!«

»Man sollte dich ans Bett nageln und dann ein ganzes Bataillon drüberjagen!« Pierre Serrat trommelte mit den Fingern gegen seine Schenkel. Er wußte, daß Cathérine schießen würde, wenn er auch nur eine falsche Bewegung machte... noch saß die Kugel im Bein, die er sich damals eingehandelt hatte.

»Gehen Sie hinaus, Doktor!« sagte Cathérine. »Ich muß mit dem Ochsen allein reden.«

»Nein. Das hier ist *mein* Zimmer. Ich bin der Ansicht, daß Eindringlinge zu gehen haben.«

»Und wenn ich Sie bitte –?«

Dr. Bender zögerte. Dann sah er die Augen Cathérines, und sie waren wieder von jenem grünen Glanz, den er schon am ersten Abend bewundert hatte.

Er hob die Schultern, wandte sich an Serrat, sagte: »Das war noch nicht alles!« und verließ sein Zimmer. Cathérine senkte die Pistole, als die Tür zugefallen war. Serrat tappte grunzend zum Fenster wie ein geschlagener Tanzbär.

»Was willst du?« fragte er.

»Laß ihn in Ruhe!« Cathérine stand breitbeinig an der Tür.

»Er ist ein Lackaffe!«

»Er ist anders als du, als ihr alle. Das ist er. Ihr seid Wüstensäue, er ist ein Herr. Er kommt aus der Welt, die euch ausgestoßen hat, weil ihr ihre Ordnung zerstören wolltet. Ihr seid Außenseiter der Menschheit, er aber ist ein Mensch.«

»Welch ein Gesang!« Serrat lachte dumpf. »Wo juckt es denn, meine Süße?!«

»Genau dort, wo du es annimmst.« Cathérine sagte es in einem Ton, der nichts Anstößiges hatte, sondern nur die Wahrheit. »Ich liebe ihn!«

»Du?«

»Ja.«

»Unfaßbar! Cathérine mit einem Mann im Bett. Eher wird die Wüste grün!«

»Ich habe auf ihn gewartet, die ganzen Jahre, ohne es zu wissen. Ihr habt mich angeekelt, ihr schweißstinkenden Böcke! Jeder Mann war Brechreiz für mich. Warum – meine Sache! Und dann kam er. Ich stand am Fenster, als er aus dem Hubschrauber kletterte. Und ich wußte sofort: Bei ihm fühle ich wieder wie eine Frau. Euch habe ich mit der Pistole von meinem Bett weggeschossen – ihn könnte ich mit der Waffe hineinzwingen.«

»Verdammt, bin ich ein Pfarrer? Was soll die Beichte? Sag's ihm!« Pierre Serrat starrte auf die Trümmer des Tisches an der Wand. »Weiß er's schon?«

»Nein. Und ich bringe dich um, wenn du ein Wort sagst!«

Sie hob wieder die Pistole. Serrat nickte grunzend wie ein Eisbär. »Wie kompliziert. Die Weiber mit ihrer verdammten Seele. Geh zu ihm, zieh dich aus und leg dich ins Bett. Alles andere läuft von selbst. Nur ein Problem wirst du haben, Schätzchen.«

»Welches?«

»Saada, die Blume der Wüste.«

Cathérine ließ die Pistole sinken. Ihre grüngrauen Augen wurden dunkel. »Was ist mit ihr?«

»Sie ist gestern nacht gesehen worden. In der Nähe von Camp X. Auf einem Pferd. Anscheinend war sie auf dem Weg zu uns. Als man sie anrief, wendete sie das Pferd und raste in die Wüste zurück. Jules, vom Magazin, hat sie erkannt.«

»Saada –« Cathérine blickte Pierre Serrat an. »Welch ein kleines Luder –«

»Es wird ein Wettrennen geben, Schätzchen.« Serrat lachte fett. »Beeil dich! Trainiere! Hol dir den Doktor in die Kissen, bevor er sich auf samtweicher Araberhaut ausruht! Du weißt ja: Wer einmal orientalisch geliebt hat, ist für die zivilisierte Form verloren. Ein Idiot, wer ein Rennpferd gegen einen Ackergaul eintauscht. – Das wird ein Problem, Süße!«

»Raus!« Cathérine winkte wieder mit der Pistole. Pierre Serrat trottete an ihr vorbei und legte die Hand auf die Klinke. Die Stimme Cathérines hielt ihn noch einmal zurück. »Ich schieße dir ein Loch in die blöde Stirn, wenn du einen Ton sagst!«

»Schon gut. Schon gut, mein Schätzchen.« Serrat öffnete die Tür. Aus dem Ambulanzraum schauten vier Köpfe, die sofort verschwanden, als Serrat aus dem Zimmer kam. Er schnaufte, trat die Tür nach draußen auf und verließ die Lazarettbaracke.

Cathérine ging zum Fenster und sah hinaus in die Wüstenberge. In ihrem Inneren war ein Druck, der ihr das Atmen schwer machte.

Saada, dachte sie.

Warum?

Sie kennt ihn doch gerade erst ein paar Stunden...

»Ich werde es verhindern«, sagte sie leise und blickte Pierre Serrat nach, der mit dem schaukelnden Gang eines Bären hinüberging zur Küchenbaracke. »Ich werde dem kleinen Hühnchen den Hals umdrehen, bevor es zu gackern beginnt.«

Seradji Achmed hatte eine furchtbare Nacht hinter sich. Erst beim Morgengrauen, als der Himmel über der Wüste rosa wurde und die Sanddünen violette Kämme bekamen, als seien sie ein Meer aus geronnenem Blut, beruhigte er sich: Saada war zurückgekommen. Auf dem Hengst Nama ritt sie in den Innenhof des Hauses und sprang leichtfüßig ab wie ein Berberreiter.

»Wo warst du?« brüllte Achmed. Er tat es nur der Diener wegen, die hinter ihm standen. Sie hatten erlebt, wie ihr Herr sich wie ein Irrer gebärdete, als man ihm gemeldet hatte, daß das Zimmer Saadas leer sei; daß sie aus dem Fenster geklettert sein mußte, an den Rosenstöcken herunter, deren Astwerk bis zum Dach reichte und die viermal täglich begossen wurden. Seradji hatte getobt, ließ die Rosenstöcke aus dem Boden reißen und verbrennen und verfluchte die Wachen in die tiefste Hölle. Mahmud, der für den Garten und den Stall zu sorgen hatte, bekam Ohrfeigen, weil er das Wegführen von Nama, dem Hengst, nicht gehört hatte, und überhaupt hatte sich Achmed benommen, als ginge die Welt unter.

Nun war Saada wieder zurückgekommen und warf die Zügel dem unglücklichen Mahmud zu, der dankbar ihre kleine Hand ergriff und sie küßte. Furchtlos ging sie ihrem Vater entgegen, mit hochaufgerichtetem Haupt. Sie trug Männerhosen und handgearbeitete, mit Goldritzereien verzierte Stiefelchen, eine Männerjacke und einen Gürtel mit dem Festtagsdolch Achmeds. Nur die schwarzen, flatternden Haare ließen erkennen, daß sie ein Mädchen war.

»Komm herein!« schrie Achmed wieder. »Tochter einer räudigen Hyäne!« Dann schwieg er betroffen, denn er hatte Damira, sein unvergessenes Weib, beleidigt.

Er ging voraus in den großen Audienzsaal, warf die geschnitzte Tür zu, als Saada an ihm vorbeistiefelte und sich auf einen der tiefen, mit Seide bezogenen Sessel setzte, in denen Seradji seine offiziellen Besucher empfing.

»Mein Herz ist fast verblutet«, sagte Achmed milder und rannte um Saada herum wie ein Löwe um seine Herde. »Wo warst du? Warum reitest du heimlich in der Nacht davon? Hast du den Teufel in dir?«

Saada schwieg. Sie sah mit verschleierten Augen wie in weite Ferne und schien die Worte ihres Vaters nicht zu hören.

Was ist mit mir? dachte sie. Ich kenne mich nicht mehr. Mein

Herz ist wie mit Musik gefüllt. Mein Blut ist ein kochender Bach. Meine Augen sehnen sich nach seinen Augen, meine Ohren lauschen seiner Stimme, meine Hände zittern unter dem Druck seiner Hand...

O Allah, mein Herz ist wie in Honig getaucht!

Die vergangene Nacht.

Als Dr. Bender wieder abgefahren war, hatte sie ihm nachgeblickt, bis der kleine Jeep in der Staubwolke auf der Wüstenpiste unterging. Dann hatte sie ihre Hand an die Lippen gelegt, die Hand, die er berührt hatte, und so träumte sie lange und war so selig glücklich-unglücklich, bis Ali, der Sohn des toten Abdallah, sie anstieß, scheu, unterwürfig, denn sie hatte auf mehrmalige Fragen nicht reagiert.

»Was soll ich tun, wenn der Hakim kommt?«

»Sag ihm, Abdallah schläft. Er soll ihn nicht stören.«

»Und morgen? Wenn mein Vater nicht mehr im Haus ist?«

»Dann schreist du, man habe ihn gestohlen.«

»Einen sterbenden Mann?«

»Es wird ein großes Rätsel sein. Du mußt nur Mut haben, zu lügen.« Als sie nach Hause kam, schwieg Achmed von dem Besuch des weißen Arztes. Aber er ließ sie einschließen, als es dunkel wurde, so wie man einen Edelstein in einem eisernen Schrank versteckt. An dicken Blumenranken kletterte sie herunter, holte Nama aus dem Stall, sattelte ihn und schlich in die Kleiderkammer ihres Vaters, um das Reitzeug zu holen. Auch den Dolch nahm sie mit und ein Gewehr mit silberbeschlagenem Kolben. Dann war sie losgeritten, den Spuren Alis nach, der mit dem Kamel den toten Vater zu dem weißen Hakim brachte.

Ich will ihn sehen, hatte sie gedacht. Nur sehen, von weitem belauschen. Und mein Herz wird in der Brust tanzen...

Seradji Achmed blieb jetzt vor Saada stehen. Er stampfte auf den Boden und holte sie damit in die Wirklichkeit zurück.

»Er ist gekommen«, sagte sie schlicht. Achmed gab es einen Stich. Er stöhnte auf.

»Du hast ihn gesehen?«

»Ja.«

»Und gesprochen?«

»Ja.«

»Wo?«

»Irgendwo.«

»Und er hat dein Herz weggenommen?«

»Ich habe es ihm nachgeworfen, Vater.«

»Du warst in der Nacht bei ihm?«

»Ich wollte zu ihm. Aber dann verließ mich der Mut.«

»Ich werde ihn zermalmen!« Achmed ballte die Fäuste und schüttelte sie hoch über seinem Kopf. »Ich werde ihn zerfleischen wie ein Geier! Stückweise werfe ich ihn den Hyänen vor! Bei Allah schwöre ich es!«

»Das ist ein dummer Schwur.« Saada schnallte den Gürtel mit dem Dolch ab und warf ihn auf den Boden. »Sein Leben ist mein Leben. Du müßtest mich auch töten.«

»Du bist verrückt, Saada!«

»Ich liebe ihn wie die Erde den Wassertropfen, wie der Vogel die Luft, wie die Sterne den Himmel.«

Seradji Achmed raufte sich die Haare, er brüllte noch vieles an diesem frühen Morgen, aber Saada hörte ihn nicht. Sie saß am Fenster und starrte hinaus in die Wüste, über der die Sonne aufging, gnadenlos und doch herrlich in ihrer tötenden Pracht.

Zitternd vor Wut und väterlicher Angst rannte Seradji Achmed hinaus.

Seine Rache folgte sofort, eine Rache der Ohnmacht.

Um zehn Uhr vormittags tauchten plötzlich vor dem Camp XII vierzig vermummte Reiter auf. Mit ohrenbetäubendem Geschrei jagten sie von allen Seiten heran, ritten ein paar verdatterte Ölarbeiter nieder, warfen Brandfackeln auf die Barackendächer, zündeten das Magazin an und sprengten den Ölturm »Liberté II« in die Luft. In dem schreienden Durcheinander des Überfalls hatten vier Reiter Zeit genug, die Sprengladung anzubringen und zu zünden. Zwei Minuten, nachdem die unbekannte wilde Horde wieder in der Wüste verschwunden war, krachte der Bohrturm zusammen und begrub drei Arbeiter unter den verbogenen Eisengerüsten.

Die Telefone klingelten, der Telegraf in der Funkbude rasselte.

Überfall auf Camp XII. Drei Schwerverletzte, neun Leichtverletzte. Keine Toten. Unbekannte Reiter zerstörten Bohrturm und zwei Baracken.

In Hassi Messaoud gab die Distriktleitung Alarm. Von Ouargla aus setzte sich eine Kolonne von zehn Lastwagen mit Soldaten der algerischen Volksarmee in Marsch. Öl – das war auch flüssiges Gold für die Regierung in Algier. So schön der Patriotismus ist: Geld in den Kassen ist wichtiger.

In Algier bat der Direktor der »Sahara-Petrol« um eine Besprechung mit dem Verteidigungsminister. In Marseille trat die Generaldirektion zu einer außerordentlichen Versammlung zusammen.

Auch in Camp XI klingelte das Telefon. Ingenieur de Navrimont, um diese Morgenstunde noch ansprechbar, begriff erst nicht, was seine Außenstelle meldete. »Überfall?« stotterte er. »Wieso? Warum? Das ist ja verrückt!« Dann stürzte er in das Büro, stieß den Schreiber zur Seite und zog an der elektrischen Sirene.

Gellend heulte vom Dach die Sirene über die schweigende Wüste. Von den Bohrtürmen rasten die Männer heran. Aus dem Schuppen rasselte ein Feuerwehrwagen, denn Alarm bedeutete bisher immer Brand.

Pierre Serrat war es, der Dr. Bender entgegenprallte, als dieser nach dem Sirenengeheul die Krankenbaracke verlassen wollte. Cathérine war nicht da, sie verhandelte drüben in der Küche mit René Bourgès, dem Koch, wegen einer Diät für den Gelbsuchtkranken. René stand auf dem Standpunkt, man solle Krepierende nicht aufhalten.

»Ein Überfall«, sagte Serrat mit breitem, bösem Grinsen. »Ihre Freunde, die Araber. Aber jetzt ist die Geduld zu Ende! Jetzt werden wir sie aufreißen wie ein Backhuhn! Packen Sie Ihre Klamotten, Doktor! Jetzt gibt es endlich Arbeit für Sie, die sich lohnt.«

Schon von weitem sahen sie die riesige, schwarze, fettige Wolke des brennenden Ölturmes »Liberté II«. Wie ein verkohlter Blumenkohl, so hing der Rauchpilz im fahlblauen, glühenden Himmel der Sahara.

Mit vier Wagen waren sie von Camp XI weggefahren, zwei Jeeps und zwei Feuerwehrautos, die völlig sinnlos waren, denn brennendes Öl kann man mit Wasser nicht löschen. Nun hielten sie auf der Kuppe eines Hügels, von dem die Wüstenstraße zu Camp XII ziemlich steil abfiel, und blickten hinüber zu der mit lodernden Flammen durchsetzten Wolke.

»Hunde!« knirschte Pierre Serrat. Er stand vorne im Jeep und hatte die Hände um die Windschutzscheibe gekrallt. »Jahrelang war es hier ruhig und jetzt fängt der Mist wieder an. Wissen Sie, was das bedeutet, Doktor? Leben auf der Spitze eines Dolches. Keine Nachtruhe mehr, überall kracht und brennt es, die Brunnen werden voll Sand geschüttet, oder man kippt tote Kamele hinein, damit das Wasser verseucht wird. Ich kenne das alles, ich lebe lange genug in diesem Mistland.«

»Und warum sind Sie dann noch immer hier, wenn Sie die Wüste so hassen?« Dr. Bender blickte den beiden Feuerwehrwagen nach, die in einem irrsinnigen Tempo an ihnen vorbeirasselten und die Wüstenpiste hinunterschossen. »Sie hätten hundertmal die Möglichkeit gehabt, nach Europa zurückzukehren.«

»Hätte ich.« Serrat setzte sich. Er stemmte die säulenförmigen Beine in den alten, ausgebleichten Stiefeln gegen den eisernen Boden des Jeeps und starrte auf die wabernde Lohe über dem Bohrturm. »Was wissen Sie von diesem Land, Doktor? Was Sie gelesen haben in Reisebüchern, was Sie gelernt haben in der Schule, das sind Märchen für Hirnkrüppel! Wer kann die Wüste kennen, wenn er sechs Wochen auf einem zahmen Kamel herumgeritten ist? Man muß hier gelebt, gedurstet, geblutet, am Rande des Grabes gestanden haben, um die Wüste zu lieben und zu hassen!« Er senkte den Kopf, und plötzlich war seine harte, tiefe Stimme leise und wie erwürgt. »Ich hatte eine Frau und zwei Kinder.«

»Hier?«

»Ja, hier in diesem Satansland. Nach der Entlassung aus der Fremdenlegion heiratete ich. In der Oase Bir Gusbah machte ich ein Lokal auf. Eine Bar, wie man hier so sagt. Der Laden ging gut. Bir Gusbah hat eine Pumpstation für sauberes Wasser, liegt an der großen Straße nach Timbuktu, besteht aus drei großen Karawansereien, einem Hotel, einer Tankstelle, einer Funkstation, vierhundertneunzehn Häusern und rund siebentausend Palmen. Ein in die Wüste gespuckter grüner Flecken, eigentlich ein Witz der Natur. Aber ich fühlte mich wohl dort. Ich bekam zwei Kinder, Jules und Henriette. Und ich fühlte mich als Sohn dieser Wüste. Das ist nämlich ganz komisch, Doktor. Erst fürchtet man sich vor diesem Land, dann verflucht man es und schließlich kommt man nicht mehr von ihm los. Die Wüste hat das Herz aufgesaugt, so ist es. Ja, und eines Tages ...« Serrat ballte die Fäuste, die Erinnerung durchschüttelte seinen massigen Körper, »... da waren sie da. Es war in den Jahren des

Algerienkrieges, als man alles kaputtschlug, was wir Franzosen hier in Jahrzehnten aufgebaut hatten. Fünf Lastwagen der algerischen Befreiungsarmee kamen nach Bir Gusbah, verhafteten alle Europäer, machten aus meiner Bar Kleinholz, prügelten mich besinnungslos – zehn dieser braunen Flöhe fielen über mich her – und schleppten mich weg. Nach sieben Wochen ließen sie mich laufen, traten mich in den Hintern und warfen mich auf die Straße. Das war in Tabbera, einem elenden Bergnest im Salzgebiet von Chaanba. Doktor ... ich bin drei Monate gewandert, bis ich wieder Bir Gusbah erreichte. Zu Fuß durch die Wüste – wissen Sie, was das heißt? Als ich ankam, lief ich auf dem blanken Fleisch, aber ich war zu Hause!«

Pierre Serrat wischte sich über die Augen. Er weinte nicht, aber die Augen brannten und wurden rot. Fasziniert betrachtete ihn Dr. Bender. Ein Felsen zeigte Rührung.

»Mein Haus war abgebrannt, meine Frau und die beiden Kinder verschwunden. Niemand wußte, wo sie waren. Mitgenommen ... das war alles, was sie mir sagen konnten. Mitgenommen! Bis heute habe ich nichts mehr von ihnen gehört. Das war vor elf Jahren!« Der Kopf Serrats fuhr zu Dr. Bender herum. Eine erschreckende Wildheit lag in den rotumränderten Augen. »Können Sie noch verlangen, daß ich dieses Land liebe – und verstehen Sie noch immer nicht, warum ich diesen Teufelsdreck nicht verlassen kann?!«

»Ich kann Sie verstehen, Serrat.« Dr. Bender nickte zu dem fettigen Rauchpilz, der immer breiter und höher wurde. »Aber ob Rache die richtige Antwort ist? Ihre Frau und Ihre Kinder machen Sie damit nicht wieder lebendig.«

»Und das da!« Serrat zeigte auf das brennende Camp XII. »Wenn es wieder losgeht? Sollen wir uns abschlachten lassen wie die Lämmer?«

»Sie glauben doch nicht, daß der Überfall das Signal für einen neuen Aufstand ist?«

»Nein. Dazu ist der Regierung in Algier unser Öl viel zu wertvoll. Hier sprudeln Milliarden aus der Erde. O nein ... da ist wieder so ein fanatischer Scheich, der Lust hat, den großen Befreier zu spielen. Das ist nur eine kleine Gruppe, und deshalb schlage ich ihnen jetzt den Schädel ein.«

Serrat ließ den Motor wieder an und raste den anderen Wagen nach, die wie hüpfende Käfer in der Weite der Wüste wirkten.

Es war ein Unglück für den Kaufmann Abu Ben Gossarah, daß seine kleine Karawane, bestehend aus vierzehn Last- und sechs Reitkamelen der guten Hedschasrasse, gerade zu dieser Stunde die Piste kreuzte, die zum Bohrturm »Liberté II« führte. Abu Ben Gossarah war auf dem Weg nach Bou Akbir, er hatte Gewürze und Töpfe geladen, Stoffe und Duftwässer, Werkzeuge und drei junge Huren vom Stamme der Ouled Nails; zierliche, wendige und in der Dirnenschule von Bou Saada im Atlasgebirge bestens ausgebildete Mädchen, auf die man in Bou Akbir mit heißem Herzen wartete. Die jetzige Besetzung des »Tanzhauses« war überaltert. Es macht keine Lust, sich von welken Körpern verführen zu lassen.

Pierre Serrat stieß ein tiefes Grunzen aus, wie ein Bär, der einen Bienenstock erschnüffelt hat. Er gab Gas, drückte die Schultern hoch und warf einen schnellen Blick auf Dr. Bender. Dieser klammerte sich im Jeep fest. Der Wagen tanzte über die Waschbrett-Piste, als sei er ein immer wieder auftupfender Gummiball.

»Sind Sie verrückt, Serrat?« schrie Dr. Bender, als Pierre kurz vor der Karawane bremste, eine Maschinenpistole vom Hintersitz riß und mit einem mächtigen, raubtierhaften Satz in die aufquellende Staubwolke sprang. »Serrat! Halt! Machen Sie keine Dummheiten!«

Aber es war schon zu spät.

Noch während die dichte, aufgewirbelte Staubwolke sich träge verzog und Dr. Bender, ein Taschentuch vor den Mund gedrückt, Serrat nachrannte, hörte er das trockene, abgehackte Hämmern der Schüsse.

»Serrat!« brüllte er noch einmal. »Sie Irrer!«

Pierre Serrat stand seitlich der Karawane, die einmal der Stolz und Reichtum Abu Ben Gossarahs gewesen war. Nun lagen die Kamele in einem wilden Haufen über- und nebeneinander, die Beine hochgestreckt in den glühenden Himmel, andere wälzten sich noch in Todeskrämpfen und schrien mit fürchterlichen, bis ins Mark gehenden Stimmen. Und noch immer schoß Serrat, ein feuerspuckender Klotz, breitbeinig dastehend, mit verzerrtem Gesicht und glänzenden, fiebrigen Augen.

Die Berber waren von ihren Tieren gesprungen und saßen nun stumm neben den sterbenden Kamelen. Sie hatten die Dschellabas eng um sich und über den Kopf gezogen und schienen zu beten. Wie eine Reihe weißer Steine hockten sie da, unbeweglich, durch Schlitze ihrer Gewänder auf die Leiberknäuel ihrer Tiere starrend. Nur die drei Ouled Nails-Mädchen rannten schreiend herum und verkrochen sich dann hinter den Kadavern der toten Kamele.

Mit einem mächtigen Hieb, den sich Dr. Bender selbst nicht zugetraut hatte, schlug er den Lauf der ratternden Maschinenpistole nach unten. Die letzte Garbe zischte in den Sand. Es sah aus, als koche vor ihnen der Boden und spritze über.

Serrat, wie von Sinnen, wirbelte herum und drückte den Lauf Dr. Bender in den Magen.

»Soll ich ein Sieb aus Ihnen machen?« brüllte er. Er war kaum zu verstehen, der Rausch der Vernichtung lähmte sogar seine Zunge. Nur ein tierisches Gebrüll kam aus seinem Mund. »Zurück!«

»Was haben Ihnen die Leute getan?« schrie Dr. Bender. Er umfaßte den Lauf der Maschinenpistole mit beiden Händen und hob sie näher an sein Herz. »Drücken Sie ab, los... los... Bauchschüsse sind nicht sicher... aber hier ist genau das Herz! Los doch!«

Serrat schien in sich zusammenzufallen. Er ließ die Waffe sinken und ein heftiges Zittern durchlief seinen gewaltigen Körper.

»Was haben ihnen Louise, Jules und Henriette getan?« stammelte er. »Was haben ihnen unsere Kameraden dort drüben getan?«

»Diese Menschen hier sind unschuldig. Ihr ganzes Vermögen haben Sie ihnen genommen.«

»Es trifft immer die Unschuldigen.«

»Und der Haß, den Sie jetzt wieder aussäen?«

»Haß ist die einzige Lebensform, die sinnvoll ist. Da weiß man, was man hat und was man zu erwarten hat. Alles andere ist Lüge, Verstellung, Theater, schleimige Scheiße! Haß – das ist greifbar. Merken Sie sich das, Doktor. Die Weltanschauung der Wüste heißt: Überleben. Wie – das bleibt jedem selbst überlassen.«

Er wandte sich ab, stapfte zum Jeep zurück und warf sich auf den heißen Sitz.

Dr. Bender trat zögernd an die im Wüstensand hockenden weißen Gestalten heran, an die regungslosen Menschenknäuel, die starr auf ihre erschossenen Kamele blickten. Die ersten Geier kamen von Bou Akbir herüber und kreisten über dem Leichenfeld. Wo geschossen wird, das hatten sie instinktiv mitbekommen, da gibt es Aas. Mit heiserem Kreischen überflogen sie die Wegkreuzung. Die Köpfe mit den spitzen Hakenschnäbeln zeigten nach unten.

»Wem gehört die Karawane?« fragte Dr. Bender auf französisch. Die weißen Gestalten rührten sich nicht. Nur ein Gewand bewegte sich, ein Kopf kam aus Tüchern hervor, schwarze Augen starrten ihn feindselig an. Der Mann hockte neben einem weißen Hedschaskamel im Sand und hatte beide Hände auf den zuckenden Hals des sterbenden Tieres gelegt.

»Ich bin Abu Ben Gossarah«, sagte er. »Was wollen Sie noch, Monsieur? Die Arbeit von dreißig Jahren ist vernichtet.«

»Ich wollte Ihnen sagen, daß ich es bedauere. Ich verabscheue diese Tat.«

»Worte sind wie Tropfen, die verdunsten. Aber die Toten bleiben.«

»Ich rate Ihnen, nach Ouargla zurückzugehen und dort alles anzuzeigen. Die Ölgesellschaft wird Ihnen vielleicht eine Entschädigung zahlen.«

»Keinen Dinar, Monsieur.« Abu zeigte hinüber zu der fettigen, schwarzen Qualmwolke, die groß geworden war wie ein Gebirge. »Sie werden uns das da vorrechnen. Was soll ich ihnen sagen? ›Ich war es nicht, Messieurs ...‹ Es waren meine Brüder. Allah hat es so gewollt.«

»Und Sie werden Rache nehmen?«

Abu Ben Gossarah schwieg. Er sah Dr. Bender lange an, schob dann sein weißes Gewand langsam über seinen Kopf und wurde wieder einer der weißen Steine, die neben den toten Kamelen hockten.

Dr. Bender wandte sich schaudernd ab. Die stumme Antwort Abus war deutlich genug.

Im Jeep wartete Pierre Serrat und startete sofort, als Dr. Bender neben ihm saß.

»Er wird Rache nehmen«, sagte Dr. Bender laut.

Serrat zuckte die Schulter. »Ich weiß. Man muß sich darauf vorbereiten.«

»Und ich werde Sie in Algier anzeigen, Serrat.«

»Tun Sie es, Doktor. Ich sage Ihnen, was geschehen wird:

Nichts. Man braucht Pierre Serrat. Es gibt im ganzen Ölgebiet keinen besseren Fachmann für die Mineure. Das weiß ich. Wenn man mich wegjagt, kostet das die Gesellschaft ein Vermögen. Das sind ein paar Kamele nicht wert.« Serrats breites Gesicht war ausdruckslos und leer von allen Regungen. »Aber Ihnen rate ich, nach Algier zurückzugehen, Doktor. So schnell wie möglich. Die Wüste wird Sie auffressen. Sie sind genau der Typ, der sich mit Hosianna auf den Lippen abschlachten läßt.«

Zehn Minuten später waren sie im Camp XII. Der Bohrturm »Liberté II« stand in hellen Flammen. Aus dem Bohrloch schlug die fettige Lohe, die Eisengestänge glühten und bogen sich in der fürchterlichen Hitze. Es war unmöglich, näher als vierzig Meter an den Turm heranzukommen, selbst der Sand schien zu schmelzen. Hilflos standen die beiden Feuerwehren herum und spritzten ein bißchen Schaum durch die Gegend. In einem weiten Kreis umstanden die Männer von Camp XII den riesigen, schwarzen Rauchpilz.

»Gut, daß Sie so schnell kommen, Doktor«, sagte ein Mann mit einem weißen Schutzhelm über dem dreckigen, schwitzenden, ölverschmierten Gesicht. »Die Verwundeten liegen in der Schreibbaracke. Ich bin Henry Watteau, Vorarbeiter dieser Scheißstelle. Haben Sie alles bei sich?«

»Alles.«

Henry Watteau atmete sichtlich auf. »Dann kommen Sie. Welch ein Glück, daß wir endlich wieder einen Arzt hier haben.«

Pierre Serrat blickte ihnen mit einem dumpfen Grinsen nach.

Die Zerstörungen an den Wohngebäuden waren nicht so stark, wie man nach dem Überfall zuerst geglaubt hatte. Auch die Verwundeten hatten keine lebensbedrohenden Verletzungen davongetragen, bis auf einen kleinen, weinenden Italiener, dem Dr. Bender einen Steckschuß aus der Schulter operieren mußte.

»Er hat viel Blut verloren«, sagte Dr. Bender zu Henry Watteau, der den Untersuchungen zusah. »Die Kugel sitzt im Schulterblatt. Ich möchte ihn hier operieren, um ihm den Transport nach Ouargla zu ersparen. Vor allem aber muß er frisches Blut haben. Ich werde die Blutgruppe feststellen, und dann können die Spender antreten.«

»Für Luigi legen wir uns alle hin, Doktor. Seine Blutgruppe hat er im Paß.«

»Sehr gut.« Dr. Bender suchte in der Jacke Luigis und fand die verbeulte, durchgeschwitzte Brieftasche mit den Papieren. Blutgruppe B 1. »Lassen Sie ausrufen, wer B 1 hat. Ich fange sofort an.«

Watteau rannte aus der Baracke. Luigi weinte noch immer. Er umklammerte mit beiden Händen den Arm Dr. Benders, als sie jetzt allein waren. Wie ein Junge sah er aus, ein schwarzer Krauskopf aus Palermo, mit braunen Augen wie ein Reh.

»O Mama!« weinte er. »O Mama... ich will nicht sterben. Dottore... ich will nicht sterben. Sie warten auf mein Geld... ganze Familie... Mama, Papa und neun Geschwister. Sie werden verhungern, wenn Luigi stirbt. O Madonna mia... ich will nicht sterben...« Er tastete über seine nackte Brust, riß das goldene Medaillon, das er an einem Kettchen um den Hals trug, an den Mund und küßte es immer und immer wieder. Dabei rollten die Tränen über sein zuckendes Gesicht.

»Du wirst nicht sterben, Luigi.« Dr. Bender zog eine Spritze mit Cliradon auf. »Die Schmerzen sind gleich wie weggeblasen... du wirst dich leicht fühlen und schlafen. Und wenn du aufwachst, fliegst du bereits nach Ouargla.«

»Sie garantieren mir das, dottore?«

»Ja, Luigi.«

Während Dr. Bender alles für eine Notoperation vorbereitete, klingelte im Nebenzimmer pausenlos das Telefon und tickte der Telegraf.

Von Hassi Messaoud bis Algier waren alle Verwaltungsstellen der Ölgesellschaft alarmiert. Der Ölbrand war nicht mit normalen Mitteln zu löschen. Es war unmöglich, an den Herd heranzukommen, und solange aus der Tiefe der Erde das Rohöl durch das mit Stahlrohren ausgekleidete Bohrloch an die Oberfläche schoß, brannte das flüssige Gold ohne Unterbrechung. Und es würde in fünfzig Jahren noch brennen!

Dr. Bender trat hinaus aus der Verwaltungsbaracke und suchte den Horizont ab. Die Wüstenpiste war deutlich zu sehen bis zu dem Punkt, wo sie über dem Hügel verschwand. Dazwischen lag das Tal, in dem Serrat die Karawane erschossen hatte. Die Geier unter dem hitzeflimmernden Himmel waren verschwunden. Sie hockten jetzt auf den Kadavern und rissen die Leiber in Stücke. Die Berber waren also weitergezogen, zu Fuß nach Bou Akbir. 30 Kilometer durch glühenden Sand, im Herzen den Brand der Rache... welch ein Weg!

Dr. Bender atmete auf, als auf der Hügelkuppe ein schwarzer Punkt erschien und schnell näher kam. Dann tauchte er in das Tal.

»Endlich!« sagte Dr. Bender leise und ging zurück in die Baracke.

Schwester Cathérine kam. Mit einem Lastwagen, mit vier Tragen, dem transportablen Narkosegerät, das gestern eingeflogen worden war, mit Infusionsflaschen und Plasma.

Bis zur Ankunft des Lastautos bereiteten Dr. Bender und Henry Watteau das Zimmer für die Operation vor. Ein Tisch wurde mit Seifenlauge geschrubbt, der Sanitäter von Camp XII besprühte ein Bettuch mit Karbol. Die anderen Verwundeten waren gut versorgt worden; Dr. Bender hatte sich davon überzeugt. Zwar mußten die Verbände gewechselt und die Wunden mit Wundpuder behandelt werden, aber das hatte Zeit. Wichtig war jetzt allein Luigi, der nach der Cliradon-Injektion dahindämmerte und keine Schmerzen mehr hatte, nur noch einen dumpfen Druck in der rechten Schulter.

»Was macht Serrat?« fragte Dr. Bender den Vorarbeiter Watteau, während sie auf einem kleinen Tisch, über den ein mit Karbol getränktes Handtuch gebreitet war, das Instrumentarium aufbauten.

»Er will das Feuer löschen.«

»Will er hineinspucken?«

»So ähnlich. Er will den Schacht zusprengen.«

»Verrückt! Er kommt ja mit der Sprengladung nicht weit genug an das Bohrloch heran. Zehn Meter vorher ist er ein Kohlestück.«

»Und trotzdem will er es.«

»Dieser Betonschädel!« Dr. Bender zeigte mit dem Daumen auf den dahindämmernden Luigi. »Waschen Sie ihn und legen Sie ihn dann auf den Tisch, mit dem Gesicht nach unten. Den Kopf übers Tischende hinaus, damit wir an die Zunge können, sonst erstickt er in der Narkose. Ich bin gleich wieder da.«

Pierre Serrat stand in einem Kreis von diskutierenden Arbeitern und zog sich einen Schutzanzug aus Asbest über. Eine Eisenkiste mit Sprengstoff und eine Rolle Kabel lagen neben ihm im festgestampften Sand. Als er Dr. Bender von der Verwaltungsbaracke kommen sah, hob er die rechte Hand und zeigte auf ihn. Die Köpfe der Männer fuhren herum.

»Da kommt der Fachmann!« schrie Serrat. »Paßt auf, er wird das Bohrloch gleich verbinden. Aber nehmen Sie Brandbinden, Doktor!«

Einige Arbeiter lachten, aber die Mehrzahl blickte Dr. Bender betroffen entgegen. »Er ist nicht davon abzubringen, Doktor!« rief jemand aus der Menge. »Er will unbedingt ein Steak werden.«

»Und ein ungenießbares dazu.« Lachen dröhnte auf, Serrat riß wütend an der Asbestuniform. In jedem Camp lagen solche Spezialanzüge, denn kleinere Brände gab es immer, vor allem, wenn man bei Neubohrungen erst auf das Erdgas traf und dieses wegbrennen mußte. »Sie wollen also an das Feuer heran?« fragte Dr. Bender.

»Ja. Was dagegen?« Serrat knurrte wie ein hungriger Wolf. Er drückte den Schutzhelm mit der feuerfesten Glasscheibe gegen seine Brust. Der Asbestanzug war zu klein. Beine und Unterarme ragten weit heraus. Maße, wie sie Serrat vorwies, waren nicht mehr normal.

»Allerdings.« Dr. Bender tippte auf die freien Unterarme. »Und hier?«

»Umwickle ich mit nassen Tüchern –«

»Die Nässe wird in Sekundenschnelle verdampft sein.«

»Das ist mein Problem, nicht Ihres!«

»Irrtum! Ich muß Sie dann wieder zurechtflicken, wenn Sie überhaupt zurückkommen. Haben Sie denn wirklich nur heiße Luft im Kopf? Wissen Sie, wieviel Hitzegrade dort am Bohrloch herrschen?«

»Er will mich belehren!« brüllte Serrat außer sich. »Der Kerl kommt in die Wüste wie ein Säugling in die Wiege und will mir sagen, wie heiß ein Ölbrand ist! Kümmern Sie sich um Ihre Patienten mit den verklemmten Fürzen, davon verstehen Sie etwas! Aber lassen Sie endlich Männer ihre Arbeit tun!«

Serrat stülpte sich den Schutzhelm über den Schädel, und da der Helm weit genug war, paßte wenigstens er. Aber zum Einsatz kam Serrat nicht mehr. Im Camp fuhr mit einem halsbrecherischen Tempo der Lastwagen aus Station XI durch die Barackengasse und bremste kreischend vor der Verwaltung, und am Himmel summte ein großer Hubschrauber über die Sandhügel, schwenkte ein und landete ebenfalls auf dem Platz vor der Verwaltung.

Aus dem Lastwagen kletterte Schwester Cathérine, allein, in einem alten Overall, den Gürtel mit der Pistole wieder um den Leib geschnallt. Dr. Bender fuhr sich mit beiden Händen durch die schweißigen Haare.

»Sie sind allein gekommen, Cathérine?« fragte er fassungslos.

»Warum nicht?« Cathérine betrachtete den vermummten Serrat und tippte sich an die Stirn. »Trauen Sie mir nicht zu, einen Lastwagen zu fahren?«

»Ich glaube, ich muß Ihnen alles zutrauen, Cathérine.« Dr. Bender schüttelte den Kopf. »Sie haben vor nichts Angst, was?«

»Ich weiß es nicht.« Die Augen Cathérines wurden plötzlich sanft und merkwürdig verträumt. »Wer kennt sich schon so genau, Doktor?«

Sie drehte sich um, stieß zwei Männer an, was soviel hieß wie: »Mitkommen, ihr Büffel!« und ging zum Wagen zurück. Mit den Fäusten hieb sie die Riegel der Ladeklappe zurück und kletterte in den Aufbau.

Im gleichen Augenblick landete der Hubschrauber in einer wirbelnden Staubwolke. Als diese sich verzog, standen Ingenieur de Navrimont und ein fremder Mann im Sand und husteten. De Navrimont war schlechtester Laune. Er war um seine morgendliche Flasche gekommen, verspürte einen ungeheuren Brand im Hals und im Magen, gegen den der brennende Ölturm ein Feuerchen fürs Indianerspiel war, und trank gegen diese ekelhafte Trockenheit Fruchtsaft, was ihn bei jedem Schluck durchschüttelte. Aber der Besuch aus Ouargla war zu explosiv, um sich an den Schnaps zu schleichen.

»Leute, das ist Oberingenieur Brennot.« Alain de Navrimont machte eine vorstellende Handbewegung. »Und das ist nun der Mist, Monsieur.« Er nickte zu der gewaltigen Rauchwolke, durch die die Flammen zuckten und in der der Stahlturm glühte, als sei er aus rotem Glas.

»Wir werden uns das genau ansehen«, sagte Oberingenieur Brennot und blickte in die Runde. »Mir ist nur unverständlich, wie das passieren konnte. Wir stehen alle vor einem Rätsel. Mit der Regierung haben wir das beste Einvernehmen, die einzelnen Berberstämme sind friedlich wie nie zuvor, extremistische Gruppen richten sich gegen die Regierung, aber niemals gegen das Öl. Jeder weiß hier: Öl bedeutet Reichtum! Was hier geschehen ist, ist völlig widersinnig.«

»Aber der Turm brennt«, sagte de Navrimont überflüssigerweise. »Und es waren Berber, die uns überfielen. Saubande!«

Ein Glas Pernod, dachte er dabei. Nur ein Gläschen. Einen Hauch von Pernod, wie das Parfüm einer schönen Frau. O Himmel, und wenn ich nur die Zunge hineinhängen kann... wie soll ich mit Fruchtsaft meinen Brand löschen?

Dr. Bender war zurückgerannt in die Baracke. Im behelfsmäßigen Operationssaal regierte bereits Cathérine. Er hörte sie schon vor dem Haus; sie kommandierte ihre Helfer und gebrauchte dabei Ausdrücke, die nicht in einen zarten Mund gehörten. Aber man war's von ihr gewöhnt und wunderte sich nicht mehr darüber.

Doch als Bender ins Zimmer kam, veränderte sie sich plötzlich. Ihre Stimme wurde freundlicher, die Kraftausdrücke unterblieben. Sie sagte sogar: »Watteau, geben Sie mir bitte ein Handtuch herüber.«

Bitte! Cathérine sagte bitte!

Henry Watteau sperrte den Mund auf und gehorchte verwirrt.

Nach zehn Minuten war der Narkoseapparat einsatzbereit. Cathérine hockte auf einem Schemel vor dem Kopf Luigis, hatte seine Zunge mit einer Klammer herausgezogen und an ein Tuch geklemmt, damit er nicht erstickte, und gab nun mit einer Ruhe, als täte sie das immer, die Narkose. Dr. Bender kontrollierte die Reflexe Luigis, horchte das Herz ab und fühlte den Puls. Luigi reagierte nicht mehr auf äußere Reize, er lag in vollkommener Betäubung.

»Los denn!« sagte Dr. Bender. Er pinselte das Gebiet des Einschusses mit Jod ein und griff nach dem Skalpell.

»Ich bin gespannt«, sagte Cathérine in diesem Augenblick. Das Skalpell zuckte vom Rücken Luigis zurück.

»Worauf?« Dr. Bender sah hinunter zu Cathérine. Sie manipulierte mit Luigis Zunge, die immer wieder aus der Klammer rutschte.

»Wie Sie operieren. Der alte Doktor vor Ihnen sagte immer: ›Ganz gleich, wie man den Körper offenkriegt... Hauptsache, man hat ihn offen.‹ So war's auch. Es sah manchmal aus, als kratze er Fleisch von einem Kotelett.«

»Vielleicht mache ich's auch so –«

Dr. Bender beugte sich über Luigis Rücken und machte den

ersten Schnitt quer durch den Einschuß. Der Sanitäter reichte ihm Tupfer, die mit einem blutstillenden Mittel getränkt waren.

Eine halbe Stunde dauerte die Operation. Die Kugel hatte sich in der Schale des Schulterblattes festgesetzt, und Bender mußte das Knochenloch mit dem kleinen Meißel erweitern, um das Projektil endlich herauszuholen. Dann säuberte er die Wunde, streute Penicillinpuder hinein und begann, sie wieder zu vernähen.

Wortlos sah ihm Cathérine zu.

Welche Hände, dachte sie. Wie elegant sie arbeiten, wie leicht, wie technisch perfekt. Mit welcher Sicherheit das alles geht, leise, eine Bewegung in die andere greifend.

Herrliche, männliche Hände.

Kunstwerke der Natur.

Sie senkte den Blick, sah auf den roh gehobelten Holzboden und zwang sich, nicht schneller zu atmen.

Auf diese Hände würde ich nicht schießen, wenn sie nach mir griffen. Auf diese Hände nicht.

Wie wunderbar muß es sein, wenn sie streicheln...

»Noch einen Faden!« hörte sie Dr. Bender sagen.

Sie fuhr hoch, erwachte wie aus einem Traum und kümmerte sich wieder um die zuckende, heraushängende Zunge Luigis.

Im Hause des Scheichs Seradji Achmed erfüllte das Wehklagen der Diener alle Räume. Achmed lief mit einer langen geflochtenen Kamelpeitsche herum und hieb auf alle ein, die ihm in die Quere kamen. Der einzig sichere Ort war der große Park, und hier versammelten sich auch bald alle verstörten Diener.

Saada, das Augenlicht Achmeds, der Stern seiner Nacht, war wieder verschwunden. Diesmal hatte sie den Schimmelhengst Fakir mitgenommen, ungesattelt, nur mit einer Trense aufgezäumt.

»Sie wird sich den Hals brechen!« schrie Achmed und rannte wie ein Irrer herum. »Fakir wird sie wegschleudern und zermalmen! Ihr Auswurf von Hyänen! Ihr Geierdreck! Ist es nicht möglich, ein zartes Mädchen zu bewachen? Seid ihr blind, taub und hirnlos? O Saada... Saada... was hat dieser weiße Teufel aus dir gemacht?!«

Was er nicht hinausschrie, war die Unterhaltung, die er vor

dem Verschwinden Saadas mit seiner Tochter hatte. Es war ein kurzer Wortwechsel, der damit endete, daß Saada furchtlos fragte:

»Du hast den Ölturm anzünden lassen?«

»Ich nicht, meine Freunde«, sagte Achmed geschmeidig.

»Du wolltest den Hakim damit treffen. Unruhe willst du im Land. Du suchst einen Grund, auch ihn anzugreifen. Du wirst ihn töten, nicht wahr?«

»Ich werfe ihn stückweise den Geiern vor, wenn er dir den Kopf verdreht und dein Herz wegnimmt!« schrie Achmed. Es hatte keinen Zweck, vor Saadas schwarzen, forschenden Augen zu leugnen.

»Zu spät. Er hat mein Herz«, sagte Saada stolz.

Seradji Achmed ordnete wieder an, Saada einzusperren. Dann ließ er Kebir, den alten Priester, zu sich kommen und klagte ihm sein väterliches Leid. »Was soll ich tun?« jammerte er. »Der Weiße nimmt mir meine Sonne. Saada ist meine ganze Welt, Kebir. Du verstehst mich doch?«

»Ich verstehe dich«, sagte der uralte Kebir. »Und ich helfe dir. Ein brennender Ölturm hilft da gar nichts. Das war Dummheit, Achmed. Wo ist deine Klugheit? Im Lager ist doch Cathérine... und Cathérine ist eine Frau. Merkst du etwas, Achmed?«

»Ich merke sehr viel, Kebir.« Seradji Achmed lächelte gequält. »Wie soll das weitergehen?«

»Mit der tragischen Selbstverstümmelung unseres Stolzes, Achmed. Wir müssen es durchhalten. Cathérine wird den Hakim überzeugen, daß zu einem weißen Mann eine weiße Frau gehört. Mit ihrem Körper wird sie ihn überzeugen. Wichtig ist nur, daß Saada ihn nicht wiedersieht. Für uns arbeiten die Nächte, die voller Sehnsucht für Cathérine sind.«

Das war ein weiser Rat, für den Kebir drei Hühner und eine Hammelkeule kassierte. Aber der klügste Rat ist sinnlos, wenn er nicht auszuführen ist. Bei Achmed stellte sich diese Schwierigkeit ein: Saada entfloh zehn Minuten nach diesem Gespräch aus dem Haus in die Wüste.

»Bringt sie wieder!« schrie Achmed und rannte durch den Garten, wo seine Diener hinter den Büschen standen wie schlachtbereite Lämmer. »Wer sie zurückbringt, dem erlasse ich alle Schläge. O Allah! Wenn Saada etwas geschieht... mehr Prügel als Essen werdet ihr bekommen!«

Von da an war das Haus Achmeds leer. Er saß allein in seinem prunkvollen Zimmer und wartete. Die Diener Seradjis waren ausgeschwärmt, mit den besten Reitkamelen, die der Scheich in den Ställen hatte.

Eine Gruppe ritt geradewegs zur Station XI, zwei andere Streifen durchkämmten die Wüstenberge. Nur zum Camp XII mit seinem flammenden Bohrturm wagte sich niemand. Der Bericht Abu Ben Gossarahs über die Vernichtung seiner Karawane durch Pierre Serrat ließ wenig Hoffnung übrig, daß sie bei einem Besuch dieser Station mit heilen Knochen wieder zurückkämen.

Aber sie legten sich auf die Lauer. Sie kreisten das Camp ein. Auf den Hügelketten ließen sie die Kamele hinknien und hockten sich selbst in den Körperschatten der Tiere. Von hier aus überblickten sie das ganze Gebiet: die beiden Straßen, die Kreuzung, wo unter einem kreischenden Gewimmel von Geiern die Kamele bis zu den Gerippen abgehackt wurden, die Täler der Sanddünen, das weite Viereck der Baracken, Garagen und Magazine, die beiden Bohrtürme, von denen einer in einer fettigen, riesigen Wolke untergegangen war.

Wenn Saada auf Umwegen hierher wollte – die Wachen würden sie sehen und versuchen, sie einzufangen wie einen ausgebrochenen Hengst.

Aber die Diener Achmeds kamen bereits zu spät.

Als sie ihre Beobachtungsposten auf den Hügelkuppen bezogen, befand sich Saada mit dem Schimmel Fakir schon seit einer halben Stunde innerhalb des Sperrkreises. Sie versteckte sich hinter den langgestreckten Garagenhallen. Fakir war an einem Autowrack angebunden und verhielt sich still, als wüßte er, daß Schweigen ein Schutz seiner Herrin sei.

Hinter leeren Benzinfässern kauerte Saada und beobachtete das Hin-und-her-Rennen der Männer, das Landen des Hubschraubers, die Ankunft des Lastwagens mit Cathérine und die Auseinandersetzung mit Serrat, der unbedingt in das Flammenmeer eindringen wollte, um das Bohrloch zuzusprengen.

Ihre Augen glänzten, als sie Dr. Bender entdeckte.

Der große Hakim. Die Wahrheit ihres Traumes.

Sie zog den Kopf ein und verfolgte durch die Schlitze der aufgetürmten Benzinfässer jede Bewegung Benders. Ihr Herz hämmerte wild, wenn er unbewußt zu ihr hinüberblickte, und sie dachte wieder an die wenigen Minuten bei dem sterbenden Abdallah Ibn Rahman.

Die Stimme des Hakims. Seine blauen Augen. Was hatte er gesagt, als sie ihren Namen nannte. Saada Aisha Sinah.

»Drei Namen wie Musik...«

Musik – Sie klang in ihrem Herzen, wenn sie an ihn dachte, wenn sie die Augen schloß und sein Lächeln, sein Mund, seine Augen den Himmel ausfüllten.

Den ganzen heißen Tag lang blieb sie hinter den Benzinfässern hocken und wartete auf die Dunkelheit. Dreimal verließ sie ihr Versteck und holte in einem Ledersack Wasser für den geduldig an dem Autowrack stehenden Fakir. Auf dem Bauche mußte sie um die Garagenecke herum in eine der Boxen kriechen, wo in einem Faß Wasser für die Motorkühlung stand. Sie tauchte den Sack hinein, ließ ihn vollaufen und kroch dann zurück hinter die Benzintonnen, tränkte Fakir und streichelte ihm die geblähten, nassen Nüstern.

»Mein Liebling«, flüsterte sie ihm in die gespitzten Ohren. »Mein Freund. Du bist das schönste Pferd der Welt.«

Fakir verstand es. Er nickte, legte den Kopf auf Saadas Schulter und blickte über sie hinweg in die flimmernde Unendlichkeit der Wüste.

Dann kam der Abend, schnell, ohne langen Übergang. Es wurde merklich kühl. Nur der Sand hatte die Hitze gespeichert, aber auch sie verströmte schnell in der Kälte, die aus dem Sternenhimmel über die Sahara fiel. Das ist eine der Teufeleien der Wüste: Der Temperaturunterschied von oft 40 Grad zwischen Tag und Nacht.

Saada kraulte Fakir die lange Mähne und sprach auf ihn leise ein.

»Ich lasse dich jetzt allein.. hörst du, mein Liebling? Ich gehe zu ihm, zu dem großen Hakim. Mein Herz sehnt sich nach ihm, mein Blut kocht, wenn ich an ihn denke. Ganz still mußt du sein, hörst du, Fakir? Ganz leise. Nicht wiehern, nicht gegen das Auto treten, nicht dich losreißen. Fakir, warte auf mich... verstehst du mich?«

Der herrliche Schimmel blickte Saada aus seinen großen, runden Augen an. Sprechende Augen, die eine deutliche Antwort gaben. Augen voll Liebe eines Tieres für seine Herrin.

Saada küßte den Hengst auf die rosa Nüstern und umarmte

seinen Hals. Dann schlug sie die Dschellaba um ihren schlanken Körper, sah noch einmal empor zu den Sternen, als käme dort Kraft von Allah, dem Allwissenden, und glitt dann durch die Dunkelheit und im tiefen Schatten der langen Garagenschuppen hinüber zur Verwaltungsbaracke.

Der Bohrturm brannte noch immer. Es wäre auch ein Wunder gewesen, wenn er von selbst ausgegangen wäre. Die Flammen schossen mit unverminderter Kraft aus dem Bohrloch und breiteten sich dann zu einem Rauchpilz aus, dessen Höhe kaum zu schätzen war. Serrat meinte, es seien mindestens fünfhundert Meter, nicht eingerechnet die Qualmfetzen, die in noch größerer Höhe vom Wind weggetrieben wurden.

Luigi, von seiner Kugel befreit, war mit dem Hubschrauber nach Ouargla geflogen worden. Dort gab es ein Krankenhaus, wo er sich erholen konnte. »In drei Wochen liegt er wieder bei den Huren«, sagte Serrat. »Diese kleinen Italiener sind zäh. Und Weiber sind für sie die beste Medizin – bei denen ist alles heilbar vom Unterleib aus. Ob Beinbruch oder Halsschmerzen... in der Mitte sitzt die Apotheke.«

Auch die beiden anderen Schwerverletzten – ein Franzose mit einem Beindurchschuß und ein Grieche mit dem schönen Namen Sokrates Popolapopoulos, den seine Kameraden respektlos nur den »Arsch« nannten und dem eine Kugel auch ausgerechnet in das linke Gesäß gefahren war – wurden gleich mit ausgeflogen. Oberingenieur Brennot blieb auf Station XII, um selbst die Rettung des Bohrturmes zu leiten. Leidtragender war Alain de Navrimont, der nun nicht wieder zurück zu seinen geliebten Schnäpsen fahren konnte, sondern mit Brennot ein Zimmer teilen mußte. Es war bekannt, daß Brennot nichts mehr haßte als Betrunkene. Früher war das anders. Da soff auch Brennot wie ein Sieb, bis man ihn in eine Anstalt sperrte. In Lyon war das. Nach einem Dreivierteljahr wurde Brennot als geheilt entlassen, und von diesem Tage an faßte er kein Glas mehr an, trank nur Fruchtsäfte oder Mineralwasser und trat dem Club der Anonymen Alkoholiker bei. Er hielt Vorträge über den Mißbrauch von Alkohol, wurde, weil er etwas konnte, Oberingenieur und kam so in die Wüste als Leiter der Außenstelle Ouargla. Hier traf er chaotische Zustände an.

Die Zentrale für Südalgerien war ein einziges Saufloch. Es gab kaum einen Angestellten der Ölgesellschaft, der sich nicht jeden Tag besoff und seine eigene Hure hatte. In den großen Bordellen, die in der Sahara gesellschaftsfähig sind, denn neben Sand, Sonne, Wind und Sternen sind Frauen das Wichtigste in der Wüste, gab es jeden Tag Schlägereien, flossen der Pernod und Calvados in Strömen und gab es überpotente Ölsucher, die mit drei Huren gleichzeitig Spielchen trieben, die einer artistischen Zirkusnummer würdig waren.

Brennot räumte auf, so gut das möglich war. Die Beamten in der Verwaltung wurden zum Teil strafversetzt, zum Teil lernten sie, zügig zu arbeiten. Ein Problem blieben nur die Ölsucher, wenn sie ihren Monatsurlaub in Ouargla verbrachten. Aus allen Teilen der Wüste fuhren sie heran, von der Sonne gegerbt, hungrig nach weichem, warmem Weiberfleisch, durstig nach Schnaps, der heiß durch die Kehle rann und sich zwischen den Beinen sammelte wie eine Sturzflut. Dann waren die Bordelle erfüllt vom Grölen und Kreischen, und die säulengeschmückten Innenhöfe, von denen die einzelnen Zimmer in zwei Etagen abgingen, hallten wider vom Gesang und von gurrendem Lachen.

Hier war es unmöglich für Brennot, einzugreifen. Die wilden Kerle aus der Weite der Sahara, die wochenlang nur an ihren Bohrtürmen standen und selbst nach heißen Bädern noch aus der Haut nach Öl stanken, hätten ihn kurzerhand totgeschlagen. Für sie war das Tal zwischen braunen Schenkeln der Inbegriff des Wohlseins. Davon träumten sie später, wenn sie wieder in ihren Baracken lagen und nur die Fotos der nackten Mädchen an den Wänden anstarren durften. Danach fieberten sie, wenn sie die Kalender durchrechneten. Noch zwei Wochen... noch zehn Tage... noch fünf – morgen –

Fatima, hurra, ich komme! Weißt du noch, wie ich die Senke zwischen deinen Brüsten mit harten Dinaren ausfüllte, bis der Haufen Münzen gleich hoch war mit der Spitze deiner Warzen?

Oberingenieur Brennot versuchte es anders, die Männer in den Griff zu bekommen. Er ordnete an: Jeder, der bei einer Hure geschlafen hat, muß sich, bevor er wieder zum Camp fährt, untersuchen lassen. Geschlechtskrankheiten werden ab sofort als Selbstverstümmelung angesehen. Was das bedeutet, war klar: Bestrafung durch Lohnminderung, kein Urlaub für 3 Monate, in schweren Fällen Entlassung und – was besonders schlimm war – Ausweisung und Abschieben ins Heimatland.

Die Kerle aus der Wüste gehorchten. Mit trotzigen Gesichtern standen sie Schlange vor dem Untersuchungsraum, wo der Obersanitäter Guy Paribou seines Amtes waltete. Er war Sanitäter bei der Fremdenlegion gewesen, beim berühmten II. Bataillon, und kannte sich aus. Die berüchtigte »Spritze« wurde nicht kalt. Paribou handhabte sie ohne Zartgefühl, aber schnell und präzise. Flüche umdonnerten ihn, Verwünschungen, Androhungen, ihm die Knochen zu brechen – was half es? Jeder mußte an Paribou vorbei, erhielt seinen Schuß in die Harnröhre und kam mit staksigen Beinen wieder aus dem Zimmer.

Aber Brennot gelang es dadurch, die Erkrankungen auf ein Mindestmaß herunterzudrücken, im wahrsten Sinne des Wortes.

Alain de Navrimont haderte mit dem Schicksal, gerade mit einem solchen Apostel der Anständigkeit in einem Zimmer liegen zu müssen. Es gab keine Ausreden, die geholfen hätten, sich wieder nach Station XI abzusetzen. Dort lief alles wie geölt, wie immer, denn de Navrimont hatte man noch nie als Chef in Tätigkeit gesehen.

Während sich draußen die Nacht über die Wüste senkte und von der Straßenkreuzung das Geheul der Hyänen schauerlich durch die Stille flog – denn nun waren die Geier weg und die »Mülleimer der Wüste« traten in Tätigkeit –, fand im Verwaltungsraum eine kleine Konferenz statt.

Oberingenieur Brennot teilte seine Eindrücke mit.

»Meine Herren«, sagte er sehr ernst, »über die politische Seite dieses Überfalls sollen sich andere Stellen den Kopf zerbrechen. Uns geht nur der Bohrturm an. Ich habe mit Algier und Marseille gesprochen: Unsere Gesellschaft hat keinen Spezialisten für solche Fälle. Der einzige, der Ahnung von solchen Dingen hat, ist François Fouquet, aber der liegt zur Zeit in Paris im Hospital wegen eines Leistenbruches. Doch Amerika hat eine Anzahl dieser Sprengspezialisten. Wir haben die ›Texas-Oil‹ um Hilfe gebeten. Sie schickt uns einen Mann! Er ist schon unterwegs und wird morgen früh in Algier landen. Um die Mittagszeit wird er hier eintreffen. Wenn alles klappt, ist der Brand morgen abend vergessen.«

Pierre Serrat saß mißmutig am Tisch und trank lauwarmes

Dosenbier. Ingenieur de Navrimont wirkte wie zerknittertes Packpapier. Ihm fehlte zur Aufrichtung der Pernod. Henry Watteau, der Vorarbeiter von XII, spielte mit einer Liste, die er Brennot unterjubeln wollte. Eine Liste mit allen Dingen, die fehlten. Wann hat man schon die Gelegenheit, den höchsten Distriktchef zu sprechen? Bisherige Eingaben blieben in den Büros der Verwaltung in Ouargla hängen. »Zum Hinternputzen!« meinte Serrat einmal. Aber das war falsch… in Ouargla hatte man Toilettenpapier. Die Wunschlisten verstaubten und vergilbten in den eisernen Aktenschränken.

Nach dem offiziellen Teil der Konferenz nahm Brennot freundlich Dr. Bender für eine Zigarettenlänge zur Seite. Sie gingen hinaus in die klare, kalte Nacht, deren Sternenpracht nur durch die Flammen und den Rauchpilz von »Liberté II« gestört wurde.

»Wie gefällt Ihnen Ihr neuer Job?« fragte Brennot.

»Ich kann nicht klagen.« Dr. Bender blickte an Brennot vorbei in die Wüste. »Zuerst schien es, ich müßte mir den Weg in die Hirne dieser Kerle freischießen…«

»Es sind Menschen, die man nicht mit dem normalen Maß messen kann, Doktor. Wer hier in der Sahara nach Öl bohrt, der hat mit dem üblichen Leben abgeschlossen und ist mit dem Teufel im Bunde. Aber wenn Sie einmal ihre Freundschaft gewonnen haben, dann klaut Sie auch der Satan nicht aus der Wüste. Die Burschen würden Sie zurückholen.« Brennot legte den Arm um Benders Schulter. »Wird's Ihnen zuviel, dann rufen Sie an. Ich lasse Sie für einen Tag nach Ouargla holen und lege Ihnen eine junge Ouled Nail ins Bett. Das hilft immer.«

»So etwas sagen Sie, Brennot?«

»Nur unter uns Freunden, Doktor. Verdammt, wir haben schon einen schweren Job!« Brennot blieb stehen und sah Bender forschend an. »Wie ist es mit Cathérine?«

»Sie ist ein hübsches Mädchen, aber sie will's nicht wissen.«

»Nicht Ihr Typ, Doktor?«

»Das möchte ich nicht sagen. Die abweisenden Frauen sind, wenn man sie erobert hat, die wildesten. Aber wer kann Cathérine erobern? Sie schießt ja sofort.«

»Haben Sie's schon versucht?«

»Soll die Arztstation wieder verwaist sein?«

»Ich glaube, Sie irren sich da, Doktor!« Brennot zertrat seine

Zigarette im Sandboden. »Ich habe Cathérine beobachtet, als sie Ihnen beim Verbinden der Verletzten half. Die Augen, diese Blicke, dieser Sonnenschein in ihrem Gesicht... das Mädchen ist in Sie verliebt.«

»Das wäre schade –«, sagte Dr. Bender gedehnt.

»Schade? Doktor, sagen Sie bloß, Cathérine reizt Sie nicht! Sie wären kein Mann, wenn Sie das gestehen!«

»Als ich auf Station XI ankam, schon in der ersten Nacht, hatte ich den Eindruck, daß ich hier in eine Affäre treibe, die mich eines Tages fesseln wird. Ich gestehe: Cathérine fuhr wie ein Blitz in mein Leben. Als sie in der Tür der Baracke stand, den Gürtel mit der Pistole umgeschnallt, auf den ersten Blick ein Satansweib, aber schon nach fünf Minuten mit allen Schwächen eines Weibes... da sagte ich zu mir: Hallo, Ralf, paß auf! Das gibt Komplikationen. Hier beginnt die Wüste doppelt heiß zu werden.« Dr. Bender warf seine Zigarette in den Sand und legte die Hände auf den Rücken. »Dann kam der nächste Tag, und alle Zukunft verschob sich.«

»Wie soll ich das verstehen, Doktor?«

»Ich lernte ein Mädchen kennen.«

»Hier?« Brennot hob die Augenbrauen. »Eine Eingeborene?«

»Ja. Saada, die Tochter des Scheichs von Bou Akbir.«

»Hände weg, Doktor.« Brennot faßte Dr. Bender an den Aufschlägen der Jacke. »Ich rate Ihnen: Hände weg! Ein Ouled Nail-Kätzchen, gut... die bezahlt man, die toleriert man wie Essen und Trinken. Aber eine Liebe zu einer Scheichtochter... Doktor, das geht in die Hosen. Das ist Selbstaufgabe! Was sagt der Scheich dazu?«

»Er weiß von nichts. Mein Gott, Brennot, auch Saada weiß nichts davon. Was ich Ihnen sage, ist ein Geständnis unter Männern. Ich habe Saada nur einmal gesehen, aber das genügte. Der Blick ihrer Augen sitzt in mir wie ein brennender Stachel. Sie kommt wie aus einem Märchenbuch. Als Kind habe ich oft die bunten Bilder in Hauffs Märchen und aus 1001 Nacht betrachtet und mich an dieser fernen Welt begeistert. Und nun steht plötzlich eine solche Märchenfee vor mir. Saada Aisha Sinah... das ist doch wirklich wie ein Märchen...«

»Sie sollten aus Ihren Kinderschuhen springen, Doktor! Die Sahara ist das Realste, was es gibt. Hier blühen keine bunten Bildchen. Auch Saada ist ein Kind dieses Landes, und dieses

Land frißt Sie auf, wenn Sie die Grenzen überschreiten, die unsichtbar zwischen Ihnen und Saada gezogen sind. Ist Ihnen das klar?«

»Völlig klar, Brennot. Es war ja auch ein geheimes Gefühl, das ich Ihnen anvertraute. Ich werde Saada vielleicht nie wiedersehen, und wenn, dann nur von weitem, bei Dienstfahrten nach Bou Akbir.«

»Halten Sie sich an Cathérine. Sie wird Sie auslasten.«

»Reden wir von etwas anderem.« Dr. Bender lehnte sich an die Barackenwand. Der Sternenhimmel war grandios, das Schweigen der Wüste ergriff das Herz. Das Unbeschreibliche dieses Landes war auch seine Schönheit. »Ich habe einen Toten geklaut...«

»Was haben Sie?« fragte Brennot betroffen.

»Einen Toten. Er hat die Hadjar-Krankheit.«

»Himmel noch mal – hier?«

»In Bou Akbir.«

»Das ist eine Sauerei. Wollen Sie alle Männer durchimpfen?«

»Noch nicht. Ich will den Toten erst sezieren und die Versuchsreihen fortsetzen. Noch ist er der einzige in Bou Akbir. Seradji Achmed ahnte so etwas, er wollte den Kranken vor mir verstecken.«

»Und wie sind Sie an ihn herangekommen?«

»Durch Saada.«

»Aha!« Brennot wischte sich über die Stirn. »Und wo ist der Tote jetzt?«

»Auf Station XI in einer Kühlbox. Ich habe den Toten von seinem Sohn gekauft und zu mir bringen lassen.«

»Auch durch Saada?«

»Ja.«

»Doktor, Doktor.« Brennot schüttelte den Kopf. »Sie kommen da in Verstrickungen hinein, die Ihnen die Luft abwürgen können. Ziehen Sie den Kopf aus der Schlinge – vergessen Sie die braune Elfe aus der Wüste.«

»Ich werde mich bemühen, Brennot«, sagte Dr. Bender. Er kam sich dabei vor, als gebe er Saada einen Tritt. Ein miserables Gefühl.

Sie trafen sich, als Bender allein um die Verwaltungsbaracke ging, um noch einen Blick auf den brennenden Turm zu werfen, ehe er wieder das Haus betrat.

Sie stand im Schatten der Holzwand, völlig vermummt in die viel zu weite Dschellaba, ein weißer, unbeweglicher Fleck. Dr. Bender erkannte sie sofort.

»Saada –«, sagte er. Seine Stimme schwankte und hatte einen Klang wie ein unterdrücktes Seufzen.

»Was wollen Sie hier, Saada? In der Nacht! Sind Sie allein?«

»Ganz allein, docteur. Nur Fakir ist bei mir.«

»Wer ist Fakir?«

»Mein Pferd.«

Dr. Bender faßte in dieses weiße Gewoge von Tüchern und ergriff einen schlanken, warmen, glatten Arm, der sich ihm entgegenstreckte. Eine Haut wie Samt glitt in seine Finger.

»Kommen Sie.« Wie abgewürgt klang seine Stimme. »Gehen wir hinter die Schuppen. Ich weiß nicht, wie die anderen es aufnehmen, wenn gerade jetzt eine Eingeborene – verzeihen Sie, Saada – hier auftaucht. Sie haben gehört, was Serrat mit der Karawane angestellt hat.«

»Ja.« Sie trippelte neben ihm her wie ein Schulmädchen, das ein Polizist über eine gefährliche Straßenkreuzung führt. »Die Männer von Bou Akbir rufen nach Rache.« Sie blieb plötzlich stehen und sah Bender mit ihren großen Rehaugen an. »Sie haben sich entschuldigt, sagt Abu Ben Gossarah.«

»Ja. Ich schämte mich für Serrat. Ich hasse die Gewalt. Kommen Sie!« Er zerrte Saada aus dem Widerschein des Feuers in die tiefen Schatten der Geräteschuppen. Von hier aus konnte er das ganze Camp überblicken und Saada verstecken, wenn sich jemand näherte. Als er glaubte, sicher zu sein, blieb er stehen und drehte sie an den Schultern zu sich herum. »Warum sind Sie gekommen, Saada?«

»Ich weiß es nicht, docteur.« Ihre Stimme war klein und hell. Ein Vögelchen, das aus dem Nest gefallen war.

»Sie müssen sich doch etwas gedacht haben, als Sie nachts in die Wüste ritten.«

»Ja –«

»Und was ist das?«

Sie hob die schmalen Schultern und wandte den Kopf zur Seite. Dr. Bender spürte, wie es heiß in ihm hochstieg, wie sein

Herz schmerzhaft zu klopfen begann. Es ist Irrsinn, sagte er sich. Denk an die Worte Brennots. Du wirst in dieser Liebe verbrennen wie ein trockener Dornbusch. Es führt zu nichts... nur zu Komplikationen, die man vermeiden kann. Sei hart, Ralf! Nimm die Faust und schlage auf dein Herz ein! Verdammt, hau es in Stücke.

»Ich bin einem Stern nachgeritten«, sagte Saada leise. »Einem großen Stern, der plötzlich vom Himmel fiel. Ganz langsam sank er in die Wüste, und ich bin ihm nachgeritten und kam hierher... und mein Stern leuchtet.«

Dr. Bender war es, als zerrisse in ihm der Panzer, der sein Herz daran hinderte, mit voller Kraft zu schlagen. Er umfaßte Saada, und sie hob den Kopf zu ihm, schob die Tücher vom Gesicht, und alles war so selbstverständlich, so natürlich, so voller Hingabe, daß sie sich küßten, als sei es immer so gewesen. Die Weichheit ihrer Lippen berauschte ihn, und der Duft von Rosenöl, der aus ihrer Haut drang, blies den letzten Funken von Vernunft aus seinem Hirn.

Sie umklammerten sich wie Ertrinkende, preßten sich an die Wand des Schuppens und lösten sich auf in Seligkeit.

Am Fenster der Verwaltungsbaracke stand Cathérine und starrte in die Nacht. Sie sah nur den schwachen, hellen Fleck in der Schattenhöhle der Schuppen, sie ahnte das Ineinanderfließen der Körper und knirschte so laut mit den Zähnen, daß ein Frieren über ihren Rücken lief.

Alles hatte sie beobachtet: das Zusammentreffen, das Flüstern, das Wegziehen in den Schatten, die Zärtlichkeit, die in Benders Bewegungen lag, die katzenhafte Anschmiegsamkeit Saadas. Sie hatte mit den Fäusten gegen ihre Brust getrommelt und dann die Bluse zerrissen. In Fetzen flog der Büstenhalter auf die Erde, frei lagen ihre schönen, spitzen Brüste in ihren Händen.

»Warum siehst du das nicht?« stammelte sie. »Warum siehst du mich nicht an? Ich bin schöner als sie... schöner... nur die Hand brauchst du auszustrecken – O verdammt, ich bin schöner als sie. Warum willst du Saada töten... denn ich bringe sie um, wenn du zu ihr läufst wie ein Hund.«

Dann stand sie in der Dunkelheit am Fenster und ihr Blick zerfraß die Nacht. Die rechte Hand lag auf dem Knauf der Pistole, und es war ein gutes Gefühl, den Tod in der Hand zu halten.

Leo Domaschewski, der Pole, kam ins Zimmer, ohne anzuklopfen, breit grinsend, rußverschmiert, eine geballte Ladung Kraft hinter Hemd und Hose. Er blieb an der Tür stehen und nickte Cathérine zu, als diese herumfuhr und so schnell, daß kein Auge folgen konnte, die Pistole aus dem Halfter riß.

»Das kannst du, Mädchen«, sagte Leo dumpf. »Willst du wieder losballern?«

»Wo kommst du her?« fauchte Cathérine. »Was willst du hier?«

»Ich bin abgelöst worden, Schätzchen. Acht Stunden vor dieser dampfenden Hölle und immer aufpassen, daß nichts überläuft und wie ein Feuerfluß durchs Lager läuft. Das dörrt aus.« Leo Domaschewski betrachtete Cathérine mit schiefem Kopf. Seit sie ihn damals angeschossen hatte, war er ihr aus dem Weg gegangen. Nur wenn es unbedingt notwendig war, bei Verletzungen, die er nicht selbst behandeln konnte, war er in die Sanitätsbaracke gekommen, brav, wortkarg, mit zusammengekniffenen Augen, hatte sich von Cathérine verbinden lassen und war ohne ein Dankeschön wieder gegangen. Aber immer, über die langen Monate hinweg, hatte er sie heimlich beobachtet, hockte bei Einbruch der Dunkelheit vor seinem »Kino« und lud sich mit Sehnsucht auf wie eine Batterie.

Dieses »Kino« war eine tolle Sache. Leo hatte in die Wand zu Cathérines Zimmer ein Loch gebohrt, von außen, an der Rückseite der Baracke. Das Loch war groß genug, um das Zimmer teilweise übersehen zu können, und es lag so richtig, daß man in gerader Richtung auf den Spiegel und das Waschbecken blicken konnte.

Jeden Abend zog sich Cathérine aus und wusch sich nackt von Kopf bis Fuß. Die Hitze und den Staub des Wüstentages spülte sie damit ab, erfrischte sich an dem kalten Wasser, ließ die Haut in der abendlichen Kühle atmen, und oft lief sie lange Zeit nackt im Zimmer herum, legte sich auf das Metallbett und las die Zeitungen, die der Kurierhubschrauber aus Hassi Messaoud gebracht hatte.

Leo Domaschewski klebte an seinem Loch wie eine Fliege am Leim. Sein Atem rasselte, in den Lenden schmerzte die Lust, und einmal hatte er vor ohnmächtiger Leidenschaft in das Holz der Baracke gebissen, als Cathérine nackt und mit wippenden, spitzen Brüsten auf sein Loch zuging, sich genau davor stellte und an der Wand darüber etwas suchte.

Er war daraufhin in die Wüste gerannt, hatte sich in den Sand geworfen und sich gewälzt wie ein Irrer. Dann schlich er zurück, verstopfte das Loch mit Werg, denn wenn der Sandsturm gegen die Wand blies, würde er auch einen Strahl Staub durch das Loch ins Zimmer drücken und alles wäre verraten.

Fuhr er später nach Hassi Messaoud zum Wochenendurlaub, gebärdete sich Leo Domaschewski wie ein Wilder, fiel über die Ouled Nail-Dirnen her wie ein Lustmörder, tobte auf den niedrigen Diwans und brüllte in höchster Lust nur einen Namen: »Cathérine... Cathérine...«

In den Hurenhäusern nannte man ihn bald den »Geisterreiter«.

Jetzt also kam eine neue Note in seine Leidenschaft, als er nachts, ohne anzuklopfen, das Zimmer seiner großen Sehnsucht betrat.

»Und was willst du hier?« fauchte ihn Cathérine wieder an.

»Ich habe dich am Fenster stehen sehen.« Domaschewski steckte die Hände in die Hosentasche. »Warum steht du nachts allein am Fenster?«

»Das geht dich einen Dreck an.« Cathérine hob die Pistole. Leo begann zu schlucken, aber er rührte sich nicht. »Verschwinde in deine Koje, Leo.«

»Wartest du auf einen? Auf den Doktor? Bist verliebt in ihn, was? Schminkt sich die Lippen, das Schätzchen, und dreht den Hintern, wenn der Doktor kommt, als wenn es eine Stute wäre, die den Hengst wittert. Glaubst du, ich sei blind, he?«

Cathérine ließ die Pistole sinken. Zum großen Staunen Leos steckte sie die Waffe zurück in den Halfter und drehte sich wieder zum Fenster. Der weiße, verschmelzende Fleck an der schattenschwarzen Materialbaracke schimmerte unverändert. Sie küssen sich, daß ihnen der Atem wegbleiben muß, dachte sie voll Wut. Sie umklammern sich wie Kater und Katze. Hineinschießen sollte man in diesen Fleck. Hineinschießen!

»Schöne Nacht!« sagte Domaschewski rauh. Die Rückenlinie Cathérines vom Nacken bis zu den Oberschenkeln machte ihn toll. »Nur stinkt's nach Öl. Dieser verfluchte Gestank, er geht nicht aus der Haut.«

Cathérine nagte an der Unterlippe. In ihr tobten Eifersucht und Haß wie ein sprudelnder Geysir. Wilde Gedanken verdrängten alle Vernunft; es gibt nichts Fürchterlicheres als eine Frau, die haßt.

»Leo –«, sagte sie gedehnt.

Domaschewski atmete seufzend. Dieser Klang... diese veränderte Stimme... dieser sanfte Ton, der seinen Namen wegtrug wie einen Hauch.

»Ja –«, antwortete er heiser.

»Du bist ein Schwein, darüber sind wir uns im klaren. Du bist eine primitive Kreatur.«

Beleidige mich nur, dachte Domaschewski. Tritt auf mir herum. Stampf mir ins Gesicht. Ich ertrage es. Ich rolle mich zu deinen Füßen und laß mich mißhandeln. Du kannst alles mit mir tun.

»Ich brauche deine Hilfe, Leo.«

Cathérine wandte den Blick nicht vom Schuppen. Der helle Fleck löste sich jetzt auf, zerfloß, wurde aufgesaugt von der Finsternis. Jetzt gehen sie in den Autoschuppen, dachte sie und ihr Herz verbrannte. Er wird sie auf eine Decke legen, sie ausziehen, mit ihrem braunen Körper spielen, mit seinen Lippen ihre Formen abtasten. Er wird sie...

Cathérine preßte die Fäuste gegen die Schläfen und stöhnte. Erschrocken machte Leo zwei Schritte ins Zimmer. »Was... was haben Sie, Cathérine?« stotterte er. Plötzlich siezte er sie. Er war so verwirrt, daß er auf der Stelle stampfte wie ein Tanzbär.

»Dort drüben im Schuppen«, sagte Cathérine und jedes Wort war ihr, als sei es in heißem Öl gebacken, »dort drüben liegt Dr. Bender mit einem Weib auf der Erde! Mit einer Berberin.«

Leo Domaschewski machte einen Sprung und stand am Fenster neben Cathérine. »Wo?« fragte er laut.

»Im Autoschuppen.«

»Woher weißt du das?«

»Ich habe sie beobachtet. Eine Eingeborene, Leo! Eine zierliche, braune Katze.«

»Ein glücklicher Mensch, der Doktor.«

Es war eine falsche Bemerkung. Leo erkannte das sofort, als ihm Cathérine eine schallende Ohrfeige gab. Er schüttelte den Kopf wie ein Hund, der aus dem Wasser kommt, und starrte sie an.

»Ich schenke dir 1000 Francs!« schrie ihn Cathérine an. Ihre Augen glitzerten. »1000 Francs in bar, Leo!«

»Wofür?«

»Geh ihr nach, der braunen Katze, und nimm sie dir! Zerstöre sie! Zerbrich sie wie trockenes Holz.«

Leo Domaschewski zog den Kopf tiefer in die Schultern. »Nur weil der Doktor sie hat –«

»Ja!«

»Was soll ich mit 1000 Francs? Dafür kann ich zehnmal eine Ouled Nail haben, und weg ist das Geld. Und immer dasselbe. Ich täte es umsonst, wenn du ein bißcher lieber zu mir wärst.«

Er griff nach Cathérine, aber sie hieb ihm auf die tellergroßen Hände und ließ die Finger um den Knauf der Pistole gleiten. Leo verfolgte die Bewegung genau und grinste dumm.

»Wir machen ein Geschäft, Schätzchen«, sagte er langsam. »Ich vergewaltige die Kleine – damit ist dir gedient. Und du legst dich zu mir ins Bett – damit ist mir gedient. Nur einmal, Schätzchen, ich bin bescheiden. Eine ganze Nacht... dann vergessen wir alles! Der Doktor wird es nie erfahren, und du kannst meinen Gestank von dir abwaschen. Was bleibt, ist nichts. Gut gebadet, ist halb vergessen. Nur für mich ist es mehr wert; für mich – ach, Quatsch, das verstehst du nicht.« Leo Domaschewski blickte Cathérine aus seinen kleinen, gefährlichen Bärenaugen an. »Machen wir das Geschäft?«

Cathérine sah hinüber zu dem dunklen Schuppen. Jetzt lieben sie sich, dachte sie. Ihre heißen Atem verschmelzen, ihre Körper zittern, die Hände gleiten am Schweiß ab...

Sie nickte stumm, aber gleichzeitig trat sie Leo vors Schienbein, als dieser nach ihren Brüsten griff.

»Hinterher!« zischte sie. »Ich zahle keine Vorschüsse.«

Domaschewski knurrte tief. Dann wandte er sich ab und verließ das Zimmer. Wie ein Urtier sah er aus, breit und gedrungen, formlos in der fahlen Dunkelheit der Wüstennacht.

Cathérine drückte die Stirn gegen den Fensterrahmen und krallte die Finger um ihre Brüste. Sie zitterte, und die Zähne schlugen aufeinander.

Vernichte sie, dachte sie. Leo, vernichte diese braune Katze. Ich will ihn für mich allein haben, ganz allein...

Sie lagen eng umschlungen auf einem Haufen alter Decken. Es roch nach Benzin und Motorenöl und vermoderndem Stoff.

Ihre Hände streichelten sich, und sie waren eine ganze Zeitlang still, wortlos in ihrem Glück, atemlos in dem Erlebnis, sich zu besitzen und zu fühlen. Saadas lange, schwarze Haare, auf die er sein Haupt legte, waren wie ein seidenes Kissen, und ihre Lippen, die über sein Gesicht glitten, waren weich und warm und zauberten eine unsagbare Süße in sein Herz.

»Ich liebe dich«, flüsterte Dr. Bender. »Es klingt so dumm, so altmodisch, so kitschig, aber es gibt keinen schöneren Satz. Weißt du einen anderen, Saada?«

»Ja – –«

»Dann sag ihn schnell!«

»Du bist für mich mehr als die Heimat... die Wüste...«

Sie schob ihren nackten Körper so eng an ihn, daß ihre schönen vollen Brüste sich flachdrückten und ihre Beine sich um seine Schenkel schlangen. Die Wildheit ihrer heißen Heimat zitterte noch in ihr nach.

»Wie wird es weitergehen, docteur...?« fragte sie.

»Ich werde mit deinem Vater sprechen.«

»Er tötet dich.«

Dr. Bender lachte leise. »Wir leben nicht mehr in einem Zeitalter, wo Probleme mit Messer und Lanze bereinigt werden. Seradji Achmed ist ein gebildeter Mann.«

»Er wird dich töten!« Saada hielt Dr. Bender fest, als er sich aus ihrer Umklammerung befreien wollte. Nach dem Rausch der Liebe kehrte nun der Alltag zurück. Die illusionslose Wirklichkeit.

»Würdest du mit mir nach Europa gehen?« fragte er und setzte sich. Saada legte den Kopf in seinen Schoß, wie ein schwarzer Schleier floß ihr Haar über seine Schenkel.

»Fort aus der Wüste?«

»Ja.«

»In die Kälte?«

»Man gewöhnt sich daran, Saada. Es gibt dort, wo ich herkomme, keine glühende Sonne, keine Sanddünen, keine Palmen, keine Kamele... aber es gibt weite, rauschende Tannenwälder, Seen so klar wie Glas, Wiesen wie ein Teppich und einen Regen, der zu weißen Flocken gefriert. Das ganze Land ist dann weiß, und es glitzert wie Millionen geschliffener Steine, wenn die Sonne daraufscheint oder der Mond darüber hinwegzieht.« Er legte beide Hände über ihre Augen und starrte in die dumpfe, stinkende Dunkelheit des Schuppens. Draußen prasselte das Feuer des brennenden Ölturmes. »Es ist eine ganz andere Welt, Saada. Nicht schöner, nicht friedlicher, vielleicht sogar hinterhältiger und gemeiner als eure Welt. Hier zieht man den Dolch und sticht zu, das ist irgendwie ehrlich. Bei uns tötet man durch Worte, Lügen, Gemeinheiten, List und Bestechung. Überall ist die Welt herrlich und verfault zugleich ... es kommt nur darauf an, daß *wir* uns lieben.«

»Mein Vater wird dich töten!« Es war das einzige, was sie sagen konnte. Es war die einzige Wahrheit, die zwischen ihrem Glück stand, das einzige, was sicher war: der Tod.

Saada hob den Kopf und schlang die Arme um Dr. Benders Hals. Ihr Herz zuckte, aber sie sprach es aus und bat Allah um Gnade, daß sie jetzt den eigenen Vater verriet.

»Der Überfall auf den Turm ... es war mein Vater. Er glüht vor Rache.«

»Ich habe es mir fast gedacht. Aber warum bloß, warum? Was haben wir ihm getan? Wir suchen Öl, wir suchen für ihn das flüssige Gold, von dem das ganze Land profitiert. Er sollte uns dankbar sein.«

»Es geht nicht um das Öl, docteur. Es geht um mich. Ich habe ihm erzählt, daß ich mit dir gesprochen habe.«

»Und er hat gesagt, daß er mich umbringt?«

»›Ich vernichte ihn‹, hat er geschrien. ›Ich vernichte ihn! Wegjagen wie einen Hund werde ich ihn! Solange er im Gebiet von Bou Akbir ist, werden die Ölquellen brennen!‹« Saada lehnte den Kopf an Benders Brust. Er spürte, wie heftig sie zitterte und umfaßte sie. »Der Turm war nur der Anfang.«

»Dann bin ich daran schuld, daß dieser Überfall stattgefunden hat?«

»Ja, docteur. Es wird erst Ruhe sein, wenn du weggezogen bist.«

»Das ist ja furchtbar.« Dr. Bender stand auf. Stumm, mit geballten Fäusten, sah er zu, wie sich Saada ankleidete, das Hemd über den Kopf streifte, die weiße Reithose anzog und sich dann in die weite, weiße Dschellaba hüllte. »Ich habe hier eine Aufgabe übernommen, Saada, ich habe einen Vertrag unterschrieben, ich muß die tödliche Hadjar-Krankheit untersuchen.

Ich kann Bou Akbir nicht verlassen... nicht allein und nicht mit dir... Jetzt noch nicht.«

Saada nickte. Sie verstand. Der Traum, den Allah geschickt hatte, wurde immer wahrer. Ihr Herz verbrannte in seinen Händen... sie hatte es deutlich gesehen.

»Wie lange mußt du in der Wüste bleiben?«

»Zwei ganze Jahre.«

»Und dann?«

»Es liegt bei mir. Ich kann hierbleiben, ich kann zurück nach Algier... nach Marseille... nach Paris... oder nach Deutschland. Nach Dortmund.«

»Was ist Dortmund?«

»Eine große Stadt, Saada. Ein Meer von Häusern, höher als eure Palmen. In dieser Stadt leben mehr Menschen als bei euch in der ganzen Wüste. Tausende von Autos schieben sich durch die Straßen, Fahrräder, Straßenbahnen, Omnibusse...«

»Was sind Straßenbahnen und Omnibusse, docteur...?«

»Ach, mein Liebling!« Er drückte sie wieder an sich und legte sein Kinn auf ihre Haare. »Wie kann man das alles in ein paar Worten erklären? Du wirst es sehen und dich einleben.«

»In zwei Jahren?«

»Ja, Saada.«

Sie rieb das Gesicht an seiner Brust, und erst als sie sprach, begriff Bender, daß es ein heftiges Kopfschütteln war.

»In zwei Jahren leben wir nicht mehr.«

»Was sagst du da?« Er hielt sie von sich weg, ihr Gesicht schwamm in der Dunkelheit, zerfließend in den Konturen, nur die Augen blieben groß und glänzend.

»Mein Vater wird dich töten«, sagte sie, als gäbe es gar nichts anderes auf der Welt. »Und ich werde sterben, wenn du gestorben bist. Ich werde mir das Herz herausreißen und in den Sand werfen.«

»Das ist doch Wahnsinn! In welchem Zeitalter leben wir denn?« Dr. Bender riß sich von ihr los. Vom Ölturm näherten sich Stimmen. Ein Trupp Arbeiter zog an dem Schuppen vorbei zu den Wohnbaracken. »Man sollte deinen Vater der Distriktverwaltung melden. Sie wird ihn absetzen und verhaften.«

»Dann bin auch ich für dich verloren. Was Seradji Achmed auch tut – er ist mein Vater.«

»Mein Gott, wie soll es denn da eine Lösung geben? Bleibe ich in Bou Akbir, brennen die Öltürme. Gehe ich nach Europa zurück, verliere ich dich. Das ist ein Teufelskreis!«

»Du siehst: Es gibt keinen Weg. Es war nur diese eine Nacht, die uns Allah schenkte. Sie bleibt in unseren Herzen.« Saada stellte sich auf die Zehenspitzen, küßte Bender auf die Augen und schlug dann die Kapuze der Dschellaba über ihren Kopf. Ihr kleiner, brauner Arm zeigte in zwei Richtungen. »Du gehst dort weg... ich hier. Zwei Wege, die sich trennen, die nie zusammenführen, die immer weiter sich entfernen. Leb wohl, docteur. Ich sage meinem Vater, daß ich dich hasse. Das wird ihn milde stimmen, es wird kein Turm mehr brennen und du kannst deine Jahre in der Wüste arbeiten. Allah sei mit dir!«

Sie wirbelte herum, und ehe Dr. Bender etwas antworten konnte, war sie aus dem Schuppen geschlüpft.

»Saada!« rief er. »Das ist doch keine Lösung. Saada –«

Er rannte ihr nach, verfolgte sie an den Schuppen entlang, immer im tiefen Schatten bleibend, aber sie war schneller als er, sie glitt wie ein Wiesel dahin, erreichte die Berge der leeren Benzintonnen, band Fakir los, schwang sich auf den Rücken des Pferdes und trat ihm die Fersen in die Weichen.

Fakir stieg hoch, seine Nüstern blähten sich, aber dann machte er einen wilden Satz, im gleichen Augenblick, in dem Bender um die Barackenecke bog und beide Arme nach Saada ausstreckte. Wie ein schwereloses Fabelwesen stob der Hengst in die Nacht hinaus. Saada umklammerte seinen Hals, drückte ihr Gesicht in die flatternde Mähne und weinte laut.

Fakir spürte den Kummer seiner Herrin; sein Kopf streckte sich und die schlanken Beine trommelten über den Wüstensand.

Außerhalb des Lagers XII, an der Wüstenpiste, wartete ein kleiner, gelbgestrichener Jeep. Als Saada an ihm vorbeigaloppierte, warf Leo Domaschewski seine Zigarette weg, sprang hinter das Steuer, riß die Bremse los und gab dem laufenden Motor Vollgas.

Wie eine Hyäne schoß der Wagen hinter Fakir her.

Leo Domaschewski beugte sich über das Lenkrad und begann zu pfeifen. Eine Soldatenmelodie war es, auf die man unter sich einen zotigen Text gesungen hatte.

Mädchen, hebt das Hemdchen hoch,
Soldaten ziehen in die Stadt,

stellt euch an in einer Reih,
wer noch will und keinen hat...

In fünf Minuten habe ich sie, dachte Domaschewski und grinste. In fünf Minuten habe ich sie überholt, stelle mich quer und ziehe sie aus dem Sattel.

In fünf Minuten, Leo, mein Stierchen!

Die wilde Jagd durch die Nacht endete bald.

Domaschewskis Jeep war schneller als der schnaubende Fakir. In einer dichten Staubwolke überholte er den Hengst, fuhr noch hundert Meter voraus und versperrte dann mit seiner Breitseite die Piste. Domaschewski kletterte vom Sitz, stemmte die Hände in die Seite und blickte Saada entgegen, die kurz vor ihm das Pferd hochriß und mit gewaltigem Satz über den Jeep hinwegsprang.

Das hatte Domaschewski nicht erwartet. Er fluchte, hechtete hinter das Steuer und gab erneut Gas.

»Ein Teufelsweib!« murmelte er dabei. »Verdammt, das wird einen Kampf geben!«

Von jetzt ab war es ein Wettrennen auf Leben und Tod. Fakir schien es zu ahnen, sein Leib streckte sich noch mehr, wie ein Pfeil flog er durch die Nacht. Ganz klein, in sich zusammengekauert, saß Saada auf seinem Rücken, während ihre Dschellaba wie eine Fahne im Wind flatterte.

Aber was ist ein Pferd gegen einen kleinen, schnellen Jeep?

Leo Domaschewski überholte noch einmal Saada, und diesmal gab er ihr keine Gelegenheit, über ihn hinwegzuspringen. Kurz vor den trommelnden Beinen Fakirs bremste er, und Saada mußte ihr Pferd zurückreißen, damit es nicht gegen den Wagen prallte. So plötzlich war der Stopp, daß sie vom Rücken glitt, weggefegt von der Fliehkraft. Sie rollte in den Sand, überschlug sich dreimal, und da war Leo Domaschewski schon bei ihr, seine großen Hände zerrten die Dschellaba weg und griffen nach Saadas vollen Brüsten.

Es war ein ungleicher Kampf. Saada trat um sich, hieb mit den Fäusten auf Leo ein, stieß den Kopf in seine Magengrube. Domaschewski grunzte nur, sein Gesicht war verzerrt, seine Augen klein und glitzernd wie bei einem Bären.

»Es hat keinen Zweck, mein Teufelchen«, keuchte er und

zerfetzte Saadas Bluse. »Warum wehrst du dich? Willst dem Doktor treu bleiben, he? Du schwarzer Satan, ich will dir zeigen, was ein richtiger Mann ist.«

Er schlug zu, traf Saada zwischen die bloßen Brüste, sie taumelte zwei Schritte zurück, griff um sich, als gebe es hier einen Halt, dann sank sie zusammen, auf die Knie, und krallte die Finger in den Sand.

Domaschewski lachte rauh. Er löste den Gürtel, ließ seine Hose fallen und rollte das Hemd bis unters Kinn. Massig, ein erregter Bulle, stand er vor Saada, breitbeinig, keuchend.

Noch einmal versuchte Saada, ihm zu entkommen. Blitzschnell schleuderte sie Leo mit beiden Händen Sand ins Gesicht und rollte sich zur Seite.

Domaschewski lachte laut. Ein Lachen des Siegers. Er wischte sich den Sand aus den Augen und kam dann langsam auf Saada zu.

In diesem Augenblick sagte eine Stimme: »Halt!«

Leo fuhr herum.

Auf den Sandhügeln neben der Straße standen, Schattenrisse gegen den sternenübersäten Himmel, unbeweglich drei Kamelreiter.

Auch auf den Dünenkuppen der anderen Straßenseite tauchten lautlos drei Reiter auf und hielten dort die Kamele an. Zwei Reiter, aus der Dunkelheit wie aus der Erde wachsend, versperrten den Weg nach Bou Akbir.

Domaschewski wirbelte herum.

Auch der Rückweg war abgeschnitten. Drei stumme Berber standen mit ihren Reittieren auf der Piste.

Leo Domaschewski rann plötzlich der Schweiß über den Körper. Er fror dabei, seine Bärenaugen glitzerten. Langsam, Schritt um Schritt, tastete er sich zum Jeep zurück, aber er erreichte ihn nicht. Eine Lanze zischte durch die Luft und bohrte sich vor ihm in den Sand.

Bleib stehen, hieß diese stumme Warnung. Bis hierher und keinen Schritt weiter.

Domaschewski warf sich herum. Er rannte zurück zu seiner abgelegten Hose, aber sie war von Saada ergriffen worden. Mit drei langen Sätzen erreichte sie Fakir, schwang sich auf seinen Rücken, schwenkte die Hose wie eine eroberte Fahne und jagte dann seitlich in die Wüste davon.

»Du Luder!« brüllte Leo. »Du verfluchte Hure!« Er rollte sein Hemd herunter, aber es war so kurz, daß sein Unterleib frei blieb. So stand er da und sah mit weiten Augen, wie die stummen Berber von allen Seiten auf ihn zurückten.

Mein Revolver, dachte Domaschewski. Verdammt, ich habe meinen Colt im Jeep. In der Klappe neben dem Steuer. Nur fünf Meter sind's bis dahin. Fünf Sprünge... man sollte es versuchen.

Er setzte an, sprang den ersten Meter, aber wieder federte vor ihm ein Speer in den Boden, knapp vor seinen Schuhspitzen.

Werfen können sie, dachte Leo und blieb stehen. Der Schweiß rann ihm übers Gesicht und in die Augen, kalter, klebriger Angstschweiß. Mit hängenden Armen wartete er darauf, was weiter geschah und verlegte sich jetzt aufs Bitten und Drohen.

»Was soll das?« brüllte er gegen den langsam näherrückenden Ring der schweigenden Araber. »Das wird Komplikationen geben! Man wird die Armee rufen und euch zusammenschlagen! Seid ihr verrückt geworden? Was wollt ihr von mir?«

Die Berber schwiegen. Ihr Ring um Domaschewski war jetzt dicht. Elf in weiße Tücher gehüllte Gestalten bildeten eine Mauer um Leo. Zweiundzwanzig schwarze Augen ohne Gnade, ohne Regung starrten ihn an.

Durch Domaschewski lief das Zittern der Todesangst. Er riß die beiden Lanzen neben sich aus dem Boden und fällte sie. Wie ein Tier, das sich bis zuletzt mit den Zähnen wehrt, drehte sich Leo im Kreis.

»Laßt mich in Ruhe!« kreischte er. »Platz! Gebt den Wagen frei! Ihr Hunde! Ihr stinkenden Araberhunde!« Dann ließ er die Lanzen fallen und hob bettelnd die Hände. »Was habe ich euch getan, was denn?« fragte er. Seine Stimme wurde hell und überschlug sich vor Entsetzen. »Das Mädchen... Männer, laßt euch das erklären. Ich wollte das ja gar nicht, ich habe kein Interesse an Saada. Aber Cathérine war's, kennt ihr Cathérine? Sie hat mich verrückt gemacht. Hat euch noch nie eine Frau um den Verstand gebracht? Ich wußte ja nicht, was ich tue! Männer – so hört mich doch an...«

Seine Stimme ging in ein helles Kreischen über. Der Ring hatte sich zugezogen. Er spürte den Atem der elf stummen Männer, nahm ihren Schweißgeruch auf, starrte in ihre schwarzen, wie Glas seelenlosen Augen.

»Nein!« brüllte er. »Nein!«

Sein Mund blieb offen, weit, eine rote Höhle, aus der jetzt ein entsetzlicher, greller, nicht mehr menschenähnlicher Schrei quoll.

Durch seinen Unterleib fuhr der Schmerz wie ein Blitz. Er war so wahnsinnig, daß er heulte, markerschütternd, mit irren, flatternden Augen. Seine Hände griffen zur Mitte seines Leibes... aber da war nichts mehr, nur noch Blut, das über seine Arme in den Sand floß.

»Oh!« kreischte er. »Oh!« Und dann fiel er auf die Knie, die Hände gegen sein abgetrenntes Geschlecht pressend, warf den Kopf weit in den Nacken und weinte: »Mutter!« heulte er. »Mutter... Mutter – O mein Gott –«

Er sah die Sterne blutrot werden, der Himmel brach auf wie ein aufgeschlitzter Sack, und es regnete Blut.

Es war leicht, mit einem scharfen, gekrümmten Kurzschwert seinen Kopf abzuschlagen. Ein Hieb nur genügte in den nach hinten gebogenen, gespannten Hals. Der Schädel Leo Domaschewskis kugelte in den Sand, und es war schrecklich anzusehen, wie seine Augen noch voll Abwehr zuckten und die Lider sich senkten, als die Sandkörner sich in die Augenhöhlen klebten.

Die elf stummen Männer sahen sich an, nickten sich zu und gingen würdevoll zu ihren Reitkamelen zurück. Für sie hatte das Gesetz der Wüste gesprochen. Nur ihm gehorchten sie. Sie stiegen in ihre Sättel, die Kamele erhoben sich, und schweigsam zog die kleine Karawane über die Hügel dahin, bis die Nacht sie aufsaugte gleich einem zerflatternden Nebel.

Leo Domaschewski wurde am Morgen gefunden, als ein Lastwagen von Camp XII zur Oase Bou Akbir fahren wollte, um Holz zu holen.

Der Anblick, der sich den Männern bot, war grauenhaft.

Eine geköpfte, entmannte Leiche, deren Leib bereits von den Geiern aufgerissen war.

Ingenieur de Navrimont und Oberingenieur Brennot standen erschüttert vor diesem menschlichen Torso. Pierre Serrat tobte wie ein Irrer.

»Alle Mann in die Wagen!« brüllte er. »Alle Waffen mit! Wir machen aus Bou Akbir einen rauchenden Misthaufen! Entschuldigen Sie sich noch immer bei den Arabern, Doktor?«

»Ich werde das untersuchen lassen«, sagte Brennot. »Ich spreche sofort mit dem algerischen Militärkommandanten in Ouargla. Das hier ist offensichtlich Mord! Ein ekelhafter Mord. Ich verstehe das alles nicht. Jahrelang war hier Frieden.«

Sie verstanden es alle nicht... und Cathérine schwieg. Sie starrte auf den verstümmelten Domaschewski mit weißem, unbewegtem Gesicht und verschleierten Augen. Dr. Bender legte den Arm um ihre Schulter und zog sie weg. Die Berührung seines Armes durchrann sie wie Feuer; sie schloß selig die Augen.

»Kommen Sie«, sagte Dr. Bender tonlos. »Das ist selbst für Sie kein Anblick.«

Ich werde mit Seradji Achmed sprechen, dachte er später, als er allein in seinem Sanitätszimmer saß. Draußen hoben sie für Leo Domaschewski ein Grab aus, neben der Küchenbaracke. Der Zimmermann des Camps arbeitete an einem Kreuz, sein Hämmern schallte über den stillen Platz.

So kann es nicht weitergehen, dachte Dr. Bender. Der Haß Achmeds wird uns alle vernichten. Aber niemand wird es ihm beweisen können. Ich muß mit ihm sprechen, und dann werde ich die Wüste verlassen. So schnell wie möglich. Unter Bruch aller Verträge.

Aber da ist Saada. Was wird aus ihr?

Soll ich sie zurücklassen?

Das kann ich nicht. Ich liebe sie. Wenn zwei Menschen zusammengehören, dann sind es Saada und ich.

Dr. Bender legte das Gesicht in beide Hände. Es war eine Geste völliger innerer Zerrissenheit.

Er war in einen Strudel geraten, aus dem der beste Schwimmer nicht mehr entkam.

Um halb zwölf mittags landete der Hubschrauber aus Ouargla. Er brachte den Spezialisten aus Amerika. Den Feuertöter.

Alle Mann waren versammelt, als er aus dem Hubschrauber stieg.

Mittelgroß, mit breiten Schultern, krummbeinig wie ein Mensch, der auf einer Tonne sitzend gewachsen war.

Pierre Serrat brüllte vor Lachen.

»Der will den Turm löschen!« schrie er und hieb sich auf die säulenförmigen Schenkel. »Setzt sich wohl als Pfropfen auf das Loch, was?«

Auch Oberingenieur Brennot war enttäuscht. Er hatte einen Helden erwartet; der jedoch aus dem Hubschrauber stieg, war eine Karikatur. De Navrimont drückte es auf seine Art aus: »Jetzt einen großen Pernod, und ich könnte lachen!« sagte er laut.

Der kleine Mann aus Texas sah sich um, gab Brennot die Hand, und der Oberingenieur verzog schmerzhaft den Mund. Ein Händedruck wie ein Elefant, dachte er. Leute, wir irren uns gewaltig in dem kleinen Männlein.

Serrat war der nächste, der das einsah.

Er lachte noch immer wie ein brüllender Stier, als der kleine Mann vor ihm stand und sein Köfferchen in den festgestampften Sand stellte.

»Ich bin Jack Halley«, sagte er. »Ich habe noch nie einen solch dämlichen Affen gesehen wie dich.«

Im Augenblick war es still auf dem weiten Platz. Serrat riß die Augen auf und holte tief Luft. Das war auch das letzte, was er tat: Der kleine Halley hieb mit der Handkante blitzschnell in Serrats Magen, der Riese knickte ein, beugte sich nach vorn, der kleine Mann ergriff Serrats Kopf, machte irgendeine Hebelbewegung, und der Fleischberg segelte durch die Luft und schlug vor den Füßen de Navrimonts hart auf.

»Noch einer?« fragte Jack Halley und blickte in die Runde. »Nicht? Dann können wir ja an die Arbeit gehen.« Er faßte sein Köfferchen wieder und nickte Brennot zu. »Überall das gleiche; man muß sich erst vorstellen. Die Jungs haben alle kein Hirn! Sehen wir uns unseren qualmenden Otto gleich an.«

Eine Stunde später erlebten die Ölleute, wie man einen Ölbrand löscht.

Aus dem Hubschrauber waren noch Kisten ausgeladen worden, in denen sich eine Spezialuniform für Halley und ein besonderer Sprengstoff befanden. Er tauchte in der Verwaltungsbaracke wie ein Urwelttier auf, wie der Bewohner eines fremden Sterns.

Ein silberglitzernder Anzug, ein Schutzhelm wie ein Astronaut, auf dem Rücken zwei Flaschen, eine mit Sauerstoff, die andere mit einem chemischen Mittel, das den doppelwandigen Anzug durchrann und einen Hitzeschutz bot. So tappte Jack

Halley zum feurigen Bohrturm, um den Hals eine Metallkiste mit Sprengstoff.

»Die Explosion erfolgt über eine eingestellte Uhr«, sagte Brennot leise zu Dr. Bender und de Navrimont. Er flüsterte, als könne seine Stimme die Explosion auslösen. »Sie tickt bereits. Halleys Problem ist es, zeitig genug die Ladung anzubringen – abstellen kann er die Uhr nicht mehr, zu lange darf der Kasten nicht in der Glut liegen, sonst schmelzen innen die Drähte. Er muß also den richtigen Augenblick abpassen. Ein Höllenkommando, sag ich! Nicht für eine Million Francs ginge ich in dieses Flammenmeer.«

Jack Halley, der kleine, krummbeinige Mann aus Texas, schritt wie eine Maschine auf den Bohrturm zu. Roboterhaft wirkte er, nur sein Gesicht hinter der dicken Panzerscheibe war noch menschlich. Als er bei Serrat vorbeikam, drehte er langsam den Helm.

»Viel Glück, Jack!« sagte Serrat heiser. Seine Mundwinkel zuckten. Halley konnte ihn nicht hören, aber er sah, daß Serrat sprach. Und er ahnte, was er sagte. Er nickte mit dem Helm und stapfte weiter. Hinein in die fetten, schwarzen Qualmwolken, hinein in die wabernde Lohe des Brandes. Hinein in eine Hölle, die gebaut war aus verbogenen, rotglühenden Stahlgerüsten.

Als er eintauchte in den Rauchpilz, sah sich Halley noch einmal um.

»Verdammt, ich würde jetzt an seiner Stelle ein Vaterunser beten«, sagte Brennot mit trockener Kehle. Dann winkte er, eine Warnsirene heulte auf, die Männer rannten vom Turm weg in Deckung.

Genau fünf Minuten war Jack Halley in der Glut des Öls – dann kam er wieder aus dem Qualm hervor. Sein silberner Anzug war schwarz, das Fenster in seinem dicken Helm verschmiert. Blind tappte er vom Turm weg, wieder wie ein Roboter, aber jetzt wie einer, der irgendwo in seinem verzwickten Schaltsystem einen Wackelkontakt hat. Hundert Meter vom Ölloch entfernt sprangen Serrat und drei andere Männer aus der Deckung, hoben Halley wie eine Vase hoch und trugen ihn im Laufschritt davon.

Sie schraubten noch an seinem Helm herum, als eine ungeheure Explosion die Luft erschütterte. Der Boden schwankte; es war, als sei die Erde plötzlich aus Wellen. Der Druck prallte gegen die Trommelfelle, und von der Latrine flog das Dach weg wie eine Feder. »Sag ich's nicht?« brüllte Serrat fröhlich. »Sie haben hier das mieseste Scheißhaus der Wüste!«

Eine riesige Stichflamme jagte in den Himmel. Ein Gebirge von Sand und Steinen wirbelte gegen die Sonne, fiel dann zurück und senkte sich wie ein Deckel über das flammende Bohrloch. Von der Gewalt des Luftdrucks, begleitet von Tausenden von Tonnen Geröll, wurde die Ölflamme erstickt, versank die Hölle wieder in die Tiefe der Erde.

»Das war ein Pusterchen, Junge, Junge«, sagte Serrat und schob den Helm von Halleys Kopf. »Was hast du da eigentlich in deinem Köfferchen?«

»Eigene Mischung, Boy.« Halley putzte sich mit einem Taschentuch, das ihm jemand hinhielt, die Augen. »Mein Geheimnis! Das ist mein ganzes Kapital.«

»Und ein Herz aus Stein.«

»Blödsinn, Boys.« Halley setzte sich und sah wie ein zufriedener Junge Brennot, de Navrimont und Dr. Bender entgegen, die zu ihm hin rannten. »Um 18 Uhr über die 27. Straße von New York zu gehen, ist gefährlicher.«

Brennot umarmte Halley wie einen verlorenen Sohn. »Phantastisch!« rief er immer wieder. »Phantastisch! Genau auf den Punkt. Total erstickt! Millimeterarbeit! Halley, was kann ich Ihnen Gutes tun?«

»Geben Sie mir Whisky, Sir. Die ganze Flasche.« Halley zeigte auf die Verwaltungsbaracke. »Ich habe sie in Ihrem Eisschrank vorhin kaltgestellt.«

Der Brand war gelöscht, Halley wieder nach Ouargla abgeflogen, Leo Domaschewski begraben, die Aufräumungsarbeiten begannen, die Kolonne de Navrimonts kehrte zu Zentralcamp XI zurück, mit bimmelnder Feuerwehr und dem Sanitätswagen.

Sie kamen wieder an der Kreuzung vorbei, wo Serrat auf die Karawane geschossen hatte. Die Kamele waren säuberlich von den Geiern und Hyänen abgenagt, nur die Gerippe lagen zu Haufen herum. Bleiche Zeugen einer sinnlosen Wut.

Von Ouargla aus war ein Militärkommando von dreißig Soldaten und einem Hauptmann nach Bou Akbir gefahren und hatte Seradji Achmed verhört. Er wußte, wie erwartet, von allem nichts. Er hatte keine Ahnung, wer die Reiter gewesen waren, die den Bohrturm angezündet hatten. Von der Tragödie Leo Domaschewski wußte er angeblich überhaupt nichts und erfuhr sie erst jetzt durch den Hauptmann.

»Die Wüste ist grausam«, philosophierte er und ließ starken Kaffee und mit Honig gefülltes Fettgebäck herumreichen. »Wo Geier leben, muß es auch Aas geben.«

»Wie recht hast du, Seradji Achmed«, sagte der algerische Hauptmann und sah den Scheich dabei scharf an. »Aber es hat dich keiner beauftragt, für dieses Aas zu sorgen.«

»Ich würde es mir nie erlauben, die Politik unseres Landes zu hindern.« Achmed nippte an seiner heißen Kaffeetasse und betrachtete den Hauptmann über den Rand hinweg. »Ich sehe die Fremden nicht gern, zugegeben, aber sie fördern das schwarze Gold aus der Erde und wir alle profitieren davon. Wäre ich nicht dumm, mir selbst den Geldbeutel abzuschneiden?«

»Man sagt, die Reiter kamen aus Bou Akbir.«

»Man sagt es. Wer sagt es? Die Fremden! Können sie es beweisen? Haben Sie einen Gefangenen gemacht, der es verrät? Bruder Hauptmann, meine Oase ist ein friedlicher Ort, ein Paradies in der Wüste. Sieh dich um, blicke in jedes Haus, in jeden Garten: Nur Frieden und Arbeit wirst du finden.«

Der Hauptmann unterzog sich nicht der Mühe, diese Inspektionsreise anzutreten. Er war selbst Berber und wußte, daß er nichts finden würde außer fleißigen Handwerkern und Bauern.

Er trank seinen Kaffee aus, aß das Gebäck und erhob sich.

»Mein Auge ist auf dich gefallen, Seradji Achmed«, sagte er zum Abschied, und Achmed verstand die Zwischentöne sehr gut. »Hier ist wirklich Frieden! Aber kommen noch einmal Beschwerden, fällt meine Faust auf dich.«

Achmed nickte weise, winkte dem Hauptmann und seiner kleinen, schwerbewaffneten Truppe zu und ging zurück ins Haus. Er war sehr nachdenklich. Die Androhung kollektiver Strafe, auch wenn nichts bewiesen werden konnte, nahm er verteufelt ernst. Sie bremste seinen Haß und zwang ihn, umzudenken.

Mit Saada hatte er noch nicht gesprochen. Seine Diener hatten sie in der Nacht zurückgebracht, und er war ihr entgegengelaufen, schimpfend und jammernd zugleich. Dann sah er, daß ihre Kleidung zerrissen war, daß ihre schönen Brüste entblößt waren, und er fluchte und bat Allah um Hilfe gegen die weißen Teufel.

Stumm ging Saada auf ihre Zimmer. Achmed schloß sie ein und stellte Wachen unter alle Fenster. Vom Garten aus beobachtete er sie, wie sie sich entkleidete und auf den Diwan legte. Ihr leises Weinen drang durch die stille Nacht, und Achmeds Vaterherz blutete wie nach einem Dolchstoß.

Den ganzen Tag über blieb Saada auf ihren Zimmern. Sie aß nicht, sie trank nur Fruchtsäfte und schickte die Tabletts mit Obst, Kuchen, Lammbraten und gezuckerten Früchten wieder weg. Stundenlang saß sie am Fenster und starrte hinaus in die Wüste.

»Ich bringe dich nach In Salah, zum Bruder deiner Mutter«, sagte Seradji Achmed am Abend, als der Besuch des algerischen Hauptmanns vorüber war. »Dort bist du sicher. Es ist furchtbar, daß man sein Kind verstecken muß.«

»Es ist nicht nötig, Vater.« Saada blickte an ihm vorbei gegen die bemalte Wand. Ihr Gesicht war maskenhaft und schmal. »Ich werde ihn nicht wieder treffen.«

»Ist das wahr?« Achmed sprang auf und breitete die Arme aus. »Allah hat mich erhört! Schwöre, daß du ihn nie wiedersiehst, nicht einmal von weitem.«

»Ich schwöre es, Vater.«

»Welch ein glücklicher Abend! Welch eine Wendung! Mein Liebling, dein Vater könnte weinen vor Glück.«

Saada nickte. »Laß mich allein«, sagte sie leise. »Ich will Abschied nehmen von einem Traum.«

Achmed war klug genug, nicht dagegen zu protestieren. Er schloß seine Tochter wieder ein und feierte den Abschluß der Affäre mit einem heißen Hammelschlegel.

Oben, an die zierlichen Säulen des Fensters gelehnt, saß Saada auf der breiten Brüstung und sah wieder hinaus in die nächtliche Wüste. Im Stall wieherte Fakir. Er rief nach seiner Herrin.

»Vorbei, Fakir«, sagte Saada leise und schüttelte den Kopf. »Ruf nicht, sei still. Vergiß, was du gesehen hast... Wir müssen vergessen können, Fakir. Unser Leben heißt Bou Akbir... die weite, schöne Welt gibt es nicht für uns.«

Auf der Brüstung, den Kopf gegen eine Säule gedrückt,

schlief sie schließlich ein. Achmed sah es vom Garten aus, schlich sich in ihr Zimmer und trug sie vorsichtig zum Diwan.

Sie wachte nicht auf, sondern schlief wie eine Tote.

Kaum ins Lager XI zurückgekehrt, machte sich Dr. Bender an die Arbeit. Er hob mit Cathérine den toten Abdallah aus der Tiefkühltruhe und ließ ihn auftauen. Das war bei 50 Grad Außenhitze kein Problem; der gefrorene Leichnam schmolz so schnell, daß Cathérine kaum mit dem Aufwischen des Tauwassers mitkam. Ohne einen Anflug von Ekel schob sie den Toten für die Sektion zurecht und baute Instrumente, Präparatschüsseln, Gummitücher und Plastikbeutel auf einem Nebentisch auf.

Der von der Hadjar-Krankheit zerfressene Abdallah sah nach seinem Auftauen schrecklich aus. Als habe der Leib nur auf die Wärme gewartet, blähte er sich auf, als sei er mit Hefe gefüllt. Ein widerlich süßlicher Geruch breitete sich in dem kleinen Zimmer aus. Dr. Bender steckte sich eine Zigarre an und hielt Cathérine das Etui hin.

»Auch eine, Cathérine?«

»Ich habe noch nie eine Zigarre geraucht.« Ihr hartes Gesicht war in den letzten Stunden weicher geworden, durchflossen von ungestillter Sehnsucht. Sie hatte die Lippen geschminkt und trug unter der roten Gummischürze eine dünne Seidenbluse, durch die die Spitzen des BHs schimmerten. Dr. Bender stellte es sofort bei ihrem Eintreten fest und dachte an Saada.

»Sie sollen sie auch nicht rauchen, sondern nur mit dem Rauch den Gestank aus der Mundhöhle vertreiben.«

»Ich habe ein paar Spraydosen nebenan.«

»Mit denen werden Sie nichts ausrichten, Cathérine. Der Gestank wird sich in unsere Haut fressen. Aber wir müssen durch. Alles klar?«

»Ich glaube, ich habe nichts vergessen.«

Dr. Bender beugte sich über Abdallah. Nach dem Auftauen zersetzten sich die Zellen in rasender Eile. Die beiden kleinen Ventilatoren, die Cathérine neben den Tisch gestellt hatte, nützten gar nichts. Sie wirbelten nur die dicke Luft herum.

»Wann waren Sie zuletzt bei einer Obduktion dabei?«

»Noch nie.«

»Was?« Dr. Bender nahm aus ihrer Hand das große Skalpell, um den Körper Abdallahs mit einem Schnitt vom Brustbein bis zum Schambein zu spalten. »Und da fallen Sie nicht um?«

»So schnell nicht. Mich hat noch nie ein Mann auf dem Rükken liegen gesehen.«

»Noch nie?«

»Seit Jahren nicht.« Leichte Röte schoß in ihr Gesicht. Das ärgerte sie, und sie stampfte mit den Füßen auf. »Gehört das zur Sektion?«

»Nicht zu der Abdallahs, Cathérine.«

»Ich bin keine Leiche, auch wenn es so aussieht!« Sie wühlte nervös in den Plastikbeuteln und verschob die peinlich genau ausgerichtet liegenden Instrumente.

»Sie haben etwas, Cathérine.«

»Nein.«

»Lügen Sie nicht. Ich sehe es doch. Wollen Sie es mir nicht sagen?«

Cathérine preßte die Lippen zusammen. Soll ich ihm sagen, daß ich ihn liebe... jetzt, hier, vor einer aufquellenden, eklig stinkenden Leiche? Soll ich mir die Kleider vom Leib reißen und mich daneben legen und ihn anschreien: »Da bin ich! Eine seelische Leiche! Nun such dir aus, was du haben willst. Schneid auf, was dich am meisten interessiert!«

»Fangen Sie doch an...«, sagte sie gequält und drückte ein Tuch gegen Nase und Mund. »Sonst falle ich wirklich noch um.«

Dr. Bender machte den ersten langen Schnitt. Bei einer Obduktion kommt es nicht auf Eleganz an, sondern nur auf einen großen Raum, um ins Innere des Körpers zu dringen.

Abdallahs Leib klaffte auseinander. Die Gedärme schimmerten violett, durchsetzt mit großen, gelben Flecken. Cathérine klammerte sich an der Tischkante fest, gallig stieg es in ihr hoch.

Nicht umfallen, schrie sie sich innerlich zu. Nicht umfallen. Zeig ihm, welch eine Frau du bist.

Dr. Bender eröffnete den Magen, einen schlaffen Sack mit deutlichen kleinen Durchbrüchen, gezackt, als habe man ihn mit winzigen Projektilen durchschossen.

»Sehen Sie«, sagte Bender und beugte sich über den offenen Körper. Seine behandschuhten Hände griffen den Magen und hoben ihn hoch. »Glatt durchgefressen! Wie Mottenfraß. Das ist die verdammte Hadjar-Krankheit!«

Von der Tür her flog ein Luftzug in das Zimmer. Die Wolke aus Gestank kam in Bewegung. Dr. Bender und Cathérine fuhren herum, der Magen schwappte in die Bauchhöhle zurück.

Pierre Serrat stand im Zimmer. Er warf die Tür zu und pflanzte sich mit breitgestellten Beinen davor auf. Sein Blick glitt über den aufgespaltenen Abdallah.

»Was haben Sie da eben gesagt, Doktor?« knurrte er. Es klang wie das dumpfe Brüllen eines angreifenden Panthers.

»Gehen Sie hinaus, Serrat! Sofort!« befahl Dr. Bender.

»*Was* haben Sie gesagt!«

»Das ist die Hadjar-Krankheit! Sie haben's doch gehört.«

»Nichts habe ich gehört... und Sie haben nichts gesagt! Verstehen wir uns, Doktor?«

»Nein.«

»Dann muß ich klarer sprechen.« Serrat kam näher, ein Turm aus Knochen und Muskeln. »Es gibt diesen Toten nicht, und ich zerquetsche Ihnen den Schädel, Doktor, wenn Sie trotzdem behaupten, er hätte hier auf dem Tisch gelegen.«

Dr. Bender brauchte nur ein paar Augenblicke, um mit der neuen Situation fertig zu werden.

Er hatte Schwierigkeiten erwartet, als er in das Camp XI geflogen war. In Ouargla hatte man es ihm bei der Hauptverwaltung der Ölgesellschaft ungeschminkt gesagt: »Wenn Sie in der Wüste sind, dürfen Sie nicht mehr nach gewohnter Logik denken. Dort ist alles anders. Vor allem die Menschen. Unsere Ölbohrer sind eine Sorte für sich. Wenn Sie sich da durchbeißen wollen, müssen Sie Löwenzähne haben. Glauben Sie nicht, daß man Sie dort, auch wenn Sie Arzt sind, wie einen Retter empfängt.«

Die vergangenen Tage hatten das bewiesen, aber was er jetzt erlebte, übertraf alle Vorstellungen. Pierre Serrat verbot ihm, einen Toten zu sezieren.

Dr. Bender deckte ein Tuch über den aufgeschnittenen Leib Abdallahs. Das hemmte zwar nicht den schrecklichen Geruch, aber verringerte den Ekel, den der Anblick erzeugte. Cathérine war ein paar Schritte zurückgewichen und trank in der Ecke des Zimmers hastig ein paar Schlucke aus einer Flasche Mineralwasser. Ihre Kehle war wie aus rissigem Leder, aus dem Magen würgte die Übelkeit ununterbrochen nach oben.

»Ich sage zum letztenmal, Serrat: Gehen Sie hinaus! Sofort!«

»Und ich sage zum letztenmal: Diesen Toten da gibt es nicht.«

»Sie sind verrückt!«

»Es bliebe zu überlegen, wer von uns beiden verrückt ist, Doktor.« Serrat zeigte mit ausgestrecktem Arm auf den Tisch. »Geben Sie mir diesen stinkenden Kadaver heraus, ich begrabe ihn und Sie vergessen, was Sie gesehen haben. Das ist ein Angebot und mein letztes Wort.«

»Ich denke nicht daran.« Dr. Bender stellte sich wie schützend vor den armen, aufgeschlitzten Abdallah. »Das hier ist ein Hadjar-Toter. Sie wissen, was das bedeutet?«

Serrat verzog den breiten Mund. Und ob ich das weiß, mein Junge, dachte er. Laut sagte er: »Es gibt keine Hadjar-Krankheit im Gebiet von Bou Akbir.«

»Ach nein!« Dr. Bender schien zu ahnen, was Serrat zu dieser widersinnigen Handlung trieb. Plötzlich erkannte er, welche Mauer des Schweigens er einzustoßen begann, wie gefährlich es war, die Wahrheit zu zeigen mit dem herauspräparierten Magen und den Därmen Abdallahs.

Man wollte hier nichts von der tödlichen Krankheit wissen. Man wollte mit dem lautlosen Tod Seite an Seite leben, um die guten Francs zu verdienen. Das Geld war wichtiger. Die Bordellmädchen in Ouargla waren wichtiger. Der Schnaps in den Bistros. Das rauhe Männerleben.

Die Hadjar-Krankheit. Zum Teufel mit ihr. Sie bedeutete im Ernstfall Schließung der Bohrstellen, Quarantäne im Hospital von Ouargla, vielleicht sogar in Algier, herumliegen in abgesperrten Zimmern wie Pestkranke. Drei, vier Wochen, oder zwei Monate, wer konnte das sagen? Keinen Schnaps in dieser Zeit, keinen vollen Lohn, und vor allem – das war am schlimmsten – keine Weiber. Und alles nur, weil ein junger Arzt sagt: »Die Leute müssen unter Beobachtung gestellt werden!«

Jungs, man sollte diesen Doktor einfach an die Wand werfen.

»Was Sie machen ist Selbstmord, Serrat«, sagte Dr. Bender rauh. »Dieser Tote ist an einer Krankheit gestorben, gegen die es bis heute kein Mittel gibt. Sie ist ansteckend, das wissen wir. Wenn in Bou Akbir dieser Mann daran starb, ist anzunehmen, daß noch mehr Erkrankungen auftauchen. Abdallah hatte täglich Kontakt mit vielen Menschen. Unsere Einkäufer holen aus der Oase Gemüse und Obst... wollen Sie, daß sie die Krankheit in die Lager schleppen?«

»Wozu diskutieren?« Serrat kam einen Schritt näher. Ein Turm, der sich anschickte, auf Dr. Bender zu stürzen. »Geben Sie den Toten her!«

»Ich denke nicht daran.«

»Auch gut. Dann wird er geholt.«

Serrat machte noch einen Schritt, aber dann blieb er stehen. In der Ecke des Zimmers hatte Cathérine wieder ihre Pistole in der Hand, und die kleine schwarze Öffnung zeigte genau auf Serrats breite Stirn. Der Finger war gekrümmt, nur ein Millimeter trennte Serrat vom Tod, ein winziges Fingerzucken. So eng liegen Leben und Sterben beieinander.

Serrat verzog den Mund zu einem verlegenen Grinsen. Mit hängenden Armen, aber verkrampften Fäusten stand er da, nur zwei Meter vom Tisch entfernt.

»Begreifst *du* das denn nicht, du verdammtes Luder?« knurrte er. Er blinzelte ihr zu, und beide dachten in diesem Augenblick an den unglücklichen Bob Miller, der in seinem versteckten Grabe im Wüstensand verdorrte. Du bist mitschuldig, hieß das Grinsen Serrats. Du hast den Toten nicht gemeldet, obgleich das deine Aufgabe als Leiterin der Sanitätsstation war. Du hast den Mund gehalten, als wir ihn verscharrten. Du bist nicht anders als wir, du gehörst zu uns, auch wenn du jetzt das große Jucken hast, sobald du an den jungen Doktor denkst. Cathérine – du bist ein Teil der Wüste! Du bist verdammt wie wir!

Sie verstand den Blick Serrats und hielt die Pistole ungerührt weiter in Richtung seiner Stirn.

Ob sie wirklich schießt, dachte er. Wenn ich noch einen Schritt mache, wenn ich diesen Idioten von Idealisten am Kragen packe und aus dem Fenster werfe... ob sie schießt?

Serrat zögerte. Seine Fäuste hieben gegen seine dicken Schenkel. Er senkte den Kopf, und der Lauf der Pistole lief mit.

O du Hure, dachte er. Du kriegst es fertig und machst mir ein Loch in die Stirn.

»Gib den stinkenden Kadaver her«, knurrte er, und seine Bärenaugen sahen kalt auf Dr. Bender. »Wozu diese Schwierigkeiten? Hier geschieht, was *ich* will! Du kannst dir die Arbeit sparen, Doktor... leg dich lieber ins kalte Wasser und erhol dich. Was du jetzt da aus dem Kerl rausholst, wird nie jemand erfahren. Dafür sorge ich! Los, roll ihn vom Tisch.«

Dr. Bender schüttelte den Kopf. Er wußte nicht, daß Cathérine hinter ihm mit der Pistole stand, und drehte sich auch nicht nach ihr um, denn diesen Augenblick hätte Serrat zu einem Sprung ausgenutzt. Er hob nur sein Skalpell, als Serrat die Arme vorstreckte.

»Bleiben Sie dort stehen, wo Sie sind, Pierre!« sagte er hart. »Ich wehre mich. Mit diesem Messer.«

Serrat lächelte böse. »Damit können Sie Apfelsinen schälen, aber mich nicht erschrecken.«

»Mag sein . . . aber mit diesem Messerchen habe ich den Bauch Abdallahs geöffnet. An ihm klebt Leichengift. Wissen Sie, was das bedeutet, Pierre? Ein Schnitt nur, ein Ritz in Ihre Haut, und Sie kann keiner mehr retten. Nicht hier in der Wüste, und ehe Sie in Algier sind, ist es zu spät.« Dr. Bender hielt das Skalpell Serrat vor die Nase. »Glauben Sie mir: So stark Sie auch sind, *einen* Schnitt bekomme ich bei Ihnen los, und der genügt.«

Serrats Augen wurden ratlos. Er tappte zurück zur Tür und baute sich dort wieder auf. Die Röte in seinem Gesicht war unterdrückte Wut über seine vorläufige Niederlage. Im Hintergrund des Zimmers senkte Cathérine die Pistole und steckte sie weg unter die Gummischürze.

»Gut«, sagte Serrat gepreßt. »Schnippeln Sie Ihre Leiche auseinander, wenn's Ihnen Spaß macht. Viel haben Sie nicht davon, Sie Phantast! Wer Sie in die Wüste geschickt hatte, verdient Prügel. Sie sind hier so fehl am Platze wie ein Stier auf der Stute.«

Mit einem Fußtritt stieß er die Tür auf und verließ knurrend das Zimmer. Dr. Bender wischte sich mit dem Handrücken den Schweiß von der Stirn. Dann erst drehte er sich zu Cathérine um. Sie stand am Tisch, hatte den gespaltenen Abdallah wieder aufgedeckt und war dabei, den Magen vom Gallengang zu lösen. Sie handhabte Skalpell und Schere wie eine geübte Chirurgin. Dabei würgte ihr der Ekel im Mund und betäubte der widerlich süße Geruch fast ihre Gedanken.

Dr. Bender sah ihr ein paar Augenblicke zu, griff dann selbst nach den Instrumenten und präparierte den ganzen Magen heraus. Sie legten ihn in einen Plastiksack auf den Nebentisch. Mit zuckendem Mund trat Cathérine von dem Toten zurück, rannte zum Fenster, riß es auf und steckte tief atmend den Kopf in die heiße Luft.

Wie köstlich war der Wind, wie rein, wie erfrischend gegen den Totengestank. Dieser Wüstenwind, tausendfach verflucht, war plötzlich eine kühlende Wonne.

Dr. Bender trat hinter Cathérine und legte sein Kinn auf ihren Kopf. Die Berührung durchrann sie wie Feuer.

»Sie schlagen sich tapfer, Cathérine«, sagte er leise. »Sie sind eine Frau ganz besonderen Formats. Man muß Sie bewundern.«

»Aber jetzt mache ich schlapp.«

»Das steht Ihnen zu.« Er schwieg abrupt. Über den großen Platz des Camps rannte Pierre Serrat zu den Wohnbaracken. »Was wird hier eigentlich gespielt, Cathérine?«

»Serrat wird Sie hindern, Meldungen nach Ouargla zu schikken. Für ihn existiert die Hadjar-Krankheit nicht.«

»Weil es um sein Geld geht.«

»Ja. Und die anderen denken genauso.«

»Sind hier denn nur Hohlköpfe? Sehen sie denn nicht, daß sie den Tod provozieren?«

»Das kümmert sie nicht. Krepieren werden sie früher oder später, das ist ihnen egal. Aber solange sie leben, wollen sie alles genießen, was ihr Leben ausmacht: Geld – Saufen – Weiber. Wenn sie in die Grube müssen, wollen sie sagen: Es hat sich gelohnt auf dieser Welt.«

»Mit diesen drei Dingen? Es gibt noch anderes.«

»Nicht in der Wüste, Doktor. Ich weiß, woran Sie denken: ein eigenes Häuschen, ein Garten, liebe Kinderchen, ein Auto, Ferien an der See oder im Gebirge, schwimmen und skilaufen, ein gut gedeckter Tisch, ein Fläschchen Wein, Zufriedenheit, Sicherheit, Sattsein, eine rosarote Welt, die Welt eines Ferkelchens, eines schmatzenden Säuglings ... das ist ein Lebensziel, was? Zum Kotzen ist das, Doktor! So ist das Leben auch nicht. Das wirkliche Leben ist dreckig, ein Jauchepfuhl, ein stinkendes Loch wie der Bauch Abdallahs.« Sie fuhr herum und sah das Gesicht Dr. Benders so nahe vor sich, daß ihre Lippen sich berührten, wenn sie sie spitzten. »Gehen Sie zurück nach Algier«, sagte sie heiser. »Ich bitte Sie ... ich ... ich flehe Sie an ... Fahren Sie weg!«

»Nun fangen Sie auch noch an, Cathérine.« Das klang traurig und schnitt ihr ins Herz. »Ich dachte, ich hätte in Ihnen eine Verbündete.«

»Warum sollen wir beide vor die Hunde gehen?«

»Cathérine, warum sprechen Sie so? Ich zucke jedesmal zusammen, wenn von Ihren schönen Lippen solche Worte kommen. Sie sind doch gar nicht so.«

»Doch! Ich bin so!« Sie stieß ihn mit den Ellbogen zur Seite und lief zum Tisch zurück. Jetzt hätten wir uns küssen können, dachte sie und verfluchte diese Stunde. Aber jetzt haben wir Leichengift an unseren Gummihandschuhen und neben uns liegt der stinkende Abdallah, der die Luft verpestet. Wie pervers das Schicksal sein kann.

»Machen wir weiter!« schrie sie und warf Dr. Bender eine große Schere zu. Er fing sie auf, verwirrt, betreten, ratlos. »Ich habe keine Lust, länger als nötig das zu riechen. Wir wissen ja nun, daß es die Hadjar-Krankheit ist. Viel nützen wird es Ihnen nicht.«

»Abwarten.« Dr. Bender begann, die Därme in verschiedenen Stücken herauszunehmen. »Es ist völlig unmöglich, die Wahrheit aufzuhalten.«

Was möglich war, erlebte er am Abend.

Pierre Serrat hatte eine Versammlung aller Arbeiter im Speisesaal abgehalten. Was sie beschlossen hatten, erfuhr Dr. Bender im einzelnen nie; er spürte nur die praktischen Auswirkungen.

Als er einen Kurzbericht telegrafisch nach Ouargla durchgeben wollte, weigerte sich der Funker, ihn zu senden.

Die Leitung des Telefons der Sanitätsstation war tot. Dr. Bender stellte fest, daß man sie einfach durchgeschnitten hatte. Alle Gespräche mußten über die Zentrale in der Verwaltungsbaracke laufen. Hier aber saß der Ungar Molnar und grinste, als Dr. Bender ein Gespräch nach Algier verlangte.

»Nein«, sagte Molnar freundlich. »Für Sie nicht.«

Es hatte keinen Sinn, zu streiten. Dr. Bender lief weiter ins Zimmer von Ingenieur de Navrimont.

Aber auch hier war nichts auszurichten. De Navrimont lag wie immer mit seiner Flasche im Bett, war stockbetrunken und erkannte Dr. Bender gar nicht. Als Bender ihn schüttelte, um ihn wenigstens zu Bewußtsein zu bringen, grunzte er, rülpste Bender an und nannte ihn einen Hurensohn.

Im Schreibzimmer, wo die Post gesammelt wurde, die einmal wöchentlich vom Hubschrauber abgeholt wurde, saß der Südfranzose Pinpin und warf das Päckchen mit einem Stück Darm – Bender hatte es als »Testpaket« gepackt – unter den Tisch. Dabei nickte er fröhlich und drehte die Musik in seinem Radio lauter.

Auf dem großen Platz traf Bender schließlich auf Serrat, der ihn wie einen armen Irren mitleidig belächelte.

»Nun?« fragte er. »Wann geben Sie auf, Doktor?«

»Nie!« Dr. Bender unterdrückte seine helle Wut. Er gab sich gelassen, überlegen, unerschüttert. »Was Sie da machen, sind Mätzchen, Serrat. Kein Telefon, keine Funkverbindung, keine Post... Sie glauben doch wohl nicht im Ernst, daß Sie mich von der Außenwelt abschneiden können?«

»Genau das kann ich.« Serrat lachte dröhnend. »Sie werden wie ein Säugling sein, den man vergessen hat vom Töpfchen zu nehmen. Alles Schreien nutzt nichts.«

»Aber wehe, wenn ich Verbindung zu Ouargla bekomme!«

»Völlig unmöglich. Alle Bohrstellen sind mit uns einer Meinung.«

»Man erwartet in der Zentrale meine Berichte. Man wird anfragen. Brennot wird wissen wollen, was los ist.«

»Alle Anrufe landen jetzt bei mir. Mir fällt schon etwas ein, die Knaben in der Zentrale zu beruhigen. Ich werde sagen, Sie seien auf einer Expedition weiter in den Süden, um die verdammte Krankheit zu suchen. Gut, was?« Serrats Bullengesicht glänzte. »Ist das eine Idee?«

Dr. Bender ließ den Riesen stehen und lief zurück in die Sanitätsstation. Dort waren vier Arbeiter gerade dabei, den ausgenommenen Abdallah in einer Holzkiste wegzutragen. Bender hatte nichts dagegen – die Präparate waren in Sicherheit. Cathérine saß in ihrem Zimmer und hatte sich die Haare gewaschen. Erstaunt betrachtete Bender ihren Kopf. Er war voller kleiner Locken, gekräuselt wie ein Persianerfell.

»Entzückend«, sagte er.

Cathérine schob mit einer trotzigen Bewegung das Handtuch über ihren Kopf.

»Was haben Sie erreicht?« fragte sie.

»Klarheit. Man will mich völlig isolieren. Ich habe nie etwas

Dümmeres erlebt. Sie können mich tage- oder wochenlang abschirmen, aber dann platzt die Bombe um so gewaltiger.«

»Das glaube ich nicht.« Cathérine massierte ihre nassen Haare mit dem Handtuch. »Wenn Sie *zu* lästig werden, verschwinden Sie ganz... für immer...«

»Sie meine, man wird mich umbringen?«

»Ja. Warum wollen Sie das bloß nicht begreifen?«

»Weil es zu absurd ist. Ich bin Arzt, ich bin in die Wüste gekommen, um allen zu helfen.« Dr. Bender setzte sich neben Cathérine. Seine körperliche Nähe war für sie wie ein Backofen, dessen Tür plötzlich aufgestoßen wird. Sie hatte große Lust, alle Kleider vom Leib zu reißen und sich in diesem heißen Odem zu wälzen. »Man bringt seinen Retter nicht um.«

»In der Wüste ist alles möglich. Man küßt Ihnen zum Dank beide Wangen und ersticht Sie dann von hinten während der Umarmung.« Sie erhob sich, ging zum Spiegel und wickelte das Handtuch wie einen Turban um den Kopf. Sie trug nur ein dünnes Baumwollkleid, das eng um ihren schlanken Körper lag. Darunter trug sie nichts, war sie nackt. Bender sah es an den zu deutlichen Konturen. »Wie soll es weitergehen?«

»Wir fahren morgen früh zu Station XII und besuchen die Verletzten. Dann fahren wir weiter nach Bou Akbir.«

Cathérine hob die Schultern, als habe sie jemand von hinten geboxt. Im Spiegel sah sie ihr Gesicht... große, weite Augen, ein leicht verzerrtes Gesicht, ein verkrampfter Mund, fast lippenlos. Ein in dieser Verwandlung häßliches Gesicht, ein Medusenkopf, eine Zerrmaske.

»Warum?« fragte sie mühsam.

Dr. Bender sah keinen Grund zur Lüge. Er war ahnungslos über das, was in Cathérine vorging. Sie war eine Frau für ihn, die er achtete und die in vielem ein Rätsel blieb. Saada aber liebte er mit der ganzen Sehnsucht eines Mannes, der die Liebe einer Göttin genossen hatte und seither dem Alltäglichen entrückt war.

»Ich will mit Scheich Achmed sprechen.«

»Wegen des toten Abdallah?«

»Auch. Vor allem aber wegen Saada.«

Cathérine senkte den Kopf. Ihr Gesicht zuckte wie unter peitschenden Schlägen.

Serrat muß es übernehmen, dachte sie. Serrat mit seinem

Haß auf alle Eingeborenen. Er hat die wenigsten Skrupel, und bei ihm brauche ich nicht mit meinem Körper zu bezahlen wie bei den anderen. Er wird es aus Rache für seine verschwundene Familie tun. Er kann töten ohne Schuldgefühl. Für ihn ist es nur die Begleichung einer offenstehenden Rechnung.

Die Wüste ist ein Land ohne Luft, solange es Saada gibt.

Sie riß sich das Handtuch vom Kopf und drückte es gegen ihr Gesicht.

Wenn er jetzt käme... wenn er jetzt seine Hände ausstreckt... mir das Kleid herunterstreift... mich zum Bett trägt... er sieht doch, daß ich nackt bin, daß nur ein bißchen Stoff uns trennt... wenn er jetzt ein Mann wird... Saada könnte weiterleben.

Aber Dr. Bender blieb sitzen, schlug die Beine übereinander, steckte sich eine Zigarette an und sagte ahnungslos:

»Ihre Locken, Cathérine, sind allerliebst. Sie sollten die Haare immer so tragen.«

Ohne zu wissen, sprach er damit das Todesurteil über Saada.

Die Inspektionsreise zur Bohrstelle XII störte Serrat nicht im geringsten. Auch die Weiterfahrt nach Bou Akbir war kein Problem. In der Oase gab es vier Telefone. Eins besaß der Scheich Seradji Achmed, die anderen drei verteilten sich auf einen Großhändler für alle Oasenerzeugnisse, ein Caféhaus und auf den Priester der Moschee von Bou Akbir. Außerdem gab Serrat zwei Männer als Leibwache mit.

»Keine Widerrede!« sagte er, als Dr. Bender ihn anschrie, er sei ein Idiot. »Die beiden fahren mit – oder Sie fahren nicht. Werden Sie nicht aufsässig, Doktor! Wir brauchen Sie nicht, aber Sie brauchen uns.«

Dr. Bender fügte sich. Er hoffte noch immer, daß er den Piloten des Hubschraubers sprechen konnte, wenn dieser die Post abholte, eilig bestelltes Material brachte oder zurückkommende Urlauber ablieferte. Meistens blieb der Hubschrauber drei Stunden auf Station XI, ehe er wieder zurücksurrte nach Hassi Messaoud und Ouargla. Das war die einzige Chance Benders, aus der Umklammerung Serrats auszubrechen.

Den Verletzten in Camp XII ging es gut. Der Sanitäter der Bohrstelle, der Italiener Rugiere Pella, war ein kleiner, fleißiger

Mann, der seinen Beruf ernst nahm, sich wirklich um die Kranken kümmerte und nicht mit ihnen herumsoff unter dem Motto: Alkohol heilt alles, vom Beinbruch bis zum Tripper. Er war rührend um die Verwundeten besorgt, wechselte ständig die Verbände und präsentierte Dr. Bender drei saubere Krankenstuben mit weiß bezogenen Betten und zufriedenen Insassen.

»Sie sind ein Teufelskerl, Rugieri«, lobte Dr. Bender den kleinen, flinken Italiener. »Wo haben Sie das gelernt?«

»Im Hospital St. Felicita von Roccero bei Palermo, dottore«, sagte Pella stolz. »Ich war der beste Krankenpfleger.«

»Und warum sind Sie dann in diese verfluchte Wüste gegangen?«

»Das ist eine lange Geschichte, dottore.« Rugieri Pella fuhr sich mit gespreizten Fingern durch die schwarzen, krausen Haare. Seine großen, dunkelbraunen Kinderaugen wurden traurig. »Es fing damit an, daß Pietro nicht unsere Luisa heiraten wollte, obwohl er sie verführt hatte. Luisa war meine Schwester, dottore, und Pietro war der jüngste Sohn unseres Nachbarn Sandretti in Roccero. Luisa bekam ein Kind, und Pietro sagte noch immer nein. Er lachte über uns. Da ging mein Bruder Roberto hin und erschoß Pietro. Das war sein gutes Recht.«

»Und was haben Sie damit zu tun, Rugieri?« fragte Bender.

»Das ist es eben, dottore... es ging nun hin und her. Sandro Sandretti erschoß meinen Bruder Roberto, mein Vater erschoß den alten Sandretti, Sandro erschoß meinen Bruder Luigi, mein Vater erschoß Sandro...«

»Gott im Himmel!« rief Dr. Bender entsetzt. Rugieri nickte traurig.

»Gott half nicht, dottore. Die Blutrache ging weiter. Nach einem Jahr lebten nur noch Mama und mein kleiner Bruder Carlo. Von den Sandrettis aber lebten noch fünf. Sie hätten uns glatt vernichtet. Da rief Mama im Hospital an: Rugieri, hilf uns, sie rotten uns aus! Da legte ich meinen weißen Kittel ab und kam nach Hause.«

»Und dann?« fragte Dr. Bender ahnungsvoll.

»Ich rettete Mama und Carlo. Die Sandrettis gibt es nicht mehr.«

»Sie haben fünf Menschen umgebracht, Rugieri?«

Rugieri Pella nickte wehmütig. Seine braunen Kinderaugen sahen zu Bender hinauf, als bettelten sie um ein Stückchen

Schokolade. »Sieben Sandrettis, dottore... da waren noch zwei Onkels, die schalteten sich ein.«

Später, auf der Fahrt nach Bou Akbir, kam Bender auf Pella noch einmal zurück. »Begreifen Sie das, Cathérine?« fragte er. In seiner Stimme schwang noch das Entsetzen nach. »Da bringt ein Mann sieben Menschen um und pflegt jetzt in der Wüste die Kranken und Verletzten wie eine Mutter. Er opfert sich auf für sie, verliert nie die Geduld, ist allen der beste Freund... mit sieben Morden auf dem Gewissen. Ich glaube, wir lernen die menschliche Seele nie begreifen.«

»Nie!« sagte Cathérine laut.

Auch mich wirst du nie begreifen, dachte sie dabei. Wie ein steriles Gefäß behandelst du mich. Es wird der Augenblick kommen, wo ich das nicht mehr ertragen kann.

Sie kamen an die Stelle, wo unbekannte Reiter den armen Domaschewski verstümmelt und enthauptet hatten. Dr. Bender hielt an und betrachtete stumm das aus rohen Balken gezimmerte Kreuz, das Oberingenieur Brennot noch vor seinem Abflug hatte herstellen und hier in den Sand hatte rammen lassen. Cathérine saß neben ihm mit verkniffenem Mund. Sie war die einzige, die wußte, warum Domaschewski so grauenhaft sterben mußte, und als sie jetzt vor dem Holzkreuz hielten, empfand sie keinerlei Reue. Serrat wird es besser machen, dachte sie bloß. Er ist nicht blind vor Geilheit, wie Leo – für ihn ist Saada kein hübsches Mädchen, sondern eine Farbige, ein Objekt seiner Rache.

Drei Kilometer weiter stießen sie auf den Haufen abgenagter, gebleichter Gerippe der Kamelkarawane, die durch Serrats Raserei vernichtet worden war. Auch sie klagten an und ließen die Frage offen: Warum?

Am Nachmittag rollten sie in die Oase Bou Akbir ein. Scheich Achmed war bereits unterrichtet: Ein unbekannter Anrufer hatte ihm mitgeteilt, daß der deutsche Arzt im Laufe des Tages kommen würde, um mit ihm über Saada zu reden.

Seradji Achmed tobte, sperrte Saada sofort wieder ein, stellte Wachen um das Haus, ließ alle Pferde aus den Ställen führen und rief den alten Priester Kebir, seinen vertrauten Berater, zu sich.

»Sei klug«, mahnte der Alte den rasenden Achmed. »Benimm dich wie ein Weiser. Hör ihn an, lächle, schüttle den Kopf und laß seine Worte abtropfen wie Wasser an einer Mauer. Nichts ist unüberwindbarer als ein gelächeltes Nein. Du wirst sehen, er geht geschlagen zurück in sein Lager.«

»Und wenn er Saada sehen will? Wenn er frech wird?«

»Dann wirf ihn hinaus! Wer die Gastfreundschaft verletzt, hat keine Ehre mehr.« Der alte Kebir gab Achmed die Hand, kassierte für diese Ratschläge einen halben Hammel und ein Säckchen Weizen zum Fladenbacken und entfernte sich mit einer Schubkarre, die er in weiser Voraussicht wegen der Geschenke gleich mitgebracht hatte.

Achmed aber zog sein bestes Gewand an: ein goldbesticktes Hemd, eine seidene Dschellaba, ein hellblaues Kopftuch, rote, mit goldenen Litzen verzierte Sandalen aus weichem Ziegenleder.

So empfing er Dr. Bender in seinem großen, prachtvollen Salon. Der Kaffee war bereits gekocht und duftete Bender entgegen. Eine silberne Schale mit Gebäck stand daneben.

»Willkommen!« sagte Achmed mit tiefer Stimme. »Ein Hakim in meinem Haus ist eine Ehre.«

Er winkte auf eines der runden, ledernen Sitzkissen und goß Kaffee in die hohen Tassen.

Verwirrt setzte sich Dr. Bender.

Er wußte nicht, daß draußen vor der geschnitzten Tür zwei kräftige Männer standen und warteten. Muskelpakete, die Eisenstangen biegen konnten. Sie warteten auf einen Ruf ihres Herrn.

Cathérine war draußen im Wagen geblieben.

»Es ist besser so«, meinte sie, als Bender sie mitnehmen wollte. »Scheich Achmed und ich stehen uns gegenüber wie Hund und Katze.«

Nun wartete sie, bis Dr. Bender im Haus war, stieg dann aus und ging langsam die lange Gartenmauer entlang. Die beiden Begleiter, die Serrat mitgegeben hatte, drehten sich Zigaretten und kauften sich bei dem Limonadenhändler der Oase ein großes Glas voll des süßen, klebrigen Gebräus.

Cathérine hatte die Rückseite des Gartens erreicht und fand hier eine kleine Pforte, die knarrend nachgab, als sie gegen die Tür drückte. Sie schlüpfte in den Garten und versteckte sich hinter hohen Malvenbüschen, die sich an der Mauer entlangzogen. Vor ihr breitete sich die saftige, grüne Wiese aus, auf der sich wieder in grandioser Verschwendung die Rasensprenger drehten. Am Ende des parkartigen Gartens sah sie die säulenverzierte Balkon- und Fensterwand des Hauses, ein Filigrangebilde orientalischer Schönheit. Vor dem Haus gingen drei weißgekleidete Diener hin und her. Sie trugen Gewehre auf dem Rücken und lange Dolche in den breiten Gürteln.

Vorsichtig, unter Ausnutzung aller Deckungen wie Büsche, Baumstämme und Blumenbeete, schlich Cathérine näher, bis sie wenige Meter vor dem Haus stand, geschützt durch eine Rosenhecke. Die Wachen standen zusammen und unterhielten sich.

Oben aber, wieder auf der Brüstung sitzend, die langen schwarzen Haare wie einen Schleier über dem Oberkörper, hockte Saada und blickte traurig über Garten und Mauer hinüber in die flimmernde Wüste.

Eine Zeitlang betrachtete Cathérine das Mädchen und tastete es mit Blicken ab. Nur eine Rivalin hat diesen scharfen Blick, dem nichts entgeht und der grausamer ist als das unbestechliche Fotoauge.

Sie ist jünger, dachte Cathérine.

Sie ist weicher in den Formen.

Ihre Brüste sind größer und runder.

Ihre Schultern fallen ab.

Ihr Haar ist unbeschreiblich schön. Aber es ist glatt. Ich habe Locken.

Und ihre Beine sind dicker, die Waden kräftiger vom dauernden Barfußlaufen, die Füße breiter.

Doch was rede ich ... sie ist schön! Sie ist interessanter als ich. Der Hauch des Fremden umweht sie, das Geheimnis des Orients, ein Stück aus 1001 Nacht. Ihre Haut wird samtweich sein, überall gleichmäßig braun, ein Körper, getaucht in Milchschokolade. Ein Leib, der einen Mann verrückt machen kann.

Was habe ich gegen diese Wüstenkatze zu bieten?

Cathérine betrachtete Saada mit dem ganzen Haß einer Frau, die weiß, daß sie verlieren muß. Und plötzlich trat sie aus dem Versteck hervor und stand vor dem Haus. Saada stieß einen hellen Schrei aus, die Wächter fuhren herum und rissen die Gewehre vom Rücken.

Cathérine hob die rechte Hand. In ihrer Stimme lag nicht ein Funken Angst.

»Wollt ihr auf eine wehrlose Frau schießen?« rief sie, als die Wächter die Gewehre anlegten. »Kennt ihr mich nicht?«

Das war eine rhetorische Frage. Natürlich kannte jeder in Bou Akbir die Krankenschwester Cathérine Petit aus dem Öllager. Fünfmal hatte sie Hebammendienste geleistet, als die Geburten steckenblieben und man keinen anderen Rat mehr wußte, als nach der weißen Schwester zu schicken. Cathérine war sofort gekommen und hatte die Geburt zu Ende geführt, während die alten Weiber, die sonst halfen, um das Lager herumsaßen und die junge Mutter durch laute Gesänge beruhigten und betäubten. So etwas sprach sich herum in der Oase.

»Ich will mit Saada sprechen«, sagte Cathérine und hob den Kopf zu ihrer Rivalin. »Oder ist das auch verboten?«

»Du bist eingebrochen!« schrie einer der Diener. »Wir sollten dich auspeitschen.«

»Laß sie, Abu«, sagte Saada auf dem Balkon. Sie stellte sich und beugte sich zu Cathérine hinab. Dabei wehten ihre Haare in dem ständigen Wüstenwind wie die schwarze Fahne der Korsaren. »Ich glaube, es ist wichtig, was sie sagt. Geht zur Seite!«

Die Diener zögerten, sahen sich an, nickten sich dann einig zu und entfernten sich ein paar Meter. Aber mißtrauisch behielten sie die Gewehre schußbereit in den Händen und beobachteten Cathérine.

»Ich höre«, sagte Saada.

Dann war es still zwischen den Frauen. Sie sahen sich an und wußten in diesem stummen Duell, worum es ging. Sie fraßen sich mit den Blicken auf, zerstörten sich, zerrissen die andere, verbrannten die Nebenbuhlerin ... aber nur die Augen sprühten den Haß. Die Lippen lächelten, eine eingefrorene Freundlichkeit, die eine Maske der Vernichtung war.

»Ich bin gekommen, um dir zu sagen, daß heute nacht der Doktor mein Geliebter wird«, sagte Cathérine mit einer Selbstsicherheit, die jede andere Frau wehrlos gemacht hätte. Nicht aber Saada. Sie verstärkte nur das eisige Lächeln.

»Weiß er das schon?« fragte sie voll Hohn. »Wartet er darauf?«

Cathérine holte tief Luft. »Ja – –«, rief sie laut.

»Du lügst. Er liebt mich. Und weil ich ihn liebe, verzeihe ich ihm, wenn er in deinen Armen liegt. Ich weiß, er denkt dabei an mich.«

Das war ungeheuerlich. Cathérine nahm es den Atem. »Du bist ein Spielzeug für ihn!« schrie sie zurück. »Ein Abenteuer, weiter nichts. Glaubst du, er heiratet dich, er nimmt dich mit nach Deutschland, er kommt in seine Heimat mit einer Wüstenratte?«

»Ich weiß, wie sein Herz schlägt.«

»Nichts weißt du! Gar nichts! Für ihn bist du nur Körper; den allein will er!«

»Er hat ihn bereits«, sagte Saada ohne Zögern.

Cathérine war es, als schwanke der Boden unter ihr. »Du kleine, braune Hure«, stammelte sie fassungslos. »Du Aas! Er hat dich schon gehabt? Du hast ihn schon verhext mit deiner Samthaut und deinen Schlangengliedern?! Hör einmal zu!« Sie trat noch einen Schritt vor und stand jetzt unmittelbar unter Saada.

Wenn beide die Arme ausstreckten, konnten sie sich fassen, aber sie starrten sich nur an wie zwei Hyänen, die um ein Stück Fleisch kämpfen.

»Du hast keine Chance mehr«, sagte Cathérine heiser. »Heute nacht werde ich ihn um den Verstand bringen. Ich werde ihn lieben mit einer Glut, die alle Erinnerung an dich verbrennt. Begreifst du das? Ich bin stärker als du, ich verstehe mehr von Liebe als du. Ich weiß, was aus einem Mann Wachs in den Händen einer Frau macht. Und ich bin weiß... schneeweiß ist meine Haut... dagegen hast du nichts zu bieten.«

Saada warf den Kopf zurück. Einen Augenblick hatte sie Lust, laut zu den Dienern zu schreien: »Tötet sie! Werft sie den Geiern vor! Weg mit ihr...«, aber dann siegte die bessere, weiblichere Rache.

Sie umklammerte die schlanke Säule des Balkons und blickte über Cathérine hinweg in die Wüste.

»Ich wollte ihn nicht wiedersehen«, sagte sie und betonte jedes Wort, damit es auch deutlich zu verstehen war. »Ich hatte ihn aus meinem Herzen gerissen. Er gehörte dir... Nun ist es anders. Ich werde zurückkehren in dein Leben, ich werde ihn dir abjagen wie eine Beute. Dieser Stolz der Weißen – ich bespucke ihn! Dieser Hochmut! Ich werde ihn zertreten! Hörst du!« Sie senkte den Kopf. Ihre Augen flammten auf mit einer Glut, die sich in Cathérines Herz fraß. »Schleif ihn dir heute nacht ins Bett... ich hole ihn mir wieder! Ich bin stärker als du, ich bin schöner als du!«

Cathérine nahm es den Atem. Ohne Möglichkeit, etwas zu tun, ballte sie die Fäuste. Aber dann plötzlich löste sich ihre Erstarrung, blitzschnell bückte sie sich, krallte die Finger in den Boden, riß zwei Hände voll Sand und Erde heraus und schleuderte sie Saada ins Gesicht. Sie traf nicht, der Schmutz zerstob in der Luft, nur ein paar Bröckchen fielen auf den Balkon neben die Säule.

Cathérine wollte noch etwas rufen, aber da hatten die Diener sie schon ergriffen, hoben sie einfach hoch, als sie um sich schlug und trat, und trugen sie wie eine kreischende Katze weg durch den Garten bis zu der kleinen Pforte. Dort warfen sie Cathérine vor die Mauer und verriegelten dann die Tür.

Das helle Lachen Saadas flog hinter ihr her. Das Lachen der Siegerin.

Bleich vor Wut lehnte sich Cathérine an die hohe, weißgetünchte Mauer. Ihre Niederlage war so vollkommen, daß sie sich selbst hätte zerfleischen können in sinnloser Raserei.

Sie lacht... sie lacht über mich... während sie mich hinauswerfen ließ wie einen streunenden Hund.

Serrat... Pierre Serrat... du Bulle von Kerl... ich verspreche dir alles, wenn du sie umbringst.

Ich kann nicht mehr atmen, wenn ich an sie denke. Ich verbrenne mich selbst in meinem Haß.

Ich habe die Hölle erreicht. Die Hölle, in der es kein Mitleid mehr gibt.

Die Unterredung zwischen Dr. Bender und Scheich Achmed war ebenfalls kurz, nur höflicher und männlich-logischer.

Sie begann mit einem Paukenschlag, den Achmed nicht erwartet hatte. Er trank gerade heißen Kaffee und schmatzte wohlig, denn der dampfende Trank war dickflüssig und gut gesüßt, als Dr. Bender sagte: »Ich bin gekommen, um mit Ihnen über Saada zu reden, Scheich Achmed.«

Achmed setzte die Tasse sofort ab. Seine Augen verengten sich. In seinen wertvollen Gewändern wirkte er wie eine sitzende Statue. Der goldene Hintergrund verstärkte noch den Eindruck.

»Was hat meine Tochter mit Ihnen zu tun, Doktor?« fragte er zurück.

»Ich liebe sie.«

»Das wagen Sie mir zu sagen? Ins Gesicht? So, als handele es sich darum, ein Pfund Feigen zu kaufen?« Achmed dachte an den Rat des weisen Kebir und regte sich nicht auf. Er sagte alles ganz nüchtern, ohne die Leidenschaft zu zeigen, die in seinem Inneren tobte. Unterkühlt wirkte er, überlegen, so als habe ein Mäuslein gezirpt, das er gleich zertreten würde.

Dr. Bender fühlte sich in diesen Minuten wirklich unterlegen. Es ist immer eine verteufelte Angelegenheit, vor den Vater eines Mädchens zu treten und ihm zu sagen, daß man gewillt ist, seine Tochter aus dem Hause wegzunehmen. Denn darauf läuft es ja hinaus: Man nimmt ihm die Tochter weg, entführt sie in eine unbestimmte Zukunft, die man zwar in den besten Farben schildern kann und die doch keiner glaubt. Es ist wie auf dem Sektionstisch – man läßt sich aufschneiden, läßt die anderen in sich hineinschauen, sie können herumwühlen und suchen, um schließlich zu sagen: »Sauber ist er zwar, aber ob das reicht?«

Hier war es noch etwas anderes: Zwei Welten standen sich gegenüber, deren Vertreter aneinander vorbeidachten, die sich nur oberflächlich verstanden, grundverschieden waren in ihren Ansichten, ihrer Lebensweise, ihrer Einstellung gegenüber dem Tod, ihrer Moral und Mentalität, ihrer Religion und letztlich in ihren Lebenszielen.

Das größte Hindernis aber war, daß Achmed seine Tochter liebte wie die Sonne und das kühle Wasser im Brunnen.

»Ich weiß, es ist ungewöhnlich, was ich tue«, sagte Dr. Bender. »Vielleicht entspricht es nicht Ihren Sitten, aber ich dachte mir, daß ein offenes Wort viele Mißverständnisse ausräumt. Ich bin Arzt, ich werde noch zwei Jahre in der Sahara bleiben und dann zurückkehren nach Deutschland. Dort werde ich eine Praxis aufmachen, in irgendeiner kleinen Stadt, wo Saada und ich glücklich leben können.«

»In Deutschland«, sagte Achmed finster.

»Ja.«

»Sie wird frieren. Sie braucht das Licht der heißen Sonne, die Wärme des Sandes, die Kühle des Palmenschattens. Sie wird eingehen wie eine Blume im Sandsturm. Das Heimweh wird sie aushöhlen, sie wird sterben aus Sehnsucht nach der Wüste.« Achmed zählte diese Dinge auf wie ein Handelsmann, der seine Ware anpreist. »Trinken Sie Ihren Kaffee, Doktor, und lassen Sie uns sprechen von einem rätselhaften Fall, der sich in Bou Akbir zugetragen hat. Abdallah, ein braver Mensch, der sehr krank war, ist verschwunden. Einfach verschwunden. Seine Familie glaubt an Geister, aber ich nicht. Haben Sie eine Erklärung für das Verschwinden Abdallahs?«

»Nein. So etwas kann man nicht erklären. Aber die Liebe Saadas ist erklärbar...«

»Saadas Liebe?« Achmed hob die Augenbrauen. Bisher war nur die Rede davon gewesen, daß der Doktor sie liebte. Ein schrecklicher Verdacht kroch in Achmed hoch und umklammerte wie mit Eisen sein Vaterherz. »Sie hat es Ihnen gesagt?«

»Ja, wir sind uns einig.«

»Sie war in der Nacht bei Ihnen?«

Dr. Bender zögerte. Es war eine direkte Frage, die Saada bloßstellte. Als er Seradji Achmed ansah, erkannte er, daß Lügen keinen Sinn hatten.

»Sie kam ins Lager geritten. In das Lager XII, dessen Bohrturm Ihre Leute angezündet hatten.«

»Wie können Sie so etwas sagen?« Die Stimme Achmeds war gefährlich leise. Sie streichelte die Worte.

»Sie kam zu mir, um sich für Sie zu entschuldigen. Und als sie wieder wegritt, wußten wir, daß wir zueinander gehören.«

Achmed senkte den Kopf. Sein Gesicht versank fast in den Falten der seidenen Dschellaba. Er hat sie mir genommen, dachte er und blickte in sich wie auf ein tobendes Meer. Er hat sie abgerupft wie einen Grashalm. Er hat sie entehrt, besudelt, ihre Mädchenhaftigkeit geraubt. Er ist über ihr gewesen wie der Hengst über einer Eselin. Meine Saada, mein Stern, mein Kind, meine ganze Welt... er hat sie zerstört!

»Gehen Sie«, sagte Achmed leise. »Gehen Sie sofort! Flüchten Sie aus diesem Haus, oder...«, und seine Stimme schwoll an zu einem heiseren Brüllen, »...oder ich lasse Ihnen den Kopf abschlagen. Allah verzeih mir, daß ich es nicht gleich tue!«

Dr. Bender war aufgesprungen. Hinter ihm öffneten sich Doppeltüren. Die beiden Riesen stampften ins Zimmer. Henker wie aus einem Märchen. Braun, mit nacktem Oberkörper, eine sich bewegende Masse aus Muskeln.

Dr. Bender fuhr herum. Er hatte keine Waffe bei sich, und er wußte, daß er verloren war, wenn Achmed einen Wink gab. Niemand würde ihn vermissen, keiner von seinem Ende erfahren. Er war einfach verschwunden. Natürlich würde man ihn suchen, aber die Wüste verschluckte so viele, warum nicht auch einen deutschen Arzt? Nach ein paar Tagen schloß man dann die Akten und machte einen Strich durch seinen Namen.

Verschollen. Ein aufgesaugter Wassertropfen in der Wüste.

Die Männer im Camp würden schweigen, dafür sorgte schon Serrat. Aber Cathérine? Was war mit ihr? Schwieg sie auch?

»Das ist keine Lösung der Probleme, Achmed!« rief Dr. Bender. »Man kann nicht mit Gewalt alles geradebiegen.« Seradji Achmed atmete schwer. Niemand konnte begreifen, wie schwer es jetzt war, vernünftig zu bleiben. Das jahrhundertealte Gesetz der Wüste mußte blind werden.

»Ich will Sie nicht mehr sehen«, sagte Achmed mühsam. »Nie mehr, Doktor! Ich verfluche Sie! Wissen Sie, was das heißt? Jeder meiner Brüder hat das Recht, Sie zu töten, wenn er Sie in Bou Akbir sieht. Und es wird keinen geben, der Sie beschützt. Ein Sandfloh ist mehr als Sie. – Gehen Sie... gehen Sie schnell!«

Dr. Bender ging. An den beiden Riesen vorbei verließ er das Haus und traf draußen die zwei Bewacher. Auch Cathérine saß im Wagen, versunken, wie in sich zusammengekrochen. Sie blickte nicht auf, als Bender einstieg und den Männern zurief: »Nach Hause!«

Stumm fuhren sie eine Stunde durch die Wüste, ehe Cathérine sich rührte. Mit einer Zärtlichkeit, die Bender verblüffte und ratlos machte, legte sie ihren Kopf an seine Schulter.

»Erfolgreich?« fragte sie mit kleiner Stimme wie ein Kind, das lange geweint hat und nun um Aufmerksamkeit bettelt.

»Nein.«

»Nicht?« Ein Zucken lief durch ihren Körper.

»Achmed hat mich hinausgeworfen.«

»Und was wollen Sie jetzt tun, Doktor?«

»Warten. Ich weiß, daß Saada einen Weg finden wird, zu mir zu kommen. Oder ich hole sie aus diesem Haus heraus. Wenn es sein muß, mit Gewalt! Ich werde diesen goldenen Käfig aufbrechen.«

Cathérine schwieg. Sie legte den Arm um Benders Taille und tat so, als ob sie übermüdet einschliefe. Aber sie blieb hellwach.

Du wirst sie nie wiedersehen, dachte sie zufrieden. Und wenn du den Käfig aufbrichst, wird er leer sein.

Und außerdem kommt bald die Nacht.

Unsere Nacht.

Meine Nacht...

Pierre Serrat empfing Dr. Bender auf dem Lagerplatz. Breitbeinig wie immer, stand er im Staub, eine kleine Leibwache hinter sich. Er winkte dem Jeep zu, der Fahrer lenkte zu Serrat hin und bremste kurz vor ihm. Wie eine lebende Kette umringten die Männer den Wagen.

»Steigen Sie aus, Doktor!« sagte Serrat ernst. »Es ist etwas geschehen, das alles ändert.«

»Ein Unglück? Gab es Verletzte?« Bender sprang aus dem Jeep. Cathérine folgte ihm mit dem Behandlungskoffer. Er enthielt alles an Instrumentarium und Medikamenten, was man für einen Notfall brauchte.

»Kein Unglück.« Serrat grinste plötzlich, auch die anderen Männer waren sehr fröhlich. »Nur einen Toten.«

»Wo liegt er?«

»Er steht noch.« Serrat holte tief Atem. »*Sie* sind der Tote.«

»Reden Sie keinen Quatsch, Pierre!« Dr. Bender wich zurück, aber das war nur ein Meter, dann prallte er an den Wagen. Cathérine war plötzlich vor ihm, warf den Holzkoffer Serrat vor die Stiefel und faßte nach ihrer Pistole. Aber diesmal waren die Umstehenden schneller. Sie rissen ihr die Arme hoch und drückten sie gegen den Jeep.

»Das könnt ihr nicht tun!« schrie sie. »Ihr Idioten! Ihr Wahnsinnigen! Glaubt ihr, ich halte den Mund? Ihr müßt mich mit ihm töten... wollt ihr das auch?«

Serrat winkte ab. Er war wie ein Fels in der Brandung.

»Er *ist* bereits tot, Schätzchen«, sagte er und steckte die Hände in die Hosentaschen. »Mit einem Federstrich, mit ein paar Worten. Es war eine blendende Idee; Molnar hatte sie. Wir haben den Doktor als tot nach Ouargla gemeldet. Kinder, war das einfach. Ich habe ihnen erzählt, daß der Doktor gestern in die Wüste geritten ist, mit einem geliehenen Kamel. Warum er das tat, weiß keiner. Steht uns ja auch nicht zu, den gelehrten Herrn zu fragen: Wohin reiten Sie? Die Kerle in Ouargla bestätigten das. Ja, und nun ist das Kamel allein aus der Wüste zurückgekommen, und vom Doktor keine Spur. Natürlich haben wir gesucht, die ganze Nacht, mit Scheinwerfern und Megafonen, und heute den ganzen Tag... Nichts. Die Wüste hat ihn verschluckt. Ein schreckliches Ende! In Ouargla wollen sie die Fahnen auf halbmast setzen. Morgen früh landet Brennot, um Sie zu suchen, Doktor. Wenigstens Ihren Körper will er haben, um ihn anständig zu begraben. Aber er wird ihn nicht finden.«

»Das heißt, Sie werden mich jetzt hinrichten, regelrecht hinrichten.« Ein schreckliches Würgen hinderte Dr. Bender am Sprechen. Es ist selten, daß man seinem Tod mit solcher Gewißheit gegenübersteht. Auch Cathérine schien das zu empfinden, sie schrie wieder in ihrer zermürbenden Art:

»Ihr Verrückten! Das läßt sich nicht vertuschen! Einer wird umfallen und den Mund aufmachen, dann seid ihr alle dran! Ihr wißt, was in Algerien mit Mördern geschieht!«

»Wer mordet denn?« Serrat lachte dröhnend. »Freunde, sie machen sich beide in die Hosen! Seht nur! Wer mordet denn, he? Der Doktor ist tot, das sagte ich doch. Und bleibt so lange tot, wie ich es will. Los, Jungs, bringt ihn weg!«

Ein paar Männer packten Dr. Bender und schleiften ihn weg zu den Geräteschuppen. Drei andere Ölbohrer hielten Cathérine fest und trugen sie ins Verwaltungsgebäude. Dort setzten sie sie auf einen Stuhl und drückten sie immer wieder nieder, wenn sie aufspringen wollte. Sie wurde erst ruhiger, als Serrat eintrat.

»Wo ist er?« schrie sie. »Was habt ihr mit ihm gemacht?«

»Er hat eine feudale Wohnung im Schuppen III. Es stinkt zwar nach Öl, und ein Fenster hat er auch nicht, aber man kann dort leben. Und hören kann man ihn nicht; wenn Besuch kommt, wird einer von uns vor dem Schuppen Holz auf der Kreissäge schneiden.«

»Das ist die idiotischste Tat, die ich kenne«, sagte Cathérine. »Wie soll er denn später von den Toten auferstehen?«

»Darüber müssen wir noch nachdenken«, antwortete Serrat ehrlich. Es war ein Problem, das er bisher tunlichst umgangen hatte.

»Ihr könnt ihn doch nicht jahrelang verstecken!«

»Hm.« Serrat setzte sich. Sein breites Gesicht legte sich in

Sorgenfalten wie bei einem traurigen Boxerhund. »Ich rechne mit dir, Cathérine.«

»Mit mir? Ich spucke dich an!«

»Vergeude kein kostbares Naß.« Er lächelte fade. »Überleg einmal, Schätzchen! Jetzt hast du ihn ganz für dich. Keiner kann ihn dir mehr wegnehmen. Von uns aus kannst du zu ihm ziehen und Tag und Nacht bei ihm liegen. Wir gönnen es dir. Nur den Mund mußt du halten, das ist alles. Niemand wird dich stören, auch Saada nicht, denn du liebst ja einen Toten. Na, ist das ein Plan?«

Er wollte gelobt werden, aber Cathérine tippte an ihre Stirn.

»Und später?«

»Das liegt an dir, Mädchen. Er muß dich so lieben, daß er alles vergißt... Afrika, das Öl, die Hadjar-Krankheit, seinen Vertrag, unsere verfluchten Camps, die Wüste... Er muß nur noch dich sehen, und du nimmst ihn mit nach Europa, in die kalte Heimat. Für uns bleibt er tot. Wer fragt schon danach, wenn ihr in Deutschland auftaucht, ob er in der Sahara als tot gemeldet ist?«

Cathérine wurde plötzlich ruhig. Ihre Augen bekamen einen nachdenklichen Ausdruck.

»Die Idee ist gar nicht so übel«, sagte sie. »Sie wäre für uns alle eine gute Lösung. Jetzt liegt es nur an mir...«

»Du wirst es schon schaffen, Schätzchen.« Serrat tätschelte ihre auf dem Tisch liegenden Hände. »Bei deinem Körper, deinem Hunger nach ihm. Du müßtest ihn betäuben mit deiner Liebe. Ich weiß, du schaffst es.«

Cathérine antwortete nicht. Sie dachte an Saada. Sie hörte ihr triumphierendes Lachen. »Wenn du ihn liebst, wird er an mich denken...«

»Pierre – –«, sagte Cathérine langsam.

»Ja, mein Schätzchen?«

»Schick die anderen hinaus. Ich muß mit dir allein reden.«

Serrat zögerte. Dann nahm er Cathérine die Pistole aus dem Halfter – bei ihr mußte man mit allem rechnen – und winkte den anderen zu.

»Wir sind allein.« Serrat blieb an der Tür stehen. Katzen können große Sprünge machen, dachte er. Und Cathérine ist eine Raubkatze. »Was soll das?«

»Auch ich habe einen Plan«, sagte Cathérine. Sie sprach so

ruhig, als erzähle sie etwas Gelesenes. »Und jetzt mußt *du* mir helfen, Pierre.«

Der Raum war fensterlos, stickig und stank nach Schmieröl und Benzin.

Dr. Bender blieb eine Weile auf dem festgestampften Boden liegen, so wie ihn die Männer hineingeworfen hatten, und gewöhnte sich langsam an das fahle Dunkel. Durch einige Ritzen der Bretterwände schlich sich ein Schimmer von Licht, so schwach, daß die Augen Minuten brauchten, um auch diese Lichtquelle zu verarbeiten. Dann aber schälten sich die Gegenstände seiner neuen Umgebung aus der Dunkelheit.

Pierre Serrat und seine Männer hatten alles bestens organisiert. Ein Feldbett stand an der einen Wand, mit einer Seegrasmatratze und sogar zwei Wolldecken gegen die Nachtkühle der Sahara. An der anderen Wand stand ein eisernes Gestell mit einer Waschschüssel voll Wasser, daneben ein Plastikeimer – sicherlich für die tägliche Notdurft, denn man hatte auf den Eimer einen alten Blechdeckel geklemmt. Ein Stuhl stand einsam herum, eine Kiste als Tisch, und auf der Kiste lag ein Kartenspiel.

»Wie menschlich«, sagte Dr. Bender bitter. Er war aufgestanden und durchmaß sein Gefängnis mit langen Schritten. Es war in der Größe direkt komfortabel. 5 x 6 Meter, ein Saal für einen Gefangenen. Über ihm, auf dem Dach, hörte er Kratzen und ein klatschendes Schlagen.

Die Geier. Sie hockten auf dem Dach und warteten auf die Abfälle von der Küche. Sie waren überall, wo Leben sich regte, denn Leben bedeutet auch Tod. Und vom Tod lebten sie.

Dr. Bender setzte sich auf den Stuhl und ließ das Kartenspiel durch die Finger gleiten. Was kann man allein spielen, dachte er. Patiencen legen, mit einem imaginären Gegner Schwarzer Peter, mit drei gedachten Gesellen Poker... irgendwie war das alles möglich, lenkte ab, verscheuchte das Grübeln, den Verfall in den Stumpfsinn oder den Wahnsinn.

Er ließ die Karten auf die Kiste fallen und nahm seine Wanderung durch das Zimmer wieder auf. Er ging die Wände entlang und versuchte, durch die Ritzen der Wandbretter nach draußen zu blicken. Aber die Zwischenräume waren zu schmal. Die

Bretter waren auf Nut und Feder genagelt und nur die Millimeter der Austrocknung schufen winzige Schlitze, durch die zwar das Licht eindrang, aber kein menschliches Auge hinausblicken konnte.

Das ist ja alles Irrsinn, dachte Dr. Bender, und setzte sich auf das Bett. Was will Serrat eigentlich? Er setzt mich gefangen und weiß doch genau, daß das kein Dauerzustand ist. Es sei denn, er läßt mich eines Tages ganz verschwinden. Bender machte sich keine Illusionen. Verschwinden hieß Tod. Tod und Verscharren irgendwo im Wüstensand.

Warum aber? Nur wegen der Hadjar-Krankheit? Warum wehrte sich Serrat dagegen? Ging es wirklich nur um Geld? Um diesen dreckigen Lohn, erarbeitet im Öldunst bei 60 Grad Hitze? Und warum versteckte er ihn hier in diesem muffigen Raum, anstatt ihn sofort umzubringen, alle Spuren zu verwischen, ihn wirklich verschollen in der Wüste zu lassen?

Das waren Fragen, auf die bald eine Antwort folgte. Sie kam von Cathérine. Da Dr. Bender keinen Zeitbegriff mehr hatte, wußte er nicht, wann sich die Tür öffnete. Er lag gerade auf dem Bett und hatte ein wenig im Halbschlaf geträumt, als draußen das dicke Vorhängeschloß klapperte. Mit einem Satz sprang er auf, ergriff den Stuhl und stellte sich in Abwehr. In seiner Lage war selbst ein Stuhl mit vier Beinen eine Waffe. Er erinnerte sich an ein Buch von einem Raubtierdompteur, der behauptete, die beste Abwehr gegen ein Tier bei der Dressur sei ein umgedrehter Stuhl.

»Cathérine –«, sagte er gedehnt, als er die schlanken Konturen des Mädchens sah. Er mußte die Augen zusammenkneifen, denn das plötzliche grelle Sonnenlicht blendete ihn, warf ihn fast zurück wie eine Faust aus Licht. Mein Gott, durchzuckte es ihn. Wie hell ist es draußen? Was muß ein Auge aushalten können! »Was wollen Sie denn hier, Cathérine? Sie dürfen frei herumlaufen?«

»Eine Fachkraft braucht man auf der Sanitätsstation«, sagte sie und warf die Tür zu. Das Halbdunkel, jetzt sogar wohltuend, hüllte sie ein. Von draußen ertönte Schlüsselklappern. »Hören Sie, ich bin nicht allein. Molnar, dieser ungarische Bandit, läuft mir nach wie ein Schatten. Ich bin gefangen wie Sie, nur muß ich dabei arbeiten.«

Das war eine Lüge, aber wie konnte Bender das ahnen? Er

glaubte es ihr und nahm ihr die Schüssel, die sie hereingebracht hatte, aus den Händen. Ein Brot lag darin, eine gekühlte Dose mit Ziegenbutter, ein kleiner Block Hartkäse und ein Stück Salamiwurst. Ein feudales Essen für einen Gefangenen der Wüste.

»Wie spät ist es draußen?« fragte Dr. Bender und deckte den »Tisch«. Zwei Teller, zwei Blechbecher und ein Messer aus Plastik, mit dem man sich unmöglich selbst töten noch wehren konnte, lagen ebenfalls in der großen Schüssel.

»Acht Uhr, Doktor.«

»Und noch so heiß?«

»Acht Uhr morgens.«

»Unmöglich!« Dr. Bender legte alles mit einem Ruck hin, als sei es ihm aus den Händen geglitten. »Dann habe ich ja geschlafen!«

»Allerdings. Molnar war gestern abend schon einmal bei Ihnen und wechselte das Wasser. Da schliefen Sie wie ein Bär. Serrat sagte noch: ›Dessen Nerven möchte ich haben. Pennt wie ein Säugling und hat die Pistole im Genick.‹ Sie haben wirklich gute Nerven, Doktor.«

»Soll ich schreien? Soll ich um Gnade winseln? Soll ich zusammenbrechen? Das wäre doch idiotisch. Idiotischer als diese Tat von Serrat. Ich habe Zeit genug gehabt, über alles nachzudenken. Irgendwie ist das, was hier mit mir geschieht, unlogisch, schizophren. Man läßt mich vor der Welt verschwinden, aber ich lebe weiter, weil man mich brauchen kann. Die Angst vor dem eigenen Körper ist größer. Ein Doktor im Camp, das ist eine halbe Lebensversicherung. Darum muß ich weiterleben, aber doch ein Toter sein.«

»Genau so ist es.« Cathérine setzte sich auf die Erde vor die Kiste und breitete das Essen aus. »Darum darf ich auch weiter im Krankenrevier arbeiten, mit Molnar, diesem Gauner, im Rücken. Wir hatten gestern, noch spät am Abend, zwei Unfälle. Handquetschungen. Eine Pumpe rutschte ab während der Montage. Ich habe es allein geschafft... Serrat war schon fast bereit, Sie wieder ans Licht zu holen.«

»Cathérine.« Bender trat hinter sie und legte beide Hände auf ihre Schultern. Diese Berührung durchrann sie wie Feuer. Vor Erregung schloß sie die Augen und saß steif auf der Erde, als sei sie zu Stein erstarrt. »Was wird hier eigentlich gespielt? In welches Wespennest habe ich reingestochen?«

Cathérine dachte an den toten Bob Miller unter den Benzintonnen, den ersten Toten der Hadjar-Krankheit, an dessen Sterben sie alle schuldig waren. Das schweißte sie zusammen wie Stahlplatten, machte sie zu Kumpanen eines gemeinsamen Schicksals.

Sie schwieg deshalb auf diese Frage und lenkte ab.

»Kommen Sie... essen Sie... Der Tisch, mein Herr, ist gedeckt. Molnar wird uns gleich Kaffee aus der Küche bringen...«

»Verrückt! Das ganze Camp spielt also mit?«

»Natürlich. Wir sind hier alle auf Gedeih und Verderb miteinander verbunden. Wir kennen nur einen Feind, und der macht uns alle gleich: Die Wüste!«

Dr. Bender setzte sich Cathérine gegenüber auf den Boden. Die Kiste zwischen ihnen war nun gedeckt mit allem, was Cathérine gebracht hatte. Die Tür flog auch wieder auf, Molnar kam herein und brachte eine Blechkanne mit dampfendem, duftendem Kaffee. Bender schloß wieder geblendet die Augen. »Guten Morgen, docteur«, sagte Molnar auf französisch. »Pierre läßt Ihnen sagen: In drei Stunden bekommen Sie Zeitungen. Der Hubschrauber aus Hassi Messaoud landet gleich. Sie sollen es nicht langweilig haben, docteur.«

»Zu gütig, Molnar.« Bender nahm die Kanne und goß Cathérine und sich ein. »Bestellen Sie Pierre: Der Satan soll ihm den Hals umdrehen.«

»Das wird unmöglich sein.« Molnar, der schlanke, immer elegante Ungar, der selbst in der Wüste am Sonntag einen Schlips trug und weiche, handgearbeitete Schuhe aus Chevreauleder, die er sich eigens aus Budapest in die Sahara schikken ließ, grinste verlegen. »Der Teufel ist doch der Bruder von Serrat.«

Dann saßen sie wieder im Dunkeln und aßen. Über ihnen, auf dem Dach, kratzen die Krallen der Geier über die Dachpappe. Krr... krrr... krrr... tönte es, ein ekelhaftes Geräusch von den Totengräbern der Wüste.

»Brennot und zwei Kommissare aus Algier landen heute«, sagte Cathérine. »Eine ganze Kompanie algerischer Kamelreiter ist unterwegs und sucht Ihre Überreste, Doktor. Sechs Hubschrauber fliegen die Wüste ab. Man hat eine einmalige Suchaktion eingeleitet. Brennot kann es einfach nicht fassen, daß Sie in der Sahara verschollen sind. Damit jede Störung unterbleibt, hat man mich jetzt zu Ihnen eingesperrt. Angeblich bin ich in Bou

Akbir, um bei einer Geburt zu helfen. Serrat denkt an alles. Man traut es seinem plumpen Gehirn gar nicht zu.«

Noch während sie aßen, hörten sie das Brummen der Hubschrauber über dem Camp. Kurz darauf aber wurden alle Außengeräusche übertönt. Direkt vor der Tür begann eine Kreissäge zu kreischen. Zwei Männer Serrats begannen, einen kleinen Wald von Palmenstämmen zu handlichen Stücken zu zerschneiden. Das konnte lange dauern... mindestens so lange, wie Oberingenieur Brennot mit seiner Suchkommission im Lager war.

Brennot verhörte sogleich nach der Landung alle Männer im Lager. Überall hörte er das gleiche, als habe das ganze Camp einen einheitlichen Text auswendig gelernt.

»Der Doktor ist mit einem Kamel in die Wüste geritten. Richtung Erg Tifernine. Das ist alles. Zurückgekommen ist er bis heute nicht.«

»Erg Tifernine?« Brennot beugte sich über die große, neue Spezialkarte, die anhand von Luftaufnahmen das Genaueste war, was es heute von diesen Saharagebieten gab. »Das ist doch reiner Blödsinn! Das ist doch Selbstmord! Im Erg Tifernine gibt es keine Brunnen, nur Sand und kahle Felsen. Da brennen ja die Steine! Und auf einem Kamel? Kann denn Dr. Bender überhaupt Kamelreiten?«

»Aufgesessen und weggeritten ist er wie ein Profi«, brummte Serrat und schenkte den kalten Fruchtsaft aus. »Von uns ist ja keiner berechtigt, den Doktor zu fragen oder ihm Vorschriften zu machen. Hätte man mir aus Ouargla mitgeteilt, ich solle sein Kindermädchen spielen – er wäre bestimmt nicht allein in die Wüste geritten. Dafür müßten Sie mich kennen, Monsieur Brennot.«

Der Oberingenieur nickte. Serrat war ein verläßlicher Bursche, das wußten alle von Hassi Messaoud bis Algier. Der Ruf des Bullen war fast schon legendär. Zwei Felsen gibt es in der Sahara – hieß es: Das Hoggar und Pierre Serrat.

»Suchen wir ihn trotzdem. So schnell können die Geier ihn nicht kahlgenagt haben. Er soll wenigstens ein christliches Begräbnis haben. Wenn ich nur wüßte, was er im Erg Tifernine suchte? Ich sehe da gar keine Logik.«

Die Hubschrauber kehrten nach vier Stunden zurück und landeten alle auf dem Campplatz. Dr. Bender hörte das Brüllen der Rotorflügel, die sogar die fürchterliche Kreissäge übertönten. Gegen Abend kamen auch die algerischen Kamelreiter aus der Wüste zurück. Der junge Leutnant, der sie anführte, hob stumm die Schultern.

Nichts.

Nur Sand, Sonnenglut, Wind und Einsamkeit.

Die Wüste hatte Dr. Bender verschluckt wie einen Wassertropfen.

»Es ist eine Tragödie«, sagte Brennot erschüttert. »Ein so junger, hoffnungsvoller Mensch. Ein so begabter Arzt. Wissen Sie, Serrat, daß Dr. Bender ein ganz großer Könner war?«

»Ja.« Serrat wischte sich über die Augen. »Wir alle hatten ihn gern. Gleich als er ankam... das ist ein neuer Freund, dachten wir alle.«

Brennot flog tief ergriffen nach Ouargla zurück und schrieb seinen Bericht an die Direktion in Algier:

Dr. Ralf Bender ist in der Wüste vermißt. Mit seinem Tod kann mit Sicherheit gerechnet werden. Die Umstände, wie es dazu gekommen ist, werden wohl nie geklärt werden.

»Das hätten wir«, sagte Serrat erfreut, als alles wieder aus dem Lager war. Die Hubschrauber verschwanden als dunkle Punkte am Himmel, die Kamelreiter waren abgerückt und ritten über die Straße nach Zaouia el Kahla. »Was wird nur, Freunde, wenn die Hohlköpfe von der Verwaltung uns einen neuen Arzt schicken? Wir können doch nicht ständig Ärzte verschwinden lassen.«

Aber diese Sorge war unbegründet. In Ouargla strich Brennot die Arztstelle für die Außenbohr-Camps X – XIII. Die Sanitäter und Schwester Cathérine reichten aus für kleinere Unfälle. Wurden schwere Verletzungen gemeldet, flog ein Hubschrauber sie ins Lazarett nach Ouargla.

Dr. Bender war tot. In den Akten, in den Gehaltslisten bei den Behörden. Sogar nach Deutschland flog die amtliche Bestätigung und auch hier wurde der Name Dr. Ralf Bender in die Totenliste eingetragen und die Karteikarte in seiner Heimatstadt berichtigt. Ein Freund setzte sogar eine kleine Todesanzeige in die Heimatzeitung. Aber die interessierte niemanden.

Ein Mensch war abgeschrieben.

Serrat hielt Wort: Cathérine durfte bei Dr. Bender wohnen, sooft und solange sie es wollte. Als Molnar, breit grinsend, am Abend noch ein Kopfkissen und zwei Decken in den großen Raum warf und kurz darauf Cathérine erschien und eingeschlossen wurde, begriff Bender erst nicht, was hier vorging.

»Hat es Sie nun auch erwischt?« fragte er ahnungslos. »Was haben Sie angestellt, daß Pierre Sie in die Verbannung schickt?»

»Nichts. Ich wollte nur bei Ihnen sein.«

»Freiwillig?«

»Ja.« Sie öffnete einen Korb, den sie mitgebracht hatte und holte eine Petroleumlampe heraus. Bender betrachtete sie wie eine wertvolle Plastik.

»Welch ein Luxus! Liest Serrat etwa seit neuestem moralische Bücher?«

Zwei Minuten später war der Raum erhellt. Das warme, blakende Licht der Petroleumlampe verbreitete fast Romantik in der stinkenden Baracke. Nebenan lag der Schmierölvorrat des Camps, und der Geruch zog sich durch das Holz wie ein Gas. Cathérine hatte sogar eine Wachstuchdecke mitgebracht und breitete sie jetzt über die Kiste aus.

»Das Zimmer einer Villa«, sagte Bender sarkastisch. »Cathérine... das alles ist so irr, daß man es nicht begreifen kann.«

»Nehmen wir es hin, wie es ist.« Cathérine schüttete aus einer Thermosflasche Bouillon mit Ei in die Blechtassen und servierte auf den Plastiktellern gebratene Frikadellen. Dazu gab es Gemüse; eine gehackte Kohlsorte, die man aus der Oase Bou Akbir holte. Sie schmeckte wie Wirsing, nur etwas bitterer.

Nach dem Essen spielten sie Karten. Und dann kam die Stunde, auf die Cathérine gewartet hatte, der sie entgegenfieberte, bei der ihre Nerven zu flimmern begannen.

Dr. Bender zögerte. Er sah auf die Uhr, die Cathérine auf die Kiste gelegt hatte. Es war schon nach Mitternacht. Bisher hatte er sich immer ganz entkleidet und nackt unter den Decken gelegen; jetzt behielt er sein Hemd an und die Hose und zog nur die Schuhe aus. Dann breitete er eine Decke auf die Erde und legte sich darauf, vor das Bett. Cathérine preßte die Lippen aufeinander und atmete stoßweise durch die Nase.

Ich muß es tun, dachte sie. Er würde vor dem Bett liegen bleiben wie ein Hund.

»Das kommt nicht in Frage«, sagte sie mit belegter Stimme. »Sie behalten Ihr Bett. Der Eindringling bin ich. *Ich* schlafe auf der Erde.«

»Sie wissen, daß ich das nie zulasse, Cathérine. Es ist eine Frechheit von Serrat, Sie in diese Situation zu bringen.«

»Es ist nicht mehr zu ändern.« Cathérine drehte sich um. Und dann erlebte Bender mit plötzlich klopfendem Herzen, wie sie sich auszog. Ganz unbefangen legte sie die Bluse ab, den Rock, den Büstenhalter und den Slip. Nackt stand sie vor dem eisernen Waschgestell und begann sich in der Blechschüssel zu waschen.

Ihr Körper war verführerisch schön, Bender erkannte das jetzt. Ihre Beine waren lang und schlank, die Hüften und Schenkel ebenmäßig gerundet, die Taille schmal. Darüber ragten die Brüste vor, auch ohne Halter straff und spitz, von jugendlicher Festigkeit, obgleich Cathérine jetzt dreißig Jahre alt war. Bender wußte es aus ihrer Personalakte. Ungeniert ging sie hin und her, ließ das Wasser aus den hohlen Händen über ihren Körper rinnen, wie Perlen kullerten die Wassertropfen an ihr herab. Dann wusch sie ihre Brüste, bückte sich nach vorn, schleuderte das Wasser aus der Schüssel über diese herrlichen weißen Hügel und drehte dann den Kopf zu dem in stummer Bewunderung auf der Erde hockenden Bender.

»Waschen Sie mir den Rücken... bitte?«

»Ja. Natürlich.«

Er sprang auf, trat hinter sie, tauchte die Hände in das Wasser und ließ sie naß über ihren Rücken gleiten. Immer wieder, in der Höhlung der Hand das Wasser, denn sie hatten keinen Waschlappen, strich er an ihrem Körper entlang, vom Nacken bis zu den Hüften und über das flach gewölbte Gesäß, und während er sie so wusch, kämpfte er gegen sich, dachte intensiv an Saada und verlor doch ihr Bild immer mehr aus seiner Seele. Seine erregte Männlichkeit siegte über seinen Verstand. Als er die Hände über Cathérines Rücken gleiten ließ und ihre Brüste umfaßte, warf sie stöhnend den Kopf zurück, lehnte sich gegen ihn und dehnte sich in seinen Griff hinein.

»Cathérine –«, stotterte er. »Mein Gott, ich bin ein Idiot. Ein blinder Narr bin ich!«

Er küßte ihren Nacken, atmete die köstliche Frische ihres Körpers ein, genoß die Glattheit ihrer nassen Haut, drehte sie herum und küßte ihre Brüste, die sich ihm entgegenwölbten und zu ihm drängten.

»Ich wäre verrückt geworden...«, stammelte sie, als sie zum Bett gingen, schrittweise, gleitend fast, aneinandergeklammert, schon jetzt im Stehen miteinander verschmolzen. »Wirklich, ich wäre verrückt geworden ohne dich... O mein Liebling, mein Liebling...«

Es war wie ein glutheißer Wüstensturm, der über sie hinwegfegte. Sie verbrannten sich gegenseitig und erstanden wie neugeboren; sie zerrissen sich und bauten sich neu mit Händen und Lippen; sie zerflossen in Schweiß und Stöhnen und labten sich gleichzeitig durch alle Poren.

Es war eine Nacht, wie sie nie wiederkehrte.

Später lagen sie zusammen, mit zitternden Gliedern und keuchenden Lungen und starrten an die Bretterdecke ihres Gefängnisses.

»Ich liebe dich«, flüsterte Cathérine. »Ich vergehe unter deinen Händen...«

»Es ist das schönste Ende unseres Lebens.« Er legte die Hand auf ihre Brüste und schloß die Augen. »Ein Toter liebt eine Tote.«

Scheich Seradji Achmed hätte seine Dienerschaft am liebsten umgebracht.

Mit einer Kamelpeitsche rannte er durch das Haus und suchte seine Leute, brüllte unverständliche Worte und hatte Augen, die nur einem Irren gehören konnten. Die Mehrzahl seiner Diener waren wie wilde Katzen in alle Winde zerstoben, verkrochen sich bei Freunden oder Verwandten in der Oase und beteten zu Allah, daß Achmed sie in dieser Phase seines Zornes nie finden möge. Der Koch, der unschuldigste Mensch im ganzen Haus, denn er kümmerte sich nur um das Essen und sonst um nichts, sowie der minderjährige Lampenputzer, dessen Aufgabe es war, die wertvollen Silber- und Kupferlampen immer blank zu halten, wurden fürchterlich verprügelt und jammerten, daß es häuserweit zu hören war.

Saada war wieder einmal weg.

Aus ihren Zimmern war sie geflüchtet. Trotz abgeriegelter Türen, trotz Wachen unter ihren Fenstern, trotz Posten im Garten. Wie sie es erreicht hatte zu fliehen, war ein Geheimnis. Achmed zermarterte sich den Kopf, untersuchte die Schlösser an Saadas Türen, versuchte selbst aus dem Fenster zu klettern und sah, daß man überall vom Garten her eine die Mauer hinuntersteigende Gestalt bemerken mußte, wenn man nicht schlief oder anderswo war als dort, wo man sein sollte.

»Hundesöhne!« schrie Achmed nach diesem Lokaltermin. »Geschlafen habt ihr! Heimlich bei den Huren wart ihr! Statt zu wachen, habt ihr in weichen Armen gelegen! Allah sei mein Zeuge: Ich treibe es euch aus!«

Aller Zorn war sinnlos, alles Brüllen verflatterte in der heißen Luft: Saada war auf und davon. Ohne Pferd, ohne Reitkamel, denn dort wachten zwei Stallknechte und hatten ihre Pflicht getan. Dafür fehlte ein Gefährt, das in der Oase Bou Akbir zunächst große Heiterkeit, später aber Achtung erregt hatte: Ein Fahrrad.

Es gehörte dem Buchhalter Achmeds, der auch die Schreibgeschäfte der Oasenverwaltung betrieb. Amar, so hieß der Mann, hatte das Vehikel aus Algier mitgebracht, wo er die Schule für Büroarbeiter absolviert hatte. Tagelang fuhr er damals durch Bou Akbir und ließ sich bewundern oder auslachen, je nachdem, wie man ihm gesinnt war. Das wurde anders, als Amar mit seinem Fahrrad einen Dieb fing. In den engen Gassen war eine Verfolgung nur zu Fuß möglich gewesen, und der Dieb war ein guter Läufer. Gegen das Fahrrad aber hatte er keine Chancen. Amar überholte, überwältigte ihn und brachte ihn zum Gericht. Seitdem genoß Amar große Hochachtung in Bou Akbir.

»Mein Augenlicht, meine Seele hat sie gestohlen!« schrie Amar jetzt und rannte Achmed jammernd nach. »Sie wird das Rad zerstören! Es ist empfindlicher als ein Kamel! Achmed, ich verfluche deine Tochter!«

Amar bekam eine Tracht Prügel und verkroch sich ebenfalls in der Nachbarschaft. Scheich Achmed aber ließ zehn starke Männer kommen, hielt ihnen einen Vortrag über den weißen Teufel Dr. Bender, der das Herz seiner Saada gestohlen habe, ließ aufsitzen, und wie eine Sturmwolke stürmten die elf Männer auf ihren Reitkamelen in die Wüste hinaus.

Es war kurz nach der Arbeitsaufnahme der Frühschicht, als

Saada auf dem Fahrrad in den Sanddünen auftauchte und mühsam die festgestampfte Straße hinunterfuhr zu Camp XI. Serrat, der am Fenster der Verwaltungsbaracke stand und gerade die Nachricht bekommen hatte, daß die Distriktleitung in Ouargla ihn für 10 Tage nach Algier schicken wollte, um einen neuen Bohrkopf abzuholen und ihn in eine veränderte, bessere Bohrtechnik einzuführen, blieb der Mund offen.

»Das ist doch nicht wahr«, sagte er verwirrt. »Kinder, das ist die tollste Fata Morgana, die ich je gesehen habe.«

Aber es war keine trügerische Luftspiegelung; es war wirklich Saada, die auf einem Fahrrad in das Camp rollte und vor der Baracke vom Sattel sprang. Sie trug europäische Kleidung: eine Bluse, Blue jeans und Sandalen. Um den Kopf hatte sie ein Tuch geschlungen, unter dem die schwarzen, langen Haare bis zu den Hüften flatterten.

Molnar und der zweite Vorarbeiter Laikanen, ein Finne, traten neben Serrat und starrten hinaus. »Die Kleine hat Mut«, sagte Molnar. Er schnalzte mit der Zunge und machte eine unflätige Bewegung. »Wenn wir sie durch alle Betten wandern lassen, weiß sie später nie, wer's richtig war.«

»Wer sie anfaßt, kann sich ein Loch hinterm Haus aussuchen!« knurrte Serrat. Er nahm seine Mütze, setzte die dunkle Sonnenbrille auf und ging hinaus. An der Tür stieß er mit Saada zusammen, die gerade ins Haus wollte.

Sie blieben voreinander stehen und sahen sich eine Weile stumm an. Serrat überragte Saada wie ein Turm einen Kieselstein.

»Ich möchte den Doktor sprechen«, sagte Saada endlich mit einer fast kommandierenden Stimme. Serrats Gesicht verzog sich.

»Der Doktor ist tot«, sagte er grob.

Im Gesicht Saadas verzog sich kein Muskel. Nur ihre schwarzen Augen wurden stechender.

»Wann starb er?«

»Weiß ich es? Er ritt vorgestern in die Wüste und ist seitdem verschollen. Mit anderen Worten: Er ist tot! Im Erg Tifernine überlebt keiner! Das weißt du auch!«

»Das ist eine Lüge.« Saada sagte es so ruhig, als spreche sie vom Wetter. »Der Doktor lebt! Ich fühle es.«

»Es ist ein Jammer.« Serrat grinste breit. »Deine Gefühle

sollten woanders hinrutschen. Was willst du überhaupt hier?« Er packte Saada am Arm und zerrte sie ins Haus, nebenan in ein Zimmer, das neben den Räumen von Ingenieur de Navrimont lag.

Mit de Navrimont stand es jetzt ganz schlimm. Der Tod Dr. Benders, den er ohne Einschränkung glaubte, hatte ihn vollends entnervt. »Wir alle werden von diesem Mistland gefressen!« schrie er im Suff. »Flöhe sind wir. Nur Flöhe! Vertrocknen werden wir. Mumifizieren! Flüssigkeit her! Flüssigkeit, ihr Schurken!«

Unter Flüssigkeit verstand er Pernod oder Absinth, Kognak oder Calvados. Er soff es wie Wasser. Niemand kümmerte sich um ihn. Er war ein Wrack, das man duldete wie die Abfälle hinter den Schuppen. Der einzige Unterschied war nur, daß ihn die Geier noch nicht fraßen. Aber auch das lag nicht mehr in weiter Ferne.

Pierre Serrat erkannte seine große Stunde. Von Cathérine, die noch immer im Schuppen bei Bender war und sich nicht von ihm trennen konnte, würde er die versprochenen Francs bekommen. Im Lager war Ruhe, denn niemand würde mehr da sein, der nach Dr. Bender forschte. Und an der Küste gab es ein ganz großes Geschäft für ihn: Dort suchte man in den Hafenbars süße Mädchen, genau den Typ, den Saada verkörperte; Wildheit aus der Wüste und ein Körper, wie Mohammed ihn von den Huris im Paradies beschrieb.

Zehntausend neue Francs, kalkulierte Serrat. Darunter gebe ich sie nicht her. Das ist sie auch wert. Ein Problem wird es nur sein, sie morgen auf die Reise nach Algier mitzunehmen. Man kann sie ja nicht in die Tasche stecken wie ein Feuerzeug.

»Hör einmal zu, kleine Wüstenkatze«, sagte er freundlich zu Saada. Sie stand mitten im Zimmer, ohne einen Funken Angst, die Hände in die Seite gestemmt. Wer die Umgebung vergaß, hätte sich nicht gewundert. Sie sah aus wie Tausende andere junge, moderne Mädchen. Hier aber, mitten in der Sahara, war ihr Auftritt verblüffend. »Du hast einen Riecher. Raubtiere wittern ja alles. Gut also: Der Doktor lebt. Aber er ist nicht da. Er untersucht in Camp XII die Verwundeten, die eure Hundesöhne auf dem Gewissen haben. Und morgen fliegt er nach Algier.«

Saada sah Serrat kritisch an. Ihr stechender Blick aus den dunklen Augen durchbohrte ihn förmlich. Serrat hielt der Musterung stand. Er kaute dabei an der Unterlippe.

»Nach Algier? Warum?«

»Er verläßt die Wüste.«

»Das ist nicht wahr!« Wie ein Panther sprang sie vor und warf sich gegen Serrat. Aber ein Turm fällt nicht durch einen Steinwurf; er fing sie auf und hielt sie fest und drückte sie gegen die Wand.

»Es ist wahr!« schrie er in ihr zuckendes Gesicht. »Er hat gekündigt. Ganz plötzlich. Will zurück nach Europa. Als er von deinem Vater, diesem Halunken, zurückkam, war er wie im Tran. Es fehlte nur noch, daß er losheulte wie ein Weib. Und dann rief er in Ouargla an und bat um die Lösung aller Verträge.«

»Und morgen fliegt er?«

»Ja. Die Koffer sind schon weg mit dem Hubschrauber.«

»Das glaube ich nicht.«

»Komm her, du Kröte, und überzeug dich!« Serrat nahm sie an die Hand wie ein unartiges Mädchen, zog sie aus dem Zimmer, über den Flur, hinüber zum Krankentrakt und stieß die Tür von Dr. Benders Wohnraum auf.

Alles kahl und leer. Kein Buch mehr in den Regalen, kein Stück Papier. Serrat ging zu den Schränken und riß sie auf.

Kein Anzug mehr, keine Wäsche, kein Koffer. Nur Leere.

»Glaubst du es jetzt?« fauchte Serrat. »Der Besuch auf Camp XII ist sein letzter.«

Saada setzte sich langsam auf den Stuhl hinter Benders Tisch. Ihr kampfmutiges Gesicht wurde weich und kindlich. »Wann kommt er zurück?«

»Am Abend. Weiß ich es?«

»Kann ich hier auf ihn warten?«

»Von mir aus. Wenn du dir von Cathérine das Gesicht zerkratzen lassen willst.«

»Ich bin stärker als sie. Sie wird es nicht tun«, sagte Saada stolz. »Ich bleibe hier sitzen, bis er kommt. Ich verspreche Ihnen, das Haus nicht zu verlassen. Lassen Sie mich hier.«

In der Baracke klappten Türen. Molnar, der aus der Schreibstube kam, rief nach Serrat.

»Hier!« brüllte Pierre und riß die Tür auf. »Was gibt's?«

»Eine Sauerei!« schrie Molnar. »Funkmeldung von Versuchsturm ›Brigitte‹: Scheich Achmed mit zehn bewaffneten Männern ist auf dem Ritt zu uns. Er benimmt sich wie ein Irrer.«

»Mein Vater! O Allah! Er sucht mich!« Saada sprang auf und umklammerte Serrat von hinten. »Verstecken Sie mich! Schützen Sie mich! Sagen Sie ihm, ich sei nicht hier! Er darf mich jetzt nicht zurückholen nach Bou Akbir.«

»Nur Ruhe! Ruhe!« Serrats Gesicht wurde zum verwitterten, groben Stein. Nichts tue ich lieber, als dich verstecken, dachte er. Du bist mein Kapital. Und dann hatte er einen Gedanken, bei dem er sich am liebsten selbst die Hand gegeben hätte. Bist ein toller Bursche, Pierre, dachte er. Du mußt dich selbst bewundern.

Die Idee des Jahres war ihm gekommen.

»Bleib hier«, sagte er zu Saada und führte sie zum Stuhl zurück. »Rühr dich nicht, was du auch draußen hörst. Achmed wird nie hier ins Haus kommen, dafür sorge ich. Mit elf Männern werden wir schon fertig.«

Fünf Minuten später ertönte vom Dach der Verwaltungsbaracke die Alarmsirene. Sie heulte zehnmal auf und ab, die Männer der Spätschicht rannten aus den Baracken, von den Öltürmen rasten einige Jeeps heran. Sogar der betrunkene de Navrimont kroch zum Fenster und steckte den Kopf in die heiße Luft. »Schon wieder Feuer?« lallte er. »Gott verdamme dieses Land. Gott verdamme es!« Dann torkelte er zum Bett zurück und blieb dort bewegungslos liegen.

Scheich Seradji Achmed kniff die Augen zusammen, als er in das Camp XI einritt und eine Wand bewaffneter Männer vorfand. Auf den Dächern der Baracken lagen sie, die Gewehre im Anschlag. Es gab keine Chancen für ihn. Von allen Seiten würden die Kugeln in seine kleine Schar einschlagen.

Serrat empfing Achmed in der Mitte des großen Platzes. Zur Unterstreichung seiner Worte trug er eine Maschinenpistole in den Händen.

»Welch ein Besuch, Scheich Achmed«, sagte er voller Hohn. »Was führt Sie zu uns? Ich nehme an, es handelt sich um etwas Geschäftliches. Wollen Sie uns neues Schnittholz anbieten?«

Seradji Achmed blieb auf seinem weißen Hedschaskamel sitzen und blickte Serrat haßerfüllt an. Die Blicke seiner zehn Begleiter wanderten über das Camp und suchten das Fahrrad. Es lag längst im Schuppen hinter anderem Gerümpel.

»Saada ist nicht hier?« fragte Achmed mit verkrampfter Höflichkeit.

»Warum sollte sie?« Serrat grinste breit. »Ist sie ausgerissen? Jaja, Vatersorgen! Ich bin sie los, Achmed. Meine Familie wurde umgebracht.«

Der Scheich überhörte den Angriff. Er starrte hinüber zur Sanitätsbaracke, über deren Dach die Fahne des Roten Kreuzes im Wüstenwind knatterte.

»Ist der Doktor da?«

»Nein. Er ist nach Hassi Messaoud.«

In diesem Augenblick begann am Geräteschuppen wieder die Kreissäge zu heulen und zu kreischen. Cathérine trommelte innen an die Wand und schrie: »Aufmachen! Aufmachen!«

»Ich danke Ihnen«, sagte Achmed höflich und legte sogar die Hand flach an die Stirn. »Entschuldigen Sie die Störung.« Er hob den Arm, die Kamele wendeten und preschten wieder hinaus in die Wüste, Richtung Hassi Messaoud.

»Die kommen wieder«, sagte Serrat, als die Reiter hinter den Sanddünen verschwunden waren. »Seit zwei Tagen ist kein Wagen mehr nach Hassi gefahren. Und die Brüder können Spuren lesen. Ein paar Stunden können wir sie täuschen, dann muß gehandelt werden –«

Gegen Abend kam Scheich Achmed zurück, wie Serrat es vorausgesehen hatte. Er kam diesmal in eine völlig veränderte Situation.

Cathérine war nach Camp XII gefahren worden. Der italienische Sanitäter und Blutrachemörder Rugieri Pella hatte angerufen. Einer der Verletzten fieberte plötzlich und die Wunde entzündete sich trotz Penicillin.

Serrat holte Cathérine aus dem Gefängnis und winkte Dr. Bender wie einem alten Kameraden zu, ehe er wieder abschloß.

»Los, Mädchen, zu XII!« sagte er. »Du wirst gebraucht. Etwas mußt du auch tun für uns... nur fürs Beischlafen kriegst du kein Geld.«

»Sau!« sagte Cathérine in ihrer groben Art, und Serrat lachte dröhnend. Als der Jeep über die Wüstenpiste davonjagte, sah ihr Serrat zufrieden nach. Der Anruf von Pella hätte gar nicht günstiger kommen können. Das Schicksal spielte sogar mit. Nun war Dr. Bender allein. Keine unüberwindliche Cathérine hielt ihn mehr fest.

Saada war wieder in Benders Zimmer geflüchtet, als Achmed erneut ins Lager ritt. Diesmal war kein Feuerschutz für Serrat vorhanden – er brauchte ihn auch nicht mehr. Waffenlos kam er Achmed entgegen. Der Scheich traute dem Frieden nicht, er war sehr vorsichtig. Seine Männer bildeten einen Schutzring um ihn.

»Der Doktor ist nicht nach Hassi gefahren«, sagte er dunkel. »Die Spuren der Reifen sind alt und fast verweht.« Er beugte sich zu Serrat hinunter, und die Glut seiner schwarzen Augen war wie die von Saadas Blick. »Monsieur Serrat, ich bin ein Ehrenmann. Ich kenne keine Hinterlist. Sie führen mich jetzt zu dem Doktor – oder alle Öltürme im Umkreis von 100 Kilometern werden brennen! Sie wissen, daß Sie mir nie etwas nachweisen können. Der Schaden aber wird in die Millionen gehen. Ist Ihnen der Doktor so viel wert?«

Serrat spürte, wie sein Herz hämmernd schlug. »Ist das ein Ultimatum?«

»Ja, das ist ein Ultimatum.«

»Gut. Er ist hier. Wir haben Streit gehabt miteinander. Ich – Scheich Achmed, wir sind unter uns – ich wollte ihn schon in die Wüste jagen.«

»Machen wir ein Geschäft.« Das Gesicht Achmeds glänzte plötzlich. Er streckte Serrat seine braune Hand hin, eine Hand, die Serrat am liebsten mit einer Axt abgeschlagen hätte. »Ich kaufe Ihnen den Doktor ab. Ein reelles Geschäft: Doktor gegen die Garantie der Unverletzlichkeit Ihrer Öltürme. Keiner kann Ihnen mehr bieten.«

»Keiner hat auch ein Interesse an diesem Geschäft. Abgemacht. Sie bekommen den Doktor.«

Serrat zögerte noch einen Moment. Er wußte, was mit Dr. Bender geschah, wenn er erst in den Händen Achmeds war. Das Verschwinden Saadas würde man ihm anrechnen, und da half kein Beteuern, kein Flehen, kein Beweis der Unschuld. Das schreckliche Ende Domaschewskis lag allen noch auf der Seele. Serrat zog die breiten Schultern hoch. Plötzlich fror er.

Langsam ging er über den weiten Platz zum Geräteschuppen, und die elf Reiter folgten ihm auf den Kamelen. Sie bildeten einen Halbkreis vor der Tür, und als Serrat aufschloß, zuckte es über das Gesicht Achmeds.

Blinzelnd, von der Sonne geblendet, kam Dr. Bender aus dem

dunklen Raum. Dann stand er zwischen den Kamelen, allein, denn Serrat hatte sich schnell und wortlos entfernt. Wie eine Flucht sah es aus... und so war es auch. Das Grauen saß ihm im Nacken.

»Doktor!« sagte Achmed laut. »Wo ist Saada?«

»Ich weiß es nicht.« Dr. Bender blickte sich um. In seiner Ahnungslosigkeit erkannte er nicht, daß sein Leben weniger wert war als ein Sandkorn.

»Dann suchen wir sie«, sagte Achmed dunkel. Er winkte, ein paar Hände ergriffen Bender, hoben ihn hoch vom Boden zwischen die Kamele, zogen ihn auf den Hals eines Tieres, und da erst erkannte Bender, was mit ihm geschah.

»Achmed!« schrie er. »Das ist ein Irrtum! Hören Sie mich an! Ich habe Saada nicht wiedergesehen! Ich schwöre es Ihnen.«

Achmed nickte kurz. Eine Faust sauste auf den Schädel Benders, der Satz brach ab, sein Kopf sank nach vorn, kräftige Hände hielten ihn fest, und dann brauste die Kamelkavalkade hinaus in die Wüste. Eine träge Staubwolke blieb zurück, die sich wie Dunst über die Baracken senkte.

Serrat blickte dem Trupp nach und preßte die Fäuste gegen die Brust. Es ist nicht ganz so einfach, Gehilfe eines Mordes zu sein, vor allem, wenn man es zum erstenmal tut.

Er ging zum Schrank, nahm eine Flasche Kognak heraus und trank ein paar kräftige Züge. In diesem Augenblick verstand er sogar de Navrimont, der die Welt nur noch im Nebel des Alkohols ertragen konnte.

»Eine traurige Nacht, Wüstenkatze«, sagte Serrat wenig später zu Saada. Sie hockte brav hinter dem Tisch auf dem Stuhl und wartete. Diese Geduld möchte ich haben, dachte Serrat. Diese Menschen können ihre Nerven dirigieren wie ein Orchester. »Der Doktor ist weg.«

In Saada kam Leben. Sie sprang auf und warf den Tisch dabei um. »Nein!« rief sie.

»Doch! Warum soll ich lügen? Eben kommt ein Anruf aus Camp XII. Da ist ein Hubschrauber aus Ouargla gelandet, und der Doktor ist gleich mitgeflogen. Hier hatte er ja doch nichts mehr rumstehen. Cathérine ist noch im Lager XII und heult wie ein Schakal.« Serrat hob die Schultern. »Ich kann's nicht ändern... der Doktor ist weg. Vielleicht sehe ich ihn in Algier und erzähle ihm alles, was hier gewesen ist.«

»Sie gehen nach Algier?« In Saadas Augen glomm eine verzweifelte Hoffnung auf. Sie hob den Tisch auf und zitterte dabei vor Erregung.

»Ja. Morgen. Für zehn Tage.«

»Und der Doktor ist in Algier?«

»Ganz sicher. Er muß doch erst seine Entlassungspapiere fertig haben, ehe er nach Deutschland fliegt.«

»Dann könnte man ihn in Algier treffen?«

»Ganz sicher.«

»Nehmen Sie mich mit?« Saada kam um den Tisch herum. Sie hatte die Hände flach wie Schalen umgedreht und hielt sie Serrat entgegen. »Bitte, nehmen Sie mich mit, Monsieur. Verhandeln Sie mit den Fliegern, bestechen Sie sie, helfen Sie mir... bitte, bitte... Ich muß den Doktor sehen, ich will mit ihm nach Deutschland... bitte, bitte... Ich werde Allahs größten Segen auf Sie herunterflehen.«

Serrat verzog das Gesicht und wandte sich ab. Verdammt, dachte er. Sie macht mich weich, obgleich sie genauso reagiert, wie ich es geplant habe.

»Ich will's versuchen«, sagte er. Seine Stimme klang rauh. »Versprechen kann ich nichts. Morgen früh um sieben kommt der Hubschrauber. Wir müssen hoffen, kleine Katze.«

»Ich werde zu Allah beten, Monsieur.«

»Komm mit.«

Serrat führte Saada in sein Zimmer und wischte sich dann über das Gesicht. Die Gutgläubigkeit des Mädchens, seine Vertrauensseligkeit waren mehr, als er im Augenblick vertragen konnte.

Wenn sie wüßte, dachte er schaudernd, was vielleicht gerade jetzt mit Dr. Bender geschieht...

»Bleib hier und warte«, sagte er. »Schlaf nachher. Ich suche mir woanders ein Bett. Und hab keine Angst, Mädchen. Serrat paßt auf.«

Er verließ schnell das Zimmer. Welch ein Schwein ist man doch, dachte er. Welch ein stinkender Hundedreck! Aber dann stand er in seinem Vorarbeiterzimmer vor den Fotos seiner Familie und senkte den Kopf.

Wer hatte damals Mitleid mit ihnen? Wer weiß, wie man sie

umgebracht hat? Ob sie vorher gefleht und gebettelt hatten, auf den Knien vielleicht. Die Kinder...

Serrat knirschte mit den Zähnen. Sie ist 10000 Francs wert, dachte er. Verfluchter Hund, denke nur daran. Du hast kein Herz mehr...

Bei Einbruch der Dunkelheit kam Cathérine von Camp XII zurück. Vom Jeep ging sie sofort hinüber zum Schuppen.

Dort stand die Tür offen, der Raum war leer. Das Bett, der Stuhl, die Kiste, das Plastikgeschirr, der Waschständer... alles war weggeschafft.

In Cathérine brach ein Vulkan aus. Sie warf sich herum, streckte die Arme empor und rannte über den Platz.

»Wo ist er?« schrie sie. »Wo ist er? Ihr Schufte! Ihr verdammten Schufte. Wo – ist – er?!«

Ingenieur Alain de Navrimont hatte sich gerade geduscht und stand mit nacktem Oberkörper vor dem Spiegel, um seinen vier Tage alten Bart abzuschaben, als ihn das hysterische Geschrei Cathérines herumfahren ließ. Es war ein kleines Wunder, daß er an diesem Abend nicht nur nüchtern, sondern sogar für Dinge aufnahmefähig war, die er sonst in seinem Alkoholdunst überhaupt nicht hörte oder wahrnahm. Der Grund lag darin, daß er morgen früh mit Pierre Serrat nach el Kahla und dann weiter nach Hassi Messaoud fliegen wollte, wo eine Versammlung der einzelnen Abschnittsleiter abgehalten wurde. Das war wieder so eine dämliche Idee von Oberingenieur Brennot, aber man konnte ihr nicht ausweichen. Serrat würde dann weiterfliegen nach Algier, und de Navrimont beneidete ihn darum. Nicht wegen der Abwechslung, nicht wegen der kühlen Brise des Meeres, des Sandstrandes, an dem man baden konnte; der wundervollen Köstlichkeit, sich in einem temperierten Badezimmer hinzustellen und sich kaltes, eiskaltes, herrlich erfrischendes Wasser über den Körper laufen zu lassen. Nein, das war es nicht... für de Navrimont war Algier eine einzige, große Schnapsdestille und ein riesenhafter Puff. In den Gassen hinter dem Hafen, am Rande der Kasbah, in winkligen Sträßchen die Berge hinauf, da hausten die glutäugigen und feingliedrigen Mädchen, die für 20 Francs eine ganze Nacht lang keine Ruhe gaben und die Männer fündig werden ließen wie Ölquellen. Gab man ihnen 50 Francs, verrichteten sie Dinge, die in keinem Lehrbuch standen und die es selbst in Paris nicht zu kaufen gab.

Das war eben Afrika, und die Weiber hatten die Glut im Blut.

Ingenieur de Navrimont rannte ans Fenster und blickte in die fahle Dämmerung des Abends. In der Wüste dauert der Übergang vom Tag zur Nacht nie lang. Die Sonne taucht weg, als ersticke sie im Sand, die Felsen des Erg Tifernine färben sich lila und dann dunkelblau, der Himmel nimmt eine eigenartige verrostete Farbe an, dann wird es dunkel, als drehe jemand an einem Lichtregler, und plötzlich stehen Sterne am Himmel, wunderbar glitzernd und kalt... die Wüstennacht ist da.

Cathérine rannte über den Platz, die Arme hochgeworfen und schrie noch immer. Aus der Küche rannten die Ölbohrer herbei, der Schreiber Molnar hing aus dem Fenster und brüllte nach Serrat – aber der war schon da, bog um die Lazarettbaracke und griff sich das rasende Mädchen.

Er umfaßte sie in der Mitte – wie Schraubstöcke schnürten seine Arme ihren Leib ein –, hob sie hoch und trug die um sich Schlagende in die Verwaltungsbaracke.

Cathérine war wie von Sinnen. Sie hieb mit den Fäusten auf Serrat ein, kratzte ihn und biß um sich wie eine Wildkatze, die im Netz liegt. Aber für den Fleischberg Serrat war dies nur wie ein harmloser Hagel.

In ihrem Zimmer warf er Cathérine aufs Bett, und als sie nach ihrer Pistole greifen wollte, lachte er schallend und klopfte auf seine ausgebeulte Hosentasche.

»Hier, mein Schätzchen, hier. Du glaubst doch nicht, daß ich mich umbringen lasse?«

»Du Mißgeburt!« schrie Cathérine. Sie kroch über das Bett, zog die Beine an und hieb mit den Fäusten in ohnmächtiger Wut und grenzenloser Verzweiflung auf ihre Knie. »Wo ist er? Was habt ihr mit ihm gemacht? Habt ihr ihn umgebracht? Einfach umgebracht, was, und verscharrt? Wie den armen Hund Bob Miller?«

»Bob ist mit einem Araberweib in die Wüste gezogen; das wissen alle, du auch!« Serrat grinste breit. »Du hast das Protokoll mit unterschrieben.«

Cathérine sprang mit einem Satz aus dem Bett. Serrat schob seine riesige Pranke vor und stieß sie wieder zurück. Für ihn war sie leicht wie eine Puppe.

»Mörder!« stammelte sie. »Mörder!« Jetzt kam das blanke Entsetzen über sie. Wer Bender umbrachte, scheute sich auch nicht, Cathérine Petit zu töten. »Worauf wartest du noch? Ihn habt ihr erschossen, nicht wahr? Bringst du es fertig, eine Frau umzulegen?«

»Warum nicht?« Serrat betrachtete Cathérine wie ein Ziel, mit zusammengekniffenen Augen. Sie ist verdammt hübsch, dachte er. Das wissen wir alle. Aber bisher hat sie uns alle mit ihrer verfluchten Pistole vom Leib gehalten. Jetzt aber ist sie wehrlos wie ein Wurm. Wenn ich über sie komme, hat sie keine Chancen. Eigentlich ist sie zierlich und zerbrechlich, wenn man sie genau betrachtet. Ihre Stärke ist ihr Mut, und den hat sie sackweise, zum Teufel.

»Ich habe kein Interesse, dich umzubringen, Schätzchen«, sagte Serrat mit veränderter, dunkler Stimme. »Ich will nur, daß du vernünftig bist, daß du zuhörst und nicht wieder mit dem dämlichen Schreien anfängst.«

»Wo ist er?« fragte Cathérine leise.

»So einfach ist das nicht zu beantworten.« Serrat lehnte sich gegen die Tür. »Ich wage keine Ortsangabe, Süße.«

»Wo liegt er, du Schwein?!«

»Ich habe ihn nicht umgebracht, verdammt, keiner von uns hat ihm ein Haar gekrümmt. Das ist es ja. Und nun hör einmal zu!«

In diesem Augenblick drückte jemand von außen gegen die Tür. Serrat trat kampfbereit einen Schritt zurück und stieß die Faust vor, als die Tür aufflog. De Navrimont, der gerade eintreten wollte, bekam einen Schlag in die Magengrube. Er sackte stöhnend gegen die Wand und verdrehte die Augen. Serrat schloß verlegen die Tür.

»Verzeihung, Chef«, sagte er und kraulte sich das Haar. »Wer konnte ahnen, daß gerade Sie das sind.«

De Navrimont erholte sich sehr schnell, aber das Sprechen ging noch nicht so glatt, die Luft blieb ihm noch weg. Serrat holte ihm einen Stuhl.

»Sie Bulle!« keuchte de Navrimont. »Sie begehen noch mal eine fahrlässige Tötung.«

»Er hat Dr. Bender umgebracht!« schrie Cathérine und sprang wieder vom Bett. Vor ihren Augen tanzten das Zimmer und die beiden Männer, so zersetzte die Erregung ihre Nerven.

»Was hat er?« fragte de Navrimont überrumpelt.

»Blödsinn. Sie wissen doch selbst, daß Dr. Bender in der Wüste verschollen ist.«

»Natürlich, ja«, de Navrimont sah Serrat verständnislos an. »Er ist weg. Ganz klar. Wir waren uns doch alle einig. Was soll jetzt der ganze Rummel?«

»Der Doktor ist wirklich weg«, sagte Serrat. Es war, als kitzele jemand den Ingenieur unter den Fußsohlen. Mit einem spitzen Laut sprang er hoch.

»Was sagen Sie da?«

»Saada ist aus der Oase verschwunden.« Serrat schielte zu Cathérine. Der Name Saada genügte, um ihr zerfließendes Gesicht zu versteinern. »Mit einem Fahrrad. Total verrückt... aber was macht man nicht alles, wenn man nicht ohne Mann leben kann. Das Rad haben wir hier gefunden, hinter den Garagen. Saada war oder ist also hier!«

»Wo?« fragte Cathérine mit heller, spitzer Stimme. »Wo ist sie?« Sie stand vor Serrat, ihr Gesicht zuckte und Zerstörungslust sprühte aus ihren graugrünen Augen, daß Serrat erschrak.

»Wenn wir das wüßten. Auch der Scheich wollte es gern wissen.«

»Seradji Achmed war hier?« De Navrimont scharrte mit den Füßen. Das muß lange vor meinem Duschbad gewesen sein, dachte er. Nach der Dusche hatte ich wieder einen klaren Kopf, aber vorher... Gott verfluche die Wüste und segne den Schnaps. Das ist das einzige, das hier im Erg Tifernine noch einen Sinn hat. Alles andere ist Heuchelei, und darauf spucke ich.

»Er kam mit einer ganzen Horde schwerbewaffneter Krieger. Brüllte, wir sollten Saada herausgeben. Es war gar nicht einfach, ihm klarzumachen, daß sein Töchterchen wohl hier war, aber von keinem gesehen wurde. Er nahm das Fahrrad mit. Zum Schreien sah das aus, ein Fahrrad auf einem Kamel... und...«

»... und nahm auch Dr. Bender mit«, sagte Cathérine kaum hörbar.

»Ja.«

»Warum? Warum, du Dreckskerl?« Sie sprang ihn an wie eine Katze und schlug ihm die Faust zwischen die Augen. Als sei sie ein Insekt, wischte er sie weg aufs Bett. »Warum hast du ihn herausgegeben?«

»Aus Notwehr. Er drohte, alles in die Luft zu sprengen, selbst wenn er und seine Reiter dabei draufgingen. Man kennt ja diese Burschen, der Tod ist ihnen ein Klacks. Allah küßt seine Helden, das glauben die Idioten. Sollte ich es darauf ankommen lassen? Ein Millionenschaden wegen Dr. Bender? Nein, habe ich gedacht. Die Bohrstellen sind wertvoller, und was will Achmed schon mit dem Doktor? Er kann ja beweisen, daß Saada nicht bei ihm war. In den Schuppen ist keiner reingekommen. Ja, und dann haben die Kerle Dr. Bender mitgenommen.«

»Wir müssen sofort nach Bou Akbir!« Cathérine rannte zum Schrank und holte einen Mantel heraus. Wüstennächte sind kalt, im offenen Jeep besonders. »Wir müssen sofort zu ihm! Alain, sagen Sie doch was. Tun Sie doch was! Geben Sie den Befehl dazu!«

Alain de Navrimont sah auf seine zitternden Hände. Wenn er nicht soff, bebten sie wie bei einem senilen Greis; war er betrunken, konnte er sie nur gebrauchen zum Flaschenheben. Er war ein Wrack... und kann man von Wracks volle Segel erwarten?

»Achmed wird ihn von allein zurückbringen«, sagte er ausweichend. »Achmed ist ein moderner, gebildeter Mann. Er hat in Algier sogar das Gymnasium besucht. Und seine Saada kommt auch wieder.«

»Zu Fuß? Er hat ja das Rad mitgenommen! Wo ist sie überhaupt?« rief Cathérine. »Sie muß doch hier sein! Sie hat sich versteckt. Habt ihr alles abgesucht?«

»Alles. Sogar in die leeren Fässer haben wir geguckt. Nichts.« Serrat log gewandt und ohne mit der Wimper zu zucken. Wenn sie jetzt bloß nicht auftaucht, dachte er. Vier Zimmer nebenan liegt sie auf meinem Bett und wartet auf den Morgen. Lieber Gott oder lieber Teufel – wer immer auch für mich zuständig ist – verhindere, daß sie aus dem Zimmer kommt. Ich weiß nicht, was ich dann tue. Bringe ich Cathérine um? Schlage ich de Navrimont den schnapsgefüllten Schädel ein? Es wird ein Drama geben, das ist klar. Gott und Teufel – laßt sie im Zimmer bleiben!

»Wir leben doch nicht im Märchen!« schrie Cathérine. »Sie ist doch kein Sternchen am Himmel geworden!«

»In der Wüste ist alles möglich«, meinte Serrat philosophisch. »Wozu also die ganze Aufregung? Achmed wird den Doktor zurückbringen. Ein erregter Vater tut oft sinnlose Dinge.«

Pierre Serrat trat an das Fenster und blickte in die Nacht mit ihren Millionen Sternen und der bleichen Wüste. Ein Anblick, der zu seinen Gedanken paßte. Irgendwo dort draußen wird Dr. Bender liegen, hingerichtet nach einem Schnellverfahren, vielleicht sogar nach der alten Methode: Kopf ab mit einem Hieb der scharfen Krummsäbel. Was er auch Achmed gesagt haben mochte – er hatte gegen den Wind geredet, der ihm die Worte in den Mund zurückblies. Für den Scheich war Saada eine ganze Welt; er würde die übrige Welt zerstückeln, um Saada zu rächen.

»Ich fahre trotzdem!« sagte Cathérine entschlossen. Sie trat nahe an de Navrimont heran, der schlapp auf dem Stuhl hing und Brennot innerlich verfluchte wegen der morgigen Konferenz. »Sagen Sie Pierre, er soll mir einen Jeep geben. Ich brauche keinen Begleiter. Ich fahre allein.«

Das sieht ihr ähnlich, dachte Serrat. Ja, so ist sie, das kleine, zierliche Luder. Ein Vulkan an Energie. Ich traue ihr glatt zu, den Mann, den sie im Bett hat, zu erwürgen, wenn er früher schlappmacht als sie.

»Gib ihr einen Jeep«, sagte de Navrimont.

»Einen Dreck werde ich!« Serrat tippte sich gegen die breite Stirn. »Allein! Verrückt! Die reißen ihr den Hintern auf!«

»Was geht das dich an? Es ist mein Hintern!« schrie Cathérine zurück.

In diesem Augenblick steckte der Schreiber Molnar seinen Kopf durch die Tür. »Telefon, Pierre«, sagte er. »Dringend... privat...« Er blinzelte, und Serrat verstand.

»Moment!« Serrat verließ das Zimmer und ging ein paar Schritte weg. Aber er blieb im Flur stehen und klopfte Molnar auf die Schulter. »Gut gemacht, Junge. In der richtigen Minute. Jetzt zählen wir langsam bis zwanzig, und dann sollst du sehen, wie Cathérine bedauert, den Doktor nicht selbst begraben zu haben.«

Sie warteten, zählten im Geist bis zwanzig und nickten sich dann zu. Polternd kehrte Serrat in das Zimmer zurück, mit einem mondglänzenden Gesicht und breitem Lachen.

»Das ist ja nicht zu sagen!« rief er und nahm Cathérines Mantel, warf ihn in die Ecke und strich ihr über das Haar wie ein Vater. Sie schlug nach seiner Hand, blitzschnell wie ein Panther. »Der Scheich rief an. Der große Achmed persönlich.«

»Nein!« riefen Cathérine und de Navrimont wie aus einem Mund.

»Er entschuldigte sich.«

»Und Ralf? Was ist mit Ralf?« Cathérine zitterte am ganzen Körper. »Bringen sie ihn zurück?«

»Das ist ja das Verrückte!« Serrat begann laut zu lachen. Entgeistert und verständnislos starrten ihn die anderen an. »Unser lieber guter Doktor ist der Gast des Scheichs. Sitzt auf seidenen Kissen und schlürft Kaffee und knabbert Honiggebäck. Wie er's fertiggekriegt hat... Leute, das ist mir ein Rätsel. Wer weiß, was er dem Alten geboten hat! Jedenfalls hat er um Saadas Hand angehalten, und Achmed hat ihn nicht geköpft, sondern umarmt. Jetzt sitzen Bräutigam und Bräutchen beisammen und halten Händchen.«

Das Gesicht Cathérines war bleich geworden wie die sonnenweißen Wände der Oasenhäuser. »Das ist nicht wahr...«, stotterte sie. »Das ist nicht wahr! Nie! Nie!«

Das kann er mir doch nicht antun! rief sie sich verzweifelt zu.

»Geh hin und sieh es dir an.« Serrat war seiner Sache so sicher, daß er großzügig winkte. »Jetzt kannst du dir einen Jeep nehmen und hinfahren. Aber vergiß die Blümchen nicht zur Gratulation.«

Cathérine senkte den Kopf. Und sie zeigte keinerlei Regung, als ihr Serrat sogar die Pistole wiedergab. Er legte sie auf den Tisch, allerdings noch ohne Magazin.

»Laßt mich allein«, sagte sie leise. Ihre Stimme klang wie gebrochenes Glas. »Bitte, laßt mich jetzt allein...«

Alain de Navrimont und Serrat nickten sich zu und verließen das Zimmer. Als die Türe zuklappte, warf sich Cathérine über das Bett und biß in die Decke. Sie schrie in das Bett hinein und strampelte wild mit den Beinen, und dann lag sie still und drehte sich auf den Rücken und sah gegen die gekalkte Holzdecke.

Soll ich weiterleben? dachte sie. Kann ich weiteratmen nach diesem Verrat? Lohnt sich überhaupt noch ein einziger Atemzug? Was bin ich denn? Eine Frau von dreißig, die von der Wüste ausgedörrt wird. Eine Frau ohne Zukunft. Eine Frau, die einmal der Sandwind zuweht. Das Leben hat allen Sinn verloren... schon seit Jahren... Und jetzt ist auch das neue Leben dahin... verwelkt schon im Samen.

Warum leben?

Sie lag steif, wie gelähmt, und grübelte. Und je länger sie über ihr Leben nachdachte, um so weniger gönnte sie Saada und Dr. Bender ihr Glück.

Wir werden alle zugrunde gehen, dachte sie. Gemeinsam.

Saada, Ralf und ich. Mit einem einzigen Schlag. In einem Feuerwerk der Rache.

Und sie nahm sich vor, morgen aus dem Magazin einen Kasten Sprengstoff zu stehlen, nach Bou Akbir zu fahren und sich, zusammen mit Bender und Saada, in die Luft zu jagen.

Das war ein herrlicher Gedanke, ihr Herz zuckte in Verzükkung, und so schlief sie endlich ein, eingehüllt in den schwarzen Triumph des Grauens.

Der Hubschrauber aus Ouargla landete am frühen Morgen im Camp XI. Die Sonne war gerade aus dem Sand gestiegen, die Kühle der Nacht glitt noch über die Wüste.

Ingenieur de Navrimont staunte nicht schlecht, als Pierre Serrat mit Saada aus dem Bau kam und sie ohne weitere Erklärungen in den Hubschrauber hob. Sie hatte kein Gepäck bei sich, und das war auch nicht nötig, denn dort, wohin Serrat sie bringen wollte, brauchte sie keine Koffer. Er selbst hatte nur eine alte Reisetasche aus Segeltuch bei sich, an den Ecken mit abgeschabtem Leder verstärkt; sein altes Legionärsgepäck. Es hatte Indochina gesehen und die Schluchten der Kabylei. Sidi-bel-Abbès und Saigon. Es war das letzte Überbleibsel aus Serrats früherem Leben.

»Was soll das?« sagte de Navrimont, bevor er Saada nachkletterte. »Pierre, das haut mich um! Erklären Sie mir das!« Wenn er amtlich wurde, nannte er sogar Serrat »Sie«. »Das gibt die tollsten Schwierigkeiten!«

»Keine Sorge, Chef.« Serrat grinste und drückte de Navrimont unter dem Gesäß in das Flugzeug. »Es hat alles seine Ordnung. Damit haben Sie gar nichts zu tun! Vergessen Sie das.«

De Navrimont knurrte, setzte sich auf seinen Sitz, schnallte sich an und stopfte sich Watte in die Ohren. Das Gebrüll der Rotorflügel war ihm zuwider. Seine Nerven waren vom Alkohol zerstört.

»Ist alles gutgegangen?« fragte Saada, als Serrat neben ihr saß. Sie schrie ihm ins Ohr, und er nickte.

»Alles, Wüstenkätzchen.«

»Und der Doktor?«

»Ist schon in Algier. Hat vor einer Stunde angerufen. Wohnt im Hotel Oasis.«

»Dann ist ja alles in Ordnung«, sagte Saada glücklich.

»Alles.« Serrat schloß die Glaskanzel. Der Pilot nickte. Wie eine schillernde Libelle hob sich der Hubschrauber vom Boden ab. Sie stiegen in den Himmel, der hellen, weißen Morgensonne entgegen, und Saadas Herz hämmerte vor Freude.

Ich sehe ihn wieder. In Algier. In einem Hotel.

Allah, du bist ein gütiger Gott.

Sie würde Allah verflucht haben, hätte sie das Ziel ihrer Reise gekannt.

Dr. Bender erwachte aus seiner Besinnungslosigkeit in einem fensterlosen Zimmer. Er brauchte ein paar Minuten, um sich zurechtzufinden. Sein Schädel brummte, und auf der Hirnschale lastete ein Druck, als läge ein Zentnersack darauf. Dann aber kehrte das klare Denken zurück, er sprang auf, stand ein wenig unsicher in dem kahlen, durch eine traurige Petroleumlampe von der Decke her erhellten Raum. Das Bett, auf dem er bisher gelegen hatte, war eine Art Diwan, zerschlissen und mit einem alten Teppich bedeckt.

Das ist ja alles Wahnsinn, dachte er, als er sein neues Gefängnis abging. Es wird sich alles in einem Gespräch klären lassen.

Er lief zu der dicken Holztür und donnerte mit den Fäusten dagegen. Der Ton hallte dumpf wider, als befände sich der Raum in einem Gewölbe. Dann legte er das Ohr an die Tür und lauschte.

Nichts rührte sich. Die Stille war vollkommen. Es war, als läge er bereits in einem Grab, als habe man ihn hier lebendig eingemauert.

Diese Erkenntnis nahm ihm fast den Atem. Er sah sich genauer um, und das Grauen erfaßte ihn wie ein Würgen.

Das bis auf den alten Diwan leere Zimmer. Kein Fenster, nackte Wände, eine trübe Petroleumlampe, festgestampfter Lehmboden und eine Tür, die man nie auframmen konnte. Ein Raum ohne Sauerstoffzufuhr.

Ein Grab.

Dr. Bender brach der Schweiß aus allen Poren. Es war lachhaft, aber er erinnerte sich jetzt an die Oper »Aida«, in der im letzten Akt das Liebespaar Aida-Radames lebendig eingemauert wird. Eine Tötungsart der alten Ägypter, die sie auch an den Bauarbeitern der Pyramiden praktizierten. Waren die Königsgräber gebaut, mauerte man die Sklaven zuletzt mit ein.

»Nein!« stammelte Bender und riß sich das Hemd über der Brust auf, als beginne bereits das Ersticken. »Nein! Das ist nicht wahr! Das ist doch nicht möglich!« Er stürzte wieder zur Tür und hämmerte gegen das Holz. Wie Paukenschläge dröhnte es durch das Gewölbe. Er trat gegen die Tür, er schrie: »Aufmachen! Aufmachen!«, obwohl er wußte, daß es sinnlos war, aber er wollte nicht stumm sterben, er wollte sich wehren bis zuletzt, und wenn es auch nur die kahlen Wände waren, die seine Verzweiflung miterlebten.

Später – er hatte jeglichen Zeitbegriff verloren – lief er in seinem Grab herum, immer an den Wänden entlang, ein eintöniger Rundgang gleich dem der Ochsen an den alten Brunnen, die mit verbundenen Augen in ihrem Joch tagaus, tagein im Kreise gehen und das Wasser aus der Tiefe pumpen.

Rechnen wir, dachte er nach einer langen Zeit des Wanderns und setzte sich auf den Diwan. Rechnen wir aus, wie lange die Luft reicht. Es ist ein teuflisches Exempel, denn wem ist es schon gegeben, seinen Tod mathematisch zu bestimmen.

Das Zimmer ist fünf Meter lang und fünf Meter breit und drei Meter hoch. Das sind fünfundsiebzig Kubikmeter Raum. Gefüllt mit muffigem Sauerstoff, der sich langsam umwandelt in Kohlendioxyd, das das Blut zersetzt und die Lungen lähmt.

So etwas geschieht nicht plötzlich. Ein paar Tage kann das dauern. Ein grauenhaftes Sterben, ein langsames, wissendes Sterben, ein genau zu spürendes immer Wenigerwerden.

Dr. Bender legte sich auf den Diwan und atmete ganz langsam und flach. Auch das ist Blödsinn, dachte er. So wenig Luft wie möglich verbrauchen. Wozu? Um den Tod noch länger hinauszuzögern? Um noch einen oder zwei Tage länger in diesem Grab herumzurennen? Um vielleicht wahnsinnig zu werden vor dem Entsetzen, das jeder Blutstoß zum Herzen trägt. Wer kann das aushalten, lebendig begraben zu sein?

Er mußte Stunden gelaufen und gelegen haben, denn schließlich schlief er wieder ein, von einer Müdigkeit weggetragen, die er genau beobachtete und gegen die er nicht ankam.

Beginnt es jetzt schon, dachte er bloß. Der große, ewige

Schlaf? Wird man nur müde und wacht nicht wieder auf? Ist das so einfach?

Aber er wachte wieder auf. Jemand rüttelte ihn, und als er benommen die Augen aufschlug, sah er das Gesicht Achmeds vor sich, wie in einem Nebel schwebend, wie ein abgeschlagener Kopf, der schwerelos in der Luft tanzt. Dann spürte er, wie jemand ihm zu trinken gab, über seine Lippen rann klebrige Feuchtigkeit – es war Limonade, süß und bitter zugleich, aber köstlich erfrischend – und Achmed sagte:

»Ich habe Ihnen Zeit gelassen, Doktor, nachzudenken: Wo ist Saada?«

»Ich weiß es nicht.«

Dr. Bender setzte sich und lehnte sich an die Wand. Jetzt war sein Blick wieder klar. Er sah Achmed vor sich stehen, an der Tür lehnte ein Diener mit einer langen, geflochtenen Kamelpeitsche. Bender lächelte schwach. Wer schon in einem Grab lebt, den schreckt das Auspeitschen nicht mehr. Alles, was geschieht, kürzt nur die Leiden ab, ist eine Gnade, ist ein Geschenk.

»Saada war bei Ihnen.«

»Nein. Wann denn und wie? Man hatte mich doch eingesperrt!«

»Serrat sagt, er habe Sie eingeschlossen, nachdem Saada bei Ihnen war.«

»Das ist eine verdammte Lüge!«

»Können Sie es beweisen, Doktor?«

»Natürlich nicht.«

»Sehen Sie.« Achmed sah Dr. Bender aus verschleierten Augen an. Er wirkte nicht wie ein Rächer, er war eher innerlich zerbrochener als Dr. Bender. »Aber Saada ist nicht zurückgekehrt. Sie ist mit dem Fahrrad in der Wüste verschwunden. Was haben Sie aus ihr gemacht? Ihr Herz haben Sie ihr zerrissen. Wo sie auch ist, was auch geschehen ist mit ihr... es ist Ihre Schuld! Wissen Sie, was ein Vater empfindet, wenn ein anderer Mann ihm die Tochter wegnimmt?« Achmeds Stimme schwankte. Dr. Bender sprang auf und lief in seinem Grab hin und her. Der Wächter an der Tür hob die Peitsche, sobald er sich mehr als zwei Schritte näherte.

»Ich weiß nicht, wo Saada ist!« schrie Bender. »Wie soll ich Ihnen beweisen, daß das die Wahrheit ist?«

»Sie werden es nie beweisen!« Achmed setzte sich auf den alten Diwan. »Es ist ja auch ohne Bedeutung, ob Sie es können. Was geschehen ist, wäre nie gewesen, wenn Sie nicht nach Bou Akbir gekommen wären. Durch Sie hat Saada ihr Leben verloren. Das allein ist wichtig. Sie sind aufgetaucht wie der Teufel und haben ihr junges Leben zerstört. Wollen Sie es leugnen?«

»Ja!« schrie Dr. Bender. Er spürte, daß Achmeds Worte nichts anderes bedeuteten als ein Todesurteil. »Ich weiß nicht, was hier gespielt wird, aber jemand ist hier, bei dem alle Fäden dieses infamen Spiels zusammenlaufen.« Er blieb vor Achmed stehen und ballte die Fäuste. »Wissen Sie, daß man verhindern will, daß jemand erfährt: Die Hadjar-Krankheit ist in diesem Gebiet?!«

Achmeds Augen wurden schmal. »Sie gibt es hier auch nicht.«

»Doch! In Ihrer Oase!«

»Nein!« Achmed erhob sich würdevoll. Er wußte, was der Alarm bedeutete: Hadjar in Bou Akbir. Er wußte es so gut wie Serrat.

Absperrung aller Bewohner von der Außenwelt. Erklärung der ganzen Gegend zum Quarantäne-Gebiet. Impfungen aller Menschen und Tiere. Untersuchungen, Tests und Besprühen der Gärten mit giftigem Nebel.

Keine Karawane würde mehr Bou Akbir besuchen. Keine Dattel, keinen Stengel Gemüse, nicht einen Tropfen Milch würde man mehr verkaufen können. Die Oase würde ein Totenfeld werden, mit Männern, Frauen und Kindern, die erst wieder zu Menschen würden, wenn die Quarantäne von drei Monaten vorüber und keiner von ihnen an der Hadjar-Krankheit gestorben war. Und selbst dann blieb ein Geruch wie von Aussatz übrig... Bou Akbir würde ein Name sein für schleichenden, unbekannten Tod.

Seradji Achmed dachte wie Serrat: Schweigen!

»Ich kann es beweisen«, sagte Dr. Bender.

»Wen interessiert das?« Achmed winkte ab. »Beweisen Sie mir, daß Saada lebt. Sagen Sie mir, wo sie ist! Das allein ist wichtig.«

Dr. Bender hob hilflos beide Arme. Er lehnte sich an die Wand und schüttelte den Kopf, als sei er ein nasser Hund. »Ich bin nicht Allah, Achmed.«

»Vielleicht finden wir sie noch. Zweihundert Reiter durchstreifen das ganze Gebiet. Aber auch das ist ohne Bedeutung. Mit Ihnen, Doktor, ist das Leid über meine Familie gekommen. In der Wüste vertritt jeder sein eigenes Recht.«

»Das heißt: Sie wollen mich töten?«

»Nein.« Achmed erhob sich und ging langsam zur Tür. »Töten wäre eine Handlung, die ich an Ihnen vornehme. Aber meine Hände sollen rein bleiben. Allah wird Sie töten; er wird Ihnen die Luft entziehen, weil Sie es nicht wert sind, seine Luft zu atmen.«

»Das können Sie nicht tun!« Bender stürzte vor, aber der Diener hieb mit der Peitsche nach ihm und schleuderte ihn in den Raum zurück. »Achmed! Sie können mich doch nicht lebendig begraben...«

Die schwere Tür schloß sich. Draußen wurden drei Riegel vorgeschoben; Bender zählte das Knirschen der Eisenstangen in den Halterungen. Dann entfernten sich die Schritte Achmeds und seines Dieners... und mit ihnen glitt auch das Leben weg.

Dr. Bender schlug die Hände vor das Gesicht und schwankte zum Diwan zurück.

Fünfundsiebzig Kubikmeter Luft.

Wie lange reichen sie? Wieviel atmet ein Mensch in einer Stunde ein und aus?

Er konnte nicht mehr rechnen. Alle erlernten Weisheiten fielen von ihm ab. Sein Gehirn revoltierte gegen das Grauen.

Er fiel auf das Bett und glaubte und hoffte erstmals in seinem Leben auf ein Wunder.

Aber gibt es sie noch... die Wunder?

Unterdessen war Saada schon weit von Bou Akbir entfernt.

Pierre Serrat hatte auf dem Flug von Camp XI nach Hassi Messaoud eine Idee gehabt, die er sofort in die Tat umsetzte. Sie kam ihm plötzlich, als der Hubschrauberpilot, ein neuer, junger Mann, der erst seit zwei Wochen in Ouargla stationiert war, sich zu Serrat umwandte.

»Hast du die Sauerei gehört?«

Serrat beugte sich vor. Der Motorlärm war so groß, daß weder Saada noch de Navrimont verstanden, was sich der Pilot und Serrat entgegenschrien.

»Welche Sauerei?« Serrat lachte. »Gibt's einen neuen Puff?«

»Nein, nur neue Mädchen. Aber die Sauerei an der Grenze. Nördlich von El-Oued, einem von Gott verlassenen Gebiet am Schott Djerid.«

»Keine Ahnung.« Serrat hob die breiten Schultern. Schott Djerid kannte er. Das war ein Salzsee-Gebiet in Tunesien, ein fürchterliches Stück Land. Von der Sonne verbrannt, mit Salz bedeckt. An den Rändern – der Teufel weiß, wie's kommt – noch sumpfig. Ein Salzsumpf, der Mensch und Tier hinunterzieht und für alle Zeiten pökelt. Wer von der Straße Nefta nach Gafsa abkommt und sich verirrt, den findet niemand mehr. Hier hat der Satan eine Pfanne aufgestellt, in der er das Entsetzen siedet.

»Regierungsflugzeuge, die Patrouille an der Grenze flogen, wollen eine Karawane gesichtet haben.«

»Na und?« sagte Serrat verwundert.

»Eine Karawane mit Sklaven.«

»Verrückt!« Serrat tippte sich an die Stirn. »Das gibt's nicht mehr. Und hier schon gar nicht. Vielleicht noch im Sudan...«

»Die beiden Aufklärer gingen runter bis auf hundert Meter und überflogen ein paarmal die Karawane. Sie wurden von den Arabern beschossen; mit ganz modernen Maschinengewehren.«

»Das läßt den Hund auf der Hündin jaulen!« sagte Serrat entgeistert. »Wirklich?«

»Von Constantine haben sie sofort drei Jagdflugzeuge runtergeschickt. Aber sie kamen zu spät. Die Karawane war schon auf tunesischem Gebiet. Man konnte sie sehen, in aller Frechheit machten sie Rast. Die Piloten sagen, es waren mindestens hundert Mädchen.«

Das war der Augenblick, in dem bei Serrat ein Kontakt anschlug. Er schob die Unterlippe vor und atmete tief durch.

»Nur Weiber?« fragte er.

»Nur! Das ist ja die größte Sauerei! Nächste Woche will eine Kommission nach El-Oued kommen und alles untersuchen. Die besten Kriminalisten aus Algier. Aus Paris holen sie drei Fachleute für internationalen Mädchenhandel. Irgendwo muß da in der Wüste ein Sammelplatz der Händler liegen. Man vermutet die Zentrale in El-Oued. Dort gibt es allein neunundsechzig reiche arabische Händler, die alle ihre dreckigen Finger darin haben können. Alle neunundsechzig stinken vor Geld.«

»Das ist wirklich eine Sauerei«, sagte Serrat und lehnte sich zurück. Dabei schielte er nach Saada. Sie genoß den ersten Flug ihres Lebens. Sie sah zum erstenmal die Wüste von oben, wie ein Vogel, und erlebte die Schönheit dieses Landes.

Die Sanddünen mit ihren Wellenmustern, die der Wind gezeichnet hatte, die bizarren, kahlen Felsen mit den tiefen Schatten in ihren Falten, die kleinen Wasserstellen und Oasen, verlorene grüne Punkte um einen Brunnen, ein paar schiefe Palmen, verstaubte Tamarisken, das Band der Straße mit den Telefonmasten und den Lichtleitungen, die Wadis und die matt schimmernde Pipeline... die Ölleitung, die das flüssige Gold zur Küste pumpte. Das Öl, das die Sahara veränderte.

Wie schön wird erst Algier sein, die weiße Stadt am Meer, dachte sie. Die hohen Steinhäuser, die breiten Straßen, die blitzenden Autos, die eleganten Frauen, die blühenden Parks, die großen Schiffe im Hafen. Sie kannte das alles nur aus Zeitungen und Illustrierten, die sich Achmed von Ouargla kommen ließ. Ein Scheich muß mehr wissen als sein Dorf, das sah jeder ein und respektierte es auch. Für Saada aber waren die bunten Fotos ein Blick ins Paradies. Ihre Phantasie baute himmlische Paläste in den Städten. Nun war sie auf dem Weg in das ersehnte Land, und sie traf den Doktor dort, den Mann, der ihr Herz mitgenommen hatte – so, wie es im Traum gewesen war.

Serrat hatte in diesen Minuten ganz andere Gedanken.

Von Ouargla nach El-Oued sind es ungefähr 270 Kilometer, rechnete er. Die Straße ist gut. In einer Nacht müßte man sie herunterreißen können, man braucht nur ein gutes Fahrzeug und eine Ausrede, warum man den Flug nach Algier unterbricht. Um Saada hatte er keine Sorge; sie wußte nicht, wo Algier lag, ob man nach Norden oder Osten fahren mußte. Sie vertraute ganz auf Serrat, ein Kind voll ergreifender Gläubigkeit an das Gute im Menschen.

Serrat kaute an der Unterlippe und rang mit sich.

Ein Sklavenmarkt, das ist die höchste Teufelei, die es gibt. Da muß man die menschliche Seele in den Sand vergraben, da muß das Herz zu einem Salzstein werden, da darf das Hirn nicht mehr denken, und die Augen dürfen nicht mehr sehen und die Ohren nicht mehr hören, was menschlich ist.

Zwar hat sich vieles geändert, dachte er und versuchte, den letzten Rest seines Gewissens zu beruhigen. Er begann, sich selbst zu überreden. Es gibt sie nicht mehr, die elenden Sklavenzüge, die armen Wesen, nackt, an Ketten geschmiedet, das Joch um den Hälsen, vorwärtsgetrieben von den Nilpferdpeitschen ihrer Antreiber und Händler. Heute machte man das eleganter: Man nannte es einen »Pilgerzug«. Heilige Stätten gibt es überall, und wenn es nicht Mekka war, das beste Alibi der Händler, so war es irgendeine Wüstenstadt, wo ein heiliger Marabu regierte, wo eine Moschee von Allah selbst gesegnet war, wo man Gott und dem Propheten näher war als in der kleinen Dorfmoschee.

Die Anfänger ließen noch Kamelkarawanen laufen, ein mühseliges, langsames Geschäft. Die Erfolgreichen und im Handel Eingeführten benutzten uralte Lastwagen und Omnibusse für ihre »Pilger«. Ganz offiziell rollten sie durch die Städte, ihre Menschenfracht jedem zeigend, denn alle glaubten an die Pilger... die Polizei, das Militär, die Behörden, das restliche Volk. Nur die »Pilger« selbst kannten ihr Schicksal und schwiegen.

Die Methode, sie stumm werden zu lassen, war einfach und uralt. Die Verzauberung der Sklaven zu willenlosen menschlichen Hüllen begann gleich am Beginn der Reise ins Ungewisse. Immer waren einige Dumme unter ihnen, die sich nicht abfinden konnten mit dem Gedanken, von jetzt an eine Handelsware zu sein wie eine Orange oder Dattel, ein Mehlfladen oder ein Paar Sandalen. Aus dieser Gruppe der Aufsässigen, die schrien und tobten, die Wärter angriffen oder sogar zu flüchten versuchten, holte man drei heraus. Meist waren es ältere Frauen, die doch keinen großen Preis erzielten, in keinem Bordell oder Harem landeten, sondern höchstens als billige Arbeitskräfte verwendet werden konnten, als menschliche Esel, die schwerste Lasten tragen sollten.

Vor den anderen »Pilgern« stellte man sie hin, hielt ihnen ihre Verfehlungen vor und peitschte sie dann so lange, bis der Sand sich rot färbte, das Schreien im Röcheln erstarb und schließlich die zuckenden Körper nicht mehr zu erkennen waren.

Man ließ sie liegen, für die immer gegenwärtigen Geier.

Von da ab waren die »Pilger« stumm. Sterben ist etwas Endgültiges – aber verkauft werden, das heißt wenigstens weiterleben. Vielleicht traf man es gut, bekam einen guten Herrn, ein gutes Lager, reichliches Essen, und die jungen Frauen träumten von einem feurigen Gebieter, der sie in sein Bett holte und dem sie die Kunst ihrer Liebe zeigen durften.

Serrat schrak aus seinen Gedanken auf, als der Pilot den Motor drosselte.

Ouargla. Die große Oase. Weiße Häuser, Moscheekuppeln, schlanke, weißleuchtende Minaretts. Tausende von Palmen, Wassergräben, saftige Gärten, das Hotel Transatlantique mit seinem Swimmingpool und Terrassen, die Kasbah, ein Gewirr von verschachtelten Häusern und überbauten Gassen wie ein riesiger Termitenhaufen. Ouargla, die Sehnsucht der Kerle fern an den Öltürmen in der Wüste.

Ingenieur de Navrimont beugte sich zu dem Piloten vor. Er schien die ganze Zeit über geschlafen zu haben und merkte erst jetzt, daß sie über Ouargla niedergingen.

»Wieso denn das?« brüllte er dem Piloten in den Nacken. »Ich mußte doch in Hassi heraus!?«

»Da fliege ich zurück. Erst Ouargla, dann Hassi ... ich bleibe dort. Das ist einfacher, als hin und her zu fliegen.«

De Navrimont war zufrieden. Ist doch alles Scheiße, dachte er. Ob hier oder in Messaoud oder im Arsch des Teufels: Für mich ist das Leben nur eine Last. Gäbe es keinen Schnaps, ich hätte mich längst aufgehängt. Er verfiel in eine weinerliche Stimmung, Tränen schossen in seine Augen und er putzte sich die Nase. Serrat kannte das. So ist er immer, wenn er einen Tag lang nichts gesoffen hat. Dann klappt er zusammen. Wer weiß, was so auf sein Gewissen drückt? Wer wußte überhaupt etwas von de Navrimont? Als er in die Wüste kam, galt er als ein blendender Erdölingenieur, als ein Fachmann für die Mineurkunst. Er hatte dreimal auf Anhieb richtig gebohrt und war fündig geworden. Das sparte der Gesellschaft »Sahara-Petrol« Hunderttausende an Francs, die sie sonst für Probebohrungen ausgegeben hätte. Man vergaß das Alain de Navrimont nicht. Als er ans Saufen kam und immer mehr abrutschte, entließ man ihn nicht, sondern steckte ihn in den äußersten, heißesten Winkel der Sahara, in den Erg Tifernine. Dort konnte er sich zu Tode trinken. Sein Gehalt war gewissermaßen ein Ehrensold für die ersparten Hunderttausende. Es war niedriger als deren Zinsen. Mit anderen Worten: Er belastete niemanden.

Serrat atmete auf, als der Hubschrauber mit de Navrimont wieder aufstieg und in Richtung Messaoud absurrte. Der Ingenieur hatte Serrat Glück gewünscht und ihn gewarnt, keinen Tripper aus Algier mitzubringen. Serrat hatte genickt und gedacht: Glück kann ich brauchen. Das andere wäre Künstlerpech. Wer macht schon vorher einen Abstrich, wenn er mit einer so glutäugigen Katze ins Bett geht?

»Komm, Schätzchen«, sagte Serrat und legte den Arm um Saada. Sie standen auf dem Flugplatz, der Wind trieb Staub über die Piste, ein Landrover mit algerischen Monteuren kam auf sie zugefahren. »Hier bleiben wir eine Nacht, und dann geht's weiter.«

Er lud seine alte Legionärstasche auf den Wagen, hob Saada auf die Ladefläche und sprang selbst hinauf. Der Aufbau schwankte bedenklich. Auch ein Landrover ist nicht für ein springendes Nilpferd konstruiert.

»Der Verwaltungsinspektor erwartet dich schon«, sagte einer der Monteure.

»Der Inspektor kann mir die Mücken aus der Ritze pflücken!« knurrte Serrat und zeigte auf die Stadt. »Zum Hotel ›Goléa‹. Siehst du nicht, daß ich in Damenbegleitung bin?«

Der Wagen rührte sich nicht von der Stelle. Die beiden Algerier sahen sich fragend an.

»Der Inspektor wird schimpfen«, sagte der andere Monteur. »Wir haben den Befehl, dich sofort zu ihm zu bringen.«

»Zum ›Goléa‹!« brüllte Serrat und hieb auf die Autokante. »Ein Serrat bestimmt selbst, wann er kommt! Noch ein Wort, Junge, und ihr fliegt durch die Luft und ich fahre die dreckige Mühle allein.«

Die Algerier zuckten mit den Schultern, stiegen ein und fuhren los. Saada klammerte sich an Serrat fest.

»Gibt es Schwierigkeiten?« fragte sie.

»Nein, gar keine, mein Schätzchen. Du siehst, es geht weiter.«

»Ja.« Sie tastete nach seiner Riesenhand und umfaßte sie. »Ich weiß gar nicht, wie ich dir danken soll.«

Serrat preßte die Lippen zusammen, knurrte wie ein Kettenhund und starrte über den staubigen Flugplatz den flachen weißen Gebäuden entgegen, in denen die Flugplatzangestellten unter rotierenden Ventilatoren saßen und trotzdem schwitzten.

Das Hotel »Goléa« war ein elender Bau mit kleinen Zimmern, einer stinkenden Schankstube und einem Wirt, der Serrat wie einen König begrüßte und Saada mit glitzernden, sachverständigen Augen abschätzte.

Wüstenmädchen. Eine Berberin. Nicht billig und ohne Stolz. Eine Sahara-Hure. Man sollte ausspucken vor ihr.

»Ein Zimmer«, sagte Serrat und schob den Wirt mit einer Handbewegung aus dem Weg. »Ein Zimmer, wie's aussieht, ist egal! Nur ein Bett muß drin sein.«

»Verstehe.« Der Wirt grinste unverschämt. »Ein Sonderpreis, Monsieur: 40 Francs, und alle sind blind im Haus.«

»10 Francs oder du hast die Rübe in fünf Minuten im Suppentopf!« brüllte Serrat. Er packte den Wirt am Kragen, hob ihn hoch, trug ihn in die Ecke, und der Wirt machte sich steif und rührte sich nicht und ließ sich wie ein Brett gegen die Wand pressen. »Und einen Wagen«, sagte Serrat leise. »Einen guten, schnellen Wagen. Dafür gebe ich dir 100 Francs Leihgebühr.«

»Und wer sagt mir, daß Sie wiederkommen, Monsieur?« Der Wirt begann zu schwitzen. »100 Francs sind wenig für einen Wagen, der nicht wiederkommt.«

»Vertrau auf Allah und Pierre Serrat.« Serrat setzte den Wirt ab und legte ihm die Riesenpranke auf den Kopf. Es war, als habe ein Löwe sein Opfer geschlagen. Der Wirt verdrehte die Augen und seufzte tief.

»Das ist eine billige Versicherung«, stotterte er.

»Gut.« Serrat griff in seine Rocktasche. »Ich lasse dir meinen Paß hier, du Wüstenfloh. Genügt das? Ohne Paß ist der Mensch kein Mensch mehr.«

»Das genügt.« Der Wirt nickte unter der Hand Serrats. »Wann soll der Wagen bereitstehen?«

»Heute abend um 22 Uhr.«

»Wo?«

»Vor der Tür, du Esel. Wie sich's gehört. Aufgetankt.«

»Es wird alles getan, wie Sie sagen.«

Serrat ging zurück zu Saada, die an der Theke wartete und der dieses Loch von Hotel wie ein Palast vorkam. »Wir sehen uns die Stadt an«, sagte Serrat und umarmte Saada wie ein Vater sein Kind. »Zuerst trinke ich ein Bier bei Laroche, dem Patron der ›Sahara-Bar‹. Er hat das beste, kühlste Bier in der Wüste.«

»Und dann gehen wir in die Moschee, nicht wahr?« Die Augen Saadas glänzten vor Glück. Sie trippelte neben Serrat her und glaubte, sie gehe über Rosen.

»In die Moschee? Warum?«

»Ich will Allah bitten, daß er uns beschützt.«

Serrat nickte und zog das Kinn an. Nicht schwach werden, redete er sich vor. Pierre, schluck diese verdammte Sentimentalität herunter. Du willst ein Satansgeschäft machen, denk daran. Wenn du morgen früh zurückkommst, bist du um 10000 Francs reicher.

Um 22 Uhr, wie befohlen, stand vor der Tür des Hotels »Goléa« ein kleiner, gelbgestrichener Wagen. Ein für Wüstenfahrten umgebauter Renault. Serrat umkreiste ihn, öffnete die Motorhaube, betrachtete den Motor, ließ ihn probelaufen und gab dann dem Wirt seinen Paß und 100 Francs.

Saada wartete im Eingang. Als Serrat winkte, kam sie herangelaufen und stieg in das Auto.

»Wann werden wir da sein?« fragte sie. Sie glaubte, es ginge jetzt weiter nach Algier.

»In vier Stunden.«

»Mein Herz blutet vor Freude.«

Serrat gab Gas und raste hinaus in die Wüstennacht. Mit gesenktem Kopf starrte ihnen der Wirt nach, spuckte auf den Paß und steckte die 100 Francs in die Hosentasche.

»Der Teufel hole euch alle!« sagte er laut. »Allah verdamme euch.«

Er war, ohne es zu wissen, ein Prophet, denn wohin Serrat jetzt fuhr, war wirklich der Teufel zu Hause.

Sie fuhren die ganze Nacht durch die schweigende, von einem herrlichen Sternenhimmel überwölbte Wüste. Die Straße nach El-Oued war für Sahara-Verhältnisse sehr belebt: Serrat kamen in den vier Stunden neun Wagen entgegen, meistens Militärfahrzeuge, einmal ein Lastwagen der Internationalen Transportgesellschaft in Tunis. Es war ein Möbelwagen, und Serrat schüttelte den Kopf.

»Da zieht einer um«, brummte er. »Mit einem Möbelwagen wie im guten alten Europa. Ein Idiot muß das sein! Möchte wissen, was der mit Polstermöbeln und Nußbaumschränken in der Wüste will. Die fallen ihm auseinander, oder die Termiten zernagen sie ihm.« Er schielte zu Saada, die neben ihm saß, den

Kopf nach hinten auf die Lehne geworfen. »Müde, mein Schätzchen?«

»Ja, Monsieur.« Sie legte einen dünnen Seidenschal über das Gesicht. Durch die offenen Fenster zog der Fahrtwind. Es war kalt. »Sehr müde.«

»Dann schlaf. Die Fahrt ist langweilig genug.«

»Sie wecken mich rechtzeitig, wenn wir vor Algier sind?«

»Ja. Ich wecke dich zur rechten Zeit.« Serrat knirschte mit den Zähnen, beugte sich vor, starrte auf die einsame Wüstenstraße und gab mehr Gas.

Es ist eine ausgesprochene Scheiße, Gangster zu werden, dachte er wieder. Man muß dazu geboren sein, das sehe ich jetzt ein. Aber ein Zurück gibt es nicht mehr. Im Camp soll Ruhe herrschen wie bisher. Dr. Bender ist bereits erledigt, Saada kann ich nicht mehr zurückbringen, hol's der Teufel... es bleibt einem nichts anderes übrig, als ein Saukerl zu werden, ein ganz verdammter Hund. Und 10000 Francs gibt's auch noch obendrein.

Saada legte den Kopf müde an seine breite Schulter und schlief sehr schnell ein. Serrat bemühte sich, sie möglichst wenig zu schütteln, aber einmal – nach ungefähr einer Stunde – mußte er scharf bremsen und an den äußersten Straßenrand ausweichen. Eine Kamelkarawane versperrte die Piste.

»Hurensöhne!« schrie Serrat aus dem Fenster. »Warum schlaft ihr nicht? Wieso ziehen Karawanen jetzt schon durch die Nacht?! Farbiges Pack!« Er hupte anhaltend, fuhr rücksichtslos zwischen die Kamele und bahnte sich einen Weg. Das heisere Schimpfen der Araber übertönte er mit dem Brüllen schrecklichster Schimpfwörter.

Saada wachte davon nicht auf. Sie schlief wie ein Kind. Im Traum lächelnd, fühlte sie sich sicher unter dem Schutz des starken Serrat. Ihr Vertrauen war grenzenlos, man sah es an ihren ruhigen Atemzügen.

Serrat fuhr, als jage man ihn quer durch die Wüste. Der Staub der breiten Straße nach El-Oued puderte in Kürze den Wagen völlig ein, er verlor alle Farbe und wurde gelbweiß wie ein riesiger Saharafloh. Nach drei Stunden, kurz vor der Wüstenstadt Touggourt, bremste er wieder und stieg aus. Am Straßenrand lag ein Lastwagen des algerischen Militärs. Vier Soldaten bemühten sich, einen Reifen zu wechseln, aber der Wagenheber war defekt. Nun standen sie ratlos herum und rauchten Zigaretten.

Serrat ging zu ihnen und trat gegen den platten Reifen.

»Nicht gelernt, wie man ein Rad wechselt, was?« sagte er spöttisch. »Zuerst muß man ihn hochdrehen, Junge.«

Ein Sergeant trat aus der Gruppe, ein bärtiger Mann mit vielen Narben im Gesicht.

»Sie kluges Kind«, sagte er rauh. »Machen Sie mal was, wenn der Heber immer abrutscht. Nach zwanzig Zentimetern macht er rrrtsch, und weg ist er. Da müssen drinnen ein paar Zähne abgebrochen sein.«

Man hatte noch nie behauptet, daß Serrat bei allen seinen Schwächen und Gemeinheiten nicht ein Herz für leidende Männer gehabt habe, vor allem, wenn ihnen zustößt, was ihm selbst einmal passieren konnte. Er lief also zu seinem Wagen zurück, sah, daß Saada noch schlief und hoffte, daß im Werkzeugkasten wenigstens Werkzeug war. Es gibt da die tollsten Dinge bei Autobesitzern. Einmal – Serrat hatte es selbst erlebt – lagen im Werkzeugkasten Thermosflaschen mit gekühltem Whisky.

Der Werkzeugkasten im alten Renault hatte wirklich einen Wagenheber in sich. Serrat betrachtete das zierliche Ding kritisch, ging zu dem Lastwagen und grinste verlegen. »Ob's geht, wer weiß das?« fragte er und klemmte den Tragbolzen in das Heberloch. »Wer solch kleine Dinger herstellt, sollte mit seinem eigenen Hintern hochgekurbelt werden. Los, versuchen wir es.«

Erstaunlicherweise gelang es. Die Soldaten konnten den Reifen wechseln, gaben Serrat Zigaretten, bedankten sich überschwenglich und nannten ihn Kamerad. Dann fuhren sie lachend ab und winkten Serrat zu.

Wenn ihr wüßtet, wohin ich fahre, dachte er. Langsam ging er zu seinem Wagen zurück, verstaute den Heber wieder im Kofferraum und rauchte draußen, an den Kühler gelehnt, eine der schwarzen, algerischen Zigaretten, die nur Männer vertragen, deren Lunge mit Blech beschlagen ist.

Sie haben Patrouille gefahren, dachte er. Der Sergeant hat's erzählt. Sie suchen die Sklavenhändler. In El-Oued haben sie Haussuchungen gemacht, eine ganze Kompanie Soldaten. Ergebnis: Nichts. »Die sind schlauer als Mohammed vor Dschidda«, hatte der Sergeant gesagt. »Man kann es ihnen ansehen, daß sie ein schlechtes Gewissen haben, man riecht förmlich die

Gauner an ihnen, aber beweisen Sie es mal! Sie rufen Allah zum Zeugen ihrer Unschuld – es ist ein Wunder, daß Allah nicht Feuer vom Himmel regnen läßt.«

Ich werde sie finden, dachte Serrat. Ich habe eine Nase dafür, und außerdem klebe ich den nächsten dieser Händler an die Wand, wenn er mich belügt. Das hilft immer. Die eigenen Knochen sind ihr wertvollster Besitz, bei allem Reichtum, den sie sich zusammengegaunert haben.

Er blickte auf seine dicke Armbanduhr. Auch sie war ein Teil von Serrat. Sie hatte den Wüstenkrieg mitgemacht, vorher die Ausbildung bei der Legion in Sidi-bel-Abbès, später den wahnsinnigen Treck durch die unerforschte Wüste und durch den höllischen Erg Tifernine, bis man das verfluchte Öl entdeckte. Diese Sandflecken, unter denen Millionen lagerten. Millionen in Form schwarzer, stinkender Brühe.

Noch durch Touggourt, dann anderthalb Stunden bis El-Oued. Und Barzahlung, Jungs. 10000 auf die Hand. In schönen Scheinchen. Ich will sie zwischen den Fingern knistern hören.

Er stieg nach der Zigarette wieder in den Renault, schob den Kopf Saadas wieder gegen seine Schulter, betrachtete ihren im Schlaf erschlafften Körper, die langen, schlanken Beine, die vollen Brüste, das Madonnengesicht mit den tiefschwarzen, langen Haaren, und er rieb sich die Nase, dachte an seine Frau und die Kinder, die aufständische Berber irgendwohin verschleppt und abgeschlachtet hatten, und alles Mitleid verflog sofort.

»Das ganze Leben ist eine Hölle!« murmelte er, ließ den Motor an und fuhr weiter in die Wüstennacht.

Die schlafende Stadt Touggourt, eine der schönsten Städte zwischen Atlasgebirge und Wüste, mit schlanken Minaretts, einem riesigen Markt, einer großen Karawanserei, modernen Hotels und dem typischen Gewirr von engen, überbauten Gassen und flachen Häusern, auf deren Dächern sich tagsüber die Frauen aufhielten, noch tief verschleiert, wie der Prophet es befohlen hatte – dieses Kleinod der Sahara durchquerte Serrat ohne Aufenthalt. Er kam an dem Kamelsattelplatz vorbei, wo ungefähr vierzig Tiere im festgestampften Sand knieten und vor sich hin dösten. Drei Wächter saßen auf einer niedrigen Mauer, die alten, langen Gewehre, wie sie noch heute im Hoggar von den wilden Tuaregs benutzt werden, zwischen den

Knien. Sie blickten Serrat bewegungslos nach, weiße Statuen, an denen sich nur die Augen bewegten.

Serrat war froh, Touggourt hinter sich zu haben, als die Straße nach El-Oued begann. In Städten kann es immer Kontrollen geben. Irgendein Polizist kann auf den Gedanken kommen, seinen langweiligen Nachtdienst durch dumme Fragen aufzulockern. Man konnte zwar keinem verbieten, nach El-Oued zu fahren – die Wüste ist das freieste Land der Welt, gegen das die USA fast ein Zuchthaus sind –, aber Serrat wollte keinen weiteren Aufenthalt.

Es war gegen halb vier Uhr morgens, als er El-Oued erreichte. Saada schlief noch immer in ihrer kindlichen Vertrautheit. Sie war umgesunken, zur Seite gerutscht und lag nun mit dem Kopf an Serrats Oberschenkel. Ein Häuflein Mensch, das in wenigen Stunden als verkaufte Ware in eine ungewisse, aber gewiß nicht angenehme Zukunft transportiert werden würde. Eine Menschenware, ein Stück lebendes Kapital.

Serrat fuhr langsam, mit gedrosseltem Motor durch die schlafende Stadt. Sie war größer, als er gedacht hatte, ein weißes Märchen aus Hunderten von Kuppeln, modernen, fast europäisch anmutenden Außenvierteln, Palmenwäldern und riesigen Gärten. Hier, am Rande der Salzsümpfe, gab es Wasser genug; gab es eine Fruchtbarkeit, die den müden Fahrer aus der Wüste fast erschlug mit ihrer Pracht. 140000 Menschen drängten sich auf diesem grünen Fleck inmitten grenzenloser Einsamkeit. Hier hatte Allah seine Hand segnend auf die Erde gedrückt. Aber ebenso übergangslos begann dann wieder die Wüste, steinig, voller Geröll, durchsetzt mit Sanddünen, um dann überzugehen in die Schotts, die Salzseen und Sümpfe, die das Schrecklichste sind, was die Wüste zu bieten hat. So nahe wohnen hier Allah und der Satan zusammen.

Serrat, zum erstenmal in El-Oued, hatte kein Auge für die gerade in der hellen Wüstennacht von bezwingender Schönheit strahlende Stadt. Er hielt sich nicht mit Bewundern auf, mied auch die modernen Viertel, sondern fuhr in die Altstadt, die Kasbah, wo die Jahrhunderte stillstehen und die Menschen Mohammed am nächsten sind.

Vor einem breiten Haus ohne Fenster hielt er an. Ein Schild über der Tür sagte jedem: Hier wohnt der Kaufmann Amar Ben Habadra. Er konnte kein armer Mann sein, denn die Breite des

Hauses und die fensterlose Front bewiesen, daß sich innen große, säulengetragene Höfe befinden mußten; eine kleine, abgeschlossene Welt, die Amar allein gehörte.

Serrat stieg aus und hieb mit der Faust gegen die dicke Holztür. Dabei sah er kurz auf seine Uhr. Gleich vier Uhr. Über der Wüste ging der Morgen auf. Im Osten färbte sich der Himmel milchig rot. Im Nebenraum, einer Bäckerei, roch es nach frischen Fladen und Brot.

Bei Amar Ben Habadra rührte sich nichts. Serrat hämmerte weiter, wie Paukenschläge dröhnte es durch das stille Haus. Das muß einen Scheintoten aufwecken, dachte Serrat und trat gegen die Tür. Dieser letzte donnernde Knall schien bei Amar die Erkenntnis geweckt zu haben, daß es besser sei, nachzusehen, wer da am frühen Morgen sich wie ein Flegel benahm, ehe die Tür vollends zertrümmert wurde.

Serrat trat einen Schritt zurück, als innen ein Riegel knirschte. Amar öffnete selbst, in den Händen hielt er zwei Revolver. Serrat lachte rauh.

»Steck die Pufferchen weg, Junge«, sagte er auf französisch. Und als er sah, daß Amar anscheinend um diese frühe Stunde nicht gewillt war, die Sprache der Franzosen zu verstehen, fuhr Serrat auf arabisch fort: »Ich komme als Freund, großer Liebling der Frauen. Und ich bringe dir Ware. Eine Blume der Wüste, eine Rose, an der du noch nie gerochen hast. Eine Wunderblume.«

»Ich handle mit Gewürzen«, sagte Amar steif und steckte die Revolver unter seine Dschellaba in einen breiten Ledergürtel.

»Wer weiß das nicht, Liebling des Propheten?!« Serrat grinste. »Und wenn du glaubst, ich sei ein Spitzel, dann hast du den Geist eines stinkenden Kamelschwanzes! Sieh in meinen Wagen und urteile selbst.«

Amar betrachtete Serrat mißtrauisch, hob dann die Schultern, als wolle er sagen: Na, ansehen kostet ja nichts, ging zu dem Renault und beugte sich über Saada. Als er zur Tür zurückkam, war sein Blick wohlwollender und glänzender.

»Na also«, sagte Serrat wieder auf französisch. »Das fährt einem Mann ins Herz und woanders hin, was? Ist das ein Blümchen?«

Von jetzt ab verstand Amar auch wieder französisch und wiegte den Kopf.

»Ich handle mit Gewürzen«, sagte er wieder. »Es tut mir leid, Monsieur.«

»Der Satan reißt dir den Arsch auf«, sagte Serrat leise und trat nahe an Amar heran. »Gut, du handelst mit Muskatnüssen und Pfeffer, das ist dein Privatvergnügen. Woher du dann diesen Palast hier hast, weiß wirklich nur Allah. Mir geht's darum, die Wüstenblume zu verkaufen. Nenn mir einen Namen, und ich bin sofort weg.«

»Ich bin auch Makler«, sagte Amar Ben Habadra. Er schielte lauernd an Serrat, diesem Riesen, empor. »Grundstücksmakler, Monsieur.«

»Aha! Wir kommen uns näher. Mein lieber Amar, ich habe dir ein herrliches Grundstück anzubieten. Hügelig, mit den besten Aussichten, gepflegt, noch nicht beackert; ein Stückchen zum Träumen, ein Landsitz für Liebhaber. Haben Sie einen Interessenten?«

»Lassen Sie mich denken, Monsieur.« Amar legte die Stirn in Falten. Nebenan begann der Bäcker zu singen. Wenn man allein vor einem heißen, duftenden Ofen steht, ist Gesang das einzig richtige. »Was soll das Grundstück kosten?«

»Zehntausend«, sagte Serrat trocken. Amar riß die schwarzen Augen auf.

»Das ist Wahnsinn, Monsieur.«

»Ein Grundstück solcher Schönheit, Amar? Ungepflügt? Mit Hügeln und Tälern wie im Paradies?«

»Sechstausend ist das höchste, Monsieur.«

»Verrückt. Dann bewohne ich es lieber allein.« Serrat grinste hämisch. »Sechstausend bekomme ich auch für bebaute Grundstücke.«

»Ich mache die Preise nicht... ich verkaufe Gewürze«, sagte Amar abweisend. »Aber ich will mit einem Freund sprechen. Warten Sie, Monsieur.«

Er schlug die Tür zu, kam aber nach fünf Minuten wieder. Telefon hatte er also auch in seinem fensterlosen Steinblock.

»Na?« fragte Serrat.

»Fahren Sie nach El Matmahira.«

»Wo ist denn das?«

»Auf der Straße zur Grenze biegen Sie nach Südosten ab. Es ist eine kleine Felsenstraße, die in ein Gebiet führt, wo es nichts gibt.«

»Solche Gegenden kenne ich gut«, meinte Serrat sarkastisch.

»Nach vier Kilometern öffnet sich ein Tal, das ist El Matmahira. Dort hat mein Freund Jussuf Ben Rahman Zelte aufgeschlagen.«

»Toll.« Serrat sah Amar nachdenklich an. Er hält mich für blöd, dachte er. Man sollte ihn an die Wand werfen. »Und mit einem Zelt telefonieren Sie, was?«

»Ich habe Funk«, sagte Amar stolz. »Alles klar?«

Serrat nickte. Per Funk machen sie es. Ganz modern. Sklavenhandel mit Hilfe der Technik. Das Dröhnen der Baumtrommeln hört man nur noch in dämlichen Filmen. Heute geht es zirp-zirp durch die Luft. Die Wüste ist moderner als mancher »königliche Kaufmann« im alten Europa.

»Alles klar, Amar«, sagte er laut. »Ich fahre in dieses Drecksgebirge. Aber wenn dein Freund Jussuf nicht dort ist, komme ich zurück und pulverisiere dein Haus. Allah sei mit dir.«

»Und mit dir, mein Freund.« Amar warf die Tür zu und wischte sich über die Augen. Es ist ein beglückendes Gefühl, bereits morgens um vier Uhr durch ein paar Morsezeichen 1000 Francs Vermittlungsgebühr verdient zu haben.

Saada schlief noch immer fest, als Serrat das Felsental von El Matmahira erreichte. Tatsächlich war dort eine Zeltstadt aufgebaut, ein friedlicher Anblick wie auf einem Campingplatz. Vier lange, aber uralte Omnibusse standen unter schützenden Planen.

Ein »Pilgerzug«.

Was allein störte, waren die Wachen, die Serrat am Eingang des Tales empfingen. Sie sprangen plötzlich hinter Felsblöcken hervor und hatten den kleinen Renault in Sekundenschnelle eingekreist. Serrat hielt an; hier war Nachgeben soviel wie Überleben.

»Jussuf erwartet mich«, sagte er zu dem ersten Araber, der an den Wagen herantrat, ein böse blickender, pockennarbiger Mann. »Ich bringe Ware.« Er ließ den Mann einen Blick auf Saada werfen und durfte sofort weiterfahren.

Jussuf Ben Rahman war das Gegenteil dessen, was man bisher über Mädchenhändler gehört hatte. Filme und Romane schildern sie als finstere Gesellen, brutal, verschlagen, mordgierig, bullenhaft oder hypervornehm, dumm oder superklug, aber immer so, daß man weiß: Das da ist ein infamer Lump.

Jussuf war ganz anders. Er war ein höflicher, fast stiller Mensch, sehr gebildet, mit besten Manieren, einer leisen Sprache und einem Maßanzug, wie ihn sonst nur italienische Schneider machen können. Wenn Jussuf auf dem Sessel eines Bankdirektors gesessen hätte oder im Vorstand einer Aktiengesellschaft – man hätte es für angemessen gehalten. Er wirkte auf den ersten Blick sympathisch, und das verlor sich auch nicht bei längerer Unterhaltung. Serrat war so verblüfft über ihn, daß er zunächst Hemmungen hatte, Saada anzubieten.

»Sie sind Jussuf?« fragte er, als er in dem großen Zelt Ben Rahmans saß und eine Zigarette rauchte. Ein Diener servierte trotz der frühen Stunde herrlich duftenden Kaffee auf arabische Art, zweimal gekocht und gefiltert, einen schwarzen Sud, der Serrat in die Knochen und übers Herz rann wie ein Narkotikum.

»Es scheint so, Monsieur.« Jussuf lächelte zartfühlend. Er hatte gepflegte, manikürte Hände und sprach ein Französisch, das nach Sorbonne roch. »Ihre Blume der Wüste, wie mir mein Freund Amar sagte, ist wirklich etwas Schönes.«

Serrat zog den Kopf zwischen die Schultern. Als er ins Zelt ging, schlief Saada noch. Was hatte man in der Zwischenzeit mit ihr gemacht? Es gab Serrat wirklich einen Stich ins Herz, als er daran dachte.

»Wo ist sie jetzt?«

»In einem Extrazelt.« Jussuf lächelte höflich. »Goldstücke verwahrt man in Samtkästen, Monsieur.«

»Moment mal!« Serrat sprang auf. »Noch ist es mein Goldstück. Wir haben über den Preis nicht gesprochen.«

»Ist das nötig, Monsieur?« Jussuf holte ein Bündel Scheine aus der Rocktasche und warf sie Serrat vor die Füße. Er tat es elegant, mit einem netten Lächeln, aber es war doch wie eine Ohrfeige: »Da, nimm den Judaslohn, du Schwein. Ich werf's dir vor die Füße wie einer Sau das Fressen.«

Serrat lief rot an, aber er bückte sich nicht, sondern trat das Geld zurück zu Jussuf. Das Geldscheinbündel zerflatterte.

»Wieviel?« fragte Serrat.

»Achttausend.«

»Zehn, Jussuf.«

»Acht.« Jussuf trank seinen Kaffee, ruhig, gesittet, wie auf der Terrasse des »Transatlantique« von Touggourt. »Es gibt bei allen Geschäften obere Grenzen, die zu überschreiten unmoralisch wäre.«

»Unmoralisch! Das sagt er!« Serrat brüllte auf. »Jussuf, spielen Sie hier nicht den Gentleman! Sie sind eine ganz miese Type, ein Mädchenhändler, ein Sklaventreiber, ein Sauhund sind Sie! Zehntausend.«

»Acht – oder die Peitsche...«

»Wie bitte?« Serrat beugte sich vor. »Sagtest du Peitsche?«

»Genau. Ich lasse Sie auspeitschen und wegjagen. Wer will mich hindern?!«

»Keiner. Aber zwei Stunden später haben Sie das Militär auf dem Hals.«

»Wenn Sie's überleben, ja. Und was dann? *Wer* hat mir ein Mädchen verkauft? Ich Ihnen oder Sie mir?«

Serrat schnaufte laut durch die Nase. Diese Lumpen, dachte er. Diese braunhäutigen Schakale. Warum hat man damals mit Napalm nicht alle ausgeräuchert und die Wüste mit Weißen besiedelt?!

»Gut, achttausend«, knirschte er. »Für die restlichen zweitausend gerbe ich Ihnen das Fell, wenn ich Sie wieder mal treffe.«

»Das wird kaum möglich sein.« Jussuf lächelte höflich. »Nach diesem Pilgerzug setze ich mich zur Ruhe. Ich habe mir einen Landsitz an der Côte d'Azur gekauft. Wenn Sie mich dort besuchen wollen, bitte. Sie können dreihundert Meter tief ins Meer abstürzen. Das hält der beste Sportler nicht aus.«

»Saukerl!« Serrat zögerte, aber dann bückte er sich doch. Er sammelte die Geldscheine auf, unter den ruhigen, aber in seinem Nacken wie Feuer brennenden Blicken Jussufs, zählte das Geld durch, und es waren genau achttausend neue französische Francs. »Stimmt!«

»Jussuf betrügt nie.« Ben Rahman erhob sich abrupt. »Ich nehme an, Monsieur, Sie möchten schnell wieder zurück nach El-Oued.«

Serrat verstand und knirschte laut mit den Zähnen. Zu allem auch noch ein Hinauswurf. O könnte man diesem Jussuf mit beiden Fäusten doch in die Fresse schlagen.

»Kann ich Saada noch einmal sehen?« fragte er. Jussuf nickte.

»Wenn es Ihren Sadismus befriedigt... bitte. Ich begleite Sie.«

Sie verließen das große Zelt Jussufs und gingen hinüber zu

einem kleinen Steilwandzelt, vor dem ein Posten stand. Im Lager wurde es jetzt betriebsam. Die »Pilger« krochen aus den Zelten und wuschen sich in langen Trögen. Meistens waren es Frauen. Mit bloßem Oberkörper standen sie da und bespritzten sich mit Wasser. Ein Gewoge von Brüsten. Kreischen und Lachen. Serrat blieb wie angewurzelt stehen.

»Sie lachen ja noch«, stammelte er. Jussuf sah ihn maßlos erstaunt an.

»Warum nicht?«

»Als Sklaven?!«

»Wird es besser, wenn sie heulen? Lachen fördert die Schönheit, und Schönheit hat ihren Preis. Jede ist froh, einen guten Herrn zu bekommen, und Schönheit ist immer ein Kapital, auch für sie. Also sind sie fröhlich.«

»Das ist teuflisch.« Serrat spürte, wie ihm der Schweiß auf die Stirn trat. Kalter Schweiß. Er zögerte, in das kleine Zelt zu gehen, als Jussuf den Eingang offenhielt. Aber dann trat er ein.

Saada lag auf einem Teppichlager, an Händen und Füßen gefesselt. Sie zuckte hoch, als sie Serrat erkannte und schrie sofort.

»Hilfe, Monsieur! Hilfe! Was machen sie mit mir? Sie haben mich aus dem Auto geholt, hierhin geschleppt und gefesselt! Befreien Sie mich! Wo sind wir denn? Ich habe ihnen gesagt, daß ich die Tochter des Scheichs Seradji Achmed bin. Sie haben mich ausgelacht. Was ist das alles?«

Serrat schluckte und würgte an den Worten. »Ich kann dir nicht mehr helfen, Wüstenkätzchen«, sagte er. »Es... es ist... verdammt, Monsieur Jussuf wird für dich sorgen. Ich kann es nicht mehr... Ich... ich... mach's gut, Saada!«

»Monsieur Pierre! Helfen Sie mir doch!« Sie bäumte sich auf, und plötzlich schrie sie hell und erschütternd, kroch auf den Knien über den Felsenboden auf Serrat zu und hob die gefesselten Hände. »Warum helfen Sie mir nicht? Wo bin ich denn? Sie... Sie sind doch mein Freund.«

Serrat stöhnte auf, warf sich herum und rannte aus dem Zelt. Jussuf folgte ihm mit eiserner Miene. Draußen griff Serrat in die Tasche und holte das Geld hervor.

»Nehmen Sie es zurück, Jussuf«, sagte er tonlos. »Ich kann so etwas einfach nicht. Ich habe meine Schuftigkeit überschätzt.«

»Bedauere.« Jussuf hob die Hände wie ein Bankbeamter, der

einen faulen Scheck annehmen soll. »Ich mache kein Geschäft rückgängig. In meiner Branche ist so etwas nicht üblich.«

»In Ihrer Branche!« brüllte Serrat. Er ballte die Fäuste und fuhr auf Jussuf zu. Der wich elegant aus, winkte in die Gegend, und hinter den Zelten kamen sechs Araber mit angelegten Gewehren hervor. »Geben Sie Saada wieder heraus.«

»Nein!« antwortete Jussuf knapp.

»Gut denn!« schrie Serrat. Der Schweiß lief ihm in ätzenden Bächen über das Gesicht. »Ich kaufe sie Ihnen ab. Für acht haben Sie sie mir abgekauft, ich biete Ihnen jetzt zehn!«

»Sie Idiot«, sagte Jussuf völlig ruhig. »Ich gebe sie nicht her unter zwanzigtausend.«

»Zwanzigtausend?!« Serrat riß den Mund auf. Ein dumpfes Stöhnen begleitete diese Erschütterung. »O Sie Satan! Sie Ausgeburt der Hölle! Ich bringe Sie um!«

»Guten Tag, Monsieur.« Jussuf verbeugte sich knapp, wie es einem Geschäftspartner zukommt, und entfernte sich langsam und mit eleganten Schritten. Um Serrat aber bildete sich ein Ring Araber, die ihn mit den Gewehrläufen vom Zelt wegstießen, zu seinem Wagen.

»Hilfe!« hörte er Saada schreien. »Hilfe! Serrat... Serrat... helfen Sie mir! Bitte – bitte – bitte – – Vater Serrat –«

Das war der Augenblick, wo Serrat aufbrüllte wie ein tödlich getroffener Stier. Er preßte die Hände gegen die Ohren, rannte zu seinem Wagen, warf sich hinein, gab Gas und raste aus dem Felsental hinaus.

Aber das »Vater Serrat« blieb in seinen Ohren, fraß sich in sein Herz, bohrte sich in seine Knochen. Vater Serrat... Vater... Es war ein Wort, das man ihm vor Jahren gemordet hatte.

Vater – –

Serrat raste auf der Straße nach El-Oued zurück. Er benahm sich wie ein Irrer. Eine ganze Strecke lang heulte er vor sich hin wie ein Schakal.

Drei Tage später stiftete er für das Waisenhaus von Algier achttausend Francs. Die Schwester, die das Geld in Empfang nahm, umarmte ihn und nannte ihn einen guten, von Gott gesegneten Menschen.

Cathérine Petit machte ihren Plan wahr: Sie nahm sich einen Jeep vom Camp, das Fahrzeug des Kochs, und fuhr zur Oase Bou Akbir. Allein, die Pistole umgeschnallt, einen verbeulten, weißen Hut auf dem Kopf, in einem Anzug aus verblichenem Khaki, an den Füßen halbhohe Schnürstiefel. Seradji Achmed verzog das Gesicht, als man sie ihm meldete und er sie vorlassen mußte, wenn er nicht einen Skandal entfachen wollte. Er kannte Cathérine zu gut; sie würde sich vor sein Haus stellen und so lange auf die Fenster und alles, was Achmed gehörte, schießen, bis er als Chef der Oase gar nicht anders konnte, als sie – dann allerdings wegen Sachbeschädigung – zu empfangen.

Cathérine machte nicht viel Worte, als sie in den großen Empfangssalon geführt wurde, wo ein Diener bereits Kaffee servierte, das Zeichen aller arabischer Gastgeber, daß der Besuch willkommen sei.

»Wo ist Dr. Bender?« fragte sie ohne Einleitung. Achmed, der gerade aus dem Nebenraum trat und sich die Hände abtrocknete, die er in eine Schüssel mit rosenduftendem Wasser gehalten hatte, blieb verblüfft stehen.

»Der deutsche Hakim? Das fragen Sie mich, Mademoiselle?«

»Achmed, sprechen Sie mit mir vernünftig.« Cathérine setzte sich nicht, obgleich der Diener mehrfach auf die großen, ledernen Sitzkissen hindeutete. Sie blieb mitten im Raum stehen, die Hände an den Gürtel gelegt, cowboyhaft die Beine gespreizt. Achmed sah schnell weg; für ihn verband sich Weiblichkeit mit anderen Eigenschaften, als Cathérine jetzt vorwies. »Er ist bei Ihnen.«

»Nein.«

»Doch! Sie haben ihn abgeholt.«

»Und er ist wieder gegangen.«

»Zu Fuß, was? Halten Sie mich für eine ausgedörrte Idiotin?«

»Bei Allah, nein.« Achmed setzte sich. Seine schwarzen Augen sahen nachdenklich auf Cathérines offene Pistole. Sie zieht schnell, dachte er. Schneller, als wir denken oder handeln können. Sie muß es jahrelang geübt haben, sie kann mit der Pistole zaubern. »Er bekam von mir einen Maulesel.«

»Einen was?« fragte Cathérine überrumpelt.

»Maulesel, Mademoiselle Cathérine. Ich bot ihm an, einen Wagen vom Camp herbeizurufen – er wollte nicht. Soll man einen Menschen mit einem so starken Willen wie den Hakim hindern? Er ritt weg. Ist er nicht angekommen?«

»Würde ich sonst nach ihm fragen?«

»Das stimmt. Wo kann er nur sein?« Achmed wiegte den Kopf. Es sah grotesk aus und doch wiederum so, daß Cathérine nahe dem Platzen war. Er spielt mit uns allen Katz und Maus, er weiß genau, wo Bender ist. Hier im Haus, bei Saada, dem Bräutchen! Aber ich räuchere sie aus! Reiz mich nicht zu sehr, Achmed. Ich habe draußen im Jeep ein Kilo Dynamit in kleinen, niedlichen Rollen. Und Zündschnüre. Und ein Feuerzeug. Dein Palast zerbläst zu Staub, wenn ich es will.

Sie senkte angriffslustig den Kopf. Achmed blickte schnell zur Tür. Dort standen zwei Diener sprungbereit, aber er ahnte, daß sie gegen dieses Teufelsweib Cathérine wie zahnlose Greise waren.

»Wo ist Saada?« fragte sie.

Das Herz Achmeds machte einen wilden, schmerzhaften Sprung. Seine Augen schienen mit Blut übergossen zu werden.

»Sie ist zu ihrer Tante nach In Salah gefahren.«

»So plötzlich?«

»Sie brauchte Luftveränderung.«

»Und Dr. Bender ist mitgefahren...«

»Ich schwöre beim Barte Mohammeds – nein!« Es war ein Schwur, den Achmed besten Gewissens aussprechen konnte. Bender lag noch in seinem Grab tief unter diesem Haus und atmete kaum, um solange wie möglich den Luftvorrat zu behalten. »Sie ist allein gefahren. Was sollte auch der Hakim bei ihr? Sie ist gesund.«

Achmed sprach es mit größter Mühe. Wo ist sie wirklich, dachte er. Alle lügen und heucheln sie! Sie wissen, wo Saada sich versteckt, sie wollen den Doktor nur wiederhaben, damit sie ihn zu Saada führen! Alle haben sich verschworen gegen mich! O Allah, was habe ich getan, daß man mich so straft.

Cathérine setzte sich. Sie wußte: Im Augenblick war nichts aus Achmed herauszubekommen. Geduld ist ein Kind der Wüste. Wer es mißhandelt, kann seinen Tod herbeirufen.

Sie trank ihren Kaffee, streckte dann die Beine in den Stiefeln vor und sah Achmed lange und schweigend an. Er hielt diesen Blick eine Zeitlang aus, dann wurde er unsicher, nervös und steckte sich aus Verlegenheit eine Zigarette an.

»Wann heiraten Saada und Bender?« fragte sie plötzlich.

Achmed schoß aus seinem Kissen wie gestochen.

»Wo heiraten?« brüllte er. »Ich bringe ihn um!«

»Danke.« Cathérine erhob sich von dem Lederkissen. »Das war echt, Achmed. Ich weiß jetzt, daß Bender und Saada nicht zusammen sind. Was mit Saada ist, interessiert mich nicht. Von mir aus kann sie auf dem Mond sein! Aber wo ist Dr. Bender?« Sie legte die Hand auf den Knauf der Pistole; Achmed sah es mit Mißbehagen. »Zuletzt war er mit Ihnen zusammen, Achmed.«

»Denken Sie an den Maulesel, Mademoiselle.«

»Das glaubt Ihnen kein Hund.«

»Sie sind auch kein Hund, sondern ein Mensch«, sagte Achmed geschmeidig. »Ich kann Ihnen Zeugen bringen.«

»Zeugen. Die ganze Oase nickt, wenn Sie etwas sagen, Achmed! Dr. Bender ist im Lager nicht angekommen.«

»Dann muß man ihn suchen.« Achmed schüttelte traurig den Kopf. »Die schreckliche Wüste. Unerfahrene frißt sie wie Geier.«

»Um Dr. Bender zu suchen, bin ich hier.« Cathérine sah Achmed starr an, und der Scheich hatte nicht die Kraft, diesem Blick standzuhalten. »Sie allein wissen, was mit ihm geschehen ist. Ich könnte eine Anzeige machen; dann käme Militär in die Oase und würde sie umkrempeln wie einen alten Rock.«

Achmed lächelte schwach. »Wo kein Wasser ist, kann der Ochse nicht saufen.«

»Ihre weisen Sprüche in Ehren, Achmed, aber ich finde Dr. Bender!«

»Dann sind Sie ein Wunder, Mademoiselle.«

»Vielleicht. Moderne Wunder sind oft technischer Natur.« Sie dachte an das Kilogramm Dynamit, das sie im Jeep verstaut hatte. Ich lege es doch ans Haus, dachte sie. Ich blase es in die Luft. In der Nacht werde ich einen Platz finden, wo ich die Patronen verstecken kann. Und dann stelle ich mein Ultimatum. Achmed wäre kein lebensfroher Araber, wenn er diese Sprache nicht sofort verstände. Jetzt, im Augenblick, muß ich gehen. Ich habe nichts gegen ihn in der Hand.

Achmed dachte in einer anderen Richtung. »Natürlich können ihn Hubschrauber finden. Vielleicht auch Suchtrupps. Man sollte sich dorthin wenden, wo Geier kreisen«, sagte er.

»Ich weiß.« Cathérine drehte sich um und verließ grußlos den Raum. Achmed sah ihr nach, bis die Tür geschlossen wurde.

»Ein Teufel ist sie«, sagte er dann leise. »Wahrhaftig! Man soll nicht glauben, daß sie ein Weib ist.«

Cathérine handelte sofort. Sie tat zunächst das, was schon Bender einmal getan hatte und was sich als sehr wirksam erwiesen hatte: Sie umkreiste die Oase mit dem Jeep. Sie fuhr um Bou Akbir herum, tankte nach vier Stunden aus dem Reservekanister und fuhr weiter. Achmed, der hinter einer Ziermauer auf dem Dach seines hohen Hauses stand, wischte sich den Schweiß von der Stirn.

»Was soll das?« sagte er immer wieder, wenn Cathérine zwischen den Palmen auftauchte. »Das ist ja verrückt! Sie hat doch etwas im Sinn! Aber was, Allah, was? Ohne Zweck fährt kein Mensch dauernd um Bou Akbir! Es ist wie bei dem verfluchten Arzt... am Ende sprach ihn Saada an! Auf wen aber wartet Cathérine?!«

Er stieg nach drei Stunden hinunter in den Keller und fand Dr. Bender schlafend. Ihm war aller Zeitbegriff abhanden gekommen. Tiefste Dunkelheit lag in dem großen Grab. Achmed ließ eine Lampe kommen und leuchtete Bender ins Gesicht. Er erwachte davon und sprang auf.

»Geht es los?« fragte er schweratmend.

»Was soll losgehen?« Achmed wurde durch diese Frage überrumpelt. Er stellte die Lampe auf den Steinboden.

»Mein Begräbnis. Was wollen Sie noch sagen, Achmed? Ich kann Ihnen nur eins versichern: Ich weiß nicht, wo Saada ist! Aber ich weiß eins genau: Ich liebe sie!«

»Das alles ist unwichtig.« Achmed lehnte sich gegen die Wand. Plötzlich zitterte er. »Ich hatte Besuch aus Ihrem Lager. Er hat mich überzeugt, daß Saada nicht bei Ihnen war, als wir sie dort suchten. Sie ist mit dem Rad weggefahren und seitdem verschwunden.«

»Das lügen Sie mir vor, Achmed!«

»Nein. Doktor, ich bitte Sie!« Achmed hob beide Hände. »Mein Vaterherz ist zerstört. Saada ist weg! Niemand hat sie mehr gesehen. Ich zerbreche an diesem Kummer! Können Sie das verstehen? Saada ist verschwunden.«

Dr. Bender starrte Achmed wortlos an. Und dann begriff auch er, was das bedeutete, was mit Saada geschehen sein konnte, wenn Achmed nicht wieder ein blendendes Theater spielte.

»Sie... sie ist wirklich weg?« stammelte er heiser.

»Ja. Aufgelöst wie ein Wassertropfen in der Sonne.«

»Lassen Sie Ihre blumigen Vergleiche!« brüllte Bender außer sich. Das Bewußtsein, Saada könnte wirklich in der Wüste verschollen sein, machte ihn zu einem Bündel vibrierender, zukkender Nerven. »Warum unternehmen Sie denn nichts?! Warum sperren Sie mich in ein Grab, anstatt Saada zu suchen?«

»Suchen? Wo denn?« Achmed wischte sich über die Augen. Betroffen sah Bender, daß der Scheich weinte. Hier unten, in einem steinernen Sarg, konnte er seine Härte abfallen lassen. Hier war er ein hilfloser Mensch, ein Vater, der vor Angst um sein Kind an den Rand des Zusammenbruchs getrieben wurde. »Meine Reiter sind in alle Ecken ausgeschwärmt, ich habe ein Vermögen geboten für Saadas Auffinden... sie kommen alle wieder aus der Wüste zurück, allein, mit traurigen Augen.«

»Und warum wollen Sie mich hier ersticken lassen?« rief Dr. Bender.

»Sie sind der Anlaß von Saadas Verschwinden. Nur Sie allein! Man hat das Fahrrad im Camp XI gesehen, also suchte Saada Sie. Dann war das Rad wieder weg, und mit ihm mein Kind. Es lebte noch und wäre bei mir, wenn es Sie nie in der Wüste gegeben hätte, Doktor. Das sehen Sie doch ein?!«

»Welch eine schiefe Logik ist das, Achmed.«

»Sie haben Saada genommen wie der Hund die Hündin! Und daran ist sie zerbrochen, an Ihnen, Sie weißer Lump!« Achmed stieß sich von der Wand ab. »Gestehen Sie, daß Sie den Tod verdient haben. Denken Sie jetzt nicht an Ihre Gesetze. Denken Sie bloß an die Gesetze des Blutes! An die Gesetze der Natur, Doktor! Denken Sie daran, daß auch Sie eine Tochter hätten... schön wie Saada... und es kommt jemand und verursacht ihren Tod, ganz gleich, unter welchen Umständen... Was würden Sie tun, Doktor?«

Dr. Bender schwieg. Er ging langsam zu seinem Lager zurück, warf sich auf den Rücken und schloß die Augen.

»Machen Sie das Grab wieder zu, Achmed«, sagte er tonlos. »Und nehmen Sie die Lampe mit. In einem Sarg ist es dunkel.«

Mit schleifenden Schritten, gebrochen und um Jahre älter, verließ Achmed den Keller. Die Lampe ließ er stehen, und auch die Tür ließ er offen. Bender sah es sofort, aber er rührte sich nicht. Das ist eine neue Teufelei, dachte er. Stehe ich auf und gehe hinaus in den Gang, steht dort ein Wärter und tötet mich. Auf der Flucht… das beruhigt das Gewissen Achmeds.

Er wartete… aber nichts rührte sich. Kein Laut, nur vollkommene Stille war um ihn.

Er erhob sich von seinem Diwan, schlich zur Tür und wartete dort. Er drückte gegen das Holz, die Tür schwang auf und schlug an die Wand.

Stille.

»Hallo!« sagte Bender mit trockener Kehle. »Hallo. Die Tür ist ja offen.«

Keine Antwort.

Er machte einen Schritt vorwärts, hinein in den völlig dunklen Gang und verharrte dann wieder.

Kein Geräusch, kein Schaben, keine Regung. Nur schwarze Finsternis.

Es ist eine Falle, dachte er. Nur ein paar Schritte weiter noch, und es geschieht. Was, das wußte er nicht, aber er war auch nicht neugierig darauf. Er tappte zurück in sein Grab, lehnte die Tür wieder an, nahm die Lampe, stellte sie neben sich und warf sich wieder auf das Bett.

Saada, dachte er, und sein Herz verkrampfte sich. Ist sie wirklich in der Wüste verschollen? So etwas gibt es doch gar nicht. Sie kennt diese ganze Gegend wie ihre Oase. Aber was wollte sie im Camp XI, und was hat man ihr dort erzählt? Ist sie auf Cathérine geprallt? Hat Serrat sie entdeckt?

Eiskalt durchrieselte es ihn. Die Angst schnürte ihm die Luft ab.

Cathérine. Das Mädchen, das ihr Herz neu entdeckte. Das zu ihm kroch ins Gefängnis. Ein herrliches, wildes Tier… und ein Raubtier, wenn Saada in ihre Fänge käme.

Und dann Serrat. Dieser Bulle, der alles niederwalzte, was sich ihm in den Weg stellte. Der auch Saada zerbrechen würde wie ein Stück trockenes Holz, wenn er sie in die Finger bekam. Serrat, dessen Haß gegen alle Eingeborenen schon an Wahnsinn grenzte. Mein Gott, wenn er Saada im Lager ergriffen hatte…

Bender sprang hoch und rannte zur Tür. Er stieß sie auf und brüllte in den dunklen Gang hinein.

»Achmed… hören Sie mich an! Was Sie auch mit mir vorhaben, hören Sie mich an! Suchen Sie Saada im Camp! Fragen Sie

Cathérine! Fragen Sie Serrat! Er weiß, wo Saada ist… nur er! Achmed… hören Sie mich?! Hööööören Sie!?«

Seine Stimme gellte schauerlich durch den Gang und wurde von den Wänden zurückgeworfen. Aber niemand antwortete ihm.

Da wagte er es, rannte zurück, nahm die Lampe und stürmte den Gang hinunter. Niemand hielt ihn auf. Auch an der Treppe nicht. Die Tür oben war ebenfalls nur angelehnt, er stieß sie auf, befand sich in einer Art Stall und sah durch die Fenster, daß es Abend war.

Auch die Tür des Stalles war offen. Er rannte hinaus, war in einem Teil des Gartens und rannte auf das Haus zu.

Zwei Diener kamen ihm entgegen. Er wollte etwas rufen, schwenkte die im sonnenhellen Garten nutzlose Lampe, aber die Diener beachteten ihn gar nicht, sahen durch ihn hindurch, als sei er Glas – und gingen ungerührt weiter.

Das machte Bender völlig kopflos. Er warf die Lampe ins Gras, rannte weiter und kam durch die großen Flügeltüren der Terrasse ins Haus. Achmed saß vor einem goldeingebundenen Koran und betete. Neben ihm hockte auf einem seidenen Kissen der alte Kebir, der Priester, und murmelte vor sich hin.

»Fragen Sie Serrat!« schrie Dr. Bender. »Saada muß noch im Camp sein!«

Achmed blickte von seinem Koran hoch und sah Bender mit unendlich traurigen Augen an.

»Serrat ist seit zwei Tagen in Algier«, sagte er. »Sei ruhig… laß mich für Saada beten.«

Er neigte den Kopf über den Koran und murmelte weiter die Suren um Gnade im Paradies.

Dr. Bender stand unschlüssig herum, bis er begriff, daß er frei war, daß niemand ihn festhielt, daß er aus dem Grab entstiegen war und hingehen konnte, wohin er wollte. Das lähmte ihn zuerst, denn neu geboren zu werden ist ein Vorgang, den man als erwachsener Mensch selten erlebt.

»Geben Sie mir einen Wagen, ein Kamel, einen Esel, irgend etwas«, sagte er dann. »Ich muß sofort zurück ins Lager. Ich bringe Ihnen Saada wieder.«

»Hier kann nur Allah sprechen«, sagte der alte Kebir tadelnd. »Geh, Ungläubiger, dein Atem ist wie Pest!«

»Dann lassen Sie mich wenigstens telefonieren.«

Achmed schüttelte stumm den Kopf. Er war ein gebrochener Mann. Mit Saada war seine Seele fortgegangen.

Taumelnd verließ Dr. Bender das Haus und traf draußen auf der Straße den Einkaufswagen des Magazins. Der Ungar Molnar steuerte ihn. Ferruggio, ein kleiner mieser Italiener, dem man nachsagte, er habe seine eigene Mutter erschlagen, weil sie ihm verboten hatte, ins Kino zu gehen, saß neben ihm. Sie bremsten sofort so stark, daß die Bremsen quietschten. Dr. Bender lief mit wehenden Armen auf sie zu.

»Jungs!« brüllte er. »Jungs! Euch schickt der Himmel. Sofort zurück zum Camp! Ich erkläre euch alles später!«

Molnar und Ferruggio ließen Dr. Bender herankommen, ohne sich zu rühren. Dann stiegen sie aus und lehnten sich gegen den kleinen Dodgewagen.

»Er lebt noch«, sagte Ferruggio erstaunt. »Selbst auf die Araber ist kein Verlaß mehr.«

»Ruhe!« Molnar, der flinke, listenreiche Ungar, überdachte die Situation. Serrat war weg, aber Dr. Bender durfte nicht wieder auftauchen. Man konnte jetzt Serrat nicht fragen, er hätte Rat gewußt, aber es ging auch ohne ihn, verdammt noch mal.

Bender war heran und stand keuchend vor Molnar und Ferruggio.

»Wir müssen zurück ins Camp!« schrie er. »Schnell! Alles andere ist nicht so wichtig.«

»Soso?« sagte Molnar langsam. »Nun hör einmal, mein Junge: Wir kennen dich nicht! Du bist nie im Lager gewesen. Es hat nie einen Arzt gegeben! Den wir einmal hatten, der ist in der Wüste verschollen, und dort bleibt er auch! Ist das klar?«

Dr. Bender starrte Molnar und Ferruggio aus flatternden Augen an. »Seid ihr denn alle verrückt?« stammelte er. »Hier geschehen Dinge, die ...«

»Schluß!« Molnars Hand wehte durch die Luft. »Halt den Mund, Kerl. Merk dir eins: Wenn du dich im Lager blicken läßt, auch nur in der weiteren Umgebung, brennen wir dir ein paar Löcher in den Balg. Was du machst, ist uns gleichgültig. Von mir aus kannst du dich wie ein Sandwurm in die Wüste wühlen. Nur in unsere Nähe kommst du nicht. Und telefonieren kannst du auch nicht! Wer dich ans Telefon läßt – und wir kennen ja jedes Telefon in der Oase –, der lernt das Fliegen! Verkriech dich irgendwo, wenn du schon lebst, und spiele Skorpion. Und jetzt aus dem Weg!«

Dr. Bender starrte Molnar an, als verstehe er nicht, was dieser sagte. Dann sprang er vor, stellte sich vor das Auto und breitete die Arme aus.

»Ihr Idioten!« schrie er. »Ihr wißt nicht, worum es geht! Die Tochter des Scheichs ist verschwunden. Und ihr alle werdet krepieren an der Hadjar-Krankheit.«

Ferruggio stieg ungerührt in den Wagen. »Soll ich ihn umfahren, Ungar?« fragte er trocken. Molnar winkte ab.

»Das gibt Kratzer und Beulen am Wagen. Nein, du Mafioso, das geht auch anders.«

Er ging zu Dr. Bender, holte ohne Warnung aus, blitzschnell, aus der Schulter und einer Drehung heraus, und hieb ihm die Faust maßgenau an die Kinnspitze. Bender sah ihn ungläubig an, bis sich sein Blick umflorte, er taumelte zur Seite und fiel am Straßenrand zusammen, als sei er knochenlos.

Dort blieb er liegen wie ein Haufen Abfall. Niemand kümmerte sich um ihn. Man ging an ihm vorbei und sah ihn nicht einmal an.

Es war zur gleichen Zeit, als auf der anderen Seite der Oase Cathérine über die Mauer in den Garten Seradji Achmeds schlich... in einem Sack auf dem Rücken zwei Pfund Dynamit in kleinen, runden Rollen...

Die »Pilger« brachen gegen neun Uhr auf.

Die Zeltstadt verschwand in großer Eile, die Omnibusse wurden beladen, die Frauen saßen zusammengepfercht in den blechernen Kästen, bei geschlossenen Scheiben und Schiebedächern.

Jussuf demonstrierte noch einmal, wie fröhlich die »Pilger« zu sein hatten: Er ließ vor der Abfahrt eine ältere Frau, die kaum ein Kapital darstellte, auspeitschen, bis sie starb, weil sie unter ihren Kleidern einen Zettel verborgen hatte, den sie irgendwo verlieren wollte. Er enthielt einen Hilferuf an den Finder.

»So hart sind hier die Sitten«, sagte Jussuf höflich zu Saada, die mit gefesselten Händen und Füßen dem grausamen Schauspiel zusah. »Auch deine Schönheit und der Wert, den du repräsentierst, werden mich nicht hindern, das gleiche mit dir zu tun, wenn du aufsässig wirst. Kann man dir also die Fesseln losbinden?«

»Versuche es nicht, du stinkender Schakal!« zischte ihn Saada an. »Ich stürze mich sofort auf dich und erwürge dich.«

»Es ist tragisch, daß die Dummheit weiter verbreitet ist, als man glaubt«, sagte Jussuf elegant. »Selbst Töchter eines Scheichs werden nicht verschont. Bringt sie in den Wagen 1.«

Zwei Männer ergriffen Saada, schleiften sie zum ersten Omnibus und hoben sie hinein. Die anderen Frauen nahmen sie so in ihre Mitte, daß man Saadas Fesseln nicht sah, wenn man von draußen auf die »Pilger« blickte.

»Ich werde schreien!« rief Saada. »Schreien! So lange schreien, bis ihr mich tötet!«

Jussuf lächelte ihr freundlich zu. »Die anderen Frauen werden dafür sorgen, daß du ruhig wirst, weil sie sonst für dein Verhalten bestraft werden! Das ist ein praktisches Verfahren.«

Und so war es auch. Die anderen Frauen, getrieben von der Angst, warfen sich über Saada und drückten sie auf den Boden des Busses. Dort lag sie, eine Fußbank für acht Füße, als die Karawane abfuhr. Jussuf folgte ihr in einem weißen, wundervollen Cadillac. Ein Chauffeur in weißer Livree lenkte das Fahrzeug. Als sie aus dem Tal El Matmahira herauskamen, entfalteten die Fahrer vorn an den Bussen die grüne Fahne des Propheten. Spruchbänder an den Seiten der Wagen erklärten allen, was hier über die Straße rollt:

»Wir loben Allah für seine Güte.
Wir werden Mekka sehen und vor Allah knien.
Allah ist groß und seine Güte ewig.«

Bis zur Grenze geschah nichts. Polizisten und Militär kontrollierten nicht einmal die »Pilgerbusse«. Erst an der Grenze nach Tunis wurde es kritisch. Ein junger Leutnant wollte unbedingt in die Wagen sehen.

Saada wurde wieder auf den Boden gedrückt. Eine Frau stopfte ihr ein altes, nach Schweiß stinkendes Tuch in den Mund.

Saada wehrte sich, stieß mit dem Kopf, den Knien und den Armen – aber was war das gegen die Übermacht der anderen verängstigten Frauen! Dann lag sie unter den Füßen, atmete durch die Nase die heiße verbrauchte Luft und glaubte, zu ersticken.

Was wird aus mir, dachte sie. Wo bringen sie mich hin?

Sie haben mich alle verraten... alle... mein Vater... Serrat... und mein Doktor... Alle...

Und dann weinte sie.

Jussuf in seinem weißen Cadillac zeigte lupenreine Transportpapiere für 210 Pilgerinnen. Die Beamten machten sich nicht die Mühe zu zählen und winkten. Der Schlagbaum ging hoch... die Karawane rollte hinüber nach Tunis.

Jussuf wartete, bis seine »Pilgerinnen« in Sicherheit waren, dann gab er ein Zeichen und die Omnibusse preschten weiter auf der Straße nach Tozeur, ehe sie abschwenkten in die Salzwüste, hinein in die Moore, vor deren Betreten sich selbst der Teufel gehütet hätte.

Saada befreite man wieder aus ihrer unbequemen Lage, holte sie unter den hämischen und gemeinen Bemerkungen der anderen Frauen aus dem Bus und lud sie um in den weißen Cadillac Jussufs.

»Das ist keine Auszeichnung«, sagte Jussuf mit vollendeter Höflichkeit, »sondern Pflege des Kapitals. Und noch etwas will ich dir zeigen, Saada.« Er öffnete das Fenster, ließ sich einen Stein geben und schleuderte ihn vielleicht sieben Meter weit weg. Dort fiel er auf einen schwabbelnden Boden und versank langsam. »Salzsumpf, Saada«, erklärte er nüchtern. »Ein Mensch versinkt dort unweigerlich. Wenn es sein muß, werfe ich auch ein Kapital weg.«

Saada nickte. Ihre Kehle war so eng, daß jeder Atemzug schmerzte. Jussuf winkte aus dem Fenster.

»Los! Wir haben Zeit verloren!«

Die Salzwüste Schott Djerid verschluckte die kleine Karawane wie ein urweltliches Ungeheuer.

Jussuf Ben Rahman war bester Laune.

Der neue »Pilgerzug« schien das Geschäft der Saison zu werden. 210 meist junge Frauen aus den ärmsten Gegenden der südlichen Sahara, der Kabylei und den schroffen, von der Sonne ausgedörrten Südhängen des Atlasgebirges bedeuteten ein gutes Konto. Viele der »Pilgerinnen« waren freiwillig mitgekommen, mit einem Arbeitsvertrag, der ihnen mehr versprach, als sie es je in ihrem Leben in den schmutzigen, hitzedurchglühten Dörfern erwarten konnten: ein sauberes Zimmer, geregelte Arbeitszeit, reellen Verdienst in guten Francs, gute Behandlung bei Befolgen aller Anordnungen, ärztliche Betreuung. Was verlangte man mehr vom Leben? Die Verträge hatten nur einen Haken: Sie lauteten auf fünf oder sogar zehn Jahre. Einige waren sogar unbefristet – das waren die Verträge der schönsten jungen Frauen, die eine Menge kosteten und die den investierten Betrag in einer abgegrenzten Zeit nicht wieder hereinbringen konnten.

Aber was bedeutete Zeit in Afrika? Was waren Jahre? Zeit hatte man soviel wie Sand in der Wüste. Die Zukunft in den kleinen Oasen der Sahara war kein Geheimnis Allahs, man konnte sie sich ausrechnen am Leben der vorherigen Generation. Es war ein erbärmliches Leben. Wie herrlich schien dagegen die Zukunft in den fernen, großen Städten oder in den weißen Häusern der reichen Herren, die Jussufs Agenten den Mädchen versprachen. Das war ein Paradies, und wenn man es erreichen konnte, indem man sich verkaufte... warum sollte man es nicht?

Nur wenige Frauen ahnten, auf was sie sich da eingelassen hatten. Nur ein paar Mädchen waren, wie Saada, ohne ihren Willen in der »Pilgerkarawane« Jussufs. Sie waren entweder von ihren Eltern verkauft worden oder man hatte sie, nachdem Jussufs Agenten die Schönheiten genau betrachtet und abgeschätzt hatten, einfach auf offener Straße geraubt. Das ging schnell und schmerzlos mit Hilfe eines Wattebausches voll Chloroform. Wachten die Mädchen später auf, lagen sie hinten in den breiten, amerikanischen Wagen der Händler wie zusammengebundene Hühner.

Mit diesen Mädchen und Frauen hatte Jussuf einige Sorgen. Aber er bezwang diesen Widerstand auf seine im wahrsten Sinne durchschlagene Art: Er ließ – wie in El Matmahira – drei Frauen zu Tode peitschen, und von da an war Ruhe in allen Omnibussen.

Nun fuhren sie ungefähr zwei Stunden durch den Salzsumpf von Djerid. Ganz langsam tasteten sie sich über die schmale, feste Piste, neben sich den unbarmherzigen, salzigen Tod; denn ein Wagen, der hier abglitt, versank in dem breiigen Boden ohne Aussicht auf Rettung. Jussuf fuhr mit seinem weißen Cadillac voran; nur er kannte diesen Pfad durch die Hölle. Von der anderen Seite des Schott Djerid aus, von der kleinen Oase Kebili, war es einfacher. Hier gab es einen Weg durch die festere Salzwüste bis an den Rand des Sumpfes. Allerdings benutzte ihn kaum jemand, denn wen treibt es freiwillig in ein Stück Erde, das selbst die Geier meiden? Und das will etwas heißen in Afrika!

Und doch bewegten sich zur gleichen Zeit auch von dieser anderen Seite her vierzehn Wagen von Kebili in die Salzöde hinein. Schweigsame, gut angezogene Herren in leuchtendweißen Dschellabas oder europäischen Maßanzügen saßen am Steuer, rauchten während des langsamen Fahrens ihre schwarzen Zigaretten und blinzelten unter den fast schwarzen Sonnenbrillen in die schreckliche, flimmernde Wildnis. Am Rande der Sümpfe hielten sie in Formation an, als wollten sie eine Wagenburg bilden, und stiegen aus.

»Es ist noch Zeit, Freunde«, sagte einer von ihnen und blickte auf eine goldene Schweizer Uhr. »Jussuf muß noch mitten im Sumpf stecken. Es ist mir unbegreiflich, wie er überhaupt durchkommt.«

»Wer den Teufel so zum Freund hat wie er... wundert es dich dann auch noch?«

Die vornehmen Herren holten aus ihren Wagen einige dicke Teppiche, legten sie auf den Boden, spannten einige Sonnendächer darüber und ließen sich dann nieder. Zwei Diener, die mitgekommen waren, servierten kurz darauf heißen, dampfenden Kaffee in kleinen Porzellantassen und verteilten Schalen mit kandierten Früchten.

Es war ein friedliches Bild. Und doch rasteten hier vierzehn Teufel.

Unterdessen rumpelten die Omnibusse hinter Jussuf her durch den Salzsumpf. Die Wagen hatten sich mit Salzkristallen überzogen und funkelten in der Sonne, als seien sie mit Diamantenstaub belegt. Jussuf hatte die Klimaanlage seines Cadillac eingeschaltet und bot Saada aus einer Thermosflasche köstliche, kalte Orangenlimonade an.

»Ich will nicht«, sagte Saada mit geballten Fäusten. »Ich will, daß du mich in den Sumpf wirfst.«

»Es gibt einen schöneren Tod.« Jussuf wandte den Kopf zu Saada. Ihre wilde, verzweifelte Schönheit begeisterte ihn. Eine Zeitlang hatte er den Gedanken gehabt, sie selbst zu behalten und mitzunehmen nach Constantine in sein herrliches Haus inmitten des großen Parks. Es gab dort ein Frauenhaus im alten Stil, mit verschwiegenen Gärtchen und plätschernden Brunnen,

Bogengängen aus zierlichen Marmorsäulen und Zimmern voller Luxus und köstlicher Kühle. Aber dann verwarf er diesen Plan wieder. Saada war ein großes Kapital, und sie war zu schön für sein eigenes Frauenhaus. Es würde Streit geben, Haß und Auflehnung der anderen Frauen. Nicht, daß Jussuf nicht genug Mittel besaß, jeglichen Aufstand seiner Weiber niederzuknüppeln – aber er liebte Ruhe im eigenen Haus. Er besaß fünf wunderschöne, junge Frauen, und sie reichten ihm. Saada als sechste dazuzunehmen wäre ein Luxus gewesen, den sich Jussuf zwar leisten konnte, der aber nicht unbedingt notwendig war. Und so wurde Saada während der Fahrt durch die Salzwüste in Jussufs Gedanken bereits verkauft: an den Barbesitzer Ali Hadschar, einen glatzköpfigen, dicken Mann, der einen ungeheuren Verbrauch an Tänzerinnen für seinen »Tanzpalast« in Annaba, dem früheren Bône, hatte. Wo er die Mädchen alle ließ, warum er immer wechselte, das wußte niemand, und Jussuf fragte auch nicht danach. Es ging ihn nichts an. Wichtig war nur, daß Hadschar zahlte, ohne langes Handeln und in bar. Was dann mit den Mädchen geschah... das Auge Allahs allein sah es.

Dreimal versuchte Saada, aus dem Wagen Jussufs zu fliehen und sich in den Sumpf zu stürzen. Ihre Verzweiflung war so groß, daß sie Jussuf geradezu zwang, brutal gegen sie zu werden und sie nach dem letzten Versuch – sie riß plötzlich die Tür auf und wollte aus dem Auto springen – wieder an Händen und Füßen zu fesseln. Dann schlug er sie, nicht mit der Peitsche, sondern mit der flachen Hand ins Gesicht. Ihr schöner Kopf flog hin und her, und jeden Schlag begleitete sie mit einem nicht schmerzhaften, sondern wilden, herausfordernden Aufschrei, der Jussuf fast rasend werden ließ.

»Warum willst du sterben?« schrie Jussuf sie an. »Was ist so schön an diesem Tod? Sei vernünftig!«

Die »Pilgerkarawane« stockte. Jussuf warf Saada auf den Rücksitz und hielt sie fest. Sie war wie eine Katze, kratzte und biß um sich und entglitt immer wieder seinen Händen. Erst als er sie kurz würgte und die Luft abschnitt, wurde sie schlaff unter seinen Fingern und ergab sich erneut dem Stärkeren.

Keuchend saß Jussuf dann neben ihr und flößte ihr den eiskalten Orangensaft zwischen die Lippen.

»Mein Vater wird mich suchen«, sagte Saada, nachdem sie

wieder etwas bei Kräften war. »Und der Doktor wird mich rächen...«

Jussuf senkte den Kopf. Zum erstenmal hörte er von einem Doktor. Das machte ihn nachdenklich und vorsichtig.

»Wer ist der Doktor?«

»Ein deutscher Hakim in Bou Akbir. Er wird mich suchen und finden.«

»Aha!« Jussuf wischte sich über die Augen. Der Scheich war ihm gleichgültig, von ihm drohte keinerlei Gefahr. Aber der deutsche Arzt gefiel ihm gar nicht. Daß Serrat ihn verschwiegen hatte, war ein übler Trick gewesen. Jussuf hätte Saada nie übernommen, wenn er von der Existenz eines Europäers im Leben des Mädchens gewußt hätte; das war so sicher, wie sie jetzt mitten im Salzsumpf standen, unter einer Sonne, die wie geschmolzenes Blei war.

Er hat mich doch betrogen, dachte Jussuf und kniff die dünnen Lippen zusammen. Ich habe mir für achttausend Francs nicht ein Mädchen, sondern eine Hetzjagd gekauft. Gibt es diesen deutschen Arzt wirklich, dann wird man mit Schwierigkeiten rechnen müssen, vielleicht sogar mit einer Lösung der Probleme durch eine Waffe.

»Wie heißt der Arzt?« fragte er. Saada lächelte ihn haßerfüllt an.

»Er wird dich finden! Ich weiß es!«

»Wie heißt er?» fragte Jussuf noch einmal.

»Ich werde nie den Namen nennen.«

»Warum sind die Menschen so dumm?« Er steckte sich eine seiner schwarzen Zigaretten an, riß die Bluse Saadas hoch und legte den Zeigefinger der anderen Hand auf eine Stelle unter ihre rechte Brust. Dann hob er die glühende Zigarette vor ihre Augen. »An dieser Stelle werde ich sie ausdrücken«, sagte er. »Es ist ein höllischer Schmerz, und eine Narbe bleibt für immer zurück. Ist ein Name so wertvoll? Bedenke... ein Körper hat viele Stellen, wo man Zigaretten ausdrücken kann. Lohnt es sich?«

Jussuf sagte es so freundlich, als führe er eine unverbindliche Unterhaltung auf der Terrasse eines Hotels. Das war das Gefährliche an ihm; er lächelte und trieb Konversation, aber was er sagte und tat, war ungeheuerlich und teuflisch.

Er wartete ein paar Augenblicke auf die Reaktion Saadas, und als sie bloß den Kopf in den Nacken warf, trotzig und mit zusammengebissenen Zähnen, hob er bedauernd die Schultern und drehte die Zigarette in seinen Fingern, bis sie zu einer glühenden Waffe wurde. Mit ihr näherte er sich der Brust Saadas, langsam, auf einen Schrei wartend, auf das Zusammenbrechen ihrer Kraft vor dem Entsetzen der Verstümmelung.

Jussuf bewunderte das Mädchen, als er die glühende Spitze der Zigarette so nahe an ihrer Haut hatte, daß sie die Glut schon spürte. Und erst da, im letzten Moment, bevor Jussuf zudrückte, sagte sie mit geschlossenen Augen:

»Doktor Bender.«

Dann sank sie in sich zusammen, heulte auf wie ein Schakal und drückte das Gesicht gegen die Autotür.

Ich habe ihn verraten, schrie es in ihr. Ich habe seinen Namen genannt aus Angst. Ja, ich habe Angst, große Angst. O Allah, vergib mir, ich habe nicht die Kraft, mich verstümmeln zu lassen... Ich habe Angst.

Jussuf rauchte seine Zigarette stumm zu Ende. Dann demonstrierte er gelassen wie alles, was er tat, seine Macht. Er klappte aus dem Armaturenbrett seines Cadillac ein kleines Funkgerät, stülpte sich die Kopfhörer über und begann mit einem irgendwo in der Weite des Landes wartenden Partner einen Funkverkehr.

»Hier Mizda...«, sagte er in das kleine Mikrofon. »Hier Mizda...« Es war ein Kennwort. Und im Kopfhörer meldete sich die Stimme aus der Ferne: »Hier Gusbat... hier Gusbat... Ich höre.«

Jussuf blickte auf Saada, während er sprach. Er betonte die Worte einzeln, damit sie klar waren und keine Rückfragen mehr erforderten.

»Hier Mizda. In der Oase Bou Akbir lebt ein deutscher Arzt. Er heißt Dr. Bender. Er ist auf Liste eins zu setzen. Wiederhole Gusbat.«

Und die Stimme im Kopfhörer wiederholte: »Er ist auf Liste eins zu setzen...«

»Danke. Ende.«

Jussuf packte das Funkgerät wieder weg. Als er es zurück in das Armaturenbrett klappte, sah es aus wie ein normales Autoradio.

Von diesem Augenblick an war Dr. Ralf Bender in den Augen Jussufs bereits ein toter Mann. Liste eins, das bedeutete die

Ausrottung aller Gefahr. Das bedeutete ein Todesurteil. Bisher hatten nur vier Menschen auf Liste eins gestanden; sie waren eines Tages in der Weite des Landes verschwunden, hatten sich aufgelöst im Nichts, als seien sie nie gewesen. Die Behörden in Algier schlossen die Akten der vier Männer ein. Ungeklärte Fälle. Es war sinnlos, auf eine Antwort zu warten. Fragen sind in der Wüste wie das Warten auf eine Ernte im Sand.

»Weiter!« sagte Jussuf zu seinem Chauffeur und winkte den hinter ihm haltenden Omnibussen zu. »Unsere Freunde warten schon.«

Dann versank er wieder in die Lautlosigkeit des Denkens, starrte in die Salzsümpfe und lauschte auf das Schluchzen Saadas hinter seinem Rücken.

Er war froh, daß diese »Pilgerfahrt« bald zu Ende ging. Und er beneidete Ali Hadschar nicht, wenn er wirklich Saada kaufte. Für zwanzigtausend Francs nahm er sich einen Teufel ins Haus. Jussuf gönnte es ihm, denn Hadschar war ein Mensch, der es verdient hätte, in siedendem Fett zu rösten.

Eine Stunde später tauchte auf der flachen Scheibe der Salzwüste am Horizont die Wagenburg der Käufer auf. Jussuf hupte, und die Signalhörner der Omnibusse stimmten ein. Es war ein fröhliches Hupen, als träfe sich eine lustige Reisegesellschaft. Die Frauen in den Bussen drückten die Gesichter an die salzigen Scheiben und sahen kichernd hinaus auf die näherkommenden Autos.

Die neuen Herren.

Wie sahen sie aus?

Dort wartete das Schicksal der nächsten fünf oder zehn Jahre auf sie. Dort standen die Männer, denen sie untertan sein würden... als Sklavin, als Geliebte, als Hilfe, vielleicht einmal sogar als Herrin, wenn die Reize ihrer Körper stärker waren als der Wille der Männer.

Vierzehn Wagen, zählten die Frauen.

Das war enttäuschend. Was geschah mit den anderen? Sie waren 210 Frauen.

Von diesem Augenblick an begann in den Bussen bereits der Kampf um das Licht. So eng sie auch saßen, sie bemühten sich, sich herauszuputzen. Sie kämmten die Haare mit den gespreizten Fingern und rissen die dünnen Hemden auf, um ihre Brüste zu zeigen. Nur die älteren Frauen starrten resignierend vor sich hin. Für sie ging die Fahrt weiter; sie waren die wirklichen Sklaven, denn unter der Schar der jungen, schönen Fohlen waren sie die grauen, ewig getretenen Arbeitsesel.

Mit erhöhter Geschwindigkeit verließ Jussuf den engen Sumpf-Pfad. Der feste Boden war auch für ihn eine Befreiung von einem inneren Druck. Jedesmal spürte er ein dumpfes Gefühl im Nacken, wenn er eintauchte in den salzigen, schwabbligen Tod, und jedesmal war er bereit, Allah überschwenglich zu danken, wenn er wieder die gute, harte Erde unter sich fühlte.

Aus der Wagenburg kamen ihm die vierzehn Herren entgegen. Würdig, ein Pilgerzug für sich, fast feierlich. Nur die Augen glühten erwartungsvoll. Was brachte Jussuf diesmal aus der Wüste mit? Welche Blumen hatte er eingesammelt?

An der Spitze lief Ali Hadschar, über seinen Glatzkopf die Kapuze der Dschellaba gezogen. Jussuf erkannte ihn schon von weitem. Dick und massig stampfte Hadschar durch den Salzsand.

Nicht unter dreißigtausend, schwor sich Jussuf in diesem Moment. Oder ich behalte Saada wirklich für mich. Er wird ein Vermögen für sie hinlegen, und selbst dann sollte man ihn noch anspucken. Er ist ein widerlicher Mensch, ein Geier, ein Aasfresser.

Der weiße Cadillac hielt. Jussuf sprang hinaus und kam Hadschar die letzten zehn Schritte entgegen.

»Mein Freund!« rief er dabei und breitete die Arme aus. »Welche Freude, dich zu sehen! Gesund wie immer!«

Sie umarmten und küßten sich.

Dreißigtausend, dachte Jussuf dabei. Er stinkt widerlich nach saurer Milch.

Der Mädchenhandel ging nicht so glatt vonstatten, wie es sich Jussuf erhofft hatte. Schuld daran war wieder Saada.

Nachdem Ali Hadschar drei hübsche junge Mädchen gekauft und für sie zusammen zehntausend Francs bezahlt hatte, blickte er in den weißen Cadillac und lächelte Jussuf wissend an.

»Ein Privatgeschäft, mein Freund?« fragte Hadschar. »Die besten Bissen für den Gastgeber, nennt man so etwas Gastfreundschaft? Darf man nicht einmal einen Blick auf die Blume der Wüste werfen?«

»Sogar drei und vier, denn sie ist zu verkaufen.« Jussuf beugte sich in den Wagen, löste Saada die Fesseln an den Füßen und Händen und zog sie hinaus in die Sonne. Dort zögerte er, aber dann dachte er daran, daß alles nur ein Geschäft sei, und riß Saada die Bluse vom Körper. Ali Hadschar wölbte die Lippen vor, auf seiner Glatze sammelte sich Schweiß.

Welche Brüste, dachte er. Welch geschmeidiger Körper! Hier liegt eine Quelle, die man zum Sprudeln bringen kann. Jede Nacht wird sie sprudeln, harte, gute Francs. Zuerst als Attraktion auf der Tanzfläche, umzuckt von den sich drehenden bunten Scheinwerfern, später an den Tischen und in den Zimmern, wo sie Schlange stehen werden, die alten, fetten, geilen Kerle, die tagsüber das Geld schaufeln und es nachts wieder wegwerfen für einen keuchenden Tanz auf festem Fleisch.

Hadschar trat nahe an Saada heran und griff nach ihrem Rock. Aber im gleichen Augenblick klatschte es, Hadschar taumelte zwei Schritte zurück und drückte die Hand gegen seine linke Wange. Jussuf verbiß sich ein Lächeln und warf Saada einen fast dankbaren Blick zu.

»Dieses Luder!« schrie Hadschar und starrte Jussuf an. »Hast du das gesehen... sie schlägt mich! Eine Frau schlägt mich! Das ist noch nie vorgekommen! Fünftausend für sie allein, und ich lasse sie durch das Salz kriechen wie einen Wurm!«

»Sie kostet dreißigtausend«, sagte Jussuf ruhig. »Und in bar. Spare dir alle Worte, ich handle nicht um Saada.«

»Euch wird der Teufel holen!« schrie Saada dazwischen. »Ich bin die Tochter des Scheichs von Bou Akbir! Die Köpfe wird man euch abschlagen.«

»Ist das wahr?« fragte Hadschar verblüfft.

»Keiner schlägt uns den Kopf ab«, sagte Jussuf gleichmütig.

»Ach was... daß sie eine Scheichtochter ist?!«

»Ja, das stimmt.«

»Und wie kommst du an sie?«

»Ich habe sie gekauft. Von einem Weißen!«

»O Allah!« Hadschar schlug die Hände zusammen und ging um Saada herum. Er musterte sie wie ein junges, noch nicht zugerittenes, eben von den Weiden gefangenes Pferd, bei dem es gefährlich war, zu nahe heranzutreten. »Das wäre eine Sensation. Es tanzt die Tochter des Scheichs! Es liebt die Tochter des Scheichs! Das kostet hundert Dinare extra! Das bringt Dollars ins Haus. Pfunde, Gulden, Deutsche Mark, Rubel...«

»Ich weiß es, Ali.« Jussuf lächelte mild. »Deshalb der Preis.«

»Zwanzigtausend!« rief Hadschar.

»Ich handle nicht.« Jussuf nahm die Bluse aus dem Sand und warf sie Saada zu. Die drückte die Stoffetzen gegen ihre prallen Brüste. »Geh zurück in den Wagen!«

»Halt!« Hadschar hob die Hand. Er rannte vor Jussuf hin und her und schien innerlich wie eine Rechenmaschine zu ticken. Wie lange dauert es, bis sie sich amortisiert hat? Wie viele Liebhaber muß sie haben, ehe ein Verdienst herauskommt?

»Du bist ein Gauner!« sagte Hadschar und blieb vor Jussuf stehen. »Du ruinierst mich.«

»Es zwingt dich keiner, sie zu kaufen.«

»Und wem bietest du sie nachher an?«

»Vielleicht Omar Ben Sarret.«

Hadschar wurde blaß und rollte die dicken Augen. Sarret, das war ein Name, den er nur mit Flüchen aussprach. Vor drei Jahren noch war Hadschar der König aller Barbesitzer von Annaba. Es gab kein schöneres Lokal als seines, und es gab keine schöneren Mädchen als in den Hinterzimmern von Ali Hadschar. Man wußte das von Marokko bis Ägypten. Aber dann tauchte Sarret auf. Jung, voll Unternehmergeist, geschult in Paris. Ein Mensch mit Ideen. Und in drei Jahren verlor Hadschar seine Alleinherrschaft. Das neue Lokal Sarrets »Erosrama« – eine Breitwandausgabe von Musik, Tanz, entblößten Körpern, jungen, gut geschulten Dirnen und einem Spielsalon, wo man Frauen gewinnen konnte – wurde ebenso berühmt wie Hadschars »Sahara-Club«. Seit dieser Wende war der Name Sarret für Hadschar wie Gift. Er ließ sein Herz hämmern wie eine alte Wasserpumpe.

»Ich kaufe sie«, sagte er rauh. »Aber es ist mein letztes Geschäft mit dir.« Sie gingen zusammen zu Hadschars Wagen, und dort zählten sie einträchtig die Geldbündel ab, die Hadschar aus einer ledernen Tasche nahm. »Der Teufel hole dich«, sagte er zum Abschied. Aber Jussuf schüttelte lächelnd den Kopf und streckte den Arm nach Saada aus.

»Du mußt ihn holen, Ali! Ich habe noch andere Geschäfte.«

An diesem Nachmittag verkaufte Jussuf dreißig Mädchen. Es waren die hübschesten und jüngsten, keine älter als zwanzig

Jahre. Ihr Schicksal stand von jetzt an fest: Solange sie ihre Herren reizen konnten, hatten sie ein erträgliches Leben, märchenhaft gegen das Leben in den einsamen Bergdörfern, aus denen sie kamen. Was in zehn Jahren oder schon früher sein würde, wenn ihre Liebe die Herren nicht mehr erglühen ließ, daran dachte jetzt niemand. Die Wege des Menschen hat Allah bestimmt; was hilft es, sich darüber Gedanken zu machen? Vorbestimmung ist alles, auch der Verkauf in das Bett eines reichen Mannes.

Hadschar betrachtete Saada aus sicherer Entfernung wie einen jungen Hengst, der gleich die Hufe hebt. In Annaba war es einfach, sie zu bändigen, aber hier, unter den Augen der anderen Freunde, mußte man ein Beispiel von strenger Güte geben.

Hadschar versuchte es zunächst mit Verhandeln.

»Komm mit!« sagte er. »Ich bin jetzt dein Herr. Du weißt, was das bedeutet. Ich kann mit dir tun, was ich will. Du bist mein Eigentum, wie ein Stuhl, ein Teppich, ein Stück Holz... Komm mit!«

Saada antwortete nicht. Sie saß in der offenen Tür des weißen Cadillac und starrte in den heißen Sand. Hadschar kam noch einen Schritt näher, vorsichtig, wie man sich einem Raubtier nähert.

»Ich verspreche dir ein eigenes Zimmer und 10 Prozent vom Umsatz«, sagte er. »Das habe ich einer Frau noch nie angeboten! Was willst du mehr?«

»Geh weg, du Haufen Kamelmist!« sagte Saada laut.

Hadschar schluckte ein paarmal und streichelte nervös seine Glatze.

»Ich glaube, du verkennst die Situation«, sagte er und zwang sich, ruhig zu bleiben. Er wußte, daß Jussuf ihn beobachtete, daß er trotz der Geschäfte mit den anderen Interessenten immer einen Seitenblick zu Saada warf. Alle Frauen standen nun, umringt von den Leuten Jussufs, in der Salzwüste. Die Busse waren leer. Wie eine Tierherde drängten sich die Frauen zusammen. Ein geballter Haufen Fleisch, aus dem man sich die besten Stücke herausholen konnte.

»Du kommst nach Annaba in die Bar ›Sahara-Club‹. Das ist das beste Haus am Platze«, fuhr Hadschar fort und wunderte sich, daß er überhaupt Erklärungen abgab. »Du wirst tanzen und servieren, natürlich nackt, und hinterher wirst du meinen

Freunden die langen Stunden der Nacht vertreiben. Du wirst ein eigenes Zimmer haben, gutes Essen, kannst dich pflegen... und 10 Prozent gehören dir! Du mußt zugeben, daß ich großzügig bin.«

»Geh weg!« Saada warf den Kopf zur Seite. »Dein Atem stinkt nach verfaulten Fischen.«

Einen Augenblick stand Hadschar starr, dann warf er die Kapuze der weißen Dschellaba über seine Glatze und winkte den drei Mädchen, die er bereits gekauft hatte. Sie standen etwas abseits, unbekümmert und fröhlich, ihre kleinen Reisebündel neben sich an den Füßen, und lachten kichernd über die Dinge, die sie sich erzählten. Als Haschar winkte, schwiegen sie sofort.

»Holt sie euch!« schrie er. »Bringt sie in meinen Wagen! Sie will nicht gehen! Für jede von euch 100 Dinare extra!«

100 Dinare – das war ein Zauberwort. Wie Hyänen fielen die drei Mädchen über Saada her, zerrten sie aus dem Cadillac, rissen sie an den Haaren, hielten ihre Arme fest und schleiften sie durch die Salzwüste zu dem Wagen Hadschars.

»Warum wehrt ihr euch nicht?« schrie Saada, als man sie an der Herde der wartenden Frauen vorbeitrug. »Ihr seid über zweihundert – sie sind nur dreißig! Ihr könnt sie zerreißen, wenn ihr wollt! Fallt über sie her! Macht Fetzen aus ihnen! Warum steht ihr herum wie eine Hammelherde vor dem Schlachthaus?! Schwestern... wehrt euch...«

Die Mädchen hielten ihr den Mund zu, warfen sie in Hadschars Wagen und drückten Saada dann mit ihren eigenen Körpern nieder. Hadschar sprang hinter das Steuer, ließ den Wagen an und gab Gas. In einer Wolke von Sand und Salzkristallen brauste er davon.

Die anderen Käufer sahen ihm nach und wandten sich dann an Jussuf, der drei Mädchen in Positur stellte und völlig entkleidete. Es waren weißhäutige Berberinnen, zierlich, mit kleinen Brüsten, fast noch Kinder, aber schon mit den wissenden Augen der Liebeerfahrenen.

»Hast du ihm eine Katze verkauft?« fragte einer der Männer und stieß Jussuf an.

»Nein, den leibhaftigen Teufel!« Jussuf streichelte über die knospenhafte Brust des ihm am nächsten stehenden Mädchens. »Daran wird er zugrunde gehen. Vergeßt nicht meine Worte, Freunde!«

Cathérine hatte es geschafft, ungesehen bis an das Haus Achmeds heranzukommen. Immer von Busch zu Busch schleichend, wie damals, als sie Saada am Fenster ihres Zimmers sah und trotz der Wachen bis unter den Balkon kam, erreichte sie auch jetzt das Haupthaus und suchte, hinter einem dichten Malvengestrüpp liegend, eine günstige Stelle, wo sie die zwei Pfund Dynamit anlegen konnte.

Ihr Haß auf alles, was ihr Dr. Bender genommen hatte, war so groß, daß alle Vernunft gewichen war. Sie wollte nicht nur Achmed in die Luft sprengen, der nachweislich der letzte gewesen war, der Dr. Bender gesehen hatte und der nun behauptete, er wisse nicht, wo er sei – nein, sie wollte mit diesem Dynamit alles vernichten, was einmal im Leben Benders eine Rolle gespielt hatte. Dazu gehörten dieses Haus, die Schönheit des Gartens, die Zimmer Saadas... alles sollte vernichtet werden, jede Erinnerung zerflattern in einer glühenden, krachenden Lohe.

Das Geheimnis, wo sich Dr. Bender und Saada befanden, war für Cathérine keine Frage mehr. Ob sie getrennt in der Wüste verschollen waren, ob sie gemeinsam irgendwo lebten, ob sie sich getroffen hatten, was auch immer geschehen war – Cathérine war es jetzt gleichgültig. Für sie ging nicht wiederum ein Lebensabschnitt, sondern das Leben an sich zu Ende.

Wer kannte schon Cathérine Petit, die gar nicht Petit hieß, sondern Rochelle? Wer wußte etwas von dem Bankier Pierre Rochelle, der die Krankenschwester Cathérine heiratete, weil sie ihn so gut gepflegt hatte, als er mit einem Leistenbruch im Hospital lag? Wer wußte etwas von Louis, ihrem Sohn, der ein Jahr später auf die Welt kam, und wer kannte die heiße Liebesgeschichte zwischen ihr und dem schwedischen Chauffeur Sven, der Cathérine erst zeigte, was Liebe ist, nachdem sie es in den kraftlosen Armen des alten Rochelle drei Jahre lang ausgehalten hatte und sich vorgekommen war wie ein Steak, das er zwischen elf und zwölf Uhr nachts verzehrte, pünktlich wie die Uhr fast... jede Nacht, eine Pflichtübung gewissermaßen, eine natürliche Schlaftablette, denn hinterher schlief Rochelle traumlos und kindhaft bis zum späten Morgen.

Dann die Entdeckung ihres Liebesverhältnisses, der Hinauswurf wie ein Hund, die gerichtliche Zuerkennung des Kindes an den Vater und der Tod Svens, dessen wahre Ursache nie geklärt wurde, denn der Mann, der Autos liebte wie Frauen, wurde in einem Vorort von Paris an einem Abend überfahren, an dem zu dieser Stunde nachweislich nur vier Autos durch die Straße gefahren waren. Eines packte ihn und schleuderte ihn gegen die Hauswand. Der Fahrer flüchtete. Es war ein Algerier, sagten die Augenzeugen. Kein Zweifel, er sah so aus, man kennt ja die Typen.

Cathérine ging nach Algerien. Sie nannte sich Petit. Und sie schwor sich, nie mehr einem Mann zu gehören. Deshalb ging sie zu den Männern, deren Sehnsucht nach Frauen am stärksten war – zu den Ölbohrern in der Sahara. Sie wollte sich selbst kasteien. Sie wollte sich bestrafen. Und sie wollte die Männer hassen lernen, dort, wo sie keine Maske der Zivilisation und Moral mehr trugen. In der Wüste.

Und dann kam Dr. Bender. Und die Welt veränderte sich wieder. Sie wurde schön und duftete nach Frühling. Und es gab wieder eine Zukunft, und es gab ein Gefühl, das alles andere überspülte. Selbst die Erinnerung an Louis, ihren Sohn.

Ein anderes Leben, dachte sie. Ein neues Leben. Ganz, neu...

Jetzt lag sie im Gras hinter einem Malvenstrauch, in den Händen die zu Rollen gepackten zwei Pfund Dynamit. Das war alles, was ihr von dem neuen Leben geblieben war. Und sie wußte nur eines ganz sicher: Es lohnte sich nicht, zu leben. Es lohnte sich nur noch das Chaos.

Sie wartete, bis sie glaubte, ungesehen zu bleiben. Zwei Diener hatten den Garten verlassen, nachdem sie im Hintergrund, bei den Garagen, eine kleine Tür geöffnet hatten, die Cathérine aber nicht weiter beachtete. Dann lag der weite Garten still und verträumt unter der sengenden Sonne. Nur der artesische Brunnen bei den Rosenbeeten plätscherte.

Cathérine richtete sich auf, nahm das Dynamit und ging schnell an die Hauswand. Sie fand in der Mitte des Hauses eine Tür, die unverschlossen war und in der Geräte für die Gartenarbeit aufgehoben wurden. Hier baute sie fachmännisch, wie sie es von den Mineuren der Ölbohrer gesehen hatte, die Päckchen an die Wand, legte die Zündschnüre, verknotete sie zu einem Strang und führte ihn wieder hinaus in den Garten. Dann schloß sie die Tür und erinnerte sich daran, daß eine Explosion in einem geschlossenen Raum um vieles größer ist als im Freien.

Sie legte die Zündschnur auf den Rasen, bückte sich und suchte in den Taschen nach den Zündhölzern.

In diesem Augenblick öffnete sich die kleine Tür bei den Garagen vollends, und ein großes, geflecktes Tier trat heraus. Es war ein herrlicher Gepard, langbeinig, voll sehniger Kraft, den kleinen, runden Kopf mit der schwarzen Strichmaske vorgestreckt. Es witterte sofort den Menschen, den fremden Geruch, der nicht in dieses Haus gehörte, duckte sich etwas und peitschte mit dem langen Schwanz die Erde. Ganz langsam, als gähne er, öffnete er den Fang und die rote Zunge glitt zwischen den langen, weißen Zähnen hervor. Mißtrauisch belauerten die kleinen, schwarzen Augen die fremde Gestalt am Haus. Das alles geschah lautlos, ohne große Bewegung.

Cathérine hatte die Zündhölzer gefunden und schob die Schachtel auf. Der Gepard senkte den Kopf tiefer und begann, lautlos wie vorher, federnd wie bei der Aufhebung der Schwerkraft, auf Cathérine zuzulaufen. Er schlug einen Bogen, kam von hinten auf sie zu, betrachtete, drei Meter von ihr entfernt, ihren gebeugten Rücken und hob lautlos noch einmal den Kopf, um die Witterung einzusaugen.

Ein fremder Geruch, ein böser Geruch.

Der Gepard sagte es deutlich... ein dumpfes Grollen brach aus seiner Kehle.

Cathérine, die gerade ein Streichholz angestrichen hatte, fuhr herum. Sie verlor dabei das Gleichgewicht, fiel auf den Rücken und starrte auf das Tier, das gleichzeitig mit ihrem Fallen einen Satz machte und neben ihr auf dem Rasen landete. Das Gebiß mit den spitzen Reißzähnen leuchtete.

Nur eine Sekunde starrten sich Mensch und Tier an, dann wußten sie, daß einer den anderen vernichten mußte. Gleichzeitig schnellten sie vor...

Der Gepard mit offenem Fang, Cathérine ohne Waffen, nur mit ihren Fäusten, denn an ihre Pistole kam sie nicht mehr. Das Aufeinanderprallen geschah zu schnell.

Beide Fäuste stieß sie dem Gepard in das Maul, zwischen die Zähne, die blutige Rinnen auf ihren Handrücken rissen. Die Riesenkatze brüllte auf und hieb beide Tatzen in Cathérines Schulter, riß Stücke von Fleisch heraus und versuchte, sich über sie zu wälzen. Der wahnsinnige Schmerz zerriß in Cathérine alle Sehnsucht nach dem Tod, nach dem ersehnten Ende eines Lebens, das sie als verpfuscht ansah. Dieser Schmerz war so groß und allgewaltig, daß der Trieb, zu siegen und zu leben, größer war als alles andere.

Sie schrie ebenfalls auf, trat dem Tier gegen den Bauch, bohrte ihre Fäuste bis tief in den heißen, keuchenden Schlund des Gepards, ergriff dort etwas, es mußte die Zunge sein, und riß daran... zu einem Knäuel aus Schreien und Blut geworden, wälzten sie sich über den Rasen, ineinander verkrallt, verbissen und ohne Hoffnung, jemals wieder voneinander loszukommen.

Die Fäuste Cathérines im Maul des Tieres nahmen ihm die Luft. Wie zwei Hämmer rammte sie die Fäuste in die Kehle, die Beine der Riesenkatze zuckten und schlugen neue Wunden in den Körper Cathérines, aber sie ertrug es; sie sah, daß sie stärker war, daß selbst ein Raubtier ihr nicht gewachsen war, und das erfüllte sie mit einer solchen Kraft, daß sie sich über den Gepard wälzte, ihn auf den Rücken drückte und seinen Kopf, der wie festgeschmiedet an ihren Armen hing, mit Wucht auf die Erde schlug und mit jedem Hieb ihre Fäuste tiefer in die Kehle trieb.

So blieb sie liegen, bis der Gepard erstickt war. Ihr Blut floß aus den beiden Schulterwunden über die Katze, aber sie spürte den Schmerz jetzt nicht mehr. Fasziniert starrte sie in die Augen des Raubtieres, sah in ihnen die Todesangst, sah das Ende kommen, den großen, ewigen Schatten, das Vergehen des Bewußtseins, das Brechen der Klarheit, die Dumpfheit des Todes. Noch einmal trieb sie mit einem wilden Stoß ihre Fäuste in den Schlund, verriegelte die Lungen, und noch einmal bäumte sich der Gepard auf, hieb mit allen vieren auf sie ein, ehe er sich streckte und verendete.

Ganz langsam zog Cathérine ihre Arme und Fäuste aus dem Maul des Raubtieres, kniete neben ihm und blickte es an. Dann erhob sie sich, wandte sich zurück zum Haus und sah Seradji Achmed auf dem Balkon von Saadas Zimmer stehen, mit weiten, ungläubigen Augen. Vier Diener standen abseits, in sicherer Entfernung, Netze und Stangen in den Händen.

»Du hast Sithra getötet?« fragte Achmed. Seine Stimme schwamm zu Cathérine hin wie ein fernes Rauschen. »Mit den bloßen Händen... o Allah, was bist du für eine Frau!«

Cathérine schwankte mit leeren Augen auf die Diener zu. Sie machten Platz, ließen sie vorbeigehen, öffneten das Tor zur Straße und schlossen es wieder hinter ihr.

Aus Wunden am ganzen Körper blutend ging sie zu ihrem Jeep, setzte sich ans Steuer und fuhr zurück zum Camp XI. Eine ungeheure Willenskraft hielt sie aufrecht, ließ sie das Steuer des Wagens umklammern, die Mitte der Wüstenstraße einhalten und das Lager erreichen.

Wie ein Gespenst stieg sie aus, ging mit steifen Beinen in die Sanitätsbaracke und riß sich im Behandlungszimmer die Fetzen ihrer Kleidung vom Leib. Nackt, zerrissen von den Gepardpranken, blutüberströmt, wankte sie zum Schrank, in dem das Verbandsmaterial lag.

Molnar, der in seiner Schreibstube ein Geräusch gehört hatte, streckte den Kopf in das Zimmer und wollte fragen: »Na, wieder zurück, Cathérine?«, als er den nackten, blutenden Körper herumschwanken sah.

Molnar zögerte nicht lange. Er rannte zurück und zog an der Katastrophensirene. Grell heulte sie los und riß die Männer von den Baustellen herum. Auch Ingenieur de Navrimont fuhr aus dem Bett. Ein neuer Ölbrand, jagte es durch seinen Kopf. Kaum wieder hier aus Ouargla, geht der Mist los! Jetzt fliegt Brennot wieder ein, der Amerikaner muß löschen, es gibt lange Berichte, Militär sucht die Gegend nach den Saboteuren ab ... o verflucht, warum hat man nicht den ersten, der das Öl entdeckte, einfach aufgehängt?!

Er zog sich an und rannte zu Molnar. Aber der war nicht im Büro. Der nächste Weg ist immer zu Cathérine, wenn etwas nicht stimmt; de Navrimont machte darin keine Ausnahme und stürzte in das Krankenrevier. Hier lag Cathérine in ihrer blutigen Nacktheit auf dem Tisch und Molnar war dabei, die blutenden Wunden zu behandeln, so gut er es konnte.

Ingenieur de Navrimont, der die Situation verkannte, brüllte auf.

»Molnar!« schrie er grell. »Sie Irrer! Sie Lustmörder! Alarm! Alarm!«

Er stürzte sich auf den Ungarn, hieb ihm die Faust ins Gesicht und wunderte sich, daß er trotz seines Suffs noch soviel Kraft in den Muskeln hatte. Molnar schoß gegen die Wand und rutschte dort zu Boden. Dafür füllte sich der Raum mit den ersten Arbeitern. Sie starrten entgeistert auf die blutende Cathérine.

»Er wollte sie umbringen!« heulte de Navrimont. »Er war dabei, sie in Stücke zu schneiden!«

Molnar rührte sich, als ihn grobe Fäuste packten und schüttelten. De Navrimont und zwei Arbeiter waren dabei, über Cathérine große Lagen von Zellstoff zu werfen. Sie waren hilflos wie die Kinder, die ein Wasserrohr angebohrt haben.

»Ich habe ihr nichts getan!« brüllte Molnar von der Wand her. »Ich hörte sie kommen, ging ins Zimmer und sah sie so... so zerfetzt. Da habe ich Alarm gegeben...«

Von den Bohrstellen heulten die Wagen heran. Niemand wußte, warum die Sirene geheult hatte, aber jeder war sofort bereit, zu helfen. Die Bohrlöcher waren in Ordnung, das stellte man gleich fest, als die Mannschaften der verschiedenen Außenstellen sich auf dem großen Platz des Camps trafen. Es mußte etwas im Lager sein... und plötzlich war es still unter den Männern. Sie sahen sich an und dachten alle das gleiche.

Die Hadjar-Krankheit.

Nun ist sie da. Und der Doktor ist weg. Und Serrat bleibt noch eine Woche in Algier. Wir sind der verlorenste Haufen der Welt.

Aber dann kamen die ersten Nachrichten aus der Sanitätsbaracke.

Cathérine ist verletzt. Ein Gepard hat sie angefallen. Im Garten von Scheich Achmed. Mit bloßen Händen hat sie das Raubtier erstickt. Aber schrecklich sieht sie aus. Wie ein Stück Hackfleisch.

Die Männer umstanden stumm die Baracke und warteten weiter. Das Öl war ihnen jetzt völlig gleichgültig, der Teufel konnte es holen und sich damit seinen Hintern salben.

Cathérine. Das allein war jetzt wichtig. Cathérine lag im Sterben, hieß es. Ihr Blutverlust ist zu groß. Das Herz schlägt kaum noch. Die Idioten da drinnen bekommen die Blutungen nicht zum Stillstand. Sie stehen herum wie die Bettnässer vor dem nassen Bettuch! Nach Ouargla zu fliegen ist bereits zu spät.

Blutspender werden gesucht.

Blutgruppe Null.

Vierzig Männer traten vor. Ernst, mit verkniffenem Mund, wäßrigen Augen.

Cathérine. Sie stirbt. Ist denn so etwas überhaupt möglich? Unsere Cathérine...

Im Behandlungszimmer lag sie noch immer auf dem Tisch. Auf der Erde hatte sich eine Blutlache gebildet. Molnar und de Navrimont hatten große Mullpakete auf die zerrissenen

Schultern gepackt und wußten nun nicht weiter. Blutspender standen genug draußen, aber wie macht man eine Blutübertragung?

Die Männer blickten sich an und senkten dann die Köpfe. Und da, in diesem Moment, sagte jemand, was die meisten dachten:

»Zum Teufel, wo ist denn der Doktor?«

»Ja, wo ist er?» schrie de Navrimont. »Ihr Idioten, bei Achmed! Holt ihn her. Sofort. Und wenn ihr kriegsmäßig die ganze Oase ausräuchert: Nur bringt ihn gesund hierher!«

»Ich nehme den schnellsten Wagen!« schrie Molnar. Er boxte sich durch die Menge und rannte zu dem kleinen Jeep, mit dem Cathérine gekommen war. Der Sitz, das Lenkrad, die Schaltung, alles war blutverschmiert. Molnar sprang auf den Sitz und raste los wie ein Irrer.

Ich allein weiß ja, wo er ist, dachte er. Ich habe ihn vor ein paar Stunden niedergeschlagen. Nur eine Viertelstunde vor Cathérine bin ich von Bou Akbir zurückgekommen... o Himmel, hätte ich gewußt, was sich dort abgespielt hat!

Wie würde wohl Serrat jetzt handeln? Würde er auch den Doktor holen? Oder würde er sagen: »Laß sie verrecken! Katze gegen Katze, das ist ein ehrlicher Kampf.«

Molnar beugte sich über das Lenkrad. Der kleine Jeep hüpfte über die Wüstenstraße wie ein irrer Floh.

Cathérine, dachte er weiter. Unsere Cathérine! Wenn sie stirbt, was sind wir dann?! O Gott, wir haben keine Mutter mehr. Bis heute haben wir ja alle nicht gespürt, was sie uns bedeutet.

Molnar starrte in die Wüste und fühlte an dem Naß auf seinen Wangen, daß er weinte. Und er fand das ganz natürlich, denn ohne Cathérine in der Sahara zu leben, erschien ihm jetzt unmöglich.

Er fuhr eine Viertelstunde und hatte die Abzweigung nach Bou Akbir bereits in einer Rekordzeit erreicht, als er entsetzt in die Ferne blickte. Dort wurde der Himmel gelb und bleich und bewegte sich wie in Wellen. Die Sonne verlor allen Glanz und war wie eine polierte Scheibe, die durch Watte leuchtete.

Molnar kannte dieses Naturphänomen. Es war gleichbedeutend mit einem zeitlich begrenzten Weltuntergang. Wer jahrelang in der Wüste gelebt hat, beginnt bei dieser Himmelserscheinung sofort für seine Sicherheit zu sorgen. Er verkriecht sich, verstopft alle Ritzen, bringt Tiere und Fahrzeuge unter Dach und beginnt zu warten und zu hoffen.

Der Sandsturm.

Aus dem Nichts kommend. Eine heulende, wirbelnde Wand aus Sand, die alles unter sich begräbt. Eine Hölle aus winzigen, harten Körnchen. Ein Ersticken im Staub.

Molnar starrte auf die heranbrausende Wand und gab Vollgas. Er wußte, daß es sinnlos war, davonzulaufen; der Sturm holte ihn ein, und wenn's in Bou Akbir selbst war. Der Sturm aber würde auf jeden Fall verhindern, daß Dr. Bender nach Camp XI gebracht wurde, selbst wenn er, Molnar, ihn finden würde.

Molnar heulte wie ein junger Hund, als ihm das klar wurde. Der Tod Cathérines war unaufhaltsam. Die Wüste selbst verhinderte ihre Rettung; sie deckte das Leichentuch aus Sand über sie.

»Ich hasse dich, Gott!« schrie Molnar in den noch blauen Himmel über sich. »Ich hasse dich! Aber ich werde dich lieben und nach Lourdes pilgern, wenn du Cathérine leben läßt...«

An diesem Tag war Gott anscheinend nicht bereit, ihn anzuhören.

Er ließ den kleinen Molnar vom Sandsturm überrollen.

Brüllend fielen die wirbelnden Gebirge über ihn her, fegten den Jeep von der Piste in die Dünen, hoben den Ungarn in die Höhe und rollten ihn vor sich her wie einen Ball.

Um 16 Uhr 24 erreichte der Sandsturm das Lager XI. Er deckte zwei Hallen ab und begrub die Baracken einen Meter hoch im Sand.

Um 16 Uhr 59 bogen sich die Palmen von Bou Akbir. Die Menschen rannten schreiend in ihre Häuser. Sie zogen das Vieh hinter sich her, verrammelten die Türen und beteten zu Allah. Der alte Kebir, der Priester, sang mit zitternder Stimme die Suren der Gnade. Er lag mit Achmed in dessen Haus auf dem Gebetsteppich und wagte nicht den Kopf zu heben.

Wie tot lag die Oase im Vorbotenwind des Sandsturmes. Selbst die Katzen verkrochen sich in Löcher und unter Steinen. Die Geier auf den Hausdächern und Palmen steckten die nackten Köpfe unter die Flügel. Alles Lebende hielt den Atem an.

Nur ein Mensch ging langsam, die Hände in den Hosentaschen, durch die ausgestorbene Oase.

Dr. Bender.

Er wußte, was da in wenigen Minuten über ihn herfallen würde, aber er fürchtete es nicht. Die Häuser waren ihm verschlossen, niemand kümmerte sich um ihn. Er war ein Ausgestoßener, dem der Tod eine Erlösung sein sollte.

Als die Palmen im Wind zu jammern begannen und die ersten Sandstrahlen sein Gesicht peitschten, legte er sich an einer Gartenmauer auf die Erde, zog das Hemd, das er in einem Brunnen naß gemacht hatte, über den Kopf, stopfte einen Zipfel des tropfnassen Stoffes zwischen die Lippen und schützte seinen Nacken mit einer alten, zerrissenen Matte, die er aus dem Wind fischte, als sie an ihm vorüberwirbelte.

So lag er auf der Erde, armseliger als jeder wilde Hund, und drückte sich an die Gartenmauer.

Und dann war der Sandsturm da, brüllend und heulend, eine Faust aus wirbelnden Körnern, die alles niederpreßte.

Dr. Bender hob einmal den Kopf und ließ ihn sofort wieder sinken.

Die Welt geht unter, dachte er. Meine Lungen füllen sich mit Sand. Ich spüre es, jeder Atemzug ist ein widerliches Knirschen.

Er biß auf den nassen Zipfel seines Hemdes und preßte das Gesicht dicht an die Gartenmauer.

Über seinen Körper häufte sich ein Hügel aus Sand.

Scheich Seradji Achmed lag auf seinem Gebetsteppich, die Stirn auf den Boden gedrückt, die Hände flach daneben, und betete leise. Sein Kopf zeigte nach Osten, nach Mekka, zum Platz, wo Mohammed die Worte Allahs verkündet hatte. Um sein Haus tobte der Sandsturm, heulte der Wind, wirbelten die staubfeinen Körner durch jede Ritze, knirschten die Wände im Druck der Orkanwellen und bebte das Dach in den Verankerungen. Er hörte, wie sein herrlicher Garten unterging in diesem Toben der Natur. Die Palmen wurden aus der Erde gerissen, der gepflegte Rasen wurde zur Wüste, die Brunnen versandeten, die Blütenbüsche verdorrten in Minutenschnelle im heißen Atem des Sturmes. Er hörte das alles, denn er kannte die Gewalt dieser Sandflut, aber er wagte nicht, den Kopf zu heben oder gar aufzustehen und hinauszublicken in das Chaos, das über seine Oase hinwegfegte. In der Gebetsecke seines großen, prunkvollen Raumes lag er nun wie ein armseliges Häuflein Lumpen, mit geschlossenen Augen, Allah um Gnade anflehend und um Vergebung aller Sünden, die er in seinem Leben auf sich geladen hatte.

Seine Diener hatten sich verkrochen. In die Keller, in die festen Ställe, irgendwo in dem weiten Haus, wo der Sturm sie nicht fassen konnte. Die edlen Pferde standen still in ihren Boxen, die Köpfe gesenkt, die Ohren gespitzt und lauschten auf das Heulen des Windes. Sie waren Kinder der Wüste, aufgewachsen mit allen Schrecken dieses glühenden, mörderischen Landes. Sie wußten: Weglaufen hat keinen Sinn, es bedeutet den sicheren Tod. Solange die Wände halten, solange ein Dach über ihnen ist, waren sie sicher. Der Sand, der durch die Ritzen und Türen hereinwehte, war ihre Heimat. Aber ihre großen, runden Augen blieben wachsam, ihre Ohren registrierten jeden Laut, die Nüstern waren gebläht.

In der Oase erstarb alles Leben. Bis auf Dr. Bender, der an die Mauer gepreßt mitten im Sturm lag, gab es nichts Lebendes mehr auf den Straßen. Nur ein Hund, ein kleiner, struppiger Kerl, braun mit weißen Flecken, ein krummbeiniges, häßliches Etwas, irgendwo in einer Ecke dieser Oase geboren, ohne Heimat, weggejagt von allen Türen, eine armselige Kreatur, ausgestoßen wie Dr. Bender, irrte im Windschatten der Wand herum, kroch von Stein zu Stein und suchte Schutz. So traf er auf den liegenden, halb zugewehten Menschen, beschnupperte ihn, erkannte ihn als lebendes Wesen und preßte sich in seiner großen Not an ihn.

Bender hob den Kopf und zog den kleinen Hund an sich. Er schob ihn zwischen seine Arme, drückte ihn vor sein Gesicht, vergrub seinen Kopf in das harte, struppige, sanddurchsetzte Fell und spürte das wilde Zittern der ängstlichen Kreatur.

»Ruhig, mein Kleiner«, keuchte Bender durch den Zipfel seines nassen Hemdes und umarmte den leise winselnden Hund. »Ganz ruhig... wir überleben... es geschieht uns nichts... Bastarde sind zäh... Wir wollen doch leben, was?«

Ein neuer Sturmstoß drückte sie gegen die Mauer. Es war Bender, als stürze ein Sandgebirge über ihm ein, die Luft blieb weg. Irgendwo mußte ein Vakuum entstanden sein... er riß den Kopf hoch und machte den Mund weit auf, auch wenn ihm der Sand in die Kehle wehte.

Luft – Luft – Mein Gott – Luft! Ich will nicht ersticken... ich will leben... leben –

Dann war auch diese schreckliche Sekunde vorbei; er atmete durch und fand die Luft köstlich, wie mit herrlichem Duft durchsetzt. Der Wind hatte ebenso plötzlich nachgelassen, wie er gekommen war, nur eine Staubwolke senkte sich noch über die Oase, Nachhut einer tödlichen Vernichtung.

Dr. Bender schob sich auf die Knie und preßte den kleinen, häßlichen Hund an sich. Das krummbeinige Kerlchen sah ihn an aus weiten, tiefbraunen, sprechenden Augen, dann leckte es ihm die Hand und drückte die Schnauze an seine Halsbeuge.

Eine unendliche Zärtlichkeit überkam Dr. Bender. Er drückte den Hund fester an sich und streichelte mit zitternden Händen das struppige Fell.

»Wir leben, mein Junge«, sagte er leise. Seine Stimme war tonlos, wie vom Sand aufgesogen. »Tatsächlich, wir haben es geschafft. Wir Ausgestoßenen leben weiter.« Er hob den kleinen Hund hoch und lachte ihn an, und der struppige, häßliche Kerl spürte die Freude des Menschen und gab ein helles Bellen von sich und strampelte mit allen Beinchen.

»Was nun?« sagte Bender, als sie zusammen an der Mauer saßen. Die Oase Bou Akbir hatte ihre Schönheit verloren. Die Gärten waren versandet, die Felder verwüstet, vor den Häusern türmten sich Sandberge, am Rande hatten sich neue Dünen aufgetürmt, die Palmenreihen der Außenwälder ragten nur noch mit den Wipfeln oder bis zur Hälfte verschüttet aus den neu gebildeten Sandbergen. Noch regte sich nichts im Ort. Menschen und Tiere blieben verkrochen, man traute dem plötzlichen Frieden der Natur nicht. »Bleiben wir zusammen?«

Der kleine Hund leckte wieder die Hand Benders. Es war seine Antwort. Du bist mein Herr. Ich folge dir. Wir sind die einsamsten Wesen auf der Welt. Keiner will uns, wir haben nur uns selbst.

»Gehen wir«, sagte Bender und klopfte den Sand aus seinem Anzug. »Suchen wir uns was zum Essen. Betteln liegt mir nicht, da ist Klauen schon angenehmer. Komm, Ludwig!« Er blieb stehen, als der kleine, krummbeinige Hund an der Mauer verharrte. »Ja, du bist gemeint. Du heißt ab heute Ludwig.« Er ging in die Hocke und hielt die Hand auf. »Komm her, Ludwig ... wir wollen stehlen gehen. Das wird jetzt unser Leben sein, bis ein Wunder kommt. Wir gehen nicht unter, Ludwig, wir nicht! Komm!«

Er wandte sich ab und ging zurück in die Oase. Er blickte sich nicht um, aber er wußte, daß der kleine Hund ihm nachdenklich nachschaute. Dann lächelte Dr. Bender... neben ihm tauchte ein tappendes Knäuel auf und blieb an seiner Seite. Ludwig hatte endlich seinen Herrn gefunden.

Auf dem Markt waren die Stände umgekippt und voller Sand. Kein Mensch war zu sehen. Dr. Bender knüpfte aus seinem Hemd eine Art Tasche und packte hinein, was herumlag.

Obst. Datteln. Fladen aus Wildweizen. Eine verschlossene Blechkanne voll Limonade. Ein Beutel Maismehl. Tomaten. Eine Wassermelone.

Alles war mit feinstem Sand paniert, aber wer Hunger hat, den stört nicht das Knirschen zwischen den Zähnen. Ludwig entwickelte eine feine Nase, er kam aus einem zusammengebrochenen Stand mit einem Stück Hammelfleisch wieder und rannte Bender voraus, wieder zum Rand der Oase.

Weg von den Menschen. Heute ist Feiertag.

Ein großes Stück Fleisch!

O Allah, du liebst auch die unscheinbarste Kreatur.

Dr. Bender folgte ihm, den Hemdensack mit seinen Schätzen über die Schulter geworfen. In einem alten, verfallenen Ziegenstall am Rande eines Wadis, eines ausgetrockneten Flußbettes, in dem nie ein Tropfen gelaufen war, solange man in Bou Akbir denken konnte, fand er ein Quartier und packte sein zusammengestohlenes Leben aus. Ein Häufchen Essen... es kann für vier Tage reichen, rechnete er.

Und dann?

Neben ihm, auf der Erde, schmatzte Ludwig.

Die Welt war so klein geworden wie ein Stück Hammelfleisch.

In seiner Gebetsecke war Seradji Achmed zusammengebrochen.

Er lag, die Hände auf den Magen gedrückt, auf dem Rücken und stöhnte laut. Ganz plötzlich war das gekommen, mitten im Gebet. Beim Heulen des Sandsturmes überkam ihn eine schreckliche Übelkeit, dann durchjagten Stiche seinen Leib. Er hatte das Gefühl, jemand spalte seinen Magen mit einer glühenden Klinge auf. Er schrie und fiel auf den Rücken.

Das ist die Angst, dachte er. Die Angst, vom Sand begraben

zu werden. Die Angst vor dem Tod! Sie zerfrißt mich, sie zerreißt mich. O Allah, verzeih, ich bin ein Sünder!

Als der Sturm nachließ – Achmed hörte es an dem leiseren Brausen der Sandwolken – blieb der bohrende, stechende Schmerz in seinem Leib. Im Gegenteil, etwas Neues kam hinzu: In seinen Eingeweiden schien Feuer auszubrechen. Er heulte laut auf, wälzte sich auf dem Gebetsteppich und kalter Schweiß bedeckte in Sekundenschnelle seinen ganzen Körper.

So trafen ihn seine Diener an, als sie aus ihren Verstecken hervorkrochen und stumm vor dem Untergang des prächtigen Gartens standen.

»Holt Hilfe«, heulte er und schwankte, gestützt durch zwei Diener, zu seinem Diwan. »Schnell... holt ...« Dann sank er in die Kissen, hielt sich wieder den Magen und würgte, als müsse er sich erbrechen.

Jussuf kam nach zwanzig Minuten. Er war ein verknitterter Mann mit einem Spitzbart, der früher als Sanitäter bei der Freiheitsarmee gedient hatte und sich als Arzt ausgab. Was er konnte, hatte er den Militärärzten abgeguckt, und das war sehr wenig, wenn es um Innere Medizin ging. Verbände konnte er machen, auch eine Wundversorgung – doch vor Krankheiten, die man nicht sah, war er machtlos. Ein Schuß ins Bein, das war etwas Reelles. Aber Krämpfe im Magen, da konnte man nur raten.

Er untersuchte Achmed, klopfte auf seinen Magen, was den Kranken zu lauten Schreien reizte, öffnete dann seinen Koffer und entnahm ihm einige Instrumente, die Achmed mit tiefliegenden, flatternden Augen betrachtete.

»Was ist es, Jussuf?« stöhnte er. »O Allah, ich verbrenne innerlich...«

»Im Darm ist ein Überdruck«, sagte Jussuf weise. »Wir nehmen ihn weg. Nur ruhig Blut.«

Was Jussuf tat, war entwürdigend, aber Achmed hatte keinen Sinn mehr für Würde. Er kämpfte gegen eine Ohnmacht an, so jagte der Schmerz durch seinen Körper. Er drehte sich auf die Seite, ließ seine Kleidung hochheben, und Jussuf gab ihm nach guter alter Militärarzt-Manier zunächst ein Klistier.

Es war Achmed, als zerplatze er. Er brüllte auf, und als er sich entleert hatte, lag er schlaff und willenlos auf dem Diwan. Jussuf betrachtete nachdenklich das Herausgespülte. Es war neben Kot auch Blut darin, und das machte ihn kritisch.

»Du hast sicherlich einen Dattelkern verschluckt, und der hat den Darm angekratzt«, sagte er. »Keine Aufregung, es wird alles gut.«

Das war eine Lüge, denn gleich darauf schickte er einen Diener zu dem alten Kebir. Im Vorraum von Achmeds Schlafzimmer fing er den Alten ab. Kebir, der den Sandsturm in der kleinen, alten Moschee überlebt hatte, sah schrecklich aus. Sein langer Bart war vom Sand steif wie ein Brett.

»Er hat eine Krankheit, die ich nicht kenne«, sagte Jussuf ehrlich und zeigte mit dem Daumen in den Schlafraum. »Wenn man seinen Bauch berührt, schreit er auf, und im Kot ist Blut. Beim Militär habe ich einen solchen Fall noch nicht gehabt. Ich habe ihm Schmerztabletten gegeben, aber sie schlagen nicht an. Was soll man jetzt tun?«

Der alte Kebir sah Jussuf traurig an und ging zu Achmed. Der Scheich lag apathisch da, die Hände auf der Brust gefaltet, und starrte gegen die Decke. Sein Gesicht, einst von einer wilden Schönheit, die er auch auf Saada vererbt hatte, war fahl und eingefallen. Wie ein Toter wirkte er, spitznasig und hohlwangig. Der alte Kebir bekam einen Schrecken und setzte sich auf die Diwankante.

»Allah hat mich verflucht«, sagte Achmed mit zitternder Stimme. »Er hat mir Saada genommen, läßt meine Oase untergehen und zerreißt meinen Leib. Es geht zu Ende, Kebir.«

Der Alte betrachtete die tiefliegenden Augen Achmeds und erinnerte sich daran, daß Abdallah nicht anders ausgesehen hatte. Der weiße Arzt hatte die Leiche gestohlen, und jeder in der Oase wußte, daß Abdallah an der geheimnisvollen Hadjar-Krankheit gestorben war. Für sie gab es keine Medikamente, sie war eine Geißel Gottes.

Kebir strich sich seinen mit Sand gefüllten Bart und bemühte sich, würdig zu sprechen.

»Man sollte den weißen Hakim bitten«, sagte er. »Ganz gleich, wie es mit ihm ist... es geht um dein Leben. Du magst ihn hassen... aber wenn einer helfen kann, dann nur er! Das sage ich dir, obwohl ich alle Weißen zum Teufel wünsche.«

Achmed schloß die Augen. In seinem Leib tobten Flammen. »Sucht ihn«, sagte er kaum hörbar. »Sucht ihn. Auch diese Strafe Allahs will ich auf mich nehmen, daß mich ein Weißer berührt. Laß ihn überall suchen!«

Dann fiel er in Ohnmacht. Kebir wischte sich über das Gesicht. Es ist zu spät, dachte er. Wenn es die Hadjar-Krankheit ist... o Allah, verschone uns anderen. Laß die Oase Bou Akbir nicht ein Totenfeld werden.

Er rannte aus dem Zimmer, schrie alle Diener zusammen und befahl ihnen, auszuschwärmen und den weißen Hakim zu suchen.

Der kleine Ungar Molnar hatte Glück. Der Sturm fraß ihn nicht auf. Nachdem er ein paar Meter wie ein Ball gerollt war, blieb er hinter einem Felsen liegen, umklammerte ihn und überlebte so in freier Wüste den Sandsturm. Zerschunden, voller Schrammen und Risse, stand er nach dem Inferno auf und atmete die klare Luft ein wie Blütenduft. Er fühlte sich wie an einem Herbstabend in der Pußta, so gering war die Hitze nach diesem brüllenden Orkan. Schwankend ging er zurück zu dem kleinen Jeep, der auf der Seite lag und einem Sandhügel glich. Über eine halbe Stunde saß Molnar neben dem Auto, atmete wie ein Blasebalg und wunderte sich, daß er noch lebte. Dann dachte er an Cathérine, und er sprang auf, um den Jeep auszugraben. Es ist sowieso zu spät, dachte er. Sie ist längst tot! Auch wenn ich Dr. Bender finde – er kann nur noch ihren Tod feststellen. Aber Serrat, verdammt noch mal, diesen Serrat werden wir umlegen. Wir alle, darin sind wir uns jetzt einig. Wenn er von Algier zurückkommt, wird er den Weg vom Hubschrauber bis zu seinem Zimmer nicht mehr überleben. Seine ganze Bullenstärke wird ihm nichts mehr nützen. Es wird keinen von uns geben, der nicht auf ihn abdrückt. Für Cathérine bringen wir zehn Serrats um!

Mit der Schaufel, die jeder Wüstenjeep als Ausrüstung mit sich führt, grub er den Wagen aus und wuchtete ihn auf die Räder, indem er ihn so lange schaukelte, bis er umkippte und richtig stand. Dann setzte er sich hinter das Steuerrad und ließ den Motor an.

Das war ein neues Wunder, an das Molnar nie geglaubt hätte. Da drinnen ist alles versandet, dachte er vorher. Motor, Getriebe, Zündung, Bremsen, alles ein Sandbrei. Aber der Jeep sprang an, und er fuhr sogar, wenn auch knirschend wie hundert Männer, die sich auf die Zähne bissen. Molnar jubelte laut, er hieb auf das Steuerrad und benahm sich wie ein Irrer.

Er fährt... er fährt... ich werde den Doktor erreichen! Ich komme nach Bou Akbir.

O Gott, mein Gott, mein lieber Gott... laß Cathérine noch leben...

Nach einer Stunde erreichte Molnar die Oase. Ein Gewimmel von Menschen empfing ihn. Das große Aufräumen hatte begonnen.

Man grub Bou Akbir aus dem Sand.

Nachdem sie den Salzsee Schott Djerid verlassen hatten und auf die gut ausgebaute Straße nach Gafsa gekommen waren, ließen die Mädchen von Saada ab. Es war auch nicht mehr nötig. Die katzenhafte Stärke ihrer Gefährtinnen besiegte Saada völlig. Eingeklemmt zwischen den anderen hockte sie in dem großen Wagen und starrte auf die Wüstenberge. Ali Hadschar, ihr neuer Herr, beobachtete sie im Rückspiegel, während er fuhr.

Sie ist ein wirkliches Kapital, dachte er. Sie ist das schönste Mädchen, das ich je eingekauft habe. Mit ihr werde ich in Annaba das ganz große Geschäft machen.

Angst, daß Saada ihm fortlaufen oder Gäste alarmieren könnte, hatte er nicht. Noch kannte Saada nicht seine Methoden, die Mädchen zum Schweigen und zum Gehorsam zu zwingen; noch wußte sie nicht, was sie in der Bar erwartete, daß sie ein rechtloses Stück schönes Fleisch war, das jeder genießen durfte, der dafür bezahlte. Ein Stück praller Sinnenlust. Klagen wollte da keiner hören. Wer zu Ali in die Hinterzimmer kam, für den war ein schönes Mädchen kein Mensch mehr, sondern nur ein Objekt seiner Geilheit.

Ali Hadschar hielt kurz vor der Stadt Gafsa an und wandte sich zu Saada um. Sein Glatzkopf leuchtete in der Sonne.

»Wir kommen gleich nach Gafsa«, sagte er, »und dann fahren wir weiter zur Küste nach Gabès. Es hat keinen Zweck, Polizisten zu rufen oder sich zu benehmen wie eine Irre. Keiner würde dich beachten. Die meisten Polizisten kennen mich, und es wäre nicht gut für deine Samthaut, wenn ich die Peitsche gebrauchen müßte. Verstehen wir uns?«

Saada sah an Ali vorbei wie an einem Haufen Unrat. »Mein Vater wird mich suchen und finden«, sagte sie stolz. »Und dann wird er dir den Kopf abschlagen.«

»Wo soll er suchen?« Hadschar lachte heiser. »Wie kann ein Mensch ahnen, welchen Weg du nimmst? Wir sind in Tunis und kehren nach Algerien zurück. Das wird niemand herausfinden.«

Ali fuhr weiter. Der Weg, den er mit seinen Mädchen nahm, war die ausgeklügeltste Route, die es nur gab. Nicht eine Spur würde es geben, nicht einen Hauch von Verdacht.

Was ist ein einzelner, kleiner Mensch in der Weite Afrikas? Eher findet man eine Perle in einem Urwald.

Saada merkte sich den Weg genau. Sie blieb ruhig, als sie schnell Gafsa durchfuhren und abbogen auf die breite Staatsstraße nach Gabès. Am Abend erreichten sie die Hafenstadt, fuhren direkt zum Hafen und hielten an einem Pier, an dem eine schmucke, weiße Jacht lag. Hadschar stieg aus und grunzte zufrieden. Die anderen Mädchen klatschten begeistert in die Hände. Für sie war diese Reise in ein neues Leben wie ein Wunder.

Die große Stadt. Das blaue Meer. Das weiße Schiff. Der Reichtum, der überall auf sie eindrang. Die Autos. Die Fülle an Lebensmitteln.

Eine Welt voll Wunder, wenn man aus der tiefsten Wüste kam, aus den gebleichten Felsen, aus Dörfern, in denen eine Kanne voll klaren Wassers schon einen Schatz bedeutete.

Saada stieg aus und sah sich um. Auch sie war zum erstenmal am Meer, und es faszinierte sie. Die unendliche Wasserfläche war unbegreiflich. Die Schiffe, die darauf herumfuhren, das turbulente Leben im Hafen, die großen Steinhäuser, der Reichtum... alles war auch ihr wie ein wahrgewordenes Märchen. Aber gleichzeitig begriff sie, daß diese neue Welt nur Schein war. Daß sie eine Sklavin geworden war, über die diese Welt herfallen durfte, weil sie dafür bezahlte. Daß dieses Märchen tödlich war und sie daran zerbrechen würde.

Sie zögerte nur ein paar Sekunden... es waren die Augenblicke, in denen drei Helfer Hadschars das Gepäck ausluden und zwei Mädchen schon über die schmale Gangway auf das weiße Schiff gingen... dann machte sie zwei weite, katzenhafte Sätze zum Kai und warf sich mit ausgebreiteten Armen in das Meer.

Ali stieß einen dumpfen Schrei aus.

»Rettet sie!« brüllte er dann. »Springt ihr nach! Hundert Dinare für den, der sie heraushölt!« Er selbst rannte an das Ufer und sah auf Saada, die instinktiv schwamm, untertauchte, zu versinken schien, wieder an die Oberfläche kam und weiterschwamm hinaus ins freie Meer, in den sicheren Tod.

Zwei Angestellte Hadschars hechteten hinterher ins Wasser. Es waren geübte Schwimmer, sie kraulten Saada nach, erreichten sie schon nach wenigen Metern und fielen im Wasser über sie her. Brutal hieben sie ihr auf den Kopf, fingen die Untertauchende auf und brachten sie an Land. Dort hoben sie die Ohnmächtige auf das Schiff und trugen sie in eine Kabine, die Ali abschloß und deren Schlüssel er in seine Tasche steckte. Das Bullauge, das wußte er, war verschraubt.

Der letzte Versuch Saadas, zu flüchten oder zu sterben, war gescheitert.

In der Nacht legte das weiße Schiff von Gabès ab und fuhr hinaus ins Meer. Ein weiter Weg lag vor ihnen, von Gabès um die ganze Landspitze von Tunis herum zurück nach Algerien, wo man in Annaba, dem früheren Bône, landen würde. Ein Seeweg von 800 Kilometer. Aber der sicherste Weg für die Mädchen des Ali Hadschar. Eine Fahrt von knapp drei Tagen, ohne Aufenthalt, wenn das Meer ruhig blieb.

Ali stand vorne am Bug, als sein weißes Schiff schäumend das Meer durchpflügte. Er ließ mit voller Fahrt reisen. Die Hauptlast des Schiffes bestand aus Benzin. Alle Laderäume lagen voll Tonnen, selbst auf Deck waren die Benzinfässer festgezurrt.

Als die Lichter von Gabès am Horizont versanken und nur das dunkle, schwach bewegte Meer um ihn war, atmete Ali auf. Von nun an gab es keine Gefahr mehr für ihn. In Algerien hinderte ihn niemand, die Mädchen an Land zu bringen. Die Polizeiposten an dem Küstenstreifen, wo sich Hadschars privater Landungssteg befand, lebten vom Geld Alis. Sie wurden blind und taub, wenn das weiße Schiff von großer Fahrt zurückkehrte.

Das Schicksal Saadas war unabwendbar geworden.

Am nächsten Tag schien eine helle Sonne über dem Meer. Es lag vor dem Schiff wie ein blauer Zaubersee. Ali hatte gut gefrühstückt, die anderen Mädchen sonnten sich nackt auf dem

Hauptdeck, und Ali war zufrieden mit seinem Einkauf. Lauter junge, unverbrauchte Körper. Schlank, braunhäutig mit einem Seidenglanz, kleine, feste Brüste. Er stellte sich vor die Mädchen, die ihn unbefangen ansahen und anlächelten, sich wie die Katzen in der Sonne streckten und dehnten und das neue Leben genossen. Für sie war der Sprung vom Wüstendorf in die große Welt ein Geschenk Allahs. Was hieß hier verkauft, was hieß Sklavin? Zu Hause, in den Steinhöhlen, waren sie nicht weniger rechtlos, wurden sie als Arbeitstiere gehalten, mußten später ihrem Manne untertan sein und galten weniger als ein Esel oder ein Kamel. Das Recht der Frau... das gab es nicht in der Wüste. Wenn ein Kamel starb, trauerte die ganze Familie. Starb eine Frau, wurde sie in die Grube gekippt und zugeschaufelt. Denn Allah hat die Frau geschaffen zur Arbeit und zum Gebären. Daß sie auch eine Seele hat, davon steht nichts im Koran.

Hadschar gönnte sich einen schönen Morgen. Er legte sich zwischen die nackten Mädchen, betastete ihre Brüste, streichelte ihre Schöße und zeigte dann, wer der Herr war. Er bestimmte eines der Mädchen, ein kräftiges Ding aus Ghardaia, mit Brüsten wie Speerspitzen, mitzukommen, nahm sie mit in seine große Kabine und vergnügte sich mit ihr über eine Stunde lang... ein glatzköpfiger, keuchender, schwitzender Vulkan, der erst Ruhe gab, als das Mädchen schlaff wie eine Puppe in seinen Armen lag. Dann duschte er sich, denn er war ein sauberer Mensch, zog einen neuen weißen Haik an und ging zur Kabine Saadas. Als er sie aufschloß, saß Saada am verschraubten Bullauge und sah hinaus auf das blauleuchtende Meer.

»Ein herrlicher Morgen«, sagte Ali. Er setzte sich neben die Tür auf einen Hocker und legte eine kurze, geflochtene Peitsche über die Knie. Saada antwortete nicht, sie drehte sich auch nicht zu ihm um. »Die anderen Mädchen liegen in der Sonne, trinken Orangensaft, haben weißes Brot mit Honig gegessen und lassen den Seewind über ihre Körper wehen. Du könntest das auch, wenn du vernünftig wärst. Sieh doch ein, daß es keinen Sinn hat, sich zu wehren...«

Hadschar wartete, aber Saada zeigte keinerlei Regung. Es war, als habe er gegen den Wind gesprochen. Da ließ er die kurze Peitsche gegen seine Schenkel klatschen, und diesen Ton schien Saada zu kennen. Sie zog die Schultern etwas hoch, ihr Kopf senkte sich nach vorn. Ali lächelte breit.

»Steh auf«, befahl er. »Leg die Kleider ab und tanze.«

Saada rührte sich nicht. Nur ihre Finger verkrampften sich ineinander. Ali klatschte wieder mit der Peitsche gegen seine Schenkel.

»Ich weiß, du kannst noch nicht so tanzen, wie es sein muß. Aber du wirst es lernen! Den besten Lehrmeister sollst du bekommen... mich! Los, tanze!«

Saada bewegte sich nicht. Sie zeigte auch keinerlei Regung, als Hadschar aufsprang und hinter sie trat. Erst als der erste Peitschenhieb ihre Schulter traf und durch das Kleid hindurch einen Striemen in die braune Haut schnitt, fuhr sie wie eine Schlange herum und sprang Ali an.

Der Glatzkopf wich geschickt zurück und hieb auf ihre vorgestreckten Arme. »O du Teufel!« sagte er dabei. »Du wildes Füchslein! Muß ich dich wirklich erst zerbrechen, ehe du vernünftig wirst?!« Er warf sie mit einem neuen Schlag zurück an die Wand, klemmte dann die Peitsche unter die Achsel, stürzte sich auf Saada und riß ihr mit zwei kräftigen Rucken das Kleid vom Körper. Nackt stand sie vor ihm, in einer Schönheit, die ihn verwirrte, gespannt wie eine Bogensehne, geduckt wie ein Löwe zum Sprung. Ihre vollen, straffen Brüste wogten im hastigen Atmen. Die Muskeln in ihren Schenkeln waren gespannt.

»O Allah«, sagte Hadschar voll Überzeugung, »welch schöne Menschen läßt du wachsen!« Dann nahm er die Peitsche wieder in die rechte Hand und wog sie, als sei sie eine Stange Manna. »Tanz!« befahl er noch einmal.

Saada blieb stehen, ihre Augen sprühten Feuer, und als sie jetzt den Kopf schüttelte, fielen ihre langen Haare über ihren nackten Körper wie ein Vorhang.

»Ich verfluche dich!« sagte sie leise. »Ich verfluche dich.«

»Ich bin tausendfach verflucht worden und nicht daran gestorben«, antwortete Hadschar mit verzerrtem Lächeln. Er dachte an seine Bar in Annaba, an das Kapital, das Saada für ihn bedeutete, und er verdrängte mit diesen Gedanken alle Gefühle, die der Anblick ihres herrlichen Körpers in ihm erweckt hatte. Sie ist ein Objekt zum Geldverdienen wie alle anderen, sagte er sich vor. Bisher habe ich noch jeden Widerstand gebrochen; warum soll sie anders behandelt werden als die anderen Weiber?

Er atmete tief ein und schlug dann zu. Rücksichtslos klatschte die kleine Peitsche auf die nackte Haut Saadas ... ein paarmal sprang sie wie eine Wildkatze vor, mit kleinen, spitzen Schreien, aber sie erreichte Hadschar nie, sondern taumelte unter seinen Schlägen wehrlos zurück.

Nach einer Viertelstunde Kampf gab sie auf. Schwer atmend lehnte sie an der Wand und bedeckte zum Zeichen der Niederlage mit beiden Händen ihr Gesicht.

»Tanze!« sagte Hadschar wieder. Er ging zu einem Schränkchen, holte ein Tonband heraus und stellte es an. Musik von Flöten, Handtrommeln und klagenden Geigen erfüllte die Kabine. Eine Melodie der Wüste, unendlich traurig wie die Wüste selbst.

Und Saada tanzte. Mit geschlossenen Augen bewegte sie den mißhandelten Körper ... erst zaghaft, nur in den Hüften wiegend, dann stärker, ein paar Schritte nach vorn und zur Seite, die Arme hoben sich, streiften den Vorhang der Haare von ihrer herrlichen Nacktheit, die Brüste schwankten im Rhythmus, die Beine tänzelten, der Leib drehte sich, die Schenkel bebten ... atemlos stand Hadschar an der Tür und starrte Saada an wie ein Wunder.

Ich tanze, dachte sie ... ja, ich tanze. Ich habe kapituliert vor seiner Peitsche. Aber nur heute. Der Schmerz war so groß, und er hätte mich in Fetzen gepeitscht. Er kennt kein Mitleid. Aber einmal kommt der Tag der Rache. Einmal wird jeder Schlag vergolten werden.

Tanze ... tanze, Saada ... wirf die Füßchen, laß die Arme kreisen, zeige deine nackte Schönheit ... laß den Leib im Rhythmus zittern ... Ich will leben ... jetzt weiß ich es ... ich will leben für die Rache ... und für dich, mein Liebling, mein weißer Hakim. Ich weiß, du wirst mich finden ... und dann möge Allah wegschauen vor dem, was die Rache der Wüste ist!

Sie tanzte, bis das kleine Tonband abgespielt war und ließ sich danach auf das Bett sinken. Unter ihren zerwühlten Haaren starrte sie Hadschar haßerfüllt an.

»War es so gut?« fragte sie heiser.

»Es war das Schönste, was meine Augen je gesehen haben.« Ali Hadschar klatschte in die Hände. »Wir werden es jeden Tag üben. Wenn wir Annaba erreicht haben, wirst du der Stern Afrikas sein!«

Und so geschah es auch. Jeden Tag dreimal übte Hadschar

mit Saada tanzen. Während die anderen Mädchen unbehelligt in der Sonne auf dem Oberdeck lagen, denn bei ihnen kam es nicht auf den Tanz, sondern auf ihren Rhythmus im Bett an, mußte Saada sich nach den Klängen der Tonbandmusik drehen und durch die Kabine wirbeln.

Zuerst wehrte sie sich wieder, ganz bewußt, um Hadschar das Gefühl zu lassen, sie langsam, aber stetig zu besiegen. Nach dem vierten Übungskurs tanzte sie ohne Gegenwehr. Hadschar verfiel ihrer List; er war glücklich, daß ihr Widerstand gebrochen war und Saada – wie er glaubte – sein bestes Geschäft würde.

»Sie werden dich mit Gold überhäufen«, sagte er und setzte sich neben sie. »Die reichsten Männer werden dir zu Füßen liegen. Und ich verspreche dir: Nach zehn Jahren bist du wieder frei! Eine reiche, glückliche Frau.«

In zehn Jahren, dachte er dabei. Frei wird sie sein, aber nur, um in einem heimlichen Grab zu liegen. Es wird nie einen Zeugen geben, der gegen Ali Hadschar aussagen kann.

Er tätschelte ihre Schenkel, und sie ließ es geschehen, voll Ekel, der ihr wie Galle hochkam.

Erst in Annaba sein, dachte sie. Weg von diesem Schiff, von dem es kein Entrinnen gibt. Wenn ich das Land wieder unter den Füßen habe, müßten sie mich schon anketten. Solange ich laufen kann, werde ich versuchen, in die Wüste zurückzukommen.

Sie biß die Zähne zusammen, als Hadschar sie küßte; aber als er sie hintenüber auf den Rücken legen wollte, trat sie blitzschnell nach ihm. Hadschar nahm es ihr nicht übel, er grunzte tief, lachte und verließ die Kabine.

»Auch das wirst du lernen«, sagte er an der Tür. »Im Leben ist alles Gewohnheit.«

Drei Tage zog die weiße Jacht durch das Meer, bis die Küste Algeriens im Morgendunst auftauchte.

Annaba.

Der weiße Hafen.

Die Mädchen standen an der Reling und jubelten. Auch Saada stand auf Deck und starrte der langsam näherkommenden Küste entgegen.

Meine Freiheit, dachte sie. Meine Freiheit.

Ich grüße dich!

Molnar, der kleine Ungar, wurde von dem Gewühl der Menschen in Bou Akbir fortgespült. Wen er auch fragte, er bekam keine Antwort. Wen kümmerte jetzt der weiße Hakim, wo man dabei war, die Heimat aus dem Sand zu graben?

Er irrte mit seinem Jeep durch die Oase, bis er auf die Idee kam, am Rande zu suchen, dort, wo die wilden Hunde hausten und die streunenden Katzen. Er suchte in den Höhlen und in den Wadis, an den alten Mauern und verlassenen Häusern... und er traf auf einen kleinen krummbeinigen Hund, der ihn beschnupperte, anknurrte und weglief.

Molnar sah ihm nach und hatte ein merkwürdiges Gefühl. Dieser Hund lief nicht weg, er zeigte eine Spur. Er blieb nach fünf Metern stehen, bellte wieder und lief dann weiter, sich immer umblickend, ob der fremde Mann ihm auch folgte.

»Verdammter Köter!« sagte Molnar auf ungarisch. Aber er tappte Ludwig nach, durch ein verwildertes Wadi, zu einem verfallenen Stall, in dem der kleine Kerl bellend verschwand.

Molnar zögerte. Dann stieß er die schiefe Tür auf und trat ein.

Auf der Erde, zwischen Obst und Essensresten, lag Dr. Bender und schlief vor Erschöpfung. Molnar blieb an der Tür stehen und bekreuzigte sich.

Ich habe ihn gefunden, dachte er. Er lebt wie ein Hund mit einem Hund zusammen – aber er lebt! Und Cathérine wird leben, wenn es nicht schon zu spät ist.

Er kniete neben Dr. Bender und spürte, wie ihm die Tränen aus den Augen rannen.

»Doktor!« stammelte er. »Doktor, wachen Sie auf.« Er rüttelte Bender, bis dieser aus einem bleischweren Schlaf erwachte und zunächst nicht wußte, was um ihn herum geschah. Doch dann erkannte er Molnar und zuckte hoch. »Sie müssen mit!« schrie ihm Molnar ins Gesicht. »Zurück zur Station! Cathérine... sie stirbt... Sie müssen sie retten! Sie verblutet. Doktor, helfen Sie doch!«

Bender taumelte hoch und merkte erst jetzt, wie schlapp er geworden war, wie ausgelaugt von der Hitze und dem Sandsturm. Er lehnte sich gegen die Stallwand, sonst wäre er wieder umgefallen.

»Was ist mit Cathérine?« fragte er und rang nach Atem. »Wo ist Serrat?«

»Serrat ist in Algier! Wenn er zurückkommt, bringen wir ihn um.«

»Etwas anderes könnt ihr wohl alle nicht, was? Umbringen! Das ist der Weisheit letzter Schluß! Umbringen! Das ist so einfach, was? Da löst man alle Probleme! Sind wir denn geboren worden, um uns umzubringen?« Bender schwankte zur Tür, riß sie auf und trat ins Freie. Ludwig folgte ihm, eng an seinem rechten Bein. Vor ihnen lag jenseits des Wadis die glühende, flimmernde Wüste unter einem bleiblauen Himmel. Nur der Horizont war fahlgelb; dort raste der Sandsturm weiter über andere Oasen und schreiende Menschen. »Ihr kennt mich also wieder? Ich bin kein Toter mehr? Kein Gefangener der Wüste? Kein Ausgesetzter, der krepieren kann?«

»O Gott, Doktor, reden Sie nicht soviel! Kommen Sie. Cathérine liegt auf dem Tisch im Behandlungszimmer, von einem Geparden zerrissen. Und alle stehen herum und wissen nicht, was sie tun sollen...«

Dr. Bender nickte. Er bückte sich, nahm Ludwig auf seinen Arm und wandte sich zum Gehen.

»Fahren wir, Molnar.« Er schien noch gar nicht zu begreifen, was der Ungar ihm erzählt hatte. Mit steifen Beinen stakste er zu dem kleinen Jeep, der oben am Ufer des Wadis stand. Molnar rannte hinter ihm her.

»Wollen Sie den Köter mitnehmen?« rief er.

Bender fuhr herum, als habe man ihn getreten. »Das ist kein Köter!« schrie er plötzlich. »Das ist das einzige Wesen, das mich liebt. Das ist ein Geschenk Gottes.«

Er drückte Ludwig an sich, und der kleine Hund legte seine feuchte, kalte Schnauze an seinen Hals und leckte ihn dankbar.

In der Nacht erreichten sie das Lager XI.

Alle Scheinwerfer brannten, Kolonnen gruben die Garagen und Materialschuppen aus dem Sand. In der Verwaltungsbaracke waren alle Zimmer erleuchtet. Der Sanitätswagen aus Camp XII stand vor der Tür. Man hatte in der größten Not von dort den Sanitäter geholt, den kleinen Italiener, der der letzte seiner Familie war, den die Blutrache übriggelassen hatte.

Den kleinen Hund an sich gedrückt, betrat Dr. Bender die Baracke. Ingenieur de Navrimont kam ihm entgegen und starrte ihn an wie einen Geist. Er hatte seit Stunden nichts getrunken, sein Magen brannte, aber er hielt durch, selbst dann, als der

Italiener aus Camp XII die Wunden mit Alkohol auswusch und dessen Duft wie Rosenhauch in de Navrimonts Nase zog.

»Sie lebt noch...«, stotterte er und faßte Dr. Bender an den Ärmeln. »Aber wie... Es kann nicht mehr lange dauern... Mein Gott, daß man Sie gefunden hat... Doktor, ich schwöre Ihnen... von all diesen Intrigen weiß ich so gut wie gar nichts...«

Bender nickte. Er schob de Navrimont zur Seite und ging in das Behandlungszimmer. Die Männer, die um die nackte Cathérine standen, wichen zurück und schienen in die Ecken zu flüchten. Der Anblick, den Bender bot, war erschreckend. Dazu der kleine Hund an seinem Hals, der mit funkelnden Augen jeden beobachtete.

Der Italiener von Camp XII saß beim Kopf Cathérines und gab ihr eine Plasmainfusion. Die schrecklichen Wunden waren abgedeckt, das Blut auf dem Tisch und auf dem Fußboden getrocknet.

Bleich, kaum atmend, ausgeblutet, lag Cathérine auf dem Tisch. Sie mußte ein wunderbares Herz haben, das nach dem starken Blutverlust noch schlug.

»Cathérine –«, sagte Dr. Bender und setzte Ludwig vorsichtig auf den kleinen Nebentisch zwischen die Mullbinden und Zellstoffrollen. »Uns beide hat die Wüste gefressen –«

Bevor Dr. Bender die Behandlung Cathérines übernahm, duschte er sich erst den Wüstenstaub vom Körper. Dann trat er, nur mit einer Hose und einer Schürze bekleidet, mit bloßem Oberkörper, an den Tisch heran und untersuchte die Wunden. Sie sahen furchtbar aus, weil niemand sie sachgemäß behandelt hatte. Das einzige, was der Sanitäter noch hatte tun können, war die Injektion einer Morphiumspritze gegen die wahnsinnigen Wundschmerzen und das Anlegen des Plasmatropfes. Cathérine selbst war besinnungslos, sie lag bereits in einer Art Koma, aus dem es kaum noch ein Erwachen gibt. Das Wunderwerk ihres Herzens aber schlug noch immer.

»Das war das einzig Richtige, was du tun konntest«, sagte Bender zu dem kleinen Italiener. Der Blutrachemann sah sich glücklich zu den anderen um. Stundenlang hatten sie ihn beschimpft, er sei ein Idiot, und hatten ihm gedroht, ihn aufzuhängen, wenn er nicht endlich an Cathérine etwas tat.

Dr. Bender tat zunächst das, worauf die Männer seit Stunden gewartet hatten: Er holte alle Blutspender ins Zimmer, die die gleiche Blutgruppe wie Cathérine hatten. Der Sanitäter mußte ihnen die Arme waschen und mit Alkohol einreiben, was bei de Navrimont zu Verdrehungen der Augen führte. Bender sah es, ging zu einem Schrank, holte eine Flasche Pernod heraus und warf sie de Navrimont zu. Der Ingenieur fing sie auf und sah Bender dankbar an wie ein Hund, der einen Knochen bekommt. Dann setzte er die Flasche an den Mund und trank den Schnaps wie Wasser.

Bevor Bender den ersten Blutspender an den Dreiwegehahn anlegte, nähte er die großen Wunden an Cathérines Körper. Er streute vorher so viel Penicillinpuder hinein, wie möglich war, aber er wußte im voraus, daß es eine riesige Wundentzündung geben würde, wenn sie überhaupt überlebte. Dann lag der erste Mann, ein Mineur, neben Cathérine auf dem Tisch, und gab sein Blut ab. Er war stolz darauf, auch wenn er unter der Bräune eine fahle Haut bekam. Wenn sie lebt, wird es durch mein Blut sein, sagte sein Blick. Unsere Cathérine wird mit meinem Blut leben!

Drei Spender wurden angeschlossen, dann unterbrach Bender die Übertragung. Das Herz begann zu flattern. Er spritzte ein Kreislaufmittel und schloß einen Tropf mit Traubenzuckerlösung an. Dann sah er sich um.

»Das ist alles«, sagte er zu den an den Wänden stehenden Männern. »Mehr kann die Medizin auch nicht! Jetzt muß Gott helfen!«

»Und wo ist er?« fragte einer aus dem Hintergrund.

»Hier im Zimmer, Leute.« Dr. Bender setzte sich neben die röchelnd atmende Cathérine auf einen Schemel, den ihm der Italiener unterschob. »Ich meine, ihr geht alle raus! Ihr habt es nicht verdient, mit Gott in einem Zimmer zu sein...«

Betreten, stumm verließen die Männer den Raum. Nur de Navrimont blieb zurück und gab Bender die halbleere Pernodflasche zurück. Er wollte noch etwas sagen, aber dann schüttelte er den Kopf, legte nur die Hand auf die Schulter Benders und rannte aus dem Zimmer.

Die ganze Nacht saß Bender neben Cathérine. Er ließ sie auf dem Tisch liegen, nur ein Kissen hatte er unter ihren Kopf geschoben. Es ist besser so, dachte er. Wenn ich schnell operieren muß, verliere ich keine Zeit beim Transport vom Bett zum Tisch. Und im übrigen ist es gleich, wo sie liegt; sie spürt es doch nicht. Zum Sterben ist ein Tisch genauso bequem wie ein Bett.

Wann er einschlief, wußte er nicht. Er erwachte, weil sich eine Hand leicht über seinen Kopf bewegte. Streichelnd, zärtlich... eine schwache, müde Hand...

Er hob den Kopf und hielt die Hand fest. Der Morgen drang mit den ersten Strahlen der noch flachen Sonne ins Zimmer. Die Kälte der Wüstennacht lag noch im Raum.

»Cathérine...«, sagte Bender leise und umklammerte ihre kalte, zuckende Hand.

»Mein Liebling...« Sie hatte den Kopf zur Seite gedreht und sah ihn aus fiebrigen Augen an. Augen, in denen das Vergehen lag. Augen, die verrieten, daß in wenigen Stunden die Hölle in dem zerrissenen Körper aufbrach.

Der Wundbrand. Die Infektion, gegen die Bender machtlos war. Die Vergiftung des Blutes.

»Du lebst«, sagte sie leise. »Du lebst...«

»Und du lebst auch, Cathérine...«

»Wie lange noch, Liebling?«

»Solange ich will!« Er stand auf und beugte sich über sie. Er küßte sie und wußte, daß es ihr letztes Glück war.

Sie schloß die Augen und lächelte selig. »Wohin gehen wir?« fragte sie schwach.

»Nach Paris. Nach Köln. Nach München... wohin du willst.«

»Nach St. Dorante. Kennst du St. Dorante?«

»Nein.«

»Es ist ein kleiner Ort an der Côte d'Or. Mitten in den Weinbergen. Abends duften alle Straßen nach Reben. Ich bin dort geboren. Laß uns nach St. Dorante gehen.«

»Wohin du willst, Cathérine.«

»Und im Winter knirscht der Schnee unter den Stiefeln. O Schnee. Ich weiß kaum noch, wie Schnee aussieht...«

Sie streckte sich und zuckte nicht zusammen, als Bender ihr eine neue Morphiuminjektion gab. Dann erneuerte er den Tropf und untersuchte ihre Wunden. Sie hatten gezackte, tiefrote Ränder und waren heiß wie gebacken.

Es hat auch keinen Sinn mehr, sie nach Ouargla oder sogar nach Algier zu fliegen, dachte er. Es hat alles keinen Sinn mehr. Die Wüste hat uns aufgesaugt... warum wollen wir ein Wassertropfen sein, der sich vor dem Verdunsten wehrt? Der Fatalismus der Araber überkam ihn, und plötzlich verstand er sie, wenn sie sagten: Es ist der Wille Allahs –

Hufgeklapper schreckte ihn auf und ließ ihn ans Fenster laufen. Drei Reiter jagten auf ihren kleinen, schnellen Pferden in das Lager und sprangen ab. Drei Berber in schmutzigen Dschellabas und verschwitzten Kopftüchern.

»Wo ist der Hakim?« schrien sie die ersten herbeilaufenden Männer an. »Wir müssen zum Hakim... sofort.«

Man führte sie in die Verwaltungsbaracke. Minuten später klopfte es bei Bender. Ingenieur de Navrimont trat ein, hinter ihm die drei Männer aus Bou Akbir. De Navrimont sah verfallen aus, als habe er schon tagelang im Sarg gelegen.

»Man braucht Sie, Doktor«, sagte er mit kaum vernehmbarer, heiserer Stimme. »Seradji Achmed ist plötzlich erkrankt. Ich habe, Ihr Einverständnis vorausgesetzt, sofort aus Ouargla einen Hubschrauber angefordert. Achmed hat... verdammt noch mal... er hat die Hadjar-Krankheit! Was nun, Doktor?«

»Nichts!« Dr. Bender blickte auf Cathérine. Sie lag im Morphiumschlaf. »Für sie ist es zu spät... für Achmed ist es zu spät... für alle ist es zu spät! Wir leben in einem Totenhaus, de Navrimont. Aber von mir aus fliegen wir nach Algier mit dem Scheich.« Er senkte den Kopf und seine Wangenmuskeln mahlten. »Ich werde ihn begleiten, und ich werde mich in Algier mit Pierre Serrat unterhalten.«

Die Rückkehr in die Oase Bou Akbir war wie der Einzug in ein Gräberfeld. So schnell es die versandete Piste erlaubte, fuhr Dr. Bender mit dem Jeep de Navrimonts zu Scheich Achmed. Die drei Reiter hatten ihn in ihre Mitte genommen; einer ritt mit einer wehenden Dschellaba voraus, die beiden anderen folgten in der Staubwolke, die der kleine, hüpfende Wagen aufwirbelte

Bou Akbir lag noch immer unter Sand begraben. Stumm, verbissen arbeiteten die Menschen und gruben ihre Häuser, Gärten, Brunnen und Ställe aus. Sie arbeiteten für ihr nacktes Leben, denn hier, mitten in der einsamsten Wüste, bedeutete Kapitulation vor dem Sand auch gleichzeitig den Tod.

Soweit die Tiere laufen konnten, schleppte man mit ihnen die geflochtenen Körbe voller Sand weg und kippte sie am Rande der Oase an den neuen Dünen aus. Ein ununterbrochenes Kommen und Gehen war das, eine Karawane aus Kamelen, Eseln,

Rindern und Frauen, die ihre Sandkörbe auf dem Kopf wegtrugen. Sogar die Hunde hatte man eingesetzt: Findige Bauern hatten sie vor kleine Karren gespannt und ließen sie unter großem Geschrei die Lasten ziehen. Es war wie in einem Ameisenhaufen, in den man mit einem Stock gestochen hat. Ein Gewimmel von Leibern überzog den ganzen Ort.

Dr. Bender fuhr sofort zum Haus Achmeds. Dort empfing ihn der Haushofmeister, ein dicker, brutaler Kerl, der Bender ein paarmal unten in dem Kellergrab mit den Fäusten geschlagen hatte. Jetzt war er von einer hündischen Unterwürfigkeit, weinte, als er Bender ins Haus geleitete und berichtete mit schwankender Stimme von den Leiden seines Herrn.

»Jetzt ist er ruhig, ganz ruhig...«, sagte er. »Er betet.«

»Das wird ihm in seiner Lage wenig nützen«, antwortete Bender fast brutal. »Wenn das so einfach wäre, Viren wegzubeten.«

Im Schlafzimmer Achmeds saß der alte Priester Kebir neben dem Diwan und las leise aus dem Koran vor. Der Scheich sah grau und verfallen aus, ein Gesicht wie aus Asche. Die Augen hielt er geschlossen, die Lippen schimmerten bläulichrot. Er hatte sich die Kleider vom Leib gerissen und lag, bis auf einen blauen Slip, nackt in den Kissen. Sein Leib schien gespannt zu sein. Ab und zu durchzuckte ein Zittern den ganzen Körper.

Dr. Bender trat wortlos an ihn heran und setzte sich neben ihn auf die Diwankante. Der alte Kebir schielte über den Rand des Korans zu ihm, aber er unterbrach seine Lesung nicht. Auch du kannst nicht mehr helfen, hieß dieser Blick. Wenn es die Hadjar-Krankheit ist, sollte man den Körper nicht mehr quälen, sondern Allah um Milde bitten.

Bender beugte sich über Achmed und legte ihm die Hand flach auf den Bauch. Der Kranke zuckte zusammen und öffnete die Augen. Sein Blick war fiebrig und irrte umher, bis er am Gesicht Benders hängenblieb. Als tastete er in seinen Erinnerungen, so starr blieb er, dann schien Klarheit in die Gedanken zu kommen, seine Hand tastete nach Bender.

»Doktor –«, sagte er mühsam. Es war mehr ein Röcheln. »Doktor, was ist mit mir?«

»Ich weiß es noch nicht.« Bender drückte leicht auf die gespannte Bauchdecke. Achmed verzog das Gesicht und stöhnte.

»Feuer«, murmelte er. »Wie Feuer, Doktor! Ich verbrenne innerlich.«

»Hatten Sie Durchfall?« fragte Dr. Bender. Die Symptome für eine Hadjar-Krankheit waren nicht vollkommen, es fehlten im Bild einige wichtige Farben. Dazu gehörten die vollkommene Blutleere der Schleimhäute und eine gelbliche Verfärbung der Haut. Achmed aber hatte zwar bläuliche Lippen, aber seine Schleimhäute waren noch rosa, und seine Haut war aschfarben, aber nicht schmutziggelb.

»Nein, Doktor.« Achmed umklammerte die Hände Benders. »Können Sie mir helfen? Können Sie es? Sagen Sie die Wahrheit, Doktor.«

»Ich weiß es nicht, das ist die volle Wahrheit.« Bender zog die unteren Lider herab... rosa. Er sah in den Mund Achmeds... rosa. Er machte einen Gewalttest und ließ seine Hand flach auf den Magen fallen. Der Kranke verzog zwar das Gesicht, aber er schrie nicht auf.

»Kein Blut im Kot?« fragte Bender unschlüssig.

»Doch!«

»Wann?« Bender zog die Brauen zusammen. »Spontanes Blut? Es lief einfach heraus?«

»Nein. Jussuf machte mir ein Klistier. Dabei kam es.« Achmed schien das Sprechen sehr anzustrengen; er drückte den Kopf in die Kissen zurück und verfiel wieder, als löse sich das Fleisch von seinen Knochen. Bender blickte zur Seite zu dem murmelnden, uralten Kebir.

»Wer ist Jussuf?«

»Unser Hakim.« Kebir ahnte Schwierigkeiten und antwortete nur so viel wie nötig.

»Ein ausgebildeter Arzt Ihres Volkes?«

Da haben wir es, dachte Kebir. Diese Frage mußte kommen. Was sagt man darauf? Eine halbe Lüge ist auch eine halbe Wahrheit.

»Kann sich eine Oase wie Bou Akbir einen eigenen studierten Hakim leisten? Kommt hier jemand hin und wartet auf Kranke? Ein Verrückter müßte er sein! In den Städten liegt das Geld für ihn auf der Straße. Hier kommen nur die Regierungsärzte hin, wenn sie eine Seuche vermuten! O nein... Jussuf ist ein tüchtiger Mann, der bei einem Arzt gelernt hat! Er hat im Befreiungskrieg sogar operiert.«

»Also ein Sanitäter?«

»Nennt ihr es so? Was er auch ist, er versteht sein Handwerk. Für uns reicht er aus, alles andere ist Allahs Wille.«

»Das ist einfach, wirklich!« Bender stand auf. »Ein Klistier, das war ein Verbrechen! Wollt ihr Achmed umbringen?« schrie er plötzlich. »Hier ist wohl alles Allahs Wille?! Haß und Mord, das Verschwinden von Menschen – alles im Namen Allahs, was?«

Der alte Kebir hob die Schultern und las weiter im Koran, der heiligen Schrift des Islams. Er wird uns nie verstehen, dachte er. Wie kann er das auch? Weniger wissen und mehr glauben... da liegt das Glück! Es lebt sich leichter und es stirbt sich leichter, wenn Allah der einzige ist, der alles regelt. Wenn es beginnt, daß der Mensch sich stärker und mächtiger fühlt als Gott, wie kann er dann an das Paradies glauben? Ohne es aber, ohne die Huris, die Mohammed uns versprochen hat am Ende des Lebens, ohne die Wonnen der Sieben Himmel ist das Sterben eine Strafe.

»Was wollen Sie tun, Doktor?« fragte nun auch Kebir, als Achmed wieder aufstöhnte.

»In ein paar Minuten wird ein Hubschrauber landen und Achmed nach Algier bringen.«

Der alte Kebir hob den Kopf und warf den Koran weg. »In die Hauptstadt? Warum? Können Sie ihn noch retten?«

»Das wiederum weiß nur Allah«, sagte Bender mit dickem Hohn. »Auf jeden Fall werden wir ihn so schnell wie möglich operieren.«

»Ihr werdet ihm den Bauch aufschneiden?«

»Ja, wir werden hineingucken und sehen, was es ist. Eines weiß ich fast mit Sicherheit: Es ist *nicht* die Hadjar-Krankheit.«

»Nicht?« Der alte Kebir sprang auf. Auch Achmed öffnete die Augen, aber er war zu schwach, um etwas zu sagen. »O Allah, Allah!« schrie der alte Priester. »Wir danken dir.« Er fiel, als habe man ihm die Füße weggetreten, flach auf das Gesicht und streckte die Arme weit vor. So lag er, den Kopf nach Osten, zum allerheiligsten Mekka, und sang in den dicken Teppich hinein die Suren des Dankes und der Ergebenheit.

Dr. Bender untersuchte noch einmal den leise wimmernden Achmed. Dann gab er ihm eine schmerzstillende Injektion, aber gleichzeitig auch eine Kreislaufstütze. Der Puls war flach und weich, die Atmung unregelmäßig. Als die bohrenden Schmerzen in seinem Leib nachließen, versuchte Achmed ein Lächeln. Sein Gesicht wirkte wie eine verzerrte Maske.

»Alles ist so leicht«, sagte er. »Die Schmerzen gleiten weg wie die Nachtschatten vor der Morgensonne. Was haben Sie mit mir gemacht, Doktor?«

»Ich habe Ihnen ein Morphinpräparat injiziert, Achmed. Wenn nachher das Flugzeug kommt, werden Sie schlafen. Und wenn Sie wieder aufwachen, kann schon alles vorbei sein...«

»Werde ich wieder aufwachen, Doktor?« In dieser Frage lag keine Angst vor dem Tod, sondern nur die Bitte um Wahrheit.

»Ich hoffe es sehr, Achmed.« Bender setzte sich wieder neben ihn. Seitlich von ihnen lag der alte Kebir auf dem Teppich und sang verzückt seine Suren. »Seit wann haben Sie Magenschmerzen?«

»Seit Jahren, Doktor. Aber nie stark.«

»Wie ist es bei fetten Speisen?«

»Ich habe oft danach gewürgt. Seitdem werden bei mir nur magere Hammel geschlachtet. Fettes Gebäck esse ich nie, oder nur bei Besuchen, um nicht unhöflich zu sein. Hinterher nehme ich ein Pulver.«

Bender zog die Brauen zusammen. »Wer hat Ihnen das verschrieben?«

»Jussuf.«

»Kann ich das Pulver einmal sehen?«

»Im Kasten neben meinem Kopf.«

Dr. Bender suchte in der Art Nachttisch, bis er eine Dose fand, bei der Achmed nickte. Sie war mit einem weißen Pulver gefüllt, und Dr. Bender beleckte seine Fingerspitze und nahm eine Probe heraus.

»Dagegen kann man nichts sagen... das war richtig. Es ist ein Magnesiumpulver. Aber warum haben Sie nie einen richtigen Arzt aufgesucht?«

»Wo denn?« Achmed starrte an Bender vorbei gegen die reich mit Goldmalerei verzierte Wand. »Der nächste Arzt ist in Hassi Messaoud... er ist ein Weißer. Von der Ölgesellschaft.«

»Dr. Prillier, ich weiß. Er hätte Ihnen schon vor Jahren geholfen!«

Achmed schwieg. Aber auch ohne Worte wußte Bender, was Achmed dachte. Der Haß gegen die Weißen war zu groß gewesen, um sich von ihnen berühren zu lassen, selbst wenn es ein Arzt war. In Ouargla und El-Goléa praktizierten dann die ersten algerischen Ärzte, meistens in den neu eingerichteten Krankenhäusern. Aber ein Scheich Achmed fährt doch nicht wegen eines Magendruckes nach Ouargla! Soll man ihn auslachen? Ein Pulver genügt, ein Pulver hat immer geholfen... bis jetzt...

Achmed, befreit von allen Schmerzen, schwebend wie auf einer Wolke, eingehüllt in ein Gefühl von solcher Seligkeit, wie er es nie gekannt hatte, hob den Kopf. Bender drückte ihn sanft wieder in die Kissen zurück.

»Sie bleiben bei mir, Doktor? Sie verlassen mich nicht?«

»Nein, Achmed.« Dr. Bender lächelte schmerzlich. Wie total verrückt dieses Leben ist, dachte er. Vor ein paar Stunden war ich ein Aussätziger, ein Stück Dreck, weniger als Ludwig, dieser kleine, struppige Hund, diese elende, verkommene Kreatur von einem Bastard... ich lag unter einem Sandsturm, und hätte er mich begraben, wäre ich in ihm erstickt. Ich wäre an der Mauer verfault, bis mich die Hyänen gewittert hätten oder die ewig über den Menschen kreisenden Geier. Aber dann wird Cathérine von einem Gepard zerfetzt, dann bekommt ein Wüstenscheich einen Magendurchbruch – und die Welt, diese verfluchte Welt ist wieder heil; man wird eine Kraft, an die sich andere klammern. Der Aussatz fällt ab wie harmloser Grind, man rechnet und bettelt um Vergessen... welch eine schleimige, widerliche Masse Schlamm ist doch der Mensch!

»Ich bleibe bei Ihnen«, sagte Bender mit trockener Kehle. »Ich fliege mit Ihnen nach Algier. Schon wegen Saada.«

Der Körper Achmeds zuckte auf. Noch im Weggleiten des Morphiumschlafes erreichte sein Hirn der Name, der für ihn alles bedeutete. Mit großer Mühe riß er die Augen auf.

»Was... Doktor... Sie... Warum soll Saada in Algier sein?«

»Es ist eine Idee von mir. Ich kann sie nicht erklären. Ich weiß nur, daß Serrat in Algier ist. Und mit Serrat wurde Saada zuletzt gesehen.«

Die Augen fielen Achmed zu. Die Injektion wirkte jetzt mit aller Stärke. Aber jetzt wollte er nicht schlafen, jetzt stemmte er sich gegen den Freund, der ihm die Schmerzen wegnahm. Verzweifelt warf er die Arme hoch... er meinte wenigstens, daß er es tat, in Wahrheit zuckte nur seine Hand um ein paar Zentimeter in die Luft.

»Saada... Doktor, sagen Sie die Wahrheit! Sie wissen mehr, mehr! Sie wissen es! Sie Hund! Sie Ausgeburt der Hölle! Was hat Serrat mit Saada gemacht!?«

Achmed tobte... aber es war nur ein inneres Toben. Nur er hörte seine Worte, bettete sich in seinen Schrei... aus dem Mund kam nur ein unverständliches Stammeln, bis auch dieses erlosch. Seradji Achmed schlief.

Zehn Minuten später landete der Hubschrauber, den de Navrimont von Camp XI nach Bou Akbir weitergeschickt hatte. Cathérine lag schon hinten, festgeschnallt auf einer Trage. Der kleine Italiener saß neben ihr auf einer Eisenkiste und hielt die Infusionsflasche hoch. Er grinste verlegen, als Dr. Bender aus dem Haus gerannt kam und in die Kanzel des Hubschraubers blickte. Der Pilot Léon Boucher, der Dr. Bender damals von Ouargla zur Station XI gebracht hatte, legte die rechte Hand mit militärischem Gruß an die Lederkappe.

»So sehen wir uns wieder, Doktor!« brüllte er durch den Lärm der Rotorflügel. »Sie sehen nicht erholt aus!«

Aus dem Haus trugen vier Diener den in eine schneeweiße Dschellaba gehüllten Achmed. Der alte Kebir folgte ihm mit lautem, leierndem Gesang. Léon Boucher stellte die Propeller auf halbe Kraft, sprang aus der Kanzel und schob eine neue Trage hinaus. Auf sie schnallte Bender den Schlafenden und hob ihn dann neben Cathérine in den Hubschrauber. Der alte Kebir segnete zum letztenmal den Kranken.

»Allah wird dir helfen!« schrie er in die Glaskanzel.

»Und der Chirurg Dr. Lafont!« schrie Bender zurück. Er saß auf einem Klappschemel zwischen den beiden Tragen, eingeklemmt, fast wie umklammert von den beiden Sterbenden. Boucher zog die Tür zu, die Rotorflügel kreischten auf und wirbelten durch die Luft, den alten Kebir riß der Windstoß von den Beinen, er rollte über den Sand und kroch dann auf allen vieren davon, umwirbelt von einer Staubwolke.

Senkrecht stieg der Hubschrauber in die Höhe, überflog dann den vom Sandsturm zerstörten Garten des Scheichs und schwirrte wie ein Rieseninsekt davon, nach Norden, quer über die einsamste Wüste dieser Welt... nach Algier, der weißen Stadt am Meer.

Léon Boucher sah sich um, als sie über den trostlosen Erg Tifernine flogen. Unter ihnen tauchten die Außenstellen der

Bohrcamps auf... Suchbohrungen mitten im Sand. Ein Bohrturm, ein paar Zelte, Lastwagen unter Planen, eine Handvoll Männer in glühender Hitze. Der härteste Job dieser Erde.

»Noch nicht die Nase voll von der Wüste, Doktor?« rief er Dr. Bender zu. »De Navrimont hat mir mit wenigen Worten erzählt, was man mit Ihnen angestellt hat. Serrat ist ein Schwein! Man sollte ihn aufhängen! Glauben Sie, de Navrimont hat von allem nur die Hälfte gewußt, und von der auch nur Bruchstücke. Er ist ein versoffenes Wrack. Nehmen Sie ihm nichts übel.«

»Ich nehme keinem etwas übel.« Bender beugte sich über Cathérine. Sie hatte ein Kindergesicht bekommen, schmal, klein, erbärmlich klein. In ihre Armvene tropfte Plasma; der kleine Italiener hielt die Flasche hoch, als sei sein Arm aus Eisen. Aber nutzte es noch etwas?

»Serrat ist reif für lebenslänglich!« Boucher zeigte auf Cathérine. »Wenn sie stirbt, gibt es mindestens 70 Männer, die ihn mit dem Kopf zuerst in den Sand graben.«

»Ich auch!« sagte der kleine Italiener hinter Bender. »Cathérine gehört uns allen. Nur Ihnen hätten wir sie gegönnt, dottore. Aber auch nicht gern. Für uns war Cathérine die Heimat, verstehen Sie das, dottore?«

Dr. Bender nickte. Er blickte auf das vergehende, schmale Gesicht und war zum erstenmal in seinem Leben bereit, wider alle medizinische Vernunft zu bitten: »Herrgott, laß sie leben...«

»Was hat Serrat mit ihr zu tun?« rief er dann in den Motorenlärm hinein. »Er war doch längst weg, als sie mit dem Gepard kämpfte.«

»Er hatte die Weiber gegeneinander aufgehetzt.« Der kleine Italiener knirschte laut mit den Zähnen. »Er hat Raubtiere aus ihnen gemacht! Und alles Ihretwegen, dottore. Ich mag Sie gern, aber wären Sie doch nie in die Wüste gekommen! Sie gehören nicht hierher! Solange die Hölle eben eine Hölle ist, fühlt sich alles wohl in ihr! Aber was geschieht, wenn ein Engel in die Hölle kommt? Können Sie das verstehen, dottore?«

»Ich verstehe euch sehr gut.« Dr. Bender nahm die schlaffe Hand Cathérines und tastete nach ihrem Puls. Er war kaum noch fühlbar. »Und ich verspreche euch, nicht mehr in die Wüste zurückzukommen, wenn ich Saada gefunden habe und Cathérine überlebt.«

»Und wenn sie stirbt?« fragte Boucher ahnungsvoll.

»Dann komme ich wieder, dann habt ihr mich für euer ganzes Leben lang! Cathérine kann ich euch nicht ersetzen, aber zu euch werde ich gehören. Nicht als Engel, sondern als Verfluchter in der Hölle!«

Boucher grinste verlegen. »Sie haben sich verändert, Doktor«, sagte er heiser. »Denken Sie noch daran, was ich Ihnen beim ersten Flug sagte? Kehren Sie sofort mit mir um... dieses Land frißt Sie auf. Ich sage es jetzt wieder: Bleiben Sie in Algier, noch ist es Zeit genug.«

»Nein, Léon.« Bender schüttelte heftig den Kopf. »Die Zeit ist um! Wir belügen uns ja alle! Wir wissen jeder, wie es steht. Ich bin ein Teil der Wüste geworden.«

Der Hubschrauber zog brummend nach Norden, über unendliche Sanddünen, Geröllhalden, kahle, gelbbraune Berge, Wadis und Schotts.

In der Nacht landeten sie auf dem Militärflughafen von Algier. Boucher hatte per Funk alles organisiert. Als sie auf dem Boden aufsetzten, wartete bereits ein Ambulanzwagen der Armee. Mit heulenden Sirenen raste er davon zum Hospital. Dr. Bender ließ man auf dem Flugfeld stehen, als sei er ein Teil des Hubschraubers. Die Sanitäter hatten ihn nicht einmal begrüßt. Sie hatten die beiden Tragen aus der Glaskanzel geholt, in den Wagen geschoben, und nur dem kleinen Italiener gelang es, mitzukommen, weil er mit einem Satz neben Cathérine in den Ambulanzwagen sprang, bevor die Tür zufiel.

Léon Boucher bot Dr. Bender eine Zigarette an.

»Auch das ist Afrika«, sagte er bitter. »Es bleibt ein ewiges Rätsel. Wir bohren das Öl, wir bringen ihnen Milliarden, wir haben ihre Städte gebaut, wir haben saniert und alles, wirklich alles für sie getan, wir haben die Häfen ausgebaut, den Handel angekurbelt, Straßen durch die Wüste gelegt, Brunnen gebohrt mit bestem, klarem Wasser, wir haben ihnen unsere Architekten gegeben, unsere Wissenschaftler, alle Fachleute, unsere Ärzte – und doch bleiben wir verhaßt, weil wir Weiße sind. Mein Gott, was müssen unsere Väter und Vorväter getan haben, um dieses Gebirge von Haß aufzutürmen?!«

»Vielleicht nur das, daß sie Menschen nach ihrem Muster schaffen wollten. Das ist immer ein Fehler, Léon. Immer will der Mensch erziehen und umerziehen. Er will den Einheitsmenschen. Den Superstar seiner Rasse!«

»Da haben Sie recht, Doktor.« Boucher sah dem Rauch seiner Zigarette nach. »Ich rufe Ihnen ein Taxi. Fahren Sie zum Krankenhaus. Dort wird man Sie anders behandeln.«

»Ja, zum Krankenhaus.« Bender wischte über sein Gesicht. Es war dreckverkrustet und knirschte, als er darüberfuhr. »Und dann suche ich Serrat.«

Boucher hob die Schultern. Ihm war plötzlich eiskalt im Rücken.

»Ich bleibe bei Ihnen, Doktor«, sagte er frostig. »Gegen Serrat sind Sie allein verloren.«

»Jetzt nicht mehr.« Dr. Bender atmete tief auf. »Lassen Sie mich das allein besorgen, Léon. Ich habe schon zu viele Menschen mit hineingerissen. Ein Taxi, das ist alles, was Sie noch für mich tun können.«

Und dann saß er in dem alten Renault, ein algerischer Fahrer grinste ihn an und sagte auf französisch: »Wohin, Monsieur? Schöne Mädchen? Weiß ich ganz schöne Mädchen! Oder hübsche Jungen? Was Sie wollen, Monsieur...«

»Zum Krankenhaus der Armee.« Dr. Bender beugte sich vor. »Und du bekommst fünf Dinare extra, wenn du jetzt den Mund hältst, mein Junge.«

Wie eine Rakete schoß der kleine Wagen durch die nächtlichen Straßen Algiers. So wie er fuhr, war es fast Mord. Dr. Bender schloß die Augen und lehnte sich zurück.

Niemand hätte sagen können, daß Ali Hadschar seine Tanz- und Liebesmädchen in Höhlen verbannte, ihnen nichts zu essen gab oder daß sie sonst wie Ungeziefer leben mußten. Das Gegenteil war der Fall.

Der Komplex, den Hadschar für seine Barbetriebe gekauft und ausgebaut hatte, umfaßte einen ganzen Häuserblock mitten in Annaba. Von der Eingangsseite her sah man nicht, wie weit verzweigt sich die Gebäude nach hinten fortsetzten. Zur Straße hin leuchteten die riesigen Neonreklamen, die ein Vergnügen an Tanz und schönen Mädchen versprachen; in großen Schaukästen waren die herrlichsten Mädchenkörper abgebildet, nackt natürlich, aber um der öffentlichen Sittlichkeit zu genügen, trugen die Fotos schwarze Balken über Brüsten und Unterleib. Jeder wußte, daß die Mädchen in Hadschars Räumen diese

Balken nicht trugen, man flüsterte sich Erlebnisse besonderer Art zu, die in bestimmten Hinterzimmern gegen Aufpreis verabreicht wurden, und es schien überhaupt nichts zu geben, was Hadschar nicht mit seinem Personal möglich machte, von der einfachen, schnellen Seemannsliebe bis zum ausgefallensten Wunsch eines reichen, perversen Gastes.

Ab und zu fanden Polizeikontrollen statt. Man war dazu verpflichtet, denn Algerien sollte ein sauberes Land sein. Nur die Franzosen hatten den sexuellen Sumpf hineingetragen. Aber Hadschar hatte keine Angst vor den Beamten. Die Kontrollen endeten immer in seinem Büro, bevor die Polizisten überhaupt den verschachtelten Häuserblock erreicht hatten, der hinter der bunten Fassade begann. Hier, in tiefen Sesseln, bekamen der Polizeioffizier und seine Mannen herrlichen Kaffee serviert; aber nicht der Kaffee begeisterte sie, sondern wie er aufgetragen wurde: von nackten, besonders schön gewachsenen Mädchen, die bei den Besuchern sitzen blieben, bis der letzte Tropfen getrunken war.

In diesem für Fremde undurchdringlichen Dschungel von in- und übereinander gebauten Häusern, Gängen, Zimmern, Terrassen, Dächern und Kellern wohnten die Mädchen Hadschars. In Zimmern, die prunkvoll waren, wenn man an die Hütten in den heißen, staubigen Oasen dachte, an die Höhlen in den Atlasbergen, an die schwankenden Zelte in der Wüste.

Hier gab es weiche, breite Betten, nicht, um in ihnen das Geld zu verdienen – dazu hatte Hadschar andere Zimmer, raffinierte Liebeshöhlen mit Spiegelwänden und Spiegeldecken, indirekter Musik und verborgenen Kameras, denn hier lag ein anderes Geschäft des dicken Glatzkopfes, das ihm mehr einbrachte als alle Bars – nein, diese schönen Zimmer gehörten allein den Mädchen zum privaten Gebrauch, zur Ruhe und dem Gefühl, sich ein bevorzugtes Leben zu erkaufen durch die Darbietung ihres Körpers. Je drei Mädchen hatten ein eigenes Badezimmer. In einem Innenhof befand sich ein großer Swimmingpool für alle, umgeben von einer säulengetragenen Liegehalle. Das Essen kochten die Barköche mit, es war reichlich und auserlesen. Fruchtsäfte aller Art standen zur Verfügung, nur im »Dienst« wurde Alkohol getrunken, aber auch hier gab es gewisse Tricks, die der liebestolle Gast nicht merkte.

Für die meisten Mädchen, die als »Pilgerinnen« ihre Dörfer

und Elendshütten verlassen hatten, öffnete sich bei Hadschar das wahre Paradies. Daß sie ihre Körper dafür opfern mußten – es war kein allzu hoher Preis! In der Wüste wäre der schöne Körper verdorrt und ausgetrocknet, man wäre die Frau eines Bauern geworden und hätte von morgens bis in den Abend arbeiten müssen wie ein Kamel und weniger gut behandelt als diese. Und die Kinder wären gekommen wie die Feldfrüchte, jedes Jahr, bis der Schoß unfruchtbar wurde gleich einem nie gedüngten Acker, und dann wäre eine andere, jüngere Frau ins Haus gekommen und man hätte als lästiger Mitesser in der Ecke gehockt, abgeschoben, weggeworfen wie eine alte Schaufel, denn eine Frau ist nur so lange etwas wert, wie sie arbeiten und Kinder gebären kann.

Welch ein Zaubergarten war da das Reich Hadschars. Mit welcher Liebe genoß man dort die Körper. Wie viele Dinare flossen in die Hände der Mädchen, von denen Hadschar keine Ahnung hatte. Wie wunderbar war das Leben in den Gärten, in den Zimmern mit den Klimaanlagen, in dem Schwimmbad, in dem man nur nackt herumschwamm, in der Sonne glänzend wie ein Goldfisch.

Ali Hadschar zeigte das alles Saada mit einer großen, fast königlichen Gebärde. Sie standen auf einem Balkon über dem Innenhof und sahen hinunter auf das blaue, schimmernde Wasser des Schwimmbeckens. Die Mädchen, die mit Saada neu ins Haus gekommen waren, rannten bereits nackt durch den Garten und warfen sich mit hellem Jauchzen in das Wasser. Es war ein schönes Bild, und Hadschar grunzte zufrieden.

»Sie sind glücklich«, sagte er und streichelte Saadas Nacken. Wie eine Katze fuhr sie herum und schlug seine fette Hand weg. »Für sie bin ich ein kleiner Gott. Von einem solchen Leben haben sie nie zu träumen gewagt... nun gehört es ihnen. Auch du solltest das einsehen, Saada.« Hadschar lehnte sich an die Brüstung und betrachtete wohlgefällig die schwimmenden, hübschen, fröhlichen Mädchen. In drei, vier Jahren werden sie nicht mehr lachen, dachte er, aber es war nichts Schwermütiges oder gar Moralisches in seinen Gedanken. Sie werden verbraucht sein wie ein Scheuerlappen, und was macht man mit einem alten Tuch? Man wirft es weg, in den Müll. Für Hadschar war der Müll, auf dem die verbrauchten Mädchen landeten, das weite, unergründliche, schweigsame und alles aufnehmende

Mittelmeer. So gesehen, war Hadschar ein Massenmörder von unvorstellbaren Ausmaßen. Seit zwanzig Jahren betrieb er seine Bars und wenn man ausrechnet, wie oft er in dieser Zeit seine Mädchen gewechselt oder einzeln ausgetauscht hatte, war Hadschar der direkte Abkomme des Satans. Um keine Zeugen zu haben, besorgte er die Beseitigung des »Mülls« allein. Er lud das Opfer zu einer Bootsfahrt ein, betäubte es auf dem Schiff, tötete es human mit Gas und versenkte es dann in einem neutralen Nylonsack, zerreiß- und verrottungsfest, gefüllt mit schweren Steinen, im Meer. Es war in den zwanzig Jahren noch kein Sack wieder an die Oberfläche gekommen. Zu den Gästen aber sagte Hadschar: »Fatma? Sie ist zurück zu ihren Eltern. Ein süßes Mädchen, wirklich. Aber sie hatte nur einen Vertrag über vier Jahre, und Geld hat sie genug verdient. Warum soll sie jetzt nicht eine ehrbare Mutter und Hausfrau werden?«

Wer ihn so hörte, betrachtete Hadschar als einen Wohltäter der armen Mädchen.

»Komm mit!« sagte er jetzt zu Saada, die bockig neben ihm stand. »Ich will dir auch noch etwas anderes zeigen.«

Er führte sie über viele Treppen und Flure wie durch ein Labyrinth in ein Zimmer, das wie ein Büro aussah. Dort öffnete er einen Panzerschrank und entnahm ihm ein Kuvert mit Fotos.

»Sieh sie dir an!« sagte er und setzte sich. »Es war deine Vorgängerin, die schöne Fatma. Sie war wirklich schön.«

Schon das erste Bild ließ Saada erstarren. Es zeigte ein wunderbar gewachsenes Mädchen, dunkelhäutig, mit einer Haut wie Seide. Ein Körper wie aus der Vision eines verliebten Malers. Aber das schmale, stolze Gesicht war entstellt. In breiten Streifen waren beide Wangen aufgeschlitzt, Blut lief über Schultern und Brüste.

»Mit einem Rasiermesser«, erklärte Hadschar gemütlich. »Es werden Narben, die nie vergehen. Fatma weigerte sich, mit Hussein zu schlafen. Zugegeben, Hussein ist ein Schwein. Er ist alt und stinkt, aber er ist reich. Als Mensch konnte ich Fatma verstehen, aber nicht als meine Angestellte. Ungehorsam breche ich! Und ich mußte ihn auch bei Fatma brechen.«

»Du Hund!« knirschte Saada. Sie zerknüllte das Foto in ihrer Hand und schleuderte es Hadschar in das dicke Gesicht. »Du Krüppel von einem Hund! Ich habe keine Angst vor deinem Rasiermesser! Jeden Schrei, den ich ausstoße, wirst du eines

Tages wiederholen! Und ich werde daneben stehen und jeden Schrei mit einem Jauchzen begrüßen.«

»Das sind fromme Wünsche.« Hadschar warf das zerknüllte Foto in den Papierkorb. Er hatte noch mehr davon; sie waren immer das letzte Mittel, störrische Mädchen davon zu überzeugen, daß das Paradies gleich neben der Hölle liegt, etwas, das Mohammed verschwiegen hat. »Ich mahne dich zum letztenmal zur Vernunft, Saada. Ich habe ein Vermögen für dich bezahlt, aber ich werfe dieses Vermögen auch mit der gleichen Ruhe weg, wenn es den Gang der Dinge hemmt. Du verstehst mich?«

»Genau!« Saada warf die langen Haare in den Nacken. Ihre Augen funkelten wie bei einem Tiger. »Wo hast du dein Messer?«

Hadschar zog den kugeligen Kopf zwischen die Schultern.

»Warum?« fragte er dumm zurück.

»Du kannst mit dem Aufschlitzen der Wangen beginnen. Ich werde nie, nie vor deinen Gästen tanzen.«

Mut ist etwas Seltenes; meist zerbricht er an der Verzweiflung oder am Schmerz.

Auch Saada erging es nicht anders, als der Abend ihres ersten Auftritts gekommen war. Was sie nicht wußte, waren die großen propagandistischen Vorbereitungen, die Hadschar getroffen hatte. Er hatte von Saada heimlich Fotos anfertigen lassen, mit Kameras, die sie nicht gesehen hatte. Aber sie hielten alle ihre Bewegungen fest: ihr Aus- und Anziehen, ihr Baden, ihr Kämmen, ihre intimsten Stunden, und es waren Fotos, die Hadschar selbst mit einer Wonne betrachtete, die ihm sonst fremd war. Diese Bilder hingen in keinem seiner Schaukästen, sondern er zeigte sie selbst an den Tischen herum wie verbotene schweinische Fotos. Er nannte auch keinen Namen, sondern sammelte ohne große Worte Vorbestellungen auf Saada.

»Morgen wird sie tanzen«, sagte er bloß. »Es ist wie in einer Lotterie, Freunde. Gebt eure Stimme ab, ich werde sie mit den anderen mischen und dann auslosen. Eine solche Frau verkauft man nicht für lumpige Dinare! Eine solche Frau will erobert sein vom Glück!«

Aber Hadschar wäre kein Halunke gewesen, wenn er nicht doch auf die Dinare gesehen hätte. Sieger in der Lotterie wurde der steinreiche Bauunternehmer Amar Ben Fezzan, ein schöner Mann mit Spitzbart, der Hadschar nicht nur sein Los, sondern auch 500 Dinare in die Tasche schob. Bei diesem Preis weiß Fortuna im voraus, wer gewinnt.

»Du Glücklicher!« rief Hadschar nach der Verlosung und umarmte Amar Ben Fezzan. »Morgen ziehst du ein in das Paradies.«

Nun war der Abend gekommen und die beiden »Hausdamen« Hadschars – so vornehm ging es bei ihm zu, daß er die Wärterinnen Hausdamen nannte – hatten Saada eingekleidet.

Man hatte sie ganz ausgezogen, in einem Bad, dessen Wasser nach Rosen duftete, gebadet und mit einer stark nach süßen Blüten riechenden Salbe eingerieben. Dann brachte man die Gewänder, goldbestickte Seiden, geschnitten im Stil der alten orientalischen Märchen; Ketten aus echtem Gold und mit schweren Goldmünzen, die das Kleid wie Hunderte von Glöckchen umgaben. Um die Stirn legte man Saada ein Band aus bunten glitzernden Steinen, während man die herrlichen langen Haare frei über den Rücken fließen ließ.

Hadschar kam selbst in die Garderobe, um Saada zu begutachten. Er war ein paar Sekunden sprachlos vor dieser Schönheit. »Alles ist echt«, sagte er dann. »Das Gold der Ketten, der Münzen, der Armreifen. Und die Steine auf dem Stirnband sind auch echt. Weißt du, was es kostet?« Und als Saada keine Antwort gab, fuhr er fort: »Vierzigtausend Dinare! Ich habe zehn starke Männer im Saal stehen, die auf den Schmuck aufpassen. Sie schießen sofort auf jeden, der den Schmuck anfaßt. O Allah, welch schöne Menschen läßt du wachsen.«

Er ging um Saada herum und betrachtete sie von allen Seiten. Sein Besitzerstolz war grandios. Er machte ihn blind für die Blicke Saadas und auch nicht mißtrauisch angesichts ihrer Sanftmut, mit der sie jetzt alles über sich ergehen ließ.

»Der Abend wird Amar Ben Fezzan gehören«, erklärte Hadschar nach seiner Besichtigung. »Er war der Glückliche, der dich gewann.« Hadschar senkte den dicken Kopf. »Für Schwierigkeiten hat er kein Ohr. Er ist ein reeller Händler, er hat gezahlt und will die Ware. Es hat keinen Sinn, ihm dein Leid zu klagen. Er ist der beste Mann, um dich in dein neues Leben einzuführen. Und nun los, auf die Bühne!«

Willig ließ sich Saada durch einen engen Gang bis zu einer Tür führen, hinter der gedämpfte Musik erklang. Aber als sie sich jetzt öffnete, erdrückte sie der Lärm, der ihr wie eine Woge entgegenprallte. Vor ihr standen Kulissen, dahinter ahnte sie das Podium der Bühne, auf der gerade vier Bauchtänzerinnen ihr Können zeigten. Rechts von der Bühne saß das Orchester, eine geballte Masse kreischender und bumsender Instrumente: Trommeln dröhnten dumpf, dazwischen das aufreizende, helle Schreien der Flöten und Klarinetten. Im Saal wogten Tabakwolken über die Bühne, ein Stimmengewirr übertönte sogar die Musik. Dann wurde geklatscht, die Musik schwieg, heisere Rufe begleiteten die abgehenden Tänzerinnen.

»Nun du!« sagte eine der »Hausdamen«. Hadschar war längst verschwunden, er saß vorn in der ersten Reihe am Tisch von Amar Ben Fezzan und wischte sich die Glatze mit einem großen Taschentuch.

»Was soll ich denn tun?« fragte Saada. Das Orchester setzte wieder ein, leise, schmeichelnd, süß. Hadschar hatte diese Melodie extra für Saada einstudieren lassen. Ein Tanz auf Rosen, stand auf dem Programm.

»Geh hinaus und bewege dich. Wie, das ist gleichgültig. Mach es so, wie du es auf dem Schiff geübt hast. Es ist ohne Bedeutung, wie du dich bewegst; sie fressen dich immer mit den Augen.«

»Und wenn ich nicht auf die Bühne gehe?«

»Denke an Fatma.« Die »Hausdame« schüttelte den Kopf, als Saada sie anstarrte. »Er wird es auch mit dir machen, er kennt kein Erbarmen. Er ist ein Felsblock! Geh jetzt!«

Saada hatte keine Zeit, sich von ihrer Verwunderung zu erholen. Sie bekam einen Stoß und taumelte auf die Bühne. Als sie hinaustrat in die Scheinwerfer, die rotes Licht über die Dekoration gossen und Saadas Auftreten wie aus einem roten Nebel zauberten, klang kurz und hell ein Gong auf.

Das Wunder, von dem Hadschar gesprochen hatte, wurde Wirklichkeit. Die schönste Frau der Wüste tanzte.

Amar Ben Fezzan saß bewegungslos neben Hadschar auf seinem gepolsterten Stuhl. Er wirkte wie eine Statue; nur die Augen lebten und verfolgten die ersten Schritte Saadas. Im Saal war es jetzt ganz still, das Stimmengewirr war verebbt. Ein irischer Seemann, der an der Bar gerade laut einen Whisky bestellte, bekam einen Schlag auf den Mund.

Was Saada auf der Bühne bot, war kein Tanz, es war ein Abschreiten der Bühnenfläche, ein Hin-und-her-Gehen wie ein Raubtier hinter seinen Gittern. Das Licht der Scheinwerfer wechselte ständig, von Rot zu Grün, von Grün zu Blau, von Blau zu Silberweiß, von diesem zu einem satten Gold und von Gold zu einem herrlichen Violett.

Saada blieb stehen. Von dem weiten Saal mit den vielen Menschen erkannte sie kaum etwas, nur die erste Reihe mit Amar Ben Fezzan neben Hadschar. Alles andere verschwamm im Licht der Scheinwerfer, das auf sie herunterprallte wie heiße Fäuste. Sie sah alles nur durch einen Schleier, denn sie weinte, lautlos, ohne die große, klagende Gebärde, sondern unmerklich im Gehen und Heben der Arme und Drehen der Hüften, die so etwas wie einen Tanz andeuten sollten. Die Tränen rannen ihr über die Schminke und lösten die schwarzen Augenumrandungen auf, zwei schwarze Bäche flossen ihr über die Wangen zum Mund und zerstörten das Ebenmaß ihres Gesichtes.

Dort sitzt er, dachte sie. Amar Ben Fezzan. Er hat für mich bezahlt. Ein Stück Ware bin ich jetzt, für ein paar Dinare ausgeliehen wie eine Wasserpfeife. O mein Liebster, mein weißer Doktor... das ist das Ende unserer Liebe. Ich werde unter den Leibern anderer, fremder Männer liegen, ihre schweißigen Hände ertragen und dann ein paar Scheine mit dem entweihten Schoß auffangen, Trinkgeld für eine Verdurstende. O mein Liebster, ich werde dich nie, nie mehr lieben können. Mein Leib wird zu einem Sumpf werden...

Sie tanzte weiter, mit eckigen Bewegungen, und betrachtete den großen, schlanken Mann neben Hadschar. Er sah nicht aus, als ob er Mitleid kannte.

Amar Ben Fezzan sah genau, daß Saada weinte. Er saß ganz nahe an der Bühne und erlebte das Entstehen der schwarzen Bahnen über ihren Wangen. Auch Hadschar sah es natürlich und nahm sich vor, Saada bei nächster Gelegenheit mit der Peitsche zu erziehen.

»Vierzigtausend«, sagte Fezzan plötzlich. Hadschar zuckte zusammen. Die Zahl kam zu plötzlich und vor allem unerwartet.

»Was vierzigtausend?« fragte er zurück.

»Für sie. Ich kaufe sie dir ab.«

Hadschars Gesicht wurde zu einem glänzenden Mond. Er

will sie haben, dachte er glückselig. Wenn Fezzan so etwas bietet, habe ich den Kauf meines Lebens getan. Laß dich umarmen, ferner Jussuf Ben Rahman!

»Sie ist unverkäuflich«, sagte er leise. Seine Stimme bebte dabei.

»Alles ist käuflich. Sechzigtausend.«

»Nicht für Hunderttausend.«

»Gut. Du sagst es, Ali. Hunderttausend.«

»Ich sage gar nichts!« Ali sprang auf. »Ich verkaufe sie nicht! Man verhökert keine Wunder, und sie ist ein Wunder!«

Amar Ben Fezzan erhob sich abrupt und zog Hadschar zur Seite. »Man sollte darüber in Ruhe sprechen, Ali«, sagte er und legte Hadschar seine Hand auf die Schulter. »Es gibt gute Wunder, und es gibt böse Wunder. Das hier ist für dich ein böses Wunder, glaube es mir.«

»Sie ist ein Wunder der Huris im Paradies«, widersprach Hadschar. »Allah hat ein Auge auf mich geworfen.«

»Ein Auge, das dich zermalmt!«

Hadschar begriff langsam. Er wurde ernst und steckte die Hände in die Taschen seines Maßanzuges. In der rechten Tasche umfaßte er den Kolben eines kleinen Brownings. »Soll das eine Drohung sein?«

»Freunde sollen sich helfen.« Fezzan blieb an der Tür des Saales stehen und blickte zur Bühne zurück. Noch immer bewegte sich Saada hin und her, ein weinendes, verstörtes Wesen im Wirbel von Scheinwerferlicht. »Ich will dir helfen, zu überleben, Ali. Weißt du, wie ein Mensch aussieht, der unter flüssigem Beton begraben wird?«

»Es kommt darauf an, wer schneller von uns beiden ist.«

»Ich, mein liebster Ali. Sieh dich um.« Hadschar fuhr herum. An der Bar, neben den Türen, vor dem Orchester lehnten gut gekleidete, fast vornehme Herren an der Wand und blinzelten ihm zu. Fezzan lächelte mild.

»Du bist ein Schuft!« knirschte Hadschar. »Aber auch ich habe zehn Männer herumstehen.«

»Vier, mein Guter. Sechs habe ich vorhin gekauft.« Fezzan legte wieder den Arm um Hadschar, als sei er sein bester Freund. »Ärgere dich nicht«, sagte er dabei. »Ich habe ihr Bild gesehen, und es fiel Feuer in mein Herz. Weißt du, was das bedeutet, wenn das Herz eines Fezzan brennt? Hunderttausend, ein ehrliches Geschäft – oder dein Fuchsbau wird ausgeräuchert, wie es ihm zukommt! Ich gehe nicht von deiner Seite, bis wir uns einig sind.«

»Allah verfluche dich!« stammelte Hadschar. Er spürte die Todesangst in seinem Nacken. Er kannte Fezzans unüberwindliche Kälte. »Selbst die Hölle soll dich ausspucken!«

»Sie wird es, mein Freund, ich bin unverdaulich.« Er verstärkte den Druck seiner Finger auf Hadschars Schulter. Die Fingernägel gruben sich durch den Anzugstoff in das Fleisch. »Gehen wir zu ihr, nicht wahr?« sagte er leise. »Wie heißt sie?«

»Saada«, keuchte Hadschar. Er sah sich hilfesuchend um, aber wo er auch hinblickte, erkannte er nur die Leute Fezzans. Sie kamen hinter die Bühne, und Hadschar lehnte sich zitternd an die Wand. »Du bist kein Mörder, Amar«, stammelte er. »Denk doch darüber nach. Für eine Frau morden, das ist das Widersinnigste überhaupt.«

»Saada ist ein Wunder, du hast es selbst gesagt.« Fezzan gab Hadschar einen Stoß. »Wunder erlebt der Mensch nicht mehr... nur ich erlebe es noch! Soll ich es nicht festhalten, und wenn ich es an mich klebe mit Blut? Los, führ mich zum Zimmer Saadas!«

Im Saal erklangen die letzten Töne der Musik. Saada schwankte von der Bühne. Die »Hausdame« fing die Taumelnde auf und hüllte sie in einen Seidenmantel.

»Fezzan wartet schon auf dich«, sagte sie und wischte die Tränenspur aus Saadas Gesicht. »Er ist in deinem Zimmer.«

»Ich möchte sterben.« Saada lehnte den Kopf an die Schulter der alten, dicken Frau. »Verrate mir, wie man schnell sterben kann. Jetzt, hier auf der Stelle.«

»Warte erst das Leben ab!« Die »Hausdame« führte Saada weg zu den Zimmern mit den Spiegelwänden und Spiegeldekken. Nummer 5 stieß sie auf und schob Saada hinein. Dann schloß sie die Tür wieder und legte beide Hände auf ihre Brüste. Was man durch das Kleid nicht sehen konnte: Sie waren zerschnitten, breite Narben zogen sich über jede Brust. Alte, schon verblichene Narben. Spuren aus den Gründerjahren Hadschars vor zwanzig Jahren.

Suleima war das erste Mädchen gewesen, das gegen Hadschar aufbegehrt hatte. Damals, vor zwanzig Jahren. Heute sah sie aus wie fünfzig und war erst fünfunddreißig. Aber sie lebte, wenn auch mit zerschnittenen Brüsten. Der Weg in die Tiefe des

Meeres war ihr erspart geblieben. Doch auch das hatte einen Grund. Suleima hatte Hadschar einen Sohn geboren, den einzigen. Er studierte in Paris Jura.

Es war ein Geheimnis, das niemand in dem weiten Häusergewühl kannte, nicht einmal Feisal, der Sohn. Ihm hatte Hadschar gesagt, seine Mutter sei bei seiner Geburt gestorben. Suleima sei seine Tante, die Schwester seiner Mutter.

»O wenn er sie wirklich liebt«, sagte sie leise, als sie wegging in den Wohntrakt. »Sie könnte ihn überreden, Hadschar den Schädel einzuschlagen.«

Amar Ben Fezzan saß auf dem Bett. Von allen Seiten wurde seine Gestalt durch die Spiegel zurückgeworfen. Ein Heer von Fezzans erwartete Saada.

Sie blieb an der Tür stehen und raffte den Mantel vor der Brust. Ihre Lippen waren zusammengepreßt zu einem Strich. Noch wußte sie nicht, was sie tun würde, aber sie war sicher, daß es einen Kampf geben würde, den sie zwar verlor, aber in dem sie völlig zerbrach und endlich von dieser Schmach befreit wurde.

»Komm näher, Saada«, sagte Fezzan. Er hatte eine schöne, dunkle Stimme. Hadschar war nicht mehr im Zimmer; vier Männer Fezzans hatten ihn in ihre Mitte genommen und zu seinem Büro begleitet. Dort hockte er jetzt wie ein qualliger Teufel, kaute an den Nägeln und sann auf einen Ausweg.

Saada rührte sich nicht. Ihre dunklen Augen starrten Fezzan an mit einer Entschlossenheit, die er sofort als gefährlich erkannte. Er winkte ab und schüttelte den Kopf.

»Du hast geweint. Ich habe es gesehen. Ich weiß nicht, wer du bist und woher du kommst... ja, ich habe fünfhundert Dinare bezahlt, um mit dir allein zu sein. Aber du sollst keine Angst haben. Ich will nichts weiter von dir, als daß du dich zu mir setzt und mir erzählst, wie du zu Hadschar gekommen bist. Ich weiß, woher er seine Mädchen nimmt, er kauft sie in Tunis. Aber mir ist es ein Rätsel, wie du unter die Ware kommst! Man kauft eine Tüte Äpfel und findet unter den anderen einen goldenen – das wundert einen doch. Komm her, hab keine Angst. Erzähle mir, woher du kommst.«

»Warum?« Saada blieb stehen, gespannt wie eine Sehne.

»Du hast mich von Hadschar gewonnen, ich weiß die Wahrheit.«

»Es stimmt, ich habe dich gewonnen. Und ich habe Hadschar sogar hunderttausend Dinare für dich geboten!«

»Zuviel Geld für eine Tote.«

»Ich sehe, du lebst.«

»Bis morgen ... bis nach deiner Umarmung. Dann werde ich gestorben sein.«

»Warum haßt du mich so? Du kennst mich doch gar nicht.« Fezzan blickte Saada nachdenklich an. »Erzähl mir von dir«, sagte er wieder, und in seiner Stimme war etwas, das Saada Vertrauen eingab. »Sei eine neue Scheherazade ... nur erzähle dein eigenes Leben.« Er winkte und zeigte auf das Bett neben sich. »Setz dich.«

Aber Saada blieb an der Tür stehen. Das Bett, von den vielen Spiegeln umgeben, in denen sich Fezzan unzählbar vervielfältigte, war ihr wie ein Totenbett. Auf ihm werde ich vergehen, wenn er mich unter sich zwingt, dachte sie. Und ich werde meinen Tod sehen, überall ... an den Decken, an den Wänden, einen Tod in geschändeter Nacktheit.

»Ich komme aus Bou Akbir«, begann sie. »Ich bin die Tochter des Scheichs Seradji Achmed. Ich liebe einen Mann, einen deutschen Arzt ...«

Sie sah über Fezzan hinweg wie in die Weite des Landes. In ihren Augen lebte wieder die Wüste.

Amar Ben Fezzan faltete die Hände über seine Knie und hörte ihr zu.

Einen deutschen Arzt liebt sie.

Wie wertlos sind jetzt meine Millionen.

Cathérine lag noch zwischen Leben und Tod, als Dr. Bender das Militärkrankenhaus wieder verließ. Der Chefchirurg, der Franzose Dr. Bandeaux, konnte Bender auch nicht mehr sagen, als er schon selbst wußte.

»Wir werden die Wunden noch einmal öffnen, tief ausschneiden und mit Antibiotika behandeln«, sagte er. »Können wir sie retten, wird sie einen hohen Preis dafür bezahlen; ihr Körper wird für immer entstellt sein. Wir müssen viel Muskelfleisch, das schon bedenklich septisch aussieht, wegschneiden. Und wir werden in die Tiefe müssen. Das hinterläßt nicht nur Narben, sondern auch Höhlen.«

Bender senkte den Kopf. Das Schuldgefühl übermannte ihn wieder. Wie hatte der kleine Italiener gesagt? Wären Sie doch nie in die Wüste gekommen... »Was immer auch zu erwarten ist, Kollege: Tun Sie alles, um sie zu retten!«

»Hinterher wird sie mich verfluchen.«

»Nein. Das verspreche ich Ihnen.« Bender streckte die Hand aus, und Dr. Bandeaux nahm sie mit Zögern. »Wenn Cathérine überlebt, werde ich mich um sie kümmern – für immer...«

Was Scheich Seradji Achmed anbetraf, so hatte sich Dr. Benders Diagnose bewahrheitet. Es war nicht die Hadjar-Krankheit, das sichere Todesurteil, sondern ein Magendurchbruch. Alte Geschwüre waren aufgebrochen. Das Magnesiumpulver des Sanitäters Jussuf war nur ein Selbstbetrug gewesen; es überdeckte die Gefahr der Krankheit.

Achmed lag bereits auf dem OP-Tisch, als Dr. Bender von Dr. Bandeaux zurückkam. Algerische Chirurgen, ausgebildet in den USA, der Schweiz und in Frankreich, hatten den Leib Achmeds geöffnet und nahmen eine Magenverkürzung vor. Wenn keine Komplikationen dazwischenkamen, würde er überleben. Das wußte man, als man seinen Magen gespalten hatte.

Allein, ein Einsamer in dieser großen, von Menschen wimmelnden Stadt am Meer, stand Dr. Bender später auf der Straße, in der die Hauptverwaltung der »Sahara-Petrol« lag.

Die Adresse Pierre Serrats hatte er schnell erfahren. In einem ordentlichen Büro weiß man alles.

»Hôtel de l'Oasis«. Ein gutes Haus unter den Kolonnaden am Hafen. Rue Kerrar Smaine, Ecke Boulevard de la République. 52 Zimmer, viele mit Blick zum Hafen.

Und in einem davon wohnte Pierre Serrat.

Dr. Bender winkte ein Taxi heran und ließ sich zum Hafen fahren. Vor dem Hôtel de l'Oasis stieg er aus und sah an der Fassade empor. Hohe, schmale Fenster, mit grünen Klappläden. Kleine Balkons mit Eisengitter. In der Bar hinter dem Eingang lärmten amerikanische Matrosen... ein Zerstörer lag draußen auf Reede. Drei algerische Huren warteten an der Straßenecke auf die Seemänner. Amerikaner zahlen immer gut in besten Dollars. Vier Zuhälter lagen wie Katzen auf der Lauer.

Dr. Bender betrat das Hotel und fragte nach Serrat.

»Nummer 12, erster Stock, Monsieur«, sagte der Portier, ein pockennarbiger Kerl in weißer Uniform. Er fragte nicht lange. In Afrika ist Neugier in solchen Dingen unbekannt.

Nummer 12.

Bender fuhr mit dem Fahrstuhl hinauf. Im Zwischenstock lag das berühmte Restaurant, ein Schlemmerlokal. Es war um diese Tageszeit noch leer. Bender sah auf seine Uhr und stellte erstaunt fest, daß es erst neun Uhr morgens war. Natürlich, dachte er. Die Nacht habe ich ja im Krankenhaus abgesessen, vor dem OP, in dem man Cathérine ganze Stücke aus dem schönen Körper schnitt.

Zimmer 12.

Eine weiße, hohe Tür.

Dr. Bender trat ein, ohne anzuklopfen. Er hätte es tun müssen, denn Serrat lag nackt im Bett und spielte mit einer ebenfalls nackten, weißhäutigen und rothaarigen Hure. Sie quiekte entsetzt und riß die weggetretene Decke über sich. Serrat setzte sich auf... ein schwarzbehaarter Bär. Kein Erstaunen lag in seinem Blick, keine Überraschung, nicht einmal Verblüffung. Er zog bloß das breite Kinn an und gab seiner Gespielin einen Klaps auf die dicken Brüste.

»Zisch ab, Püppchen«, sagte er mit seiner dunklen Stimme. »Nimm die Klamotten und zieh dich auf dem Flur an. Verdammt, jetzt müssen Männer reden. Ich ruf dich wieder, wenn's nötig ist.«

Die Hure sprang aus dem Bett, raffte ihre Kleider zusammen und rannte aus dem Zimmer. Als sie an Bender vorbeilief, roch es nach ranziger Butter. Serrat schob die Beine aus dem Bett und legte die Hände auf die dicken Oberschenkel.

»Unser Doktor«, sagte er gedehnt. »In Algier! Es ist also doch bloß eine Übertreibung, daß die Wüste jeden Idioten frißt! Sie hat Sie wieder ausgespuckt... Unverdaulich waren Sie immer, das stimmt.« Serrat senkte den Kopf wie ein angreifender Stier. Sein nackter, gewaltiger Körper erhob sich vom Bett. »Was gibt's, Doktor?! Los, sagen Sie es schon! Stellen Sie die Frage.«

Dr. Bender nickte. »Wo ist Saada?« sagte er. »Serrat... ich stelle sie nur noch einmal: Wo – ist – Saada –?«

Pierre Serrat war kein Mensch, den man mit einer harten Frage aus dem Gleichgewicht kippen konnte. Ein Riesentier wie er, aus Mut, Muskeln und Gewissenlosigkeit, nicht zu überrennen mit ein paar hart gesprochenen Worten. Dr. Bender hatte es auch nicht anders erwartet, und als er jetzt die Augen Serrats sah, kleine, glitzernde, helle Bärenaugen, in denen keine Regung lag, nur eben dieses kalte Leuchten der Erbarmungslosigkeit, wußte er, daß die kommenden Minuten auch eine Entscheidung in seinem Leben sein würden.

Merkwürdigerweise hatte er keine Angst. In ihm war es so kalt, als ständen sie sich in einem Kühlhaus gegenüber und nicht in einem afrikanischen Hotelzimmer, in dem trotz der Ventilation noch eine Decke von Hitze und klebenden Gerüchen lag.

»Saada –«, Serrat dehnte den Namen wie einen Kaugummi. »Ich weiß es nicht.«

Das war die Wahrheit, aber nur die halbe. Dr. Bender wußte es genau. »Sie haben Saada aus Camp XI mitgenommen«, sagte er rauh.

»Ja.«

»Wohin?«

»Nach Ouargla.«

»Und dann?«

»An die Grenze nach Tunis, in die Schotts Djerid.«

Dr. Bender hatte manche Antwort erwartet, aber nicht diese. In die Schotts? Was hatte Serrat in den Salzseen zu suchen? Das verwirrte ihn und ließ neue Angst in ihm hochquellen.

»Reden Sie nicht herum, Serrat!« schrie er plötzlich. »Sie haben Saada mitgenommen, und seitdem ist sie verschwunden.«

»Das glaube ich gern.« Serrat grinste breit. Er kam langsam auf Bender zu, ein behaarter Riesenaffe, nackt und lautlos. Es war, als berühre der schwere Körper nicht den Boden. »Ich habe sie verkauft.«

»Was haben Sie?« Bender stockte der Atem. Das Ungeheuerliche war nicht begreifbar. »Erzählen Sie keinen Blödsinn, Serrat.«

»Ich habe sie auf einem Sklavenmarkt in den Schotts Djerid verkauft. Für gute harte Francs.« Serrat zog das Kinn an. »Ich kann Ihnen sogar eine Quittung darüber geben; ich habe das Geld einem Waisenhaus in Algier vermacht. Fragen Sie mich bloß nicht, warum. Aber das ist die reinste Wahrheit. Saada schwirrt als Sklavin irgendwo herum. Vielleicht ist sie sogar schon in Saudi-Arabien in einem Harem. Da geht's ihr gut, besser als in dem Stinkloch Bou Akbir.« Serrat stand einen Meter vor Dr. Bender. »Es steht Ihnen jetzt die Frage frei, warum ich Ihnen das alles erzähle! Nach dem Gesetz habe ich Ihnen zehn Jahre Zuchthaus gestanden. Sie nehmen doch nicht an, daß ich so blöd bin und sie absitze?«

»Nein.« Benders Herz war wie mit einem Eisenpanzer umgeben. Verkauft auf einem Sklavenmarkt! Irgendwohin transportiert, zur Liebe gezwungen, vielleicht mit Peitschen geschlagen, bis ihr Widerstand zerbrochen war. Er schrak zusammen vor einem fremden Laut. Auch Serrat hob die buschigen Augenbrauen. Erst da merkte Bender, daß er mit den Zähnen geknirscht hatte. »Sie Schwein!« sagte er tonlos. »Sie elendes Schwein! Was wären zehn Jahre Zuchthaus...«

Er duckte sich, denn Serrat griff mit beiden Händen nach ihm. Und dann war es, als fiele ein Berg über ihn. Doch Dr. Bender hatte diesen Angriff einkalkuliert. Zum erstenmal in seinem Leben wandte er als Selbstverteidigung das an, was er in Köln auf der Karate-Schule gelernt und an seinen Partnern nur simuliert hatte. Mit einem blitzschnellen Handkantenschlag in den Magen Serrats hieb er den Riesen zurück, bevor noch dessen tellergroße Hände seinen Kopf umfassen konnten.

Serrat war es, als schnitte man ihn mitten durch. Ein unbeschreiblicher Schmerz durchzuckte ihn, er taumelte zurück, fiel auf das von der Hure zerwühlte Bett und drückte beide Hände in den Leib. Feuer durchbohrte seinen Magen, das Zimmer löste sich auf in tanzende, grellfarbene Punkte. Aber das nur ein paar Sekunden lang, dann sprang Serrat wieder auf, dumpf knurrend wie ein Löwe. Er taumelte auf Bender zu und warf sich dann über ihn.

Doch auch diesmal lief Serrat nur in einen Schlag, der seinen Kopf fast vom Rumpf trennte. Heulend und zitternd fiel er auf die Knie und umklammerte seinen Hals, ließ sich dann nach hinten fallen und lag so, ein Fleischgebirge, durchzittert von innerem Beben, auf den Dielen, mit weiten Augen, in denen noch völliges Nichtverstehen über den Schmerz stand.

Bender kniete sich neben Serrat und hieb mit der Handkante auf den rechten Oberschenkel des Riesen. Serrat stöhnte auf, seine Augen färbten sich rot. Er keuchte und klapperte mit den Zähnen. Er hat mir das Bein abgeschlagen, dachte er. Es ist gefühllos, abgetrennt, tot. Er hat Handkanten aus Stahl. Und ich habe gedacht, er sei ein in Milch gebadeter, akademischer Idiot.

»Wo ist Saada?« fragte Dr. Bender rauh. Er wußte, welche Schmerzen Serrat jetzt durchlitt, aber er war unfähig, auch nur einen Gedanken an Mitleid zu verschwenden. Auf einem Sklavenmarkt verkauft... Er hob die Hand und schlug noch einmal auf den Oberschenkel. Es war, als knacke innen der Knochen. Serrat heulte auf.

»Ich weiß es nicht...«, stöhnte Serrat. »Doktor... ich schwöre es Ihnen... Sie ist abtransportiert worden...«

»Ein Teufel hat mehr Seele als Sie!« sagte Bender dumpf. »Serrat, ich zerstückle Sie, wenn Sie keine anderen Auskünfte geben.« Er schlug mit der Handkante auf den linken Oberschenkel. Serrat verdrehte die Augen. Speichel lief aus seinen Mundwinkeln. Jetzt bin ich beinlos, dachte er. Er hat mir beide Beine abgeschlagen. O Gott, mein Gott... Ein neuer Schlag ließ seinen Riesenleib erzittern. Es war, als zerplatze der Brustkorb. Serrat verdrehte die Augen, versuchte, die Arme zu heben und kam sich vor, als bade er in einem See aus brennendem Öl.

»Ich habe sie einem Händler übergeben...«, röchelte er. »Jussuf Ben Rahman heißt er. Ich habe seine Adresse von dem Händler Amar Ben Habadra in El-Oued. Die Kerle treffen sich im Schott, im Gebiet von El Matmahira. Das ist alles.« Er sank zurück und schloß die Augen. Daß kein neuer Schlag erfolgte, machte ihn fast glücklich. »Was nun?« fragte er, als er besser Luft bekam.

Dr. Bender saß auf dem Bett und starrte auf den nackten Serrat. Was nun, das war wirklich eine Frage. Nachdem es sicher war, daß Serrat die Wahrheit gesagt hatte – eine unbegreifliche Wahrheit, denn in Bender sträubte sich alles dagegen, zu glauben, daß Saada jetzt irgendwo als menschliches Tier hinter verschlossenen Türen lebte, elender als jeder Hund, der herumstreunt, denn ihm ist wenigstens die Freiheit geblieben –, blieb eigentlich nur ein Weg übrig: zur Polizei. Aber schon im voraus wußte er, wie es dort sein würde. Man würde ein Protokoll aufnehmen, Serrat in ein muffiges Loch stecken und dann die Schultern zucken.

Tunis... was können wir da machen? Natürlich kann man in El-Oued den Amar Ben Habadra verhaften, wenn der Name überhaupt stimmt. Aber wo soll man zum Beispiel den Jussuf

Ben Rahman suchen? Wenn Mädchen aus der Wüste verschwinden, dann ist es meistens endgültig. Oder sie melden sich nach einiger Zeit, und es geht ihnen gut. Sie sind Tänzerinnen, Bardamen, Hausmädchen, Huren... aber immer sind sie zufrieden. Anzeigen... die hat es nie gegeben.

»Ziehen Sie sich an, Serrat!« sagte Bender heiser. »Los, schnell! Wir gehen zum Kommissariat.«

Serrat kroch über den Boden wie eine Riesenkröte. Dann schob er sich an der Wand empor und wunderte sich, daß seine Beine doch noch am Körper waren und ihn trugen. Mit zitternden Fingern zog er sich an und beobachtete dabei Dr. Bender. Aber so günstig manchmal die Gelegenheit war: Er hatte plötzlich keinen Mut mehr, sich auf ihn zu stürzen. Als er fertig angezogen war, räusperte er sich. Bender hob den Kopf.

»Gehen wir!«

Sie verließen das Zimmer, Serrat schloß es ab und gab den Schlüssel unten beim Portier ab. Im Eingang des Hotels blieb er stehen und sah noch einmal zurück. »Das Logis bezahlt die Firma«, sagte er. »Gepäck brauche ich wohl nicht, was?«

»Nein.« Bender trat hinaus auf die Straße. Das Gewimmel der Menschen saugte ihn auf wie der Schwamm einen Wassertropfen. Die Mittagshitze prallte gegen ihn, vom Hafen erklangen Sirenen und dröhnte das rhythmische Hämmern von Preßluftbohrern. Hunderte von Stimmen wirbelten durcheinander, aus einem Café gegenüber dem Hotel tönte laute orientalische Musik.

Serrat trat hinter Dr. Bender.

»Sie sind doch ein Idiot, Doktor«, sagte er. »Aber das macht, weil Sie immer noch den Glauben an den Menschen haben. Das ist ein Luxus, an dem Sie noch zugrunde gehen wie andere am Roulette oder an einer teuren, schönen Frau. Der Mensch ist ein Stück Dreck, merken Sie sich das.«

Er gab Bender einen mächtigen Stoß, der Arzt flog zwischen die Tischreihen des Cafés, Stühle und Geschirr klirrten auf das Pflaster, zwei Kellner erschienen und rissen Bender hoch und schleppten ihn in das Lokal. Im Nu war er umgeben von schreienden, gestikulierenden Algeriern, die ihn an den Ärmeln rissen, bespuckten und bedrohten. Erst ein Polizist, der unter den Kolonnaden gestanden hatte und durch den Lärm herangelockt wurde, befreite Bender aus der schreienden Menge und nahm ihn mit zum nächsten Revier. Serrat war längst in den Gassen untergetaucht... noch im Fallen hatte Bender gesehen, daß er die Richtung zur Kasbah nahm, zu dem uralten Viertel Algiers, in dessen miteinander verschachtelten Häusern ein Mensch sicherer war als ein Fuchs in seinem Bau.

»Zu Ihnen wollte ich«, sagte Bender, als er dem Polizeikommissar der großen Wache am Hafen gegenübersaß. »Ich höre, Sie sprechen gut französisch. Lassen Sie mich alles der Reihe nach erzählen, Sie werden es sonst nicht begreifen...«

Von dieser Stunde an wurde Dr. Bender weitergereicht wie ein besonders erfolgreiches Callgirl. Nur ging ihm nicht der Ruf besonderer Liebeslust voraus, sondern der Geruch eines Menschen, der überall nur Mühe, Arbeit und Unbequemlichkeiten macht. Aber es war notwendig ihn anzuhören, denn schließlich war Algerien jetzt ein geordneter, demokratischer Staat.

Dr. Bender durchlief alle Instanzen einer perfekten Verwaltung, die ihm geradezu erschreckend deutsch vorkam. Wie in der Heimat war keiner, dem er die Geschichte Saadas erzählte, zuständig, so wie es kaum einen Beamten gibt, der sich für unangenehme Dinge kompetent erklärt. Es war ein Weg quer durch Algier, den Bender an diesem Tag zurücklegte. Von der Polizeiwache am Hafen zur Polizeikommandantur, von der Kommandantur zur Staatsanwaltschaft, von dort zu einem Ministerialrat, der sich Notizen machte, in der kehligen Sprache der Araber mit jemandem durchs Telefon sprach und Bender weiterreichte an einen Ministerialdirektor. Auch dieser hörte sich alles an, telefonierte und brachte Bender in ein Zimmer, in dem zwei hohe Offiziere und ein schmaler, kleiner Mann auf ihn warteten. Den kleinen Mann nannte man Minister. Bender war bereits so müde, daß es ihm gleichgültig war, welcher Minister es war. Er sank auf einen rot gepolsterten Stuhl und rief flehend:

»Jetzt erzähle ich die Sache zum neuntenmal! Begreift denn das keiner? In Algerien wurde ein Mädchen auf einem Sklavenmarkt verkauft...«

»In Tunis, Monsieur«, sagte der kleine Minister steif.

»Von algerischen Händlern.«

»Das werden wir nachprüfen. Einheiten der Luftwaffe sind bereits unterwegs nach El-Oued. Auch wird der Scheich Seradji Achmed im Hospital verhört. Stellt es sich heraus, daß Ihre

Anzeige wahr ist, werden wir alles tun, um diesen Lumpen das Handwerk zu legen.«

»Und Saada? Wer sucht Saada?« Bender sprang auf. Er erkannte plötzlich, daß Saada hier gar nicht so wichtig war, daß keinen ihr Schicksal rührte, daß es nur um die Jagd nach diesem rätselhaften Jussuf Ben Rahman ging.

»Das ist eine schicksalhafte Frage.« Einer der Offiziere trat an Dr. Bender heran. »Wie sollen Sie ein Mädchen suchen und finden, das bereits verkauft worden ist? Wenn es sich nicht von allein meldet, werden wir nie mehr etwas von ihm hören. Auch wenn wir Rahman finden... er kann immer sagen, er wüßte den Namen seines Käufers nicht, was auch meistens der Fall ist. Von der Stunde an, wo Saada verkauft wurde, erlischt sie für uns alle wie eine ausgeblasene Kerze. Wo, Monsieur, wollen Sie suchen? Verraten Sie uns das.«

»Von Matmahira aus.« Bender wischte sich über das Gesicht; es war überzogen mit kaltem Schweiß. »Jemand muß sie doch gesehen haben!«

»Jemand ...« Der Offizier lächelte schief. »Finden Sie diesen Jemand erst einmal! Wir sind hier nicht in Europa, wo man durch Radio und Fernsehen suchen kann, wo die Zeitungen Aufrufe bringen. Die Bauern und Viehtreiber an der Grenze werden lieber hundertmal zu Allah beten, als ein Wort vor der Polizei aussagen. Ihr Jemand, Monsieur, bleibt ein Phantom.«

»Und Pierre Serrat?«

»Den haben wir schnell. Alle unsere Spitzel in der Kasbah sind alarmiert. Glauben Sie nicht, wir hätten in den Stunden nichts getan. Es ist eine der größten Aktionen ausgelöst worden, die Algerien je gesehen hat. Wir erwarten in der nächsten Stunde die ersten Meldungen aus El-Oued und von der Grenze.«

»Wir haben auch die befreundete Regierung von Tunis unterrichtet«, sagte der kleine Minister mit heller Stimme. »Tunesische Militäreinheiten sperren die Schotts bereits ab und verhören die Grenzposten. Wir arbeiten mit der gleichen Präzision wie die Europäer.«

Dr. Bender nickte schwach. Da war sie wieder, die immer schwelende Angst, weniger zu sein als die Weißen. Dieses Trauma der Farbigen, weniger zu leisten als die Europäer. Dieser Minderwertigkeitskomplex der Afrikaner, Menschen zweiter Geistesordnung zu sein.

»Und wer sucht nach Saada?« fragte er wieder. Die Männer um ihn herum sahen ihn mitleidig an. Ihre Blicke gaben allein die stumme Antwort.

Keiner.

Ein verkauftes Mädchen ist wie eine verkaufte Dattel... irgendeiner frißt sie auf...

Die algerischen Behörden waren an diesem Tag rührend um Dr. Bender besorgt. Sie luden ihn zum Essen im feudalen Hotel Aletti ein, der Minister und ein General waren seine Begleiter, zu denen sich am späten Abend noch der Direktor der »Sahara-Petrol« gesellte, ein dicker Franzose, laut, beweglich, Playboy im Endstadium, man rauchte und trank Sekt und überspielte die Nervosität, die alle beherrschte. Gegen 23 Uhr kamen die ersten Meldungen ins Hotel Aletti. Kuriere der Armee brachten sie in den kleinen Salon, in den sich die Herren zurückgezogen hatten.

»Aha!« sagte der General zufrieden und sah Bender bedeutungsvoll an. »Den Hund von Amar Ben Habadra haben wir. Er wird zur Zeit verhört. Die Vernehmung gestaltet sich etwas langweilig, denn Habadra wird immer ohnmächtig...«

Dr. Bender hob schaudernd die Schulter. Er ahnte, was zur Stunde in El-Oued vorging, aber er hatte kein Mitleid mit dem Mann. Wer Menschen verkauft, hat kein Recht auf Humanität.

»Und Saada? Hat man etwas über Saada erfahren können?«

»Nichts.« Der Minister sah in die Glut seiner Zigarre. »Auch Scheich Achmed läßt stündlich aus dem Hospital anrufen. Es geht ihm übrigens nach der Magenoperation gut. Erstaunlich, wo sie erst knapp vierundzwanzig Stunden her ist. Die Freunde in der Wüste haben eine eiserne Gesundheit.« Er beugte sich zu Bender vor und sah auf dem Wege dorthin demonstrativ auf seine Armbanduhr. »Sie sollten sich hinlegen, Monsieur docteur. Ich befürchte, Sie brechen uns sonst noch zusammen. Hier im Haus ist für Sie ein Appartement reserviert worden.«

»Danke, Exzellenz.« Bender lehnte sich zurück und legte den Kopf nach hinten auf die hohe Sessellehne. »Wer könnte jetzt schlafen!«

»Ich. Ich muß.« Der Minister erhob sich. »Monsieur, ich habe morgen eine Kabinettssitzung. Glauben Sie mir, es hat keinen Sinn, sich hier mit stundenlangem Warten die Nerven zu ruinieren. Es wird alles getan, was man tun kann. Sie müssen mich entschuldigen.«

Bender nickte. Der Minister verabschiedete sich, der General folgte. Dann ging auch gegen 3 Uhr früh der Direktor der »Sahara-Petrol«.

Er verließ Dr. Bender ratlos.

Bevor er ging, hatte er Bender vorgeschlagen, seinen Arzt-Vertrag mit der Gesellschaft zu kündigen.

»Ich kann verstehen«, sagte der Direktor – er hieß Jacques Prillier und legte freundschaftlich den Arm um Benders Schulter – »wenn Sie die Schnauze von der Wüste voll haben. Wir sind keine Unmenschen, wir entbinden Sie natürlich von Ihrem Zweijahresvertrag ab sofort. Wer konnte solche Komplikationen ahnen? Aber, seien wir ehrlich: Ein wenig schuld an dem ganzen Schlamassel haben Sie auch. Sie haben das erste Gebot der Europäer in Afrika verletzt: Hände weg von Eingeborenenschönheiten! Mensch, Doktor, da haben Sie die Cathérine in der Baracke, voll Dynamit bis unter die Haarwurzeln... und gehen mit einem Berbermädchen ins Bett!«

»Nicht nur«, sagte Bender leise.

Monsieur Prillier bekam glänzende Augen. »Die Cathérine auch? Also beide? Und da wundern Sie sich, wenn die Wüste um Sie herum brennt? Doktor, was haben Sie sich eigentlich dabei gedacht?«

»Nichts. Ich bin einfach zerrissen worden von diesen beiden Frauen. Es waren zwei Welten, zwei Elemente, und ich ging in dem Sog unter. Natürlich weiß ich heute, daß alles verkehrt war – aber haben Sie jemals Saada gesehen?«

»Nein.« Prillier schnippte die Asche von seiner Zigarre. Seine in Fettwülste gebetteten Äuglein glitzerten. »Aber wie wird sie schon sein? Schwarzhaarig, mit Brüsten wie aus Alabaster, und mit einem Feuer zwischen den Schenkeln wie ein Vulkan. Aber so sind sie alle, docteur, alle. Nicht nur Ihre Saada. Als ich hierherkam, vor zehn Jahren, und die Weiber sah, diese Glutaugen, diese schwingenden Hüften... ich sage Ihnen, immer war ein Wüstenkätzchen bei mir im Zimmer. Bis ich's am Herzen bekam. Ganz plötzlich ging es los. Atemnot, Schwindel, rumm, lag ich da. Völlig entkräftet war ich. Mein Rückgrat war wie Gummi. Da wurde ich vernünftig, schmiß die Berberweiber hinaus und erinnerte mich an meine Frau in Marseille. Seitdem geht mir's besser. Diese Araberinnen sind Vampire, sie saugen das Rückenmark aus. Für uns Europäer ist das zu gewaltig, wir gehen dabei vor die Hunde. Docteur, reißen Sie sich los von Ihrer Saada. Fahren Sie nach Köln zurück, heiraten Sie dort ein Mädel vom Rhein und machen Sie irgendwo eine Praxis auf. Das bekommt uns viel besser.«

»Erst muß ich Saada finden«, sagte Dr. Bender.

»Hier? In Afrika? Oder gar drüben in Arabien? Docteur... lassen Sie mich nicht glauben, daß Ihr Gehirn in der Wüste ausgetrocknet ist. Der Scheich, ihr Vater, ist da vernünftiger; er kennt seine Landsleute. Er hat im Krankenhaus den Priester kommen und für seine Tochter ein Gebet sprechen lassen. Verstehen Sie, was das heißt? Für ihn ist sie tot.«

»Aber nicht für mich!« Dr. Bender sprang auf und lief in dem kleinen, prunkvollen Salon hin und her. Prillier beobachtete ihn wie ein großer, fetter, breitmäuliger Fisch. »Ihr Angebot, mich aus dem Vertrag zu entlassen, ist gut gemeint, Prillier. Aber ich bleibe. Ich bleibe so lange in Afrika, bis ich Saada gefunden habe!«

»Dann haben Sie jetzt eine Lebensstellung«, sagte Prillier sarkastisch.

»Irgendwo gibt es eine Spur – ich spüre es. Auch in Afrika kann ein Mensch nicht einfach zum Nichts werden.«

»Sie ahnen gar nicht, was in Afrika alles möglich ist. Wenn Menschen sich in Nichts auflösen, dann nur hier.« Prillier hielt Bender fest, als dieser an ihm vorbeilief. »Seien Sie doch vernünftig, docteur. Wenn Sie wirklich eine Spur finden und sie führt nach Saudi-Arabien – was soll das? Eher leben auf dem Mond hochentwickelte Lebewesen, als daß Sie auch nur einen Schritt nach Saudi-Arabien tun, wenn die dortigen Behörden es nicht wollen. Und sie wollen nicht, das weiß ich im voraus. Dort ist die Welt nicht unsere Welt, und wir werden das nie verstehen. Eine Frau suchen... jeder Orientale wird Sie für einen Verrückten halten! Nein. Docteur, ein Vorschlag: Heiraten Sie Cathérine. Dann haben Sie eine Frau, vor der der Teufel ausreißt.«

»Das weiß ich.« Bender sah über den runden Kopf Prilliers hinweg gegen die seidenbespannte Wand. »Cathérine ist ein Naturereignis... aber Saada muß ich finden! Ich habe die moralische Pflicht dazu.«

Kopfschüttelnd verließ auch Prillier den unüberredbaren Dr. Bender. In der Bar traf er einen anderen Abteilungsleiter der

»Sahara-Petrol«. Er saß dort mit einem blonden Mädchen und stopfte Salzstangen in den Ausschnitt ihres Kleides. Prillier blieb stehen.

»Was Neues, Henri?«

»Sie haben Serrat gesehen. In der Kasbah. Aber er ist ihnen entwischt.«

»Ein verdammt unangenehmer Fall, Henri.« Prillier trank das Glas Henris leer und beachtete die kichernde Blondine mit keinem Blick. So etwas kostet 40 Francs, dachte er. Henri hat einen ordinären Geschmack. »Ich würde es ihm gönnen, durchzukommen.«

»Und wohin?«

»Nach drüben, nach Frankreich. Dann gäbe es keinen Prozeß.« Er schob sich zwischen Henri und die Blondine und sagte leise zu Henri: »Kannst du dir den Prozeß denken, den sie machen? Einen Sensationsprozeß. Franzose verkauft Sklavinnen! Alle Ressentiments gegen die Weißen kommen wieder hoch. Fensterscheiben werden eingeschlagen, die Volkswut wird toben. Und dann unsere Gesellschaft im Mittelpunkt – scheußlich, sage ich. Man sollte Serrat verschwinden lassen.«

»Wir?« Henri begriff endlich. »Prillier ... das ist ein glühendes Eisen.«

»Wir müssen es anpacken, Junge. Ein Prozeß Serrat wirft uns um Jahre zurück. Mademoiselle –« Prillier griff in die Tasche, stopfte der Blondine einen 50-Francs-Schein in den Ausschnitt und wedelte dann mit der Hand. »Sie verzichten heute auf eine Reitstunde. Bon soir ...«

Er zog Henri, der zuerst widerstrebte, vom Barhocker, faßte ihn unter und schleifte ihn aus der Bar.

Von dieser Stunde an war Pierre Serrat kein Flüchtling mehr, sondern eine wichtige Person der »Sahara-Petrol«, die man hegen und pflegen mußte, bis das berühmte Gras über die Affäre gewachsen war.

Man vergaß nur, daß in der Wüste selten Gras wächst.

Am nächsten Morgen besuchte ein Polizeioffizier Dr. Bender auf seinem Zimmer. Bender schlief noch, als durch das Telefon der Besuch angekündigt wurde. Er war erst seit vier Stunden im Bett. Bis zum Morgengrauen hatte er gewartet und jede Stunde in der Polizeikommandantur angerufen. Auch im Hospital rief er an; Scheich Achmed hatte seine Tochter wirklich aufgegeben und eine Totenfeier in der Moschee von Algier bestellt. Cathérine war aus ihrer Bewußtlosigkeit erwacht und hatte hohes Fieber. Aber man glaubte, alles unter Kontrolle zu haben. Einen Wundbrand erwartete man nicht mehr; allerdings sah ihr Körper schrecklich aus, entstellt durch die tiefen Operationswunden und die faustgroßen, herausgeschnittenen, brandigen Fleischstücke. Man hatte es Cathérine noch nicht gesagt. Die Ärzte waren froh, daß sie überhaupt erwacht war und ihre Umwelt erkannte.

Bender ließ einen großen Blumenstrauß bestellen und an ihr Bett schaffen. »Ich komme gegen Mittag«, sagte er zu dem Nachtarzt.

Der Polizeioffizier hatte eine schmale Mappe bei sich und setzte sich an den Tisch am Fenster, während Dr. Bender schnell ins Bad eilte, sich das Gesicht und die Hände wusch und die Haare kämmte. Etwas Außergewöhnliches war geschehen, das spürte er. Nicht ohne Grund besuchte ihn ein Offizier am frühen Morgen.

»Der Herr Minister hat uns angewiesen, Ihnen über den Stand unserer Aktionen genauen Bericht zu geben«, sagte der schlanke, schwarzäugige Offizier und klappte seine Mappe auf. Er könnte ein Bruder von Saada sein, dachte Dr. Bender. Prillier hat recht, ihre Augen sind alle gleich. Nur lag über Saadas Blick ein Schimmer wie Samt. – Er schrak hoch, als der Offizier weitersprach.

»Wir haben in der Nacht noch den Händler Amar Ben Habadra verhaftet. Er sagte nach drei Stunden Verhör aus, daß er einem Europäer mit einem jungen Mädchen den Weg zum Schott Djerid erklärt habe. Der Beschreibung nach waren es Serrat und Saada. Nach vier Stunden Verhör kannte Habadra auch einen Händler Jussuf Ben Rahman, wohnhaft in Biskra. Rahman wurde ebenfalls verhaftet. Er ist ein angesehener, reicher Mann, der für alle Zeiten Alibis besitzt und nie etwas mit Sklavenhandel zu tun hatte. Er organisiert im Gegenteil Pilgerfahrten zum heiligen Grab in Mekka, eine sehr lobenswerte Tätigkeit. An der Grenze kennt man seine Pilgerbusse sehr gut...« Der Offizier hob den Kopf. »Die Spur zu Jussuf Ben Rahman war also falsch. An dem Tag, an dem Serrat Saada verkauft haben will, hat Rahman eine große Karawane über die Grenze nach Tunis gebracht.«

Dr. Bender spürte in seinem Körper ein heißes Flimmern. Die Spur, dachte er. Da ist sie. Die Nadel im Heuhaufen. Sie erkennen es noch nicht, sie sind blind, aber die Spur ist da.

»Und... und das fällt Ihnen nicht auf?« fragte er mit belegter Stimme.

»Was soll hier auffallen?« fragte der Offizier erstaunt zurück.

»Die Pilgerfahrt!« Bender schrie es heraus. »In dem Bus war auch Saada!«

»Als Pilgerin? Dann war sie ja freiwillig auf Reisen.«

»Sie wurde gezwungen.«

»Monsieur!« Der Offizier lächelte mokant. »An der Grenze werden die Busse genau untersucht. Sie hätte nur einen Ton von sich geben müssen, und das ganze Unternehmen wäre in die Luft geflogen. Oder bezichtigen Sie Rahman, seine Pilgerfahrten seien Sklavenhandel?«

»Genau das sind sie!«

»Monsieur!« Der Offizier sprang auf und klappte seine Mappe zu. »Ihre Erregung ist verständlich, aber hier geht es um die Religion, die ein Außenstehender nie begreifen wird. Eine Pilgerfahrt zu Allah nach Mekka ist das Höchste, was einem Moslem im Leben geschenkt werden kann. Es ist eine Beleidigung Allahs, daran zu zweifeln.« Er knallte die Hacken zusammen, was anscheinend alle Militärs auf der Welt als besonders forsch ansehen, und verließ das Zimmer. Dr. Bender blieb keine Zeit mehr, sich zu entschuldigen.

»Sie wollen es nicht sehen!« rief er, als er allein war und preßte die Fäuste gegen die Stirn. »Das ist die raffinierteste Sklavenkarawane, die es gibt: Pilgerfahrt nach Mekka! Mein Gott, sind denn alle hier blind?!«

Er zog sich an und fuhr zum Armeekommando von Algier. Der General, mit dem er gestern im Salon gegessen hatte, war unterwegs im Atlasgebirge zur Besichtigung von Truppeneinheiten. Der Minister war in einer Kabinettssitzung, der Polizeipräsident hatte einen Empfang von Leuten der INTERPOL, Monsieur Prillier war weggefahren... Alle anderen konnten keine Auskunft geben oder scheuten sich, sie zu übernehmen. Nur ein junger Beamter in der Polizeipräfektur half Dr. Bender weiter. Er zeigte ein Foto.

Dr. Bender blieb der Atem stehen.

Saada.

»Das ist sie...«, sagte er schwach. Er mußte sich setzen und ergriff mit zitternden Händen das kleine Foto. Es zeigte Saada mit windzerzausten Haaren in einer trostlosen, unter der Sonne glühenden Landschaft. Es war das Funkbild eines Originals. »Das ist Saada. Wo haben Sie das Bild gefunden?«

»Vor zwanzig Minuten in der Villa Jussuf Ben Rahmans. Das Funkbild kam vor vier Minuten hier an. Rahman wird zur Zeit verhört.«

»Also doch, also doch...« Dr. Bender starrte auf das Bild, sein Herz hämmerte wild gegen die Rippen. »Weiß man schon, wo es aufgenommen wurde?«

»Der Umgebung nach glaubt man in den Schotts Djerid... Sie wissen... in den Salzsümpfen. Aber das werden wir noch erfahren. Rahman wird ja gegenwärtig verhört...«

Er lächelte dabei, und dieses Lächeln hieß: Keine Sorge. Es kann nicht mehr lange dauern. Unsere Verhöre sind berühmt; da lernen selbst die Hyänen menschlich sprechen und die Menschen heulen wie Hyänen. Die Wahrheit kann sich nur noch für Stunden verstecken...

Vorsichtig nahm der Beamte das Bild aus Benders Händen und legte es in die Mappe zurück. Es war eine Kuriermappe, die nach einem Druck auf einen Klingelknopf sofort von einem Bürodiener abgeholt wurde. Auf dem schnellsten Wege wurde sie zu dem Polizeipräsidenten gebracht. Er unterbrach den Empfang der INTERPOL-Leute und kam herunter in das kleine Büro, wo noch immer Dr. Bender saß.

»Ist sie das?« fragte der Polizeipräsident. »Sie erkennen sie genau?«

Dr. Bender lächelte schwach. »Ich sollte Saada nicht aus Tausenden von Mädchen herausfinden?«

»Es gibt verblüffende Ähnlichkeiten.«

»Sie ist es. Bei Gott, sie ist es!«

»Wir werden das Bild auch noch dem Scheich zeigen. Bedenken Sie, Sie bringen einen geachteten Mann wie Rahman an den Galgen...«

Dr. Bender war am Ende seiner Kraft. Er schluchzte und sank mit dem Kopf auf die Tischplatte. »Wenn das Foto nicht Saada ist, dann hängen Sie *mich* auf.«

Von dieser Stunde an wurde selbst die Wüste klein, schrumpfte Afrika zusammen, war eine Spur kein Weg mehr ins Nichts.

Von Algier flog ein Funkbefehl nach Biskra.

Verhör von Jussuf Ben Rahman bis zur völligen Wahrheit.

Nur wer Afrika kennt, weiß, was das heißt.

Für Jussuf Ben Rahman brach die Hölle auf.

Pierre Serrat lebte in den Gassen der Kasbah zwei Tage, bis er die Möglichkeit sah, aus Algier wegzukommen. Zweimal war er den Polizeistreifen entwischt, tauchte unter in das Gewirr von Gäßchen und unterirdischen Gängen, jagte über die Treppen die Hügel hinauf und hinab und versteckte sich schließlich bei einem Fischbrater in der Nähe der Großen Moschee. Der alte Mann, dessen Geschäft es war, minderwertige Fische, die kein Restaurant mehr kaufte, so zuzurichten und zu braten, daß man sie noch essen konnte, verbarg Serrat in einem Verschlag unter dem Dach und kassierte dafür gute 100 Francs.

Hier lebte Serrat wie ein wildes Tier, aß die merkwürdig riechenden Fische seines Gastwirtes und trank Sprudelwasser, das er, die Flasche für einen Franc, kaufen mußte.

»Die letzte Flasche zerschlage ich auf deinem Schädel, du Gauner!« brüllte er den Araber an, aber der Mann grinste nur und zeigte auf die Tür. Da schwieg Serrat und verkroch sich wieder in dem Verschlag.

Nach zwei Tagen wagte er sich wieder auf die Straße, stahl vom Boulevard de la République ein Auto und fuhr mit ihm durch das Atlas-Gebirge zur ersten großen Wüstenoase Bou Saada. Niemand hielt ihn an, keiner beachtete ihn. Er tankte in Ain Aissa, kaufte sich in Bou Saada eine Autokarte, aß im Hotel Sahara einen Hammelbraten und studierte dann die Autokarte.

Zurück zum Camp, dachte er. Dort ist meine Heimat. Von dort holt mich keine Kompanie Soldaten weg. Dort wird mich auch keiner suchen. Wo soll ich auch anders hin? Die Wüste ist mein Vaterland, nicht das Frankreich, das ich nur als Kind kenne. Was soll ich in Marseille oder Paris? Ich würde ersticken in den Steinhaufen.

Gegen Abend fuhr er weiter. Er hatte sich zwei neue Kanister gekauft und mit gutem Wasser gefüllt. Die Fahrt durch das

Gebirge der Ouled Nails war eine Fahrt durch trockenes, gebleichtes, einsamstes Land. Serrat hatte sich entschlossen, nicht die schnellere Route über Biskra zu nehmen – denn in Biskra, das ahnte er, würde er in Kontrollen hineinkommen –, sondern wandte sich erst nach Südwesten, nach Djelfa, und von dort direkt nach Süden, um über Laghouat und Ghardaia in einem Bogen nach Osten Ouargla zu erreichen, die Wüstenstadt, in der er zu Hause war, in der er jedes Haus kannte, jedes Mädchen, jede Kneipe.

Serrat fuhr drei Stunden auf der holprigen Straße nach Djelfa, vorbei an der heiligen Stadt El Hamel, wo der Marabu seinen Palast hatte und eine Schule für Priester eine Elite von algerischen Nationalisten ausbildete, dann rastete er und lenkte den Wagen ein paar Meter von der Straße ab in den Felsen, zog eine Decke über den Kopf und schlief sofort ein.

Die Morgensonne weckte ihn. Er sah auf seine Uhr und warf die Decke ab, griff nach hinten zu den Kanistern, um etwas zu trinken und griff ins Leere.

Mit einem Schwung fuhr Serrat herum. Die Rücksitze waren leer. Die neuen Kanister waren verschwunden.

»Sauhunde!« brüllte Serrat. In sinnloser Wut hieb er auf die Polster und verfluchte alles, was Araber war. Dann studierte er wieder die Karte. In El Hamel konnte er kein Wasser bekommen... kein Ungläubiger durfte die heilige Stadt betreten. Bis Djelfa waren es noch 70 Kilometer heiße, staubige Geröllstraße. 70 Kilometer, das hört sich wenig an, aber sie bei 50 Grad Hitze zu fahren, ohne einen Schluck Wasser in der trockenen Kehle, ist eine große Leistung.

Serrat blieb nichts anderes übrig als dieser Weg nach vorn. Spuren um seinen Wagen herum sagten ihm, daß drei Reiter auf Kamelen ihn in der Nacht besucht und die Kanister gestohlen hatten.

Drei Stunden später erreichte er Djelfa, aber er hatte keine Zeit, neue Kanister zu kaufen, sondern mußte einen Umweg über elende Wüstenpisten machen und um die kleine Stadt herumfahren. Die Durchgangsstraße nach Laghouat war von Polizisten gesperrt, die jeden kontrollierten, sogar die Eselstreiber, die Baumaterial zu den Baustellen schleppten.

Ohne Wasser fuhr Serrat weiter und tauchte erneut in das wilde Gebirge der Ouled Nails ein.

Die Sonne glühte. In einer Staubwolke, die sich ätzend über ihn legte, fuhr Serrat durch eine Wildnis, in der nicht ein Funken von Leben zu sehen war. Die nackten, bleichen Felsen waren wie riesige Gerippe und warfen die Hitze zurück auf den einsamen Menschen, der sich mit dem völlig wüstenuntauglichen Auto durch Sonnenglut und Staub quälte.

Aber Serrat kannte die Wüste. Er war mit Kamelen und Eseln hindurchgezogen, auf dem Rücken der Pferde und in schnellen Jeeps. Er wußte: Durchhalten, das ist das einzige! Nicht stehenbleiben, nicht verschnaufen, nicht dem Drang nachgeben, ein wenig auszuruhen. Jede Minute Stillstand konnte lebensgefährlich sein. Solange die Räder sich über das Geröll quälten, wurde Meter um Meter besiegt, und jeder Meter brachte ihm dem Wasser näher.

Laghouat, die alte Wüstenfestung. 107 Kilometer entfernt.

Dort gab es Wasser. Reines, klares, wunderbares Wasser. Dort gab es ein Hotel mit Schwimmbecken, dort konnte man sich eintauchen in Wasser. Es war ein Gedanke, der in Serrat eine Freude erzeugte wie bei einem Kind die Weihnachtsbescherung.

Wasser! Welch ein köstliches Wort.

Ein heiliges Wort in der Wüste.

Nach abermals vier Stunden war Serrat soweit, daß er vor Durst die Schattenseite der Felsen hätte ablecken können, wenn sie nur kühl gewesen wären. Wider besseres Wissen hielt er an, stieg aus dem Auto und setzte sich unter einen Felsvorsprung in den Schatten. Er riß ein Stück Hemd ab und stopfte es in seinen Mund und kaute darauf, um die Nässe des Speichels zu spüren. Aber seine Mundhöhle blieb trocken, der Hemdfetzen drehte sich wie Blei auf seiner Zunge. Da spuckte er ihn aus und schwankte zum Wagen zurück.

Drei Berber fanden ihn später auf der Straße. Er lag auf dem Rücksitz seines Wagens und war halb bewußtlos. Sie holten von ihren Kamelen drei Wassersäcke, wuschen Serrat das Gesicht und die Brust und flößten ihm Wasser zwischen die zitternden Lippen. Er trank wie ein Schwamm, pumpte sich mit Wasser voll und erhielt mit jedem Schluck mehr von seiner alten Kraft wieder.

Die Berber sahen sich an, als Serrat wieder sitzen konnte und kräftig genug war, um zu fluchen. Dann gingen sie zu ihren knienden Kamelen zurück, saßen auf und ritten wortlos davon.

Serrat sprang aus dem Wagen und schrie ihnen nach:

»Soll ich mich auch noch bedanken?« brüllte er. »Erst klaut ihr mir die Kanister, und dann soll ich eure Füße küssen? Geht zum Teufel!«

Er steckte sich eine Zigarette an und rauchte sie zur Hälfte und warf sie dann weg. Sie schmeckte ihm nicht. In seinem Mund war der Geschmack von Schwefel. Die Kerle haben ihre Wassersäcke verdrecken lassen, dachte er.

Serrat setzte sich wieder hinter das Steuer, ließ den Wagen an und fuhr weiter.

Um es vorwegzunehmen: Serrat erreichte tatsächlich Ouargla und einen Tag später das Camp XI.

Ingenieur de Navrimont starrte ihn an wie einen Geist und sagte bloß: »Pierre, sind Sie verrückt? Hier gibt es keinen, der Sie nicht aufhängen will! Warum sind Sie nicht in Algier geblieben?«

Serrat zog den Kopf ein. Er duschte sich, trank drei Gläser Pernod, zog seine umgeänderte, verblichene Legionärsuniform an, setzte das weiße Käppi auf und ging durchs Lager.

Eisige Ablehnung schlug ihm entgegen. Keiner begrüßte ihn, keiner gab ihm die Hand. Niemand antwortete ihm, als er sie ansprach.

»Seid ihr alle verrückt?« brüllte er mit seiner gewaltigen Stimme. »Was ist hier denn los? Wo ist Cathérine?«

Es war der kleine Ungar Molnar, der als einziger und auch nur kurz mit Serrat sprach.

»Cathérine ist in Algier. Bete zu Gott, daß sie weiterlebt. Stirbt sie, dann ist die Wüste nicht groß genug für dich, das sagen wir dir! Du bist das größte Miststück, das herumläuft.«

Serrat wurde rot und hob die Faust. Ein Hieb auf den Kopf Molnars bedeutete, daß dessen Hirnschale zerplatzte wie ein Ei. Aber die hochgeschleuderte Faust blieb in der Luft hängen... auf dem Platz vor den Baracken standen stumm zehn Arbeiter von der Frühschicht und starrten Serrat an.

»Ihr Idioten!« knurrte Serrat und ließ den Arm fallen. »Was spielt ihr euch so auf? Sind wir nicht alle aus dem Dreck gekommen?« Er drehte sich um und stampfte in die Verwaltungsbaracke zurück. Es war, als sei er allein auf der Welt. Niemand kümmerte sich um ihn. Da warf er sich auf sein Bett und legte die Hände flach über das Gesicht.

Er spürte mit seinem Raubtierinstinkt, daß er freiwillig in einen Käfig gelaufen war.

Sechs Tage suchten Polizei und Militär die Spuren Saadas. Jussuf Ben Rahman hatte nach zehn Stunden Verhör alles gestanden. Er war am Ende seiner Kräfte, als der Polizeileutnant ihn endlich vom Bock schnallte, auf den man ihn gelegt hatte, um jede Frage durch einen Hieb mit der Nilpferdpeitsche zu begleiten. Der Körper Rahmans sah schrecklich aus. Dicke blutige Striemen überzogen jeden Teil der Haut. In der letzten Stunde hatte man aus dem Verstockten die wichtigsten Informationen herausgeholt, indem man seinen Unterleib peitschte. Ein Funker saß daneben und gab sofort durch, was Rahman hinausschrie. Die Zentrale in Biskra verfügte dann die Einsätze.

Neun Händler wurden verhaftet, die Jussuf genannt hatte – aber Saada hatten sie nicht gesehen. Da half keine Bastonade, keine Androhung neuer Quälereien; sie schworen beim Barte des Propheten, und das ist nicht zu übertreffen.

Endlich, am sechsten Tag, gab es einen Lichtblick. Was Rahman trotz aller Schmerzen nicht preisgegeben hatte, schrie einer der Händler heraus, als man ihn auf den Bock festband.

»In Annaba ist ein Käufer!« brüllte er, bevor noch die Schläge auf ihn niederprasselten. »Ali Hadschar heißt er! Er braucht Mädchen für seine Bars und Tanzlokale – O Allah!«

Er bekam trotzdem zehn Schläge über den Rücken, aber dann banden die Soldaten ihn los und schleiften ihn zurück in die Zelle. Der Händler weinte vor Glück und küßte die Erde.

Der Stadtkommandant von Annaba wurde durch Funk verständigt. Das war um 11 Uhr nachts. Der Fall »Pilgerfahrten« war mittlerweile hochpolitisch geworden, der Staatspräsident selbst forderte laufend Berichte an. Drei ausländische Zeitungen hatten trotz strengster Nachrichtensperre Wind von der Sache bekommen und berichteten groß über den Skandal in der Wüste.

»Das Ansehen unseres jungen Staates steht auf dem Spiel«, sagte der Minister bei der Besprechung in Algier zu den anwesenden Militärs. »Sklavenhandel im 20. Jahrhundert! Und dann bei uns! Meine Herren, ich verlange, daß rücksichtslos der gesamte Komplex dieser Schweinerei bereinigt wird! Rücksichtslos!«

Es war ein Befehl, der einigen Männern den Kopf kostete.

Zunächst war es Ali Hadschar, der mit seinen Bewachern in seinem Büro überrascht wurde. Ein Kommando der Armee drang wie im Kriegseinsatz in den Gebäudekomplex der Bars und Tanzhallen ein, stürmte die Säle, blitzschnell und ohne Warnung, so daß niemand mehr Zeit hatte, sich in dem Labyrinth der Gänge, Zimmer und Treppen zu verbergen. Mit weiten Augen starrte Ali Hadschar die vier Soldaten an, die die Tür seines Büros aufrissen... es war sein letzter Blick, denn gleich darauf ratterten die Maschinenpistolen, und Ali Hadschar hatte für ein paar Sekunden das Gefühl, ein glühendes Sieb zu sein, ehe er vornüberfiel und ein Schuß in den Kopf alles Denken für immer auslöschte. Auch die Wächter Amar Ben Fezzans fielen um wie gefällte Bäume, Staunen in den Augen, Nichtbegreifen, warum sie so plötzlich sterben mußten. Aber in diesen Minuten gab es kein Fragen mehr, nur ein Aufräumen großen Stils, ohne Rücksicht, ob auch Unschuldige unter den Opfern waren. Allahs Wille, das Schicksal, schlug zu.

Amar Ben Fezzan saß neben Saada auf dem großen Bett und hörte ihre Lebensgeschichte an, als im Hause die große Unruhe begann. Noch waren keine einzelnen Töne zu erkennen, nur ein Rennen auf den Gängen und zweimal das Aufkreischen eines Mädchens.

»Ich habe hunderttausend Dinare für dich geboten«, sagte Fezzan, als Saada schwieg und verwundert auf den Lärm im Haus lauschte. »Hadschar, der alte Narr, weigerte sich. Nun überzeugen meine Leute ihn, daß er verkaufen muß!« Er lächelte, als ganz deutlich Schüsse zu hören waren. »Keine Aufregung, Saada. Es gibt Menschen, die man zu ihrem Glück zwingen muß. Ich bin sicher, daß es dir bei mir gefallen wird.«

Saada sprang auf und wich wieder an die seidenbespannte Wand zurück.

»Du willst mich wirklich kaufen? Jetzt, nachdem du weißt, wer ich bin? Du bist nicht anders als Hadschar. Du bist genauso ein Lump wie er!«

»Man sollte nicht den beschimpfen, der dich aus diesem Haus befreit.« Fezzan senkte den Kopf und blickte Saada von unten herauf an. »Du bist schön.«

»Aber nur für einen Mann!« schrie sie zurück.

»Für den Deutschen?«

»Ja.«

»Welche Illusion!« Fezzan schüttelte den Kopf. Elegant schlug er ein Knie über das andere und holte eine goldene Zigarettendose aus der Tasche. Im Haus verstärkte sich das Geschrei. Mit ruhiger Hand steckte sich Fezzan die Zigarette an. Sie räumen auf, meine Jungs, dachte er. Anscheinend hat Hadschar seine Leute aufgehetzt. Das hätte er nicht tun dürfen. – »Und du glaubst, daß du mit dem Deutschen glücklich geworden wärst?«

»Ja!« rief Saada. Sie drückte sich an die Wand. »Es gibt keine größere Liebe als zu ihm.«

»Ein fremdes Land, kalt und feindlich. Ein weißer Mann, der unser Wesen nicht versteht. Menschen, für die du immer eine Fremde bleibst, eine Farbige, eine Außenstehende. Überall wirst du das spüren, schon wenn du ihnen die Hand gibst: Sie werden zögern. Ist sie sauber? Stinkt sie nicht? Kleben ihre Finger? Man weiß das ja nie bei den Wilden!... Nie wirst du glücklich sein. Nie! Du bist ein Kind der Wüste, und da mußt du bleiben. Was willst du ohne Palmen und Tamarisken, ohne die Wadis und bleichen Felsen, ohne den Sand und den Wind und ohne den Himmel voller Sterne über den bleichen Dünen? Du würdest sterben vor Heimweh...« Fezzan hob die Hand, streckte sie Saada hin wie zu einem Pakt. »Du bist frei. Du kannst zurückkehren in deine Oase Bou Akbir.« Er sah zur Tür. Über den Gang näherten sich schnelle Schritte. »Hadschar wird dich nicht mehr festhalten. Ich nehme an, es gibt ihn nicht mehr. Ich bewundere dich, Saada... und der Ausdruck meiner Bewunderung ist, daß ich dich gehen lasse. Ich schenke dir die Wüste wieder, aber nur sie. Was starrst du mich so an?« Fezzan sprang vom Bett. »Benehme ich mich wie ein Irrer?« Er sah Saada mit einem Blick an, in dem fast väterliche Güte lag. »Ich habe dich weinen gesehen, auf der Bühne – und da wußte ich, daß Hadschar dich nie behalten durfte. Du findest das merkwürdig?« Fezzan zerdrückte die Zigarette in einem großen Aschenbecher neben dem Bett. Seine Stimme wurde dunkler. »Ich hatte einmal eine Tochter... Saida hieß sie... sie war zehn Jahre jung, als sie starb, an einer unheilbaren Krankheit. Die besten Ärzte ließ ich kommen, ich versprach ihnen ein Vermögen... sie konnten Saida nicht retten. Als sie starb, saß ich an ihrem Bett. Sie wußte, daß es zu Ende ging, und sie weinte in den letzten Minuten, bis das Herz aussetzte...«

In diesem Augenblick wurde die Tür aufgetreten. Drei Soldaten stürmten ins Zimmer, die Maschinenpistolen im Anschlag.

Verblüfft starrte Fezzan sie an... er hatte seine Leute erwartet und wußte nun keine Erklärung mehr.

»Allah sei mit euch!« sagte er und hob die Hand. »Was ist passiert, Freunde?«

Die Soldaten blickten auf Saada, die noch immer an der Wand stand, etwas verkrümmt, als habe sie sich gerade gegen den Mann im Zimmer gewehrt. Das genügte. Wie auf ein Kommando hoben die Soldaten ihre Waffen. Fezzan trat einen Schritt vor, ungläubiges Staunen sprang auch in seine Augen wie vor wenigen Minuten bei Ali Hadschar.

Mit einem wilden Sprung stieß sich Saada von der Wand ab. »Nein!« schrie sie. »Nein! Nicht er! Nein!«

Es war zu spät. Die Garben aus den Maschinenpistolen ratterten schon los, bevor Saada den Mund aufriß, und zerpflügten den Körper Fezzans. Ganz langsam, mit traurigen Augen, sank Fezzan in sich zusammen und fiel auf das Gesicht. Er lag vor Saada, als wolle er sie anbeten.

»Warum habt ihr das getan?« stammelte Saada. »Warum habt ihr nicht gefragt?«

Sie starrte auf das Blut, das unter Fezzans Körper hervorrann und von dem dicken Teppich aufgesaugt wurde. Sie wollte noch etwas rufen, aber ihre Stimme war wie weggeweht, zerging schon im Munde zur Tonlosigkeit. Dann wurde es dunkel um sie... sie griff um sich, fühlte, daß jemand sie stützte, und fiel in Ohnmacht.

Eine halbe Stunde später tickte in der Kommandantur in Algier der Fernschreiber. Ein Kurier brachte das Schreiben sofort zum Regierungspalast.

»Die Aktion ist beendet«, sagte der General, der dem Staatschef den Bericht vorlas. »Wir haben neunundvierzig Mädchen befreit und den Ring der Mädchenhändler zerschlagen. Es gab neunundzwanzig Tote... meistens Personen, die sich wehrten –«

Der kleine Minister winkte ab. »Uninteressant. Was ist mit unserem Parademädchen Saada?«

»Sie ist mit einem Hubschrauber unterwegs nach Algier.«

»Allah sei Dank.« Der Minister sah glücklich um sich. »Das wird für alle Welt ein Beweis sein, wie gut unser Rechtsbewußtsein funktioniert. Es fehlt nur noch dieser Pierre Serrat.«

»Er ist verschwunden, Exzellenz.«

Der kleine Minister klopfte mit der Faust auf den Tisch: »Er *muß* gefunden werden! Ich brauche seinen Prozeß! Er ist Franzose!«

Im Krankenhaus lief Scheich Seradji Achmed wie ein Verrückter herum und betete laut. Ein Sanitäter hatte ihm die Nachricht überbracht.

»Sie lebt!« schrie er immer wieder. »Sie lebt. O Allah, Allah – deine Güte ist unbeschreiblich.«

Dann fing er einen lauten Streit mit den Ärzten an, die ihm nicht erlauben wollten, daß er das Krankenhaus verließ. »Man hat dir den halben Magen weggenommen!« schrien sie Achmed zu. »Drei Wochen mußt du noch hierbleiben.«

»Drei Wochen?« brüllte Achmed zurück. »O Allah, hier haben sie alles halb ... selbst die Ärzte laufen mit halben Gehirnen herum!«

Dr. Bender holte man aus dem Hotel Aletti zum Generalkommando. Aber erst im Vorzimmer erfuhr er, daß Saada auf dem Wege nach Algier war. Mit bebenden Fingern nahm er die Zigarette an, die ihm der General anbot.

Saada. Sie kam zurück aus der Hölle. Aber wohin ging ihr Weg? Wieder nach Bou Akbir? Oder nach Europa? Die Entscheidung, das wußte er, lag nun allein bei ihm. Es war eine Entscheidung, die ihm keiner abnehmen konnte.

Stumm rauchte er und schämte sich nicht, daß seine Hand dabei zitterte. Der General beobachtete ihn eine Zeitlang, ehe er sagte: »Saada ist nun gefunden. Kehren Sie jetzt nach Europa zurück, Docteur?«

Dr. Bender hob die Schultern. »Ich weiß es wirklich nicht ... Es hat sich in den letzten Tagen so viel verändert ...«

Er rauchte hastig weiter.

Er hatte Angst. Angst vor der Begegnung mit Saada, Angst vor seinen Gefühlen, Angst vor den Konsequenzen. Und er dachte daran, was er gestern zu Cathérine gesagt hatte, als er an ihrem Bett saß und ihre noch immer blutleeren Hände hielt.

»Ich werde dich nicht verlassen. Wir bleiben zusammen, Cathérine.«

Und sie hatte ihn glücklich angelächelt aus dem weißen Gebirge von Verbänden, die ihren Körper umschlossen. Ein Lächeln voll erfüllter Träume.

Und in einer halben Stunde landete Saada in Algier.

Warten ist eine Kunst, die nur wenige beherrschen. Warten und die Zeit arbeiten lassen, ist eine der großen Fähigkeiten der orientalischen und asiatischen Völker. Für sie ist eine Uhr nur ein tickendes Spielzeug, der Kalender eine Orientierungseinrichtung. Sklaven der Zeit, auch wenn sie sichtbar verrinnt, sind sie nie. Selbst das Schicksal, von Allah oder Buddha vorbestimmt, warten sie ab. Warum den Stunden weg- oder vorherlaufen? Warum sich unterordnen dem sich langsam drehenden Zeiger? Es kommt doch alles so, wie das Schicksal es entschieden hat.

Dr. Bender war kein Orientale oder Asiate; ihm brannte die Zeit unter der Hirnschale wie ein Feuer. Als er sich bewußt wurde, daß das Wiedersehen mit Saada anders sein würde, als es sich Saada erhoffte; als er innerlich die Entscheidung getroffen hatte, die sein künftiges Leben bestimmte, eine Entscheidung, gegen die sich sein Herz wehrte, aber bei der diesmal der Verstand und die Vernunft stärker waren – da wurde die Uhr, die vor ihm auf dem Schreibtisch des Generals tickte, zu einer Höllenmaschine.

Er rauchte noch eine Zigarette, hastig, wie ein Süchtiger, mit zitternden Fingern, dann sprang er auf und zerdrückte den Rest in dem großen Aschenbecher.

»Wann kann Saada in Algier landen?« fragte er heiser. Der General hob die Schultern.

»Vielleicht in einer halben Stunde, ich sagte es schon. Dann wird sie in die Stadt gebracht... sie kann in 45 Minuten hier sein.«

»Und sie bleibt vorerst bei Ihnen?«

»Warum fragen Sie, docteur? Wir werden sie zunächst noch einmal verhören, aber dann ist sie endlich wieder ein freier Mensch. Sie können Saada mitnehmen zu ihrem Vater.«

Dr. Bender sah an dem General vorbei. Ob er bemerkt, wie feig ich bin, dachte er. Ob er mich durchschaut? Er würgte an den Worten, aber er sagte sie.

»Ich möchte vorher noch Scheich Achmed sprechen... ich fahre sofort in die Klinik und hoffe, schon wieder zurück zu sein, bevor Saada hier eintrifft. Sollte ich später kommen –«

»– dann grüße ich sie von Ihnen, docteur, und bitte sie, ein paar Minuten länger mein Gast zu sein.«

»Ja, tun Sie das, General. Ich danke Ihnen!« Dr. Bender benahm sich wie ein unbeholfener Junge. Er warf beim Umdrehen den Stuhl zu Boden, stieß gegen die Schreibtischkante und verließ dann schnell das Zimmer. Der General sah ihm nach, mit einem leichten Kopfschütteln, und verständigte die Wache am Tor, daß der deutsche Arzt das Haus verlassen dürfe.

Die Nacht in Algier ist laut und bunt. Aus Hunderten von Lokalen dringt Musik, das Gewimmel auf den Straßen ist nicht anders als am Tag, nur mischen sich jetzt die Uniformen der Matrosen der zu Gast im Hafen liegenden Schiffe unter die Eingeborenen. Es ist die große Zeit der »Tanzlokale«, in deren Hinterzimmern die Liebe gegen klingende Dinare oder Dollars verkauft wird. Es ist die Nacht, von der man später träumt... weil man das andere Algier nicht sieht: die Bettler, die in den Haustüren liegen; die Obdachlosen, die an der Kaimauer des Hafens schlafen, zugedeckt mit Zeitungen, und die kleinen Jungen und Mädchen, die jetzt an den Straßenecken stehen und den europäischen Besuchern Fotos mit nackten Mädchen verkaufen oder sich an sie herandrängen und flüstern: »Mister, schöne Schwester... dreizehn Jahre... für 20 Dollar... du mitkommen...«

Wenn es Nacht wird über Algier, beginnt der große Bazar des Fleisches.

Bender sah das alles nicht. Er raste mit einem Taxi zum Militärkrankenhaus und hatte dort große Mühe, mitten in der Nacht eingelassen zu werden. Erst als er den wachhabenden Arzt kommen ließ und sich selbst als Kollege auswies, kapitulierte die resolute algerische Krankenschwester, die die Pforte hütete wie ein Höllenhund.

Im Zimmer Scheich Achmeds brannte noch Licht. Er saß im Bett und schlief, vor sich ein aufgeschlagenes Buch. Als die Tür klappte, wachte er aber sofort auf und schrak hoch.

»Saada!« rief er im ersten Moment. »Meine Sonne...« Dann erkannte er Dr. Bender und ließ die ausgebreiteten Arme sinken. »Sie? Um diese Zeit?« Achmeds Augen wurden klein vor Angst. »Doktor, wenn Sie kommen, bedeutet es immer etwas Schlechtes. Sagen Sie nicht, Saada sei etwas geschehen. Ich würde wahnsinnig.«

»Ich komme ganz privat zu Ihnen, Achmed.« Bender setzte sich auf die Bettkante. »Ich muß mit Ihnen sprechen, bevor Saada kommt.«

»Also doch etwas Schlechtes.« Achmed seufzte. »Erst nehmen Sie mir mein Kind, dann lassen Sie mir den halben Magen wegoperieren... nur Unangenehmes.«

»Das letztere hat Ihnen das Leben gerettet.«

»Aber das andere hat mich zu einem Greis gemacht.«

»Ich... ich bedaure es jetzt«, sagte Bender stockend. Achmed schob sich im Bett hoch. Seine Hände kratzten über die Bettdecke.

»Was soll das heißen?« fragte er. »Doktor!« Er packte Bender mit einer ungeahnten Kraft an den Schultern und schüttelte ihn. »Doktor! Machen Sie mich nicht zu einer Hyäne. In den Tagen, die ich hier mit einem halben Magen liege, hatte ich Zeit genug, an die Zukunft zu denken. Nun gut, habe ich mir gesagt, Allah hat es vorbestimmt, daß mein einziges Kind einen Weißen heiratet. Gehorche Allah, Achmed, und finde dich damit ab. Die Wüste wird dadurch nicht anders werden, und wenn sie sich lieben, können sie sogar glücklich werden. Und ein Hakim ist er auch. In ein paar Jahren wird man nicht mehr sehen, daß er ein Weißer ist... die Wüste wird ihn aufgesaugt haben, und er wird so sein wie wir. Von da ab konnte ich wieder schlafen.«

Bender nickte. Er vermied es, Achmed anzusehen. Wie furchtbar ist das, dachte er. Wie ausweglos, wenn man nicht den Mut hat, hart gegen sich selbst und gegen die Umwelt zu sein. Aber kann ich das? Ich liebe Saada, und ich liebe – bei Gott, ich gestehe es – ich liebe auch Cathérine. Nicht, weil ich eine moralische Verpflichtung habe. Cathérine ist ein wunderbarer Mensch – trotz ihrer Härte, die nur gespielt ist; trotz der umgeschnallten Pistole, mit der sie ihr sehnsuchtsvolles Herz schützt; trotz ihrer Rauheit, die nur ein Pelz über einer zitternden Zartheit ist. Und Saada? Saada ist wie ein Märchen. Ein Zauberwesen, das mich verwandelte. Ein Stern, den ich vom Himmel holen konnte. Sie ist wie die Wärme der Wüste und die Kühle der Nacht, sie ist ein Wunder.

Aber kann man ein Leben lang mit Wundern leben?

Bender beugte sich nach vorn und starrte auf den Fußboden. Wie kann man anderen etwas erklären, wenn man es selbst nicht versteht, dachte er. Aber irgendwie muß es getan werden... in einer halben Stunde wird Saada hier im Zimmer stehen.

»Saada wird zu Ihnen zurückkommen, Achmed«, sagte er langsam. Der Griff an seiner Schulter verstärkte sich.

»Doktor – was heißt das? Sie ... Sie geben mir Saada zurück?«

»Ja.«

»O Allah!« Die Stimme Achmeds wurde laut. »Gib mir die Kraft, ihn zu töten! Er stößt meine Tochter weg, weil sie nicht weiß ist.«

»Bei Gott nein!« Bender sprang auf. Aber Achmed hing an ihm wie eine Katze. »Das ist es nicht, glauben Sie mir!« schrie Bender und schüttelte Achmed ab, der auf das Bett fiel, stöhnte und die Fäuste ballte. »Wenn Sie wüßten, was diese Minuten aus mir machen. Aber es ist besser, jetzt gegen sein Gefühl zu kämpfen, als später der gnadenlosen Wahrheit zu unterliegen. Ich ... ich werde Cathérine heiraten.«

»Das wollten Sie doch schon immer ... immer ...«, keuchte Achmed.

Er wälzte sich auf den Rücken und drückte beide Hände gegen die Operationswunde. »Und trotzdem haben Sie Saada ...«

»Nein! Versuchen Sie doch, mich zu verstehen. Zuerst sah ich Cathérine, eine Wilde, vor der die Männer flüchteten ... und ich war fasziniert von ihr. Dann sah ich in Bou Akbir das Bild einer anderen Welt, ein Zauberbild – Saada. Und ich verlor mein Herz. Was dann folgte, war wie eine grausame Marter. Ich wurde zerrieben, lag zwischen den Mahlsteinen der Liebe von zwei Frauen. Ich war wehrlos vor so viel Feuer und Glut.«

»Sie haben Saada zur Frau gemacht.«

»Ja. In einem Rausch.«

»Und in einem Rausch werde ich Ihnen eines Tages den Kopf abschlagen.« Seradji Achmed streckte sich, als wolle er in strammer Haltung sterben. »Wo Sie auch sein werden, ich finde Sie, Doktor. Sie können sich nicht verstecken. Kein Loch ist so einsam, daß ich Sie nicht aufstöbere. Man kann die ganze Welt überblicken, wenn man haßt, und ich hasse Sie! Ein Vater haßt Sie, verstehen Sie das? Ein Vater, dem man die Tochter geschändet hat. Gibt es außer Allahs Zorn etwas Schrecklicheres? Oh, ich hasse dich!« Er ballte die Fäuste und schüttelte sie gegen Bender.

Langsam, rückwärts gehend, Schritt um Schritt, näherte sich Bender der Tür. Die bebende Gestalt auf dem Bett, das wußte er, sprach keine tönenden, orientalisch blumigen Worte. Dort lag ein Mensch, der von heute an eine halbe Stunde nachdem Saada bei ihm war, kein anderes Ziel mehr kennen würde, als den deutschen Arzt Dr. Bender zu töten.

»Wenn Sie Kraft genug haben, stehen Sie auf, Achmed«, sagte Bender, »und gehen Sie hinüber ins Zimmer 45. Sehen Sie sich Cathérine an... und wenn Sie dann noch meinen Tod wollen... ich laufe Ihnen nicht weg, ich komme sogar zu Ihnen nach Bou Akbir.« Nach diesen Worten ging er und schloß die Tür.

Achmed wartete ein paar Minuten, bis er sicher war, daß Dr. Bender mit dem Fahrstuhl nach unten gefahren war. Dann klingelte er, die Nachtschwester erschien und schimpfte sofort, als sie Achmed auf der Bettkante sitzen sah.

»Sei still, weiße Taube«, sagte Achmed höflich. »Hol den rollenden Stuhl. Ich will zu Zimmer 45.«

»Ins Bett gehen Sie!« rief die Schwester. »Soll ich den Arzt rufen?«

»O bitte, bitte. Er wird mir erlauben, was ich will... er wird mich verstehen... Rufen Sie den Arzt.«

Zehn Minuten später saß Achmed in einem Rollstuhl, und der Stationsarzt selbst rollte ihn über den Flur zu Zimmer 45. Mit offenem Mund starrte die Schwester ihnen nach.

Leise öffnete der Arzt die Tür von Nr. 45 und schob Achmed ins Zimmer. Der Raum war dunkel bis auf eine kleine Nachttischlampe, die einen fahlen Schein über das Bett warf.

In den Kissen lag ein vermummtes, verbundenes, unkenntliches Wesen. Daneben hing noch immer an einem Galgen die leere Tropfflasche, mit der man neue Kraft in den ausgebluteten Körper Cathérines laufen ließ.

Seradji Achmed verhielt an der Tür und umklammerte die Räder des Rollstuhls. Der Stationsarzt beugte sich über ihn.

»Was tut sie?« flüsterte Achmed.

»Sie schläft.«

»Aber sie wird weiterleben?«

»Wenn Allah gnädig ist.«

»Es war mein Gepard...«, sagte Achmed.

»Ich weiß es.«

»Und sie hat ihn erwürgt.«

»Eine einmalige Frau, Scheich Achmed.«

»Das ist sie. Ich werde zu Allah beten.«

Achmed nickte. Der Arzt drehte den Rollstuhl herum und fuhr ihn wieder auf den Gang zurück. Erst in seinem Zimmer sprach Achmed wieder, als der Arzt das Bett aufdeckte und ihm zuwinkte.

»Nein, lassen Sie mich im Stuhl sitzen«, sagte er. »Ich werde noch einmal herumfahren müssen, wenn Saada kommt. Bringen Sie sie sofort zu mir.«

»Natürlich.«

»Wo ist Dr. Bender?«

»Unten, im Ärztekasino. Er ist mit den Nerven am Ende.«

»Sorgen Sie dafür, daß er Saada nicht begegnet. Machen Sie ihn betrunken, wenn es sein muß. Ich muß mit meiner Tochter allein sein...«

Eine halbe Stunde später traf Saada im Militärkrankenhaus ein. Sie hatte es auf dem Generalkommando abgelehnt zu warten – nachdem sie erfahren hatte, daß Dr. Bender zum Krankenhaus gefahren war. Ein junger Offizier von der Kommandantur begleitete sie. Dr. Bender saß mit zwei Ärzten zusammen und trank Bier... er sah Saada nicht kommen, denn das Kasino ist weit von der Pforte entfernt.

»Wo ist Dr. Bender?« fragte Saada, als der wachhabende Arzt sie in Empfang nahm und zum Fahrstuhl führte. »Warum sehe ich ihn nicht? Warum sind alle so geheimnisvoll? Ist etwas geschehen? Belügen sie mich alle?« Sie fuhr herum, ihre schwarzen Augen glühten. Sie war wie eine Raubkatze in einer Falle. »Wo ist Dr. Bender?« schrie sie.

»Ich führe Sie ja zu ihm.« Der Arzt faßte sie unter, schob sie in den Aufzug, schloß die Tür und drückte auf den Knopf 1. Etage. Als der Aufzug hielt, stürzte Saada aus der Kabine wie aus einem Käfig.

»Wo?« rief sie.

»Zimmer 10.«

Saada rannte den Gang entlang, von Tür zu Tür... vier... sechs... acht... neun... zehn... Der Arzt blieb zurück, und er hielt auch die Nachtschwester fest, die aus ihrem Zimmer stürzte, als sie die fremde Gestalt an der offenen Tür vorbeirennen sah.

»Kümmern wir uns nicht darum«, sagte der Arzt leise und drückte die Schwester in den Wachraum zurück. »Wir sind hier eine chirurgische Station... was da geschieht, ist etwas für die

Seelenärzte. Also, nicht drum kümmern, Schwester. Nicht unser Fall –«

Saada riß die Tür von Nr. 10 auf und stürzte hinein. Dann blieb sie stehen und atmete tief auf.

Scheich Seradji Achmed, ihr Vater, empfing sie in seinem Rollstuhl, die Hände auf den Knien. »Allah segne dich«, sagte er mit bebender Stimme. »Und Dank sei ihm. Ich habe meine Sonne wieder.«

Saada sah sich um. Ihre Augen suchten und wurden zu einer einzigen großen Frage.

»Wo ist er? Vater... wo... wo...«

»Komm mit mir, Tochter.« Achmed setzte seinen Rollstuhl in Bewegung. »Folge mir! Ich will dir etwas zeigen und erklären. Und wenn du auch glaubst, der Himmel stürzt ein – es ist nicht so: Die Sterne bleiben dort, wo sie funkeln, und morgen früh scheint wieder eine Sonne. Komm mit!«

Er rollte an ihr vorbei auf den Gang und dann durch die langen, halbdunklen Flure bis zu Zimmer 45.

Saada folgte ihm, die Fäuste gegen den Mund gepreßt.

Eine Stunde später fuhr Dr. Bender hinauf zu Scheich Achmed. Die Zeit, die er im Kasino gewartete hatte, war grausamer gewesen als das Grab, in das ihn Achmed einmal eingeschlossen hatte. Und plötzlich war er aufgesprungen und hatte den beiden übermüdeten Ärzten, die ihm Gesellschaft leisteten, in die erstaunten Gesichter geschrien: »Ich bin kein Feigling! Nein. Ich bin es nicht!«

Scheich Achmed war allein, als Bender ins Zimmer stürzte. Er lag wieder im Bett und aß dicke, blaue Trauben. »Was wollen Sie noch hier?« fragte er, als Bender das Bettgestell umklammerte. »Rütteln Sie nicht so! Ich kann das nicht vertragen.«

»Wo ist Saada?« keuchte Bender. »Achmed, ich muß mit ihr sprechen. Ich will alles erklären! Wo ist sie?«

»Fort.« Achmed betrachtete die halb abgegessene Rebe und hielt sie hoch. »Sie läßt Ihnen sagen, daß sie Sie nie wiedersehen will.«

»Das ist nicht wahr!« brüllte Bender. »Achmed, ich vergesse, daß ich Arzt bin und schlage Sie so lange, bis Sie mir sagen, wo Saada ist!«

»Was hätte das für einen Sinn! Ich habe sie zu Cathérine geführt... und nun ist sie weg. Verschwunden für immer... für Sie! Wollen Sie es lesen? Dort liegt etwas.« Er zeigte mit der Rebe auf den Tisch an der Wand. Bender riß einen Zettel von der Decke und trat unter die Lampe.

Es war Saadas kleine, kindliche Schrift, und sie hatte französisch geschrieben, mit sichtlicher Mühe, aber mit einer erschütternden Tapferkeit.

»Adieu – mon cœur –«

Bender faltete den Zettel und steckte ihn stumm in seine Tasche. Plötzlich war alles um ihn herum wie ein leerer Raum, wie eine Welt ohne Wesen, ohne Laute und ohne Formen. Er senkte den Kopf und ging hinaus und tappte durch das große, nachtstille, leere Haus, über Flure und Treppen, bis ihn der Nachtarzt anhielt und in eine Richtung zeigte.

»Dort, Dr. Bender!«

Er gehorchte, ging in das Zimmer und setzte sich an das Bett. Dann nahm er die bleiche Hand, die auf der Bettdecke lag, zwischen seine Finger, und so blieb er sitzen, bis der Morgen in das Zimmer flutete und sich die Hand in seiner Hand rührte.

»Du bist da«, sagte ein schwache Stimme durch die Verbände.

»Ich bin immer da«, antwortete er leise und beugte sich über den verbundenen Kopf. »Immer, Cathérine.«

Nach zwölf Wochen wurde Cathérine entlassen.

Ihr Gesicht war hübsch wie immer, nur zwei Narben im Nacken und über der Stirn störten, aber sie würden in einem Jahr kaum noch sichtbar sein. Wie ihr Körper unter dem Kleid aussah, das wußten nur die Ärzte und Dr. Bender – aber auch hier würde die Zeit helfen, gab es Transplantationen, konnte die kosmetische Chirurgie vieles wieder ausgleichen.

Auch die seelische Krise Cathérines war vorüber. Als sie sich zum erstenmal wieder nackt im Spiegel des Badezimmers gesehen hatte, wollte sie sich aus dem Fenster stürzen. Dann zerschlug sie ihren kleinen Kosmetikspiegel und versuchte, sich mit den Scherben die Pulsader aufzuschneiden. Ihr Drang zur Selbsttötung wurde so wild, daß Dr. Bender Tag und Nacht bei ihr im Zimmer blieb und alle Kraft brauchte, um sie über diese Krise zu führen.

»Was willst du hier?« schrie ihn Cathérine an und schlug auf ihn ein. »Ich brauche kein Mitleid! Ich bin ein Krüppel! Willst du in Fleischhöhlen liegen, wenn du mich liebst? Laß mich sterben, du Hund, laß mich doch sterben! Ich spucke dich an, wenn du mich anfaßt! Ich brauche deine Moral nicht! Ich weiß, wie ich aussehe... warum ekelt es dich nicht, eine Ruine zu lieben? Bist du so pervers, dich an einem zerhackten Körper aufzugeilen?«

Es half alles nichts... nach diesen Ausbrüchen weinte sie wie ein kleines Kind und verkroch sich in die Arme Benders. Für Stunden war sie glücklich, daß er bei ihr saß, bis es wieder aus ihr herausbrach, vulkanhaft, und ihr Elend sich über ihn ergoß wie glühende Lava.

Aber auch dieser Zustand ging vorüber. Die großen Wunden heilten ab, die Transplantate wuchsen ein, und wenn sie ein hochgeschlossenes Kleid trug, war sie hübsch und wohlgeformt, denn ihre Brüste waren unverletzt geblieben und die tiefen Kratzer in den schlanken Beinen schimmerten nur noch als dünne, helle Narben.

Bender war in diesen Wochen zu einem Organisator geworden. Er hatte das gesamte Krankenwesen der »Sahara-Petrol« umorganisiert, drei Zentralapotheken gegründet, drei fahrbare Operationssäle – deutsche Klinomobils – eingeführt und in den einzelnen Bohrcamps die Lazarettbaracken modernisiert. Er ließ aus Frankreich ausgebildete Sanitäter kommen und holte sich von Korsika ausgediente Fremdenlegionäre zurück in die Wüste. Die meisten kamen sofort, als das Werbeschreiben verlesen wurde. Wer einmal die Wüste lieben lernte, dem bleibt sie eine lebenslange Geliebte.

Nach drei Monaten kam Direktor Prillier von der »Sahara-Petrol« zu Dr. Bender und überreichte ihm einen Vertrag über fünf Jahre als Chefmediziner der Gesellschaft in Algerien.

»Gratuliere«, sagte er dabei mit saurer Miene. »Ihr Umfunktionieren hat uns bis jetzt eine Million Francs gekostet. Trotzdem fesseln wir Sie an die Sahara, docteur. Und Sie Idiot lassen sich auch noch fesseln. Warum sind Sie nicht zurück an Ihren Rhein und machen dort eine Praxis auf? Fünf Jahre Wüste... denn Sie glauben doch wohl nicht, Sie könnten hier in Algier vom gepolsterten Stuhl aus reformieren! Ihr neuer Chefplatz liegt in Hassi Messaoud. Schön, was? Mitten in der Hölle. Aber Sie wollten es ja nicht anders, Sie dämlicher Menschenfreund.«

»Nein. Und ich werde nach fünf Jahren noch einmal fünf Jahre bleiben. Das weiß ich jetzt schon.«

»Wenn Sie bis dahin nicht verdorrt sind.«

»Das werden Sie nicht erleben, Prillier.« Dr. Bender nahm den Vertrag und unterzeichnete ihn, ohne ihn durchzulesen. Was auch darin stand – es war gleichgültig. Wichtig war nur: Er kam zurück zu seinen harten und doch im Inneren butterweichen Jungs, zu den Ölbohrern an den einsamen Türmen mitten im Sand, zu den Kindern der Hölle, zu den Männern, die abends zu ihm ins Krankenrevier kamen, sich in die Ecke drückten und zu erzählen begannen... von ihrem Leben, von ihren Wünschen, von ihren ewig unerfüllbaren Träumen... Menschen am Rande der Menschheit, aber Menschen, die nach einem Menschen suchen wie nach dem verdammten Öl unter der brennenden Wüste.

Und Cathérine war dabei, seit einer Woche Madame Bender. Cathérine, die wieder lachen konnte, die sich in Algier einen neuen Gürtel kaufte und eine neue Pistole, und die am Tage des Abfluges in die Wüste erschien wie damals, als Bender sie an der Tür der Lazarettbaracke traf: in alten Blue jeans, eine verwaschene Mütze auf dem Kopf und um die Hüfte Gürtel und Pistole.

»Das war ein langer Urlaub«, sagte sie burschikos und lachte über den ratlosen Piloten, der ihr nachstarrte, als sie die Gangway hinaufstieg wie ein Cowboy. »Fast vier Monate. Junge, werden die Kerle verwildert sein. Wir müssen ganz von vorn beginnen, Ralf... vor der Behandlung ein Schlag unters Kinn, dann sind sie still.«

Prillier, der sie zum Flugzeug begleitete, aber in Algier blieb, klopfte Bender auf die Schulter und lachte dröhnend.

»Blödheit muß bestraft werden!« rief er. »Das habe ich mir immer gesagt, wenn ich an Sie dachte, docteur. Ein Kerl wie Sie geht in die Wüste! Soviel Dummheit ist selbst Gott nicht mehr gefällig. Aber nun sehe ich: Alles ist gut. Sie müssen ein ganzes Leben mit Cathérine verbringen; jetzt ist Ihnen mein Mitleid sicher.«

»Komm!« rief Cathérine oben in der Tür des Flugzeuges. »Laß den fetten Eber stehen, Ralf. Oh, ich hätte Lust, ihm ein Ohr abzuschießen.«

So flogen sie ab, fröhlich, in ausgelassener Laune, voll von Plänen.

Und sie kamen an auf einem Platz voll heißen Sandes, unter einer Sonne, die keine Gnade kannte und umrauscht war von einem Wind, der den Staub in die Poren drückte.

Hassi Messaoud.

Sie kannten es ja, und sie kannten auch den Mann, der sie am Flugzeug abholte und umdirigierte zu einem schon wartenden Hubschrauber. Dr. Blétioth, ein alter Arzt, von der blendenden Wüstensonne fast erblindet, legte die Arme um die Hüften von Bender und Cathérine.

»Es tut mir leid«, sagte er, »daß ich Flitterwöchnern nicht ein Bett anbieten kann, aber ihr müßt hinaus in den Dreck. De Navrimont hat angerufen, er braucht einen Arzt... nein, nicht für sich, der konserviert sich schon zu Lebzeiten in Alkohol... Für Serrat! Da staunt ihr. Ja, Serrat ist da. Kam allein durch die Wüste, mit einem uralten Auto. Mehr tot als lebendig traf er bei Camp XI ein. Auf dem Zahnfleisch kroch er. Nun liegt er seit einer Woche herum und kotzt und wird immer dünner. Da wurde es de Navrimont unheimlich. Ein dünner Serrat, da geht ja die Welt unter. Es tut mir leid, ihr müßt sofort weiter zum Camp. Morgen fliegt ihr wieder zurück, und dann beginnen die Flitterwochen.« Blétioth hob Cathérine in den Hubschrauber und hielt Dr. Bender zurück. »Bist du verrückt?« sagte er leise. »Gibt es keinen anderen Platz für Ehepaare als dieses Mistland? Wir haben vierundzwanzig neue Hadjar-Fälle.«

»Was?« Bender fuhr herum. »Davon weiß man in Algier gar nichts!«

»Wir haben auch die Schnauze gehalten, weil es immer hieß, du kommst zurück. Aber keiner glaubte daran. Nun bist du da, und wir werden nächste Woche einen fröhlichen Abend in Hassi veranstalten, mit einer Verlosung. Erster Preis: Besichtigung eines Vollidioten. Und da stellen wir dich auf! Bis morgen.«

Bis morgen... es wurde nichts daraus.

Auf dem großen Platz in Camp XI stand Ingenieur de Navrimont allein und winkte, als der Hubschrauber niederschwebte. Die Schichten waren an den Bohrtürmen, die Nachtschicht schlief noch. Nur in der Küchenbaracke war schon Betrieb, dort rauchte der Kamin. Fetter, dunkler Qualm. Rohöl. Man hatte ja genug davon.

»Willkommen!« sagte de Navrimont und umarmte Bender und Cathérine. »So versoffen ich meinen Geist auch habe: ich habe gewußt, daß Sie wiederkommen. Fragen Sie mich nicht, warum. Man spürt so etwas.«

Sie gingen durch den Sand zur Krankenbaracke, über der wieder die zerfetzte Fahne mit dem roten Kreuz wehte. Am Fenster der Schreibstube stand der kleine Ungar Molnar und grinste breit und glücklich.

»Wie geht es Serrat?« fragte Bender.

»Gut«, antwortete de Navrimont kurz.

»Das freut mich.«

»Er ist tot.«

Bender blieb ruckartig stehen. »Wann?«

»Vor einer Stunde. Es mußte so sein... es war schrecklich, wie er sich auflöste... er floß weg in Blut, Kot und einer schwarzen, bestialisch stinkenden Soße. Sie erkennen ihn kaum wieder, Doktor. Er ist schmal wie ein Jüngling. Völlig fremd.«

Dr. Bender und Cathérine betraten allein die Krankenbaracke. De Navrimont blieb zurück; er konnte den Gestank, den Serrat im ganzen Haus hinterließ, nicht mehr ertragen.

Serrat lag im Zimmer 2. Allein, lang hingestreckt auf einem Bett, über das man zwei Gummimatten gezogen hatte. Er hatte die Hände über der Brust gefaltet und sah wirklich wie ein Junge aus. Bevor der Tod ihn erlöste, mußte er Schreckliches durchgestanden haben. Im Zimmer lag ein Geruch wie aus einer Kloake.

»Die Hadjar-Krankheit«, sagte Bender leise und schob Cathérine aus dem Zimmer. »Es ist wie damals, als ich ankam... ich fange wieder von vorn an.«

»Aber jetzt ist es anders.« Sie lehnte sich an ihn und legte den Arm um seinen Rücken. »Damals wünschten wir dich in die Hölle, jetzt bin ich bei dir, und gnade Gott dem, der dich auch nur schief ansieht!«

»Du würdest ihn erschießen.«

»Sofort.«

»Das wird ein Massenmord.«

»Die Wüste wird auch das ertragen –«

Sie kamen aus dem Haus und trafen de Navrimont, der an der Verwaltungsbaracke schon mit einer Flasche lauerte. Es war unmöglich, den Willkommenstrunk zu umgehen... De Navrimont freute sich wie ein Kind, das von einem guten Onkel besucht wird.

Als die Nacht über die Wüste fiel, ohne lange Dämmerung,

ohne Abschied von dem Tag, denn plötzlich wird der Himmel fahl, dann dunkel, dann klar und mit Sternen übersät, und die Kälte bricht herein, die Hyänen klagen von Bou Akbir her, die Geier auf den Barackendächern schlagen mit den Flügeln, von den fündigen Bohrtürmen III und V leuchten die Flammen des brennenden Erdgases, und die Dünen der Wüste sind silberüberhauchte Berge, schön geschwungen wie Brüste von Riesenweibern und man spürt, wie wahr es ist, von der Mutter Erde zu sprechen... als diese Nacht kam, saßen Bender und Cathérine wie damals auf der Bank vor dem Haus und blickten über die »Große Schweigende«, wie der Araber die Wüste nennt.

»Saada ist in El-Goléa«, sagte Bender plötzlich.

»Ich weiß.« Cathérine lächelte ihn an. »De Navrimont hat es auch mir anvertraut, sofort, als ich mit ihm allein war.«

»Sie ist bei ihrer Tante und soll den Sohn des reichsten Händlers von El-Goléa heiraten.«

Dann schwiegen sie wieder und sahen hinauf zu den Sternen, die nirgendwo so herrlich und blank sind wie über der Wüste. Es war kalt, Cathérine hob die Schultern, und Bender zog seine Jacke aus und legte sie ihr um.

»Weißt du, woran ich denke?« fragte sie.

»Nein.«

»Ein dummer Gedanke. Ich habe mir eben gesagt: Du bist endlich zu Hause.«

»Sind wir das nicht?«

»Ich hasse die Wüste.«

»Ich auch. Aber wir sind zu Hause.«

»Das ist schön, Ralf.« Sie lehnte den Kopf gegen seine Brust. Sie war auf einmal nicht mehr dreißig, sondern ein kleines Mädchen, das zum erstenmal sein Herz spürt. »Zu Hause sein... wer kann das begreifen! Eine Heimat haben! Wissen, hier gehörst du hin, dein ganzes Leben lang... und was auch geschieht... hier, nur hier bist du zu Hause! Es war immer mein größter Wunsch: ein Zuhause zu haben. Und jetzt geht er in Erfüllung... in der Wüste! O Gott, welch ein Leben führen wir...«

»Ein herrliches Leben, Cathérine«, sagte Bender laut und drückte sie an sich. »Ein herrliches Leben, das ich mit niemandem tauschen möchte.«

Den Sandhügel vor ihnen schlichen drei Hyänen hinunter.

Lautlos, huschende Schatten. Sie glitten zur Küchenbaracke, wo der Koch jeden Abend die Kübel mit Abfall in einen Schuppen sperrte. Über ihnen klatschte Flügelschlag. Ein Geier, der die Hyänen gesehen hatte, strich hinüber zur Küche, den scheußlichen, nackten Hals weit vorgestreckt.

Zuhause –

Die Wüste schlief, versilbert vom Schein des Mondes.

»Morgen werde ich Serrat sezieren«, sagte Dr. Bender. »Ich glaube, er bringt die Forschung ein schönes Stück voran.«

ZWEITES BUCH

IN DEN KLAUEN DES LÖWEN

Schon von weitem sah Corinna Sander den Victoria-See. Im Dunst des Morgens tauchte er auf, eine riesige, blausilbern schimmernde Scheibe. Schleier von Feuchtigkeit überwehten ihn: die erste aufsaugende Wärme der Morgensonne. Die Urwälder in den Niederungen am See dampften.

Corinna preßte die Stirn gegen das dicke Sicherheitsglas des ovalen Fensters. Unter ihr glitt das braungrüne, flache, ab und zu leicht gewellte Land der afrikanischen Savanne vorbei; die riesigen Sumpfgebiete im Flußtal des Victoria-Nils mit ihren Papyruswäldern wogten wie überdimensionale Kornfelder im Wind. Herden von Topiantilopen und Gnus flüchteten durch das mannshohe Elefantengras vor dem Donnern und dem Schatten des Riesenvogels, der über die Savanne strich.

Das Flugzeug der United Arab Airlines zog in geringer Höhe dem Flugplatz Entebbe am Victoria-See entgegen. Es war beim Morgengrauen in Kairo gestartet, war in Khartum, im Sudan, kurz zwischengelandet und brachte nun die wenigen Passagiere in das Innere Afrikas. Die meisten der Fluggäste waren Inder und schweigsame Araber. Ein Chinese, der in Kampala einen Exporthandel betrieb, las die Londoner Times. Die Araber unterhielten sich leise in ihrer kehligen Sprache. Die Inder sahen wie Corinna Sander schweigsam aus den Fenstern auf das herrliche, geliebte und gehaßte Land. Sie waren, auch wenn keiner darüber sprach, die wahren Herren dieses Landes. 3200 indische Kaufleute lebten in Uganda, durch ihre Hände lief der Handel, ihr Reichtum war sagenhaft, ihr Kapital unterstützte den Staat.

Die Stimme des Ersten Stewards schallte aus dem Lautsprecher durch das schwach besetzte Flugzeug: »Bitte schnallen Sie sich an. Wir landen in wenigen Minuten.«

Corinna Sander legte den Gurt um ihre Hüften und lehnte sich zurück. Unten tauchte Entebbe aus den Frühnebeln. Die Halbinsel mit dem Flugplatz, der zum See hin in einen Sumpf überging. Dahinter, unendlich fast, mit dem Himmel am Horizont zusammenstoßend, das »afrikanische Meer«, der drittgrößte Binnensee der Welt. Ein Wasserbecken, das den Nil gebar und Klima und Landschaft bestimmte. Das wogende Herz Afrikas.

Was werde ich dort unten vorfinden? dachte Corinna, während das Flugzeug einen weiten Kreis über Entebbe zog und zur Landung ansetzte. Warum ist seit vier Wochen die Post ausgeblieben? Auch telefonieren kann man nicht mehr. Die Strecke ist gestört, das war alles, was die Hauptvermittlung in Kampala sagte. Dann knackte es, und die Verbindung brach ab.

Mit gedrosselten Motoren schwebte das Flugzeug ein, setzte auf und rollte langsam zur Abfertigung. Ob in Europa oder Afrika, das Bild auf einem Flugplatz ist immer das gleiche. Die heranfahrende Gangway, die Elektrokarren für das Gepäck, die Tankwagen, die breiteren Wagen für die Güter, an der Absperrung die Reihe der Neugierigen, hinter den Glaswänden die wartenden Beamten von Zoll und Paßkontrolle, vor dem Flughafengebäude die Autotaxen und die Omnibusse, die die Reisenden nach Kampala, in die Hauptstadt, 36 Kilometer nördlich, bringen mußten. Es war die einzige Verbindung, eine Eisenbahn gab es nicht. Vor den Güterschuppen drängten sich die Lastwagen, das Geschrei der Fahrer und Ladearbeiter klang weit über die Betonpisten.

Corinna hielt sich nicht damit auf, dieses Bild festzuhalten. Sie kannte es von vielen Flügen her, sie war hier in diesem Land geboren, nordwestlich vom Albert-See, auf einer Farm, die der Großvater Sander als junger Mann angelegt hatte. Wie er nach Afrika kam, das war eine lange Geschichte, die oft erzählt worden war. Kurz vor dem 1. Weltkrieg, 1910, war Eberhard Sander aus dem badischen Rippoldsau ausgewandert, ein Bauernsohn, dem die Heimat zu eng wurde. Nun befand sich die Farm bei Kitumba, 10 Quadratkilometer groß, der Savanne abgerungen, in der dritten Generation. Weideland, Kaffeepflanzungen und Bananen. Eine reiche Farm.

Und jetzt eine schweigende Farm.

Corinna Sander zeigte ihren Paß vor. Der farbige Zollbeamte nickte und winkte. Corinna war es, als blinzle er dem zweiten Beamten zu, aber es konnte auch eine Täuschung sein, oder das übliche. Wo Corinna mit ihrem hellblonden Haarschopf auftauchte, staunten die Neger sie an. In den Städten Kampala und Fort Portal blieb man sogar stehen und starrte ihr nach. Sie hatte sich daran gewöhnt, warf den Kopf in den Nacken und setzte eine abweisende Miene auf.

Der erste Weg Corinnas führte zum Postamt des Flughafens. Der farbige Beamte, dem sie die Nummer der Farm sagte, schüttelte den Kopf und machte ein trauriges Gesicht.

»Simu inafanya matata«, sagte er. Es war Kisuaheli und hieß: »Die Leitung ist gestört.« Corinna atmete tief aus.

»Das hat man mir schon zehnmal gesagt! Das erste Mal vor vier Wochen. Eine Leitung kann doch nicht vier Wochen lang gestört sein.«

»Es ist so, Miß.« Der Schalterbeamte hob bedauernd seine Hände. »Ich kann nichts daran ändern.«

»Dann versuchen Sie es per Funk. Wir haben auf der Farm eine Funkstation. Die Frequenz steht in Ihren Büchern.«

»Nisamehe!« (Entschuldigen Sie) Der schwarze Beamte verbeugte sich in großer Höflichkeit und verließ seinen Schalter. Nach wenigen Minuten kam er aus den Hinterräumen zurück. Sein Gesicht war traurig wie das einer getretenen Bulldogge. »Mwenye kupigiwa simu hajibu« (Der Teilnehmer antwortet nicht), sagte er. »Wir können gar nichts tun, Miß.«

»Danke.«

»Tafadhali.« (Bitte)

Verwirrt, mit einer bohrenden Angst im Herzen, stand Corinna vor dem Flughafengebäude und sah über die Omnibusse und Taxen. Von hier bis nach Kitumba waren es über 250 Kilometer. Allwetterstraßen über Flüsse und durch Sümpfe, durch die Savanne und quer durch menschenleere Wildschutzgebiete. 250 Kilometer in glühender Sonne und feuchtgeschwängerter Tropenluft, durch Elefantenherden und Löwengebiete hindurch. Drei gute Tage, wenn man vernünftig fuhr, denn 250 Kilometer afrikanische Straßen sind keine 250 Kilometer europäische Autobahnen. Ein plötzlich durch Regenfälle anschwellender Fluß konnte die einzige Straßenbrücke weggerissen haben, ein Buschbrand machte weite Teile unpassierbar, Niederungen konnten über Nacht zu einem Schlammloch werden. Es war alles möglich auf diesen Straßen.

Zuerst nach Kampala, dachte Corinna Sander. Von dort komme ich besser weiter als von Entebbe. In Kampala konnte man Genaueres erfahren. Dort gab es die Hauptpoststation, das Innenministerium und zur Not auch die deutsche Botschaft.

Mit einem Taxi fuhr sie eine halbe Stunde später in die Hauptstadt Ugandas. Der farbige Chauffeur hatte Corinnas Gepäck geholt und eingeladen und fuhr, wie alle Afrikaner, in einem Höllentempo die 36 Kilometer nach Norden, obgleich auf den Straßen eine Geschwindigkeitsbeschränkung herrschte.

»Was wollen Sie, Miß?« sagte der Chauffeur und grinste breit. »Ich kenne alle Polizisten, und wie ich sie kenne! Und weil ich sie so gut kenne, schreiben sie mich nicht auf. Ich weiß zuviel von ihnen! Keine Angst, Miß.«

In Kampala ließ sich Corinna hinauf zum Hotel »Apolo« fahren. Es lag auf dem Gun Hill, einem der sieben Hügel, auf denen Kampala gebaut war. Ein Palast der Gastlichkeit mit 300 Zimmern, einem riesigen Schwimmbad und einer Dachterrasse, von der man vor allem nachts einen märchenhaften Blick auf die ganze Stadt hatte.

Nachdem sich Corinna geduscht und umgezogen hatte, fuhr sie mit dem hoteleigenen Wagen zum Innenministerium. Man ließ sie wider Erwarten nicht lange im Vorzimmer sitzen. Ein höflicher farbiger Ministerialrat empfing sie schon nach wenigen Minuten und war über alle Maßen galant und zuvorkommend. Sein dunkelhäutiges Gesicht glänzte wie poliert; es war ein heißer und besonders feuchter Tag.

»Was kann ich für Sie tun?« fragte er.

»Ich mache mir Sorgen um meine Eltern und Geschwister. Seit vier Wochen bekomme ich keine Post mehr nach Deutschland, das Telefon ist gestört, der Funkverkehr ist unterbrochen. Das ist doch nicht normal.«

Der farbige Ministerialrat sah auf seine großen Hände. »Ihre Farm liegt im Gebiet von Mubende?«

»Ja, an der Grenze nach Toro. Bei Kitumba.«

»Hm.« Der Ministerialrat wandte sich ab und trat ans Fenster. Er sah eine kurze Zeit hinaus, als gäbe es dort auf der Straße ungeheuer Wichtiges zu sehen. Es waren nur Sekunden, aber Corinna spürte, wie ihr der Schweiß vor Angst ausbrach.

Was war in Kitumba geschehen? Warum schwiegen sie alle?

»Sie können mir helfen!« sagte sie in die Stille hinein. »Ich weiß, daß Sie es können.«

»Ich kann Ihnen nichts sagen, Miß Sander. Es muß wirklich nur eine Störung sein. Vielleicht ein Unwetter...«

Corinna wußte, daß der Beamte log. Sie wuße aber auch, daß es sinnlos war, weiter zu fragen. Das Zimmer mit den kühlen Ledermöbeln, den kreisenden Propellern des Ventilators an der Decke, der ausgespannten Fahne Ugandas an der Wand als einzigem Schmuck kam ihr plötzlich wie ein Gefängnis vor.

»Ich werde einen Wagen mieten und sofort hinfahren«, sagte sie.

Der Ministerialrat drehte sich schnell zu ihr um. Sein schwarzes Gesicht schien noch mehr zu glänzen, als sei es mit blankem Schweiß eingerieben.

»Ich möchte Ihnen empfehlen, Miß Sander, das nicht zu tun«, sagte er langsam. »Die Straßen sind ab Katoke und Muntembe gesperrt. Sie würden Schwierigkeiten bekommen.«

»Also ist doch etwas passiert!« rief Corinna erregt.

»Ein Unwetter, ich sagte es schon.«

»Wegen eines Unwetters sperrt man nicht ein Gebiet so groß wie das Rheinland!«

»Ich kenne das Rheinland nicht.« Der Ministerialrat lächelte geschmeidig. »Aber ich habe einen Freund in unserer Botschaft in Bad Godesberg.«

»Ich möchte zu meinen Eltern.« Corinna setzte sich auf einen der ledernen Sessel. »Ich bin hier geboren, ich bin Bürgerin dieses Landes. Ich habe also auch ein Recht, die Wahrheit zu wissen! Was ist in Kitumba geschehen?«

»Nichts von Bedeutung. Drei Naturereignisse trafen aufeinander. Zuerst ein großer Regen, der alles in einen Sumpf verwandelte, dann eine große Hitze, die die schlammige Erde austrocknete und reißen ließ, und am Ende ein Steppenbrand, der noch immer nicht unter Kontrolle ist. Hunderttausend Tiere sind auf der Flucht. Es herrscht eine Panik in diesem Gebiet. Wir haben die Armee hingeschickt zur Hilfe. Die Herden jagen blindlings in alle Himmelsrichtungen. Sie können jetzt nicht in dieses Gebiet.«

»Und die Farm?«

»Wir haben noch keine Nachricht, Miß.«

Corinnas Augen wurden weit. Die Angst ließ sie zittern. »Sagen Sie die Wahrheit!« sagte sie leise. »Bitte, bitte... Ist... ist die Farm verbrannt? Leben meine Eltern und Geschwister noch? Warum sagen Sie denn nichts?«

»Ich weiß es nicht, Miß.« Das schwarze, glänzende Gesicht war jetzt wie eine Maske aus poliertem Ebenholz. Der runde, wollhaarige Schädel mit den flinken Augen und den aufgeworfenen, roten Lippen bewegte sich kaum. »Ich kann Sie nur bitten, in Ihrem Hotel zu warten, bis die Straßensperren aufgehoben sind. Wo wohnen Sie?«

»Im Apolo.«

»Da läßt es sich doch zauberhaft wohnen, Miß.« Ein schwaches Lächeln glitt über den Ebenholzkopf. »Ich benachrichtige Sie sofort, wenn ich etwas erfahre. Wir stehen ja in ständigem Funkverkehr mit den Truppen, die das Feuer einzudämmen versuchen. Kwa heri ya kuonana.« (Auf Wiedersehen)

Mit zitternden Beinen verließ Corinna das Gebäude des Innenministeriums. Im Schatten des Einganges blieb sie stehen und lehnte sich an die Wand. Er lügt, dachte sie. Er lügt perfekt, aber überzeugen kann er mich nicht. Seit über fünfzig Jahren hat es keine solchen Unwetter bei Kitumba gegeben, wie er sie geschildert hat. Ein Buschbrand, ja, aber er war schnell unter Kontrolle gebracht. Die Arbeiter und Feuerwehren der großen Farmen löschten ihn schon, bevor er sich über große Gebiete ausbreiten konnte. In den Trockenzeiten gab es extra Brandbeobachter. In den riesigen Affenbrotbäumen und Schirmakazien bauten sich die Neger ihre Ausgucke, schwankende Sitze oben in den Kronen, den Geiern gleich. Dort hockten sie Tag und Nacht, bis wieder der Regen kam. Sahen sie in der Ferne eine Rauchwolke, gaben sie Alarm. Dann zog alles, was laufen konnte, dem Brand entgegen. Es ging um das eigene Leben; um das Land, das sie ernährte; um die Herden, deren Fleisch sie brauchten.

Und jetzt sollte ein Gebiet wie das Rheinland brennen? Zuerst Regen, dann Trockenheit, dann Brand? Das konnte man jemandem erzählen, der Afrika aus den Büchern oder als Tourist kannte, aber keinem, der dort geboren und aufgewachsen war, der die Savanne kannte und die Ufer des Albert-Sees; der als Kind, das eben laufen konnte, schon im Landrover mitgenommen wurde auf die Löwenjagd und zwölfmal in seinem Leben einen Heuschreckenschwarm erlebt hatte, der die halbe Pflanzung kahlfraß.

»Er hat gelogen!« sagte Corinna laut, wie um sich zu bestätigen, was sie fühlte. »In Kitumba ist etwas anderes geschehen.«

Und die Angst kam wieder. Die Angst vor etwas, das nicht zu erklären war.

Am Nachmittag saß Corinna Sander im Zimmer des deutschen Botschaftsrates Dr. Herbertz. Sie hatte ihre Sorgen vorgetragen, und Dr. Herbertz war ehrlich bemüht, ein wenig Licht in die Dunkelheit zu bringen, die plötzlich am Albert-See aufgezogen war. Aber auch er scheiterte an der Schweigsamkeit und den Ausflüchten der Regierungsstellen von Uganda. Mit einem Achselzucken legte er den Telefonhörer zurück, nachdem er über zehn verschiedene Stellen angerufen hatte.

»Man rennt gegen eine Gummiwand«, sagte er ärgerlich. »Überall das gleiche: Savannenbrand, Sperrzonen, zuletzt hieß es sogar Seuchengefahr wegen des massenhaft verendeten Wildes. Zu näheren Erklärungen ist keiner bereit, und zwingen können wir niemanden. Nur eins ist sicher: Sie können im Augenblick nicht nach Kitumba zu Ihren Eltern.«

»Ich würde es anders sagen, Dr. Herbertz. Eins ist sicher: Ich komme zu meinen Eltern!« Das Gesicht Corinnas zeigte wilde Entschlossenheit. Mit einer ostentativen Bewegung warf sie die blonden Haare in den Nacken. Sie trug sie offen, nur zusammengehalten von einem roten hauchdünnen Chiffonschal.

»Und wie?« fragte Dr. Herbertz zweifelnd.

»Mit einem Jeep oder Landrover! Ich habe Freunde in Kampala, die mir einen beschaffen. Handelspartner von Vater.«

»Ich nehme an, Inder.«

»Ja.«

»Wenn die Regierung die Straßen und Zufahrten sperrt, wird sich keiner finden, der so dämlich ist, Ihnen einen Jeep für die Fahrt nach dem Nordwesten zu geben. Erstens ist der Jeep bald hin, zweitens kommen Sie in böse Schwierigkeiten und drittens fällt das auf das Geschäft Ihres Handelsfreundes zurück. Und noch eins: Ich kann Sie nicht schützen, wenn Sie solche Dummheiten machen.«

»Ist es eine Dummheit, wenn man Angst um seine Eltern und

Geschwister hat?« rief Corinna. »Wenn mir niemand hilft... gut, ich schaffe auch allein den Weg!«

»Sie kennen Afrika.« Dr. Herbertz goß Corinna noch einen eisgekühlten Orangensaft ein. »Sie sind in diesem Land geboren und aufgewachsen, Sie haben zu diesem Land eine andere Einstellung als ich, der ich Afrika vor meiner Berufung hier an die Botschaft nur vom Atlas und aus den Filmen kannte. Trotzdem kann ich Ihnen einen Rat geben, diesmal als Diplomat: Uganda ist ein junger Staat. Mit der Selbständigkeit kam auch der Stolz zu den jungen afrikanischen Völkern. Und mit Recht. Jahrhundertelang waren sie unterdrückt und versklavt. Wenn nun eine Staatsstelle etwas anordnet und ausgerechnet ein Weißer ignoriert diese Anordnung, so reagieren die farbigen Stellen sehr sauer. Besonders sauer! Immer lauert im Hintergrund der Komplex: Die Weißen nehmen uns nicht ernst. Sie tun nach wie vor, was sie wollen! Dementsprechend werden Sie behandelt werden, und keiner wird Ihnen helfen können.«

»Ich will auch keine Hilfe!« Corinna trank das Glas aus und setzte es hart auf den Tisch. »Vergessen Sie, was ich gesagt habe.«

»Mit anderen Worten heißt das: Sie versuchen doch, nach Kitumba zu kommen.«

»Selbstverständlich.«

Dr. Herbertz hob die Arme. Mehr als warnen konnte er nicht. Im stillen bewunderte er dieses Mädchen, dieses Produkt deutscher Eltern und afrikanischer Landschaft, für das es keine Gefahren gab, gegen die es nicht den nötigen Mut aufbrachte. Wie sie jetzt dastand, mit zurückgeworfenen Haaren, blauen, blitzenden Augen und leicht geballten Fäusten, traute man ihr zu, quer durch die Savanne zu fahren ohne Rücksicht auf Kaffernbüffelherden oder aufgescheuchte Elefantenbullen.

»Vor Ihnen müssen Löwen Angst haben«, sagte Dr. Herbertz ernst. »Ich kann Sie nur zum wiederholten Male bitten: Seien Sie vernünftig. Warten Sie im Hotel Apolo auf eine günstige Nachricht. Ich bemühe mich dauernd darum, das verspreche ich Ihnen. Genügt Ihnen das?«

»Nein!« Corinna stand auf. Mit beiden Fäusten klopfte sie sich auf die Brust, und es war eine schöne Brust, wie Dr. Herbertz feststellte. »Hier drinnen brennt etwas! Ich kenne das. Es sind Ahnungen, die mich noch nie getrogen haben. Es muß etwas Fürchterliches geschehen sein... und da soll ich oben in der Hotelbar sitzen und Cocktails schlürfen? Wofür halten Sie mich eigentlich?«

»Für eine sehr hübsche, sehr kluge und sehr temperamentvolle junge Dame.« Dr. Herbertz gab Corinna die Hand. Sie drückte sie fest. »Und seit zehn Minuten auch für eine sehr mutige junge Dame. Zu mutig für meine Begriffe.«

»Sie sind auch nicht in der Savanne geboren. Guten Tag.«

Dr. Herbertz sah Corinna hinter der Gardine vom Fenster aus nach. Schnell und kraftvoll, hochbeinig und mit wehenden blonden Haaren ging sie zu dem Hotelwagen.

Ein Satansweib, dachte Dr. Herbertz. Glücklich der Mann, der sie einmal bekommt.

Aber es muß ein Mann sein, stark wie ein Büffel.

Am Nachmittag eines glutheißen Tages saß Hendrik Thorwaldsen unter den breiten Zweigen eines Leberwurstbaumes und bereitete sich auf einem Gaskocher sein Abendessen. Er hatte eine Pfanne aufgesetzt und hockte nun in der Tür seines gelbgestrichenen, im hohen Gras kaum sichtbaren Landrovers, hatte ein Stück geräucherten Gazellenschinkens zwischen den Beinen und schnitt ein paar große Lappen davon ab.

Für Thorwaldsen war der Tag zu Ende. Nach dem Essen würde er sich sein Zelt aufbauen. Zwischen dem dicken Stamm des Baumes und seinem Landrover. Eine kleine Festung. Mit einem Feuer davor, das in der Nacht herumstreifende Leoparden fernhalten würde.

Afrika barg keine Gefahren für ihn. Hendrik Thorwaldsens Vorfahren waren von Schweden nach Hamburg gekommen und hatten sich dort als Reeder niedergelassen. Die Thorwaldsen-Linie war bekannt. Sie hatte sich vor allem auf Südamerika spezialisiert. Von dort kamen die Bananen-, Kaffee- und Guano-Schiffe über den Atlantik nach Hamburg; schmucke Dampfer, die der alte Thorwaldsen immer wieder vervollständigte und durch Neubauten ersetzte. Die alten Kähne verkaufte er an afrikanische Gesellschaften, wo sie in der Küstenseefahrt noch gute Dienste taten.

So kam auch Hendrik nach Afrika, zunächst nur, um einen Vertrag auszuhandeln. Dann machte er eine Safari mit und war von diesem Land fasziniert, begann die Tiere zu lieben, die Probleme der jungen Staaten zu achten und verlor sein Herz völlig an die Savanne und den Regenhochwald an den Hängen der ostafrikanischen Berge.

Aus einer Vertragsunterzeichnung wurden sieben Jahre Jägerdasein. Der alte Thorwaldsen in Hamburg hatte zuerst getobt, dann mit Enterbung gedroht, schließlich seinen Sohn Hendrik tatsächlich aus der Liste der Reedernachfolger gestrichen.

Hendrik machte sich nichts daraus. Groß, breitschultrig, mit blondem Stoppelhaar, zog er durch die Savannen und jagte, verkaufte die Trophäen jährlich viermal an einschlägige Händler und erhielt dafür genug, um weiterzuleben, Munition zu kaufen, seinen Landrover in der Werkstatt durchsehen zu lassen und ab und zu eine neue Safariausstattung zu beschaffen. Was er zum Leben brauchte, schenkte ihm die verschwenderische Natur Ostafrikas: das Wasser, das er vor dem Trinken immer abkochte; Fleisch der Antilopen und Gazellen; Früchte, die er nur zu pflücken brauchte. Milch gaben ihm die Bantus, Gemüse kaufte er auf den Eingeborenenmärkten gegen Glasperlen oder Gewehrmunition. Was wollte er mehr? Die große weite Welt gehörte ihm, und wenn er in seinem Zelt lag und die vielfachen Stimmen der Savanne hörte, den Wind in den Zweigen der Euphorbien und Papaya-Bäume spürte, dann war er der glücklichste Mensch dieser Erde und dachte nur mit Schaudern an das Leben, das man zivilisiert nennt.

An diesem Tag hatte er kein Glück gehabt. Die Jagderlaubnis des Game and Fisheries Departments Uganda in Entebbe gestattete ihm zwar das Jagen in den Gebieten Toro, Mubende und Bunyoro, und der auch heute noch regierende »König« von Toro, der »Mukama«, der in Fort Portal einen zweistöckigen Rundpalast bewohnte, war sein Freund und Duzbruder – aber das nutzte wenig gegen die Beschränkungen, die man ihm auferlegt hatte. Der Abschuß der Elefanten war genau eingeteilt. Die Flußpferde und Nashörner waren kontingentiert; es gab sie gewissermaßen auf Bezugsschein. An Impala-Gehörnen und Topi-Antilopenstangen hatte er genug im Wagen. Der nächste Elefant war der letzte in diesem Monat, dann war das Konto erschöpft. Und auf diesen letzten Monatselefanten hatte Hendrik Thorwaldsen seine Jagd angesetzt. Er war wählerisch und ließ die normalen Bullen an sich vorüberziehen, verdeckt durch das fast drei Meter hohe Gras, riesige Halme von der Größe kleiner Bäume. Hier stand er still mit seinem gelbgestrichenen Wagen und beobachtete die gewaltigen Tiere, wie sie durch das Gras walzten und eine eigene Straße durch die Savanne anlegten.

Er wartete auf seinen alten, kapitalen Bullen. Auf den grauen Fleischberg, dessen Stoßzähne 60 Kilogramm wiegen. 120 Pfund bestes Elfenbein... es reichte aus, das Leben Hendrik Thorwaldsens für ein Vierteljahr zu finanzieren.

An diesem Tage hatte er überhaupt keinen Elefanten gesehen. Die Savanne war merkwürdig unruhig gewesen. Große Herden von Kudus mit ihren gewaltigen, gedrehten Gehörnen und Rudel von Defassa-Wasserböcken galoppierten in geringer Entfernung an ihm vorüber, als würden sie von unsichtbaren Jägern getrieben. Elen-Antilopen jagten in der Ferne davon... Hendrik beobachtete es durch sein Fernglas und verstand diese Panik nicht.

Die Savanne war unverändert, keine Rauchwolke schwebte in den heißen Himmel. Auch von fernen Schüssen war nichts zu hören.

Es wird anderes Wetter geben, dachte er, als er sein Abendessen vorbereitete. Es wäre etwas früh mit der Regenzeit, aber das ist kein Grund, daß die Herden flüchten. Hier muß etwas anderes die Ursache sein. Ein Heuschreckenschwarm?

Hendrik Thorwaldsen schnaufte durch die Nase. Er haßte Heuschrecken. Einen Löwen oder wütenden Kaffernbüffel sieht man und kann darauf schießen. Selbst der listige Leopard ist ein guter Feind – er stellt sich zum Kampf. Aber ein Schwarm von Tausenden von Heuschrecken, eine schwarze, schwirrende, sirrende Wolke, die die Sonne verdunkelt, über das Land herfällt und knackend und mahlend alles kahlfrißt und sich dann wieder emporhebt und weiterfliegt, Kilometer um Kilometer, eine gestorbene Landschaft hinter sich lassend – gegen diese Rieseninsekten war man machtlos. Da flüchteten die Menschen in die Hütten, da jagte das Wild davon, da verkroch sich sogar der Herr der Savanne, der Löwe, und steckte den Schädel zwischen seine Pranken, um zu resignieren.

Hendrik aß seine Pfanne voll Eier und Antilopenschinken, trank aus dem Wasserkanister zwei Becher des abgekochten Wassers und vermischte es mit Gin, nicht zu viel, gerade so, daß man den Geschmack auf der Zunge hatte, und begann dann, sein Zelt aufzubauen.

Die Dunkelheit kam schnell. Nach einem goldenen Himmel fiel sie über das Land wie ein Tuch. Hendrik Thorwaldsen schichtete die abgehackten Äste und das Dorngestrüpp auf einen Haufen, um das nächtliche Feuer zu entzünden. Er hatte schon die Streichhölzer in der Hand, als er von weitem das Geräusch hörte, das nicht in die nächtliche Steppe paßte.

Es klang wie ein Singen, wie ein rhythmisches Lied, und es kam näher, vom Norden her, wo der Albert-See lag, und schwebte über dem im Abendwind wogenden Elefantengras.

Thorwaldsen steckte die Streichhölzer in die Tasche, griff nach seinem Gewehr und entsicherte es. Eingeborene, die bei Dunkelheit durch die Savanne ziehen, sind äußerst selten. Die Angst vor den Raubkatzen, vor allem aber die Furcht vor den Geistern, die nachts aus den Gräbern steigen und die Menschen verhexen, die durch die Nacht gehen, läßt keinen Bantu bei Dunkelheit mehr das Gebiet seines Dorfes oder seiner Hütte verlassen. Hier aber, das hörte Thorwaldsen nun deutlich, zogen Eingeborene durch die Savanne, singend und auf Handtrommeln schlagend. Dem Klang nach mußten es viele sein, eine ganze Dorfgemeinschaft vielleicht.

Thorwaldsen warf das Gewehr über die Schulter, nachdem er es wieder gesichert hatte, und ging durch das hohe Gras dem Klang entgegen. Je näher er kam, um so dumpfer dröhnten die Trommeln und klangen die Stimmen heller. Jetzt sah er auch Feuerschein, der sich gegen den Nachthimmel wie eine Lichtschlange bewegte.

Fackeln, dachte er. Das ist noch seltener. Wer zieht hier mit Fackeln durch den Busch? Und wozu das Gesinge, das Geschrei, die Trommeln, von ruhelosen Händen bearbeitet?

Um das seltene Schauspiel genauer zu sehen, ohne entdeckt zu werden, kletterte er auf eine hohe Schirmakazie und verjagte einige Affenfamilien, die schreiend aus den Ästen hinunter ins Gras sprangen und wegrannten. Über einen armdicken, weit ausladenden Ast balancierend, erreichte er endlich eine Stelle, von der er einen freien Blick hinüber zu der rätselhaften Feuerschlange hatte.

Durch die nächtliche Savanne marschierte nicht eine Dorfgemeinschaft, sondern ein ganzer Stamm.

Wie auf einer Parade war die Kolonne eingeteilt: Zuerst Fackelträger und kräftige Neger, die das Gras niedertrampelten. Dann drei Reihen Trommelschläger, deren Hände die gespannten Häute unablässig bearbeiteten und die dabei mit hochgeworfenen Köpfen und aufgerissenen Mündern sangen. Ihnen folgte eine geballte Masse von Kriegern, bewaffnet mit Gewehren und Speeren, Beilen und Keulen aus Hartholz. In ihrer Mitte trugen sie eine Art Thron; dicke, wippende Bambusstangen, auf die man einen Stuhl gebunden hatte, einen europäischen Polsterstuhl mit geschnitzter, hoher Lehne. Ein großer Neger mit einem Kopfschmuck aus weißen Straußenfedern und einer losen Jacke aus Leopardenfell saß auf dem Stuhl und hatte den Kopf nach hinten gelehnt. Er schlief. Hinter dem Thron folgten maskierte Eingeborene mit großen Wedeln aus Löwenhaar; sie sprangen um den Thron herum und schienen die bösen Geister der Nacht zu verscheuchen. Den Schluß, dessen Ende Thorwaldsen nicht mehr abwartete, bildeten neue Krieger-Kompanien und eine – wie eine Herde zusammengetriebene – Schar von Frauen und Kindern.

Vor dem Stuhl mit dem schlafenden Häuptling trugen kräftige Neger an langen Stangen einige verschnürte, große Pakete. An Stricken pendelten sie hin und her. Thorwaldsen kannte das; so transportierte man im Busch das erlegte Wild oder gefangene Wildkatzen. Aber das hier, das sah er gleich auf den ersten Blick, waren keine Tiere.

Hier wurden Menschen transportiert. Zusammengeschnürte, in Häute gewickelte Menschen, mit Händen und Füßen an die Stangen gefesselt.

Bewegungslos, an den armdicken Ast der Schirmakazie geschmiegt, wie ein sichernder Leopard, starrte Thorwaldsen auf den Kriegerzug. Er sah keinen Sinn in diesem Nachtmarsch. Stammesfehden gab es nicht mehr. Seit der Selbständigkeit Ugandas war dieses Land ein friedlicher Flecken Erde, die Könige und Häuptlinge regierten in ihren Gebieten, beaufsichtigt vom Parlament und den Ministerien in Kampala, gelenkt durch eine kluge Stammespolitik. Die Zeit, in der die Stämme gegeneinander Krieg führten, gehörte der Geschichte an. Die Bantus begannen, über ihre Grenzen hinaus zu denken. Sie waren ein Volk, ein geschlossener Staat geworden, mit einer Stimme in der UNO.

»Das muß ein bestimmter Zauber sein«, sagte Thorwaldsen

leise und kroch den Ast zurück. Der Zug der Eingeborenen ging fünfzig Meter an seinem Baum vorbei. Bis hierhin reichte kein Fackelschein. Hier war tiefe Nacht. »Vielleicht beschwören sie einen Ahnen.«

Doch dann fielen ihm die pendelnden Bündel an den Stangen ein, und er wurde sehr nachdenklich.

Was es auch ist, dachte er, oberstes Gebot ist immer: Sich nicht einmischen. Afrika ist ein herrliches Land, wenn man ihm sein eigenes Leben läßt. Was kümmern einen die Stämme... man ist Großwildjäger und hat sich hier eine neue Heimat geschaffen. Hören wir nicht hin, schließen wir die Augen.

Hendrik Thorwaldsen rannte zurück zu seinem kleinen Camp, baute sein Zelt ab und verlud es auf den Landrover. Dann fuhr er, was selten ein Mensch in der Savanne tut, in der Nacht weiter nach Norden.

Es ist immer besser, zwischen sich und dem, was man nicht sehen wollte, viel Raum zu haben.

Die Wunder Afrikas sind manchmal tödlich.

Das Apolo-Hotel auf dem Gun Hill von Kampala leuchtete mit seinen Hunderten von Fenstern in die schwüle Nacht. Man merkte die Nähe des Äquators; auch wenn es sich nachts abkühlte, waren die Schwankungen nicht mehr als höchstens 10 Grad. So war die Kühle der Nacht immer noch so hoch wie ein guter Sommertag in Europa. Und doch war sie erfrischend nach der Gluthitze des Tages, wo das Thermometer auf über 40 Grad kletterte.

In der großen Halle und auf der Panorama-Terrasse des Hotels spielten Tanzkapellen und drehten sich die Paare langsam auf den blanken Flächen. Meist waren es Weiße oder Inder; Geschäftsleute von Kampala; die Reichen, die sich hier zum Diner trafen mit den Geschäftsfreunden aus aller Welt, die im »Apolo« wohnten. Auch Touristen der Luxusklasse, Amerikaner und Deutsche, saßen auf der Panorama-Terrasse und erlebten das verstädterte Afrika bei Nacht. Morgen würden sie mit einem Omnibus ins Innere fahren, auf Safari, um Elefanten und Löwen, Wasserbüffel und Nilpferde zu fotografieren, um nachher mit den Fotos die Nachbarn und Bekannten zu ärgern, die sich eine solche Reise nicht leisten konnten.

Auch einige reiche Bantus saßen an den runden Tischen mit den kleinen Lampen. Unauffällig, in dunklen Gesellschaftsanzügen, stolz auf ihre Frauen, die in langen Abendkleidern und hochgetürmten Frisuren die neue, selbstbewußte Schicht des jungen Staates repräsentierten.

In dem angestrahlten, großen Schwimmbecken im tropisch üppigen Garten planschten ein paar Mädchen und bespritzten ihre Kavaliere am Rande des Pools. Ihr Lachen klang durch die Musik der beiden Tanzkapellen bis zum Dachgarten hinauf.

Corinna Sander lehnte an der Balustrade und sah hinunter auf das schlafende Kampala. Sie konnte nicht schlafen, sosehr sie sich dazu auch gezwungen hatte. Kaum lag sie im Bett, überfielen sie Bilder von Brand und Tod, hörte sie die Stimmen ihrer Eltern, die nach ihr riefen, geisterte dumpfer Trommelklang durch ihren Kopf. Sie war dann immer aufgesprungen und hatte einen Schluck Eiswasser genommen. Schließlich zog sie sich wieder an und fuhr hinauf in den Dachgarten, so wenig sie dazu aufgelegt war, jetzt Tanzmusik zu hören.

Da sitzt ihr nun und trinkt euren Whisky, Likör oder Champagner, dachte sie und preßte die Hände fest aneinander. Ihr dreht euch auf der Tanzfläche, flirtet, lacht, zeigt eure Abendkleider und euren Schmuck – und 250 Kilometer weiter ist etwas geschehen, von dem niemand sprechen will. Vielleicht habt ihr es auch gehört, in Afrika bleibt kein Geheimnis lange geheim, aber ihr tanzt weiter, lacht weiter, trinkt weiter. Was geht es euch an? Der Albert-See ist weit.

Sie zuckte zusammen, als sich neben ihr eine Gestalt ebenfalls mit den Händen auf die Balustrade stützte und hinuntersah auf Kampala. Aus den Augenwinkeln musterte sie ihn. Ein großer, schlanker Eingeborener mit einem klassisch schönen Bantukopf. Der weiße Smoking hob seine muskulöse Gestalt noch hervor; das Gesicht, zwar dunkel, aber nur mit einer Andeutung von Wulstlippen und breitem Nasenrücken, drückte Intelligenz und Kultur aus.

»Ein schönes Land«, sagte er, als er bemerkte, wie Corinna ihn von der Seite musterte. Er hatte eine tiefe, melodische Stimme, die ihn sofort sympathisch machte. »Eine Stadt, erbaut auf sieben Hügeln wie Rom. Das Rom Ugandas.«

»Sie kennen Rom?« Corinna drehte sich um und lehnte sich gegen die Steinmauer. Sie hatte eigentlich keine Lust, Konversation zu treiben, aber die Stimme des Mannes beruhigte sie irgendwie, und außerdem kam man für ein paar Minuten auf andere Gedanken.

»Ja. Ich war drei Monate dort.« Der elegante Farbige verbeugte sich korrekt. »Julius Malanga... wenn Sie Wert auf meinen Namen legen.«

»Warum sollte ich nicht? Corinna Sander.«

»Danke.«

»Wofür danke?«

»Daß Sie so freundlich sind, mit mir vor den anderen Weißen zu sprechen.« Er nahm plötzlich ihre Hand, zog sie hoch und deutete einen vollendeten Handkuß an.

»Ich bin in diesem Land geboren, Mister Malanga.« Corinna versuchte ein Lächeln, und es gelang ihr halb. »Ich liebe es.«

»Sie wohnen hier in Kampala?«

»Nein. Im Nordwesten. Wir haben eine Farm bei Kitumba.«

»Ach.« Julius Malanga drehte sich etwas in den Schatten der Lampen und zeigte auf einen leeren Tisch am Rande der Balustrade. »Ist es unverfroren, Sie an meinen Tisch zu bitten? Oder erwarten Sie jemanden?«

»Nein. Gehen wir.«

Sie saßen kaum, als der Oberkellner kam und eine Flasche Champagner brachte. Corinna hatte nicht gesehen, wie Julius Malanga sie bestellte. Er mußte es mit einem stummen Blick getan haben, als er sie zum Tisch geleitete.

»Ihr Geschmack, Miß Sander?« fragte er, als der Ober die Kelchgläser gefüllt hatte.

»Welches weibliche Wesen mag keinen Champagner?« Sie legte die Hände um das vor Kälte beschlagene Glas. »Sie sind Stammgast hier?«

»O nein. Ich bin erst vor drei Tagen aus London gekommen.« Malanga hob das Glas und prostete Corinna zu. Und dann sagte er in einem klaren, akzentfreien Deutsch: »Auf Ihr Wohl!«

Corinna hustete, sie hatte sich vor Überraschung verschluckt. Als sie wieder sprechen konnte, sah sie in das breite Lächeln des dunklen Gesichtes.

»Sie sprechen deutsch?«

»Ich bin zufrieden. Ich habe drei Jahre in Erlangen und Köln studiert. In Köln habe ich meinen Doktor gemacht. Es war eine schöne Zeit in Ihrem schönen, aber kalten Land.«

»Sie sind Jurist, nicht wahr?« fragte Corinna.

»Nein, Mediziner. Ich bin ein richtiger, ausgebildeter Medizinmann.«

»So etwas! Ich studiere seit zwei Jahren in Heidelberg Medizin.« Corinna lächelte zurück. »Welch ein Zufall. Und nun besuchen Sie hier Verwandte?«

»Nein. Ich bleibe in Uganda.« Julius Malanga griff zur Seite, holte die Flasche aus dem Sektkübel und goß die Gläser nach. »Ich habe in London mein Fachwissen in Chirurgie erweitert und abgeschlossen und bin nun zurückgekommen, um meinem Volke zu dienen.«

»Das klingt gut«, sagte Corinna. »Meinem Volke...«

»Es ist ein großes Problem unseres Landes. Wir haben 7,7 Millionen Einwohner, aber nur 600 ausgebildete Ärzte, 2600 Krankenschwestern und 800 Hebammen. Krankenhäuser gibt es ganze 29 mit knapp 4800 Betten. Und das bei einer Kindersterblichkeit von 50 Prozent, bei jährlich 110 000 Malariafällen und 80 000 Geschlechtskrankheiten. Man braucht hier wirklich jede Hand. Aber ich quäle Sie mit Zahlen wie ein blinder Computer, der nicht sieht und fühlt, daß eine wunderschöne Frau vor ihm sitzt. Verzeihen Sie. Aber wenn ich über mein Volk spreche, blutet mir sofort das Herz.«

Malanga verbeugte sich im Sitzen und hob sein Sektglas. Corinna stieß mit ihm an. Stumm tranken sie es aus und sahen dann hinunter auf die Lichterketten von Kampala.

»Sie haben Sorgen?«

Corinnas Kopf zuckte hoch. Ihre Augen versuchten, die Angst, die sie wieder überkam, zu verschleiern.

»Nein...«, sagte sie leise.

»Warum lügen Sie? Ich sehe es Ihnen an. Ich bitte Sie, haben Sie Vertrauen zu mir.« Malangas schwarze Hand legte sich auf Corinnas weiße Finger. Die Wärme, die von ihm ausging, war beruhigend und aufreizend zugleich. Vorsichtig, damit es nicht wie eine Beleidigung aussah, zog Corinna ihre Finger zurück und nestelte ein Taschentuch aus ihrer Abendtasche, um dieses Entgleiten zu rechtfertigen.

»Ich weiß nicht, wie ich Ihnen das erklären soll«, sagte sie stockend. »Seit vier Wochen habe ich keine Nachricht mehr von zu Hause bekommen. Vorher schrieb meine Mutter oder meine Schwester jede Woche, und wenn es nur eine Karte war. Ich rief in Kitumba an... die Leitung ist angeblich gestört. Vier Wochen lang? Ich wurde unruhig, nahm das nächste Flugzeug nach Kairo und stieg um nach Entebbe. Von dort versuchte ich wieder, Verbindung mit der Farm zu bekommen. Wieder alles gestört. Sogar per Funk keine Antwort. Im Innenministerium, in der deutschen Botschaft... überall Ausflüchte. Die letzte Version: Ein großer Steppenbrand mit Seuchengefahr. Alle Zufahrten nach Nord-Mubende sind vom Militär gesperrt. Können Sie verstehen, daß ich völlig verzweifelt bin?«

»Sie glauben nicht an den Steppenbrand?«

»Nein!« Corinna sah Julius Malanga fragend an. »Ich bin dort geboren. Ich kenne die Savanne. Das, was man mir einreden will, ist nie dort geschehen! Etwas anderes muß passiert sein! Aber was? Mein Gott, was? Warum läßt man mich nicht nach Hause? Warum kann mir keiner sagen, was mit meinen Eltern ist? Kitumba liegt doch nicht auf dem Mond.«

Sie hatte sich in eine große Erregung hineingeredet und zitterte nun. Malanga hielt wieder ihre Hände fest.

»Ich glaube daran, was Ihnen die Behörden gesagt haben. Warum soll es nicht wahr sein?«

»Ich fühle es.«

»Das Gefühl einer Frau...« Malanga zog seine Hände zurück. Ein amerikanisches Ehepaar kam von der Tanzfläche zurück und blickte mißbilligend auf das weiße, blonde, hübsche Mädchen, das mit einem Neger am Tisch saß und sichtlich flirtete. »Sie sollten Gefühle anders verschwenden, Miß Sander, als in der Angst um Katastrophen, die nicht stattfinden.« Er griff wieder zum Sektkübel und goß erneut die Gläser voll. »Vielleicht ist morgen der Draht wieder frei, und alles ist gut.«

»Darauf warte ich nicht. Morgen, übermorgen, in einer Woche... das halte ich nicht aus.«

Malangas Gesicht wurde ernst. »Ich werde Ihnen beweisen, daß Ihre Sorge unbegründet ist.« Er stand auf, verließ den Dachgarten und kam nach wenigen Minuten mit einem Arm voller Zeitungen zurück. Eine nach der anderen legte er sie vor Corinna auf den Tisch. »Bitte, sehen Sie die Zeitungen durch! Wenn irgendwo etwas Außergewöhnliches geschehen wäre... die Journalisten lassen sich so etwas nie entgehen. Hier – die Uganda Argus – nichts! Munno... Uganda Eyogera... Taifa Empya... The People... Taifa Uganda Empya... alle Zeitungen bringen nichts über Mubende.« Er blätterte in den Zeitungen herum und faltete die Uganda Eyogera zusammen. »Doch, hier, ein kleiner Bericht über einen Buschbrand bei Kagadi.«

»Das ist in unserer Nähe!« Corinna riß Malanga die Zeitung aus der Hand. Es war ein allgemeiner, kurzer Bericht über einen Savannenbrand, wie er im Laufe des Jahres zigmal in den Blättern stand. »Das kann nicht der Anlaß sein, das ganze Gebiet zu sperren!«

»Man ist vorsichtiger geworden, wegen der Seuchen. Sie und ich als Mediziner sollten das am besten verstehen.« Malanga legte die Zeitungen zusammen, winkte einem kleinen, pechschwarzen Boy und gab sie ihm. Der Boy klemmte sie unter den Arm und rannte davon. »In ein paar Tagen ist bestimmt alles vorbei.«

»Wenn auch!« Das Gesicht Corinnas zeigte wilde Entschlossenheit. »Ich fahre nach Kitumba.«

»Womit?« Julius Malanga musterte Corinna interessiert.

»Mit einem Wagen. Ich leihe ihn mir.«

»Sie wollen allein fahren?«

»Natürlich.«

Malanga beugte sich etwas über den Tisch. Sein herrlicher, ebenmäßiger Kopf glänzte im Schein der Tischlampe. »Darf ich Sie begleiten, Miß Sander?«

»Sie?« Corinna war ehrlich verblüfft. »Ich denke, Sie sind zurückgekommen, um Ihrem Volke als Arzt zu dienen? Und nun wollen Sie in den Busch?«

»Meine Aufgabe liegt im Busch. Ich werde eine Stelle in Toro annehmen. Wir haben also den gleichen Weg.« Malanga erhob sich abrupt. Auch Corinna stand auf, wie von einem Magneten vom Stuhl gezogen. »Außerdem ist es unmöglich, Sie allein fahren zu lassen. Das Militär würde Sie sofort entdecken, und Soldaten sind nicht gerade die sanftesten Partner. Wenn es Ihnen recht ist, werde ich für alles sorgen. Ich beschaffe den Wagen, die Ausrüstung, die Verpflegung. Morgen, um fünf Uhr früh, werde ich auf dem Nikivubo-Markt auf Sie warten.« Malanga legte eine große Geldnote auf den Tisch, faßte Corinna unter und führte sie zum Aufzug. »Ich bringe Sie sicher nach Kitumba«, sagte er dabei. »Haben Sie Vertrauen zu mir.«

»Das habe ich... merkwürdigerweise.« Corinna sah an dem großen, schlanken Eingeborenen empor. Er war ein Mann, der eine geheimnisvolle Ausstrahlung besaß, dessen Stimme betörte. »Warum tun Sie das alles?« fragte sie. »Daß Sie unbedingt morgen nach Toro müssen, ist doch nur ein Vorwand.«

»Sie sind klug.«

»Und trotzdem?«

Malanga sah über die blonden, aufgesteckten Haare Corinnas hinweg, als erblicke er die Weite der Savanne. »Sie sind zu schade, um von Löwen zerrissen oder von Kaffernbüffeln in das Gras gestampft zu werden. Sie sind zu schön dazu... das ist alles, Miß Sander.«

Malanga verbeugte sich korrekt, hielt die Tür des Fahrstuhls auf, schloß dann die Tür und winkte Corinna lächelnd durch die Scheibe nach, als sie langsam nach unten entschwebte.

In dieser Nacht schlief Corinna zum erstenmal seit Wochen wieder tief und sorglos.

Im Morgengrauen verließen Corinna und Julius Malanga das kaum erwachte Kampala. Malanga hatte einen fast neuen Landrover organisiert, ausgerüstet mit allem, was man für eine lange Safari braucht. In den Gewehrständern standen vier neue Büchsen, Benzinkanister und Wasserkanister türmten sich auf dem Rücksitz, einige Kartons mit Lebensmitteln und Metallkisten mit einer Erste-Hilfe-Ausrüstung belegten den anderen Sitz.

Corinna hatte ihre Koffer im Hotel Apolo gelassen. Im Busch braucht man keine Kleider und Modellkostüme. Als sie aus dem Taxi stieg, sah sie wie ein Junge aus. Auf dem Kopf trug sie einen zerbeulten Khakihut. Enge, lange Khakihosen mit halbhohen braunen Schnürstiefeln und eine Bluse mit vielen Taschen vervollständigten die Kleidung. An dem breiten Ledergürtel baumelte eine Pistolentasche. Corinna sah abenteuerlich und süß zugleich aus. Malanga klatschte begeistert in die Hände. Auch er trug nun Safarikleidung.

»Jeder Büffel wird vor Ihnen in die Knie gehen!« rief er und zog sie auf den Sitz neben sich. Dann tippte er auf die Pistole. »Was soll das denn?«

»Ich habe einen Waffenschein, bester Doktor.«

»Und schießen können Sie auch?«

»Das habe ich fast zusammen mit den ersten Worten Papa und Mama gelernt. Mit sechs Jahren jagte ich Hyänen.«

»Ich bewundere Sie.« Malanga sah geradeaus, als er das sagte. Er meinte es ehrlich aus der Tiefe seiner Seele, und er wollte es nicht erleben, daß vielleicht in den Augen Corinnas die Abwehr aufblitzte: Was redest du da? Du bist doch nur ein Neger...

»Können wir?« fragte er, als sie nicht antwortete.

»Von mir aus.«

Mit einer Lastwagenkolonne, die nach Mityana fuhr, verließen sie Kampala. Der Verkehr entlang der Bahnlinie Kampala – Kasese war stark. Wagen mit Kaffeesäcken und gepreßten Baumwollballen kamen ihnen entgegen, ein Viehtransport rollte an ihnen vorbei. Bei Muduma, einem kleinen Dorf an der Staatsstraße, hatte sich eine militärische Einheit versammelt. Graubraune Raupenfahrzeuge, Schützenpanzer und sogar vier große, englische Panzer mit langen Kanonenrohren.

Malanga betrachtete die Einheiten der Armee sehr interessiert, fuhr sogar langsamer und schien die Truppen zahlenmäßig abzuschätzen. Dann gab er wieder Gas und überholte die Lastwagenkolonnen. Eine hohe Staubwolke blieb hinter ihnen zurück. Die Fahrer in den offenen Kabinen der Wagen fluchten ihnen nach, hoben die Fäuste und drohten.

Hinter Mityana, bei dem kleinen Marktflecken Myanzi, bog Malanga plötzlich von der Straße ab und lenkte den Wagen quer durch die Savanne. Südlich von ihnen war ein riesiges Sumpfgebiet mit Papyruswäldern, vor ihnen das leicht gewellte Land der grenzenlosen Steppe. Der Landrover hüpfte und torkelte über den Boden; hier gab es keinen Weg mehr, keinen Pfad, höchstens die niedergestampfte Gasse, die Elefanten in das hohe Gras getreten hatten.

»Warum fahren wir nicht weiter auf der Straße?« fragte Corinna, nachdem Malanga einen Bach durchquert hatte und mit heulendem Motor das andere, sumpfige Ufer emporgeklettert war. »Wo fahren wir überhaupt hin?«

Malanga stellte den Motor ab. Über sein dunkles Gesicht rann Schweiß.

»Haben Sie Vertrauen zu mir?« fragte er.

»Ja. Säße ich sonst neben Ihnen?«

»Wir müssen von der Straße weg. Haben Sie das Militär gesehen? Ich weiß nicht, wo die Sperren beginnen; auf jeden Fall können sie nur die Straßen kontrollieren. Im Busch sind wir sicher. Wer denkt schon daran, daß man es wagen könnte, quer durch das Land zu fahren? Man hält so etwas für Selbstmord.«

»Und wir wagen es?« Corinna stellte sich in den Wagen. Malanga hatte das Verdeck zurückgeklappt. »Wie lange fahren wir schon?«

»Vier Stunden.«

»Es ist mir wie eine knappe Stunde vorgekommen.«

»Danke.«

Corinna schüttelte den Kopf. Ein merkwürdiger Mensch, dachte sie. »Warum bedanken Sie sich eigentlich immer?«

»Ich genieße Ihre Freundlichkeit, Miß Sander.«

»Haben Sie so schlechte Erfahrungen mit Weißen gemacht?«

Malanga ließ den Motor wieder an. »Ich hasse die Weißen«, sagte er dabei. »Sie sind überheblich, hinterlistig und kaltherzig... wie eine Schlange.«

In Corinna zerriß etwas. Sie spürte es wie einen Stich. Das edle, braunschwarze Gesicht Malangas wurde plötzlich eine Fratze für sie. Erinnerungen tauchten auf. Die Kinderzeit. Großvater Sander, wie er Geschichten aus alten Zeiten erzählte. Negerstämme, die brennend und mordend durchs Land zogen und die Weißen grausam folterten und töteten. Die geheimnisvollen Leopardenmenschen, die in Felle eingenäht in der Nacht die Farmen überfielen und die Menschen mit den Krallen der Leoparden zerrissen. Der große Häuptling Mutunta, der seinen Thronhimmel mit weißer Menschenhaut bespannen ließ. Corinna hatte auf dem Schoß des alten Sander gesessen und atemlos diese Geschichten angehört. »So war es früher in Afrika!« hatte der Großvater gesagt. »Jeder Tag war Kampf! Jetzt weiß du auch, warum die Savanne so fruchtbar ist. Sie ist mit Blut gedüngt!«

Corinna schrak auf, als Malanga wieder anfuhr. Sie klammerte sich am Rahmen des Frontfensters fest und vermied es, Malanga jetzt anzusehen. Habe ich auf einmal Angst vor ihm? dachte sie. Das ist doch Blödsinn! Er ist ein Neger der gebildeten Klasse. Er hat in Deutschland und England studiert. Er hat seinen Dr. med. gemacht. Er ist ein Mensch unserer Generation. Mein Gott, es ist ja alles Blödsinn, was ich plötzlich denke!

Aber irgendwie war das Verhältnis nun anders zwischen ihnen. Stumm ratterten sie durch das hohe Gras und fuhren mitten durch eine weidende große Herde von Topigazellen. Unter einer großen Schirmakazie, im Schatten faul auf dem

Rücken liegend, sahen sie eine Löwenfamilie. Die Löwin hob träge den Kopf, als sie das Brummen des Motors hörte und blinzelte zu ihnen herüber. Dann gähnte sie, reckte sich, kratzte über den Boden und warf sich wieder zurück auf die Seite.

Als der Himmel streifig wurde, suchte Malanga einen Platz für das Nachtlager. Er fand eine kleine, tafelartige Höhe, bestanden mit Borassus-Palmen und Baobabs-Bäumen, die in ihrem flaschenförmigen Stamm Wasser sammeln, um in den Trockenperioden zu überleben.

»Ein guter Platz!« Malanga zeigte auf die Erhebung. »Dort sind wir vor Überraschungen sicher.«

Es dauerte noch eine halbe Stunde, bis sie bei der Anhöhe waren und den Landrover ausluden. Malanga spannte das Zelt auf und trug eine Aluminiumkiste unter einen der großen Bäume. Klappstühle und einen Klapptisch hatte er unter den Arm geklemmt.

»Es ist der Frau von Gott gegeben, für den Magen zu sorgen«, sagte er, stellte Stühle und Tisch auf und warf die Klammern des Kistenverschlusses herum. »Sie finden in der Kiste alles, was Sie brauchen. Sogar eine Kühltasche mit Wein. Sie sollen nie sagen können, eine Safari mit mir sei eine Hungertour.«

Corinna lachte. Der innere Druck, unter dem sie die ganzen Stunden gestanden hatte, verlor sich. Er ist doch ein netter Kerl, dachte sie. Wenn er einen solchen Horror auf die Weißen hat – wer weiß, was er in Europa alles erlebte. Man kennt das ja. Allein schon die Zimmersuche als Student. Ein Schwarzer? Bedauere ... das Zimmer ist schon besetzt. Und schnell die Tür zu, als stände draußen der Teufel und hole die Seele.

Malanga arbeitete noch am Zelt, als Corinna mit einer Serviette winkte. »Fertig!« rief sie. »Hoffentlich überleben Sie meine Kochkunst. Bisher habe ich immer allein essen müssen, was ich zusammenbraute. Ich gestehe, daß ich einen Blinddarm besser herausnehme, als Blumenkohl zu kochen.«

Malanga lachte. Es war wieder das tiefe, herrliche Lachen, das wie ein Gesang klang. Er setzte sich auf einen der Klapphokker, hielt den Plastikteller hoch und war jetzt wie ein übermütiger Junge.

»Von Ihnen vergiftet zu werden, ist ein schöner Tod!« Er hob schnuppernd die Nase. »Was gibt es?«

»Warmen Schinken mit Möhrengemüse!«

»Köstlich! Wie im ›Ritz‹ in Paris.«

Corinna setzte sich und stellte den heißen Topf auf den Tisch. Hinter ihr zischte ein kleinerer Kessel auf dem Propangaskocher. Teewasser.

»Sie haben gute Büchsen gekauft, Mister Malanga«, sagte sie. »Aber ich bitte zu beachten, daß die Soße ganz allein von mir stammt. Eine Mehleinbrenne.«

»Lassen Sie mich nur die Soße essen!«

»Wenn Sie unbedingt eingehen wollen.«

Es wurde ein fröhliches Abendessen. Nach dem Tee tranken sie die Flasche gekühlten Wein, Malanga holte ein Transistorradio aus dem Wagen, Tanzmusik klang auf und wehte über die nächtliche Savanne.

»Was ist anders als auf der Dachterrasse des ›Apolo‹?« fragte er und bot Corinna eine Zigarette an.

»Uns schauen Affen und Löwen zu.«

»Die gab es im ›Apolo‹ auch! Dort trugen sie weiße Smokings. Hier erkennt man sie sofort; die Savanne ist ehrlicher.«

Corinna sah über die Glut ihrer Zigarette in das Gesicht Malangas. Eine Batterielampe erleuchtete ihren Campplatz. Ganz in der Nähe heulten einige Hyänen auf. Irgendwo in dem hohen Gras und am Fuße ihrer Erhebung raschelte es laut. Ein großes Tier, in der Nacht nicht sichtbar, mußte hier um das Lager gehen, angelockt von dem fremden Licht.

»Wollen wir tanzen?« fragte sie.

Malanga hob ruckartig den Kopf. Seine Augen leuchteten.

»Jetzt? Hier?«

»Wir haben Musik, wir haben Wein ... denken wir, wir seien auf der Dachterrasse des ›Apolo‹.«

»Bitte, nicht das!« Malanga sprang auf. Sein Klappstuhl fiel um. »Dort hätte ich nicht mit Ihnen tanzen können.«

»Dummheit! Wir sind doch moderne Menschen!« Sie machte einen Knicks und hob die Arme. »Ein Walzer. Ausgerechnet ein Walzer! Ich liebe ihn. Sie auch?«

»Sehr.« Malangas Stimme war plötzlich belegt. Er nahm Corinna in seine Arme und machte die ersten Tanzschritte. »Ich habe einmal einen Walzer in New Orleans getanzt. Ich besuchte dort einen Freund. Ich tanzte den Walzer mit einem weißen Mädchen. Zehn Minuten später holte mich die Ambulance ab ... man hatte mich im Lokal zusammengeschlagen.«

»Denken Sie nicht mehr daran.« Corinna wiegte sich im Takt der Musik. »Sie tanzen gut.«

Es war, als gehe die Musik nie zu Ende. Und es war der seltsamste Tanz, den vielleicht je ein Paar getanzt hatte, in der Savanne Ostafrikas, unter den breiten Ästen der Borassus-Palmen, beschienen von einem Batteriescheinwerfer, umheult von Hyänen und beobachtet von Hunderten von Tieraugen, die außerhalb des Lichtkreises auf die unbekannten Wesen starrten.

Als der Walzer zu Ende war, ließ Malanga die Arme sinken, sprang zu dem Transistorradio und stellte es ab.

»Warum?« fragte Corinna und trank einen Schluck Wein. »Jetzt kommt doch ein Foxtrott.«

»Ich will diesen Walzer nicht töten.« Malanga lehnte sich an den Stamm einer Palme. »Er soll in mir nachklingen, immer, unsterblich... Wissen Sie, wie glücklich ich bin, Miß Sander?«

Ein Gefühl plötzlicher Abwehr kam in Corinna hoch. Sie konnte es sich nicht erklären, aber es war da und störte nun die Harmonie. Plötzlich erschreckte sie auch die grenzenlose, nächtliche Savanne mit ihren unbekannten, hundertfachen Lauten, das Rascheln im Gras, das Hyänengeheul, das Quäken und Pfeifen, Wispern und Raunen... die Sinfonie der Steppe.

»Sie haben in anderer Richtung recht«, sagte sie und hielt die Hand vor den Mund. »Ich bin verteufelt müde. Man merkt doch, daß man in Europa verweichlicht. Der erste Tag einer Safari, und schon gähnt man sich auseinander. Gute Nacht, Mister Malanga.«

»Gute Nacht, Miß Sander.«

Sie gaben sich die Hand. Dann kroch Corinna in das Zelt, schlüpfte in den Nylonschlafsack und zog den Reißverschluß zu. Erstaunt sah sie, daß kein zweiter Schlafsack im Zelt lag.

»Wo schlafen Sie denn?« rief sie hinaus.

»Im Wagen.« Die Stimme Malangas war nahe am Zelteingang. »Es ist besser so. Wir liegen hier mitten in einem Leopardengebiet. Haben Sie keine Angst. Ich bleibe auf.«

Noch ein paar Minuten lauschte Corinna auf die Geräusche der Tropennacht, dann fielen ihr die Augen zu. Ein wohliges Gefühl überkam sie, sie streckte sich im Schlafsack und begann zu träumen.

Die Farm... der Vater, wie er die Kaffeesäcke auf der Waage nachwiegt. Bruder Robert, der mit einer Baumwolladung aus den Feldern kommt. In der Ferne die rhythmisch singenden Pflücker mit ihrem schrillen Vorsänger.

Wie schön ist dieses Land!

Mitten in der Nacht schlug Malanga den Zelteingang zurück und blickte auf die schlafende Corinna. Der Mond schien über die Savanne, es war stiller geworden, nun schliefen auch die aufgeschreckten Tiere.

Er hockte sich zu Füßen des Schlafsackes auf die Erde, nach Negerart mit angezogenen Knien, und saß da wie ein Sklave, der den Schlaf seiner Herrin bewacht.

Ich liebe sie, dachte Malanga. O Gott, wie liebe ich sie. Schon als ich sie an der Balustrade des »Apolo« sah, wußte ich, daß ich nie mehr von ihr loskommen würde. Dieses goldene Haar; diese Haut, weiß und zart wie Porzellan; dieser junge, herrliche Körper mit den festen Brüsten, der schlanken Taille und den langen Beinen. Ihr Lachen, ihre Stimme, ihr Gang, ihre Handbewegungen, der glänzende Blick ihrer tiefblauen Augen... ich sauge alles in mir auf wie ein Gift. Ja, so ist es. Ich vergifte mich an ihr. Es ist wie beim Opium; man weiß, daß man an ihm zugrunde gehen wird, aber man raucht es weiter, um die Illusionen immer wieder zu genießen, um sich eine Welt vorzugaukeln, die nur aus Rauch besteht, aus Phantasie, aus... aus Gift! Genauso ist sie... ich liebe sie, ich ließe mir für sie das Herz aus der Brust reißen... und ich weiß, daß ich sie nie berühren darf, daß meine Hände schwarz sind, mein Gesicht, mein Körper, alles an mir. Nur das Blut ist rot wie ihres... aber das ist nicht genug, um sie zu lieben.

Er beugte sich langsam, ganz vorsichtig über Corinnas Kopf und streichelte ihr blondes Haar, zog mit den Fingerspitzen die Konturen ihres Gesichtes nach... die Augen, die Wimpern, die Nase, die Ohren, das Kinn, zuletzt die Lippen, und als er diese berührt hatte, drückte er die Fingerspitzen an seine Lippen und atmete tief auf, senkte den Kopf und schüttelte ihn.

Es wird nie sein, nie!

Leise kroch er aus dem Zelt. Draußen dehnte er sich und sah über die schlafende Savanne.

Mein Land, dachte er. Mein herrliches Land. Hier bin ich ein König. Warum hat Gott den Menschen verschiedene Farben gegeben. Warum, du Gott?! In der Bibel steht: Du schufst den Menschen nach deinem Ebenbild! – Warst du ein Weißer, Gott? Hast du den schwarzen Mann geschaffen als eine Laune, zum Narren für den weißen Mann? Was hast du dir dabei gedacht, o Gott? Einmal haderte Hiob mit dir und klagte dich an, ein schlechter Gott zu sein, ein ungerechter, ein blinder, ein böser Gott. Jetzt klage ich dich an, Gott. Ich, Julius Malanga, ein Bantu aus Toro. Ich frage dich, mein Gott: Warum hast du uns Schwarze geschaffen?!

Malanga senkte den Kopf. In der Nähe des Lagers raschelte es laut. Mit lautlosen Schritten rannte Malanga zum Wagen und nahm die Büchse vom Sitz, wo sie schußbereit gelegen hatte. Dann lehnte er sich an die hinteren Kotflügel, drückte mit dem Daumen den Sicherungsflügel herum und wartete darauf, was aus dem hohen Gras in den Lichtschein kommen würde.

Es dauerte lange Minuten, bis ein Schatten zwischen den Baobabs auftauchte, ein schlanker, gleitender, katzenhafter Schatten, der sichernd in der fahlen Dunkelheit blieb, jenseits von Lampe und Mondschein.

Malanga rührte sich nicht. Jetzt war er Wild wie das Wild um sich herum, lauernde Natur, sich wehrende Kreatur.

Der Schatten stand bewegungslos. Nur ein feines Geräusch flog von ihm her zu Malanga. Ein leises Peitschen, ein Schaben.

Er schlägt mit dem Schwanz, dachte Malanga. Er sieht mich, er riecht mich, und er weiß nicht, wer und was ich bin. Komm, Chui, komm... tritt aus dem Schatten, greif an, zeige deine gefleckte Schönheit. Sei nicht ängstlich, in der Steppe hat man Mut... komm, Chui...

Malangas Kopf schob sich an den Kolben des Gewehres. Der Leopard, auf kisuaheli Chui, duckte sich etwas. Der Schatten wurde kleiner, dünner. Malanga krümmte den Finger bis zum Druckpunkt. Er zielte nicht auf den Schatten, er visierte einen imaginären Punkt drei Meter weiter zu sich an. Hier mußte der Leopard nach seinem ersten Sprung landen, und hier würde ihn die Kugel treffen.

Malanga wartete. Er atmete kaum. Hast du Angst, Chui? dachte er. Du darfst sie haben. Ich hatte sie auch, als ich von Europa zurückkam nach Kampala, als ich den Boden meiner

Heimat wieder fühlte und nicht wußte: Bist du noch ein Sohn dieses Volkes, oder bist du ein europäisierter Laffe, ein vornehmer Herr Doktor der Medizin, der seine Examina mit sehr gut bestanden hat? Kannst du überhaupt noch Luganda sprechen wie deine Brüder in der Savanne? Kannst du noch zu Fuß zehn Tage durch die Steppe rennen, um eine Nachricht zu überbringen, wie du es mit vierzehn Jahren getan hast? Gehörst du noch zu diesem Land? Und dann, als ich die Trommeln hörte, als ich verstand, was sie meldeten, als ich Mutete umarmte, der heimlich nach Kampala gekommen war, um mich zu begrüßen und zu sagen, daß Kirugu mich erwartet, der große König der Bwamba, da war es wie früher und ich hätte mich auf die Erde werfen können, um sie zu küssen.

Der Leopard erhob sich wieder und gab seine Sprungstellung auf. Mit drei langen Sätzen verschwand er im hohen Gras und in der schützenden Dunkelheit.

»Feigling!« sagte Malanga laut. »Selbst die Leoparden sind nicht mehr wie früher.«

Als der Morgen mit einer gelbroten Sonne über der Savanne schwebte, kroch Corinna aus dem Zelt.

Malanga saß im Wagen, eine Decke um die Schulter, das Gewehr zwischen den Knien und schlief. Sein Kopf lag zurückgelehnt an den Polstern.

Corinna schlich zum Gaskocher, zündete die Flamme an und setzte den Wasserkessel wieder auf. Als der Tee aufgebrüht war, nahm sie einen Becher voll und hielt ihn dem schlafenden Malanga unter die Nase.

»Good morning, Sir!« rief sie. »Es ist gedeckt.«

Malanga schrak hoch und riß das Gewehr an sich. Als er Corinna sah, ihre in der Sonne glänzenden Haare, ihre schelmischen Augen, ihre lachenden Lippen, ließ er das Gewehr fallen und breitete die Arme aus.

»Wie schön ist das Leben!« rief er. »Ich liebe das Leben!«

Corinna ging zurück zum Klapptisch. Brot und Butter holte sie aus der Tropenkiste und einen großen Topf Marmelade. »Es war eine wundervoll stille Nacht, nicht wahr?« sagte sie dabei. »Oder gab es etwas Besonderes, Mister Malanga?«

»Nein. Nichts Besonderes. Es war eine ganz normale Nacht...«

Er setzte sich Corinna gegenüber auf seinen Klappstuhl, ließ sich eine Scheibe Brot schmieren und trank seinen Tee. Und er wünschte sich dabei, nie das Ziel der Fahrt – Kitumba – zu erreichen.

In der gleichen Nacht fuhr Hendrik Thorwaldsen durch die Steppe. Nachdem er den kriegerischen Stamm gesehen hatte, war er nordwärts gefahren und hatte dann einen weiten Bogen geschlagen. Nun war er schon sieben Tage unterwegs in einem Gebiet, das er nicht kannte. Es war Feuchtsavanne wie die anderen Gegenden, aber viel wasserreicher. Immer wieder mußte er mit seinem Wagen Bäche und kleine Flüsse überqueren, Sumpfgebieten ausweichen und an Flußläufen entlangfahren, bis er eine Stelle fand, die flach genug war, um überzusetzen. Einmal saß er sogar fest im Morast und schlug einen Tag lang Bäume, um einen Knüppeldamm zu bauen, über den er das schwabbelnde Gelände befahren konnte. Nachts umschwirrten Millionen Moskitos seinen durch ein Netz geschützten Schlafsack. Am Tag begegnete er Flußpferden und Defassa-Wasserböcken, Warzenschweinen und Oribis.

»Das ist alles ein ganz großer Scheißdreck!« fluchte er laut und kletterte auf hohe Bäume, um irgendwo Rauch zu suchen. Wo Rauch in den Himmel stieg, waren auch Menschen. Aber alles, was er sah, waren nachts in der Ferne große Feuerscheine, und sie waren ihm unheimlich und gefahrvoll. Dreimal hörte er von ganz fern Geknatter. Verblüfft hielt er an und lauschte angestrengt. Maschinengewehre, dachte er. Verdammt noch mal, das sind tatsächlich Maschinengewehre. Da drüben ist etwas im Gange, dem man am besten ausweicht.

Der Kriegerzug in der Nacht... nun MG-Feuer... die Feuer am nächtlichen Himmel... Hendrik Thorwaldsen biß die Zähne zusammen und setzte seinen Weg im großen Bogen nach Süden fort.

Am siebenten Tag erreichte er einen großen Wasserlauf. Breit wälzte sich der Fluß nach Westen. An den Ufern wogten Urwälder, auf Sandbänken sonnten sich Herden von Krokodilen.

Thorwaldsen nahm seine Karte aus der Ledertasche und nickte zufrieden. Das muß der Muzizi sein, dachte er. Er fließt in den Albert-See. Demnach stimmt die Richtung. Nun immer den Fluß entlang, dann erreichst du die Straße nach Fort Portal und

Hoima. In der Nähe von Muhororo wirst du aus der Einsamkeit herauskommen. Dann kannst du weiterfahren nach Kitumba.

Hendrik Thorwaldsen gönnte sich einen Ruhetag, schlief wie ein Bär und setzte sich am nächsten Tag frohgelaunt hinter sein Steuer.

Dem unerbittlichen Gesetz des Schicksals folgend, mußte er irgendwo mit Corinna Sander und Julius Malanga zusammentreffen, es gab gar keine andere Möglichkeit. Noch trennten sie fast 140 Kilometer Savanne... aber was sind 140 Kilometer für das Schicksal?

Hendrik Thorwaldsen hoppelte den Flußlauf hinunter. Oft mußte er weite Strecken undurchdringlichen Geländes umgehen, fuhr weite Bogen und manchmal sogar entgegengesetzte Richtungen, um dann später doch wieder in die Nähe des Muzizi zu kommen.

Wie er auch fuhr... er kam Corinna Sander immer näher.

Und mit ihm reiste die Tragödie von drei Menschen.

Aber das wußte noch niemand.

Fünf Tage brauchten Malanga und Corinna, um durch den Busch in die Nähe von Kitumba zu kommen.

Eingeborenendörfer umgingen sie, sahen sie nur von weitem liegen. Dann kamen sie in eine Gegend, wo es nach Brand roch. Malangas Gesicht wurde steinern. An der Piste, einem typischen Negerpfad, fanden sie Spuren von Wagenrädern. Dann sahen sie ein Dorf: Es qualmte noch aus den verbrannten, eingerissenen Hütten; die schützenden Dornenhecken waren niedergewalzt, in der Luft lag ein süßlicher, widerlicher Geruch. Corinna kannte ihn aus der Anatomie. Entsetzt faßte sie Malanga an die Schulter.

»Hier sind Tote!« keuchte sie. »In den Hütten sind noch Tote! Riechen Sie es nicht? Himmel noch mal, was ist denn hier passiert?«

Malanga hielt nicht an, er gab Gas und durchraste das verbrannte Dorf. »Die Seuche!« schrie er durch den Motorlärm. »Man hat Ihnen doch gesagt, daß hier alles gesperrt ist wegen der Seuchen. Das beste Mittel gegen die Verbreitung ist Feuer! Nun sind wir mitten im Sperrgebiet.«

»Aber das ist doch Lüge!« schrie Corinna zurück. Ihr blondes

Haar wehte im Zugwind, sie hielt es mit beiden Händen fest und brüllte Malanga ins Ohr. »Man hat mir etwas von Steppenbrand gesagt! Nichts hat hier gebrannt... nur die Dörfer... Halten Sie an! Ich will wissen, was hier los ist!«

Malanga ignorierte die Bitte Corinnas. Er beugte sich über das Steuer wie ein Rennfahrer und raste die Piste hinunter. Corinna hatte Mühe, sich festzuhalten, wenn der Wagen über Schlaglöcher schleuderte oder über Steine hüpfte.

Sie kamen noch durch viele Dörfer, und alle sahen so aus wie das erste Dorf: zerstört, eingerissen, verbrannt, umweht vom süßlichen Leichengeruch. Große Schwärme von Geiern umkreisten die Dörfer.

In der Nacht – Corinna schlief erschöpft, als sei sie betäubt – hörte auch Malanga von weitem das Knattern von Maschinengewehren. Er preßte die Fäuste gegen die Brust und stöhnte leise auf. Unruhig rannte er in dem kleinen Camp hin und her wie ein gefangener Löwe, der die Savanne riecht und sie nie mehr durchstreifen wird.

Am sechsten Tag, nachdem sie frühmorgens eine am Horizont sichtbare Militärkolonne hatten vorüberziehen lassen im Schutze des hohen Elefantengrases und einiger Euphorbien, erreichten sie das gewellte Land, das Corinna sofort erkannte.

»Unser Land!« rief sie und breitete die Arme aus. »Das ist unser Land, Mister Malanga! Sehen Sie dort den Hügel? Dort steht ein Lagerhaus für Baumwolle, auf der anderen Seite. Hinter diesem Hügel beginnen die Plantagen. Noch zwei Kilometer nördlich, und wir sind an der Senke, in der unsere Farm steht. O Gott, alles ist unversehrt! Nichts ist verbrannt. Es ist alles in Ordnung! Wie soll ich Ihnen bloß danken?«

Malanga schwieg. Sein schwarzer, schöner Kopf war wie aus Stein gemeißelt. Er fuhr nun langsamer, als habe er Angst, an den Rand der Senke zu kommen, wo die Farm der Sanders lag.

Nach zehn Minuten kamen sie auf den Weg, den schon Großvater Sander aus der Savanne gehobelt hatte. Damals hatten vierhundert Bantus die Straße gebaut; sie war eine Verbindung zu der Piste, die nach Kitumba führte. Eine schöne, breite, feste Allwetterstraße, schnurgerade zu dem Kessel, in dem, geschützt vor allen Winden und Unwettern, die Farm lag. Ein Goldstück in der Steppe.

Malanga fuhr fast im Schritt, als die Straße sich etwas anhob und dann über den Grabenrand hinunter verschwand. Plötzlich hielt er an und stieg aus. Corinna sprang hinterher. Sie zitterte vor Freude über das gleich stattfindende Wiedersehen.

Was werden sie staunen, dachte sie. Plötzlich stehe ich auf dem Hügel und jodle. Diesen Rufe kennen sie. Sie werden es nicht glauben... aber ich bin da! Corinna ist da! Und Mama wird sicherlich weinen; das hat sie nicht verlernt trotz fünfzig Jahren Siedlerdaseins.

»Warum halten wir?« rief sie und wollte die Straße weiter hinauflaufen. Malanga hielt sie am Arm fest.

»Ich muß Ihnen etwas sagen.« Seine Stimme hatte allen Wohlklang verloren.

»Nicht jetzt! Nachher! Unten im Haus! Wir sind da. Wir sind endlich da! Und alles ist wie früher.«

Malanga senkte den Kopf. »Kommen Sie«, sagte er heiser. »Ich begleite Sie.«

Sie gingen die paar Meter bis zum Rand des Kessels und standen dann oben. Vor ihnen lag ein weites, kraterähnliches Tal, grün, fruchtbar, ein Park mit gepflegten Bäumen, mit Gärten und Wiesen, ein Tal, wie es auch in Bayern sein konnte oder im Schwarzwald oder irgendwo am Rhein.

In diesen Gärten lag die Farm der Sanders.

Das langgestreckte Bungalow-Herrenhaus.

Die Scheunen und Werkstätten.

Die Ställe und Vorratshäuser.

Der Getreidesilo.

Vier lange, strohgedeckte Häuser für die farbigen Vorarbeiter.

Ein Paradies...

Ein schreckliches Paradies.

Corinna starrte hinunter und hatte den stützenden Arm Malangas umklammert. Ihre Fingernägel gruben sich in sein Fleisch.

Wo alles das, was die Sanders-Farm darstellte, sein sollte, ragte jetzt ein Gewirr verbrannter und zerfetzter Balken und Hausteile in den Himmel. Der Silo war umgestürzt und gesprengt, das Herrenhaus eine flache, verkohlte Ruine, die Scheunen, Ställe, Schuppen nur noch aufgerissene Ruinen, über denen der Brandgeruch lag, als sei er in die verkohlten Balken gefressen.

»Unsere Farm...«, stammelte Corinna. »Unsere Farm... Vater... Mama... Nein! Nein! Nein!«

Sie riß sich los von Malanga, warf die Arme gegen den Himmel und rannte schreiend den Weg hinunter zu den stinkenden Trümmern.

Sie hatten die Gräber zugeschaufelt, die Erde festgetreten und dann mehrere Schichten dicker Steine, die Malanga in der Senke zusammensuchte, darübergelegt, damit die Hyänen die Toten nicht wieder aus dem Boden kratzten. Nun standen sie stumm, mit gefalteten Händen, vor den beiden Hügeln und beteten. Corinna hatte den Kopf tief gesenkt, Malanga sah sie aus den Augenwinkeln an. Sie weinte nicht. Ihr Gesicht war unbewegt, nur die Lippen zitterten leicht. Sie sprachen das unhörbare Gebet.

Die vergangenen Stunden waren schrecklich gewesen.

Wie eine Wahnsinnige war Corinna durch die Brandtrümmer gerannt. Ihre sich überschlagende Stimme gellte durch die Totenstille. »Vater!« hatte sie geschrien. »Mama! Gisela... Robert...« Immer und immer wieder. Sie hatte sich in die verkohlte Ruine des Bungalows gestürzt, ehe Malanga sie daran hindern konnte. Er war ihr langsam gefolgt, mit hängenden Armen, und sein Herz blutete, als er Corinna so schreien hörte. Aber helfen konnte er nicht mehr. Was bedeuten hier noch Worte? Wie kann es hier Trost geben? Vor allem: Was sollte man sagen, wenn man so etwas erwartet hatte? Wenn man wußte, wer die Mörder waren? Wenn man ihre Namen nennen konnte?

Malanga setzte sich auf einen zerborstenen Flachwagen und starrte über die sinnlose Zerstörung. Zum erstenmal verstand er seine Landsleute nicht mehr. Das war nicht nötig, sagte er sich. Man kann ein großes Ziel auch ohne Morden erreichen. Aber wer kann es ihnen so sagen, daß sie es auch glauben? Wer kann einem Menschen, der nur den Busch kennt, der an Geister der Verstorbenen glaubt und an Stimmen, die aus der Erde dringen, an Götter, die in der Sonne regieren und an Dämonen, die im Wasser sitzen – wer kann es ihm erklären, daß das Leben nicht nur aus Geburt und Tod besteht und dazwischen nicht nur der mitleidlose Kampf um das nackte Dasein ist?

Das war Nabu Budumba, der Medizinmann. Aus dem Götterschatz vergangener Jahrhunderte hatte er ein neues Regiment über den Stamm aufgebaut. Er verschwieg, daß er in Nairobi drei Jahre als Taxifahrer gearbeitet hatte und nebenbei einen Kursus für Amateurzauberei besucht hatte. Er konnte Geldmünzen aus den Nasen ziehen, Wasser in eine Zeitung gießen und verschwinden lassen. Ein Kaninchen aus seinem Zylinder zaubern und eine Taube köpfen, den Kopf dann mit der Taube zusammen in ein Tuch wickeln, das Tuch hochwerfen – und die Taube fliegt unversehrt mit Kopf davon. Das alles hatte er in Nairobi gelernt, und er war ein fleißiger Schüler gewesen, der nach drei Jahren alle Tricks beherrschte und seinen Taxikollegen vorzauberte.

Als er zurückkam zu seinem Bantu-Stamm in der Savanne und zum erstenmal den Tauben-Trick vorführte, lag der ganze Stamm auf dem Boden, mit dem Gesicht zur Erde und bat die Götter um Gnade. Da erst erkannte Budumba seine Macht, und er wußte sie auszunutzen.

Malanga atmete tief auf. Corinna hatte aufgeschrien. Hell, herzzerreißend klang ihre Stimme aus dem verbrannten Haus. Malanga erhob sich und ging über den einstmals gepflegten Plattenweg zur Veranda. Jetzt war er übersät mit verkohlten Balken und zusammengeschlagenem, mutwillig zerstörtem Mobiliar. Drei Betten lagen auf dem Weg, die Matratzen aufgerissen, vielfach zerschlitzt von breiten Buschmessern. Es sah aus, als habe man die Kapokfüllungen herausgerissen wie Gedärme. Ein Blutrausch ohne Hemmungen mußte hier gewesen sein. Malanga blieb vor dem verbrannten Haus stehen. Die Stimme Corinnas war schrill und unnatürlich.

»Malanga!« schrie sie. »Malanga! Helfen Sie mir doch! Malanga...«

Warum hat Kirugu das getan, dachte Malanga, während er zögernd in die nach Brand und süßlicher Verwesung stinkenden Ruinen trat. Kwame Kirugu, der Bruder seines Vaters, der ehrgeizige König der Bwamba-Bantus in Toro. Malanga hatte noch das Telegramm im Gedächtnis, das er in London von ihm bekommen hatte.

»Kehre zurück zu uns. Wir brauchen dich. Du hast genug gelernt, um dein Volk zu führen. Kehre zurück.«

Julius Malanga hatte gehorcht. Er war zurückgekommen aus dem kalten Europa, aus der Welt der Weißen, die er zwar bewundert, aber nie verstanden hatte. Aber sein Volk? War das noch sein Volk, das mordete und brandschatzte, das die Arbeit von drei Generationen zerstörte, auch wenn es die Arbeit der Weißen war?

Was konnten ihnen die Trümmer geben, die zerstörten Plantagen, die verdorrenden Felder, die auseinandergetriebenen Viehherden? Welche Dummheit in diesen Taten! Toro war ein reiches Land, aber es war reich geworden durch sinnvolle Arbeit, nicht durch Zerstörung. Man durfte die Weißen hassen, die selbstgefälligen kleinen Götter, die auf die dunkle Hautfarbe herabschauten mit verächtlicheren Blicken als auf einen räudigen Hund, man durfte sie verfluchen... aber nur tief drinnen im Herzen. Der farbige Mensch wurde frei, das war die Tendenz der Zeit, aber so sehr er um seine Freiheit jubelte – er konnte nicht ein Jahrhundert überspringen und die Entwicklung mit der neuen Fahne des eigenen Landes in sich aufsaugen. Dazu fehlte es an ausgebildeten Fachkräften, an der Auslese unter der Intelligenz, an der Umstellung kindlicher Neugier und nachäffender Handlung zu eigenem produktivem Denken. Woher sollte man die Männer nehmen, die mit der gleichen Routine einen Staat leiten konnten wie die Weißen? Woher sollten plötzlich die Ärzte kommen, die Techniker, die Fachleute? Die Geburt eines afrikanischen Volkes muß wie das Wachstum eines Baumes sein, stetig, sich festigend, reifend, bis der Stamm so stark geworden ist, daß ihn kein Sturm mehr umwirft. Afrikas Freiheit aber war wie der Ausbruch eines Vulkans, und Vulkane zerstören nur. Noch nie schufen sie aus ihrem Feuer etwas Segensreiches.

Es ist Budumba, dachte Malanga, als er in das Haus kam. Nur Budumba mit seinen Zaubereien kann mein Volk zu willenlosen, hirnlosen Sklaven machen. Und Kwame Kirugu, der Onkel, sieht ihm zu und schweigt. Er braucht den Trommler des Hasses für seine großen Ziele.

O Gott, wird man ihnen diesen Irrsinn jemals wieder austreiben können? Wird man ihnen klarmachen können, daß sie sich auf diese Weise selbst vernichten? Sie ziehen durch das Land mit ein paar Gewehren, selbstgeschnitzten Speeren und den breiten Buschmessern, und um sie herum wartet eine perfekt technisierte Welt darauf, sie zwischen den Maschinen der Vernichtung zu zerquetschen. Mahlsteine der Macht, in denen ein Volk zerkleinert werden kann wie ein Haufen unnützes Papier.

Malanga kam in einen Raum, der früher einmal das Arbeitszimmer von Gerald Sander gewesen war. Die Decke war eingestürzt, die Wände rußgeschwärzt, der Fußboden aus dicken Bohlen war zerhackt und herausgerissen. Hier mußte der letzte Kampf stattgefunden haben. Vor den Fenstern standen noch Schränke, an der Tür, jetzt zur Seite geschleudert und ebenfalls zerhackt, lag der breite, schwere Schreibtisch Sanders. In diesem Zimmer hatten sie sich verschanzt, bis die Flammen sie heraustrieben.

Corinna kniete hinter einem Trümmerberg und weinte. Malanga blieb in der Tür stehen. Neben Corinna sah er vier Beine... ein Paar in blutbefleckten Hosen, das andere Paar weiß, unbekleidet. Frauenbeine.

»Vater...«, stammelte sie, als sie Malanga sah. »Und Mutter... Man hat sie... hat sie... zerhackt...«

Malanga schwieg. Er bückte sich, faßte Corinna unter die Achseln und zog sie vom Boden hoch. Er umarmte sie und drückte sie an sich und empfand ihren Schmerz mit.

»Kommen Sie«, sagte er und zog Corinna von den furchtbar aussehenden Leichen weg. Die Zerstörung der Farm mußte schon vor drei Wochen geschehen sein. Die Körper von Gerald und Erna Sander waren bereits stark verwest. Termiten, Käfer und Raupen wimmelten um die zerfließenden Körper, ein Anblick, der selbst Malanga Übelkeit in die Kehle trieb.

»Warum hat man das getan?« stammelte Corinna immer wieder. »Warum? Vater war überall beliebt, die Bantus waren seine Freunde, die Landarbeiter nannten ihn Papa! Er hat nie einen Arbeiter geschlagen, er hat die besten Löhne bezahlt. Sogar ein Hospital hat er für sie eingerichtet... Und nun ist alles verbrannt, zerstört, getötet... Warum?«

Malanga schwieg. Es war die Frage, die er sich selbst auch gestellt hatte und die er nur beantworten konnte mit: »Wir müssen Nabu Budumba fragen...« Was sollte Corinna mit einer solchen Antwort anfangen?

Er zog sie aus dem Bungalow und überblickte das große Feld der Verwüstung. Kein Gebäude stand mehr, selbst die Unterkünfte der Landarbeiter hatte man verbrannt. Von den Arbeitern war niemand mehr hier; entweder waren sie geflüchtet oder mit den Bwambas mitgezogen – oder sie lagen, zerhackt wie ihre weißen Herren, zwischen den Ruinen ihrer Häuser. Malanga schauderte es, zu den anderen Gebäuden zu gehen.

Wie sehr ich doch schon ein Europäer geworden bin, dachte er. Die Grausamkeit, eine der Urgewalten Afrikas, erschüttert mich. Ich werde als ein Fremder zu meinem Stamm zurückkommen; was vorher nur eine Ahnung war, ist jetzt Gewißheit: Ich komme aus einer anderen Welt, und sie ist besser als meine alte Welt.

»Wir müssen Gisela und Robert suchen«, sagte Corinna und machte sich aus Malangas stützenden Armen los.

»Wer sind Gisela und Robert?«

»Meine Geschwister. Sie müssen auch hier irgendwo liegen... O mein Gott, ich kann es nicht begreifen...«

Drei Stunden suchten sie in den Trümmern, schoben verkohlte Balken zur Seite, wühlten sich durch Geröllhaufen und zerschlagene Möbel. Sie fanden die beiden deutschen Schäferhunde Tobi und Rex; man hatte ihnen die Kehlen durchgeschnitten. In den verbrannten Resten der Arbeiterbaracken lagen neun Leichen. Es waren die Vorarbeiter, die zu Sander gehalten und sich mit Gewehren verteidigt hatten. Als ihre Häuser brannten, hatten sie den Widerstand aufgegeben. Vor den Türen wurden sie hingerichtet; neunzehn Speerstiche zählte Malanga allein in einem Körper. Dann waren die Trümmer der zusammenstürzenden Häuser über die Toten geprasselt.

»Nichts!« sagte Malanga, als sie müde und verdreckt, mit Ruß beschmiert und mit zerfetzten Kleidern auf einem Steinhaufen saßen und sich ausruhten. »Ihre Geschwister sind nicht mehr hier, Miß Sander.«

»Aber sie müssen hier sein!« Sie sprang auf. »Wir wollen weitersuchen.«

»Ich befürchte«, sagte er mit dunkler Stimme, »man hat sie lebend mitgenommen. Als Geiseln.«

»Um Gottes willen!« Corinna schlug beide Hände vor die Augen. »Was wird man mit ihnen machen?«

»Nichts. Man wird sie pflegen. Nur wenn es für den Stamm kritisch wird, wird man sie wie ein Schutzschild vor sich herschieben. Sie werden eine Handelsware werden: Geiseln gegen Straffreiheit. Gelingt der Handel nicht, wird man sie ebenfalls töten.«

»Ihr Land ist ein fürchterliches Land!« sagte Corinna schwer atmend. »Ich hasse es! Ich hasse es!«

»Es ist auch Ihre Heimat, Miß Sander. Sie wurden hier geboren. Sie sind eine Afrikanerin.«

»Nein! Nie!« Corinna sprang auf. Mit einer wilden Bewegung schleuderte sie beide Arme durch die Luft. »Ich könnte dieses Land vernichten ohne einen Funken Reue.«

»Also auch mich?«

»Sie können nichts dafür.«

»Aber ich bin ein Neger.«

»Sie sind Arzt, Malanga. Sie haben in Europa studiert. Sie gehören nicht zu dieser Klasse Wilden, die noch immer mordet, für die der Mensch nichts wert ist. Sie haben gelernt, was Humanität ist...«

Malanga sah schweigend über die Trümmerwüste. Er spürte, wie recht Corinna hatte, und er wehrte sich dagegen. Zugegeben: Er hatte Latein gelernt, er hatte in sechs Jahren begriffen, welche Möglichkeiten es gab, Krankheiten zu besiegen. Er hatte operiert und geheilt, Gliedmaßen amputiert, Bäuche aufgeschnitten, auf lebende, bloßgelegte Herzen geblickt, Nieren herausgenommen und krebsige Brüste weggeschnitten. Er hatte gelernt, zu helfen, den Menschen zu retten vor den unzähligen Gefahren der Krankheiten, und es hatte ihm Spaß gemacht, hatte ihn mit Stolz erfüllt, als Sohn der Bwamba-Bantus nun ein großer mganga (Arzt) zu sein. Er hatte Liberalismus und Pazifismus kennengelernt, er hatte in der Masse seiner Kommilitonen gegen den Krieg mitdemonstriert, gegen die Atombombe, gegen die Aufrüstung; vor ein paar Wochen noch, als Stationsarzt in London. Er hatte es aus voller Überzeugung getan, aus dem heiligen Wunsch nach Frieden auf der Welt... und nun saß er inmitten von Brand und Leichen, und es war sein Stamm gewesen, der diese sinnlose Vernichtung über das Land trug.

»Es sind so viele Fragen, Miß Sander«, sagte er ausweichend. »Wir wollen zuerst die Toten begraben.«

Ein paar Stunden waren sie dann beschäftigt, die Gräber auszuheben, Steine zu sammeln und die Leichen von Gerald und Erna Sander in ein paar alte Kaffeesäcke zu schieben, die man unter den Trümmern des Lagerhauses fand. Malanga übernahm diese letzte Arbeit allein. Mit starrem Gesicht zog er die Säcke über die stinkenden, glitschigen, verwesten Körper von

Corinnas Eltern und legte sie dann auf ein Brett, das er an einem Tau hinter sich herzog bis zu den Gräbern, wo Corinna wartete. Sie hatte sich auf den Spatenstiel gestützt und sah mit leeren Augen über die Verwüstung. Alle Trauer war aus ihrem Gesicht gewichen. Sie sah älter, entschlossener und in ihrem Willen zur Rache noch hübscher aus als zuvor.

Wortlos griff sie zu, als Malanga mit seinem Brett an den Gräbern stand; gemeinsam schoben sie die Säcke in die Grube und schaufelten sie dann zu.

»Ich werde ein großes Kreuz zimmern«, sagte Malanga leise, als Corinna die Hände faltete. »Ein Kreuz aus den verkohlten Balken. Es soll ein Mahnmal werden.«

»Gegen wen? Ich brauche kein Denkmal. Was ich heute gesehen habe, ist in mir eingebrannt.« Corinna wandte sich ab, warf den Spaten weg und begann, mit ihren Stiefeln den Boden über der Grube glattzustampfen.

»Soll ich Sie wieder zurückbringen nach Kampala?« fragte Malanga. Er schichtete die Steine auf das Grab Gerald Sanders.

»Zurück? Nein! Ich bleibe.«

Malanga ließ die Steine, die er gerade in den Händen hielt, fallen.

»Was wollen Sie?«

»Hierbleiben! Ich baue die Farm wieder auf. Ich werde mir Freunde herüberholen, das Land aufteilen und ein Dorf gründen! Ein weißes Dorf mitten im schwarzen Afrika! Jetzt gerade, Malanga! Man wollte uns vernichten... das Gegenteil wird der Fall sein: Hier wird neues Leben entstehen. Ich werde Siedler aus Deutschland kommen lassen, ich werde ihnen das Land schenken. Und wenn ganz Toro aus schwarzen Teufeln bestehen sollte – hier bei Kitumba wird das Dorf ›Neu-Sander‹ entstehen. Ich wollte in dieses Land zurückkommen als Ärztin. Ich wollte helfen, die Seuchen zu besiegen, die Kindersterblichkeit aufzuhalten, die Bantu-Dörfer zu hygienisieren. Jetzt wird alles anders sein. Ich werde kämpfen.«

»Sie allein?«

»Ich werde viele Freunde haben.«

»Man wird Sie zerhacken wie Ihre Eltern.«

»Glauben Sie?« Corinnas Kopf flog herum. Ihre Augen blitzten. Malanga hob erschrocken die Schulter. So viel Haß hatte er noch nie in einem Augenpaar gesehen. »Ich werde jeden Neger, der sich der Grenze von ›Neu-Sander‹ nähert, ohne Anruf erschießen lassen. Rund um das Dorf herum werde ich große Schilder aufstellen und nachts bescheinen lassen: Off limits for Blacks!«

»Sie sind wahnsinnig, Miß Sander«, sagte Malanga tonlos. »Ihr Haß übersteigt alle Maße.«

»Und das hier? Übersteigt das nicht auch alle Maße?« Sie machte wieder eine weite, alles umfassende Armbewegung. »Wer das gesehen hat, lernt verachten und rächen!«

»Ich habe in der Missionsschule und auch später immer wieder gelernt: Liebet eure Feinde. Das ist ein schwerer Satz, ich weiß. Es ist vielleicht der schwerste Satz im ganzen Christentum. Aber je mehr man in ihn eindringt, um so mehr bekommt er Sinn. Man sollte seine Feinde erst einmal verstehen lernen...«

»Verstehen?« Corinna bückte sich und wälzte die schweren Steine über das Grab ihrer Eltern. »Hier gibt es kein Verstehen mehr. Oder können Sie mir sagen, Malanga, warum man Vater und Mutter hinmordete und meine Geschwister wegschleppte? Ohne Grund, mitten aus einem Schaffen heraus, das nur Frieden und Wohlstand im Sinn hatte? Können Sie mir das erklären?«

Malanga schwieg. Ich werde Budumba danach fragen, dachte er. Und ich werde ihn, wenn er mit seinem Zauber anfängt, umbringen. Ich werden ihn töten wie eine heulende Hyäne. Zehn Jahre war ich in Europa, und ich bin zurückgekommen, den Geist der neuen Welt zu bringen, nicht aber, mich der Dummheit zu beugen, die seit Jahrhunderten die Krankheit Afrikas bedeutet.

Als die Nacht hereinfiel, so, als zöge man einen dunklen Vorhang über den Himmel, baute Malanga sein Zelt auf und befahl Corinna zu schlafen.

»Ich kann nicht!« wehrte sie sich. »Wie kann ich jetzt ein Auge zumachen? Meine ganzen Nerven zittern.«

»Ich werde Ihnen eine Beruhigungsinjektion geben.« Malanga klappte seinen Arztkoffer auf, holte eine Spritze und eine Schachtel mit Ampullen heraus, zog drei Kubikzentimeter einer hellen Flüssigkeit auf und kam mit der fertigen Spritze zu Corinna. Sie saß auf dem Schlafsack und sah über die bizarren Trümmer der Farm. Wie viele, klagend zum Himmel gestreckte Finger wirkten die Balken gegen den fahlen Nachthimmel.

»Bitte Ihren rechten Arm, Miß Sander«, sagte er.

»Was ist das?«

»Eine Kombination von Kreislaufstütze und einem Sedativ. Eine Weiterentwicklung von Sedormid.« Er nahm Corinnas Arm und stieß schneller, als sie antworten konnte, die Nadel in den Muskel. Corinnas Ruf: »Es ist nicht nötig!« kam erst, als er die Nadel schon wieder herausgezogen hatte.

»Sie haben eine Blitztechnik im Spritzen«, sagte sie und rieb die Einstichstelle. »Wer weiß, was Sie mir injiziert haben.«

»Mißtrauen Sie mir jetzt auch?« Malanga packte die Spritze wieder in seine Tasche.

»Nein. Ihnen nicht. Sie sind ein wahrer Freund.« Corinna beugte sich vor und gab Malanga die Hand. »Ich danke Ihnen, daß Sie mir so beigestanden haben.«

»Bitte, Miß Sander.«

Malanga ergriff Corinnas Hand und drückte sie fest. Dabei kam er sich schäbig und wie ein Lügner vor.

Als Corinna sichtbar müde wurde und ihre Augenlider flatterten, half Malanga ihr, in den Schlafsack zu kriechen. Er zog den Reißverschluß zu und wartete neben ihr, bis sie tief eingeschlafen war. Dann beugte er sich über sie, zögerte noch einmal und küßte sie dann ganz vorsichtig, nur hingehaucht, auf die Augen.

»Lala salama«, sagte er leise. (Gute Nacht)

Um sie herum wurde die Nacht lebendig. Malanga entzündete ein Feuer – Holz lag ja genug herum –, nahm sein Gewehr zwischen die Knie und hielt Wache vor dem kleinen Zelt.

Ich werde Nabu Budumba töten, dachte er wieder. Was er Corinna angetan hat, hat er auch mir angetan.

Er starrte in die prasselnden Flammen. Zehn Jahre europäischer Erziehung und Studiums fielen von ihm ab wie Wassertropfen von einer Ölhaut. Er war wieder der getaufte Bantu Julius Malanga, dem die Savanne gehörte, die Tiere im hohen Gras und die Tiere unter dem glühenden Himmel, das weite, schöne Land, die Stämme, die Flüsse und Seen, die Wasserfälle und die Sümpfe... das ganze Afrika, das Gott so reich gemacht hatte, um es dann Jahrhunderte schlafen zu lassen.

Am nächsten Morgen hatte sich die Lage verändert. Corinna ging noch einmal durch die Trümmerwüste der Sander-Farm und schien aus dem grauenvollen Anblick neuen Mut zu schöpfen. Mit einem Ruck blieb sie vor Malanga stehen, der im Keller eines Schuppens noch drei Benzinfässer entdeckt hatte und dabei war, seine Kanister zu füllen.

»Wohin wollen Sie jetzt?« fragte sie.

»Weiter nach Nordwesten und dann am Albert-See nach Süden.« Malanga drückte mit beiden Daumen auf den Schlauch und unterbrach das Einfüllen. »Ich werde suchen.«

»Suchen? Was?«

»Ihre Geschwister, Miß Sander.«

Er sah sie nicht an und wartete darauf, wie sie reagierte. Corinna hatte die Hände zu Fäusten geballt und starrte auf die Trümmer ihrer Heimat.

»Haben Sie Hoffnung, sie zu finden?« fragte sie heiser.

»Ja.«

»Wo wollen Sie suchen? Zwei Menschen in diesem riesigen Land – das ist unmöglich. Wissen Sie, ob Robert und Gisela überhaupt noch leben? Gewiß, in den Trümmern lagen sie nicht, aber vielleicht hat man sie nur ein kurzes Stück mitgeschleppt, dann wurden sie lästig und man warf sie in irgendeinen Fluß, wo die Krokodile sie...« Corinnas Stimme brach wieder. Sie wandte sich ab und senkte den Kopf. Malanga schmerzte es körperlich, sie so verzweifelt zu sehen. Eine unbändige Wut gegen seinen Stamm kam in ihm hoch.

Es ist nur Budumba, dachte er wieder. Er ist der böse Geist. Als Taxifahrer in Nairobi ist er einmal von einem betrunkenen Weißen geschlagen worden. Das hat er nie vergessen.

»Ich werde den Spuren nachziehen«, sagte Malanga. Dabei lächelte er fast verschämt. »Sehen Sie mich nicht so an, Miß Sander. Ja, ich bin in Europa Arzt gewesen, aber ich habe meine Herkunft nicht mit den Examina abgelegt. Ich kann noch Spuren lesen wie meine unterentwickelten Brüder. Ich kann Fährten suchen, umgeknickte Gräser deuten, ich habe wie ein Raubtier den Geruch des Feindes in der Nase. Glauben Sie mir: Ich finde die Mörder Ihrer Eltern, und wenn sie quer durch Uganda ziehen!«

»Dann gehe ich mit!« sagte Corinna fest. Sie nahm mit beiden Händen ihre langen blonden Haare hoch und band sie mit einem einfachen Strick, den sie am Gürtel trug, zusammen. Dann stülpte sie den alten zerbeulten Safarihut auf den Kopf und hielt Malanga einen der Kanister hin. Malanga steckte den Schlauch in die Öffnung, löste den Daumendruck und ließ das Benzin einlaufen.

»Wann fahren wir?« fragte Corinna.

»In einer Stunde.«

Dann schwiegen sie, bis der Benzinkanister voll war. Als Corinna ihn zur Seite stellte, schüttelte sie den Kopf.

»Sie sind ein merkwürdiger Mensch, Malanga.«

»Warum, Miß Sander?«

»In Kampala wollten Sie mich zurückhalten, nach Kitumba zu fahren. Jetzt ist es Ihnen fast selbstverständlich, daß ich mit Ihnen in eine sehr gefahrvolle Ungewißheit ziehe.«

»Ich bin bei Ihnen«, sagte Malanga fast feierlich. »Daß Sie Ihre Geschwister mitsuchen, war mir selbstverständlich. Ich hätte Sie auch nicht allein hiergelassen.« Er richtete sich auf und sah über das Land, als wisse er genau, in welcher Richtung man zu suchen hatte. »In ein paar Tagen haben Sie Ihre Geschwister wieder.«

Corinna hob die Schultern hoch, als fröre sie unter der glühenden Sonne. »Manchmal sind Sie mir unheimlich«, sagte sie leise. »Seien Sie ehrlich: Was wissen Sie von dem, was hier geschehen ist?«

»Nichts!« Malanga griff zwei Benzinkanister und wuchtete sie hoch. »Ich bin nur ein Sohn dieses Landes.«

Eine Stunde später fuhren sie ab. Am Rande des Kessels drehte sich Corinna noch einmal um und blickte über die Verwüstung. Unter den weit ausladenden Ästen einer Schirmakazie lagen die beiden Gräber mit dem Kreuz aus verkohlten Dachsparren, das Malanga doch noch daraufgesetzt hatte.

»Auf Wiedersehen, Paps«, sagte Corinna leise. »Auf Wiedersehen, Mama. Ich komme zurück. Ich gebe dieses verhaßte Land nicht auf... ich werde mich an ihm festklammern. Jetzt erst recht!« Sie gab Malanga, der den Wagen angehalten hatte, einen leichten Stoß in die Seite. »Sie können weiterfahren, Malanga. Es ist kein Abschied für immer.«

Malanga gab wieder Gas. Hüpfend rollte der Landrover über die Savanne auf die feste Straße von Großvater Sander.

Kein Abschied für immer? Malanga war davon keineswegs überzeugt.

Auf seiner Fahrt nach Kitumba hatte Hendrik Thorwaldsen Pech. Als er dachte, er sei in diesem Teil des Landes allein auf der Welt, kam er in einen Hinterhalt. Plötzlich schrie ihn eine helle Stimme an: »Stopp!« und überall tauchten aus dem hohen Gras gelbbraune Helme auf. Drei Soldaten sprangen auf die Piste und hielten Hendrik ihre Maschinenpistolen entgegen.

Die helle Stimme schrie wieder »Stopp!« Aus dem hohen Elefantengras wurde unnötigerweise ein Schuß abgefeuert, der über Thorwaldsen durch die heiße Luft schwirrte.

Hendrik stieg sofort auf die Bremse und stellte den Motor ab. Dann kletterte er aus dem Landrover und schob seinen breitkrempigen Safarihut in den Nacken. Uganda-Soldaten, dachte er. Immerhin besser als einer dieser wildgewordenen Stämme. Mit den Soldaten kann man sprechen.

»Jambo!« grüßte er höflich und legte die rechte Hand an den Hutrand. »Njia hii inakwenda Kitumba?« (Guten Tag. Führt diese Straße nach Kitumba?)

Aus dem hohen Gras sprang ein junger, schlanker Offizier. Er hielt eine Pistole in der Hand und musterte Thorwaldsen kritisch. Die anderen Uganda-Soldaten sperrten nun die Piste hinten und vorn. Sie hatten Thorwaldsen eingekreist.

»Was machen Sie hier?« fragte der junge Offizier scharf.

»Ich jage.« Hendrik holte aus der Brusttasche den von der Regierung ausgestellten Jagdausweis und hielt ihn hin.

»Der Ausweis gilt nicht mehr!« Der junge Offizier riß mit einem Ruck das Papier aus Thorwaldsens Hand und zerfetzte es. Die Schnipsel warf er hoch in die Luft. »Ungültig!« sagte er dabei noch einmal.

Thorwaldsen blieb ruhig. Haltung, alter Junge, sagte er sich. Nur nicht nervös werden. Das sind die Soldaten von allein. Man ist lange genug in Afrika, um zu wissen, daß brenzlige Situationen auf allen Schultern ausgetragen werden, ohne Rücksicht auf Freund oder Feind. Auch das hier wird sich als ein Irrtum herausstellen. Dann entschuldigen sie sich wortreich und schieben einen ab.

»Wie kommen Sie in dieses Gebiet?« fragte der junge Offizier. Die Soldaten kamen näher. Der Kreis um Hendrik wurde enger.

»Ich jage hier schon seit vier Jahren.«

»Haben Sie nicht den Aufruf gehört, daß alle Europäer das Gebiet verlassen sollen?«

»Das ist mir neu. Seit sechs Wochen habe ich keinen Europäer mehr gesehen, und die Bantus hören kein Radio...«

»Kommen Sie mit!« Der Offizier winkte mit seiner Pistole und ging voran. Thorwaldsen folgte ihm, begleitet von zwei Uganda-Soldaten, die ihre Gewehrläufe in seinen Rücken bohrten. Im hohen Gras, völlig unsichtbar durch Netze, auf die man Gras geflochten hatte, standen zehn Jeeps etwas abseits der Straße. Sie bildeten einen Kreis, in dessen Mitte Kisten mit Munition und Verpflegung und zwei Maschinengewehre standen. Der junge Offizier setzte sich auf eine Kiste mit Handgranaten und sah Thorwaldsen mißtrauisch an. Ihm erschien es unmöglich, daß ein weißer Mensch seit Wochen ungehindert in diesem Gebiet hin und her fahren konnte. »Sie behaupten also, überhaupt nicht zu wissen, was hier los ist?« fragte er.

»Ja. Ich wäre Ihnen sehr dankbar, Leutnant, wenn Sie mir Auskunft gäben.«

»Das ganze Gebiet Toro ist gesperrt! Haben Sie keinen Feuerschein gesehen?«

»Ab und zu doch. Ich dachte mir nichts dabei.«

»Ein Teil der Bwamba-Bantus ist verrückt geworden. Sie träumen von einem eigenen Staat zwischen Albert-See und den Mondbergen. Wir wissen nicht, wie viele es sind, aber überall brennen sie die Farmen nieder, überfallen Militärstützpunkte und ziehen von Dorf zu Dorf, um Männer zu bekommen. Weigert sich ein Dorf, wird es niedergemetzelt. Wie die Geister tauchen sie auf, mal da, mal dort, aber immer an Orten, wo gerade kein Militär ist. Sie müssen einen blendend ausgebauten Nachrichtendienst haben. Von drei Gefangenen erfuhren wir nur soviel, daß sie einen König gewählt haben, der Kwame Kirugu heißt. Der mächtigste Mann des Stammes aber ist ein Zauberer. Nabu Budumba. Mehr sagten die Gefangenen nicht. Am nächsten Morgen waren sie tot. Sie hatten sich selbst erdrosselt. Das war vor vier Wochen. Seitdem ist das Gebiet Toro von allen Weißen geräumt. Zwei Bataillone der Armee kämmen es systematisch durch. Es wird nicht lange dauern, bis wir die Bwambas haben. Und Sie fahren mitten durch das Land, als sei es ein Vergnügen.«

»Ich könnte mir etwas Vergnüglicheres denken.« Thorwaldsen kraulte sich die Stirn. Er sah wieder die nächtliche Kolonne der Krieger vor sich, den Mann auf dem Thron, die Zauberer, die ihn umhüpften, die beiden Pakete an den Stangen, wie sie hin und her pendelten, den dumpfen Trommelwirbel und den fanatisierenden Gesang, betäubend und mitreißend.

Glück gehabt, Junge, dachte er und schauderte jetzt noch. Wenn sie dich entdeckt hätten, wärst du jetzt Gehacktes.

»Sie haben außer Feuerschein nichts bemerkt?« fragte der junge Offizier. Thorwaldsen zuckte aus seinen Gedanken hoch.

»Nein! Nichts! Doch ja... ferne Trommeln. Die typischen Signale.«

»Das waren sie.« Der Leutnant faltete eine Karte auseinander. »Wo ungefähr war es?«

»Hier.« Thorwaldsen zeigte auf ein Gebiet, durch das er vor sieben Tagen gezogen war.

»Dort also auch!« Der junge Leutnant nahm seinen Helm ab. Über sein fast schwarzes Gesicht lief der Schweiß in Bächen. »Sie sind überall. Als wenn sie Flügel hätten!« Er sah Thorwaldsen wieder nachdenklich an. »Was mache ich jetzt mit Ihnen?«

»Das einfachste: Sie haben mich nicht gesehen, und ich fahre weiter.«

»Unmöglich! Sie müssen zurück nach Mubende. Ich gebe Ihnen zwei Soldaten mit... nicht zum Schutz, sondern damit ich sicher bin, daß Sie auch nach Mubende fahren.« Er winkte zwei Soldaten und sprach mit ihnen in einem Luganda-Dialekt, den Thorwaldsen nicht verstand. Die Soldaten nickten, grinsten breit, knallten die Hacken zusammen und klemmten ihre Maschinenpistolen unter den Arm. Wie Kinder, die man auffordert, Auto zu fahren, rannten sie zu Hendriks Landrover und schwangen sich auf die Rücksitze. Für sie war der Savannenkrieg eine Woche lang zu Ende. Solch ein Job kam nie wieder, und wenn der verdammte Weiße schnell machte, war auch die Gefahr vorüber, daß es sich der Leutnant anders überlegte. Sie winkten deshalb Thorwaldsen zu und machten wilde, kämpferische Gesichter.

Hendrik kletterte wieder in seinen Wagen, nickte dem Leutnant zu und wendete auf der Piste. Zurück nach Mubende. Wenn man gut vorankam, konnte man es in sieben Stunden erreichen. Man konnte aber auch drei Tage brauchen, wenn zum Beispiel der Motor versagte.

Bei Thorwaldsen versagte der Motor nach zwei Stunden. Er machte Blubb-blubb, der Wagen ruckte, dann stand er mitten auf der Piste und gab keinen Laut mehr von sich. Die beiden Soldaten sahen Thorwaldsen fragend an.

»Motor kaputt!« sagte Hendrik. »Los, helft mir. Er muß von der Piste. Sitzt nicht herum wie müde Affen!«

Die Soldaten sprangen herunter und drückten den Wagen seitwärts ins Gras. Dort zog Thorwaldsen sein Hemd aus und kroch unter das Fahrgestell. Er blieb eine Weile liegen, ohne etwas zu tun, und hörte dem Palaver der beiden Soldaten zu. Sie unterhielten sich darüber, daß man vielleicht zu Fuß weitergehen müßte, wenn der Motor ganz defekt sei.

Thorwaldsen unterbrach sein Liegen und hämmerte ein paarmal gegen die Vorderachse. Wenn ich den Benzinhahn abdrehe, kann kein Motor laufen, dachte er. Sie werden es nie merken. Und wenn die Nacht kommt, meine Lieben, werde ich euch einen Zauber vorführen, den kein Medizinmann kann: Ich lasse mich selbst verschwinden!

Er kroch unter dem Wagen hervor und machte ein böses Gesicht. Die beiden Soldaten verstanden. Motor total kaputt.

»Scheiße!« sagte Hendrik laut. »Der Motor muß ausgewechselt werden. Sollen wir hier warten, bis jemand vorbeikommt und uns mitnimmt, oder sollen wir zu Fuß nach Mubende?«

Da es am Horizont bereits fahl und dunkel wurde und kein Neger gern bei Nacht durch die Savanne läuft, auch wenn er eine Maschinenpistole bei sich hat, nickten die beiden Soldaten. Sie waren sich einig.

»Morgen früh«, sagte einer von ihnen. »Wir übernachten hier, Bwana.«

»Auch gut! Habt ihr zu essen bei euch?«

»Nein, Bwana.«

»Auch das noch!« Thorwaldsen holte seine Aluminiumkiste vom Wagen und öffnete die Verschlüsse. Er packte seinen Gaskocher aus, ein paar Dosen und einen Kessel. Unbemerkt von den Soldaten, die sich eine Zigarette ansteckten, holte er aus der Safari-Apotheke ein Röllchen mit einem Schlafmittel und rührte jedem Soldaten vier Tabletten in den Napf Suppe. Es war jetzt dunkel, die Soldaten saßen mit dem Rücken an den Landrover gelehnt und schlürften ihre Suppe. Es waren Bohnen mit Speck, und sie schmatzten zufrieden wie junge Hunde. Ein Feuerchen brannte vor ihnen, die Maschinenpistolen lagen neben ihnen, es war eine milde Nacht mit einem milchigen Mond. Die Savanne wirkte wie silberbronziert.

Thorwaldsen steckte sich eine Pfeife an und wartete.

Nach einer Stunde rutschten die Soldaten weg... sie legten sich neben den Wagen in das niedergestampfte Gras, streckten sich und begannen in allen Tönen zu schnarchen. Thorwaldsen wartete noch ein paar Minuten, dann kroch er zu ihnen hin und rüttelte sie. Sie grunzten, drehten sich um und schliefen weiter.

»Na also«, sagte Thorwaldsen zufrieden. »Jetzt werdet ihr erleben, wie sich ein Mensch mit einem defekten Motor auflöst.«

Er packte alles zusammen, legte die beiden Maschinenpistolen neben sich auf den Sitz, breitete eine Decke über die beiden Soldaten, damit sie nicht froren und dadurch vorzeitig aufwachten, und schob dann mit viel Mühe und keuchenden Lungen den Wagen auf die Piste zurück. Erst dort ließ er den Motor an und fuhr im rechten Winkel zur Straße in die Steppe hinein.

Zum Albert-See, dachte er. Dort habe ich viele Freunde. Dort liegen einige deutsche Farmen, die bestimmt nicht abgebrannt sind. Es wird alles nur ein böser Spuk sein, wie so vieles in Afrika. Schon nächste Woche kann alles vergessen sein.

Und außerdem brauche ich noch zwei große Elefantenzähne.

Er fuhr die ganze Nacht hindurch, ohne etwas zu sehen oder zu hören. Das Land schien tatsächlich leer zu sein. Ausgestorben. Ein Gräberfeld.

Thorwaldsen warf einen kurzen Blick auf die beiden Maschinenpistolen neben sich. Sie waren jetzt das Wertvollste, das er bei sich trug.

Sie fuhren seit fünf Stunden über enge Pisten, als sie an gerodetes Land kamen, an Wiesen und Kaffeesträucher und endlose Baumwollfelder. Corinna erhob sich vom Sitz und lehnte sich an die Frontscheibe.

»Das ist die Farm von Harris! Unser nächster Nachbar. Fahren Sie zu ihm, Malanga. Ob man ihn auch...« Sie schwieg und setzte sich wieder. Malanga drehte auf eine befestigte Straße ab, die schnurgerade durch die Felder lief und weit hinten in einem Waldstück endete. Dort, das war fast sicher, lag das Farmhaus.

Malanga fuhr langsam. Er suchte Spuren in den Feldern, aber er sah keine. Je näher er dem Waldstück kam, um so mehr wunderte er sich. Keine Geier kreisten über den Bäumen, kein Brandgeruch wehte zu ihnen hin. Erstaunt hielt er an, als er über den Baumwipfeln eine dünne Metallspitze sah.

Der Mast einer Sendeanlage. Unzerstört. Betriebsbereit.

»Sie kennen diesen Harris?« fragte Malanga, ehe er wieder anfuhr.

»Ja. Er ist ein Freund meines Vaters. Als Kind mochte ich ihn nicht. Er war immer so grob, so laut, ich hatte Angst vor ihm. Er konnte brüllen, daß die Scheiben klirrten. Später erkannte ich dann, daß dieses Land ihn so geformt hatte. Seine Eltern wurden erschlagen, seine Frau von einem Löwen zerrissen, sein Sohn kam durch einen Schlangenbiß um. Er ist verbittert. Jeden Morgen – so erzählte er Vater –, wenn er aus dem Haus kommt, spuckt er erst den Boden an und verflucht ihn. Aber er bleibt... wie ich.«

Malanga war etwa auf fünfzig Meter an das weiße, zwischen den Bäumen liegende Farmhaus herangekommen, als ihnen eine Maschinengewehrgarbe entgegenknatterte. Sofort bremste er und blieb steif hinter dem Steuer sitzen. »Rühren Sie sich nicht!« sagte er zu Corinna, die herausspringen wollte. »Ich weiß nicht, wer dort im Haus ist.«

Er zog sein Hemd aus, band es an den Lauf seines Gewehres und schwenkte es dann durch die Luft. Vom Haus her antwortete ihm eine neue Feuergarbe, aber sie lag weit neben dem Wagen. Plötzlich tönte eine Stimme auf; über einen Lautsprecher dröhnte sie weit in die Landschaft: »Bleiben Sie stehen! Kommen Sie heraus! Arme hoch! Und langsam vorwärtskommen!« Malanga gehorchte. Er sprang aus dem Wagen und hob die Arme. »Aha! Ein Black!« dröhnte die Stimme. »Komm her, du Rabenaas, und halt die Pfoten schön hoch. Wenn du eine schiefe Bewegung machst, bist du ein Sieb! Bleib stehen!«

Die Stimme brach ab. Corinna war aus dem Wagen gesprungen und winkte mit beiden Armen. »Onkel Mike!« schrie sie. »Onkel Mike. Ich bin es! Corinna Sander! Laß uns näher kommen!«

»Corinna! Zum Teufel, wo kommst du denn her?« Die Stimme im Lautsprecher war geradezu entsetzt. »Los. Kommt rein. Aber schnell!«

Malanga lief zu seinem Wagen zurück und fuhr neben Corinna her, die die letzten Meter rannte. Ihnen entgegen kam ein mittelgroßer, stoppelhaariger Mann mit einem typisch englischen Schnurrbart. Er trug eine weiße Hose und darüber seinen alten britischen Waffenrock. Vor der Brust pendelte eine Maschinenpistole.

»Corinna!« schrie Mike Harris, als er vor ihr stand. »Mädchen, wer hat dich zurückgeholt?« Er drückte sie an sich und sah an ihrem Kopf vorbei mit einem Blick voller Haß auf Malanga. »Du... du warst schon zu Hause?«

Corinna nickte. Mike Harris führte sie ins Haus und drückte sie in einen Sessel. Im Inneren des Hauses sah es wie in einer Festung aus. Alle Fenster waren mit Sandsäcken verrammelt, Schläuche von der Wasserpumpe ringelten sich durch alle Zimmer, überall lag Munition herum. Bis auf das große Wohnzimmer waren alle Zimmer mit den treu ergebenen Bantuarbeitern besetzt. Sie hockten hinter den Sandsäcken und beobachteten das Land.

»Mich bekommen sie nicht auf die Schippe!« sagte Harris wild. »Ich habe mein verstecktes MG wieder ausgegraben, geölt und eingeschossen. Es geht wie eine Nähmaschine! Hinter dem Schornstein ist es in Stellung. Ein taktisch guter Punkt... man kann das ganze Vorgelände bestreichen. Hier kommt keine schwarze Wanze herein! Dreimal haben sie versucht, mich anzugreifen... von Süden her, von rückwärts... Das hat geballert! Sie hatten mindestens fünfzig Tote. Haben sie alle mitgenommen.« Er legte seine Hände auf Corinnas gesenkten Kopf und streichelte ihre Haare. »Dein armer Vater. Und die lustige Erna. Ein Arbeiter von euch, der dem Massaker entgehen konnte, brachte mir die Nachricht. Zehn Stunden später waren sie bei mir. Mich konnten sie nicht überraschen.« Er blickte auf Malanga, der still neben der Tür stand. »Wer ist denn das da, Corinna? Wenn ich fremde Blacks sehe, werde ich nervös! He, komm mal näher, du schwarze Ratte!«

Corinnas Kopf zuckte zu Malanga herum. Er stand stumm, hochaufgerichtet an der Tür und regte sich nicht. Aber sie wußte, was jetzt in ihm vorging. Es war genau der Ton, unter dem er seit seiner Geburt litt.

»Das ist Dr. Julius Malanga, ein Arzt«, sagte Corinna. »Ein Freund unserer Familie.«

»Hab Sie nie dort gesehen, Mister Malanga«, brummte Mike Harris. »In Europa studiert?«

»In Deutschland und England, Sir.« Malanga trat näher. Sein schönes Gesicht war bewegungslos. Nur seine Augen tasteten den Uniformrock von Harris ab. »Sie waren Captain, Sir?«

»Ja«, antwortete Mike verwundert.

»In den Kolonien?«

»Na klar.«

»Man merkt es!« sagte Malanga stolz.

Harris wurde rot und rückte das Kinn an. »Corinna, wenn ich nicht von dir wüßte... ich habe eine Abneigung gegen Neger, denen der Stolz wie billiges Parfüm anhaftet.«

»Wir haben noch nicht das Geld, uns mit dem teuren Parfüm des weißen Hochmuts zu besprühen«, sagte Malanga dunkel. Harris schnaufte durch die Nase.

»Ach nee!« schrie er plötzlich. »Und was hier passiert? Das ist richtig, was? Morden, brennen, schänden! Das gehört alles zum Erwachen des schwarzen Mannes!«

»Nein! Man wird die Verantwortlichen dafür bestrafen.«

»Bestrafen? Wen denn? Wie denn? Wo denn? Womit denn? Und vor allem – wer denn?« Harris lachte bitter. »Sie etwa, Doc?«

»Ja, ich, Sir.«

Harris wandte sich ab zu Corinna. »Verrückt ist er auch noch!« sagte er grob. »Mädchen, wie kommst du an so etwas?! Er will Kirugu bestrafen.«

»Ja!« Malangas Stimme hob sich. »Ich werde ihn vor seinem Stamm töten!«

»O Himmel, der hat einen zuviel getrunken!« Harris zeigte auf die Rohrsessel, die um einen runden Tisch standen. »Setzen Sie sich, Doc! Ich bringe etwas zu essen. Das hilft. Wo wolltet ihr überhaupt hin?«

»Vielleicht in die Mondberge«, sagte Malanga schnell, ehe Corinna antworten konnte. Mike Harris zog das Kinn wieder an. Corinnas Blick war voller Nichtbegreifen.

»Doc!« sagte Mike gefährlich leise. »Auch wenn Sie ein mir unbekannter Freund der Sanders sind: Ich schlage Ihnen den Schädel ein, wenn Sie frech werden oder das Ganze hier als ein Stück schwarzen Humors auffassen. Was Ihre Brüder hier angerichtet haben, ist nicht wieder gutzumachen. Sparen Sie sich also diese dämlichen Reden.«

»Sie mißverstehen mich, Sir.« Malanga verletzte nicht um einen Hauch die britische Höflichkeit. »Kirugu und seine Krieger... wenn sie Toro durchzogen und, wie sie glauben, Furcht verbreitet haben, dem dann Gehorsam folgen soll – sie werden anschließend in die Mondberge gehen, um von dort aus das neue Reich zu regieren.« Harris schwieg. Mit offenem Mund starrte er Malanga an. Was er hier hörte, war das Ungeheuerlichste seit den wilden Jahren der Kolonisation. »In den Mondbergen, am Sitz der Götter, will Kirugu regieren. Es ist ein Irrsinn, den ihm Budumba eingeredet hat.«

»Wer ist Kirugu, wer ist Budumba?« stammelte Corinna.

»Die schwarzen Bestien, die hier alles kurz und klein schlagen. Die Teufel, die unser lieber Doc bestrafen will! Woher wissen Sie das überhaupt alles?« schrie Mike Harris.

»Man spricht viel darüber unter den Bantus.« Malanga wich aus. »Sie kennen doch die Gerüchte, Sir. Sie laufen schneller als ein Steppenbrand. Aber diesmal sind sie wahr... Sie sehen es ja.«

»Und Sie Spinnkopf wollen auch in die Mondberge?«

»Ja! Ich will Robert und Gisela Sander zurückholen.«

»Ach Gott, ja. Deine Geschwister, Corinna.« Harris ließ sich in einen der Sessel fallen. »Die Sauhunde haben sie mitgeschleppt?«

»Malanga vermutet es.« Corinnas Stimme schwankte. »Wir haben sie nicht in den Trümmern gefunden.«

»Das ist Irrsinn, Doc.« Harris drehte den Kopf zu Malanga, der hinter ihm stand. »Sie allein! Und das Mädchen dabei! Himmel noch mal, wir erleben hier keine Märchenvorstellung. Der böse Häuptling Humbabumba. Was Sie vorhaben, ist das Verrückteste, was ich je gehört habe. Wenn die Armee von Uganda nichts erreicht... Sie wollen es, Doc?!«

»Ich allein kann es vielleicht«, sagte Malanga bescheiden. »Ich spreche die gleiche Sprache.« Er schloß plötzlich die Augen und faltete die Hände. »Mehr geht Sie nichts an, Sir.«

»Danke!« fauchte Harris. »Essen wir etwas, sonst dreht sich mir der Magen um.«

In der Nacht klopfte es leise an die Zimmertür. Unten im Haus und auf dem Dach saßen die Wachen hinter den Sandsäkken und dem Maschinengewehr. Ein Scheinwerfer kreiste über die Gärten und Felder; sein greller Finger glitt langsam, tastend von Strauch zu Strauch, um dann plötzlich blitzschnell ganz woanders hinzuschwenken. »So überrasche ich jeden Kerl, der glaubt, sich im toten Winkel des Strahls anschleichen zu können«, hatte Mike Harris grimmig gesagt. Mit dem Scheinwerfer schwenkte auch das Maschinengewehr. Wer in den grellen Strahl kam, war verloren.

Corinna, die angezogen auf dem Bett lag, griff zur Seite und zog die Pistole an sich. Dann rollte sie sich aus dem Bett und ging hinter einer alten Kommode in Deckung.

»Ja?« rief sie

Die Tür schwang auf, Mike Harris' unverwechselbarer Kopf erschien im fahlen Mondlicht. Er sah auf das verlassene Bett und lachte leise.

»Wo bist du, Corinna? Wetten, hinter der Kommode. Komm hervor, ich kapituliere.« Er warf die Tür zu und ging zum Fenster. Unten pendelten Patrouillen um das Haus. Sie wurden beaufsichtigt von drei weißen Vorarbeitern. Den Bantus allein traute Harris nicht.

»Ich muß noch mal mit dir sprechen«, sagte Harris und setzte sich ans Fenster. Corinna kam hinter der Kommode hervor und steckte die Pistole in den Gürtel ihrer Safarihose. »Mir geht dieser Doc nicht aus dem Kopf. Was er da mit dir vorhat, ist doch Irrsinn! Die nächste Bwamba-Rotte dreht euch durch den Wolf. Ob er die gleiche Sprache spricht, ist doch Blödsinn! Mädchen, ich wette meinen Schnurrbart, daß etwas anderes dahintersteckt. Woher kennst du ihn?«

»Er ist Arzt und hat in Deutschland studiert.«

»Na und? Drüben in Kenia hat es Mau-Mau-Führer gegeben, die hatten ihr Juraexamen mit Auszeichnung in der Tasche, und trotzdem zogen sie ihren Gegnern die Haut ab und schnitten den Weibern die Brüste weg...«

»Onkel Mike!«

Harris wischte sich über das Gesicht. »Ja, ich weiß, ich bin ein grober Klotz. Aber man wird hier so! Und alles das ändert nichts daran, daß mir der Doc nicht gefällt.«

»Du magst ihn einfach nicht leiden.«

»Das ganz bestimmt. Seine Erzählung von den Mondbergen... verdammt, das hat mich wie ein Blitz getroffen. So etwas trommelt man nicht durch die Gegend, das sind Informationen von Eingeweihten. Mädchen, ich habe da eine Antenne. Ich spüre das innerlich. Überhaupt Antenne. Meine Funkanlage geht noch. Jeden Tag gebe ich Berichte nach Kampala. Ich habe dreimal nach einem Dr. Julius Malanga fragen lassen. Wenn er Arzt ist und jetzt nach seiner Rückkehr aus Europa im Staatsdienst tätig sein soll, müßte man von seiner Existenz wissen. Aber nichts. Die Knaben in Kampala geben ausweichende Auskünfte. Noch keine Akte da... und mehr solchen Käse! Mädchen, mit deinem schwarzen Wunderknaben stimmt etwas nicht! Hör auf den alten Onkel Mike, bleib hier! Wir sollten sogar etwas ganz anderes tun! Hingehen, ihn aus dem Bett holen und verhören. Und wenn er weiter so arrogant ist, zweiter, dritter Grad des Verhörs, und wenn alles nichts hilft: Aufhängen, draußen an der Riesenpalme. Donnerwetter, ich habe es im Gefühl... da stimmt etwas nicht!«

»Ausgeschlossen!« Corinna schüttelte den Kopf. »Du siehst Gespenster, Onkel Mike.«

»Ist der Tod deiner Eltern ein Gespenst?«

»Was kann Malanga dafür? Er ist der anständigste, hilfsbereiteste und mutigste Mensch, den ich jemals kennengelernt habe. Ich wünschte, manche Weißen wären so ein Gentleman wie er...«

»Danke!« sagte eine dunkle Stimme von der Tür her.

Mike Harris und Corinna fuhren herum. Neben der geschlossenen Tür stand Malanga im Zimmer. Man erkannte nur seinen hohen Schatten. Weder Mike noch Corinna hatten gehört, wie er hereingekommen war.

»Seit wann stehen Sie da?« bellte Mike.

»Schon einige Minuten.«

»Das habe ich gern. Herumschleichen wie ein Fuchs. Dann haben Sie hoffentlich auch alles gehört, was ich über Sie gesagt habe.«

»Alles, Sir.«

»Ich nehme kein Wort zurück!« brüllte Harris.

»Das verlange ich auch nicht von Ihnen, Sir. Aber –« Die Stimme Malangas bekam einen herrischen Ton, »– ich bitte Sie darum, sich zu entschuldigen, sobald ich Robert und Gisela Sander hier zu Ihnen zurückgebracht habe.«

»Wenn Ihnen das gelingt, trinken wir Brüderschaft.«

»Danke. Das Wort Entschuldigung genügt. Eine Brüderschaft schätze ich höher ein.«

Die Tür schwang lautlos auf, der Schatten glitt hinaus.

»Ein Lackaffe!« knirschte Harris, als die Tür, jetzt hörbar, ins Schloß fiel. »Ein ekelhaftes, poliertes schwarzes Schwein! Schlafe weiter, Corinna. Ich stelle einen Mann vor deine Tür. Mir paßt dieses Herumschleichen im Haus ganz und gar nicht.«

Am frühen Morgen stand Malanga schon abfahrbereit neben seinem Landrover. Der Verwalter der Kaffeeplantage hatte ihm zwei Kisten mit Lebensmitteln mitgegeben und die Kanister mit frischem Wasser gefüllt. Mike Harris fing Corinna in der Diele ab. Er versuchte zum letztenmal, sie zurückzuhalten.

»Ich habe Funkverkehr mit Kampala gehabt«, sagte er. »Schon um fünf Uhr. Ein neues Bataillon rückt heran und geht in die Mondberge. Mädchen, ich flehe dich an: Bleib hier! So fürchterlich es ist, aber Robert und Gisela siehst du nie wieder. Glaubst du, die schleppen zwei Gefangene mit? Das ist ihnen viel zu lästig. Corinna, wir müssen jetzt ganz nüchtern denken: Du bist als einzige Sander übriggeblieben, und bei mir bist du sicher! Über mein Maschinengewehr kommen sie nicht hinaus!«

»Malanga wartet.« Corinna umarmte Mike Harris. »Vielen Dank für alles, Onkel Mike. Soll ich sagen: Gott schütze dich?«

In die Augen von Harris kam ein seltsamer Glanz. Wie Tränen sah es aus. Das ist unmöglich, dachte Corinna. Harris kann nicht weinen. Er hat noch nie geweint. Selbst nicht, als seine Frau und sein Sohn starben. Da hat er nur dieses Land verflucht.

»Corinna ...«, sagte Harris stockend. »Du bist jetzt schon groß und fast eine Ärztin, aber ich sehe dich noch als Kind. Lange, blonde Zöpfe hast du gehabt, und wenn Feiertag war, hattest du große, rote Schleifen darin. So sehe ich dich jetzt ... und, verdammt noch mal, ich halte dich fest und laß dich nicht wieder los! Und diesen schwarzen Satan da draußen lasse ich umlegen! Du bleibst! Himmeldonnerwetter, ich zwinge dich, zu bleiben!«

»Warum, Onkel Mike?« Corinna machte sich aus Harris' Griff frei. »Ich glaube Malanga, daß Robert und Gisela noch leben. Warum, das kann ich nicht sagen; ich spüre es eben. Und solange ich daran glaube, daß sie leben, so lange *muß* ich doch nach ihnen suchen, nicht wahr?«

Mike Harris antwortete nicht. Mit einem Ruck warf er sich herum und stampfte ins Zimmer. Er warf die Tür zu, und kurz danach hörte sie ihn mit seinen Arbeitern herumbrüllen.

»Wir können«, sagte Corinna, als Malanga ihr vor dem Haus

entgegenkam und ihr die Reisetasche abnahm. »Ich bin plötzlich so siegessicher.«

»Sie sollen es nicht bereuen, Miß Sander.« Er half ihr in den Wagen und sah noch einmal zurück zum Haus.

Auf dem Dach, hinter dem Schornstein, starrte der Lauf des Maschinengewehres direkt auf ihn. Er hob grüßend die Hand zu den unsichtbaren Schützen, kletterte hinter das Steuer und fuhr langsam hinaus aus dem Vorhof auf die Straße.

Nach zwanzig Minuten hatte die Savanne sie wieder.

Sie fuhren in einem Rudel von Oryxantilopen und großen Kudus nach Süden. Das hohe Gras wogte im Wind wie ein gelbgrünes Meer. Am Horizont, schemenhaft, von Feuchtigkeitsschleiern verhangen, in der flimmernden, heißen Luft verzerrt, ragte das Mondgebirge in den Himmel.

Die sagenhaften Berge, wo die Götter sitzen.

In der zweiten Nacht nach dem Verlassen von Mike Harris' Farm hatten sie ihr Lager auf einem der Inselberge, mit denen die Savanne durchsetzt war, aufgeschlagen. Malanga hatte eine kleine Gazelle geschossen, die besten Stücke auf einen eisernen Spieß gezogen und briet sie nun über dem offenen Feuer. Corinna hatte den Klapptisch gedeckt und kochte auf dem Gaskocher Tee. Die Nacht um sie herum war lebendig, vor allem eine große Affenherde beobachtete sie von den Bäumen aus. Ab und zu kreischten sie laut, wenn Malanga einen neuen Ast in das Feuer stieß.

Während Corinna die Teller und Bestecke aus dem Koffer holte, verfolgte Malanga sie mit den Blicken. Es waren rührend liebevolle Blicke, Blicke voller Anbetung und Sehnsucht, Scheu und Hoffnung. Jede Bewegung Corinnas nahm Malanga in sich auf, jeden Schritt, jede Beugung des schlanken Körpers, jedes Muskelspiel der bloßen Arme, jedes Auf- und Niederwippen der festen Brust.

Sie ist wundervoll, dachte Malanga. Wenn sie ein Hundertstel von dem spüren würde, was ich empfinde, ertränke ich in einem Meer von Zärtlichkeit. Was hat sie in den letzten Tagen leiden müssen. Welcher Schmerz hat sie zerrissen. Aber sie wird ihre Rache bekommen. Auf den Knien soll Budumba sie um Gnade anflehen, und ich werde den Speer meines Vaters nehmen und ihn zwischen seine Schultern stoßen.

Ob sie mich jemals lieben kann?

Er ging zu dem Wagen, stellte sich auf die andere Seite, wo Corinna ihn nicht sehen konnte, und holte einen Spiegel aus der Arzttasche. Im zuckenden Schein des Feuers sah er sein Gesicht an. Edel zwar, schön, aber dunkel. Die Augäpfel stachen weiß hervor, die Lippen waren etwas wulstig, das Haar gekräuselt.

Er legte den Spiegel zurück und lehnte die Stirn gegen den Wagen. Heiß wallte das Blut durch ihn.

Mein Gott, laß mich in ihren Augen wie ein Weißer sein, betete er stumm. Laß ein Wunder geschehen... mach mich weiß! Mein Gott, ich sterbe an dieser Liebe, wenn sie nicht erfüllt wird...

Später saßen sie sich gegenüber am Tisch und aßen den Gazellenbraten. Plötzlich legte Malanga sein Stück auf den Teller zurück und hob den Kopf. Lauernd, wie ein Leopard, drehte er den Kopf hin und her.

»Was haben Sie?« fragte Corinna erstaunt.

»Hören Sie nicht... Motorengeräusch!«

Corinna strengte sich an, aber sie hörte außer den Tierstimmen gar nichts. Sie schüttelte den Kopf, aber Malanga stand ruckartig auf.

»Es kommt näher! Ganz deutlich ein Motor! Da... Gehen Sie zum Wagen, Miß Sander. Legen Sie sich hinter ihn.«

»Wir müssen das Feuer löschen.«

»Zu spät. Wer da kommt, hat uns schon gesehen. Es genügt, wenn er mich allein sieht.«

»Und Sie umbringt! Nein! Ich bleibe neben Ihnen stehen!« Corinna stellte sich neben Malanga. Sie zitterte plötzlich.

»Haben Sie Angst um mich, Corinna?« sagte Malanga. Er lächelte fast traurig.

»Ja.«

»Es wird mir nichts geschehen. Aber es macht mich glücklich, daß Sie um mich zittern. Ich habe so viel Mitgefühl nicht verdient.«

Stumm, nebeneinander stehend, warteten sie. Das Motorengeräusch kam näher, jetzt hörte es auch Corinna.

»Ein einzelner Wagen?« flüsterte sie.

Malanga nickte. Er bückte sich und nahm sein Gewehr auf. Corinna zog ihre Pistole aus der Tasche. Hinter dem Feuer standen sie... die Flammen waren zwischen ihnen und dem fremden Wagen.

Plötzlich, nachdem es ganz in der Nähe war, verstummte der Motor. Die Stille war unheimlich und voll Gefahr. Malanga legte den Arm um Corinnas Schulter. Sie bebte am ganzen Körper.

»Jetzt schleicht er sich heran«, sagte Malanga leise. »Ich kann ihn sehen... er kommt durch das Gras neben der Papaya. Ich sehe seinen Schatten. Er ist kein Bantu... er ist ein Weißer. Und er ist allein.« Er faßte Corinna plötzlich an der Hand und trat in den Feuerschein. Gleichzeitig zeigte er mit dem Gewehrlauf auf eine Stelle im Busch.

»Kommen Sie heraus!« sagte er laut. »Ich wünsche Ihnen Frieden.«

Aus dem hohen Gras schnellte ein Körper. Mit vier großen Sprüngen war er auf dem Lagerplatz, eine Maschinenpistole blitzte im Widerschein der Flammen.

»Corinna!« rief der Fremde. »Mein Gott, ist's möglich... Corinna Sander!«

Er warf die Waffe weg und kam mit ausgebreiteten Armen auf Corinna zu.

Nun erkannte auch sie ihn und alle Angst befreite sich in einem hellen Aufschrei.

»Hendrik Thorwaldsen! Sie?! Mein Gott, haben Sie uns in Spannung gehalten!«

Und dann geschah das, was Malanga nie vergessen würde: Corinna und Thorwaldsen liefen sich entgegen, umarmten sich und küßten sich wie ein Liebespaar. Sie fanden nichts dabei, absolut gar nichts – es war nur die Wiedersehensfreude, die Erlösung von dem furchtbaren Druck der Angst. Aber für Malanga war es mehr. Für ihn brach die Welt seiner Liebe zusammen.

Er wandte sich ab und ging in den Schatten des Wagens zurück.

Ich hasse ihn, dachte er. Ich hasse ihn vom ersten Ton an.

Er setzte sich in die offene Tür des Wagens und ballte die Fäuste. Es war ihm, als verbrenne er innerlich. Und er hätte jetzt brüllen können wie ein sterbender Löwe.

Mit Zittern in den Fäusten sah er, wie Thorwaldsen das blonde Haar Corinnas streichelte, das Haar, in dem Malanga in der vorigen Nacht sein Gesicht vergraben hatte... heimlich, als Corinna schlief, Minuten ängstlicher Glückseligkeit. Ich töte ihn, dachte Malanga, ich töte ihn...

Er zuckte zusammen, als er seinen Namen rufen hörte. »Malanga!« rief Corinna mit ihrer hellen, forschen Stimme. »Malanga?! Wo sind Sie? Warum sind Sie weggegangen? Ein guter Freund ist gekommen.«

Malanga löste sich aus dem Schatten des Landrovers und kam langsam in den Schein des Lagerfeuers zurück. Er ging stolz und aufrecht, ein schwarzer Aristokrat, dem es keinen Eindruck macht, daß ein Weißer allein durch die Savanne fährt und Tiere schießt, die eigentlich den Bantus gehören, den Herren dieses Landes seit Jahrhunderten.

»Jambo!« sagte er mit seiner tiefen, singenden Stimme und hob die Hand. Es war ein unverbindlicher, höflicher Gruß. Aber schon die nächsten Sätze waren so etwas wie ein versteckter Angriff. »Sie sind auf dem falschen Weg, Sir. Hier dürfen Sie nicht fahren. Es ist gefahrvoll für Sie.«

Hendrik Thorwaldsen lachte sein jungenhaftes Lachen und legte den Arm um Corinnas Taille, was Malanga mit bösen Augen quittierte.

»Ich weiß. Hier in der Gegend gärt es wie in einem Bierkessel. Irgendein Stamm ist verrückt geworden und will einen eigenen Staat gründen.«

»Woher wissen Sie das?« Malanga sah über Thorwaldsen hinweg in die Nacht. Er war ein wenig größer als der Weiße, aber Thorwaldsen war kräftiger, muskulöser, durchtrainierter. Es wird schwer sein, dachte Malanga, ihn in einem offenen Kampf unschädlich zu machen. Er ist stärker als ich, aber vielleicht bin ich schneller als er. Ich habe es gelernt, wie eine Katze zu reagieren.

»Ich habe ein paar Stunden mit einem Stoßtrupp der Regierungstruppen verbracht.« Thorwaldsen setzte sich an das Lagerfeuer und streckte die Hände aus. Er drehte sie am Feuer und knetete sie; obwohl die Nächte hier nie richtig kalt wurden, war die Abkühlung gegenüber dem glühendheißen Tag doch spürbar.

Malanga hob wie witternd den Kopf.

»Hier in der Nähe?«

»Wie man's nimmt. Sie waren dabei, das Gebiet durchzukämmen. Ein junger Leutnant, ziemlich forsch, klärte mich auf. Da ist ja eine schöne Schweinerei im Gange.« Thorwaldsen sah zu Corinna hinüber. Sie goß heißen Tee in einen großen Blechbecher und tauchte den Löffel in die Zuckerdose.»Drei Löffel Zucker bitte!« rief Thorwaldsen. »Das ist das einzig Süße, was ich hier in diesem Land zu mir nehme. Sonst ist alles Salz und Schweiß.«

»Wenn Ihnen das Land so unangenehm ist, warum sind Sie dann hier?« fragte Malanga. Thorwaldsen lachte wieder.

»Der Beruf, mein Lieber! Corinna sagte mir kurz, Sie seien Arzt?«

»Ja.«

»In Deutschland studiert?«

»Ja.«

»Und nun wollen Sie den Gesundheitszustand in Uganda ankurbeln, was? Eine Sisyphus-Arbeit, mein Lieber. In den Städten, da geht es ja, da weht der Wind des 20. Jahrhunderts – aber in der Steppe, hier oder in den Bergen, ganz zu schweigen vom Norden, im Kitepo-Gebiet und in Koboko, da ist noch das selige Mittelalter. Da heilen die Medizinmänner noch mit Teufelstänzen und Fetischen, mit Wurzelmehl und Räucherkräutern. Das wird eine böse Aufgabe für Sie werden, gegen diese Wundermänner anzukommen.«

»Ich weiß es.« Malanga setzte sich auf einen der Klappstühle. Auch ihm gab Corinna einen Becher mit Tee. Er bedankte sich mit einer kleinen Verbeugung und einem leisen: »Ahsante.« (Danke)

Thorwaldsen schlürfte seinen Tee und schnalzte mit der Zunge. »Guter Darjeeling, endlich wieder. Seit zwei Monaten trinke ich das Kraut, das andere wegwerfen oder als Füllungen in die Kissen stopfen. Doktor!« Er drehte sich zu Malanga, der etwas seitlich von ihm saß. »Mir fällt erst jetzt auf, was Sie vorhin sagten: Ich darf hier nicht fahren! Und Sie können es?«

»Ich suche etwas.«

»Sie werden lachen – ich auch. Zwei Mordsdinger von Elefantenzähnen habe ich noch frei auf der Abschußliste. Sehen Sie... Sie suchen Kranke, ich suche Geld im Busch. Beides ist eine gute Sache, und deshalb meine ich, ist meine Anwesenheit gerechtfertigt. Dieser Westentaschenkrieg stört mich nicht.«

»Er hat mich meine ganze Familie und meine Heimat gekostet«, sagte Corinna heiser.

»Oh, Verzeihung!« Thorwaldsen wurde ernst. Er sah die Augen Malangas und fand sie gefährlich.

»Sie waren sehr unhöflich, Sir«, sagte Malanga dunkel. »Bitte, entschuldigen Sie sich.«

»Was soll ich?« Thorwaldsens Stimme war gedehnt. Er stand langsam auf und stemmte die Hände in die Hüften. »Das ist doch wohl ein bißchen zu hochnäsig, Doktor!«

»*Ich* habe in Europa Höflichkeit gelernt, Sir.«

»Und anscheinend einen Stich ins Hirn!« Thorwaldsen reckte sich. »Corinna, Sie kennen mich! Ich bin ein Mensch, der unkompliziert ist, der das sagt, was er denkt, ohne vorher die Worte im Geist herumzuwälzen und zu panieren, damit sie auch gefällig klingen. Ich sage, was ich denke, und zum Teufel, ich gehe nicht davon ab. Dieser Mistkrieg der Stämme geht mich einen feuchten Dreck an – das ist meine Ansicht. Ich habe eine Jagdlizenz, Tiertrophäen sind mein Beruf, wie dem Doktor seine Kranken ... und es ist eine riesige Sauerei, daß die Sander-Farm vernichtet worden ist. Man sollte diese Neger ohne lange Reden an die Wand stellen! Auge um Auge, Zahn um Zahn. Steht schon in der Bibel. Sie sind doch getaufter Christ, Doktor?«

»Ja.« Malangas Augen waren wie verschleiert. »Sie sehen die Dinge einfach, Sir.«

»Ich sehe sie so, wie sie sind!« rief Thorwaldsen. »Die Kerle brennen die Farm ab, also muß man ihnen eins aufs Fell brennen! Das ist die simpelste Logik des Überlebens.«

»Es könnte möglich sein, daß die Männer nicht mehr wußten, was sie taten. Daß sie einem Zauber gehorchten, der sie gefangenhielt.«

»O Himmel, Doktor, das sagen Sie als moderner Mensch? Als Naturwissenschaftler? Zauberei?! Ekstase durch Brimborium?! Ein ganzer Stamm fanatisierter Halbirrer?!«

»Unterschätzen Sie nicht die Macht der Zauberer. Sie haben vorhin selbst gesagt, sie seien meine eigentlichen Feinde.«

»Als Medizinmann. Aber einen Stamm hypnotisieren, daß er brennend und mordend durchs Land zieht ... das nimmt Ihnen keiner ab!«

»Es gibt so viele Dinge in diesem Land, die man mit Logik nicht erklären kann.« Malanga sah zu Corinna. Sie saß am Feuer, den Kopf gesenkt, die Hände im Schoß gefaltet. Sie dachte an Kitumba, an die rauchenden Trümmer, an die beiden Gräber unter der großen Schirmakazie. »Die Farbigen sind nicht schlechter als die Weißen!«

»Das sagen Sie, weil Sie selbst schwarz sind!« Thorwaldsen winkte ab. Malangas Augen versanken fast hinter den Lidern. Das Wort schwarz traf ihn jedesmal wie ein Peitschenhieb. Schwarz... das war wie eine Kralle, die jedesmal ein Stück Haut von seinem Körper riß. »Ich habe die Mordkerle gesehen; sie machten nicht den Eindruck, als ob sie schlafwandelten.«

»Sie haben den Stamm gesehen?« Malangas Stimme war ganz ruhig. Nur seine Nasenflügel bebten.

»Ja. Sie zogen in fünfzig Metern an mir vorbei. Ich saß auf einem Baum. Sie waren bester Laune, sangen und trommelten. Auf einem Gestell trugen sie eine Art König. Der Kerl schlief selig.«

Onkel Kirugu, dachte Malanga. Er hat den Königstrupp gesehen. »Wann war das?« fragte er.

»Vor zehn Tagen. Ich habe einen Bogen geschlagen und bin ab nach Südosten. Hätte ich gewußt, daß diese Kerle die Sander-Farm...«

»Was haben Sie weiter gesehen, Sir?«

»Nichts. Ich bin seitwärts in den Busch. Aber bei der nächsten Station, das sage ich Ihnen, werde ich Nachricht geben! Mit schnellen Einheiten wird die Armee ihnen noch den Weg abschneiden. Sind sie erst in den Mondbergen, holt sie keiner mehr raus! Corinna!« Er wandte sich an das stumme Mädchen und hieb sich auf die Schenkel: »Ich dachte ja an eine Stammesfehde. Hätte ich gewußt, daß Ihre Eltern... bei Gott, ich hätte die ganze Uganda-Armee auf sie gehetzt. Damals hätte man sie mitten in der Savanne erwischt.«

»Das ist nun vorbei.« Malanga stand auf und ging zu Corinna. »Sie sind müde, Miß Sander«, sagte er. Seine Stimme hatte wieder den singenden Klang. »Bitte, gehen Sie ins Zelt und schlafen Sie. Morgen wird ein langer Tag sein.«

»Danke, Malanga.« Corinna stand auf und ging gehorsam zum Zelt. Am Eingang sah sie sich noch einmal um. »Gute Nacht. Wo schlafen Sie, Hendrik?«

»In meinem Wagen. Ich rolle mich zusammen wie ein Hund. Außerdem habe ich als Kopfkissen zwei Maschinenpistolen.«

Thorwaldsen und Malanga warteten, bis Corinna den Reißverschluß des Zelteinganges zugezogen hatte. Dann sahen sie sich an, und es bedurfte nicht vieler Worte, um das auszudrükken, was sie in den Blicken trugen.

»Sie sind mir total unsympathisch, Doktor«, sagte Thorwaldsen in seiner direkten Art. »Rund heraus: Ich mag Sie gar nicht.«

»Das trifft sich gut, Sir«, antwortete Malanga stolz. »Mir wird übel, wenn ich Sie ansehe.«

»Dagegen können Sie als Arzt ja etwas tun.« Thorwaldsens Spott war wie Faustschläge. »Ein Pülverchen genügt vielleicht.«

»Es gibt auch andere Mittel.«

»Darauf bin ich gespannt.«

»Das dürfen Sie auch, Sir. Gute Nacht.«

»Gute Nacht.«

Bis gegen zwei Uhr morgens blieb Thorwaldsen wach. Er lag in seinem Landrover, die Pistole neben sich, und wartete, ob Malanga etwas unternehmen würde. Er traute ihm nicht. Auch wenn es nicht klar ausgesprochen war, wußte er, daß er für Malanga ein Todfeind war.

Im Grunde genommen war Thorwaldsen gespannt, wie Malanga ihn ausschalten wollte, ohne Corinna mit in den Strudel der Ereignisse zu ziehen. Ein simples Töten im Schutze der Nacht war ausgeschlossen. Dafür gab es gegenüber Corinna kein Motiv. Daß Corinna aber Malangas ganzer Lebensinhalt geworden war, darüber bestand für Thorwaldsen kein Zweifel mehr. Wie er mit ihr sprach, wie er sie umsorgte, das war deutlich genug. Merkte es Corinna selbst nicht?

Thorwaldsen hob den Kopf und sah hinüber zu Malangas Wagen, der völlig im Nachtschatten stand. Nichts rührte sich dort. Malanga und Corinna... welch ein absurder Gedanke! Dieses Mädchen in den Armen eines Negers! Dieser herrliche weiße Körper unter den tastenden braunschwarzen Händen?

Thorwaldsen schluckte mehrmals, als habe er einen dicken Kloß in der Kehle. Dann nahm er sich fest vor, Corinna davor zu schützen. Das war jetzt wichtiger als zwei Elefantenzähne von 60 Kilogramm Gewicht...

Kurz nach zwei Uhr morgens schlief er ein. Die Sicherheit, daß Malanga ihm Corinnas wegen gar nichts anhaben konnte, machte ihn müde.

Malanga lag zusammengerollt wie eine Katze in seinem Wagen und beobachtete den Landrover Thorwaldsens. Als das Feuer ziemlich niedergebrannt war, stieg er aus und warf ein paar dicke Äste in die Glut. Er hörte, wie sich Thorwaldsen rührte. Metall klickte. Malanga lächelte überlegen. Hol nur deine Pistole heran, dachte er. So einfach mache ich es dir nicht. Wir haben noch einen langen Weg vor uns, Sir… du sollst Afrika kennenlernen, wie es in keinen Büchern steht.

Ein paarmal warf Malanga später Steinchen in die Nähe von Thorwaldsens Wagen. Dort rührte sich nichts. Lautlos, wirklich katzengleich, schlich sich Malanga darauf an den Landrover heran und sah hinein. Thorwaldsen schlief fest, im rechten Arm eine Maschinenpistole.

Darauf geschah etwas Rätselhaftes. Malanga schlich zurück und kam wieder mit einigen zusammenfaltbaren Plastikeimern. Mit ihnen kroch er unter den Wagen Thorwaldsens, blieb dort eine Zeitlang liegen und kam dann wieder hervor, trug zwei gefüllte Eimer weg und entleerte sie ein paar Meter weiter in einer Senke. Er schien keine Angst zu haben vor den Tieren, die in der Nacht auf ihn lauern konnten.

Dann ging er zurück zu seinem Wagen, verstaute die wieder zusammengelegten Plastikeimer tief unter dem Gepäck, wo die Werkzeuge lagen, streckte sich unter einer Decke aus und wehrte sich nicht mehr gegen den Schlaf, der auch ihn überfiel.

Am Morgen weckte ihn das schrille Geschrei der Affen. Er schreckte hoch. Wenn Affen so schreien, ist das Alarm für die ganze Steppe. Wie versteinert saß Malanga nun hinter dem Steuer und starrte auf den schwarzmähnigen, riesigen Löwen, der langsam, mit der ganzen Majestät seiner Kraft und Grausamkeit rund um das erloschene Feuer ging, vor dem Zelt Corinnas stehenblieb und witterte. Sein Schwanz mit der Quaste am Ende peitschte den Boden, ganz leise kam ein dumpfes Grollen aus dem halbgeöffneten, in der Morgensonne blutig glänzenden Maul. Mit der rechten Tatze schlug er vorsichtig gegen die Zeltleinwand, dann trottete er weiter auf den Landrover Thorwaldsens zu. Malanga griff im Zeitlupentempo zu seinem Gewehr. Jede hastige Bewegung, jeder Laut konnte jetzt den Tod bedeuten. Dieser große, alte Mähnenlöwe war hungrig, das sah man. Er war ein Einzelgänger ohne Familie, ein langsam lahm werdender Einsiedler, dem die besten Stücke davonsprangen, der nicht mehr die Ausdauer hatte, Gazellen oder Antilopen zu jagen und nicht mehr die Kraft, ein Gnu zu schlagen. Er muße auf die Kranken warten, die Schwachen der Herde, die Ausgestoßenen, wie er einer war. Oder auf die Menschen, denen er an List noch immer überlegen war.

Der alte Löwe hob den mächtigen, breiten Kopf, als er vor Thorwaldsens Landrover stand. Der Geruch des Menschen erregte ihn; wenn der Hunger im Bauch bohrt, ist kein Platz für Furcht mehr im Herzen. Die Krallen traten aus den Tatzen hervor, der buschige Schwanz schlug wieder den Savannenboden.

Zentimeter um Zentimeter, als habe das Gewehr das Gewicht einer bleiernen Kanone, hob Malanga seine Waffe bis an die Schulter. Dann senkte er den Kopf, um über Kimme und Korn den schwarzbehaarten Schädel anzuvisieren.

Im gleichen Augenblick ratterte aus dem Landrover eine Maschinenpistolensalve. Der alte Löwe schien erstaunt zu sein, wie ein Monument von Kraft und tierhafter Schönheit stand er da, den Kopf erhoben ... dann brüllte er, und es war ein Laut, der selbst Malanga eine Gänsehaut über den Körper trieb. Ein Schrei nach Leben und Sonne, ein Aufbrüllen gegen den Tod, der siebenfach in seinem mächtigen Körper steckte ... dann knickte der alte Löwe ein, rollte sich auf die Seite und hieb mit allen vier Pranken sterbend in den Boden, sich selbst mit Staub zudekkend wie mit einem Leichentuch. Zuletzt streckte er sich aus, ein letztes Gähnen noch, bis der endgültige Schlaf über ihn kam.

Malanga sprang aus seinem Wagen. Der Kopf Corinnas erschien in einer Spalte des Zelteinganges. Thorwaldsen kletterte aus dem Landrover und näherte sich dem toten Löwen bis auf fünf Schritte. Er hatte schon erlebt, daß ein anscheinend toter Löwe in letzter Wut noch einmal aufsprang und sich auf seinen Bezwinger stürzte.

Malanga war zuerst an dem großen Tier und beugte sich darüber. »Er ist tot«, sagte er. »Sieben Schüsse ins Herz. Dagegen hatte er keine Chance.«

»Ich habe auch nicht den Ehrgeiz, mit einem Löwen eine Boxolympiade zu veranstalten.« Thorwaldsen winkte hinüber zu Corinna, die noch immer aus dem Eingangsschlitz starrte. »Kommen Sie heraus, Corinna. Unser nicht eingeladener Gast legt sich Ihnen zu Füßen. Verdammt, mir stand das Herz still, als er vor Ihrem Zelt stand und daran kratzte, als klopfte er an. Ich konnte nicht schießen, ohne Sie zu gefährden. Aber Sie, Doktor, hatten einen guten Schußwinkel. Sie hätten schießen können!«

Malanga legte sein Gewehr an den Löwen. Er wußte, warum Thorwaldsen das sagte. Es sollte ihn bei Corinna herabsetzen.

Er sollte als Feigling gelten. Dabei wußte Thorwaldsen genau, daß der Löwe so vor Malanga gestanden hatte, daß er keinen lebenswichtigen Teil treffen konnte. Von hinten hat noch keiner einen Löwen erschießen können.

Aber Malanga schwieg. Er gönnte Thorwaldsen den kleinen Triumph, Corinnas Retter zu sein. Der Tag hatte erst begonnen, und ein Tag ist lang in der Savanne. Als seien die Schüsse für sie ein Signal, kamen die ersten Geier heran und ließen sich in den Bäumen nieder. Stumm, die nackten Hälse vorgestreckt, starrten sie hinunter auf den Löwen.

»Was machen wir mit ihm?« fragte Thorwaldsen. Er ging um den Löwen herum. Das Fell war arg mitgenommen, mit Schrunden übersät und zottelig. Allein die Mähne war herrlich. Für einen Massaihäuptling wäre es ein wundervoller Kopfschmuck gewesen. Außerdem waren sieben Einschüsse im Fell, nicht gerade ein Ruhmeszeichen für einen Jäger. Stolz zeigten einige Massaikrieger Löwenfelle, die nur einen einzigen Speereinstich hatten... hier war bewiesen, daß ein Kampf Tier gegen Mensch stattgefunden hatte und der Mut und die Kraft des Menschen gesiegt hatten. Aber sieben Einschüsse? »Wir lassen ihn liegen. Die Mülleimer der Steppe werden schon für ihn sorgen.« Er sah hinauf zu den ekligen Geiern, von denen sich immer mehr in den Bäumen ansammelten.

Der Morgentee war schnell aufgebrüht, schnell ein Brot mit Wurst gegessen. Dann baute Malanga das Zelt ab, verstaute die Klappstühle in seinem Wagen und überließ es Thorwaldsen, sich um Corinna zu kümmern. Er widersprach nicht, als dieser kurz vor dem Aufbruch sagte: »Ich sehe, Ihr Landrover ist vollgepackt wie ein Lastwagen. Ich schlage vor, Doktor, Corinna fährt mit mir. Ich habe herrlich viel Platz neben mir.«

»Bitte!« sagte Malanga scheinbar gleichgültig. »Wenn Miß Sander es will.«

Thorwaldsen fuhr als erster ab. Malanga blieb einen Augenblick zurück und trat noch einmal an den alten, toten Löwen. Er kniete nieder und streichelte das mächtige Haupt. »Er ist ein Schwein!« sagte Malanga leise. »Er ist ein elendes, weißes Schwein. Ich werde dich nicht vergessen, Simba, wenn es zur Abrechnung kommt.«

Dann fuhr er Thorwaldsen nach, der ein scharfes Tempo einschlug und rücksichtslos quer durch die Savanne nach Westen fuhr, den am Horizont wieder wie eine Vision schwebenden Mondbergen entgegen.

Nach zehn Kilometern krachte es im Motor Thorwaldsens. Es hörte sich an, als zerbreche Stahl mit einem Aufschrei. Der Landrover machte einen mächtigen Satz, flog ein paar Meter durch die Luft und landete dann aufheulend wieder auf den Reifen.

»Himmel, Arsch und Zwirn!« brüllte Thorwaldsen und drehte die Zündung ab. Er hob Corinna aus dem Wagen und klappte die Motorhaube hoch. Qualm und der beißende Geruch glühenden Eisens schlugen ihm entgegen. »Das ist doch nicht zu fassen!« schrie Thorwaldsen. »Der Motor ist hin. Kolben festgefressen, die Pleuelstange ist durchs Gehäuse geschlagen! So was ist doch nur möglich, wenn der Karren ohne Öl läuft...« Er schwieg abrupt und blickte sich nach Malanga um. Dieser hielt drei Meter hinter ihm und lächelte. »Aha!« sagte Thorwaldsen nur. Er lief rot an, aber schwieg darauf.

»Ich fürchte, wir müssen den Wagen stehenlassen, Sir.« Malanga kam teilnahmsvoll näher. »Darf ich mal einen Blick auf den Motor werfen?«

»Rühren Sie meinen Wagen nicht an!« brüllte Thorwaldsen. Er glühte wie die festgefressenen Kolben.

»Ich will Ihnen nur helfen, Sir.«

»Danke.« Thorwaldsen hieb die Motorhaube zu. »Was nun?«

»Sie steigen um zu mir«, sagte Malanga höflich. »Auf den Kisten kann man bei einiger Balance sitzen. Allerdings können wir nur das Nötigste von Ihnen mitnehmen. Ihr Rasierzeug vielleicht.«

Thorwaldsen kaute an der Unterlippe. Die Arbeit von zwei Monaten war umsonst getan. Die Felle, das Elfenbein, alles mußte hier mitten in der Steppe zurückbleiben. Er hätte in diesem Augenblick Malanga ebenso durchlöchern können wie den alten Löwen; nur die Gegenwart Corinnas hielt ihn davon ab.

»Ich werde neben dem Wagen einen Mast errichten mit einer Fahne«, sagte er. »Wenn die Regierungstruppen in dieses Gebiet kommen, wissen Sie, wem der Wagen gehört.«

»Das ist eine gute Idee«, sagte Malanga höflich. »Gehen wir einen langen Ast schlagen.«

Es dauerte eine halbe Stunde, bis Thorwaldsen seinen Fahnenmast aufgerichtet, in den Boden gerammt und an die Tür des Wagens gebunden hatte. Oben flatterte ein weißes Stück Leinen, auf das er geschrieben hatte: Eigentum von H. Thorwaldsen. Fort Portal. Jagdschein Nr. 32 619 S.

»Können wir weiterfahren?« rief Malanga. Er saß schon wieder in seinem Wagen, Corinna neben sich. Für Thorwaldsen blieb ein kleiner Platz auf einer harten Aluminiumkiste. Er mußte sich mit Händen und Füßen daran festklammern, um bei dem Schwanken des Wagens nicht herunterzufallen.

»Ja! Sofort.« Er sah noch einmal auf seine zweimonatige Arbeit. »Können wir nicht ein Leopardenfell mitnehmen?«

»Nein! Ich riskiere keinen Achsenbruch!«

»Gut!« Thorwaldsen kletterte auf seine Kiste. Er zitterte vor verhaltener Wut. »Sie hätten statt Arzt Ölfachmann werden sollen!«

»Man muß verlieren können, Sir«, sagte Malanga höflich.

Thorwaldsen knirschte mit den Zähnen. »Ich werde Sie daran erinnern«, bellte er giftig.

Corinna legte die Hand auf Malangas Arm. Sie durchschaute diesen kleinen Privatkrieg und war sehr unglücklich darüber. »Hätte ich das alles geahnt, wäre ich in Kitumba geblieben«, sagte sie leise.

»Das war nicht zu ahnen.« Malanga ließ den Motor aufheulen. Dann fuhr er ab, ruckartig, indem er plötzlich bei Gas die Kupplung freigab. Thorwaldsen auf seiner Kiste fluchte und klammerte sich irgendwo fest. Er wurde durchgeschüttelt wie in einer Schleuder. »Nun ist es zu spät, Miß Sander. Nun gibt es kein Zurück mehr. Wir müssen in die Mondberge.«

Irgendwo in den weiten, undurchdringlichen Sumpfgebieten des Flusses Wasa, zwischen dem Südzipfel des Albert-Sees und den Ausläufern des Ruwenzori-Gebirges, der sagenhaften Mondberge, die bis zu 5109 Metern ansteigen und ewigen Schnee auf ihren Gipfeln tragen, hatte die Hauptgruppe der Bwamba-Bantus ihr Lager aufgeschlagen. Verteilt auf viele kleine, feste Inseln inmitten des Sumpfes hatten sie ihre Hütten gebaut, kleine runde Dinger, mit Schilf gedeckt und lediglich dazu aufgerichtet, um für ein paar Tage Schutz gegen den Regen zu bieten. Wenn der Befehl zum Weiterziehen kam, warf man die Hütten einfach um und zertrampelte sie oder verstreute sie im Sumpf.

Es waren über zweitausend Krieger, die jetzt hier in den Makoga-Sümpfen hausten, dazu einige Frauen und Kinder, die dem neuen König Kirugu gehörten und für alle anderen unantastbar waren. Sie lebten in einer großen Gemeinschaftshütte neben dem Rundbau Kirugus, neben dem auch die Hütte des Zauberers Budumba stand. Die kleine Insel war ein geheiligter Bezirk, nur ein schmaler Pfad verband sie mit den anderen festen Plätzen. Kaum zwei Mann konnten nebeneinander darübergehen. Es war ein natürlicher Schutz. Kirugu und Budumba waren unangreifbar.

Während eine Abteilung der Krieger auf Jagd ging und Wasserböcke und Flußpferde erlegte, die auf niedrig gehaltenen, kaum qualmenden Feuern gebraten wurden, saßen Kirugu und Budumba an einem Transistorradio und hörten die Meldungen von Radio Kampala.

In ihrem Zug durch die Provinz Mubende hatten sie eine Pause eingelegt, um die ermatteten Krieger zu schonen und die Verwundeten gründlich zu versorgen. Kirugu rechnete mit zehn Tagen Ruhe, dann sollte der Zug weitergehen in die Mondberge. Einige Kampftruppen waren ständig unterwegs und lenkten die Regierungstruppen ab, ein anderer Teil des Stammes zog kampflos weiter nördlich an der kongolesischen Grenze entlang den Mondbergen zu. Er bestand hauptsächlich aus Frauen und Kindern und einer Kompanie Soldaten, wie Kirugu und Budumba ihre Streitmacht ganz modern nannten und auch einteilten. Sie hatten Leutnants und Hauptleute ernannt, es gab einen Major und einen Oberst; Budumba nannte sich schlicht General, Kirugu war der König. Alle militärischen Operationen bereiteten sie auf einer Karte vor, die Budumba noch als Taxichauffeur in Nairobi gekauft hatte. Mit Rotstift hatte er ein Gebiet ummalt, das von den Ruwenzori-Bergen bis zum Albert-See reichte: Das neue, selbständige Reich der Bwambas!

»Wir haben über zweihundert Verwundete«, sagte Kwame Kirugu böse und sah seinen Vetter Budumba an, der im Schmuck des Zauberers, bizarr und bunt bemalt, behängt mit Ketten aus Glasperlen und Zähnen von Leoparden und Löwen, neben ihm auf einem erbeuteten Campingstuhl saß. »Du hast versprochen, sie zu heilen! Was ist daraus geworden? Sie haben Fieber, stöhnen vor Schmerzen und müssen von den anderen getragen werden. Es wird nicht mehr lange dauern, und dein Zauber hat keine Wirkung mehr. Es wird Zeit, daß Malanga bald zu uns kommt. Er ist ein richtiger Arzt. Er allein kann uns noch helfen!«

Nabu Budumba schwieg. Er war ein finsterer Mann, der immer mit halbgeschlossenen Lidern herumging und mit einem geschnitzten Stock jeden aus dem Weg prügelte, der ihm begegnete. In Nairobi, in den Slums am Rande der Stadt, hatte er den Plan geboren, aus den Bwamba-Bantus, denen er entstammte, einen eigenen Staat zu machen. Nach langen Palavern hatte er seinen Vetter Kirugu überredet, sich zum König ausrufen zu lassen und dem Stamm das neue Königreich in den Mondbergen zu versprechen. »Die Götter selbst auf dem weißen Dach der Welt haben uns den Befehl gegeben!« hatte Budumba bei der Proklamation Kirugus zum König Kwame I. ausgerufen, und die Bantus hatten mit den Stirnen auf der Erde gelegen. »Wir sind das älteste Volk der Erde, wir haben ein Recht, selbständig zu sein wie andere Völker. Was wir auch tun, Brüder... die Götter auf dem Dach der Welt stehen neben uns und helfen uns!«

Das hörte sich so lange gut an, wie die Bantus ungehindert durch das Land ziehen konnten. Als die Pflanzer sich wehrten, als Männer wie Sander und Harris sich verbissen verteidigten, als vor allem die ersten Regierungstruppen mit automatischen Waffen in den Kampf eingriffen, waren die Götter der Mondberge plötzlich weit. Es gab Tote und viele Verwundete, und es gab vor allem kein Zurück mehr. Budumba sagte es dem Stamm ganz klar:

»Wir müssen weiterkämpfen, Brüder! Die Regierungssoldaten kennen keine Gnade. Jeder, der sich ergibt, wird an Bäumen aufgehängt und wie ein Schwein zerhackt. Es gibt kein Erbarmen mehr! Wir müssen siegen, auch wenn wir dafür bluten müssen.«

Um alle Zweifler zu überzeugen, daß die Götter bei ihnen waren, ließ Budumba seine Zaubertricks los, die er in Nairobi für drei Pfund im Laden gekauft hatte. Er zauberte Kaninchen aus einem Zylinder und holte aus einem dünnen Röhrchen hundert seidene, bunte Fähnchen.

Die Bantus jubelten und glaubten an die Liebe der Götter.

Anders Kwame Kirugu. Er hatte bald erkannt, in welches Abenteuer er sich da eingelassen hatte. Auch für ihn gab es kein Zurück, aber er suchte verzweifelt nach einem Ausweg, diesem Wahnsinn, in den ihn sein Vetter getrieben hatte, wieder zu entkommen. Seine ganze Hoffnung war Julius Malanga, der große, gelehrte Doktor, der Sohn seines Bruders. Malanga kam aus der Welt des Fortschritts, sein Wort würde Geltung haben, er war klüger als der ganze Stamm zusammen. Malanga ... das war für Kirugu wie ein Zauberwort, ein Gegenzauber zu Budumba, dessen Macht erlosch, wenn Malanga gekommen war.

»Warum hilfst du nicht den Verwundeten?« fragte Kirugu jetzt.

»Wie?« Budumba hob den federgeschmückten Kopf. »Wir haben keine Medikamente.«

»Du hast den Kriegern versprochen, deine Worte würden die Wunden schließen!«

»Kwame! Du weißt genau, daß das unmöglich ist.«

»Aber sie glauben es! Sie fordern es von dir! Was willst du ihnen sagen? Die Götter haben mich verlassen? Sie werden dich erschlagen, Nabu!« Kirugu beugte sich über die Karte, in der sein Reich eingezeichnet war. Ein imaginäres Reich, eine Utopie, die Ausgeburt eines fanatischen Gehirns. Auf drei Wegen zogen die Bwambas in die Berge, an den Rändern dieser drei Heersäulen schwirrten die »leichten Truppen« wie Moskitos herum und zerstörten, brannten nieder, mordeten und lieferten den Regierungstruppen wilde Gefechte, bei denen es kein Erbarmen gab. Warum das alles, dachte Kirugu bitter. Es ist meine große Schuld. Ich habe Budumbas Worten vertraut. Warum kommt Malanga nicht ...?

»Ich werde hierbleiben, bis Malanga bei uns ist!« sagte Kirugu mit fester Stimme. Er sah nicht die brennenden Augen Budumbas, die ihn musterten wie ein Götteropfer vor dem Todesstoß. »Das hier ist ein sicherer Platz. Malanga hat versprochen, mit dem nächsten Flugzeug aus London zu kommen. Er wird die Verwundeten versorgen und uns in die Berge führen. Und dir wird er das Handwerk legen, du Teufel!«

»Erst muß er hier sein.« Budumbas Stimme war gehässig. »Der Weg ist weit. Wir werden weiterziehen.«

»Nein!«

»Doch!« Budumba erhob sich. »Du wirst den Befehl geben. Oder soll ich dem Stamm sagen: Den großen Kirugu haben die Götter bestraft; seht her, sie haben ihm den Kopf abgeschlagen?« Er faßte an die breite Machete, die unter den Glasperlen in einem Ledergürtel stak. »Ich führe den Stamm auch allein in die Berge. Ich brauche kein Aushängeschild mehr. Alles ist in Bewegung, wie ein Wasserfall, der plötzlich aus den Felsen tritt und herunterstürzt.«

Kirugu senkte den Kopf. Er war machtlos, das wußte er. Er war nur wie eine Fahne, die man vorantrug und der man nachmarschierte. Die Fahne aber trug Budumba allein. »Und die Verletzten?« fragte er.

Budumba lächelte breit. »Ich werde einen Zauber um sie legen. Auf einer Insel sammle ich sie alle, schütte buntes Feuerwerkspulver um sie und brenne es ab. ›Die Götter werden euch heilen!‹ werde ich rufen. Dann ziehen wir ab, und ich sprenge als letzter den Damm zu der Insel. In ein paar Wochen werden nicht mal Knochen zu finden sein. Ist das ein guter Plan?«

Kirugu schwieg. Er stand auf, warf dabei den Klapptisch mit der Karte seines Königreiches um und verließ die große Königshütte. Allein ging er in das dichte Schilf- und Bambusdikkicht des Sumpfes und faltete, als er unbeobachtet war, die Hände. Vor fünfzig Jahren – damals war er zehn – hatte er ein Jahr lang die Missionsschule in Sempaya besucht. Ein Mönch in weißer Kutte und einem langen Bart hatte ihn gelehrt, wie man Hände faltet und zu dem Gott betet, der sagt: Ich liebe alle Menschen, ob weiß, schwarz, gelb oder rot. Ich liebe meine Feinde und vergebe ihnen alle Sünden. Daran erinnerte sich Kirugu jetzt, und er fand auch die Worte wieder, die er vor fünfzig Jahren gelernt und seitdem nie wieder gesprochen hatte:

Vater unser, der du bist im Himmel...

Aber an das Ende des Gebetes, vor dem Amen, setzte er noch hinzu: »... und laß Malanga kommen, damit er Budumba tötet. Amen!«

Zufrieden, innerlich merkwürdig stark, kehrte er zu seiner Hütte zurück. Budumba saß am Transistorradio und hörte Kampala.

»Sie haben drei neue Bataillone gegen uns losgeschickt«, sagte er und lachte hohl. »Was soll's? Hier finden sie uns nie!«

Kirugu antwortete nicht. Er ging zu seinem Lager, legte sich auf ein Leopardenfell und tat so, als ob er einschlafen wolle.

Kettenklirrend verließ Budumba die Königshütte.

In der Nacht stellte er einen neuen Stoßtrupp zusammen. Es waren junge Krieger, die an seinen Zauber glaubten und die sich begeisterten an der Idee, ein eigenes Königreich zu haben. Immer und überall gibt es solche Jungen, in Europa wie in Afrika, in Amerika wie in Asien. Sie sterben für eine Idee und wissen doch nicht, warum.

Ihnen erzählte Budumba die Geschichte des Dr. Julius Malanga, der aus Europa herübergekommen sei, um den Bantus die Freiheit zu nehmen. »Ein halber Weißer ist er!« sagte Budumba und machte geheimnisvolle Zeichen in die Luft. »Die Götter verlangen, daß er stirbt. Ihr seid auserwählt, ihn zu töten. Ihr werdet die großen Helden des Stammes sein. Geht nach Osten und Norden, bewacht die Wege zu uns, und wenn ihr ihn seht... tötet ihn. Er hat keinen Zauber um sich, er ist verwundbar. Wenn ihr mir seinen Kopf bringt, wiege ich ihn auf mit Gold! Und aus den Jungfrauen könnt ihr euch die schönsten heraussuchen. Den Kaufpreis bezahle ich!«

Die jungen Bantus nickten. In der gleichen Nacht noch zogen vier Stoßtrupps los, Julius Malanga aufzuspüren und zu töten. Wie wilde Tiere verschwanden sie in der Savanne.

Nabu Budumba war zufrieden.

Malanga würde nie mehr seinen Stamm erreichen.

Etwa um die gleiche Zeit ließ sich ein ehemaliger englischer Oberst, Sir John McCallen, beim Chef der Uganda-Armee melden. Er brachte sehr zum Erstaunen des farbigen Generals gleich den Innenminster mit. Die Herren begrüßten sich mit großer Höflichkeit und Förmlichkeit und nahmen dann im großen Zimmer des Generalstabs Platz. Propellerventilatoren verbreiteten einen kühlenden Luftzug, ein Boy in weißer Uniform und im Range eines Korporals servierte eiskalten Fruchtsaft.

»Ich muß, bevor ich ins einzelne gehe, erst erklären, wer ich bin«, sagte McCallen. Er steckte sich eine kurze Pfeife an und paffte ein paar Züge in die Luft. Er war genau der Typ des britischen Kolonialoffiziers, etwas steif, immer höflich, mit einem weißen Bärtchen unter der Nase und jener Selbstsicherheit, die England immer glauben ließ, Kolonien seien eine Einrichtung Gottes für gute Christenmenschen. Neben ihm wirkte der General etwas unsicher und der Innenminister wie ein Schüler aus der oberen Handelsschule. »Der Herr Minister weiß Bescheid, Ihnen wird es etwas Neues sein: Ich bin als Vertreter Ihrer britischen Majestät in Ihrem Land – das wissen Sie –, aber ich bin auch Beamter des Secret Service. Die Ereignisse in Ihrem Land lassen es für nötig erscheinen, dieses Inkognito im Einvernehmen mit meiner Dienststelle in London zu lüften. Wir wollten in diesem Falle nicht auf übliche anonyme Hinweise zurückgreifen, da dieser spezielle Fall zu unglaubwürdig schiene, wenn er anonym behandelt wird.« Oberst McCallen sog an seiner Pfeife, der süßliche Duft des englischen Tabaks durchzog den großen Raum. »Im Westen sind die Bwamba-Bantus aufgestanden und wollen einen eigenen Staat.«

»Unsere Truppen sind gerade dabei, die Revolution zu zerschlagen«, sagte der ugandische General schnell. »Wir haben drei Regimenter unterwegs. Es ist nur eine Frage von Tagen, Sir McCallen.«

»Glauben Sie! Darum bin ich hier, um diesen Irrtum aufzuklären. Uns ist aus verläßlicher Quelle zugetragen worden, daß die Bwambas im Augenblick wohl wilde Krieger spielen, aber alles noch sehr dilettantisch und unkontrolliert. Das wird sich ändern. Der Kopf der Bwambas ist unterwegs zu seinem Stamm.«

»Wie bitte?« fragte der General betroffen. Der Innenminister nickte betreten, er kannte die Geschichte bereits.

»Es soll sich um einen in Europa ausgebildeten Arzt handeln«, fuhr Oberst McCallen fort, »der per Flugzeug in den vergangenen Tagen gelandet ist oder noch landen wird. So genau war es nicht zu erfahren. Auch den Namen kennen wir nicht. Sicher ist auf jeden Fall: Dieser Bwamba-Bantu ist ein in Europa ausgebildeter Intelligenzler, ein Fanatiker, was sein Volk betrifft, und soll das geistige Haupt werden. Unsere Agenten sind dabei, in Deutschland und England alle Universitätseinschreibungen von farbigen Studenten zu kontrollieren, vor allem aber die Promotionen der farbigen Ärzte. Es besteht gar kein Zweifel, daß wir in Zusammenarbeit mit den befreundeten anderen Geheimdiensten den Namen herausbekommen ... es fragt sich nur: Wann? Unter Umständen kann es dann für Uganda zu spät sein. Deshalb bin ich jetzt hier. Sie müssen etwas unternehmen. Sie müssen diesen Arzt auf dem Weg zu seinem Stamm in die Hände bekommen! Erreicht er erst die Bwambas, wird dieser Krieg eine Lebensfrage Ugandas! Bis jetzt ist er noch örtlich begrenzt, später wird er das ganze Land erfassen. Das ist nicht im Interesse Ihrer Majestät.«

»In unserem noch viel weniger, Sir.« Der Innenminister sah den General scharf an. »Was können wir tun?«

»Das Gebiet Toro ist abgeriegelt.«

»Gut, gut.« Oberst McCallen sah dem Rauch seiner Pfeife nach. »Als alter Soldat weiß ich, wie einfach es ist, in Afrika eine Abriegelung zu durchbrechen. Sie können keine feste Grenze ziehen, selbst aus der Luft ist die Savanne schwer zu kontrollieren. Und vergessen Sie nicht, daß dieser Arzt die volle Unterstützung des Volkes hat. Man wird ihn weiterreichen, außerhalb aller Sperren, bis er bei seinem Stamm ist. Dann gnade Ihnen Gott, meine Herren! Dann haben Sie ein zweites Kongo in Uganda!«

»Nicht auszudenken!« Der Minister schwitzte trotz der großen Ventilatoren. Der General blickte starr auf eine Karte an der Wand. Sie zeigte Uganda, und sie zeigte auch die Unmöglichkeit, in diesem Riesengebiet einen einzelnen Menschen zu suchen und zu stellen. Einen Menschen, dessen Namen man nicht kannte, über den es keine Beschreibung gab, und von dem man nur wußte, daß er existierte. Der Staatsfeind Nr. 1 für Uganda.

»Ich kann eine Provinz wie Toro nicht abriegeln«, sagte der General schwach. »Nur aus der Luft könnten wir...«

»Sinnlos!« McCallen winkte ab. »Politische Genies wie dieser Bantu benehmen sich in der Steppe wie Erdferkel; sie graben sich unsichtbar ein und wandern nachts. Sie müssen versuchen, das Volk zu gewinnen. Ich habe es schon dem Herrn Minister vorgeschlagen: Setzen Sie eine Belohnung auf seinen Kopf aus. Sagen wir: 5000 Uganda-Shillinge. Das ist ein Vermögen für einen Bauern, wenn er vor der Frage steht: Beherberge ich den Kerl oder liefere ich ihn ab und bin ein reicher Mann? Ich glaube, er wählt das Geld.«

»Das Ministerium ist bereit, diese 5000 Shillinge zu zahlen.« Der Innenminister lehnte sich zurück. »Ich halte die Idee von Sir McCallen für die einzig richtige.«

»Und was soll ich dabei?« fragte der General.

»Etwas Ungewöhnliches tun, General.« McCallen drückte

mit dem Daumen den Tabak tiefer in die Pfeife. »Für einen Soldaten ist es vaterländische Pflicht, Rebellen unschädlich zu machen. Hier soll es anders sein: Auch der Soldat, der diesen Arzt fängt oder tötet, soll die 5000 bekommen! Der Mann, glauben Sie es mir, ist diese Sonderregelung wert. Halten Sie mich nicht für anmaßend, aber wenn es um Freiheitsideen geht, mögen sie auch noch so verschroben sein, traue ich nicht einmal dem Militär. 5000 Uganda-Shillinge zerbrechen dagegen auch das patriotischste Herz!« McCallen legte seine Pfeife auf die kupferne Tischplatte und beugte sich etwas vor. »Ich bin bereit, mit Ihnen den Text des Steckbriefes zu besprechen. Sie sollten heute noch über den Sender Kampala, über alle Militärfunkstellen und in allen Zeitungen den Aufruf bringen. An jeden Lastwagen, an jedes Auto, an jeden Esel, auf den Rücken jedes Menschen, der nach Osten, Süden oder Norden fährt, reitet oder geht, sollte man den Steckbrief kleben.«

»Wir werden das ganze Land damit überschwemmen.« Der Innenminister griff zitternd nach einer Zigarette, die ihm der General reichte. »Er wird uns nicht entgehen. Wenn wir wenigstens den Namen wüßten...«

»Unsere Leute sind Tag und Nacht unterwegs. Jede Stunde kann per Funk Genaueres kommen. Aber jede Stunde ist auch wichtig.« Sir McCallen klopfte seine Pfeife in dem großen Aschenbecher aus und begann aus einem Lederbeutel, den er aus der Tasche zog, den Kopf neu zu füllen. »Ich habe das merkwürdige Gefühl, als säße dieser Kerl mitten unter uns. Oben im ›Apolo‹, im Grand-Hotel, im Silver Springs; elegant im Smoking, an der Bar, auf seine große Stunde wartend. Wir müssen ihm die Zeit abschneiden, mit der er spielt. Setzen wir den Text auf...«

Am Abend dieses Tages strahlten alle Sender den Steckbrief von Julius Malanga aus. In den Druckereien jagten die Schnellpressen Plakate und Handzettel über die Druckwalzen.

5000 Uganda-Shillinge für einen Mann, der noch ein Phantom ist.

Er ist groß, schlank, sieht gepflegter aus als alle anderen Bantus, hat das Benehmen eines Gentleman und ist ein mganga (Arzt).

Er ist der Mann, den ganz Uganda sucht!

Als die Rundfunkstationen diesen Steckbrief ausstrahlten,

war Julius Malanga gerade dabei, das neue Nachtlager zu suchen. Langsam fuhr er durch die Savanne und suchte einen geschützten Platz. Thorwaldsen hockte auf der Aluminiumkiste wie ein Riesenaffe und sehnte das Ende der Fahrt herbei. Sein Hintern war wundgescheuert, und seine Wut auf Malanga war grenzenlos.

Die Harris-Farm, umgewandelt in ein sturmsicheres Fort, wurde in den folgenden Tagen nicht mehr von den aufständischen Bantus berannt. Das Maschinengewehr auf dem Dach hatte sich ebenso schnell herumgesprochen wie der Befehl Mike Harris', von »Gefangenen abzusehen«, wie er es mit einer höllischen Höflichkeit ausdrückte.

Die Arbeit auf den Plantagen ging weiter. Es war jetzt wie in Israel an den jordanischen Grenzen: Man ging mit Gewehren und Maschinenpistolen auf die Felder, und während zehn Mann arbeiteten, wachten zwei Mann auf erhöhten Aussichtssitzen und kontrollierten das Land. Wenn sich etwas Unbekanntes regte, gellte ein Alarmsignal – eine Sirene mit Handkurbel –, dann warfen die Arbeiter die Werkzeuge auf den Boden, griffen zu den Waffen und bildeten Kampfgruppen. Mike Harris begann sogar damit, seine farbigen Farmarbeiter militärisch auszubilden. Täglich drei Stunden exerzierte er mit ihnen auf dem großen Hof des Herrenhauses, ließ Griffe klopfen, hielt Schießübungen ab und gab Unterricht in Taktik, Angriff und Verteidigung. Morgens um 7 Uhr klang es über der Harris-Farm wie über einem Kasernenhof. Mike hatte das militärische Brüllen noch nicht verlernt und schrie seine Trupps nach guter alter Kommißmanier an.

Der Erfolg zeigte sich bald: Als ein Trupp versprengter Bwambas durch das Harris-Gebiet zog, kam ihm ein Stoßtrupp der Farm entgegen. Das Gefecht war kurz, weil die Farmarbeiter streng nach Reglement handelten, zickzack springend zum Angriff übergingen und die Bantus in wilde Flucht schlugen.

Das war das letzte Mal, daß Mike Harris schießen mußte; er meldete es per Funk nach Kampala und fügte hinzu: »Was wir hier können, sollte auch die Armee können. Ich denke, Ihr habt dort englische Instrukteure?«

Er bekam darauf natürlich keine Antwort, und beliebt machte

er sich auch nicht dadurch. Aber das störte Harris wenig. Er hatte sich seine eigene Festung gebaut, und er wußte, daß sie uneinnehmbar war, solange die Bantus kämpften wie vor dreihundert Jahren.

Aber wie lange noch? Wann wuchs aus ihrer Mitte auch der politisch kluge und europäisch ausgebildete Kopf hervor, der das Volk um sich sammelte und mit modernen Mitteln einen Unabhängigkeitskrieg führte? In jedem afrikanischen Volk leuchtete plötzlich solch ein Stern auf, und dann standen die Europäer meistens verblüfft und wehrlos vor der Tatsache, ein jahrhundertelang schlafender Kontinent plötzlich erwachte.

Mike Harris machte sich darüber keine Gedanken, jedenfalls nicht mehr als um die Reparatur einer Erntemaschine, die einen Motorschaden hat. Er wurde erst munter, als er das Rundfunkprogramm hörte. Die Spätnachrichten brachten den Steckbrief des unbekannten Mannes, der zum Staatsfeind Nr. 1 in Uganda erklärt wurde.

Mike Harris hörte sich das alles an, dann wurde er rot im Gesicht und griff nach seiner Pfeife.

Ein Bantu. Ein Arzt. Ein Gentleman. In Europa studiert.

»Das ist doch…!« brüllte Harris und sprang auf. Er rannnte in den kleinen Funkraum neben dem Badezimmer, setzte sich an das Gerät, stülpte die Kopfhörer über und stellte die Frequenz des Regierungssenders ein.

»Hier XN 3… hier XN 3… bitte kommen… bitte kommen…«, sprach er in das Mikrofon und warf den Hebel auf Empfang.

Stille. Die Leute in Kampala antworteten nicht. XN 3… das war Harris, wußten sie. Wenn Harris funkte, gab es immer Ärger. Er beleidigte regelmäßig Gott und die Welt. Warum also antworten? Man wollte sich nicht aufregen. Es war ein so schöner Abend, in einer halben Stunde kam die Ablösung, dann konnte man noch in ein Lokal gehen und mit Mimia tanzen. Harris aber verdarb einem den schönen Abend, also schweigen wir.

»Saubande!« fluchte vierhundert Kilometer westlich Mike Harris und hieb den Hebel wieder herum auf Sendung. »Da hat man einen großen Fisch an der Angel und die Kerle pennen! Hallo… XN 3… hier XN 3… bitte melden… bitte melden... Es ist dringend. Es handelt sich um den Mann auf dem Steckbrief der Regierung... bitte melden...«

Die beiden Funker im Regierungsfunkraum sahen sich an und grinsten. Alter Fuchs, dachten sie. Kommt mit dieser Tour. Und wenn wir uns melden, legt er los und beschimpft uns. Nicht mit uns, Sir. Als wenn der große mganga gerade bei Mike Harris Station machen würde! Ausgerechnet dort!

Aber Harris gab nicht auf. Er brüllte eine halbe Stunde lang in das Mikrofon, bis sich seufzend und mit einem Blick zur Decke endlich der Regierungsfunker meldete. Er war schon die Ablösung, seine beiden Kollegen hatten sich fluchtartig entfernt.

»Schlaft ihr?!« brüllte Harris, als er endlich Verbindung zu Kampala hatte. »Ich versuche seit...«

»Verzeihung, Sir«, unterbrach ihn der schwarze Funker, »aber mein Kollege und ich waren gerade auf der Toilette.«

»Eine halbe Stunde lang kann man nicht scheißen!« schrie Harris zurück. »Da kann hier die Welt untergehen, ihr hockt auf der Brille und fabriziert dicke Haufen. Verdammt noch mal!«

»Was wollten Sie der Regierung melden?« fragte der Funker in Kampala sehr zurückhaltend. »Bitte schnell, Sir... wir brauchen die Frequenz für wichtigere Dinge.«

»Wichtigere?!« Harris schnaufte wie ein Flußpferd. »Bei mir war euer Mann, euer Staatsfeind Nr. 1. Dieser Bantu-Arzt.«

»Ach«, sagte der Funker nur. »Er hat bei Ihnen Tee getrunken?«

»Ja, natürlich.«

»Ein netter Mensch, nicht wahr? Ende!«

»Halt!« brüllte Harris. »Hören Sie doch, Sie Affe! Er war es wirklich! Er ist mit einem Landrover unterwegs. Hören Sie...«

Aber Kampala schwieg wieder. Die Verbindung war abgeschaltet. Der Funker machte eine Notiz im Berichtsbuch. Sprechverkehr drei Minuten mit XN 3. Keine neuen Meldungen. Bericht über Wetterlage.

»Solche Idioten!« Harris warf den Kopfhörer weg und schaltete das Funkgerät ab. »Sie haben es nicht anders verdient, daß man ihnen den Stuhl unterm Arsch wegzieht! Aber wir kommen ja auch dran, verdammt noch mal!«

Das war es, was Mike Harris sehr beunruhigte. Ein Aufstand im Land traf zuerst die weißen Pflanzer. Das hatte man bei

Sander gesehen. Seine Farm lag genau im Durchmarschgebiet der Bantus, das war sein Pech. Man brannte sie nieder und ermordete nebenbei die Weißen und die ihnen treu ergebenen Arbeiter. Ein allgemeiner Aufstand aber traf alle Farmen; es würde das große Aufräumen werden, der Kahlfraß an allen Weißen. Ein Aufstand der Farbigen glich einer Heuschreckenplage; wohin sie kamen, hinterließen sie eine Wüstenei.

Mike Harris fühlte ein Jucken unter seinen Haaren. Er erkannte die große Gefahr, die mit der Machtübernahme durch einen intelligenten Bantu für alle heranwuchs. An den Namen des Arztes konnte er sich nicht mehr erinnern, so sehr er darüber nachgrübelte. Mabanda oder Mawanga oder Mobanda ... so irgendwie hatte es geklungen. Die Beschreibung paßte genau, und auch der Stolz, der Harris auf die Palme getrieben hatte, paßte zu allem, was von diesem Mann zu erwarten war.

Das Fürchterlichste aber war, daß Corinna Sander ihn begleitete. Gutgläubig vertraute sie ihm. Natürlich, jetzt gewann der Irrsinn, die angeblich in Gefangenschaft geratenen Geschwister Corinnas aus den Händen der Bwambas zu befreien, einen völlig realen Grund. Wenn dieser Arzt der geistige Motor des Aufstandes werden sollte, war es leicht, durch ein einziges Wort der große Wohltäter zu werden.

Mike Harris wurde noch unruhiger. Er rannte im Haus herum, fluchte auf die Pisser im Sender und setzte sich mitten in der Nacht noch einmal an seinen Sender.

»XN 3 ... XN 3 ... bitte kommen ... XN 3 ... kommen ...

Der Mann, den ihr sucht, war bei mir. Er heißt so ähnlich wie Mabonda ... Er hat in Deutschland und England studiert ... Mit einem Landrover ist er unterwegs. In seiner Begleitung ist die deutsche Farmerstochter Corinna Sander. Die einzige Überlebende von der niedergebrannten Sander-Farm bei Kitumba.

XN 3 ... XN 3 ... bitte melden ...«

Da endlich glaubten sie es in Kampala. Der Funker hatte plötzlich eine hastige Stimme.

»Bleiben Sie am Apparat, Sir. Ich versuche, Sie mit dem Generalstab in Verbindung zu bringen. Wir müssen Ihre Frequenz nur durchgeben. Bitte, warten Sie, Sir.«

»Na endlich!« Harris wischte sich den Schweiß von der Stirn. Zum erstenmal in seinem Leben sah er eine Sache, die ihn betraf, als sehr kritisch an. Selbst im Krieg, in der Ardennenschlacht, als er mit vier Mann in einem halbzerschossenen Bunker hockte und die Deutschen ihn mit schwerer Artillerie belegten, hatte er seine Pfeife geraucht. »Das ist das einzige, was wir hier noch tun können!« hatte er damals gesagt. Bisher sah er diese zwei Stunden Trommelfeuer als seine schlimmste Situation an. Das war nun veraltet. Ein einziger Mann, ein hochgewachsener, höflicher, überaus kluger Neger erschien Harris als das Schlimmste, was ihm im Leben begegnet war.

Er atmete auf, als in seinem Kopfhörer eine andere, etwas zackige Stimme aufklang. Militär. Harris kannte diesen Ton.

»Oberst Dokolo. Sie haben den Mann gesehen?«

»Er war bei mir. Hat hier übernachtet!« Harris schnaufte wieder. »Ein wahrer Gentleman! Aber ich hatte so eine Ahnung. Ich wollte ihn festsetzen. Doch das Mädel wollte es nicht. Vorgestern sind sie weiter, sie wollten zu den Mondbergen.«

»Ihre Angaben können stimmen.« Oberst Dokolo vom Generalstab schien sich Notizen zu machen. »Ich danke Ihnen sehr, Sir. Ihr Hinweis ist sehr wichtig. Wir werden alle Einheiten in diesem Gebiet in Alarm versetzen. In zwei Stunden wird eine Gruppe mit drei Jeeps und zwei Mannschaftswagen bei Ihnen sein. Sie sollen den gleichen Weg ausmachen, den der Landrover gefahren ist. Wir danken Ihnen, Sir.«

»Na, endlich mal ein vernünftiges Wort aus einem dunklen Mund!« Harris legte die Kopfhörer auf den Funktisch.

Aber der Druck um das Herz herum blieb.

Er hatte Malanga lange genug gesprochen und angesehen. Er wußte, daß er mit einem bedeutenden Mann gesprochen hatte. Einem Mann, dem es zuzutrauen war, einen neuen Brand in Afrika zu legen; eine Revolution, die Blut und Tränen und Vernichtung bedeutete.

Und Corinna Sander war bei ihm und vertraute ihm wie einem Freund.

Mike Harris griff zur Whiskyflasche und goß sich einen ganzen Becher voll. Seine Ohnmacht, weil er hier nicht helfen konnte, mußte er ertränken.

Von jetzt ab begann eine gnadenlose Jagd.

Malanga wußte es. Während Thorwaldsen und Corinna sich um das Abendessen kümmerten und Thorwaldsen Wasser von einem nahen Fluß holte, es durch Gaze filterte und abkochte, saß er im Wagen und hörte, auf leise gedreht, die Nachrichten aus Kampala. Corinna, die auf dem Gaskocher eine Suppe kochte, sah zu ihm herüber.

»Etwas Neues, Malanga?« rief sie ihm zu.

»Nein, Miß Sander. Nichts Besonderes. Das Übliche. In Deutschland demonstrieren die Studenten gegen alles, in Frankreich demonstrieren die Bauern gegen die Agrarpreise und in England zittert die Pfundwährung.«

»Schrecklich!« Corinna rührte in dem dampfenden Kessel. Ein herrlicher Geruch zog über den Campplatz. »Wie friedlich leben wir dagegen hier.« Sie schwieg plötzlich, erschrocken von dieser so leicht hingesagten Phrase. Mit großen Augen starrte sie zu Malanga. Frieden? Man hat Vater und Mutter erschlagen, die Farm niedergebrannt und Gisela und Robert mitgeschleppt.

Frieden? Ihn gab es nicht mehr auf der Welt. Überall war nur Töten und Tod, Haß und Wahnsinn, Blut und Feuer.

»Stellen Sie das Radio ab!« sagte sie heiser. »Bitte... ich will nichts mehr hören! Ich habe genug vom Tod!«

Malanga drehte den Ton ab und legte das Transistorradio zur Seite. Nichts an ihm verriet, daß er nun der meistgesuchte Mensch in Uganda war, daß sein Kopf 5000 Uganda-Shillinge wert war.

Woher wissen sie, was ich plane, dachte er nur. Wer hat ihnen einen Hinweis gegeben? Wo ist die undichte Stelle, aus der die Geheimnisse heraustropfen wie wertvolles Blut?

Er setzte sich an den Klapptisch und sah Corinna zu, wie sie die Suppe abschmeckte und noch etwas Salz hineinstreute. Der Schein des Lagerfeuers zuckte über ihre schlanke Gestalt und ließ die blonden Haare wie Flammen aufleuchten.

In Malanga begann ein großer Konflikt sein Wesen zu spalten.

Was soll ich tun, dachte er.

Soll ich mein Volk zu einem eigenen Staat führen? Oder soll ich umkehren – noch kann ich es – und irgendwo eine Arztpraxis aufmachen, nicht hier, vielleicht in Nairobi oder in Dar-es-Salam oder als Chirurg in einem der großen, modernen Hospitäler, die man aus Entwicklungsgeldern baut? Ich könnte dann Corinna heiraten, wir würden ein herrliches, ruhiges, glückliches Leben führen, und sie wird vergessen, was mein Volk ihr angetan hat.

Ein kleines Haus am Meer oder in den Bergen. Keine Politik, keine Greuel, kein Blut für einen Traum. Eine weiße Frau, die mir allein gehört. Kinder, die aus unserer Liebe stammen. Ein Leben in Zufriedenheit.

Was soll ich tun?

Er starrte in die Flammen des Lagerfeuers und fühlte sich wie ein Mensch, der aus vielen Wunden blutet.

Umkehren? Das Volk verraten?

Malanga zuckte zusammen. Corinna stand hinter ihm und hatte ihm die Hände auf die Schultern gelegt. »Was ist mit Ihnen?« fragte sie. »Sie sind so stumm und starren ins Feuer.«

Malanga legte seine Hände auf die Hände Corinnas und hielt sie fest. »Ich bin ein Vogel«, sagte er nachdenklich. »Ein Vogel, der herumflattert und einen Ast zum Ausruhen sucht. Aber nirgends ist ein Baum, kein Strauch ist da, kein Grashalm ... nur Wasser, bewegtes Wasser. Wo soll sich der Vogel ausruhen?«

»Auf einer Rose, die im Wasser schwimmt.«

»Das ist gut.« Malanga nickte. »Seien Sie diese Rose, Miß Sander.«

Eine ganze Weile blieb es still zwischen ihnen.

Malanga saß vor dem prasselnden Lagerfeuer und starrte in die Flammen. Corinna stand unbeweglich hinter ihm und ließ ihre Hände in seinen Händen. Irgendwo aus der Dunkelheit, in der Nähe des Flusses, hörten sie halblautes Fluchen. Thorwaldsen war bei seiner Wasserschlepperei auf ein Warzenschwein gestoßen, das, aus seiner Nachtruhe aufgescheucht, grunzend durch das Schilf davontrabte.

»Ich mag Sie gern, Julius«, sagte Corinna nach geraumer Zeit.

»Danke, Miß Corinna. Das ist wenigstens etwas.« Es klang bitter.

Gern mögen, das war die unverbindlichste Form der Sympathie. Auch einen farbigen Pullover, einen bunten Rock, eine Blume, eine Katze, einen Schrank, tausenderlei konnte man »gern« haben. Auch einen Neger, der Dr. Julius Malanga hieß. Ein Gegenstand, der nun mal da war, der schwarz war und aus einer anderen Welt.

Corinna löste die rechte Hand aus seinem Griff und legte sie auf Malangas Schulter. Unbewußt oder so, wie man ein Kind tröstet, streichelte sie leicht über seine glatte, in den Flammen glänzende Haut.

»Wir sollten über uns nicht nachdenken«, sagte sie leise. »Ich fühle mich weder als Frau noch als Mann. Ich weiß überhaupt nicht mehr, was ich bin, seitdem ich diese schrecklich zerhackten Körper meiner Eltern gesehen habe. Jedes Feuer, jede Flamme brennt in meinem Herzen weiter...«

Malanga hob ruckartig den Kopf. »Soll ich das Lagerfeuer löschen, Miß Corinna?«

»Nein! Lassen Sie es. Es muß ja sein. Aber wenn ich es ansehe... es brennt immer wieder die Wunde auf.« Sie ließ die Hand auf seiner Schulter liegen und starrte in die Dunkelheit der Steppe. »Warum haben sie alle getötet? Wo sind Robert und Gisela?«

»Wir suchen sie ja.«

»Sie glauben wirklich, daß sie noch leben? Malanga, woher nehmen Sie diese Gewißheit? Ich frage mich das schon die ganzen Tage. Hat es überhaupt Sinn, daß wir uns auf den Spuren dieser Mörder nachschleichen?«

Malanga nickte. »Ich kenne dieses Volk. Sie vergraben keine fremden Toten, das haben Sie gesehen. Ihre Geschwister haben wir nicht gefunden, also schleppen sie sie mit. Ich ahne, warum.«

»Als Geisel natürlich.«

»Als Schutzschild! Eines Tages wird man sagen: Laßt uns in Ruhe, oder wir töten diese Weißen!« Malanga wischte sich über die Augen. »Es wird ihnen nicht viel nützen. Die Armee wird kommen und sie vernichten, und wenn sie hundert Weiße als Geiseln haben, denn auch die Armeesoldaten sind Farbige. Wenn man Budumba das sagt, wird er es einsehen und Ihre Geschwister freilassen. Darum müssen wir ihn treffen.«

»Wer ist Budumba?«

»Der Zauberer der Bwambas.«

»Sie kennen ihn, Malanga?«

»Ja. Ich kenne ihn.« Er sagte es so, daß Corinna nicht weiter fragte. Außerdem kam Thorwaldsen mit zwei Kanistern voll Wasser zurück und schüttete sie durch das feine Haarsieb in den großen Kessel, wo das Wasser abgekocht und keimfrei gemacht wurde. Nichtabgekochtes Wasser in der Savanne zu trinken, und sieht es noch so klar und sauber aus, ist fast ein Selbstmord. Die Bakterien der schrecklichsten Krankheiten haben keine verräterische Farbe und sind unsichtbar klein.

»Hier duftet es wie bei Muttern!« rief Thorwaldsen. »Bohnen mit Speck... Corinna, Sie sind ein Juwel.«

»Der Büchsenfabrikant ist es!« Corinna löste sich von Malanga und trat an die Kochstelle. Sie rührte mit der Kelle in dem Suppentopf herum und füllte dann die tiefen Plastikteller. »Malanga, kümmern Sie sich um den Tee?«

»Sofort.« Malanga sprang auf. Es war kühler geworden. Er schlang einen Pullover um die Schultern und ging zu Thorwaldsens Kocher mit dem großen Wasserkessel. Sprudelnd kochte das Wasser, das Hendrik bereits gefiltert hatte. »Kann ich etwas davon nehmen?« fragte Malanga.

Thorwaldsen sah auf. Er hockte vor dem Haarsieb und betrachtete einen Käfer, der dort hängengeblieben war. Er kannte ihn noch nicht. Ein Käfer mit einem schillernd blaugrünen Panzerrücken.

»Bitte!« Thorwaldsen richtete sich auf und trat nahe an Malanga heran, als dieser Wasser in den kleinen Teekessel schöpfte. Seine Stimme sank zu einem Flüstern herab, das Corinna nicht hören konnte, Malanga aber deutlich verstand, weil die Köpfe der Männer eng beisammen waren.

»Ich habe Sie beobachtet, Doc, als ich vom Fluß kam... Ich sage Ihnen nur eines: Die Finger weg von der Kleinen!«

»Ich rede über solche Dinge nicht«, sagte Malanga ebenso leise.

»Aber ich! Und nur ein paar Worte... und die auch nur einmal... dann rauscht's! Verstehen wir uns?«

»Nein.«

»Auch gut. Ich habe in der Sonne und in der Nacht geschulte Augen, Doc. Ich sehe so gut wie ein Bantu, darauf können Sie sich verlassen. Und ich wiege gute 180 Pfund. Was das bedeutet, wenn ich rechts aushole, können Sie sich ausrechnen. Und schießen kann ich blind... das ist mein Beruf. Verstehen wir uns jetzt?«

»Nein«, sagte Malanga fast stolz. »Ich muß Tee zubereiten.«

Vom Feuer winkte Corinna Sander. »Essen kommen!« rief sie. »Die Suppe wird kalt!«

Thorwaldsen hielt Malanga am Pullover fest, als der Arzt sich schroff abwenden wollte. »Noch eins!« sagte er heiser vor Erregung. »Das Mädchen soll nichts merken, verstehen Sie? Es hat genug an Leid in sich hineingefressen und zeigt eine Haltung, die ich nicht aufbrächte. Wenn Sie irgendeine Andeutung machen, breche ich Ihnen die Knochen, ganz gleich, was nachher kommt. Verstanden?«

Malanga antwortete nicht. Er drehte sich weg und ging hochaufgerichtet zu Corinna. Thorwaldsen starrte ihm nach und ballte die Fäuste.

»Du stolzes, schwarzes Aas!« knirschte er. »Dir den Schädel einzuhauen, muß eine ganz besondere Wonne sein!«

Dann nahm er einen Topf mit sterilisiertem Wasser und kam auch zum Eßtisch am Lagerfeuer.

Die Bohnensuppe duftete köstlich. Auch die Affen rings auf den Bäumen schienen es zu riechen; sie hingen an den äußersten Astenden und starrten auf den Tisch.

Die Nacht war ruhig. Malanga kroch unter seinen Decken hervor, als die Sonne ihm ins Gesicht schien. Eine grelle Morgensonne, die gerade begann, die Kühle der Nacht und die Feuchtigkeit aufzusaugen.

Hinter dem kleinen Zelt, in dem Corinna schlief, hörte er es plätschern. Dort hatte er für Corinna eine Art Badekabine gebaut, eine gespannte Zeltleinwand, zur Steppe hin offen; ein langer Ast, in die Erde gerammt, bildete die Dusche, an dem Ast hing ein Wassersack mit einem Duschkopf am Ausguß. Zog man an einer Leine, so senkte sich der Wassersack in seinem Ring und das Wasser lief in feinen dünnen Strahlen heraus. Es war die köstlichste Erfrischung nach einem langen Savannentag und der beste Tagesanfang für eine heiße, ins Unendliche gehende Wanderung.

Malanga kroch aus seinen Decken, dehnte sich und sah sich dann um. Von Thorwaldsen war nichts zu sehen. Er schlief sicher noch neben dem Zelt oder war schon, was er immer tat, beim Morgengrauen losgezogen, um einen Braten zu schießen.

Malanga sah auf die gespannte Leinwand, hinter der Corinna stand und sich duschte. Und auf einmal überkam ihn das Verlangen, sie zu sehen, heimlich, wie eine Maus durch eine Ritze ihre Umwelt anstarrt. Er wollte sie sehen, wie sie unter den Wasserstrahlen stand, wie sie die Arme hochreckte, wie sich ihre Rükkenmuskeln spannten, die Hüften sich hoben, die Oberschenkel sich streckten, die Brüste sich vorwölbten und der Leib zitterte. Er wollte diese weiße Schönheit in all ihrer unerreichbaren Wonne genießen, mit den Augen nur, heimlich, aber doch dadurch beschenkt wie nie in seinem Leben. Er wollte seinen Traum sehen und sich berauschen an der Fülle herrlicher Details, die ein Mädchenkörper zu bieten hat.

Er verließ den Rastplatz und ging in die Savanne. Nachdem er einen kleinen Bogen geschlagen hatte, kam er zu der »freien« Seite der Badekabine zurück und schlich sich dann wie ein Leopard heran, geschützt durch das hohe Gras, lautlos, katzenhaft gleitend. Er erreichte eine Gruppe von Euphorbien und richtete sich langsam zwischen den Stämmen auf, so daß er mit seinem dunklen Oberkörper wie ein Teil der Baumgruppe aussah, wie ein dicker, senkrecht gewachsener Ast.

Von hier aus sah er voll auf die Dusche.

Corinna stand nackt unter den Wasserstrahlen und dehnte und reckte sich. Ihr langes, blondes Haar klebte an ihrem Rükken. Die Morgensonne übergoß ihren weißen Körper wie mit Silber. Sie tanzte unter den Wasserstrahlen, hob das Gesicht in die Sonne und massierte dann ihren nassen Körper mit beiden Händen. Es war ein Anblick, der einen anderen Mann als Malanga atemlos gemacht hätte... für Malanga war es der Blick in ein Paradies, das zu erobern er sich angeschickt hatte.

Er lehnte zwischen den Euphorbienstämmen, hatte die Hände vor der Brust gefaltet und hielt den Atem an. Ich liebe sie, dachte er. Oh, mein Gott, wie liebe ich sie. Ich bin bereit, für sie mein Volk zu verlassen. Ich will mit ihr zusammen eine eigene kleine Welt gründen. Eine Welt des vollkommenen Friedens. Eine Welt der Glückseligkeit. Ich will für sie arbeiten wie ein Kuli. Ich will alles tun, um sie glücklich zu machen. Ich werde nichts mehr sein können ohne sie.

Corinna zog wieder an dem Wassersack. Noch einmal strömte das in der Sonne silbern flimmernde Wasser über die herrlichen Brüste und den flachen Leib und lief an den Schenkeln herab.

Malanga atmete seufzend auf, dann fuhr er wie ein aufgestörter Leopard herum. Ein leises Knacken hinter ihm hatte ihn gewarnt.

Hendrik Thorwaldsen stand an der Euphorbiengruppe und grinste. Aber es war ein gefährliches, böses Grinsen.

»Habe ich dich, Doc!« sagte er leise. »Logenplatz, was? Kleiner Privatstriptease?! Junge, die heimlichen Gucker sind mir die liebsten unter den Schweinen! Als wenn ich es geahnt hätte... sitzt der geile schwarze Affe in den Bäumen und beguckt sich weiße Brüstchen! Kerl, ich schlage dir die Augen zu.«

Malanga antwortete nicht. Mit einem Satz stürzte er sich auf Thorwaldsen. Es war ein Sprung, der jedem Raubtier Ehre gemacht hätte.

Thorwaldsen schien es geahnt zu haben. Er wich aus, der Faustschlag Malangas traf nur seine Schulter, aber er war so heftig, daß er von ihm um die eigene Achse gedreht wurde.

»Oha!« sagte Thorwaldsen anerkennend. »Beim Pinkeluntersuchen hat er seine Kraft nicht verloren. Also denn!«

Er hieb zurück und traf Malanga zwischen die Augen. Es war ein Schlag, der einen Ochsen umgeworfen hätte, vor allem an diesem Punkt, aber Malanga blieb stehen und schüttelte sich nur. Blut rann aus der Nase, auf der Stirn bildete sich eine dicke Beule... sie schwoll so schnell an, als blase man sie auf. Thorwaldsen staunte ehrlich.

»Du hast Kondition, mein Junge«, schnaufte er. »Ich sehe, wir haben noch viel voneinander!«

Noch dreimal schlugen sie auf sich ein, es klatschte laut, was Corinna unter ihrer Dusche nicht hören konnte. Als sie dann schwankend voreinander standen, hatte sich Corinna in ein großes Handtuch gewickelt und war zurück ins Zelt gekrochen.

»Der Tee wird gleich serviert«, keuchte Thorwaldsen. Er hatte ein geschwollenes Ohr und zwei große Flecken auf der Brust. »Gehen wir. Die Unterhaltung wird später bei Gelegenheit fortgesetzt. Und vergessen Sie nicht: keinen Ton zu Corinna! Was hier auszuhandeln ist, geht nur uns beide an.«

Er ließ Malanga stehen, verschwand im Savannengras und wenig später hörte man einen Schuß. Eine Herde von Oribi-Gazellen flüchtete. Thorwaldsen hatte das Mittagessen geschossen.

Malanga ging hinüber zum Fluß, wusch sich das Blut aus dem Gesicht und kehrt dann ins Lager zurück. Corinna, in ihrer Safarikleidung wie ein großer Junge aussehend, hatte schon den Tisch gedeckt. Von der anderen Seite kam Thorwaldsen mit der erlegten kleinen Gazelle. Malanga grüßte mit einem Lächeln und ging zum Landrover. Das Bild, das er gesehen hatte, riß ihm niemand aus dem Herzen...

»Mein Gott, wie sehen Sie denn aus?« rief Corinna entsetzt, als Malanga an ihr vorbeiging. »Was haben Sie denn gemacht?«

»Ich bin gestürzt.« Malanga sah sie dankbar an. Sie macht sich Sorgen um mich, das lindert allen Schmerz. »Ich wollte zum Fluß und stolperte über eine Baumwurzel. Genau auf einen Stein fiel ich mit der Stirn. Dumm, aber nicht so schlimm. Ich habe alles bei mir.«

Er holte aus dem Wagen eine Tropenkiste, öffnete sie und entnahm ihr eine Flasche und ein paar Lagen Zellstoff. Thorwaldsen, der zu ihm hinschielte, lachte plötzlich laut.

»Die gute alte essigsaure Tonerde!« brüllte er. »Haben Sie auch genug bei sich?«

»Genug. Es reicht für zwei«, sagte Malanga still.

Damit war das Thema beendet. Nach zwei Stunden fuhren sie weiter quer durch die Savanne, den Sümpfen von Toro und dem fernen, im Sonnenlicht tanzenden Mondgebirge entgegen...

Die Lage hatte sich von einem Tag zum anderen verändert.

Es war den Kompanien der Armee trotz aller Zweifel McCallens gelungen, einen Sperriegel zwischen den aufständischen Bantus und den anderen Provinzen zu ziehen. Sogar an der Grenze zum Kongo waren Fallschirmjäger aus Kampala abgesprungen. Das war die große Gefahr für die Bwambas, denn vom Kongo bekamen sie Waffen und Munition; man hatte ihnen sogar leichte Kanonen versprochen, Granatwerfer und Maschinengewehre. Auch die Bedienung dieser Waffen wurde mitgeliefert... es waren »Freiwillige«, Bantus aus dem Gebiet von Bunia und Djugu, die ihren Brüdern helfen wollten, einen eigenen Staat zu gründen.

Diese Lebensader der Bwambas schien langsam zu veröden, wenn die Fallschirmjäger erst Fuß faßten und mit Hubschraubern die Grenze zum Kongo überwachten. An der anderen Front fanden harte Kämpfe zwischen den Stoßtrupps der Bwambas und den Regierungstruppen statt. Die Verluste waren hoch, aber noch höher bei der Armee Ugandas, deren Soldaten meistens überrascht oder in Hinterhalte gelockt wurden. Nach zehn Gefechten hatten die Stoßtrupps der Bwambas alles an Waffen erbeutet, was sie brauchten, um der Armee gleichwertig zu sein – ein Umstand, der in Kampala viel Kopfzerbrechen auslöste.

»Sie bewaffnen sich bei uns«, sagte der General sarkastisch zu Oberst McCallen. »Was soll man tun?«

»Alles spricht dafür, daß dieser Doktor schon bei seinem Stamm ist.« McCallen stand vor der großen Karte Ugandas, an der das Gebiet Toro und Ruwenzori rot umrandet war. Rote Fähnchen steckten verteilt in diesem Gebiet: die Kampfgruppen der Armee und die bereits eroberten Dörfer. »Die Taktik ist typisch für einen Revolutionskrieg, wir kennen ihn von Kuba her, von den Mau-Mau, von Vietnam. Zermürbung des Gegners durch blitzartige Vorstöße mit an sich geringen Kräften... aber diese Vorstöße kosten Material, Menschen und Nerven. Der Bursche hat viel gelernt. Ich bleibe bei meiner Theorie: Haben wir erst diesen Doktor, fällt die ganze Revolution der Bantus wie eine Seifenblase in sich zusammen.«

In den Sümpfen von Toro aber dachte man anders. Hier lag noch immer die Hauptstreitmacht der Bwambas in Ruhe und wartete. Nabu Budumba hörte die Nachrichten aus Kampala, und Kwame Kirugu mußte als König regieren und seinem Stamm erzählen, daß die Götter mit ihm geredet und den Sieg versprochen hätten.

»Wir müssen die Taktik ändern, Kwame«, sagte Budumba, als er den Steckbrief Malangas im Radio gehört hatte. Er berichtete Kirugu nichts davon, sondern nur von den Ansammlungen der Armee und den Fallschirmjägern an der kongolesischen Grenze. »Man wird uns zusammendrängen, bevor wir die schweren Waffen aus dem Kongo haben. Zwanzig Panzer wollen sie in die Steppe bringen. Dagegen helfen keine vergifteten Speere und auch kein Zauber mehr.«

»Machen wir Frieden!« sagte Kirugu müde. »Unterwerfen wir uns.«

»Sie werden uns allen die Köpfe abschlagen und die Frauen schänden.«

»Nicht, wenn wir jetzt aufhören! Wenn wir auf ihre Gnade hoffen.«

»Es gibt keine Gnade mehr, Kwame!« Budumba ging in der großen, runden Königshütte unruhig hin und her. »Vier Gefangene wurden an Ort und Stelle von den Regierungssoldaten enthauptet. Meine Späher haben das gesehen. Willst du das ganze Volk köpfen lassen? Es gibt nur noch eins: Wir müssen die Mondberge erreichen, bevor sie uns hier in den Sümpfen und der Steppe zusammenschießen. In den Bergen sind wir sicher. Dort machen wir jeden Stein zu einer Festung, dort können vom

Kongo über die einsamen Pässe Munition und Waffen zu uns kommen. In den Mondbergen werden nicht nur die Götter zu Hause sein, sondern auch wir, das Königreich Bwamba! Und keiner wird uns mehr vernichten können, keiner!« Die Augen Budumbas flammten fanatisch. Kirugu schwieg. Er dachte nüchterner. Budumba ist ein Verrückter, dachte er, aber das Volk steht noch hinter ihm. Er ist durch seinen Zauber mächtiger als ich. Das aber wird sich ändern, wenn Malanga bei uns ist. Er wird Budumba lächerlich machen, daß man ihn wegjagt zu den Schweinen oder irgendwo aufhängt, den Geiern zum Fraß.

Kirugu lächelte vor sich hin. Malanga kommt, das war sicher. Er wird einen Ausweg finden für sein fehlgeleitetes, verführtes, blutendes, vom falschen Zauber betörtes Volk.

Aber wann, wann kommt er?

Jeder Tag, der verrinnt, schlägt eine Wunde mehr in das Volk der Bwambas.

»Was willst du also tun?« fragte Kirugu.

Budumba blieb stehen. »Wir müssen sammeln«, sagte er dumpf. »Weiße sammeln. Viele, viele Weiße. Es müssen hundert, zweihundert, dreihundert sein, so viel, wie wir bekommen können. Sie sind mehr wert als alle Versprechungen, als Millionen Shillinge, als alle Völkerrechte. Ich kenne das von Kenia, Kwame: Für einen Weißen rechneten sie zehn Farbige. Dreihundert Weiße sind dreitausend Bantus... verstehst du das?«

»Du willst noch mehr umbringen?« sagte Kirugu heiser.

»Nicht umbringen! Ich will Sicherheiten! Ich sammle Schecks für unsere Freiheit. Jeder Weiße – ein Scheck! Wir werden mit ihnen unser Königreich bezahlen. Das ist sogar ein glattes Geschäft.« Budumbas Stimme hob sich, Kirugu sah ihn aus gesenkten Augen an, so wie man einen Irren voll Vorsicht mustert. »Ich werde unsere Krieger ausschicken, so viele Weiße gesund und ohne Verletzungen einzusammeln, wie sie bekommen können. Vor allem auf den Missionsstationen... Patres, Schwestern, Entwicklungshelfer, Ingenieure, Berater, Lehrer... es gibt genug.« Budumba lachte schrill und warf die Arme hoch in die Luft. »Ich möchte die Armee sehen, die auf uns schießt, wenn jeder Schuß den Tod eines Weißen bedeutet. Die Welt wird auf uns blicken und verhindern, daß man die Weißen tötet. Sie werden mit uns verhandeln müssen... und *wir* diktieren das Protokoll. So habe ich es in Kenia gelernt.«

»Du warst Taxichauffeur«, sagte Kirugu verächtlich.

»Jawohl!« Budumba fuhr herum. »Ich habe die großen Herren gefahren. Politiker, Abgeordnete, Geschäftsleute, Intellektuelle. Ich habe mich mit ihnen unterhalten, und sie haben mir alles erzählt. Einem armen, schwarzen Chauffeur kann man ja so etwas erzählen, er ist ja dumm wie ein Warzenschwein! Aber ich habe es mir gemerkt, ich habe es in mir gespeichert, Kwame... ich kenne die Taktik der Großen! Und ich wende sie jetzt an gegen sie.«

Kirugu widersprach nicht, es hatte keinen Sinn. Budumba aber vollführte wieder seinen Zauber. Er baute ein Holzgestell auf, befestigte ein paar Papphülsen daran und legte eine lange Zündschnur, die alle Papphülsen miteinander verband.

In der Nacht standen die Krieger im Kreis um dieses Gestell. Budumba begann unter dem dumpfen Klang der Trommeln seinen Zaubertanz, hüpfte um das Gestell, wedelte mit Federn und wälzte sich auf der Erde, die Götter beschwörend. Sein schweißnasser Körper zuckte wild, aus seinem aufgerissenen Mund quollen unartikulierte, wilde Schreie. Dann sprang er auf, ritzte ein Streichholz an und legte es an die Zündschnur.

Mit rasender Schnelligkeit fraß sich das Flämmchen die Schnur entlang zum hölzernen Gestell. Dort erreichte es die erste Papphülse. Es gab einen lauten Explosionskrach und bunte Sterne zischten in die Nachtluft.

Die Krieger sanken wie auf ein Kommando in die Knie und starrten mit weit aufgerissenen Augen auf diese Erscheinung der Götter.

Die zweite, dritte, fünfte, zehnte Hülse explodierte... dann stand das ganze Gerüst in zischenden, bunten Flammen, und was da krachend in der Nacht leuchtete, war ein großer, bunter Stern.

Budumba breitete die Arme aus. Die Krieger fielen zu Boden.

Der große Zauberer hatte einen Stern vom Himmel geholt. Ein Stern war mitten unter den Bwambas. War das kein Beweis, daß die Götter sie liebten?

»Die Götter sind bei uns!« brüllte Budumba über die liegenden, zitternden Gestalten. »Die Götter befehlen uns: Nehmt die Weißen, nehmt sie lebendig! Die Weißen bringen euch die Freiheit!«

Dann erlosch das Feuerwerk, Budumba ging erschöpft in die

große Königshütte, die Krieger schlichen zu ihren Lagerplätzen zurück, den flammenden Stern im Herzen.

Kwame Kirugu saß in der Hütte; er hatte den Zauber nicht mitgemacht.

»Was machst du«, fragte er Budumba, der aus seinem Federkleid schlüpfte, »wenn du keine Knallkörper mehr hast?«

»Dann müssen wir ein Königreich sein.« Budumba lächelte zufrieden. »So lange reicht mein Vorrat noch.«

»Und wo willst du die Weißen verstecken?«

»In den Mondbergen.«

»Wovon ernähren?«

»Sie werden Fleisch essen müssen, bis man sie austauscht.«

»Und die beiden Sanders?«

Nabu Budumba zog ein Phantasiekleid an, das aus einer Hose aus Affenfell und einer Jacke aus Leopardenfell bestand. So wirkte er auch »außer Dienst« immer wie ein Zauberer. Alles war ihm gehorsam, es gab einfach nichts anderes mehr als ihn und die Götter.

»Sie werden wie die anderen Weißen behandelt.«

»Auch das Mädchen?« In den Augen Kirugus lag Lauern. Budumbas Mund verzerrte sich etwas.

»Auch sie!« sagte er hart. »Warum nicht?«

»Ich dachte...« Kirugu lächelte verhalten. »Ich habe dich gesehen, wie du sie beobachtet hast. Du starrst ihr nach, wie sie geht, wie sie sich auszieht, wie sie schläft, wie sie ißt, wie sie weint, wie sie wütend ist... du siehst sie an wie einen Fetisch. Du willst sie haben, Nabu!«

»Nein!«

»Doch. Du lügst aus Angst. Wenn du sie nimmst, verlierst du gegen den Stamm dein Gesicht. Das weißt du.« Kirugu lehnte sich lächelnd zurück. »Was willst du also tun?«

»Sie wird ausgetauscht wie die anderen Weißen, weiter nichts.«

»Und warum hast du sie nicht getötet wie Mr. Sander und Mrs. Sander?«

»Das ist meine Sache.« Budumba sah böse auf Kirugu. »Regiere du als König... die Politik überlaß mir!«

Er verließ die Königshütte und stand dann abseits im Schilf. Kirugu stieg von seinem Thron, dem europäischen Stuhl mit der hohen geschnitzten Lehne, rollte sich auf eine Matte und versuchte zu schlafen. Malanga muß kommen, dachte er wieder. Es war sein einziger, großer Gedanke. Er muß kommen, ehe es zu spät für mein Volk ist.

Budumba ging durch das Schilf, über den schmalen, festen Landsteg zu der Nebeninsel, auf der sechs Hütten errichtet waren. Hier wohnten die Frauen Kirugus und die der Gruppenanführer des Stammes. Budumba und Kirugu hatten die Bwambas gleich zu Anfang umorganisiert. Es gab keine Familienältesten mehr, keine Sippenherrscher, nicht mehr das harte Familienrecht, sondern der Stamm war nun eingeteilt wie eine Armee. Es gab Gruppen, Züge, Kompanien und Bataillone mit ihren jeweiligen Kommandeuren. Die militärische Rangordnung löste die uralte Geschlechtertradition ab. Oberbefehlshaber war Budumba, der König als Chef des Stammes war Kirugu. Die Bantus hatten sich schnell daran gewöhnt.

Budumba hatte jetzt die nächste Insel erreicht und nickte den Wachen zu, die rundherum im Schilf verteilt waren und alle zwei Stunden – auch hier nach dem Vorbild der Weißen – abgelöst wurden.

»Was macht die weiße Frau?« fragte er einen riesigen Bantu, der vor einer der Hütten saß und sofort aufsprang, als er den Leopardenrock Budumbas erkannte.

»Sie schläft noch nicht.«

»Paß auf, daß niemand in die Nähe kommt.«

Budumba öffnete die aus Gras geflochtene Klapptür und betrat die runde Hütte. In der Mitte stand eine Batterielampe, deren greller Lichtschein durch einen Schirm aus Schilfgeflecht abgedunkelt war. Gisela Sander saß auf einem Hocker und schrieb in ein Notizbuch. Sie blickte kurz auf, als Budumba eintrat und schrieb dann weiter.

Gisela Sander unterschied sich von Corinna, der älteren Schwester, nur durch ihre Haarfarbe. Sie hatte statt blondes ein helles, kupferbraunes Haar, das im Licht, ganz gleich ob Sonne oder Lampe, immer wie blankgeputzt aussah. Ein herrliches Haar, das in einem langen Pferdeschwanz bis hinunter zu den Hüften hing. Dazu hatte sie grüngraue Augen und einen durchtrainierten, muskulösen Körper, derber als Corinna, geformt in der Farmarbeit auf Kitumba. Sie hatte nicht studiert... ihr Interesse galt der Veredelung von Kaffee und dem Anbau von Baumwolle. Sie jagte Löwen und fing mit den Vorarbeitern störrische

Stiere ein. Dementsprechend war sie kraftvoll, mit stämmigen Beinen und breiten Schultern. Nur die Brüste, stärker noch als die Corinnas, zeigten, daß sie trotz allem ein blutvolles Weibsbild war.

»Was machen Sie da, Miß Sander?« fragte Budumba und blieb an der Tür stehen.

»Ich schreibe in mein Tagebuch. Wollen Sie es hören? Heute wieder durch die Savanne gezogen, am Ast hängend wie ein gefangener Affe. Wir können das Ruwenzori-Gebirge sehen... ob es dorthin geht? Was wollen sie mit uns machen? Langsam verebbt unsere Angst, wir sind nur noch neugierig. Wenn sie uns hätten töten wollen, wäre das längst geschehen. Aber sie verpflegen uns und achten darauf, daß uns kein Kratzer an die Haut kommt. Das ist alles rätselhaft, so rätselhaft wie dieser Budumba, der mir widerlich ist... Wollen Sie noch mehr hören?«

Gisela Sander klappte das Tagebuch zu. Budumbas Gesicht lag im Schatten, man konnte es nicht sehen. Aber man hörte deutlich, wie er mit den Zähnen knirschte.

»Sie leben noch, weil *ich* es will!« sagte er heiser. »Ich allein bestimme über Ihr Leben.«

»Das ist mir klar.« Gisela Sanders Stimme zeigte keinerlei Ehrfurcht vor Budumbas Macht. »Ich weiß nur nicht, warum Sie meine Eltern umbrachten und meinen Bruder und mich mühsam durch die Steppe schleppen.«

»Das hat politische Gründe.« Budumba betrachtete das Mädchen mit begehrenden Blicken. In Gedanken zog er sie aus und schwelgte in den Formen, die sich ihm freigaben. In Nairobi hatte er öfter eine weiße Frau besessen, aber immer hatte er dafür zahlen müssen. Da gab es Bordelle für Neger, in denen auch weiße Frauen arbeiteten. Für zwei Pfund gab es eine welke, schwarzhaarige, dickliche Hure, die sich hinlegte und schläfrig sagte: »Nu mach schon, Blacky...« Für vier Pfund bekam man eine Junge. Die blonden Weiber kosteten zehn Pfund; man konnte sie sich jährlich nur zweimal leisten, zum Geburtstag und zu Weihnachten. Aber auch das war nicht das Richtige, was Budumba ersehnte. Er wollte die volle Liebe einer weißen, blonden Frau, die ihn umarmte und nicht Geld dafür nahm.

»Sie könnten frei sein«, sagte Budumba gepreßt.

Gisela Sander hob kampfeslustig den Kopf. »Das wäre interessant.«

»Sie könnten Königin dieses Stammes sein, Gisela.«

»Ach!« Gisela verstand. Ihr Gesicht wurde steinern. »Gehen Sie hinaus, Sie Schwein!« sagte sie laut. »Wenn Sie darauf warten, dann sparen Sie sich Fleisch, Milch, Pflege und Transport von uns. Zerhacken Sie uns wie die Eltern!«

»Die Götter haben den Bantus viel Zeit geschenkt«, sagte Budumba pathetisch. »Warten wir es ab. Es gibt eine Hölle, wo eine schwarze Hand auf Ihrer weißen Haut wie die letzte Kühlung ist vor dem Verbrennen. Gute Nacht!«

Budumba verließ die kleine, runde Hütte, nickte dem Wächter zu und kehrte über den schmalen, unter fauligem Wasser liegenden Pfad zurück zur Königsinsel.

Gisela Sander starrte Budumba noch lange nach, als er längst die Hütte verlassen hatte. Es war, als sei sein Schatten noch im Raum.

Das ist es, dachte sie, und nun kam der ganze Schrecken über sie. Er will mich. Darum lebe ich noch. Er will mich nicht als Sklave, nicht als wehrloses, vergewaltigtes Bündel. Er will mich als Sieger in seine Arme nehmen, als Beute, die zu ihm kommt aus Angst und Todesfurcht.

»Nie!«

Gisela schrie es in die Hütte und ballte die Fäuste. Der Wächter draußen rührte sich nicht. Er war es gewöhnt, Töne aus der Hütte zu hören.

»Nie...«, sagte sie leiser. »Und wenn, dann erwürge ich dich, sobald du auf mir liegst und glaubst, glücklich zu sein...«

Die neue Taktik Budumbas wurde bald erkannt. Seine Trupps überfielen ohne Rücksicht Stationen, Farmen, Buschschulen und Buschkirchen, schleppten die Weißen mit und verschwanden in der Savanne mit ihnen. Innerhalb von zwei Tagen bekamen sie zehn Pater, neun Schwestern, drei Lehrer und neunzehn andere Weiße – meistens Ingenieure – in die Hände.

Die Botschaften in Kampala wurden bei der Regierung von Uganda vorstellig, der Militärchef tobte, der Bischof las eine große Messe für die verschleppten Priester und Schwestern, Oberst McCallen raufte sich die wenigen, eisgrauen Haare.

»Ich sage Ihnen, diese Bwambas haben eine Führung, die europäisch ausgebildet ist«, referierte McCallen vor den Missionschefs der in Kampala akkreditierten Länder. »Es ist, gelinde gesagt, zum Kotzen, daß wir nicht seinen Namen kennen. Vieles wäre dann leichter. Aber diese Kampfführung – Stoßtrupps moderner Art und Geiselfang nach altem, klassischem Rezept, das ist in der Lage der Bwambas genial. Man bindet uns die Hände vor größeren Einsätzen und gewinnt so Zeit, in die sicheren Mondberge zu kommen. Das allein ist ihr Ziel ... und sie erreichen es, verdammt noch mal!«

Am dritten Tage nach der Veröffentlichung von Malangas Steckbrief meldete die 2. Kompanie des 1. Regimentes, die in der Gegend von Itojo operierte und die Randgebiete der Sümpfe durchkämmte und kontrollierte, einen Überläufer der Bwambas. Es war ein kleiner, zäher Bursche mit listigen Augen, der plötzlich vor einer MG-Stellung mit hocherhobenen Armen aufgetaucht war und den Kommandeur zu sprechen verlangte.

»Ich weiß, wen ihr sucht«, sagte er grinsend. »Aber ich rede erst vorm Kommandeur.«

Der Oberleutnant, der die 2. Kompanie führte, fragte ihn zunächst. Als der kleine Bantu immer wieder auf dem Kommandeur bestand, wurde er erst einmal mit biegsamen Ruten durchgehauen, dann an einen Baum gehängt und dort zwölf Stunden der Sonne ausgesetzt, von sieben Uhr morgens bis sieben Uhr abends.

Aber der Bantu schwieg. Er hatte die Worte des großen Zauberers Budumba im Ohr: »Du sagst nur dem General etwas! Du mußt dich nach Kampala bringen lassen. Sprichst du vorher, werden die Götter deiner Frau, deinen Kindern und allen deinen Verwandten die Zunge aus dem Mund reißen! So wahr sie den Stern vom Himmel fallen ließen.«

Um acht Uhr abends ließ der Oberleutnant der 2. Kompanie schweren Herzens einen Funkspruch nach Kampala durch. Morgens um neun landete ein Hubschrauber in der Savanne. Oberst McCallen und ein Oberst der Uganda-Armee sprangen ins Gras. Der kleine Bantu hatte sich wieder erholt, man hatte ihm viel Fleisch und Milch gegeben und eine alte Uniform, damit man nicht seinen striemigen, zerschlagenen Körper sah. Er hockte auf dem Boden, als McCallen zu ihm trat und ihm eine Schachtel Zigaretten zuwarf.

»Nun, was ist?« fragte er auf Bwamba-Luganda, der Sprache im südlichen Toro. »Ich bin der Kommandeur, den es angeht.«

Der Kleine schielte zu McCallen hinauf und grinste. McCallen hockte sich in Negerart neben ihn, in den Knien wippend, die Absätze nach oben ins Gesäß gestoßen. Neger können so stundenlang hocken... dem Europäer schlafen nach spätestens zehn Minuten die Beine ein, die Knie beginnen zu zittern und er fällt einfach um. McCallen nicht. Er hatte es geübt. Wer dreißig Jahre lang Kolonialoffizier war, kennt diese Tricks genau.

»Na?« wiederholte er. »Was ist so wichtig?«

»Ich habe Nachricht für dich, Bwana.« Der kleine Bantu sah auf McCallens eisgrauen Schnurrbart. »Ich soll sagen, daß der große Doktor auf dem Weg zu den Bwambas ist.«

»Das weiß ich«, knurrte McCallen. »Wer schickt dich?«

»Ich weiß nicht.« Der kleine Bantu grinste wieder. »Ich soll sagen, der große mganga, den ihr sucht, heißt Dr. Julius Malanga und kommt aus London.«

McCallen spürte ein Kribbeln unter seiner Kopfhaut. »Junge...«, sagte er gedehnt. »Junge, wenn das wahr ist, lasse ich dir deinen schwarzen Hintern vergolden. Du kommst mit nach Kampala! Wir prüfen das nach. Sofort!« Er sah zu dem Uganda-Oberst auf, der neben ihnen stand und es unter seiner Würde fand, sich niederzuhocken, so wie es sein Vater noch im Busch beim Palaver getan hatte. »Wir fliegen sofort zurück. Funken Sie an das Innenministerium, sie sollen uns alle Akten der nach Europa gereisten Studenten bereitlegen und darin nach einem Julius Malanga suchen...«

Zehn Minuten später erlebte der kleine Bantu den ersten Flug seines Lebens. Er hockte in der gläsernen Kanzel der Riesenlibelle, sah die Savanne unter sich, die flüchtenden Herden der Impalas und Gnus, Wasserböcke und Kudus, eine Herde ziehender Elefanten und ein Löwenrudel, faul in der Sonne liegend und schlafend. Da lachte er und klatschte in die Hände wie ein Kind und schrie immer und immer wieder gegen das Fenster: »Simba! Simba! Simba!«

Er war aus der Eiszeit in die Gegenwart gerissen worden und begriff es noch gar nicht voll. Er flog wie ein Vogel, und das war so schön, daß er alle Angst vergaß.

In Kampala empfing im Hauptquartier ein lachender General den nervösen McCallen. »Wir haben ihn!« rief der General und schwenkte ein Aktenstück. »Julius Malanga vom Stamme der Bwambas! Seit zehn Jahren in Europa. Studierte in Köln, London, Paris und Rochester. Vater war der letzte König der Bwambas. Sein Onkel Kirugu regiert jetzt den Stamm. Malanga ist vor drei Wochen in Entebbe gelandet, zurückgekehrt aus Europa.«

»Das ist er!« McCallen wischte sich den Schweiß von der Stirn. »Und dazu braucht man so lange Zeit, um das festzustellen. Wo alles so logisch ist, wo man sogar ein Dossier von ihm hat. Ist ein Bild dabei?«

»Mehrere.« Der General reichte die Mappe. McCallen sah in ein schönes, intelligentes, kaum noch negroides, dunkles Gesicht. Mit zusammengekniffenen Augen klappte er die Akte wieder zu. »Wirklich, dieser Mann ist gefährlich«, sagte er leise. »Das ist ein Gegner, den wir auf gar keinen Fall verachten sollten. Hören wir uns nun an, was unser kleiner Steppenhüpfer noch zu sagen hat...«

Aber der kleine glückliche Bantu, der zum erstenmal wie ein Vogel geflogen war, hatte nichts mehr zu sagen.

»Das war alles, Bwana«, sagte er immer wieder, noch nach fünf Stunden geduldiger Fragerei. »Das war wirklich alles, Bwana.«

Achselzuckend verließ McCallen den Raum und übergab den Kleinen den Militärs. Diese waren weniger höflich zu ihm; sie schlugen ihm ins Gesicht und fragten: »Wo stehen eure Männer? Wo ist der Sitz des Königs? Wie seid ihr bewaffnet? Woher bekommt ihr die Waffen? Wer unterstützt euch? Was sind die Pläne Budumbas? Rede, du Aasgeburt!«

Aber der kleine Bantu schwieg. Er wußte ja das alles nicht. Er war Träger in der Kolonne III, weiter nichts. Und die Götter hatten ihn durch Budumba dazu auserwählt, zu fliegen wie ein Vogel. Oh, war das schön!

Sie verprügelten ihn wieder, streuten Salz in die aufgeplatzten Wunden, brannten ihm glühende Eisen ins Fleisch, schnitten ihm die Ohren ab und kastrierten ihn.

Der Kleine schwieg. Wohl schrie er vor den gräßlichen Schmerzen, aber wer nichts weiß, kann ja auch nichts verraten.

Als der Schmerz und die Qual zu groß wurden, warf er sich aus dem Fenster auf die Straße. Dort lebte er aber noch, kroch auf allen vieren herum wie eine vom Sturz verletzte Katze, bis ihn der Posten vor der Tür erschoß.

Man warf ihn in die gleiche Abfallgrube, in die der Müll von Kampala abgeladen wurde. Eine Lastwagenladung fauliger Apfelsinen wurde seine Grabplatte. Vier Wochen später planierte ihn ein Bulldozer unter.

Beim Überfall auf die Station Butiti – ein kühnes Unternehmen, denn Butiti lag an der Hauptstraße Kampala-Fort Portal und war einen Tag vorher noch von zwei Zügen Panzerjäger besetzt gewesen – erbeutete der Stoßtrupp der Bwambas nicht nur Munition, Gewehre, Maschinenpistolen und Kisten voll Konserven, sondern auch achtundzwanzig Weiße, darunter einen katholischen Priester, Pater Fritz – einen Deutschen – und die deutsche Journalistin Ingeborg Kraemer. Sie war für eine Nachrichtenagentur trotz der Sperren bis Butiti vorgedrungen, um wenigstens einen allgemeinen Lagebericht nach Deutschland durchgeben zu können. Als die Bwambas nachts das Dorf überfielen, was an sich schon ungewöhnlich war bei der Scheu der Farbigen vor der Nacht, wurde Ingeborg Kraemer gefangengenommen, als lade man sie zu einer Party ein. Ein stämmiger Bantu in einer Phantasieuniform, die aus verschiedenen Zivilteilen und einer Militärhose bestand, während er um die Stirn ein Band aus Affenfell trug, kam in ihr Zimmer und winkte ab, als Ingeborg eine Pistole hob.

»Wir freuen uns, Sie mitnehmen zu können«, sagte der Bantu höflich und gab die Tür frei. »Bitte, kommen Sie mit. Wenn Sie schießen, sieht das alles ganz anders aus.«

Ingeborg Kraemer legte die Pistole auf den Tisch, griff nach ihrer Reisetasche aus Zeltstoff, stopfte Unterwäsche, zwei Kleider, eine lange Hose und einen Bikini hinein, räumte vom Waschtisch alle Kosmetika zusammen und legte obendrauf ihre kleine Reiseschreibmaschine, Papier und ein Wörterbuch: »Kisuaheli für Anfänger«. Sie hatte plötzlich keine Angst mehr. Der sechste Sinn, den gute Journalisten haben müssen, meldete sich bei ihr. Wenn sie töten wollen, wäre ich jetzt schon hinüber, dachte sie. Aber sie wollen etwas anderes; das könnte eine Story werden.

Sie kämmte sich, zog ihre Buschkluft – Stiefel, lange Hose, Safarihemd, Windjacke und zerbeulter Hut – an und nickte dem geduldig wartenden, großen Bantu zu.

»Wir können, großer Häuptling!« sagte sie auf englisch. Auch der Bantu hatte englisch gesprochen. »Wohin geht die Reise?«

»Zu den Göttern, Madam.«

»Interessant. Da wollte ich schon immer hin.«

Ingeborg Kraemer nahm ihre schwere Reisetasche, warf noch einen Blick zurück ins Zimmer und folgte dann dem Bantu. Draußen traf sie auf Pater Fritz, der in seiner weißen Soutane inmitten gestikulierender und weinender anderer Gefangener wie ein Turm herausragte.

»Hatten Sie Schwierigkeiten?« fragte er Ingeborg Kraemer, als sie in den Kreis der anderen trat.

»Nein. Gar nicht. Er lud mich ein wie zu einer Wochenendfahrt. Es fehlt nur noch das ›Na Puppe, woll'n wir mal?!‹ Vielleicht kommt das noch?« Sie lachte und schob den zerbeulten Hut in den Nacken. Sie hatte ein offenes, frech-fröhliches Gesicht, gebräunt und mit etwa zweihundertneunundvierzig Sommersprossen auf der Nase; ihre Figur war schlank und mittelgroß und in dem Khakisack von Hemd, das sie trug, formenmäßig schlecht zu bestimmen. Pater Fritz nickte.

»Sie benehmen sich merkwürdig«, sagte er. »Im Kongo waren sie weniger höflich. Aber das kann noch kommen. Wer weiß, trotz langer Forschungen, was in diesen Seelen vorgeht?«

In der Nacht noch wurden sie weggefahren, mit erbeuteten Lastwagen, die fahrkundige Europäer fahren mußten. Bewaffnete Bantus saßen neben ihnen und gaben ihnen die Richtung an.

Als der Morgen graute, waren sie schon weit von Butiti entfernt in der Savanne; als Militärkolonnen die Verfolgung aufnahmen, stießen sie in Leere. Man fand zwar die Lastwagen, aber die Bantus und die Gefangenen blieben unsichtbar. Auch Hubschrauber erkannten sie nicht in der zerklüfteten Hochebene, in die sie geflüchtet waren.

Zwei Tage dauerte der Zug der Gefangenen durch die mannshohe Grassavanne. Sie wurden bestens verpflegt und behandelt. Nur als ein italienischer Ingenieur fliehen wollte, tötete man ihn lautlos mit vergifteten Pfeilen. Das war eine Warnung, die jeder verstand. Pater Fritz begrub den Italiener unter einer Schirmakazie und zelebrierte einen kurzen Sterbegottesdienst. Dabei zeigte es sich, daß die Hälfte der Bantus getauft waren: sie bekreuzigten sich und knieten nieder.

»Da sieht man wieder das Geheimnis der afrikanischen Seele«, sagte Pater Fritz später zu Ingeborg Kraemer, die auf ihrer Reiseschreibmaschine diese Begebenheit festhielt. »Sie überfallen und morden, und sie bekreuzigen sich und knien nieder. Sie haben von dem Gott der Liebe gehört, aber sie leben weiter wie ihre Ahnen. Bei den Aufständen im Kongo hat ein junger, farbiger Meßdiener sogar seinen Pfarrer in der Kirche erstochen. Man kann das mit unserer Logik nicht begreifen.«

Am dritten Tag kamen ihnen Wagenkolonnen entgegen. Negerfuhrwerke, gezogen von Rindern. Die Gefangenen wurden darauf geladen, die Wagen wendeten und zogen hinein in die undurchdringlichen Sümpfe von Makoga.

So kam es, daß Robert Sander mit Ingeborg Kraemer zusammentraf.

Auf der großen Insel der Gefangenen, die Budumba ausgesucht hatte – und von der es kein Entfliehen gab, denn zu ihr gab es keinen Steg, man mußte in flachen Flechtbooten hinüberrudern –, trafen sie sich. Robert Sander half Ingeborg aus dem Boot und trug sie auf seinen Armen ein Stück durch den kniehohen Sumpf ans völlig feste Land der Insel.

»Willkommen«, sagte er und warf die Reisetasche Ingeborgs auf den feuchten Boden. »Ich weiß schon von unseren plappernden Mäulchen: Sie kommen aus Butiti.«

»Vorsicht, Mann!« Ingeborg bückte sich und nahm ihre Tasche hoch. »Sie zerschlagen mir ja alles. Die Bantus waren vorsichtiger als Sie Bär.«

»Oh, die Dame bringt Porzellan und Kristall mit?« Robert Sander betrachtete die Tasche voll Spott. Er war groß, wie es sein Vater gewesen war, blond wie Corinna und kräftig wie ein Ringer. Über seine linke Wange zog sich eine blutige, tiefe Narbe. »Ist auch eine Vase dabei? Ich will Ihnen gern ein paar Blümchen pflücken.«

»Blöder Kerl!« Ingeborg Kraemer warf die Tasche über ihre Schulter. »Eine Schreibmaschine ist darin.«

»Oha! Die fliegende Sekretärin. Anruf genügt... bin gleich da. Wollen Sie Budumbas Zauberkünste im Stenogramm aufnehmen?«

»Ich bin Journalistin«, sagte Ingeborg laut und ließ Robert Sander stehen. Mit weiten, kräftigen Schritten ging sie den anderen nach zu den provisorischen Grashütten. Von weitem winkte ihr Pater Fritz zu.

»Eine Journalistin!« sagte Robert Sander entgeistert. »Die hat uns gerade noch gefehlt. Na, wird sich Budumba freuen. Aber das Mädel ist in Ordnung. Vor allem hat es Mut!«

Er ging ihr nach und sah zu, wie zwei Bantu-Gruppenführer die neuen Gefangenen auf die neuen Hütten verteilten. Bevor sie abmarschierten, blickte sich Ingeborg noch einmal um. Ihr Blick traf Robert Sander, der winkend die Hand hob. Da winkte sie zurück und lächelte.

Auch in der Savanne, auch im Elend können zwei Herzen plötzlich schneller schlagen...

Malanga merkte es erst, als es zu spät war.

Plötzlich fiel der Kopf Corinnas zur Seite gegen seine Schulter, sie stöhnte auf und sank dann zusammen. Malanga trat auf die Bremse und stellte gleichzeitig die Zündung ab, Thorwaldsen flog im hohen Bogen von der Kiste, auf der er saß, ins Gras und überschlug sich.

»Sind Sie verrückt geworden?« brüllte er noch im Liegen. Dann stand er auf und rieb sich die linke Schulter.

Malanga hatte Corinna umfangen und versuchte, sie wegzuschieben. Sie lehnte sich schwer gegen ihn und gab keine Antwort, als er sie anrief. Als er ihren Kopf faßte und hochhob, hatte sie die Augen geschlossen, die Lippen zusammengepreßt, um ihren Mund lag ein harter Zug. Mit zitternden Fingern fuhr Malanga über ihr Gesicht. Es war glühendheiß, die Haut fühlte sich trocken an, wie rotbraunes Pergament.

»Um Himmels willen!« schrie Malanga. »Kommen Sie her! Sie ist ohnmächtig. Sie glüht vor Fieber.«

Thorwaldsen sprang an den Wagen. Sie hoben Corinna heraus, Malanga hatte die Schultern untergefaßt, Hendrik hielt die Beine. Vorsichtig trugen sie Corinna etwas abseits, trampelten das Gras nieder und legten sie dann auf den Boden. Malanga öffnete ihr die Bluse und fühlte dann nach ihrem Puls.

»Himmel noch mal... Puls fühlen, das ist alles, was ihr Ärzte könnt. Es ist doch Wurscht, ob er 90 oder 120 ist! Die ist ohnmächtig... machen Sie sie wieder mobil!« schrie Thorwaldsen. Er kniete neben Corinna und rieb ihr die Brust. Die harte Hand Malangas schob seine Hände weg. »Was hat sie?«

»Fieber.«

»Sie kluges Kind! Das sieht ein Blinder, der fühlt's nämlich. Aber welches Fieber? Malaria? Sumpffieber? Gelbfieber? Hat sie sich irgendwo vergiftet oder infiziert? War das Wasser trotz Abkochen schlecht? Mensch, Doktor, machen Sie die Schnauze auf. Wozu haben Sie sechs Jahre lang Ihren Arsch auf den Universitätsbänken gewetzt?!«

Malanga hörte nicht hin. Er sah Corinnas verzerrtes Gesicht und verging fast vor Angst.

»Wir müssen sie ausziehen«, sagte er leise. »Ich muß sie untersuchen.«

»Dann tun Sie es doch!« schrie Thorwaldsen.

»Wollen Sie es nicht übernehmen?«

»Blödsinn!«

Gemeinsam zogen sie Corinna aus, breiteten eine Decke auf den Boden und legten den nackten, leuchtenden, jetzt fieberheißen Körper darauf. Malanga kniete sich wieder neben sie und legte die Hände auf die Decke neben den Körper. Sein Kopf flog plötzlich hoch zu Thorwaldsen.

»Erlauben Sie, Sir, daß eine schwarze Hand diesen weißen Körper berührt?« sagte er laut. Thorwaldsen schnob die Luft durch die Nase ein.

»Ich zerschlage Ihnen den Schädel, Doc, wenn Sie nicht sofort anfangen!« knirschte er. »Los, untersuchen Sie...«

Malanga tastete mit den Blicken Corinnas Körper ab. Bevor er das Herz abhorchte, suchte er nach äußeren Einwirkungen. Ein Schlangenbiß, ein Skorpionstich, eine Ansammlung von Mükkenstichen... es gab viele Möglichkeiten. Rätselhaft war es nur, warum Corinna nichts gesagt hatte. Ein solches Fieber kam nicht plötzlich, es entwickelte sich, mußte eine Ursache haben.

»Aha!« sagte Malanga, als er das rechte Bein Corinnas etwas drehte. »Da ist es.«

Thorwaldsen fiel auf die Knie und beugte sich vor. An der rechten Wade Corinnas zog ein langer, rötlicher Strich über die Haut. Ein Riß, wie von einem Dorn, und Dornen gab es genug in der Savanne. Dieser Riß war aufgetrieben, das Bein gerötet. Als Thorwaldsen die Hand darauf legte, zuckte er vor der Hitze zurück.

»Doc...«, stotterte er und sah dabei Malanga nicht an. »Sagen Sie bloß nicht: Blutvergiftung. Heben Sie bloß nicht die Schultern. Ich bringe Sie auf der Stelle um! Verdammt... ich verlange von Ihnen jetzt Wunder!« Er holte tief Luft und sah Malanga nun doch an. »Was ist es?«

»Eine Blutvergiftung.« Malanga beugte sich über Corinna, zog die Lider hoch und sah in die verdrehten Augen. Er öffnete ihr gewaltsam den Mund, indem er seine Finger zwischen die Zähne preßte und betrachtete die Zunge. Sie war rötlichweiß, trocken, wie ledern. »Eine Septikämie«, sagte er tief atmend. Er tastete den Leib ab und drückte auf die Milz. »Noch kein deutlicher Milztumor, aber eine spürbare Verhärtung.«

»Tun Sie etwas, Malanga!« Thorwaldsen ballte die Fäuste. »Wenn es Sinn hätte, würde ich Sie jetzt umbringen mögen. Ich hatte in meinem Landrover eine Safariapotheke. Ich hatte ein paar Mittel drin, die vielleicht geholfen hätten. Aber Sie Saukerl haben mir das Öl abgelassen und ...«

»Ihre Mittel helfen hier nicht mehr.« Malanga erhob sich und sah starr auf den weißen, ausgestreckten Körper vor sich. »Ich muß operieren.«

»Hier? Jetzt? Im Gras?« Thorwaldsen starrte Malanga entgeistert an.

»Es ist ihre einzige Chance. Ich muß operieren.... sie muß bluten, viel bluten... und sie muß neues, frisches Blut bekommen...«

»Um Himmels willen, woher denn?«

»Von uns. Einer muß die Blutgruppe Corinnas haben...« Malangas Gesicht war starr wie eine schwarze Eisenmaske.

»Und wenn nicht...?« fragte Thorwaldsen kaum hörbar.

Malanga sah in die Sonne und schloß die Augen.

Und dann zuckte er mit den Schultern.

Während sich Thorwaldsen um Corinna kümmerte – es war herzlich wenig, was er tun konnte, und so hielt er nur ihren Kopf etwas hoch und spürte die glühende Haut an seinen Fingern, was ihn noch ratloser werden ließ –, war Malanga zu seinem Landrover gegangen und schleppte zwei Kisten heran. Es waren schöne, neue, mit Eisen beschlagene Kisten, tropenfest und mit Klemmverschlüssen, wie sie Thorwaldsen noch nicht gesehen hatte. Seinen fragenden Blick beantwortete Malanga gleichgültig.

»Eine Sonderanfertigung. In London hergestellt.«

»Tun Sie was Vernünftiges, Doc, statt Kisten zu erklären!« schnaubte Thorwaldsen. »Ich habe das Gefühl, daß sie mir in den Händen verbrennt. Sie glüht regelrecht. Haben Sie nicht wenigstens ein fiebersenkendes Mittel?!«

»Alles der Reihe nach. Das Fieber kann immer noch bekämpft werden. Wir müssen erst die Infektion angehen.« Malanga kniete neben seinen Kisten und schloß die Schlösser auf. Thorwaldsen starrte auf den weißen, nackten Leib Corinnas, und es war nur Sorge in seinem Blick, keinerlei männliche Bewunderung für die Schönheit des Körpers.

»Machen Sie ein Sonnensegel, Sir!« sagte Malanga, während er die erste Kiste aufklappte und eine Stanniolhaut zerriß. Es klang wie ein Befehl. Thorwaldsen ließ Corinnas Kopf los, rannte zum Wagen, holte Zeltleinwand und zusammensteckbare Stangen und begann, ein Sonnendach über dem nackten Körper aufzurichten. Es ging ziemlich schnell, darin war Thorwaldsen geübt. Er spannte die Leinwand zwischen die vier Stangen, zurrte die Seile aus Nylon fest und hieb die Heringe in die Erde. Als er mit dieser Arbeit fertig war und sich mit dem Unterarm den Schweiß aus dem Gesicht wischte, sah er, daß Malanga so etwas wie ein Labor aus der Kiste gepackt hatte. Auf einem Klapptisch standen Halter mit Reagenzgläsern, Glasschalen, Kolben, ein Bunsenbrenner, mit Propangas gespeist, dunkel getönte Flaschen mit verschiedenen Flüssigkeiten, einige Spritzen in sterilen Chrombehältern, ein Ansaugschlauch, ein Blutdruckmesser, ein kleines, aber anscheinend sehr scharfes Mikroskop, eine Schachtel mit gläsernen Objektträgern und Deckgläsern, mehrere Skalpelle, ein Kasten mit sterilen Tupfern und Kompressen, Abdecktüchern und blutaufsaugenden, gepreßten Wattelagen. In einem verchromten Koffer sah Thorwaldsen ein vollständiges chirurgisches Besteck. Scheren, Zangen, Klemmen, Pinzetten, Sägen, Spreizer, scharfe Löffel, Sonden.

»Mein Gott – Sie haben ja ein ganzes Krankenhaus im Koffer!« sagte Thorwaldsen etwas kleinlaut. »Schleppen Sie auch eine aufblasbare Krankenschwester mit sich herum?«

»Die Krankenschwester sind Sie, Sir!« Malanga hatte alles um sich herum geordnet. Nun holte er aus der zweiten Kiste, die randvoll mit Medikamenten war, eine Plastikflasche heraus.

»Was ist das?« fragte Thorwaldsen.

»Homoseran. Eine 20prozentige Retroplazentarblutlösung mit 5 Prozent Traubenzucker in Ringerlösung und Chinosol-Zusatz.«

»Hören Sie auf! Daß Ärzte nie klar verständlich sprechen können!«

»Es ist Blutersatz ohne Rücksicht auf die Blutgruppe.«

»Aha!«

»Aber die Flasche reicht nicht. Wir brauchen auch Frischblut ... selbst wenn es dabei Komplikationen im Kreislauf geben sollte.« Malanga zog eine Spritze auf und näherte sich der ohnmächtigen Corinna. Thorwaldsen kniete wieder neben ihr und versuchte, mit einem wassergetränkten Lappen ihre heiße Stirn zu kühlen.

Malanga beugte sich über Corinna und stieß die lange Nadel schnell in ihren Oberschenkel. Sie zuckte zusammen. Thorwaldsen bekam rote Augen.

»Sie tun ihr weh!« schrie er. »Sie behandeln sie wie eine kranke Kuh!«

»Sie merkt gar nichts. Nur die Nerven reagieren.«

»Das genügt wohl! Gehen Sie zarter mit ihr um, oder ich werfe Sie gegen die Bäume, Doc!«

»Sind Sie Arzt oder ich?« Malanga trug die Spritze zum Tisch zurück und kam mit der Staubinde und dem Blutentnahmegerät zurück.

»Leider Sie!« knirschte Thorwaldsen. »Was haben Sie ihr gegeben?«

»Ein Kreislaufmittel. Nun zu Ihnen. Strecken Sie den Arm aus und machen Sie eine Faust.«

»Das letztere wird mir nicht schwerfallen.« Thorwaldsen warf den Arm vor, als müsse er eine Gerade schlagen. Malanga legte die Staubinde um und zog sie fest an. Die Vene Thorwaldsens trat dick in der Armbeuge hervor. »Ich will Ihnen etwas sagen, Doc«, meinte Thorwaldsen, als Malanga die Nadel auf die Spritze setzte, mit der er Blut absaugen wollte. »Es ist das erste Mal, daß ich einen Schwarzen an meinen Körper lasse. Und ich tue es nur Corinna zuliebe.«

»Das ist mir klar, Sir.« Malangas Gesicht war unbewegt. Er schluckte die Beleidigungen, als seien es für ihn unverständliche Fremdwörter. Sicher und schmerzlos, nachdem er die Stelle kurz mit einem alkoholgetränkten Wattebausch gereinigt hatte, stach er die Nadel ein und zog fünf Kubikzentimeter Blut aus Thorwaldsens Vene. Es war gutes, dunkles Blut. Thorwaldsen sah mit gekräuselten Lippen zu.

»Sieht ausgesprochen gesund aus!« sagte er. Malanga zog die Nadel heraus, drückte den Tupfer auf den Einstich und schnallte die Staubinde ab.

»Das wird sich zeigen, Sir.« Er trug die Spritze zum Klapptisch, verteilte das Blut auf drei Reagenzgläser und füllte sie mit verschiedenen Testseren auf. Einen Tropfen strich er hauchdünn auf einen Objektträger, ließ einen winzigen Tropfen Serum darauf fallen und verschloß diesen Tropfen mit dem Deckglas.

Thorwaldsen drückte den Wattebausch gegen die Armbeuge und sah Malanga zu. Was da geschah, war für ihn rätselhaft. Er bemerkte Verfärbungen seines Blutes, sah, wie sich etwas auf dem Boden des Glases absetzte, betrachtete kritisch Malanga, wie er sich über das Mikroskop beugte, sich ein paar Notizen auf einem Schreibblock machte, der neben dem Mikroskop lag; dann tat Malanga einen neuen Tropfen auf ein Glasplättchen, schob eine Zählmaske darüber und schaute wieder durch das Mikroskop.

»Sie haben 10 000 Leukozyten«, sagte Malanga plötzlich.

»Na und?« rief Thorwaldsen kampfeslustig zurück.

»Da Sie höchstens 8000 haben dürfen, ist eine Infektion in Ihrem Körper. Eine leichte nur.« Malanga sah sich um. Thorwaldsen schüttelte den Kopf.

»Ich bin kerngesund. Zählen Sie noch mal!«

»Vielleicht haben Sie einen faulen Zahn? Das genügt.«

»Machen Sie jetzt keine faulen Witze, Doc!« Thorwaldsen ballte die Fäuste. »Corinna liegt hier im Sterben, und Sie zählen seelenruhig meine Leukozyten! Man sollte Ihnen doch den Schädel einschlagen!«

»Sie haben Blutgruppe A!« Malanga schüttelte die Röhrchen und stellte sie dann in den Ständer zurück. »Ich auch!«

»Und Ihre Leukozyten?« fauchte Thorwaldsen. »Vielleicht haben Sie eine vereiterte Mandel?«

»Ich werde es nachher auch untersuchen.« Malanga kam zu Corinna zurück, entnahm ihr auch Blut und untersuchte es. Thorwaldsen hielt den Atem an. Wenn sie jetzt B oder 0 hat, ist sie verloren, dachte er und fühlte, wie sein Herz brannte. Warum muß ich auch A haben? Alles ist jetzt wie verhext.

»Auch A!« sagte Malanga von seinem improvisierten Labortisch her. »Welch ein Glück. Wenn alles andere gutgeht, kann sie gerettet werden.«

»Was ist denn noch so gefährlich?« rief Thorwaldsen. Corinna hatte sich in ihrer Ohnmacht bewegt. Ihre Haut zuckte und zog sich zusammen. »Himmel noch mal!« schrie Thorwaldsen. »Sie friert! Bei dem Fieber und 35 Grad Außentemperatur! Was ist das, Doc?«

»Ein Kreislaufkollaps... er ist gleich vorbei.« Malanga gab Corinna noch eine Injektion und deckte sie mit einem großen Handtuch zu. Dann zog er abermals eine Spritze auf, einen großen Glasbehälter mit einer farblosen Flüssigkeit. Als er die Nadel in die linke Armvene stoßen wollte, hielt Thorwaldsen Malangas Hand fest.

»Sie pumpen das Mädchen voll«, sagte er rauh. »Muß das sein? Seit einer halben Stunde vollführen Sie hier einen Zauber wie einer Ihrer Medizinmänner! Aber etwas Wirksames sehe ich nicht! Sagen Sie die Wahrheit: Ist ihr noch zu helfen?«

»Ja, wenn Sie den Mund halten und mich in Ruhe lassen!« sagte Malanga hart. Er riß seine Hand los, stieß die Nadel ein und injizierte ganz, ganz langsam das Calcium, das einzige, was er jetzt noch tun konnte – bis auf die Operation. Thorwaldsen knirschte wieder mit den Zähnen.

»Das merke ich mir«, sagte er rauh. »Dafür bekommen Sie eins zwischen die Augen, wenn Corinna wieder gesund ist! Verdammt noch mal!«

Es dauerte etwa zehn Minuten, in denen Malanga alles für die Operation vorbereitete, als Corinna aus ihrer Bewußtlosigkeit erwachte.

»Sie ist wieder da!« brüllte Thorwaldsen, der neben ihr im Gras saß und mit einem Handtuch die Mücken und Fliegen von Corinnas Körper wegwedelte. »Corinna, Mädchen, hörst du mich? Kleines...« Er beugte sich über sie und tätschelte ihr die glühendheißen Wangen. »Erkennst du mich? Mädchen, was machst du uns Sorgen!«

»Ich wollte das alles doch nicht...« Corinnas Stimme war noch weit weg, aber ihre Augen erkannten alles um sie herum. Sie sah Malanga an, der sich neben ihr auf die Knie ließ, dann wandte sie den Kopf zu Thorwaldsen und lächelte auch ihn an. Ihre Hände glitten langsam über ihren nackten Leib.

»Es mußte sein, Miß Sander«, sagte Malanga. »Ich wußte ja nicht, was Sie...«

»Ist es schlimm?« flüsterte sie.

»Sie wissen, was Sie haben?«

»Ich ahne es. Der Riß im Bein... es war vor vier Tagen bei der Mittagsrast... Ein Dornenstrauch... Ich habe nicht gedacht, daß es so wichtig ist... Ich wollte die Fahrt nicht unterbrechen... Und dann wurde das Bein dick... ich bekam Fieber... Aber wir müssen ja weiter... wir haben ja keine Zeit, krank zu sein...« Erschöpft schwieg Corinna. Thorwaldsen war weggerannt und kam mit einer Büchse Fruchtsaft wieder. Es war der säuerliche, erfrischende Saft der in Kenia wachsenden Passionsfrucht. Gierig trank Corinna ein paar Schlucke, bis Malanga sanft, aber unnachgiebig ihr die Büchse aus der Hand nahm.

»Wir müssen jetzt ganz vernünftig sein«, sagte Malanga und strich Corinna über die schweißnassen Haare. »Und Zeit haben wir auch. Viel Zeit sogar.«

»Robert und Gisela...«, stammelte Corinna. »Wenn sie noch leben...«

»Zunächst müssen Sie weiterleben!« Malanga sagte es ganz klar, obwohl er von dem hinter ihm stehenden Thorwaldsen einen Stoß in den Rücken bekam. »Sie müssen die volle Wahrheit kennen, Miß Sander. Die Dornen – ich weiß nicht, welch ein Strauch es war – müssen Gift in Ihre Blutbahn gebracht haben. Daß Sie noch leben, ist fast ein Wunder. Wie fühlen Sie sich?«

»Schlapp, unendlich müde... und das Bein ist kalt, wie in Eis gelegt...«

Malanga schwieg. Thorwaldsen starrte auf das geschwollene Bein, es glühte fast. Und sie empfand es wie vereist. Mein Gott, Doktor, helfen Sie doch! Das ist ja bereits die Kälte des Todes!

»Ich muß operieren«, sagte Malanga klar und fast dozierend. Corinna nickte. »Ich muß Ihr Bein weit aufschneiden und so viel Blut aus Ihnen herausbluten lassen, wie es möglich ist. Gleichzeitig bekommen Sie frisches Blut und starke Antibiotika, vor allem Aureomycin. Es muß uns gelingen, das Gift aus dem Körper zu schwemmen oder es zu neutralisieren. Das ist alles, was ich Ihnen zu sagen habe. Es ist sehr wenig.«

Corinna schloß die Augen. Ihre Hände lagen flach auf ihren Brüsten.

»Ich vertraue Ihnen«, flüsterte sie.

»Da ist noch der Blutaustausch«, sagte Malanga hart. »Ich weiß nicht, ob es Ihnen recht ist, wenn... wenn das Blut eines Farbigen später in Ihnen ist...«

»Meines wird reichen!« fiel Thorwaldsen ihm ins Wort. »Warum darüber reden?«

Corinna sah Malanga an. »Blut ist Blut«, sagte sie. »Malanga, warum fragen Sie überhaupt?«

Malanga erhob sich und ging zum Klapptisch. Er holte einige Plastikschüsseln und gruppierte sie neben Corinna. Dann winkte er zum Landrover.

»Sir, holen Sie Ihren Schlafsack. Sie müssen sich neben Miß Sander legen, damit ich die Blutbrücke anlegen kann.« Er schleppte seinen Instrumentenkoffer neben Corinna, legte die Blutdruckmanschette um ihren linken Arm und maß den Blutdruck. Dann horchte er ihr Herz ab, zählte die Pulsschläge und nickte. »Ich werde Ihnen eine leichte Narkose geben müssen«, sagte er. »Wenn Sie wieder aufwachen, sind Sie gerettet.«

Thorwaldsen lag bereits neben Corinna auf seinem Schlafsack und starrte gegen das Sonnensegel. Wenn... dachte er nur. Wenn...

»Wir sollten lieber wie die Irren zur nächsten Station fahren«, sagte er heiser. »Dort haben wir Funk. Ein Hubschrauber kann kommen...«

»Zu spät.« Malanga scheute sich nicht, die Wahrheit zu sagen. Aber er verschwieg, was weder Corinna noch Thorwaldsen wußten: In der Station hörte das Leben des Dr. Julius Malanga auf. 5000 Uganda-Shillinge war sein Kopf wert. Im ganzen Land jagte man ihn jetzt. Die Fahrt zu einer Station bedeutete das Ende seines Lebens. »Die nächste Station ist 65 Meilen weit. Das ist eine Tages- und Nachtfahrt durch die Steppe. Corinna hält das nicht mehr aus. Wir müssen jetzt, hier, sofort operieren.« Malanga sah auf den liegenden Thorwaldsen. »Was ich bei der Blutbestimmung nicht sehen konnte, weil ich keine Zeit hatte: Waren Sie schon mal geschlechtskrank, Sir?«

Thorwaldsen fuhr von seinem Schlafsack hoch wie eine Rakete.

»Ich bringe Sie um!« brüllte er. Malanga wischte mit der Hand durch die heiße Luft.

»Das ist eine übliche ärztliche Frage bei einer Direktblutübertragung, Sir«, sagte er höflich. »Also nein?«

»Nein!« schnaufte Thorwaldsen und legte sich wieder hin. »Junge, ich habe Ihnen viel heimzuzahlen, das glauben Sie mir!«

Er streckte sich, als sich Malanga zwischen ihn und Corinna

kniete und dem Mädchen eine leichte Narkose gab, gerade so viel, daß sie die Schmerzen nicht spürte, wenn das Skalpell ihr vergiftetes Bein spaltete.

Malanga hatte seine Hände in eine Desinfektionslösung getaucht; zu einer gründlichen Waschung hatten sie nicht genug Wasser in den Kanistern. Er verzichtete darauf, Gummihandschuhe überzustreifen; er konnte schneller und sicherer mit den bloßen Händen arbeiten.

Thorwaldsen zuckte zusammen, als die dicke Hohlnadel in seine Vene fuhr. Er schielte zur Seite. Dunkelrotes Blut quoll in das Glasröhrchen und dann durch den Gummischlauch bis zu dem Dreiwegehahn, der noch geschlossen war. Auch die große Spritze, mit der Malanga das Blut anzog und in Corinnas Vene hineindrücken wollte, war noch abgestellt. Die Hohlnadel für Corinna lag auf einer sterilen Unterlage.

»Passen Sie genau auf, Sir«, sagte Malanga ernst. »Was ich gleich mache, müssen Sie später tun, wenn *ich* Blut spende.«

»Das kann ja heiter werden!« sagte Thorwaldsen, überwand ein plötzliches Gefühl von Übelkeit und starrte auf das, was Malanga jetzt machte.

Die Operation war einfach. Es war mehr ein Fleischzerteilen als eine elegante Chirurgenkunst. Malanga schnitt tief in den vergifteten Riß ein, klappte die Wunde weit auf und hielt sie offen. Er schnitt weit in das gesunde Muskelgewebe hinein und klemmte keine Adern ab, sondern ließ es kräftig bluten. Er hatte das Bein dazu über eine der Plastikschüsseln gelegt und fing das Blut auf, einerseits, um die Decke nicht unnötig zu beschmutzen, andererseits, um abschätzen zu können, wieviel Kubikzentimeter Blut Corinna verlor und wieviel er transfundieren mußte.

Thorwaldsen spürte ein Würgen in der Kehle. Ihm wurde merkwürdig schwindelig. Er hatte Blut in Massen gesehen… ein Jäger muß Blut sehen können, sonst kann er nie ein Tier aus der Decke schlagen. Es hatte ihm bisher nichts ausgemacht, wenn er tierisches Blut über seine Hände laufen ließ. Aber hier blutete Corinna, leuchtete hochrot ihr Lebenssaft in der Sonne, und jeder Tropfen, das wußte er, machte sie schwächer und schwächer. Das war etwas anderes als ein ausblutender Wasserbüffel, das hier verkrampfte das Herz vor Angst. Er würgte und schluckte. Malanga schielte zu ihm hin.

»Tun Sie mir einen Gefallen, Sir, und kotzen Sie nicht«, sagte er ruhig.

»Der Teufel hole Sie!« Thorwaldsen verdrehte die Augen. »Corinna blutet ja weg. Wann kommt mein Blut dran?«

»Noch eine Weile, Sir.« Malanga fühlte Corinnas Puls und hörte die Herztöne ab. »Ich mache jetzt eine Venaesectio, um noch mehr fließen zu lassen.«

Thorwaldsen seufzte. Malanga machte einen Venenschnitt und ließ es weiter bluten. Dann führte er die Hohlnadel des Transfusionsgerätes in Corinnas linke Armvene, öffnete den einen Hahn und sog mit der großen Spritze Thorwaldsens Blut ein.

»Achtung! Es geht los!« sagte er dabei.

Er öffnete den anderen Hahn und drückte das Blut in Corinnas Kreislauf.

Corinnas Gesicht war schmal, fahl und kindlich klein geworden. Tiefe Ringe bildeten sich unter ihren Augen. Es war, als ob sie einsänken, sich zurückzögen in den Kopf.

Malanga arbeitete nun wie eine Maschine. Er beobachtete das Bluten im Bein und regulierte die Neuzufuhr des Blutes von Thorwaldsen. Dabei zählte er die vollen Spritzen und rechnete die Kubikzahlen zusammen.

»Wie fühlen Sie sich?« fragte er nach einer geraumen Zeit.

Thorwaldsen bleckte die Zähne. »Wie auf einer Wolke. Ich schwebe. Ich nehme an, Sie bringen mich auf diese legale Art um. Aber wenn ich Corinna damit helfen kann...«

Malanga antwortete nicht. Er rechnete still, schloß dann die Transfusion und begann, die aufgeschnittene Vene Corinnas zu versorgen und die große Wunde wieder zu vernähen, nachdem er noch Aureomycin-Wundpuder darübergestreut hatte. Dann legte er einen dicken Verband an, schiente das Bein außerdem, damit es still lag, und kontrollierte wieder Herz und Blutdruck. Corinnas Körper schien geschrumpft zu sein. Klein wie ein Kind lag sie unter dem Sonnendach, bleich und kaum atmend. Auch Thorwaldsen befand sich in einem Stadium zwischen Wachen und Ohnmacht; er hörte und sah alles, aber er konnte sich nicht bewegen und auch nicht sprechen.

Malanga schloß an die Armvene Corinnas die Plastikflasche

mit Homoseran an. Er befreite Thorwaldsen von dem Dreiwegehahn der Transfusion und gab ihm eine Injektion zur Stärkung und Kreislaufanregung. Thorwaldsen atmete rasselnd. Aber das Leben kam wieder zurück zu ihm.

»Jetzt weiß ich, wie's ist, wenn man stirbt«, sagte er leise. »Verdammt dusselig wird man dabei. Was kommt nun, Doc?«

»Wenn die Flasche leer ist, schließen Sie mich an.«

»Wollen Sie unbedingt krepieren? Ich fühle mich wie nach einem Marathonlauf.«

»Bis die Flasche leer ist, kann eine halbe Stunde vergehen, dann sind Sie wieder frisch.«

»Sie Optimist! – Wie geht es Corinna?«

»Sie wird es überleben«, sagte Malanga einfach.

»Ist das wahr, Doc?« flüsterte Thorwaldsen.

»Ja.«

»Mein Gott, ich möchte Sie umarmen! Warum sind Sie bloß ein Neger?«

Malanga stand stumm auf, ging zum Wagen und wusch sich die blutigen Hände. Ja, warum bin ich bloß ein Neger, dachte er und starrte über die glühende Savanne. Weitab zog eine Herde Impalas. Vor einem Hügel mit Papaya-Bäumen weideten vier Giraffen. Eine Zebraherde trabte zu einer Wasserstelle. Erst durch sie erkannte Malanga das nahe Wasser und atmete auf.

Warum bin ich schwarz, dachte er. Warum schuf Gott verschiedene Rassen von Menschen? Oder schuf er sie gar nicht? Machten die Menschen selbst diese Unterteilung? Ist Weiß die Farbe der Herren? Warum?

Er setzte sich in die offene Wagentür und blickte zu seinem »Operationssaal«. Corinnas weißer, halb zugedeckter Körper rührte sich nicht. Die Plastikflasche hing an der einen Zeltstange. Durch einen dünnen Schlauch rann das Leben in den zarten, blutleeren Körper. Daneben bewegte sich Thorwaldsen. Er stützte sich auf und sah zu Corinna. Dann wandte er den Kopf und sah hinüber zu Malanga.

»Halb ist sie schon leer!« rief er mit hoher Stimme.

Malanga erhob sich. Er tauchte wieder die Hände in die Sterillösung und kam mit tropfenden Fingern näher. Der Puls Corinnas ging stärker, die flache Atmung wurde kräftiger, der Herzschlag regelmäßiger, wenn auch immer noch sehr zaghaft.

»Ich lege mir die Hohlnadel selbst an«, sagte Malanga, »und

auch die zu Corinna. Sie haben dann nichts weiter zu tun, als auf mein Kommando hin die Hähne zu öffnen, anzusaugen und hineinzudrücken. Haben Sie vorhin den Rhythmus gesehen?«

»Auf Ihre Verantwortung.« Thorwaldsen setzte sich. »Kann Corinna auch was passieren, wenn ich's falsch mache?«

»Ja«, sagte Malanga kurz. Thorwaldsen bekam hektische Flecken im Gesicht, seine Unterlippe zuckte.

»Legen Sie sich hin«, sagte er rauh. »Ich wollte zu einer Station! Wenn es schiefgeht und Corinna ... Doc, ich verspreche es Ihnen hoch und heilig: Ich zertrümmere Ihnen den Schädel!«

Malanga wartete, bis der letzte Tropfen Homoseran in die Vene gelaufen war, klemmte dann die Flasche ab, ließ die Nadel in der Vene und schloß den Schlauch zum Dreiwegehahn an. Dann streckte er den Arm aus, nahm mit der Rechten die andere Hohlnadel und stach sie ein. Thorwaldsen saß an der Spritze und hätte heulen können wie ein Schakal.

»Aufpassen!« sagte Malanga und legte sich vorsichtig, damit die Nadel nicht wieder aus der Ader rutschte. »Rechten Hahn auf – anziehen – schließen ... linken Hahn auf – eindrücken ... Nicht so schnell ... langsam, ganz langsam ... Soll sie einen Kollaps bekommen?«

Thorwaldsen war nach fünf Minuten ein Mensch, der im eigenen Schweiß badete. Vor seinen Augen flimmerte es, in seinem Kopf summten Millionen Moskitos. Aber er schaffte es ... öffnen, anziehen, schließen, öffnen, drücken ... immer und immer wieder ... bis Malanga leise »Halt!« sagte. Thorwaldsen schloß alle Hähne und ließ den Kopf in beide Hände fallen.

»Ich bin am Ende«, stammelte er. »Das vergesse ich mein Leben lang nicht ...«

Malanga lag ausgestreckt neben Corinna, noch mit den Schläuchen mit ihr verbunden und sah gegen das Zeltdach.

Jetzt ist mein Blut in ihr, dachte er. Sie wird weiterleben auch durch mein Blut. Blut ist Blut ... das stimmt, aber ich habe es ihr gegeben mit meiner ganzen Seele, mit meiner ganzen Liebe. Wenn es einen Gott gibt, wird sie es einmal in sich spüren.

Er schloß die Augen. In dieser Minute konnte kein Mensch so glücklich sein wie Malanga.

Am Abend war alles anders.

Corinna hatte tief geschlafen, und es war ein Schlaf der Gesundung.

Das Fieber war zurückgedrängt, das Aureomycin wirkte, die Kreislaufstützen stärkten das Herz, die Bluttransfusionen hinterließen keine großen Reaktionen, nur die Schwellung des Beines blieb, und das war natürlich. Ob das ganze Gift aus dem Körper geschwemmt oder durch die Antibiotika vernichtet worden war, konnte Malanga nicht sagen. Daß Corinna am Abend erwachte und ihr Blick klar war und ihre Stimme kräftiger, waren Beweise genug, daß es ihr viel besser ging. Thorwaldsen erkannte es auch und nickte Malanga dankbar zu.

»Wie fühlen Sie sich?« fragte Malanga und deckte Corinna mit drei Decken zu. Sie war noch nackt darunter.

»Viel besser, Herr Doktor.« Sie hob den Kopf. »Sehen Sie, ich bin schon wieder sehr stark.«

»Bravo!« Malanga schob eine zusammengefaltete Decke unter ihren Nacken. »Aber Sie müssen liegenbleiben.«

»Ich habe sogar Hunger.«

»Ich brate Ihnen einen ganzen Büffel, Corinna!« rief Thorwaldsen und klatschte in die Hände.

»Eine Tasse voll Porridge genügt.« Malanga gab ihr eine neue Injektion mit Aureomycin.

»Sie Rohling!« Thorwaldsen knurrte, gehorchte aber und bereitete den Haferbrei. »Sie hat doch nichts im Magen.«

»Schweres Essen belastet den Kreislauf.« Malanga beugte sich über Corinna und strich ihr die langen, blonden Haare von den Augen. Es war eine zärtliche Geste voll unendlicher Liebe. Corinna hielt seine Hand fest und legte sie an ihre Wange.

»Ich danke Ihnen«, sagte sie leise.

Malanga nickte stumm. Seine Kehle war plötzlich wie Leder.

»Daß Sie leben, ist mein größtes Glück«, sagte er heiser. »Ich habe heute gemerkt, daß auch ein Arzt verzweifeln kann.« Er streckte die Hand aus, nahm die Tasse mit Porridge von Thorwaldsen und begann, Corinna wie ein kleines Kind zu füttern. »Nun haben wir Zeit«, sagte er dabei. »Wir können uns erholen. Hier ist ein guter Platz.«

»Und Gisela und Robert?« fragte Corinna und schluckte tapfer den Haferbrei.

»Die finden wir auch. Wichtig sind im Augenblick nur Sie, Corinna.« Bevor die Nacht kam, bauten Malanga und Thorwaldsen das Zelt auf und trugen Corinna hinein. Sie kochten gemeinsam das Abendessen und suchten Holz für das Lagerfeuer.

»Schlafen Sie bei Corinna«, sagte Malanga später. »Es ist nötig, daß jemand bei ihr ist. Sie könnte Schmerzen haben, unruhig werden.«

Thorwaldsen sah Malanga groß an. »Wollen Sie nicht... Sie sind Arzt, nicht ich.«

»Nein. Ich schlafe im Wagen. Wecken Sie mich, wenn irgend etwas ist.« Er drehte sich um und ging in die Dunkelheit hinein zu seinem Landrover. Thorwaldsen sah ihm nach. Er kaute an der Unterlippe.

Er spürte ganz deutlich, daß die Krankheit Corinnas die Lage nur noch mehr zugespitzt hatte.

Am frühen Morgen – Corinna und Thorwaldsen schliefen noch – saß Malanga vor seinem Transistorradio und hörte die ersten Nachrichten aus Kampala.

Gleich zuerst, als wichtigste Meldung, befaßte man sich mit ihm.

Sein Name war bekannt geworden. Wie ein Todesurteil tönte es ihm aus dem kleinen Lautsprecher entgegen.

»... hat die Regierung die Belohnung auf 10000 Uganda-Shillinge erhöht. Der Preis gilt für den lebenden oder auch toten Dr. Julius Malanga.«

Malanga drehte das Radio aus. Alles andere war unwichtig.

Für 10000 Uganda-Shillinge würde ein Vater seinen Sohn, eine Mutter ihr Kind, eine Frau ihren Ehemann, eine Schwester ihren Bruder verkaufen. Es war ein Vermögen.

Malanga sah hinüber zu der Sonne, die aus der Steppe aufstieg wie ein rotglühender Ball. Nicht weit von ihm brachen zwei Nashörner durch das hohe Elefantengras. Weit im Südwesten, wie eine Wolke im rötlichen Himmel des Morgens schwebend, stießen die Gipfel der Mondberge aus der Ebene.

Dort allein ist Sicherheit, dachte Malanga. Dort kann ich leben. Dort findet mich keiner. Von dort aus muß ich beweisen, daß alles nur ein Irrtum ist, daß ich nicht Krieg und Blut, sondern Frieden und Freiheit will. Von den Mondbergen, wo die Götter thronen, wie wir als Kinder noch gelernt haben von den Alten, muß ich für mein Volk sprechen und Budumba anklagen, dessen Haß auf alle Weißen das Land in neuen Brand gesetzt hat.

Sinnend beobachtete er die beiden Nashörner, die zur Tränke gingen, ab und zu stehenblieben, den mächtigen Kopf hochwarfen und mit dem dünnen, peitschenähnlichen Schwanz die Mücken vertrieben. Vier kleine Vögel, sogenannte Madenhakker, saßen auf den dicken, grauen Körpern der Nashörner und ließen sich tragen und hackten die Larven aus der rissigen Haut der Urwelttiere.

Wer hat ihnen bloß gesagt, ich sei der Kopf der Bwambas, dachte Malanga. Wer hat diese Lüge in Umlauf gesetzt? Wer hat meine Gedanken über ein großes Bantuvolk so verzerrt? Dahinter steckt doch System, das ist kein bloßer Irrtum mehr.

Er erhob sich, kletterte aus dem Wagen und wusch sich unter dem Wassersack mit dem Duschkopf. Er tat es nackt. Sein schwarzer Körper glänzte in der Sonne, die Muskeln spielten, das Wasser rann über seine Haut wie über poliertes Ebenholz.

Er war ein schöner Mann; in seiner Gestalt spiegelte sich die Kraft afrikanischer Natur.

Als Thorwaldsen erwachte und aus dem Zelt kroch, kochte schon das Teewasser und zog der Geruch von gebratenem Speck über den Lagerplatz.

»Es geht ihr gut!« rief Thorwaldsen vom Zelt her. »Kein Fieber mehr. Bekommt sie auch Speck mit Eipulver?«

»Ja.« Malanga lachte. »Ich habe für drei gekocht.«

Dann sah er wieder zu den Mondbergen.

Dorthin müssen wir, dachte er. Es gibt für uns keinen anderen Weg mehr.

An diesem Morgen machte sich ein anderer Feind Malangas auf den Weg: Mike Harris.

Nachdem schon in den Nachtmeldungen der Name des Staatsfeindes Nr. 1 von Uganda durchgegeben worden war, hatte Harris brüllend geflucht und sich entschlossen, an der Suche teilzunehmen. Nicht wegen der 10000 Uganda-Shillinge; die wollte er Corinna zum Wiederaufbau der Farm stiften, wenn er Malanga gestellt hatte.

»Wie eine tollwütige Hyäne erschieße ich ihn!« schrie Harris und hieb auf den Tisch. »Ich werde nicht lange fragen oder diskutieren: Abzug durch und paff... da liegt er. Dieser Saukerl! Und Corinna hat er unter Vorsäuselung von Lügen in seiner

Gewalt! Himmel, Arsch und Zwirn, das muß mir passieren! Ich hätte ihn damals gleich umlegen sollen. Ich hatte es im Gefühl.«

Nach dem Brüllen folgte die Tat.

Major Harris rüstete einen Jeep aus, montierte sein MG auf den Rahmen der Frontscheibe, packte die Seiten voll mit Kanistern, bestimmte zwei Vorarbeiter als Begleiter und raste los in die Savanne.

Die Militärstreifen hatten nach einigen Meilen die Spur verloren und saßen nun herum, warteten, rauchten, schossen sich Nahrung und waren froh, von der Zentrale nicht erreicht zu werden. Sie machten sich ein paar gute Tage und wurden erst wieder mobil, als die Weißen systematisch gestohlen wurden und der Überfall auf Butiti viel Wind machte. Da tauchten sie aus der Savanne auf, meldeten sich per Funk und berichteten, sie hätten den gesuchten Malanga nicht gefunden. Die Spur höre an einem Fluß auf, und nun sei Ende.

Mike Harris begegnete drei Kolonnen, die zurück zur Staatsstraße zogen, um die Siedlungen der Weißen zu schützen. Die Sergeanten, die die Trupps anführten, berichteten von ihrem Pech.

»Weil ihr Bretter vor der Stirn habt!« sagte Harris grob. »Malanga ist zu den Mondbergen, das sage ich euch! Und dorthin fahre ich auch, und wenn ich durchbrechen müßte wie ein Panzer! Los, Jungs! Ich habe die richtige Witterung. Ich komme mir wie ein Geier vor, der Blut über fünfzig Meilen riecht!«

Sein Jeep tanzte über den Boden der Steppe und tauchte wieder unter im hohen Gras. Er benutzte Negerpfade, kleine, enge Trampelwege, wo das Gras niedergetreten war, und kam gut voran.

»Er wird das gleiche getan haben«, sagte er zu seinen Vorarbeitern, die nicht gerade erfreut waren, an dieser Expedition teilzunehmen. Auch sie waren Bantus, allerdings getauft und in der Missionsstation erzogen. Sie konnten das Vaterunser und einige Kirchenlieder, hatten schreiben und lesen gelernt und trugen sogar Unterhosen unter ihren Khakihosen. Die wilde Fahrt durch die Steppe mit dem noch wilderen Harris kam ihnen unheimlich und – im stillen gedacht – auch dumm vor.

Wenn Malanga wirklich der große mganga war, wie der Rundfunk es sagte, dann war er unbesiegbar, auch für Mike Harris. Der alte Glaube an die großen Zauberer lebte trotz Missionsschule noch in ihren Herzen. Stumm hockten sie auf den Gepäckkisten Harris', starrten zu den Mondbergen und überlegten, was gegen den wilden Major zu unternehmen sei. Bis zu den Mondbergen, das wußten sie jetzt schon, würden sie auf keinen Fall mitfahren.

Mike Harris fuhr wie der Satan durch die Steppe, ein Jäger, der sein Wild hetzt.

Er ahnte nicht, was ihm noch alles bevorstand.

Das Gefangenenlager in den Sümpfen von Toro füllte sich von Tag zu Tag mehr. Die Fangkommandos Budumbas machten gute Beute; manchmal war man erstaunt, wie sorglos die Leute in einem Land lebten, das begonnen hatte, wie früher Kenia oder der Kongo einen Haß gegen die Weißen hochzuspielen. Zwar hatte sich in den anderen Ländern nachher alles normalisiert, aber die Blutopfer waren groß gewesen.

So hatten die Kommandos Budumbas oft leichtes Spiel. Sie kassierten die Weißen wie eine Hammelherde und trieben sie in die Sumpfgebiete, wohin ihnen bisher nur einmal eine Streife der Armee folgte. Sie kehrte nie zurück, und man hat auch nie wieder etwas von den zwanzig Uganda-Soldaten gesehen oder gehört.

Im Lager litten die Weißen keinerlei Not. Sie hatten saubere Grashütten, die Bwambas sorgten rührend für sie, schleppten Nahrung heran und schossen Wild genug, so daß alle satt wurden. Im Lager ging schon der Witz um: »Jeden Tag Nashornkeule! Ich möchte mal ein saftiges Affensteak...«

Ingeborg Kraemer, die Journalistin, hatte viel zu tun. Jeden neuen Transport interviewte sie; man behinderte sie nicht, ließ sie bogenweise Berichte schreiben, ja, man stand um sie herum und beobachtete interessiert, wie die Hebelchen der Schreibmaschine Buchstaben auf das weiße Papier zauberten, etwas, was die Bantus sehr in Staunen versetzte. Budumba mußte eingreifen und selbst ein paar Zeilen schreiben, um zu beweisen, daß es kein besonderer Zauber sei, den die weiße Herrin da vollführte.

Robert Sander hatte in diesen Tagen erstaunlich viel und oft in der Nähe Ingeborg Kraemers zu tun. Er war zu einer Art Lagerleiter befördert worden und kümmerte sich darum, daß Wünsche der Gefangenen von Budumba erfüllt wurden. Etwa die Anlage einer vernünftigen Toilette oder eine Gemeinschaftsanlage zum Wasserabkochen, der primitivste Schutz zum Überleben. Bautrupps hämmerten dann auch die große Toilettenhütte zusammen, wiederum bestaunt von den Bantus, die diese Bauweise noch nie gesehen hatten.

Ingeborg Kraemer saß gerade vor ihrer Schreibmaschine und tippte einen Tagesbericht, als Robert Sander hinter sie trat. Er las ein paar Zeilen, bis Ingeborg aufhörte und das Papier zurückrollte.

»Ich kann es gar nicht leiden, wenn mir jemand über die Schulter zusieht!« sagte sie grob. Im Herzen war sie froh, daß Robert Sander gekommen war. Über den Rand ihrer Schreibmaschine hatte sie ihn oft beobachtet und auch viel über ihn geschrieben. Ein Glück, daß er das nicht wußte, sie wäre sonst rot wie ein kleines Mädchen geworden.

»Vor das ›und‹ kommt ein Komma«, sagte Robert Sander ruhig. »Und-Sätze, die ein Prädikat und ein Subjekt haben, bekommen auch vorher ein Komma...«

»Danke, Herr Lehrer!« Ingeborg riß wütend den Bogen aus der Maschine. »Man merkt, daß Sie noch nicht lange aus der Schule sind.«

»Erst acht Jahre, das stimmt. Ich habe mit 18 in einem Schweizer Internat mein Abitur gemacht.«

»Eine Intelligenzbestie also.« Ingeborg schob die Maschine zur Seite. Bantuschreiner hatten für sie einen großen Tisch gebaut aus roh behauenen, aber unverwüstlichen Stämmen. »Ich mag Genies ebenfalls nicht.«

»Darf ich fragen, wer Ihnen imponiert?«

»Ein richtiger Mann!«

»Und was muß der mitbringen?«

»Mut!«

»Aha! Er soll rüber zur Königsinsel fahren und Kirugu und Budumba zum Zweikampf fordern. Edel, ritterlich und hehr. Germania in Afrika!«

»Blödsinn!« Ingeborgs Kopf flog herum. Ihre Augen glänzten. Sie sah hübsch aus, und Robert Sander bekam ein schweres Herz. »Dieses Herumsitzen ist schrecklich. Worauf warten wir? Daß man uns eines Tages auffrißt? Was wollen die Bantus von uns? Ich weiß, ich weiß, wir sollen Bargeld für ihre Freiheit werden. Aber glauben Sie, daß sich jemand um uns kümmert?

Wenn die Regierungstruppen zum Angriff antreten und man uns abschlachtet, dann werden drei Tage lang die Zeitungen der ganzen Welt über das Blutbad schreiben, und am vierten Tag ist alles vergessen, und ein Raubmörder beherrscht die Schlagzeilen.«

»Stimmt.«

»Ich habe aber keine Lust, ein Märtyrer zu sein.« Ingeborg Kraemer stand abrupt auf. Jetzt sah sie noch hübscher aus, die Bluse spannte sich über ihren Brüsten, der kurze Rock reichte bis knapp an den Knieansatz. »Ich will hier raus!«

»Tolle Idee!« sagte Robert Sander sarkastisch. »Auf den Gedanken ist noch keiner von uns gekommen.«

»Weil ihr alle herumsitzt und auf ein Wunder wartet! Mein Gott, wäre ich ein Mann... Aber ich schaffe es auch allein!«

»Sie wollen also im Sumpf ersaufen?« sagte Robert grob.

»Ich werde schon einen Weg finden. Das Problem ist nur, von der Insel wegzukommen. Aber ich habe eine Idee.«

»Laß hören, edle Maid.«

Ingeborg Kraemer verzog den hübschen Mund. »Wenn Sie sich über mich lustig machen wollen, dann gehen Sie zu Ihren Bauarbeitern und kümmern sich um die Gestaltung des Lokus.«

»Das ist kein Problem.« Robert Sander grinste breit. »Es kommen fünfundzwanzig Kabinen hin mit einem Sitzbrett, in das ein Loch geschnitten ist von der Größe eines Normalhinterns.«

»Sie sind ein widerlicher, arroganter...«

»Stopp!« Robert Sander legte seine Hand auf den Mund Ingeborgs und unterdrückte die anderen Worte. »Nun hören Sie mal schön zu, Sie feurige Amazone. Seit vier Tagen baue ich dort drüben im Schilf eine schwimmende Insel. Sie kann sechs Personen tragen, ist lautlos, unsinkbar, weil aus Binsengeflecht, fällt nicht auf und trägt uns über das Wasser ans feste Land. In drei Tagen ist sie fertig, und ich wollte Sie, wenn Sie mich nicht gleich mit Worten geohrfeigt hätten, fragen, ob Sie mitschwimmen wollen.«

»Phantastisch!« Ingeborgs Augen bekamen einen feurigen Glanz. »Das gibt eine Story!«

»Ihre dämliche Story lassen wir mal jetzt weg. Es geht um mehr als um 300 Zeilen. Es geht, verdammt noch mal, um unseren Kopf! Gelingt die Flucht, sind wir gut heraus; fängt man uns...«

Er ließ die Alternative offen, aber Ingeborg Kraemer verstand ihn genau. Sie nickte. »Damit muß man rechnen.«

»Sie kommen also mit?«

»Natürlich. Wer schwimmt noch mit uns?«

»Meine Schwester Gisela. Ich muß sie erst von der Königsinsel holen. Dann dachte ich an Pater Fritz und drei Frauen, deren Familien in Kampala und Entebbe sind. Wir drei Männer werden sie schon mitschleppen können.«

»Drei Männer? Wieso?« Ingeborg Kraemer zählte an den Fingern. »Sie, Pater Fritz... wo ist der dritte?«

»Sie! Sie gelten als Mann.«

»Danke.« Ingeborg sah Robert giftig an. »Ich habe von Ihnen auch gar nichts anderes erwartet als Blindheit in dieser Richtung.«

»Sehen Sie... so wundert sich keiner mehr.«

Ehe es Ingeborg verhindern konnte, hatte er blitzschnell ihren Kopf mit beiden Händen umklammert, zog ihn zu sich heran und küßte sie. Es war ein langer, harter Kuß, unter dem ihr anfänglicher Widerstand kläglich zusammenbrach.

»So!« sagte er zufrieden, als er ihren Kopf wieder freigab. »Das hätten wir. Du hast übrigens Lippen, die einen einfach zwingen, sie zu küssen. Und jetzt gehe ich zum Lokusbau.«

Ingeborg Kraemer sah Robert Sander nach, bis er im Gewimmel der anderen weißen Gefangenen verschwunden war. Dann setzte sie sich an die Schreibmaschine, spannte ein neues Blatt ein und schrieb fünf Zeilen. Es war die beste Kurzgeschichte, die sie je geschrieben hatte. Sie bestand aus der Wiederholung von drei Worten:

Ich liebe dich... ich liebe dich... ich liebe dich...

Nabu Budumba war zufrieden mit seiner Aktion. Malanga wurde gejagt und konnte nicht mehr gefährlich werden, die weißen Geiseln zeigten schon Erfolg: Die Armee stand Gewehr bei Fuß und rückte nicht weiter vor. Seine Späher hatten es gemeldet. Und ein Gefangener, den die Armee wieder freiließ, damit er den Kontakt zu Budumba und Kirugu herstellte, brachte es sogar schriftlich mit: Man war bereit, zu verhandeln. Man wollte über die Belange der Bwambas sprechen.

Hinter diesem Waffenstillstand verbarg sich Oberst Mc-

Callen. »Erst einmal die Knaben kommen lassen«, hatte er vorgeschlagen. »Sie erst an den Verhandlungstisch bringen. Wenn sie dann in Kampala, oder wo die Besprechung stattfindet, ›verunglücken‹, ist das eben ein großer Schickssalsschlag für die Bwambas. Aber er löst schnell alle Probleme. Blasen wir ihnen erst einmal Gleichberechtigungswahn in die Hirne!«

Budumba schien das zu ahnen. Er verhielt sich still und sammelte weiter Weiße. Jeder Weiße war eine Garantie mehr.

So verlief alles nach seinen Plänen... nur Gisela Sander brachte ihm eine Verachtung entgegen, die ihn krank machte.

»Ich weiß, was Sie von mir denken, Miß Sander«, sagte Budumba in seinem kehligen Englisch, an dem Abend, an dem Robert Sander die Überrumpelung Ingeborg Kraemers gelang. Er hockte vor ihr in der Hütte, die sie allein bewohnte wie die Frau des Königs Kirugu neben ihr. »Aber Sie werden umdenken müssen.«

»Nie! Sie haben meine Eltern ermordet.«

»Ihr Vater hat zuerst geschossen. Ich konnte meine Leute nicht mehr halten.«

»Sollte er sich wehrlos abschlachten lassen?«

»Wir wollten niemanden töten, keine Häuser verbrennen. Wir wollten nur drei Tage auf Ihrer Farm bleiben und uns ausruhen von dem langen Marsch, der hinter uns lag. Aber wir wurden beschossen wie die Räuber.«

»Das ist eine Lüge! Mein Vater schoß erst, als die ersten brennenden Pfeile auf die Arbeiterbaracken fielen.«

»Wollen wir darüber streiten?« Budumba lächelte böse. »Es ist geschehen und vorbei. Der wahre Herr über die Bwambas und dieses Land bin ich! Es gibt keinen, der mich hindern könnte, das zu tun, was ich will.«

»Man wird Sie eines Tages wegtreiben wie einen bösen Spuk«, sagte Gisela Sander mutig.

»Ich werde es Ihnen beweisen.« Budumba erhob sich. Er zitterte vor Wut. »Ich könnte Sie betäuben, niederschlagen, von vier Mann festhalten lassen und mir nehmen, was ich will. Wie einfach wäre das. Aber ich will keine weiße Frau, die ich dazu zwingen muß. Ich will, daß Sie freiwillig zu mir kommen.«

»Eher hänge ich mich auf!« schrie Gisela Sander. Jetzt war sie wie ihr Vater, mutig, unerbittlich und in der größten Not auch ohne Angst.

»Wir wollen es sehen«, sagte Budumba dunkel. »Es gibt keine Frau, der die Macht nicht imponiert.«

In der Nacht geschah dann das Fürchterliche.

Budumba ließ die Gefangenen zu einem Block zusammentreiben. Eine Kompanie Bwambas bildete einen Sperriegel zwischen den Weißen und einem freien Platz, auf dem ein weißer Farmer stand, allein, an Händen und Füßen gefesselt. Er war drei Stunden vorher von einem Fangtrupp neu eingeliefert worden und stand nun da, mit verkniffenem Gesicht, zusammengepreßten Lippen und kurzen, grauen Haaren. Er mochte vielleicht fünfzig Jahre alt sein und lebte seit seiner Kindheit in diesem Land. Er baute Ölfrüchte an und besaß eine große Ölmühle, die 300 Arbeitern Brot und Sicherheit gab.

Auf einem Kahn waren Kirugu, seine Frauen, Budumba und Gisela Sander auf die Gefangeneninsel gekommen. Sie standen seitlich, flankiert von federgeschmückten Kriegern. Über der Insel und den Hunderten von Menschen lag eine bedrückende Stille. Nur die Fackeln prasselten. Es war, als wagte niemand, richtig durchzuatmen.

Robert Sander, der sich als Lagerleiter vordrängte und sich bei Budumba beschweren wollte, daß man seit zwei Stunden herumstand ohne Erklärung, wurde von dem Kompanieführer der Bwambas zurückgestoßen.

»Ruhe!« sagte der »Oberleutnant« grob. »Zurück! Hier gibt es keine Erklärungen!«

Budumba trat auf den freien Platz und stellte sich neben den gefesselten Farmer. Er hatte wieder seine Zauberertracht an: die Federn, die Leopardenjacke, die klingenden Glöckchen und rasselnden Glasperlen. Die Fackel in seiner Hand beschien zukkend sein rotbemaltes Gesicht.

»Dieser weiße Mann hier«, sagte er und legte seine andere Hand auf dem Kopf des Farmers, »hat sieben unserer Krieger getötet. Er hat sie erschossen, erschlagen, den letzten sogar erwürgt. Er tat es, obgleich wir ihm sagten: Dir geschieht nichts! Du sollst nur mitkommen. Er glaubte uns nicht... er mordete.« Budumba sah kurz hinüber zu Gisela Sander, die neben Kirugu stand, der auf den Boden stierte. »Die Götter – ich habe sie gefragt – sind böse!« schrie Budumba hell. »Sie werden uns bestrafen, weil wir zu schwach sind, zu ängstlich, zu unterwürfig, denn dieses Land ist unser, von der Erschaffung der Welt an!

Versöhnen wir die Götter, indem wir stark sind, so, wie sie uns sehen wollen!« Sein Arm fuhr zurück und zeigte in die Dunkelheit nach Süden, dort, wo die Mondberge nun von der Nacht verschlungen waren. Aber jeder Bantu wußte, wohin Budumba zeigte. »Dort sitzen sie jetzt und sehen auf uns herab!« schrie er. »Sie erwarten uns!« Er hob die Fackel und schwenkte sie über seinen Kopf! »Ihr Götter... wir gehorchen!«

Budumba winkte. Aus der Dunkelheit trat ein riesiger Bantu mit bloßem Oberkörper. In der Hand hielt er eine große, blitzende Machete, jenes leicht gebogene, breite, rasiermesserscharfe Buschmesser, mit dem man sich einen Weg durch Urwald und Steppe schlagen kann.

Langsam ging er auf Budumba und den weißen Farmer zu und blieb hinter dem Weißen stehen.

»Das ist unmöglich«, flüsterte Robert Sander heiser. Er hatte den Arm um Ingeborgs Schulter gelegt und preßte sie plötzlich an sich. »Mein Gott... sieh weg... sieh nicht hin... dreh dich um...«

Auch Gisela Sander reagierte. Sie wollte vorstürzen, aber Budumba war schneller, fing sie auf und drängte sie in die Dunkelheit zurück. Dort faßten sie zwei Krieger und hielten sie fest.

Dann ging alles schnell.

Der riesige Bantu holte aus, die Scheide seiner Machete blitzte im Fackelschein, es knirschte laut, als er die Halswirbel des Farmers durchtrennte und den Kopf mit einem gewaltigen Hieb abschlug. Der enthauptete Körper fiel nach vorn, das Blut spritzte auf den Boden... es war ein grauenhafter Anblick, den niemand vergessen würde, der es miterlebte.

Unter den weißen Gefangenen war lähmende Stille. Nur eine einzige Stimme erhob sich und klang über alle Köpfe hinweg.

»Gott gebe dir Frieden!« sagte Pater Fritz. »Herr, nehme ihn auf in deinen Himmel. Amen!«

Und vierhundert trockene, vor Entsetzen verkrampfte Kehlen antworteten in dumpfem Chor: »Amen!«

Budumba war zufrieden. Er ließ den Körper wegtragen. Er hatte seine unbegrenzte Macht demonstriert. Das Entsetzen in Giselas Augen erfreute ihn. Eines Tages wird sie reif sein wie eine Frucht, die vom Baum fällt, dachte er. Und sie wird in meine Arme fallen. Dann besitze ich alles, was ein Mensch besitzen kann: Macht, ein Volk und eine weiße Frau.

Auf der Gefangeneninsel fand in dieser Nacht niemand Schlaf. In den Hütten lag man nebeneinander, das Bild des geköpften Farmers immer vor Augen.

Was bedeutete das? Hatte die Regierung Verhandlungen abgelehnt? Begann jetzt das Abschlachten? Wer war an der Reihe? Wurde man einzeln umgebracht oder in Gruppen?

Pater Fritz hatte viel zu tun in dieser Nacht. Er ging von Hütte zu Hütte und tröstete die Frauen, so gut er es mit Worten vermochte. Er kam auch zu Robert Sander, der Ingeborg Kraemer zu sich geholt hatte. Zum erstenmal hatte sie vergessen, aus dem Gesehenen eine Story zu machen.

»Ich habe es mir überlegt«, sagte Pater Fritz. »Ich komme nicht mit. Ich bleibe hier. Man braucht mich. Ich werde der letzte sein, der geht... wenn man mich den letzten sein läßt...«

Robert Sander nickte. Er verstand den Priester. Alles hatte sich seit dieser Nacht verändert. Nun lief man gegen die Zeit um sein Leben.

Bis zum Morgengrauen hockte er, bis zum Hals im Wasser, wieder im Schilf und baute an seiner schwimmenden Insel.

Gab es noch eine Frist von drei Tagen?

Mike Harris kannte keine Ruhe. Der Gedanke, daß Corinna Sander in den Händen eines Mannes war, den das ganze Land suchte, auf dessen Kopf 10000 Uganda-Shillinge Belohnung standen und der zwar ein Arzt, aber auch der geistige Motor für den Aufstand der Bwamba-Bantus sein sollte, trieb ihn vorwärts.

Der Tod seines Nachbarn und Freundes Gerald Sander, die verbrannte Farm, das Grauen, das die Bwambas überall hinterlassen hatten, wo sie durchgezogen waren, ließen ihn zu einem Berserker werden. Er hatte schnell ausgerechnet, daß der Vorsprung Malangas so groß nicht sein konnte, denn Corinna und Malanga würden in der Steppe ein Nachtlager aufschlagen – im Gegensatz zu ihm; er tat das nicht. Er fuhr den ersten Tag selbst und ließ in der Nacht seinen ersten Vorarbeiter weiterfahren. Ein Protest half nicht.

»Geister?!« brüllte Harris, als die beiden Farbigen sich verstört in den Wagen drückten. »Himmel und Arsch! Seid ihr in der Missionsschule erzogen worden oder nicht?! Es gibt keine Geister von Verstorbenen! Wenn ein Mensch tot ist, ist er tot, basta! Oder glaubt ihr, die Seele von Großmütterchen tanzt bei Mondschein über die Steppe! So ein Blödsinn! Du fährst in der Nacht weiter!«

Mike Harris schlief erschöpft, als es Nacht wurde. Ab und zu, getrieben von dem Willen, zu kontrollieren, wachte er kurz auf, aber es war nur ein Dämmern, ein Halbschlaf, in dem er zufrieden spürte, daß der Wagen schaukelte und brummte. Man fuhr also weiter... Mike Harris schlief wieder ein.

So merkte er nicht, daß seine beiden Vorarbeiter eine äußerst raffinierte Methode ausgedacht hatten, die Geister der Nacht nicht zu stören: Der Wagen stand auf einem Fleck, der Motor lief, und einer der beiden Farbigen war damit beschäftigt, den Wagen auf der Stelle hin und her zu schaukeln. Nach zwei Stunden wurde er von dem anderen abgelöst.

So ging die Nacht mit Schaukeln herum. Als der Morgen dämmerte und die Tierherden zu den Tränken zogen, fuhren die beiden Vorarbeiter weiter. Harris erwachte erst, als ihm die Sonne ins Gesicht schien.

Er reckte sich, sah sich blinzelnd um, stellte fest, daß sie an einem Fluß entlangratterten und richtete sich auf.

»Brav!« sagte er anerkennend. »Anhalten! Jetzt fahre ich weiter. Legt euch hinten rein und schlaft...«

Die beiden Bantus grinsten, hielten an, übergaben das Steuer wieder Harris, rollten sich auf den Rücksitzen wie Katzen zusammen und schliefen schnell ein.

Nach drei Stunden Fahrt, während denen Harris Fruchtsaft trank und Kekse aß, ohne Rast zu machen, hielt er verwundert an und stellte sich auf den Sitz. So konnte er das hohe Elefantengras überblicken. Fünfzig Meter rechts von sich erkannte er einen Einschnitt, der ihm seltsam bekannt vorkam. Dort verlief eine Straße und die Hügel in der Ferne hatten Formen, die er schon einmal gesehen hatte. Plötzlich schlug es in ihm ein wie ein Blitz.

Sie fuhren im Kreis! Er fuhr wieder seiner Farm zu. Noch dreißig Meilen, und er rumpelte wieder durch seine Felder.

Mike Harris tat einen Sprung aus dem Wagen und zog die beiden schlafenden Bantus an den Beinen von den Sitzen. Sie plumpsten auf die Erde und sprangen schlaftrunken auf. Dann erstarrten sie. Harris stand vor ihnen, das Gewehr im Anschlag. Sein Gesicht war tiefrot.

»Ihr Saukerle!« brüllte er. »Ihr Vollidioten! Wo seid ihr in der Nacht hingefahren? Antwort, oder es knallt!«

»Immer geradeaus, Bwana, wie du es gesagt hast!« rief der erste Vorarbeiter und zitterte. »Immer geradeaus.«

»Zurück seid ihr gefahren!«

»Nein, Bwana.«

»Doch!« Harris bebte vor Wut. »Ihr habt umgedreht.«

»Es war dunkel, Bwana. Die ganze Nacht sind wir gefahren. Vielleicht haben uns die Geister falsch geführt.«

»O Himmel!« Harris ließ das Gewehr sinken. Es hatte keinen Sinn, dagegen anzubrüllen. Man konnte ihnen jetzt den Schädel einschlagen – sie würden trotzdem dabei bleiben, daß die Ahnen sie für die nächtliche Fahrt bestraft hatten. »Einsteigen!« knurrte Harris. »Die nächsten 48 Stunden schlafe ich nicht! Los!«

Es zeigte sich, daß sie Malanga so schnell nicht einholen würden. Der Vorsprung war jetzt nur noch einzuholen, wenn Harris tatsächlich Tag und Nacht durchfuhr. Das war eine verrückte Aufgabe, denn nur wer bei 40 Grad Sonnenglut durch die Steppe gefahren ist, kann ermessen, was es heißt, ununterbrochen zu fahren, Stunde um Stunde in dem schaukelnden Jeep, hüpfend über den unebenen Boden, vor sich das Gras niederwalzend, über sich den glühenden Feuerball der Sonne. Der Körper trocknet aus, die Schleimhäute werden zu Leder, vor den Augen beginnt die Steppe zu tanzen, die Bäume und Sträucher werden zu gespenstischen Gebilden, die Tierherden zu schwankenden Schatten.

Am Nachmittag war Harris so weit, daß er anhielt, seinen Kopf in eine Schüssel mit Wasser tauchte, sich wusch und das Wasser trank wie ein Büffel in der Suhle. Seine beiden Bantus schienen frisch zu sein. Sie aßen Fladen aus Hirsemehl und machten eine Büchse Fleisch auf, das sie kalt herunterschlangen. Harris kochte für sich Tee, drehte Hartwurst und Brot Bissen für Bissen zwanzigmal im Mund herum, bis er es herunterschluckte, und legte sich dann in den Wagen, um eine Stunde auszuruhen.

»Weckt mich, wenn es dunkel wird«, sagte er zu den Bantus.

»Und dann fahre ich die Nacht hindurch, und wenn es in der Steppe von euren Geistern wimmelt!«

Die beiden Vorarbeiter nickten artig und setzten sich neben dem Wagen in den Schatten.

Als es zu dunkeln begann, sahen sie auf den schnarchenden Harris und schienen beide das gleiche zu denken. Zugegeben, der Bwana Harris war ein starker, wilder Mann. Er war einmal Major bei den Engländern gewesen, er kannte das Land, und wenn er etwas wollte, dann gab es keine Widerrede. Aber auf der anderen Seite war der große Arzt Malanga, der große Führer der Bwambas, der mit einem ganzen Stamm in die Mondberge zog, um ein neues Königreich zu gründen. Wog man beides gegeneinander auf, dann sah es schlecht aus um Mike Harris. Denn in den Mondbergen war auch ein britischer Ex-Major wehrlos: In den Mondbergen war der Sitz der Götter, war die Quelle des Zaubers.

Die Vorarbeiter handelten schnell und mit Zartgefühl.

Sie ergriffen Harris an den Beinen und unter den Achseln, hoben ihn aus dem Jeep und legten ihn auf eine Decke, die sie auf die Erde gebreitet hatten. Harris grunzte laut, aber schlief weiter. Dann packten sie neben dem Schlafenden einige Dosen und Beutel auf die Decke, legten das Gewehr und genug Munition hinzu, schoben den Jeep ein Stück weiter über die Piste und zündeten den Motor erst, als sie sicher waren, daß Harris davon nicht aufschreckte. Dann rasten sie in die Dämmerung hinein, um so viel Land wie möglich zwischen sich und Mike Harris zu bringen.

Sie fuhren nicht wieder zurück zur Farm, dieser Weg war ihnen nun für alle Zeiten verschlossen. Sie wandten sich der Bergwand am Horizont zu, den Mondbergen, wo der große Arzt hinwollte, den Harris bis in den Tod haßte.

Mike Harris erwachte, weil er fror.

Mit einem Satz sprang er auf und sah, daß der Jeep und seine zwei Vorarbeiter weg waren. Allein stand er in der Steppe, mit einer Decke, einem Gewehr und ein paar Büchsen Verpflegung. Ein Kanister mit Wasser lehnte einsam an einem Busch.

Für Harris ging ein Teil der Welt unter. Bis zu dieser Stunde hatte er fest auf seine beiden Vorarbeiter gebaut. Er hatte sie für die treuesten Menschen gehalten. Sie hatten an seiner Seite den Sturm der Bwambas abgeschlagen, als die Truppen Budumbas von der Sander-Farm herüberkamen, sie hatten von Kind an bei ihm gedient, sie waren in den Arbeiterhütten seiner Farm geboren worden. Daß sie ihn verraten könnten, war ein unmöglicher Gedanke gewesen, der Harris nie kam. Nun brach dieser Glaube an Treue zusammen.

Sie hatten ihn allein in der Steppe gelassen. Sie waren mit dem Jeep davongefahren.

Was ist ein Mann allein und zu Fuß in diesem Land?

Die Landschaft verschlingt ihn, und er wird zu einem Käfer, dessen Welt zusammenschrumpft zu einer Unendlichkeit aus zerrissenem Boden und bizarren, tausendfachen Hindernissen, die man überkriechen muß. Und darüber brennt glühend die Sonne; schutzlos ist man ihr ausgeliefert und spürt, wie diese gleißende Helle das Blut kochen läßt und alle Flüssigkeit aus dem Gehirn zieht.

Was nutzt schon ein Gewehr?

Plötzlich kann man einem Leoparden gegenüberstehen, einem Elefantenbullen, einem Wasserbüffel, einem Nashorn. Man sieht den Tod, aber die Sonne hat alle Kraft aus einem herausgesaugt. Die Arme sind wie Blei. Das Gewehr an die Wange reißen, zielen, abdrücken... man will es, aber die Arme hängen herunter, vor den Augen flimmert die Luft. Nicht einmal die Kraft ist mehr da zu schreien, wenn das Ende auf einen zukommt.

Mike Harris setzte sich auf die Decke und starrte in die beginnende Nacht. Er nahm das Gewehr zwischen seine Knie und umklammerte es.

Wohin, dachte er.

Zurück zur Farm? Es waren sechs Tage Fußmarsch.

Zu den Mondbergen? Es konnten sechs Wochen werden.

Oder in eine ganz andere Richtung? Nach Osten, zu den Truppen der Regierung? Irgendwo mußte man auf sie treffen; sie durchkämmten das Land nach den Stoßtrupps der Bwambas, die noch immer Weiße einsammelten und als Geiseln zu den immer noch geheimen Sammelstellen brachten.

Harris verbrachte die Nacht damit, sich an ein kleines Lagerfeuer zu hocken und es immer wieder am Brennen zu halten. So wehrte er die Tiere ab, die ihn umschlichen. Er hörte und sah sie nicht, aber er spürte sie in der Dunkelheit jenseits seines Feuers. Vor allem, als das Heulen der Hyänen näher und näher kam, wußte er, daß um ihn herum eine Raubkatze schlich und ihn beobachtete.

Harris saß still, das Gewehr auf den Knien, bereit, sofort zu schießen. Als im Osten der Nachthimmel fahl und streifig wurde, atmete er auf, zertrat das Feuer und lief ein paarmal rund um den Aschenhaufen, um seine lahmen Muskeln in Bewegung zu bringen.

Der neue Tag. Ein Tag, der für ihn unendlich lang werden würde. Ein Tag, den er verfluchen würde, noch ehe er zu Ende ging. Ein Tag, der Harris' Körper verändern würde wie ein ganzes Jahr.

Er wußte es, knotete die Decke zusammen, legte den Wasserkanister und die Büchsen hinein, warf den improvisierten Sack über die Schulter, sicherte sein Gewehr und benutzte es als Stock. So zog er los, der an den Himmel kletternden Sonne entgegen.

Er hatte keine andere Wahl. Er wurde zu einem Käfer in der Steppe.

»Wir ruhen uns noch diesen Tag aus«, sagte Malanga, als sie alle gefrühstückt hatten und Thorwaldsen sich seine Pfeife ansteckte. Corinna hatten sie aus dem Zelt getragen und wieder unter das Sonnensegel gelegt. Sie sah besser aus als am vergangenen Tag, aber das Fieber war noch nicht völlig aus ihrem Körper getrieben. Die Augen glänzten noch unnatürlich, das operierte Bein schmerzte. Malanga wollte nach dem Frühstück den Verband wechseln.

»Es geht mir wundervoll«, sagte Corinna, als sie Tee getrunken und Kekse gegessen hatte. »Man merkt, daß jetzt Männerblut in meinen Adern rollt. Ich fühle mich stark wie nie zuvor...«

Thorwaldsen lachte laut. Er holte eine zweite Pfeife aus seiner Hosentasche und hielt sie Corinna hin. »Bitte, bedienen Sie sich! Mit meinem Blut im Körper müßten Sie daran Geschmack finden.«

Malanga schien andere Gedanken zu haben, als den Morgen mit Scherzen zu verbringen. Er ging unruhig in dem kleinen Camp herum, sah oft in die Ferne und winkte dann Thorwaldsen zu sich an den Landrover.

»Wir müssen uns tarnen«, sagte er leise, damit es Corinna nicht hörte, »wenn wir hierbleiben wollen.«

»Tarnen? Warum?« Thorwaldsen schüttelte den Kopf. »Wenn man uns entdeckt, um so besser für Corinna.«

»Es könnte Komplikationen geben. Ich möchte sie in unser aller Interesse vermeiden.« Die Stimme Malangas hatte sich verändert. Sie klang hart, befehlend. Auch sein Gesicht verlor die Weichheit; es war verschlossen und wie vereist.

»Sie haben Angst, nicht wahr?« sagte Thorwaldsen hämisch. »Irgend etwas ahnte ich doch. Mit Ihnen stimmt etwas nicht! Gut, Sie sind ein Arzt, aber weiß der Teufel, welche Funktionen Sie jetzt hier ausüben. Sie fürchten einen Zusammenstoß mit den Regierungstruppen.«

»Ja«, antwortete Malanga kurz.

»Und warum?«

»Ich könnte es Ihnen erklären, aber ich will nicht.«

»Oha! Jetzt wird's gemischt!« Thorwaldsen klopfte seine Pfeife am Stiefelabsatz aus und nahm sie dann in die Hand wie eine Pistole. Mit dem Mundstück tippte er Malanga an die Brust. »Der Aufstand der Bwambas und Sie... da ist ein Zusammenhang, was? Sie sind doch ein Bwamba?«

»Natürlich.«

»So natürlich finde ich das gar nicht. Ihr Stamm zieht brennend und mordend durchs Land, bringt die Eltern und Geschwister von Corinna um, und Sie schnappen sich die einzige Überlebende der Familie und wollen mit ihr in die Mondberge! Hören Sie mal...« Thorwaldsen sah hinüber zu Corinna, die auf der Decke lag, geschützt durch das Sonnensegel, und hinaus in die Steppe blickte. »Wir sind hier ganz allein. Es hat sich gezeigt, daß wir ebenbürtig sind. Trotzdem: Einer von uns ist hier zuviel! Ich will Corinna zur nächsten Missionsstation bringen, damit sie sachgemäß gepflegt wird. Sie wollen sie in die Berge schleppen... Einer von uns muß seinen Kopf durchsetzen.«

»Ganz logisch.«

»Das heißt also, daß wir – jeder für sich – darüber nachdenken müssen, wie er den anderen umbringt.« Thorwaldsen kratzte sich mit dem Pfeifenmundstück den Kopf. Er war nicht im geringsten aufgeregt, er sprach über diese Situation des tödlichen Hasses wie über eine Schachaufgabe. »Sie wissen,

Doktor: Wenn Sie mich umbringen, wird Corinna Schwierigkeiten machen.«

»Das gleiche wird sie tun, wenn Sie mich wegschaffen«, sagte Malanga und lächelte schwach. Sein schwarzes Gesicht glänzte in der weißlichen Morgensonne. Es würde wieder ein heißer, drückender Tag. Über der Savanne stiegen die Morgennebel hoch. »Überlassen wir alles dem Zufall. Zunächst aber müssen wir uns tarnen.«

»Und wenn ich mich weigere?« knirschte Thorwaldsen.

»Sie werden es nicht.« Die Stimme Malangas war sanft, aber überzeugend. »Sie würden Corinna in eine sehr gefährliche Lage bringen. Wenn wir aus der Luft beschossen werden, fragt keiner, ob eine Frau bei uns ist.«

Thorwaldsen sah das ein. Mit verkniffenem Gesicht begann er, in der Umgebung Äste zu schlagen und hohes Gras zu bündeln. Malanga wechselte unterdessen den Verband Corinnas.

Die Wunde sah nicht schön aus. Die Schwellung war zurückgegangen, aber noch immer war die Haut gespannt und gerötet. Er injizierte noch einmal ganz langsam 10 Kubikzentimeter Calcium und strich über die Wundränder eine Penicillinsalbe.

»Daß mir so etwas passieren mußte«, sagte Corinna und sah Malanga zu, wie er das Bein behandelte. »Wieviel Zeit verlieren wir nun? Sollen wir nicht umkehren?«

»Umkehren? Wohin?« Malanga wickelte einen neuen Verband um die Wunde. Er sah Corinna dabei nicht an. Ihr schönes Bein zu halten, es beim Verbinden verstohlen zu streicheln, war schon ein großes Glück für ihn, das sich in seinen Augen widerspiegelte. Und diese Augen wollte er Corinna nicht sehen lassen.

»Zurück zur Farm.« Corinna legte sich zurück und starrte gegen das Sonnensegel. Ihre Stimme wurde leiser und zitterte etwas. »Ich glaube nicht mehr, daß Robert und Gisela noch leben.«

»Wir werden es sehen.« Malanga legte das verbundene Bein zurück auf die Decke und breitete ein Handtuch darüber. Mükkenschwärme umsurrten es, als sei die Penicillinsalbe wie Honig, der die Insekten anlockt. »Sollte es wirklich so sein, werde ich den Verantwortlichen zur Rechenschaft ziehen.«

»Man wird auch uns töten, Malanga.«

»Das glaube ich nicht.« Er erhob sich und stand groß, schlank und von einer rätselhaften Schönheit gegen die Sonne. Corinna starrte zu ihm auf. Sie empfand ein Gefühl von Geborgenheit. Sie wußte nicht, wieso, aber sie spürte es ganz deutlich. Gleichzeitig aber drängte auch die Frage: Woher nimmt er diese Sicherheit? Was weiß er wirklich?

»Ich möchte etwas wissen«, sagte sie, während Malanga um sie herum ein Moskitonetz spannte.

»Bitte, Miß Corinna.«

»Warum sind Sie so sicher?«

»Weil man mich braucht. Ich bin Arzt. Sie warten auf mich. Das ist das ganze Geheimnis.« Malanga lächelte zu ihr hinunter. »Ich bringe ihnen die Verlängerung ihres Lebens; ein Wissen, das ich von den Weißen lernte. Das ist zwei weiße Leben wert. Wenn Ihre Geschwister noch leben, werden sie bald mit Ihnen zurück zur Farm fahren können.«

Thorwaldsen hatte unterdessen genug Äste und Gras geschlagen, um die Tarnung aufzubauen. Malanga begutachtete die Arbeit, während sich Thorwaldsen zunächst in den Landrover setzte, einen Becher Wasser trank und seine Pfeife stopfte. »Wie geht's dem Bein?« fragte er dabei.

»Einen Tag nach der Operation – gut.« Malanga mischte sich Wasser mit Fruchtsaft und warf eine Tablette hinein, ehe er den Becher trank. Mißtrauisch kniff Thorwaldsen die Brauen zusammen.

»Was tun Sie sich da ins Wasser?«

»Pervitin. Ich möchte munter bleiben.«

»Geben Sie mir auch so'n Teufelszeug.« Thorwaldsen hielt die offene Hand hin. »Gleiches Recht für alle, Doc!«

Malanga gab ihm eine Tablette, und Thorwaldsen schluckte sie mit Wasser hinunter.

Dann bauten sie die Tarnung auf. Der Wagen verwandelte sich zu einem breiten Busch, das Zelt schien ein Grashügel zu sein, das Sonnensegel wurde von riesigen Halmen des Elefantengrases überwuchert. Aus der Luft war das Lager nicht mehr zu erkennen... es versank völlig in der wogenden Üppigkeit der Savanne.

Wie wichtig das war, zeigte sich am Nachmittag, kurz nach dem Essen. Von Osten näherte sich Motorengebrumm. Zunächst sah es aus wie eine große Libelle, dann erkannte man mit bloßem Auge die gläserne Kanzel und die rotierenden Flügel eines Hubschraubers. Langsam überflog er das Land, zog Kreise und schien nach genau festgelegten Planquadraten die Savanne abzusuchen. Malanga trat vor Thorwaldsen, der mit einem verzerrten Lächeln die Maschine der Regierungstruppen beobachtete.

»Bitte Ihr Gewehr und die Pistole«, sagte Malanga hart. Thorwaldsen zuckte zusammen. Sein Gesicht wurde rot.

»Sind Sie verrückt?«

»Sie könnten in die Luft schießen und so ein Signal geben.«

»Und wenn ich das tue?«

»Dann schieße ich auch... auf Sie!« Malangas Stimme war dunkel und gefährlich. »Denken Sie an die Gefahr, in die Sie Corinna dann bringen.«

»Sie schwarzes Aas!« Thorwaldsen warf sein Gewehr hin und schleuderte die Pistole hinunter auf den Boden. Er sah, wie es über Malangas ebenholzglänzendes Gesicht zuckte. Ich muß ihn beleidigen, bis er platzt, dachte Thorwaldsen. Bis er seine verdammten Nerven verliert. Bis er eine Dummheit macht und ich ihn umlegen kann.

»Danke!« sagte Malanga heiser und trat unter die Tarnung. Er schluckte die Beleidigung, aber sie blieb haften wie ein langwirkendes Gift.

Der Hubschrauber kam näher. Sein Motorengebrumm scheuchte die Herden auf. Hunderte von Hirschantilopen und Topigazellen flüchteten durch das mannshohe Gras. Eine Giraffenfamilie jagte mit vorgestreckten Hälsen dahin. Nicht weit von ihnen, durch eine Senke mit niedrigerem Gras, stampften drei Nashörner mit gesenkten Häuptern, die Panzer der Steppe. Ein Rudel Impalas hetzte davon; die braunen, schlanken Körper schnellten hoch und weit durch die hitzeflimmernde Luft.

Langsam zog der Hubschrauber seine Kreise. Nun war er über dem Lager, und Thorwaldsen konnte durch seine Tarnung ganz deutlich die beiden Piloten erkennen und dahinter die Soldaten an den Maschinengewehren. Es waren Farbige in braungrünen Uniformen. Fallschirmjäger der Uganda-Armee.

»Sie sehen uns nicht«, sagte Malanga zufrieden. »Was glauben Sie, was sie tun würden, wenn sie uns entdeckten?«

Thorwaldsen schwieg. Er kannte die Antwort. Die Läufe der MGs waren auf die Erde gerichtet.

In diesem Augenblick bewegte sich das Moskitonetz unter

dem getarnten Sonnensegel. Der Kopf Corinnas erschien im Freien... sie kroch auf dem gesunden Bein hervor und schleifte das verbundene Bein nach. Malangas Herz stand einen Augenblick still, auch Thorwaldsen war eine Sekunde unfähig, zu reagieren. Dann aber schrien sie beide wie aus einem Mund:

»Zurück! Corinna... zurück!«

Das Donnern der rotierenden Hubschrauberflügel übertönte diesen Aufschrei. Corinna war ins Freie gekrochen, kniete sich jetzt, deutlich sichtbar in ihrer weißen Bluse, und winkte mit beiden Armen. Der Hubschrauber reagierte sofort, er drehte ab und kam in einem engen Kreis wieder zurück.

»Prost Mahlzeit!« knirschte Thorwaldsen. »Sie können nicht sagen, daß ich es war, Doc!« Er bückte sich und riß das Gewehr hoch. Auch Malanga griff zu der Maschinenpistole, die unter dem Gepäck verborgen gelegen hatte.

Fast gleichzeitig drückten sie ab, als der Hubschrauber wie ein Rieseninsekt auf sie zustürzte. Sie kamen den MG-Schützen in der Glaskanzel um den Bruchteil einer Sekunde zuvor. Während Thorwaldsen mit seiner großkalibrigen Büchse den Piloten traf, hämmerte die Garbe Malangas in die Kanzel und warf die beiden Fallschirmjägerschützen von den Maschinengewehren.

Der Hubschrauber bäumte sich auf, drehte sich auf die Seite, fiel dann, steuerlos, wie ein Stein in die Savanne und zerschellte auf dem Boden. Eine schwarze Rauchfahne quoll hoch, Benzin lief aus, entzündete sich und steckte das trockene Gras an. In wenigen Sekunden umgab ein Flammenmeer den abgestürzten Hubschrauber. Prasselnd fraß sich das Feuer weiter. Über der Steppe erhob sich ein Schleier von Rauch und zuckenden Flammen.

Entsetzt, gelähmt von dem Anblick, hockte Corinna noch immer auf den Knien vor dem Sonnensegel. Malanga und Thorwaldsen sahen sich kurz an.

»Ich habe es nur Corinnas wegen getan«, sagte Thorwaldsen heiser. »Sie wollten auf sie schießen.«

»Ich habe nichts anderes erwartet.« Malanga warf die Maschinenpistole in den Landrover. »Wir müssen weg! Sofort! Das Feuer kommt auf uns zu. Wir haben Glück, daß der Wind gegen unsere Richtung steht! Los, stehen Sie nicht herum... alles abbauen! Sie fahren! Ich kümmere mich um Corinna.«

Malanga rannte zu Corinna, hob sie hoch und trug sie zum

Wagen. Thorwaldsen riß die Tarnung ein, fetzte das Sonnensegel von den Stangen, rollte die Decke zusammen und half Malanga, Corinna auf die Kissen des Rücksitzes zu betten. Dann stürzten sie beide zum Zelt, bauten es ab, warfen die Leinwand einfach über Corinna und sprangen in den Wagen. Heulend reagierte der Motor auf das Vollgas, das Thorwaldsen schon beim Anfahren gab. Es war höchste Zeit. Die Hitze der brennenden Steppe wurde unerträglich, der beißende Rauch nahm ihnen den Atem.

»Festhalten!« brüllte Thorwaldsen, als er die Kupplung losließ. Malanga kniete auf seinem Sitz und umklammerte Corinna. Mit einem Satz schoß der Landrover vorwärts und bohrte sich in das hohe Elefantengras.

Corinna verzog den Mund, dann schrie sie auf. Das kranke Bein war gegen die eiserne Wagenwand gestoßen; der Schmerz, der sie von den Zehen bis zur Kopfhaut durchzuckte, war unerträglich.

Malanga biß die Zähne zusammen. Er umarmte Corinna, zog sie an sich, hielt sie fest, während Thorwaldsen durch die Steppe raste, einen Bogen um das Flammenmeer schlug und erst langsamer fuhr, als der Brand hinter ihnen lag und sie dem Wind entgegenschleuderten, der das Feuer von ihnen wegtrieb.

»Warum habt ihr das getan?« schrie Corinna in das Heulen des Motors. »Es waren doch Regierungstruppen. Sie wollten uns helfen! Mein Gott, ihr habt sie getötet. Sie verbrennen...«

Malanga schwieg. Sein Gesicht war schweißnaß und wie versteinert. Thorwaldsen hatte genug zu tun, über den holprigen Boden zu fahren. Sie kamen mitten in eine flüchtende Herde von Elenantilopen hinein, in eine donnernde Wand von braunen, panikgehetzten Leibern. Neben ihnen stampften drei riesige Nashörner durch das Gras.

Nach zwei Kilometern hielt Thorwaldsen an. Hinter ihnen stand die Wand aus Feuer und Rauch. Eine brennende Hölle, die ostwärts trieb. Sie konnte ihnen nicht mehr gefährlich werden.

Thorwaldsen lehnte sich zurück und wischte sich mit beiden Händen über das Gesicht. Schweiß, Staub und Flugasche entstellten es völlig.

»Wie geht es Corinna?« fragte er dabei.

Malanga ließ sich neben ihn auf den Sitz zurückfallen. »Sie ist ohnmächtig«, sagte er. »Fahren Sie weiter. Wir müssen bis zur

Nacht so viel wie möglich zurücklegen. Man wird den Hubschrauber ja suchen. Im übrigen danke ich Ihnen.«

»Wofür?«

»Man kann sich in der Not auf Sie verlassen, Sir.«

Knurrend fuhr Thorwaldsen weiter. »Auf Ihr Lob verzichte ich!« sagte er grob. »Es war nur Notwehr... damit Sie es genau wissen!«

Auf der Gefangeneninsel im Sumpfgebiet Toros wirkte das Entsetzen über die Hinrichtung des weißen Farmers noch nach. Budumba ließ aber, entgegen den Befürchtungen der Gefangenen, keine neuen Todesurteile mehr vollstrecken, sondern überließ die Weißen der quälenden Ungewißheit. Sie zermürbte noch mehr als Terror.

Gisela Sander hatte noch ein Zusammentreffen mit Budumba; danach, so glaubte sie fest, käme nur noch der Tod.

Es war am Morgen nach der grausamen Köpfung. Die ganze Nacht über hatte Gisela darauf gewartet, daß Budumba in ihre Hütte käme, um sich nun mit Gewalt zu nehmen, was sie aus freier Entscheidung nicht geben wollte. Sie hatte sich darauf vorbereitet und mit dem Leben abgeschlossen. Wie ihr Vater, der sich bis zuletzt gewehrt hatte, ehe die Buschmesser ihn zerstükkelten, versteckte sie als einzige Waffe einen dicken Holzknüppel in der Hütte. Mit ihm wollte sie so lange um sich schlagen, bis Budumba sie tötete. Nur als Tote wird er mich bekommen, dachte sie, und es war keinerlei Angst bei diesem Gedanken.

Aber Budumba ließ die Nacht vorübergehen und kam erst am Morgen in die Hütte. Er trug seinen Anzug aus Leopardenfell und eine Mütze aus Löwenhaaren. Gisela Sander starrte ihn an wie ein ekliges Tier.

»Ich schlage Ihnen einen Vertrag vor«, sagte Budumba. »Wir haben jetzt über vierhundert Gefangene. Ihnen werde ich verkünden, daß ihr Leben davon abhängt, ob eine weiße Frau einen Neger lieben wird oder nicht. Liebt sie ihn nicht, werden jeden Tag zehn Weiße vor aller Augen getötet... so lange, bis die weiße Frau ja sagt.« Budumba gab diese Ungeheuerlichkeiten mit einer Stimme von sich, als sei er noch Taxichauffeur in Nairobi und erkläre bei einer Rundfahrt durch die Stadt den Touristen die Sehenswürdigkeiten. »Jeden Tag zehn Menschen, Miß Sander.

Sie haben gesehen, daß ich die Macht dazu habe. Wer will mich hindern? Ich glaube, daß nach zwei Tagen Ihre eigenen Freunde zu Ihnen kommen werden und Sie anflehen, Budumba zu lieben, um das Leben der anderen zu retten. Und überlegen Sie, daß bei der dritten Gruppe Ihr Bruder sein wird. Bei der vierten Pater Fritz...«

»Und Sie sind einmal getauft und in einer Missionsschule erzogen worden«, sagte Gisela leise.

Budumba lächelte breit. »Auch unter den weißen Christen gibt es Mörder. Warum verlangt man vom schwarzen Mann, daß er christlicher sein soll als seine weißen Vorbilder? Ich habe die Macht, zu tun, was ich will. Das allein ist jetzt wichtig, Miß Sander. Wollen Sie, daß ich jeden Tag zehn Ihrer Landsleute hinrichten lasse? Ist Ihnen Ihr schöner, weißer Körper soviel wert?« Budumba erhob sich abrupt. »*Mir* ist er soviel wert! Ich bade ihn in Blut, wenn es sein muß!«

»Nie bekommen Sie mich lebend!« schrie ihm Gisela Sander zu. »Nie! Nie!«

Budumba hob die breiten Schultern. Katzenhaft leise ging er zum Ausgang der Hütte. »Sie werden wahnsinnig werden«, sagte er dumpf, bevor er den Vorhang aufschlug. »Jeden Tag zehn Menschen... vor Ihren Augen... und diese Menschen werden Sie anflehen, auf den Knien vor Ihnen liegen und Ihnen zuschreien: Rette unser Leben... liebe Budumba... laß uns nicht töten... liebe Budumba... liebe Budumba... Ob Sie das aushalten, Miß Sander?!«

Gisela sank auf ihr Fellager zurück, als Budumba die Hütte verlassen hatte. Was in den nächsten Tagen geschehen würde, was sich ein Mensch ausdenken konnte, der das krankhafte und mit Haß geladene Gehirn eines Budumba besaß, war wirklich das Grauenhafteste, das Unerträglichste auf dieser Welt. Es gab nur einen Weg, ihm zu entgehen und das Leben der anderen zu retten: Der eigene Tod, bevor die ersten zehn zur Hinrichtung geführt wurden.

Gisela Sander war dazu bereit.

»Ich möchte Pater Fritz sprechen«, ließ sie dem König der Bwambas, Kwame Kirugu, mitteilen.

Am Abend wurde Pater Fritz von der Gefangeneninsel zur Königsinsel gerudert. Nur eine Nacht blieb noch bis zur Entscheidung.

Was Pater Fritz mit Gisela Sander besprach, hat nie jemand erfahren. Aber als er die Hütte wieder verließ und Gisela ihn bis zu dem flachen Boot begleitete, segnete er sie, bevor er wieder hinüberfuhr zur Insel, und sie kniete nieder und senkte den Kopf.

In dieser Nacht schlief auch Pater Fritz nicht. Er hatte einen Tod durch eigene Hand gesegnet.

Die sich überschlagenden Ereignisse verhinderten das Opfer Gisela Sanders. Budumba hatte am nächsten Morgen andere Sorgen, als sich um die Eroberung einer weißen Frau zu kümmern.

Sein großer Traum von einem eigenen Staat der Bwambas unter seiner Herrschaft schien sich aufzulösen wie Frühnebel nach den ersten warmen Sonnenstrahlen.

Zwei Kompanien der Kampftruppen hatten die Mondberge erreicht und sich in den unwegsamen Felsgebieten eingenistet. Stoßtrupps hielten den Weg offen für den nachfolgenden Stamm, dem auch die vierhundert Gefangenen angehören sollten. Planmäßig, wie bei einem Manöver, war bisher alles abgerollt. Vom Kongo kamen Waffen- und Lebensmittellieferungen über die Mondberge. Zwei Batterien Artillerie zogen auf einsamsten Felsenpfaden zu den Bwambas, überquerten den »Thron der Götter«, die Region des ewigen Schnees.

Budumba war stolz auf seine Organisation. Siegessicher hatte er Kirugu, dem vorsichtig Zögernden, die Meldung gezeigt, daß militärisch schon fast alles erreicht sei. »Das ist eine Falle!« hatte Kirugu gesagt. Es klang lahm. Die Erfolge Budumbas waren unheimlich; die Bantus begannen, ihn wie einen Gott anzubeten. Die Königswürde Kirugus war nur mehr ein Maskenscherz, weiter nichts. Nur aus Tradition blieb er auf dem Thron. Sein Wort wurde nur noch von ganz wenigen Getreuen gehört, aber auch die wandten sich ab, aus Angst, den Zorn Budumbas auszulösen.

»Ich werde jetzt verhandeln«, sagte Budumba voller Triumph. »Ich schicke zwei Offiziere zu den Regierungstruppen und biete den Tausch an: Die Weißen gegen freies Geleit unseres Volkes zu den Mondbergen. Sie müssen darauf eingehen.«

»Sie werden es nicht!« Kirugu schüttelte den Kopf. Sein Kopfschmuck aus Pfauenfedern wippte. »Was sind die Weißen denn wert?«

Budumba nannte Kirugu einen alten Dummkopf und handelte nach seinem Plan. Mit einem erbeuteten Regierungsjeep schickte er zwei Offiziere im Hauptmannsrang nach Osten. Eine große weiße Fahne wehte über ihnen, als sie nach hundert Kilometern endlich auf Vorposten der Uganda-Armee stießen. Fünf Minuten später waren sie gefangengenommen, man zog ihnen die Stiefel und die Hosen aus, ließ sie in kurzen Unterhosen und Uniformjacken vor dem Jeep herlaufen bis zum Hauptlager. Dort erst konnten die beiden Bwambas erklären, was sie wollten. Das Funkgerät begann zu knistern, in Kampala holte man Oberst McCallen ins Kriegsministerium und zeigte ihm die Meldung von der »Front«. Eine halbe Stunde später flogen der General, zwei Oberst und McCallen nach Fort Portal. Die Meldung war zu wichtig, um aus der Ferne behandelt zu werden.

Bei den Uganda-Truppen hatte unterdessen eine peinliche Untersuchung stattgefunden. Nachdem man erkannt hatte, daß es sich bei den beiden Bwambas weder um Überläufer noch um Gefangene handelte, sondern um Parlamentäre, auf die man in Kampala wartete, suchte man die Stiefel und Hosen der beiden Offiziere wieder. Es stellte sich heraus, daß sie wie weggezaubert waren, daß niemand wußte, wer sie genommen hatte, daß überhaupt niemand eine Ahnung hatte. Um die Unterhändler nicht halbnackt dem General vorführen zu müssen, zog man ihnen Armeehosen an und lieh ihnen auch halbhohe Schnürstiefel.

So wurden sie McCallen vorgeführt, der im Hauptquartier von Fort Portal mittlerweile eingetroffen war.

Das Ultimatum Budumbas, das die beiden Bwambas übermittelten, war klar. McCallen ließ die Unterhändler abführen und schob dann die Unterlippe vor.

»Das ist kein Bluff«, sagte er. »Wir wissen, daß Budumba die Geiseln hat. Wir sollten auf seinen Vorschlag eingehen.«

»Unmöglich.« Der General zog das dicke Kinn an. McCallen bekam plötzlich glänzende Augen.

»Es handelt sich um vierhundert Menschen!« sagte er lauter.

»Es handelt sich darum, daß wir nicht den Forderungen eines Rebellen nachgeben!« Der Uganda-General hieb auf den Tisch. »Ich denke nicht daran! Soll ich mich blamieren?!«

»Sollen vierhundert Unschuldige sterben?« rief McCallen.

»Es sind Weiße.« Der General lächelte mokant. »Sie gehen uns eigentlich gar nichts an, Oberst. Das hier ist eine innerafrikanische Angelegenheit. Daß man ausgerechnet unafrikanische Elemente als Druckmittel benutzt, ist ein Witz und zeugt von der Dummheit unserer Gegener.«

Oberst McCallen wurde rot. Er spürte, wie es an seinem Hals emporkroch, eine schreckliche Wut, die ihn zu zerreißen drohte.

»Das heißt...«, sagte er mühsam beherrscht, »daß Sie meine Landsleute...«

»Nicht ich! Die Bwambas!« Der General lehnte sich zurück. »Ich weigere mich nur, mich durch solche Dinge zu irgend etwas zwingen zu lassen.«

»Wenn Sie nicht zusagen, bedeutet dies das Todesurteil für vierhundert Männer, Frauen und Kinder.«

»Es gab Kriege, wo die Opfer höher waren, Oberst«, sagte der General verschlossen. »Ein Königreich Bwamba in den Mondbergen wäre für uns drückender als die Schuld, vierhundert Weiße geopfert zu haben.«

»Sie!« McCallen sprang auf. Vierzig Jahre Kolonialdienst brachen aus ihm heraus. »Mit einem Affen verhandle ich nicht! Ich werde mich an die Regierung selbst wenden!«

Eine halbe Stunde lang sprach McCallen telefonisch mit Kampala und verschiedenen Ministern. Die Antworten, die er bekam, waren die gleichen wie die des Generals: Uganda ist es wichtiger, Ruhe im Land zu haben, als den Tod von vierhundert Weißen zu verhindern. Die Bwambas müssen geschlagen werden, alles andere ist unwichtig.

Erschüttert, fast platzend vor Wut, aber ohnmächtig, kam McCallen von seinem Telefongespräch zurück in das Zimmer des Kommandeurs von Fort Portal. Der General und seine Offiziere rauchten und tranken Kaffee.

»Was sagten die Minister?« fragte der General freundlich. McCallen warf sich auf einen Stuhl. Er schwitzte vor Erregung.

»Das hier ist Mord!« sagte er heiser. »Mord an vierhundert Europäern. Man wird Sie dafür zur Rechenschaft ziehen.«

»Uns? Sie verkennen die Lage, Sir. Die Bwambas ermorden sie.«

»Sie können es verhindern!« schrie McCallen außer sich.

»Nicht mehr.« Der General zerdrückte seine Zigarette. »Der Fall ist bereits dabei, sich zu lösen...«

Außerhalb Fort Portals, dort, wo wieder die Savanne beginnt, wurden in diesen Minuten die beiden Parlamentäre Budumbas aus dem Jeep gestoßen. Man hatte ihnen die Militärhosen und Schnürstiefel wieder abgenommen. Barfuß, in Unterhosen, standen sie im Staub und bekamen einen Tritt in den Hintern.

»Lauft zurück zu euren Schweinen!« schrien die Uganda-Soldaten ihnen zu. »Los! Lauft schon!« Sie schossen hinter den beiden Bwambas in die Erde und lachten, als diese begannen, wegzulaufen, die Röcke auszogen, die Mützen wegwarfen und mit nacktem Oberkörper, in kurzen Hosen durch das trockene Gras hetzten.

»Eigentlich sind es jetzt keine Offiziere mehr«, sagte ein junger Leutnant. »Sie haben ihren Rang weggeworfen. Nur noch dreckige Revolutionäre sind sie. Jungs, bestraft sie.«

Nur wenige Meter weit kamen die beiden Unterhändler. Dann traf sie eine Garbe aus einem MG... sie breiteten im Laufen die Arme aus, stolperten, als stieße man ihnen in den Rücken und fielen dann vornüber in den Staub.

Das Schicksal von vierhundert Weißen war entschieden.

Oberst McCallen flog zurück nach Kampala und funkte seine Erfahrungen nach London an den Geheimdienst. Er bat um weitere Weisungen und schlug unter Einsatz aller Presse-Agenturen der Welt eine erdumspannende Pressekampagne zur Rettung der Gefangenen vor. Notfalls, so funkte er, müsse man Fallschirmjäger einsetzen, um die Weißen zu befreien. Souveränität hin, Völkerrecht her, hier gehe es um eine humanitäre Sache. Vierhundert Weiße sollten geopfert werden.

London empfing die Meldungen – und schwieg.

Bis zum Morgen saß McCallen vor dem Funkgerät. Dann legte er sich resigniert hin. Er verstand das Schweigen aus London: Die große Politik kann auf vierhundert Menschen keine Rücksicht nehmen. Das selbständige Afrika ist noch immer das Hinterland Europas. Man braucht es. Was sind vierhundert Menschen in dieser weltpolitischen Situation?

»Es ist zum Kotzen!« sagte McCallen laut. »Ich suche mir einen anderen Job! Ich werde Kaninchen züchten oder eine Hühnerfarm aufmachen. Die Politik heute ist etwas für Rechenmaschinen. Ich aber bin noch ein Mensch!«

Das alles erfuhr Budumba nicht. Aber er bekam die Meldung, daß man seine beiden Unterhändler erschossen habe. Da dies die Antwort war auf sein Angebot, wußte er jetzt, daß seine Geiselaktion ein Fehlschlag geworden war. Neben der Fortführung des Krieges und dem Durchbruch des Reststammes zu den Mondbergen mußte das Problem der Gefangenen gelöst werden. Die einfachste Lösung, alle durch ein paar MG-Garben niederzumähen, lag am nächsten, aber Budumba scheute davor zurück. Er dachte an die Fallschirmjäger-Aktion im Kongo und an die Möglichkeit einer weißen Söldnertruppe, gegen die kein Zauber mehr half.

Kirugu, der Budumba mit einem hämischen Grinsen beobachtete, sah seine Zeit gekommen.

»Was nun?« fragte er. »Geh hinaus und erkläre es den Kriegern. Oder soll ich es tun?«

»Was willst du erklären?« Budumba fuhr von seiner geflochtenen Matte hoch. »Es hat sich nichts geändert.«

»Sie verzichten auf die Weißen.«

»Wir werden durchbrechen zu den Bergen.«

»Und die Gefangenen?«

»Wir lassen sie zurück.« Budumba atmetete tief auf. »Wir werden sie auf ihrer Insel lassen und abziehen. Wenn sie gefunden werden, ist es ihr Glück, wenn nicht...« Er hob die Schultern. »Man sagt den Weißen nach, daß sie viel Phantasie hätten. Sie können sie gebrauchen. Vielleicht gelingt es ihnen, ans feste Land zu kommen. Es ist die beste Art, sie loszubekommen. Ich werde noch zwei Tage warten, dann räume ich den Sumpf.«

»Und draußen erwarten uns die Regierungssoldaten.«

»Wir werden sie überrennen.« Die Augen Budumbas blitzten fanatisch. »Ich werde mit einem neuen Zauber alle Herzen mutig wie die Herzen der Löwen machen. Wir werden unbesiegbar sein!«

Kirugu schwieg wieder. Aber er dachte: Warum kommt Malanga nicht? Wo ist er, der einzige, der das Volk noch retten kann? Wie lange ist es her, daß er von Kampala abgefahren ist? Wenn er nicht bald kommt, wird es keine Rettung mehr für das Volk der Bwambas geben. Dann gehen wir alle zugrunde an der dämonischen Macht Budumbas.

Robert Sander arbeitete verzweifelt an seinem Floß. Ingeborg Kraemer half ihm nun, stand wie er bis zum Hals im stinkenden, von Algen und Mückenlarven übersäten Sumpfwasser und flocht die aus Schilfhalmen gedrehten Seile um die Floßknüppel, die Robert einzeln im Laufe des Tages aufsammelte und in die Nähe der versteckten Baustelle trug.

Es war eine mühsame, die letzte Kraft aufsaugende Arbeit. Sie mußte geräuschlos sein, denn jedes laute Plätschern im Wasser, jeder dumpfe Schlag, wenn etwa ein schon zusammengebundenes Floßstück aus den Händen gleiten würde, konnte die Wachen alarmieren. Pater Fritz, der es abgelehnt hatte, sich an der geplanten Flucht zu beteiligen, half ihnen, indem er auf einem Platz in der Nähe der Schilfstelle Abendandachten abhielt. Er ließ dann hintereinander Lieder singen und überdeckte damit das leise Hämmern, wenn Robert einige Nägel einschlagen mußte. Robert Sander benutzte dazu als Hammerersatz einen runden Stein, aber man brauchte damit die dreifache Zeit, um einen Nagel einzutreiben.

»Morgen ist das Floß fertig«, sagte er zu Pater Fritz, als er und Ingeborg naß und frierend in die Hütte krochen.

»Haben Sie noch einmal mit Gisela sprechen können, Pater?«

»Ja. Sie will nicht mitkommen. Sie meint, eine Flucht würde dieselben Folgen haben wie ihre Weigerung, Budumba zu lieben: Er würde seine Drohung wahrmachen. Aber wenn sie...« Pater Fritz stockte. Die weiteren Worte kamen ihm einfach nicht über die Lippen. Er starrte in das kleine Feuer, das die runde Hütte erleuchtete und wärmte. Durch ein kleines Loch im Hüttendach zog der Rauch ab.

»Ich lasse sie nicht zurück«, sagte Robert tief atmend. »Sie glauben doch nicht, Pater, daß ich meine Schwester ihrem Schicksal ausliefere? Ich hole sie herüber zu uns.«

»Können Sie mir sagen, wie? Um die Hütte Giselas hat Budumba vier Mann seiner Garde aufgestellt.« Pater Fritz faltete die Hände. »Nicht mal ein Käfer kann ungesehen bis zur Hütte krabbeln.«

»Es wird schon einen Weg geben!« Es war Ingeborg, die das sagte. Pater Fritz sah Robert Sander an.

»Gratuliere. Diese Frau paßt zu Ihnen, Robert. Aber Wunder können Sie beide trotzdem nicht vollbringen.«

»Vielleicht beten Sie um ein Wunder, Pater?« sagte Robert leise.

»Es wird nichts nützen.« Pater Fritz sah an das Hüttendach. »Verlangen Sie von Gott nicht, daß er Politik macht. Wir werden politische Opfer sein... aber in Gottes Reich werden wir selig werden.«

»Das mag *Sie* trösten, Pater. *Ich* lebe lieber!« Robert stand auf und zog Ingeborg mit sich hoch. »Lassen Sie unser Floß erst mal fertig sein. In vierundzwanzig Stunden kann uns noch vieles einfallen und sich noch vieles ändern.«

Er ahnte nicht, wie nahe er damit der Wahrheit war.

Das neue Lager Malangas, in dem er einen Tag ausruhen wollte, um Corinnas Kräfte zu schonen, lag am Rande des Sumpfgebietes von Toro.

Wieder tarnte man Zelt, Landrover und Sonnendach und spannte Moskitonetze über alles, denn die Mückenplage war hier in der Sumpfnähe kaum noch auszuhalten. Corinna lag in einem Dämmerschlaf, den Malanga durch Injektionen aufrechterhielt. So merkte sie nicht, daß man Tag und Nacht und wieder einen ganzen Tag hindurch gefahren war. Malanga hatte noch einmal den Verband gewechselt und wieder Calcium gespritzt, dazu eine Dosis Aureomycin. Nun blieb nur noch das Warten, medizinisch war nichts mehr zu tun.

»Ich frage mich wirklich, wozu Ärzte sechs Jahre studieren müssen, wenn am Ende so wenig dabei herauskommt«, knurrte Thorwaldsen, als Malanga ihm dies erklärte. »Solche Heilerfolge habe ich auch, wenn ich mit dem ›Hausschatz des ärztlichen Ratgebers‹ herumfahre.«

Von Kilometer zu Kilometer, die sie zurücklegten, wurde Thorwaldsen ruhiger und entschlossener. Er hatte nicht die geringste Absicht, mit Malanga in die Mondberge zu ziehen, ebensowenig wie er es dulden konnte, daß Corinna diesen Wahnsinn, wie er es nannte, mitmachen mußte, vor allem jetzt, wo sie kaum noch überblickte, was mit ihr geschah. Irgendwie und irgendwann mußte es zu der großen Auseinandersetzung zwischen ihm und Malanga kommen; die Stunde, nach der es nur noch einen von ihnen auf der Welt gab. Thorwaldsen zweifelte nicht daran, daß er es war, nur den Zeitpunkt wußte er nicht. Eines jedoch war für ihn jetzt schon sicher: In die Sümpfe hinein zog er nicht mit Corinna.

Er atmete also auf, als Malanga sich entschloß, das neue Lager noch in der Feuchtsavanne aufzuschlagen, wieder am Fuße eines der typischen Hügel und im Schatten großer Euphorbien und Papayas.

»Hier bleiben wir, bis Corinna gesund ist!« sagte Thorwaldsen, als die Tarnung vollendet war.

»Einen Tag«, antwortete Malanga ruhig. Er kam von der Kuppe des Hügels und hatte hinübergeblickt zu den weiten Sümpfen. Er war wie ein Raubtier, das Blut wittert. Es schien, als rieche er die Nähe seines Stammes.

»Darüber sprechen wir morgen noch mal«, knurrte Thorwaldsen. »Sie sehen doch, in welchem Zustand Corinna ist.«

»Die Injektionen werden ihr guttun.«

»Ihr Ärzte mit euren Spritzen! Ihr müßtet eigentlich den Erfinder der Spritzennadel heiligsprechen lassen!« Thorwaldsen stellte sich vor das Zelt, in das sie Corinna getragen hatten, als müsse er Ehrenwache halten. »Ich sage Ihnen eins, Malanga: Ich wehre mich weiterzuziehen, ehe Corinna nicht selbst laufen kann und fieberfrei ist. Ist das klar?«

»Ganz klar.« Malangas Gesicht zeigte keinerlei Regung. »Sie wird morgen fieberfrei sein.«

Thorwaldsen winkte mit beiden Händen ab. »Sie machen leere Versprechungen wie ein Meteorologe!« sagte er bissig. »Wir bleiben hier, bis – zum Teufel noch mal – Corinna selbst entscheiden kann, wohin es geht.«

»Das hat sie schon. Sie hat sich mir anvertraut.«

»Dann hatte sie damals schon Fieber!« bellte Thorwaldsen.

Schulterzuckend wandte sich Malanga ab, ging zum Landrover und packte die Kochkiste aus. Aber sein Gleichmut war nur Maske. Innerlich bebte er vor Erregung.

Dort in den Sümpfen, irgendwo in der wogenden Weite des Schilfs, liegt mein Volk, dachte er. Dort werde ich Robert und Gisela Sander ihrer Schwester Corinna wiedergeben und mir damit ihr Herz erkaufen. O mein Gott, es wird keinen glücklicheren Menschen mehr unter der Sonne geben.

Am nächsten Morgen – Corinna schlief noch – gingen Malanga und Thorwaldsen gemeinsam auf die Jagd. Einträchtig, wie Freunde, tauchten sie nebeneinander unter im hohen Gras.

Eine ganze Weile gingen sie gemeinsam über die Savanne, benutzten einen alten Elefantenpfad und kamen an einen schmalen Fluß. Er war seicht, mit verschilften Ufern und von Sandbänken durchsetzt. Auf diesen lagen, riesigen grauen Steinen gleich, Flußpferde in der Morgensonne und hoben nicht einmal die mächtigen Schädel, als Thorwaldsen und Malanga durch das Schilf brachen. Plötzlich blieb Malanga stehen, so abrupt, daß Thorwaldsen, der hinter ihm ging, gegen ihn prallte.

»Hoppla!« sagte er und riß das Gewehr herunter. »Ist etwas?«

»Sie lieben Corinna, Sir?« fragte Malanga hart. Thorwaldsen war überrumpelt. »Wie kommen Sie denn darauf?«

»Ich muß es wissen, Sir.«

»Blödsinn!« Thorwaldsen winkte ab. »Und wenn ... so etwas bespreche ich mit Ihnen nicht im Schilf.«

»Gerade hier, Sir.« Die Augen Malangas waren hart und glänzend. Und plötzlich verstand Thorwaldsen. Ganz langsam zog er das in der Hand herunterhängende Gewehr hoch.

»Lassen Sie das.« Malangas Stimme war schneidend und zuckte über Thorwaldsen wie eine Peitsche. »Ich habe kein Interesse daran, Sie auf diese Art auszuschalten. Warum sollte ich Sie töten? Ich möchte nur Klarheit.«

»Mit anderen Worten: *Sie* lieben Corinna!«

»Ja.«

Thorwaldsen war einen Augenblick verblüfft über diese klare Antwort. Dann lachte er, laut und dröhnend. Malanga unterbrach ihn nicht, nur sein Blick wurde kälter. Dieses Lachen war eine Beleidigung, das wußte er. Jeder Ton war ein Schlag, jedes Glucksen eine Verachtung: Was bildest du dir ein, schwarzer Kerl? Corinna lieben? Du? Ein Neger? Zum Lachen ist das ja ... zum Lachen ...

Nach einer Weile unterbrach Thorwaldsen seine angreifende Fröhlichkeit. Er musterte Malanga wie einen Geisteskranken.

»Weiß es Corinna schon?«

»Nein.«

»Dann wird es Zeit, daß Sie es ihr sagen. Mein Gott, wie kann man nur so dämlich sein!« Thorwaldsen faßte sich an den Kopf. »Schwarze ermorden ihre Eltern, schleppen die Geschwister weg, brennen die Farm nieder – und Sie lieben sie.«

»Ich habe mit diesen Greueln nichts zu tun, Sir.«

»Aber Sie haben eine schwarze Haut, verdammt noch mal!«

schrie Thorwaldsen. Über das Gesicht Malangas zuckte es, aber er stand steif und unbeweglich am Flußufer und starrte über das in der Morgensonne spiegelnde Wasser. Gegenüber traten zierliche Impalas aus dem Schilf zur Tränke. Einer der grauen Flußpferdkolosse wälzte sich von der Sandbank und verschwand schnaufend im Wasser.

»Ich konnte es nicht ändern, mit dieser Haut geboren zu werden«, sagte Malanga gepreßt. »Aber ich fühle mich als Mensch wie Sie, Sir. Mein Blut hat die gleiche Zusammensetzung wie Ihres, mein Gehirn den gleichen anatomischen Aufbau, mein Herz den gleichen Herzschlag.«

Thorwaldsen verzog den Mund. »Alles schön und gut, aber sehen Sie sich einmal im Spiegel an und denken Sie an die Schönheit Corinnas... Himmel, das ist ja absurd!«

»Das sagen Sie!« Malanga wandte sich ab und ging drei Schritte von Thorwaldsen weg. Dieser benutzte die Gelegenheit, sein Gewehr in Anschlag zu bringen. Noch einmal überrumpelst du mich nicht, dachte er. Von jetzt ab beobachte ich dich wie eine Wildkatze. Und ich kann schnell und gut schießen, das glaube mir, mein Junge. Ich habe sieben Jahre nichts anderes getan als geschossen.

»Sie lieben also Corinna auch?« fragte Malanga noch einmal.

»Ich habe darüber nicht genauer nachgedacht, aber wenn man mich darauf anspricht: Ja! Ich mag sie!« Thorwaldsen legte den Finger an den Abzug. »Vor einigen Jahren habe ich einmal gedacht: Donnerwetter, aus diesem Mädel wird mal etwas Schönes. Ich besuchte damals die Sanders, und Corinna war in den Ferien aus dem Internat da. Ich glaube, sie kam aus der Schweiz. Wenn die mal groß ist, dachte ich. Nun ist sie groß, und wenn ich mir das richtig überlege, wäre sie eine Frau, mit der ich leben könnte.«

»Weiß sie das?«

»Ebensowenig wie die Liebe Ihres schwarzen Herzens.«

Malanga wandte sich um, trat mit den Stiefeln etwas in den seichten Fluß, bückte sich und schöpfte mit den Händen ein paarmal Wasser. Er ließ es über seinen Kopf rinnen, als müsse er einen Brand löschen, der ihn von innen heraus zerfraß.

»Sie haben viel Mut«, sagte er dann. Thorwaldsen zog das Kinn an und kniff die Augen erwartungsvoll zusammen.

»Wieso?«

»Sie haben sich Corinna und mir angeschlossen, obwohl Sie wissen, daß ich zu den Bwambas will. Sie werden mir nichts tun, Corinna werde ich schützen... aber wer übernimmt Ihren Schutz?«

Thorwaldsen lächelte verzerrt. »Gut, daß Sie davon sprechen, Doc. Da ist nämlich ein Gedankenfehler bei Ihnen. Corinna wird nicht zu den Bwambas fahren. Solange die Richtung ungefähr stimmte, machte ich mit. Jetzt sieht die Lage anders aus. In die Sümpfe hinein – und das wollen Sie ja wohl – wird Corinna nie gehen. Wir werden nach zwölf Kilometern die Straße nach Kijura erreichen und dann so schnell wie möglich Fort Portal ansteuern. Ihr Mondbergetreck ist doch eine hirnverbrannte Idee!«

»Das heißt: Ab sofort sind wir Gegner?«

»Welch große Worte für eine so natürliche Sache!« Thorwaldsen riß das Gewehr hoch. Er war schneller als Malanga, der sich nach seinem Gewehr bücken wollte, das er beim Wasserschöpfen auf den Ufersand gelegt hatte. »Stopp, mein Sohn! Weg von der Waffe!«

Malanga blieb stehen. Hochaufgerichtet, stolz. Über sein wie aus Ebenholz geschnitztes Gesicht liefen noch die Wassertropfen. Das krause, wollige Haar hatte die Feuchtigkeit wie ein Schwamm gespeichert.

»Können Sie einen Wehrlosen erschießen, Sir?« fragte er laut. Thorwaldsen kaute an der Unterlippe. Die Situation war klar, und doch zögerte er, abzudrücken und damit alle Probleme zu lösen. Wäre Malanga ein sprungbereiter Löwe, ein angreifender Wasserbüffel, ein alter, zorniger Elefant gewesen: Thorwaldsen hätte keine Sekunde mit dem Schuß gezögert. Oft genug war er gezwungen gewesen, auf diese Weise sein Leben zu retten. Wer sieben Jahre in der Savanne jagt, entwickelt ein äußerst feines Gefühl für den Bruchteil der Sekunde, auf den es ankommt. Aber hier stand ihm ein Mensch gegenüber, den er zwar nicht leiden konnte, der ihm aber doch Achtung abnötigte. Ein Mensch mit Mut und Geist, der nur zwei Fehler hatte, für die er nicht verantwortlich war und für die er trotzdem zu leiden hatte: Er liebte Corinna und hatte eine schwarze Haut.

»Ich werde nicht so blöd sein und Sie an die Waffe heranlassen«, sagte Thorwaldsen heiser vor Erregung.

»Aber zu einer Lösung des Problems muß es kommen.« Malanga hob die Schultern. »Schießen Sie, Sir. Sie haben die beste Sekunde erwischt.«

Thorwaldsen atmete tief auf und blinzelte. Schweiß rann ihm über die Augen, obgleich es noch nicht so heiß war. Die Morgensonne begann gerade erst, sich am Himmel einzurichten und gegen die Kühle der Nacht anzukämpfen.

»Sie wissen genau, daß ich das nicht kann«, sagte er dumpf. »Aber Sie haben wiederum recht: Wir müssen uns irgendwie klarwerden! Ich lasse es nicht zu, daß Corinna in die Mondberge fährt. Sie wollen sie dorthin bringen. Eine Meinung kann nur gelten!«

»Wir sind zwei alte Löwen, die um ein Weibchen kämpfen.« Malanga legte die Hände auf den Rücken. »Ich schlage Ihnen vor, Sir, daß wir auf die Jagd gehen. Betrachten Sie mich als Wild, wie ich Sie als Wild ansehe. Jagen wir uns gegenseitig. Das ist eine faire Lösung. Sie werden nach links gehen, ich gehe nach rechts, bis wir uns nicht mehr sehen und hören. Sie haben eine Uhr?«

»Ja.« Thorwaldsens Stimme war belegt. Er hob sein rechtes Handgelenk.

»Vergleichen wir, Sir. Es ist jetzt sechs Uhr zweiundzwanzig. Um genau sechs Uhr fünfundvierzig beginnt die Jagd.« Malanga sah auf seine Armbanduhr. Thorwaldsen drehte etwas an dem Zeiger, seine Uhr ging zwei Minuten nach. »Stimmt es?«

»Es stimmt.« Thorwaldsen spürte sein Herz bis zum Hals klopfen. Es war keine Angst; es war die unerträgliche Spannung, die sich erst lösen würde, wenn er gleich untertauchte im hohen Gras, Jäger und Wild zugleich.

Malanga bückte sich nach seinem Gewehr und hob es auf. Er sah dabei nicht zu Thorwaldsen, er drehte ihm sogar den Rükken zu. Wenn er jetzt schießt, ist er ein Schuft, dachte Malanga, aber dann hat er gewonnen. Schießt er nicht, bleibt er ein Gentleman, aber er hat verloren. In der Savanne zu jagen, machte keiner Malanga nach. Hier bin ich geboren, hier bin ich aufgewachsen. Ich habe den Leoparden das Anschleichen abgeguckt, ich habe die Tarnung der Schlangen studiert, ich habe geübt, wie die Flußpferde zu tauchen, ich bin ein Teil dieser grandiosen Natur. Welche Chance hat Thorwaldsen noch, wenn er jetzt nicht schießt? Keine! Ob er das weiß? Er wird mich in den Rücken schießen, links, ein glatter Herzschuß. Es wird nicht weh tun, ich werde nur den Einschlag spüren, dumpf, wie ein Hammerschlag. Dann wird die Sonne schwarz werden wie meine Haut...

Aber Thorwaldsen schoß nicht, obwohl der gebeugte Rücken dazu einlud. Malanga riß sein Gewehr hoch und wirbelte herum. In seinen Augen stand fast Traurigkeit, als er Thorwaldsen wieder ansah.

»Gott mit Ihnen!« sagte er.

»Oha!« Thorwaldsen lächelte gequält. »Warum Gott?«

»Ich bin getaufter Christ.«

»Dann haben Sie eine Hilfe mehr, Doc. Ich bin aus der Kirche ausgetreten.«

»Warum, Sir?«

»Das ist jetzt nicht so wichtig. Die Zeit rennt. Wir müssen unsere Jagd vorschieben. Sagen wir jetzt: Punkt sieben Uhr sind Sie und ich Freiwild.«

»Einverstanden.« Malanga nahm sein Gewehr unter den Arm, wandte sich ab und ging den Fluß entlang. Bevor er im Schilf verschwand, schaute er sich noch einmal um. Thorwaldsen stand noch auf demselben Fleck und starrte ihm nach. »Trotzdem – Gott mit Ihnen!« rief ihm Malanga zu. Dann brach er in das über zwei Meter hohe Schilf ein.

Thorwaldsen wollte sich gerade abwenden und hinein in die Savanne laufen, um sich einen Platz zu suchen, von dem aus er in aller Ruhe den heranschleichenden Malanga beobachten und unschädlich machen konnte, als er im Schilf einen leisen Aufschrei, ein lautes Rascheln und Knacken und dann einen dumpfen Ruf hörte. Thorwaldsen sah auf die Uhr. Noch zehn Minuten bis zur tödlichen Jagd! War das ein gemeiner Trick Malangas? Wollte er ihn ins Schilf locken? Er nahm das Gewehr in Anschlag und kam langsam ein paar Schritt auf den Schilfwald zu. »Wo sind Sie?« rief er dabei. »Machen Sie keine Dummheiten, Malanga!«

Keine Antwort. Die Impala-Herde zog von der Tränke wieder zurück in die Savanne, dafür erschienen Wasserböcke und neun Zebras am Fluß. Thorwaldsen blieb vor dem dichten Schilf stehen.

»Malanga!« rief er. »Wo sind Sie? Wenn Sie glauben, mit solchen Mätzchen Zeit zu gewinnen und mich als Zielscheibe hinzustellen...«

Im Schilf antworteten ihm Rascheln und brechende Zweige. Dann klang irgendwoher Malangas Stimme, weit weg, wie aus der Erde, dumpf, als halte ihm jemand den Mund zu.

Thorwaldsen, an tausend Überraschungen im Busch gewöhnt, zögerte nicht länger. Er schob sich in das Schilf, nicht schnell, sondern Schritt um Schritt, sich vortastend, mit aufs äußerste geschärften Sinnen. Jedes Geräusch, jedes Plätschern oder Knacken dröhnte jetzt an sein Ohr wie durch einen Verstärker. Sieben Jahre Wildnis... da werden Augen und Ohren zu hochempfindlichen Instrumenten. Und dennoch zuckte Thorwaldsen zusammen, als plötzlich vor ihm, keine zehn Schritte entfernt, die Stimme Malangas aus der Tiefe klang.

»Hier, Sir... kommen Sie... Vorsichtig... noch ein paar Schritte...«

Thorwaldsen schlich weiter. Dann sah er vor sich eine große, eingebrochene Erdgrube, einen kreisrunden Trichter im Boden, aus dem Malangas Stimme klang. Er kniete nieder und kroch an den Rand der Grube heran. Unten, über drei Meter tief, in einem Gewirr zusammengebrochener Zweige, Schilfmatten, geflochtener Äste und zusammengesteckten Grases hockte Malanga und rieb sich beide Beine.

»Wir müssen unsere Jagd wieder verschieben!« sagte Malanga, als er Thorwaldsens Schädel am Grubenrand sah. »An alles habe ich gedacht, nur nicht daran, daß hier eine Nashorn-Fanggrube sein könnte. Die Bwambas müssen sie angelegt haben, bevor sie in den Freiheitskrieg zogen.« Malanga richtete sich auf. Die Wände der Grube waren senkrecht und glatt. Wer hier unten gefangensaß, kam aus eigener Kraft nicht wieder an die Oberfläche. Der Boden war hart, von der Sonne wie betoniert. »Wenn Sie Ihr Hemd in Streifen reißen und sie zusammenknüpfen, können Sie mich herausziehen. Das ist am einfachsten.«

Thorwaldsen legte sich an den Rand der Fallgrube. »Sind Sie verletzt?« fragte er hinunter.

»Nein. Nur die Beine sind aufgeschlagen. Wie in einem Fahrstuhl fuhr ich abwärts, nur nicht so bequem.«

Thorwaldsen nickte. Über sein Gesicht zog ein hartes Lächeln. Das Schicksal hat entschieden, noch vor sieben Uhr, dachte er. Man soll das Schicksal nicht an seinen Entschlüssen hindern, vor allem, wenn das Leben daran hängt.

»Hören Sie mal, Malanga«, sagte er ganz ruhig und blickte auf den etwas gekrümmten Mann inmitten der eingestürzten Fanggruben-Tarnung. »In genau sieben Minuten hätten wir uns abgeknallt. Entweder Sie mich oder ich bei einigem Glück Sie. Mitleid hätten wir nicht mehr gekannt. Das alles ist nun nicht mehr nötig. Das Schicksal hat gegen Sie entschieden, Doc. Sie fuhren in die Grube, und ich meine, das ist die beste Lösung für uns alle. Ordnen wir uns dem Gesetz der Savanne unter.«

»Sir!« Malanga hatte sich aufgerichtet. Er lehnte an der glatten Wand und starrte hinauf zu Thorwaldsen, der sich erhoben hatte. »Seien Sie human, erschießen Sie mich wenigstens.«

»Das kann ich nicht, Doc.« Thorwaldsen warf das Gewehr an dem Riemen über den Rücken. »Sie sind wehrlos. Aber wenn der Durst zu stark wird, wenn Sie merken, der Wahnsinn kommt, dann nehmen Sie den Gewehrlauf zwischen die Zähne ... es ist besser so.«

»Mein Gewehr ist oben. Als ich herunterfiel, flog es weg ins Schilf.«

»Ich hole es Ihnen.« Thorwaldsen umkreiste suchend die Grube. Nach einigen Minuten fand er Malangas Büchse ... sie stak mit dem Lauf in der Erde. Er riß sie heraus, trat an die Grube und warf die Waffe hinunter. Dabei trat er nicht mehr an den Rand, sondern blieb einen Meter von ihm stehen. Er wußte, daß Malanga sofort schießen würde, wenn er sich jetzt zeigte.

»Ich danke Ihnen!« tönte Malangas Stimme aus der Tiefe der Grube. »Ich gebe noch nicht auf, Sir. Vielleicht sehen wir uns doch noch wieder.«

»In einer Stunde wird es glühend heiß, in vier Stunden brennt Ihre Mundhöhle, nach sechs Stunden kocht Ihr Gehirn ...« Thorwaldsen wischte sich mit dem Ärmel über das Gesicht. Die Vorstellung, was Malanga drunten in der Grube erwartete, war grauenhaft. Aber die eigene Chance, jetzt überleben zu können, wog schwerer als jedes Entsetzen oder jegliches Mitleid. »Ich werde Corinna sagen, Sie seien plötzlich verschwunden ...«

Er wartete auf eine Antwort, aber aus der Grube kam nur Schweigen. Da wandte er sich ab, kämpfte sich durch den Schilfwald wieder zum freien Ufer und lauschte noch einmal zurück.

Wenn er klug ist, macht er sofort Schluß, dachte Thorwaldsen. Aus der Grube kommt er nicht mehr heraus, das weiß er selbst.

Er blieb noch einige Minuten stehen und wartete auf den Schuß. Dann kniff er die Lippen zusammen, senkte den Kopf und ging weiter in die Savanne hinein.

In eineinhalb Tagen kann ich mit Corinna in Fort Portal sein, dachte er. Sie wird in einem Krankenhaus liegen, in einem weißbezogenen Bett, mit modernsten Mitteln wird man sie behandeln. Und alles das hier wird dann nicht viel mehr sein als ein geträumter Spuk.

Ja, und Afrika werde ich verlassen, zusammen mit Corinna. Ihre Liebe ist es wert, meine andere Liebe Afrika zu vergessen.

Der Weg war frei für Hendrik Thorwaldsen.

Malanga hatte sich gegen die glatte Wand der Grube gelehnt und überdachte in aller Ruhe seine verzweifelte Lage.

Die unmenschliche Haltung Thorwaldsens verstand er; in umgekehrter Lage hätte er vielleicht ebenso gehandelt. Nun gab es nur noch einen Gedanken: Wie konnte man aus diesem runden Grab herauskommen, solange der Körper noch die nötige Kraft aufbrachte, gegen Hitze, Durst und die drei Meter hohe Erdwand anzukämpfen.

Malanga hieb mit der Faust gegen die Wand. Der trockene steinharte Boden bröckelte etwas ab. Es war Lehm, der kein Wasser durchließ. Nur oben, vielleicht einen halben Meter dick, lag eine Schicht fruchtbarer Boden, von Nässe durchweicht. Hier konnte Schilf wachsen, weil die Lehmschichten darunter das Wasser am Versickern hinderten.

Es bleibt nichts anderes übrig, als Stufen in die Wand zu schlagen, dachte Malanga. Es wird eine lange, die Kräfte verzehrende Arbeit werden, aber es ist der einzige Weg zurück ins Leben.

Er zog alle Kleidung aus. Nackt, von allem Ballast befreit, begann er, mit dem Gewehrkolben und dem Lauf Loch um Loch und Furche um Furche in die harte Wand zu schlagen. Wie ein Bildhauer jeden Zentimeter dem Stein abringt, so hämmerte sich auch Malanga in den steinharten Boden.

Nach vier Stufen, die gerade so tief und breit waren, daß er sich mit den Stiefelspitzen darin halten konnte, mehr ein Festkrallen als ein Aufwärtssteigen, machte er eine Pause und setzte sich auf die Äste der eingebrochenen, geflochtenen Grubenabdeckung. Schweiß ließ Malangas schwarze Haut wie poliert glänzen, die Hitze stand wie eine Glutglocke über dem Schilf. Er hatte Durst, pflückte ein paar Blätter und steckte sie in den Mund. Langsam zerkaute er sie, bis sie ein breiiger Kloß waren und erfrischte sich so an seinem eigenen Speichel.

Was wird Thorwaldsen wohl Corinna gesagt haben, dachte er dabei. Wie hat Corinna reagiert? Glaubt sie, daß ich einfach verschwunden bin? Traut sie mir so etwas zu? Oder wird sie mich suchen, sosehr sich Thorwaldsen auch dagegen wehrt?

Er starrte empor zu dem runden Himmelsausschnitt, wo das Leben war. Drei Meter nur... so winzig ist die Strecke zwischen Tod und Leben. Drei Meter...

Malanga behielt den grünen Blätterkloß zwischen den Zähnen und setzte die Arbeit fort. Er hieb die nächsten Stufen in die glatte, harte Wand. Solange er noch auf dem Grund der Grube stand und die Löcher so hoch, wie seine Arme lang waren, schlagen konnte, ging die Arbeit ziemlich schnell vorwärts. Schwierig wurde es erst, als er auf den schmalen Tritten an der Wand klebte und über sich die neuen Stufen schlagen mußte, jede Sekunde damit rechnend abzustürzen. Das war natürlich nicht lebensbedrohend, der Fall würde nicht tief sein, aber die Zeit verrann, und mit der Zeit auch die Kraft in seinem schwitzenden, vor Anstrengung zuckenden Körper.

Es mußte gegen Mittag sein, als Malanga zwei Meter geschafft hatte. Die Hitze war unerträglich geworden. Millionen Mücken umschwirrten ihn und fielen über ihn her, angelockt von dem süßen Schweiß, der über seinen nackten Körper strömte. Dieser Feuchtigkeitsverlust trug dazu bei, daß er ab und zu mit dem Stufenschlagen einhielt, sich an die Wand lehnte und tief durchatmete. Dann flimmerte alles um ihn herum in bunten Farben, die Schwäche gaukelte ihm verwirrende Bilder vor die Augen, bis er den Kopf an die Erde lehnte und erschöpft einige Minuten die Lider schloß.

Weiter, schrie es dann in ihm. Weiter! Nur noch eine kurze Strecke. Willst du beim letzten Meter kapitulieren? Soll Thorwaldsen recht behalten: Nimm den Lauf des Gewehres zwischen die Zähne und kürze das Sterben ab...? Weiter, Malanga! Nicht nur eine schöne, weiße Frau wartet auf dich, auch dein Volk braucht dich. Es rennt unter dem Haß Budumbas in das Verderben. Schlage dich weiter die Wand hinauf, Malanga... es ist nicht dein Schicksal, in einer Fanggrube zu verkommen, bei vollem Bewußtsein zu vertrocknen. Der letzte Meter war der schlimmste. In der feuchten Schicht fanden seine Hände keinen Halt, sie glitten ab, griffen wie in Pudding. Keuchend versuchte Malanga, sich hochzuschnellen, um den Grubenrand zu packen... dreimal stürzte er ab, fiel auf den Blätterboden und kletterte wieder die Stufen hinauf.

Beim viertenmal gelang es. Er krallte die Finger in den nassen Boden, hing frei über der Grube, die Beine zuckten, in den Armen zitterte die Anstrengung. Kraft... Kraft brauche ich, sagte sich Malanga vor. Kraft, mich jetzt emporzuziehen. Einen Klimmzug nur, einen lächerlichen Klimmzug, wie ich ihn hunderte Male an einer Reckstange getan habe... in der Schule, bei den Studententurnmeisterschaften in Köln. Ich war der Dritte im Kunstturnen, ich konnte Riesenwellen und Fluggrätschen... und nun habe ich nicht einmal mehr die Kraft zu einem Klimmzug.

Malanga biß die Zähne zusammen. Er atmete tief ein, hielt dann den Atem an und sammelte alle Energie in sich. Er gab sich selbst ein Kommando, legte alle Kraft in die Armmuskeln und zog sich empor.

Diesmal gelang es. Er kam mit den Schultern über den Grubenrand, griff nach einem Schilfbündel, hielt sich daran fest, preßte das glühende, zuckende Gesicht in den feuchten Boden und lag so eine ganze Weile. Die Beine hingen noch in der Grube wie leblose Anhängsel.

Es vergingen Minuten, bis der Schwächeanfall vorüber war. Langsam kroch Malanga vollends aus der Grube, wälzte sich auf den Rücken und starrte in den blaßblauen, vor Hitze flimmernden Himmel.

Ich lebe, dachte er. Mein Gott, ich lebe.

Nachdem er sich etwas erholt hatte, waren die nächsten Arbeiten keine Anstrengung mehr. Er rupfte Schilf aus und flocht aus den Halmen einen dicken Strick. Schon als kleiner Junge hatte er das gelernt, denn aus Lianen, Hanf, Schilf und den Stengeln der Kletterpflanzen drehten sie im Dorf die Seile, mit denen sie die Wände und Dächer der Rundhütten zusammenhielten. An dem Strick ließ er sich wieder in die Grube hinunter. Er holte das weggeworfene Gewehr herauf, zog sich wieder an, nachdem er sich im Fluß gewaschen hatte – was die trägen

Flußpferde auf den Sandbänken kaum wahrnahmen –, und aß ein paar Hartkekse, die er in der Jagdtasche fand. Dann ging er den Weg zurück zum Lager.

War Corinna noch da? Wartete sie auf ihn? Hatte sie dagegen protestiert, daß Thorwaldsen das Zelt abbaute?

Es war Nachmittag, als Malanga, müde und mit schleppenden Schritten, den Hügel sah, an dessen Fuß das Lager aufgeschlagen worden war. Mit steinernem Gesicht blieb er stehen, als er den Platz übersehen konnte.

Er war leer. Nur ein Haufen Asche zeigte noch, daß hier um ein Lagerfeuer Menschen gesessen hatten. Die Spur, die der Landrover in das Gras gewalzt hatte, führte nach Osten.

Langsam ging Malanga um den verlassenen Platz herum, blieb vor der Stelle stehen, an der Corinnas Zelt gestanden hatte, und sah noch die Abdrücke des gepolsterten Schlafsackes im Boden. Etwas blinkte in der Sonne; er bückte sich und hob einen Knopf auf.

Ein Blusenknopf. Von Corinnas weißer Bluse.

Malanga legte ihn auf die Handfläche und starrte ihn an. Dann schloß er die Faust und preßte sie ans Herz.

Sie hat Thorwaldsen mehr geglaubt als mir, dachte er. Sie hält mich für fähig, daß ich sie einfach in der Steppe allein lasse. Ihr Vertrauen ist zerbrochen. Sie ist gegangen...

Er hob die Faust und schleuderte den Knopf ins hohe Gras.

Vorbei! Vorbei mit aller Liebe, vorbei aber auch mit allem, was weiß ist! Was jetzt von Malanga übriggeblieben ist, wird ein schwarzer Blitz sein, der in jedes weiße Haus einschlägt. Der Haß wird auf den Fahnen der Bwambas wehen.

Malanga sah über die Savanne hinüber zu den fernen Mondbergen. Noch knapp dreißig Kilometer trennten ihn von seinem Stamm in den Sümpfen von Toro. Dreißig Kilometer zu Fuß über glühendes Land und später über schwankenden Moorboden.

Er warf den Kopf in den Nacken, schulterte sein Gewehr und ging.

Er kam sich noch nie so kraftvoll vor wie jetzt, wo er nichts anderes mehr war als ein hassender Bantu.

Thorwaldsen hatte es sich leichter vorgestellt, Corinna von der veränderten Lage zu überzeugen. Er kam allein von der Jagd zurück und blieb erschrocken vor dem Lager stehen. Corinna konnte wieder gehen. An einem abgebrochenen Ast, den sie als Stock benutzte, humpelte sie herum, hatte den Klapptisch gedeckt, das Teewasser summte im Kessel über dem Gaskocher, und sie winkte Thorwaldsen fröhlich zu.

»Ich habe gar keinen Schuß gehört!« rief sie. »Habt ihr den Mittagsbraten mit der Hand gefangen?« Sie setzte sich und brühte den Tee in der Plastikkanne auf. »Sie sehen ganz schön verschwitzt aus, Hendrik. Wo ist Malanga?«

Die Frage, auf die Thorwaldsen gewartet hatte. Die Antwort hatte er sich auf dem Weg immer wieder vorgesagt, wie ein Schauspieler, der nach dem Stichwort mit seinem Monolog einsetzen muß. Aber jetzt war alles wie weggewischt aus seinem Gehirn. Er sagte bloß knurrend:

»Weg!«

Corinna ließ den Wasserkessel hart auf den Kocher zurückfallen. Ihre großen, blauen Augen wurden starr.

»Was heißt weg?« Sie sprang auf und stützte sich auf den dicken Ast. »Hendrik! Wo ist Malanga?«

»Weg. Ich sage es ja. Wir hatten uns in der Savanne getrennt, wollten uns nach einer halben Stunde an einem gewissen Platz treffen... und wer war nicht da? Malanga! Ich habe eine Stunde gewartet, habe ihn gesucht – er war wie vom Erdboden verschluckt.« Wie wahr das ist, dachte Thorwaldsen. Sonst sagt man das immer so daher, jetzt stimmt es wörtlich. »Ich dachte dann, er sei schon in einem Bogen zum Lager zurück.«

»Hier ist er nicht.« Die Stimme Corinnas war plötzlich belegt. »Hendrik... ich habe Angst.«

»Wovor?« Thorwaldsen setzte sich an den Tisch, aber er wagte es nicht, Corinna anzusehen. »In der Savanne war es still. Sie haben ja auch keinen Schuß gehört.«

»Wenn Malanga hinterrücks angefallen worden ist...«

»Von wem?«

»Ein Löwe... ein Leopard...«

»Ausgeschlossen. Malanga hört jedes Wild meterweit vorher. Jede Raubkatze gibt Laute von sich. Und wenn... ich hätte seinen Aufschrei gehört. Aber da war nichts.«

»Etwas muß aber doch geschehen sein!« schrie Corinna plötzlich. »Mein Gott, sitzen Sie doch nicht so herum wie in einem Hotel und warten, bis Sie bedient werden! Malanga ist noch in der Savanne! Vielleicht ist er verletzt.«

»Wodurch denn?«

»Weiß ich es? Woher nehmen Sie bloß die Ruhe, Hendrik?! Wenn Malanga nicht zum Treffpunkt gekommen ist, muß doch etwas Schreckliches passiert sein!« Sie humpelte vom Tisch weg. Thorwaldsen sprang auf und trat ihr in den Weg.

»Wo wollen Sie hin, Corinna?«

»Zum Wagen. Ich suche ihn, wenn Sie schon zu müde dazu sind!«

Thorwaldsen senkte den Kopf. Der Gedanke, daß Malanga jetzt in der Nashorngrube elend zugrunde ging, trieb ihm Röte ins Gesicht. Es durfte an diesem Morgen nur einen Überlebenden geben, versuchte er sich innerlich zu trösten. Wir hätten jeder den anderen umgebracht, pünktlich ab sieben Uhr. Ob nun erschossen oder in der Grube, das bleibt sich im Endeffekt gleich. Malanga ist nicht mehr… damit müssen wir uns abfinden.

»Es kann auch etwas anderes sein«, sagte Thorwaldsen heiser.

»Was denn?« Corinna starrte ihn an. Sie zitterte vor Erregung. Thorwaldsen, der sie kurz angesehen hatte, wandte sich ab. Sie liebt ihn, dachte er. So kann nur eine Frau um einen Mann zittern, wenn sie ihn liebt.

Es war ein schmerzhafter Gedanke; er bohrte im Herzen und machte Thorwaldsen plötzlich härter, als er sein wollte.

»Er hat uns in diese Wildnis geführt und läßt uns nun hier verrecken!« sagte er grob. Corinna schüttelte wild den Kopf.

»Malanga? Nie! So etwas zu glauben, ist Wahnsinn!«

»Bitte, wo ist er denn?« Thorwaldsen ging Corinna voraus zum Landrover Malangas und setzte sich hinter das Steuer. Er blockierte es damit und wußte auch, daß er es nie freigeben würde. »Kein Schuß, kein Schrei, keine Bewegung… einfach weg! Jeden Überfall, ob durch Menschen oder Tiere, hätte Malanga abgewehrt. Er hätte zumindest geschossen.«

»Er ist überrascht worden!« schrie Corinna. »Himmel noch mal, fahren Sie doch schon und suchen Sie ihn!«

»Man kann Malanga nicht überraschen. Er ist selbst eine Riesenkatze. Aber wie Sie wollen, Corinna… wir suchen ihn.

Ich werde Sie überzeugen, so schwer es auch für Sie sein wird, daß Malanga uns sang- und klanglos verlassen hat.«

Thorwaldsen arbeitete schnell. Er baute das Zelt ab, das Sonnensegel, packte die Kisten zusammen. Daß kein Laut aus der Steppe kam, war ihm selbst unheimlich. Er hat sich nicht erschossen, dachte er. Er wird bis zur Erschöpfung um sein Leben kämpfen, aber es wird ihm wenig nützen. Aus dieser Grube kommt er ohne fremde Hilfe nicht mehr heraus. Vielleicht sehen wir später von weitem die Geier am Fluß kreisen; sie haben ein schreckliches Gespür für einen Ort, wo es einmal Aas für sie geben wird.

Nach knapp einer Stunde fuhren sie los. Corinna hatten die Anstrengung und die Angst um Malanga wieder in eine Schwäche zurückgeworfen, die sie unbeweglich werden ließ. Sie lag auf dicken Decken hinten im Wagen, das Bein brannte wieder, und die Hitze machte sie zusammen mit der Schwäche so schläfrig, daß sie einschlief. Thorwaldsen hielt einmal kurz an, betrachtete sie, seufzte tief und fuhr dann weiter.

Nach Osten, der Straße entgegen, die von Kijura nach Fort Portal führt. Weg vom Fluß, an dessen Ufer Malanga um sein Leben rang.

Corinna wußte es nicht. Einmal wachte sie kurz auf und merkte, daß sie noch immer fuhren. »Noch nichts?« schrie sie nach vorn zu Thorwaldsen. Sie stemmte sich auf den Ellbogen hoch und starrte über die Savanne. Eine Giraffenfamilie zog hundert Meter an ihnen vorbei. Der Giraffenbulle blieb stehen und äugte mißtrauisch auf das hüpfende, brummende Gefährt im Gras. »Wir müssen Meter um Meter absuchen!«

»Ich fahre schon zum drittenmal im Kreis um das Gebiet, wo wir uns getrennt haben!« log Thorwaldsen. »Ich habe wenig Hoffnung, Corinna.«

»Trotzdem! Suchen Sie weiter, Hendrik... bitte!«

Thorwaldsen nickte. Er kaute an der Unterlippe. Sie liebt ihn, und wie sie ihn liebt... ich hätte das nie geglaubt.

Er trat auf das Gaspedal und erhöhte das Tempo.

Morgen mittag sind wir in der Stadt, dachte er. Dann wird sie Malanga vergessen müssen. Die Zeit heilt alle Wunden.

Auf den Inseln in den Sümpfen hatte die Räumung der Bwamba-Lager begonnen.

Die Furcht, nacheinander hingerichtet zu werden, hatte sich bei den weißen Gefangenen in eine Ratlosigkeit verwandelt. Von der großen Insel aus beobachtete man, wie die Bwamba-Krieger in Gruppen abzogen, die Hütten eingerissen wurden, die Frauen und Kinder in langen Kolonnen durch den Sumpf wateten. Pater Fritz versuchte, bei den Bewachern etwas zu erfahren. Die Bantus schwiegen und reagierten auf keinerlei Fragen.

Robert Sanders Floß stand kurz vor der Fertigstellung. Es war ein schönes, massives Fahrzeug geworden, das noch zwei Personen mehr aufnehmen konnte. Robert hatte deshalb mit einem Farmer verhandelt, der ihm für dieses Unternehmen am besten gerüstet schien. Der Mann war ein Bulle an Stärke, seine Familie lebte in der dritten Generation in Afrika, er kannte das Land fast so gut wie die Eingeborenen und sprach mehrere Bantudialekte. Der vierte Passagier des Floßes sollte das genaue Gegenteil sein: ein schmächtiges Männchen, dessen bestechendstes Merkmal seine Augen waren. Große, braune, scharfe Augen. Der Mann hieß Jack Dennings und hatte in der britischen Armee als Sergeant gedient. Er galt zu seiner Militärzeit als der beste Schütze des Regimentes. In der Provinz Toro schoß auch heute noch keiner so gut wie er. Man erzählte sich von ihm, daß er einmal eine Hummel vom Rücken eines Elefanten geschossen hatte, ohne dessen Fell anzukratzen. Das war natürlich eine Legende, aber wer Dennings einmal hatte schießen sehen, konnte es fast glauben.

Dennings war es auch, der einen Plan entwickelte, wie man Gisela von der Königsinsel herüberholen konnte: Robert sollte den Schwerkranken spielen. Ein unbekanntes Sumpffieber wollte man ihm andichten, eine so rapide verlaufende Krankheit, daß jede Minute mit seinem Tod zu rechnen war. Pater Fritz sollte diese Krankheit erklären und darum bitten, die Schwester noch einmal den sterbenden Bruder sehen zu lassen. War Gisela erst einmal auf der Gefangeneninsel, konnte man sie so lange dort festhalten, bis die Flucht begann.

»Es rücken immer mehr Krieger ab«, meldete Dennings, der im Lager herumgelaufen war und die anderen Lagerplätze im Schilf beobachtete. »Sie lösen das Sumpfversteck auf. Ich sage

Ihnen, meine Herren: Die bringen uns zum Abschluß ihrer Ruhepause auf einmal um, oder sie lassen uns einfach im Sumpf zurück.«

»Beides wäre schrecklich.« Pater Fritz steckte sich eine Pfeife an. Seit zwei Tagen rauchte er getrocknete Blätter, da keiner mehr Tabak hatte. »Wir würden verhungern. Rundherum sind Krokodile. Bis zum festen Boden zu schwimmen ist unmöglich.«

»Es gibt nur eine Möglichkeit«, sagte Dennings sarkastisch. »Es lassen sich so viele von den Krokodilen fressen, daß sie satt sind und wir anderen dann ungehindert hinüberschwimmen können.«

Pater Fritz hatte in dieser Situation keinen Sinn für schwarzen britischen Humor. Er blies dicke Rauchwolken aus seiner Pfeife. Den anderen tränten die Augen, wenn der Qualm sie im Gesicht traf.

»Wenn sie abgerückt sind und wir noch leben, werden wir große Feuer entzünden und riesige Rauchsäulen aufsteigen lassen. Vielleicht sehen uns dann Regierungstruppen oder Suchflugzeuge. Rauch im Sumpf, das muß jedem auffallen. Was meinen Sie, Robert?«

»Wenn sie uns dazu kommen lassen. Ich halte Budumba nicht für so dumm. Er braucht einen Vorsprung von drei, vier Tagen und weiß genau, daß wir nach Abzug seiner Krieger keine Stunde warten würden.«

»Das heißt also...«, sagte Pater Fritz dunkel. Er sprach den Satz nicht zu Ende. Robert nickte, und jeder wußte, was unausgesprochen blieb.

Am Nachmittag gab es Unruhe im Lager. Vier Bantus mußten Ingeborg Kraemer festhalten, die schreiend, kratzend, tretend und um sich schlagend in eine der Hütten geschleift wurde.

»Laßt mich los!« schrie sie gellend. »Ich will zu ihm! Ich will bei ihm sein! Tötet mich mit ihm! Bringt mich doch um wie ihn...«

Pater Fritz rannte mit wehender Soutane durch die Lagergassen und wurde an Sanders Hütte von einem »Leutnant« aufgehalten.

»Was ist los?« keuchte Pater Fritz. »Was ist mit Robert Sander? Warum schreit die Frau so?«

Der »Leutnant« hob grinsend die Schultern. »Budumba hat Mr. Sander zur Königsinsel holen lassen. Weiter nichts.«

»Aber ohne Gepäck«, sagte jemand heiser hinter Pater Fritz.

Ohne Gepäck... das ist bei allen Gefangenen das Zeichen, daß der Weg nicht mehr zurück geht, daß er im Unendlichen endet.

»Sie wollen ihn töten?« fragte Pater Fritz mit belegter Stimme.

»Ich weiß nicht.« Der »Leutnant« grinste wieder.

»Lassen Sie mich zu der Frau.« In der Hütte wurde es stiller. Die Schreie Ingeborg Kraemers verstummten. Ein wimmerndes Weinen wurde aus ihnen. Der schwarze »Leutnant« gab den Weg frei, und Pater Fritz betrat die Hütte. Ingeborg lag in der Ecke auf einer Decke, zusammengerollt, die Fäuste gegen den Mund gepreßt. Die vier Bwamba-Krieger verließen die Hütte, als der Pater eintrat, und stellten sich draußen vor dem Eingang auf.

»Sie haben Robert abgeholt«, stammelte Ingeborg und ließ die Fäuste sinken. »Sie töten ihn. Morgen wird sein Kopf drüben auf der Königsinsel auf einer Stange stecken.«

Pater Fritz schluckte mehrmals, ehe er sprach. »Wer hat Ihnen das gesagt, Ingeborg?«

»Einer von den schwarzen Teufeln, die ihn abholten. O mein Gott, warum hilfst du nicht? Warum schweigst du?« Sie faltete die Hände und hob sie hoch empor. »Mein Gott, warum schweigst du?«

Pater Fritz verließ erschüttert die Hütte. Hier jetzt noch von Trost zu sprechen, war sinnlos. Auch das Wort Gott bekam einen herben Klang.

»Ich möchte König Kirugu sprechen!« sagte er laut zu den Bewachern. »Jetzt gleich.«

»Es geht nicht, Herr Pater.« Der »Leutnant« hob bedauernd die Arme.

»Es geht! Ich weiß, daß Kirugu mit mir sprechen wird.«

»Sicherlich. Aber trotzdem geht es nicht mehr. Kirugu hat vor einer halben Stunde die Insel verlassen.«

»Und Budumba?«

»Ebenfalls, Herr Pater.«

Das Herz Pater Fritz' stockte. Er hatte große Mühe, wieder tief durchzuatmen. »Und die beiden Weißen Gisela und Robert Sander?« fragte er.

Der »Leutnant« zuckte wieder mit den Schultern. »Ich weiß es nicht. Wer fragt schon Budumba nach seinen Entschlüssen?«

Er lächelte höflich, wandte sich ab und ließ Pater Fritz stehen.

Am Abend zog die letzte Gruppe ab. Nur ein Zug Krieger blieb zurück, um die Weißen daran zu hindern, Licht- oder Rauchzeichen zu geben. Dennings rannte herum wie ein Tiger und wußte nicht, ob er nun in der kommenden Nacht mit dem Floß starten sollte oder nicht. Ingeborg hatte es abgelehnt mitzukommen.

»Ich bleibe hier, bis ich weiß, wo Robert ist«, sagte sie fest entschlossen. Nach dem ersten zerreißenden Schmerz kam ein verzweifelter Mut über sie. Dennings verzichtete darauf, sie zu anderer Ansicht zu bekehren. Aber allein wegfahren wollte er auch nicht. Angenommen, Robert Sander lebte noch drüben auf der Königsinsel und kam zurück? Dann war das Floß weg, die Arbeit von vielen Nächten.

So kam die Nacht. Die weißen Gefangenen saßen im Dunkeln vor ihren Hütten und warteten. Zogen nun auch die letzten Wachen ab? Würde es wahr, was jetzt jeder vermutete: Die Bantus ließen sie allein im Sumpf zurück. Waren sie gerettet?

Die Lage wurde sofort klar, als ein ungeduldiger Farmer entgegen allen Warnungen versuchte, mit einem winzigen Schilffloß die große Insel zu verlassen. Die Wachen hörten das leise Plätschern, Handscheinwerfer suchten das Wasser ab, erfaßten die kleine schwimmende Insel und den Mann, der flach darauf lag und mit den Händen ruderte.

Ohne Anruf, ohne Zögern eröffneten die Bantu-Soldaten das Feuer. Eine Salve zerfetzte dem Farmer den Rücken ... er rollte von seinem Schilffloß und versank im Wasser.

Stumm standen die anderen Männer am Rand der Insel und starrten auf den allein weitertreibenden Schilffleck.

»Jetzt wissen wir es«, sagte Dennings laut und wandte sich ab. »Als ob wir nicht gelernt hätten, daß in Afrika alles seine Zeit braucht. Auch das Überleben, meine Herrschaften. Gehen wir schlafen!«

Am Morgen waren auch die letzten Wachen fort. Unauffällig lautlos waren sie verschwunden. Als die Sonne aufstieg und der Sumpf wieder dampfte, waren die vierhundert Weißen allein auf ihrer Insel. Nur die Krokodile bewachten sie noch.

Und obgleich sie keinen Bantu mehr sahen, warteten sie bis

Mittag. Kritisch sahen sie hinüber zur Königsinsel. Wer sagte ihnen, daß dort drüben nicht im hohen Schilf noch Schützen lagen, die nur darauf warteten, daß die Weißen eine Dummheit begingen? Noch einmal einen Versuch machen wollte niemand. Das Schicksal des Farmers am Vorabend hatte genügt. Aber um die Mittagszeit stampfte der dritte Passagier des Sander-Floßes, der bullige Pflanzer, in die Hütte Pater Fritz'.

»Ich sage Ihnen, die sind weg!« meinte er. »Haben Sie schon einmal Neger gesehen, die von morgens bis mittags still sind? Ich nicht. Ich wage es einfach. Ich rudere mit dem Floß hinüber.«

»Sie müssen es wissen.« Pater Fritz schüttelte den Kopf. »Ich kann Sie nicht halten. Ich kann nur raten: Warten Sie noch.«

»Worauf? Wir können es auch anders machen: Lassen Sie die erste Rauchsäule aufsteigen. Wenn sie noch drüben sind, werden sie es verhindern wollen.«

»Das können wir versuchen.« Pater Fritz erhob sich und kam aus der Hütte heraus.

Eine Viertelstunde später erhob sich eine weißgelbe Rauchwolke hoch in den glühenden Himmel. Kerzengerade stand sie über dem Sumpf, weithin sichtbar, für Suchflugzeuge ein Signal.

Die Gefangenen standen hinter den Hütten und warteten. Was geschah? Schossen die Bwambas? Kam ein Trupp wieder herüber zur großen Insel?

Aber alles blieb still. »Jetzt versuche ich's doch!« sagte der riesige Farmer. »Einmal muß ja Klarheit sein.«

Dennings und er schoben Roberts Floß in das Wasser, der Pflanzer setzte sich auf die festen Geflechte, Dennings gab dem Fahrzeug einen Tritt, und langsam glitt es hinaus ins Wasser. Die Gefangenen hielten den Atem an. Viele hatten die Hände gefaltet.

Jetzt schießen sie … jetzt …

Aber nichts geschah. Die Stille wurde unheimlich. Das Floß trieb an den Strand der Königsinsel, der Farmer stieg an Land und verschwand im Uferdickicht. Nach zehn Minuten qualvollen Wartens sah man ihn wieder; er brach an anderer Stelle ans Ufer und schwenkte beide Arme.

»Verlassen!« brüllte er herüber. »Sie sind abgezogen. Die Hütten sind leer!«

»Und Robert?!« schrie Ingeborg Kraemer zurück. Sie stand bis zu den Schenkeln im Wasser, als wolle sie noch dem Floß nachschwimmen. »Wo ist Robert? Haben... haben Sie ihn gefunden...?« Ihre Stimme versagte.

»Nein. Er ist ebenfalls weg.« Der Farmer watete zu dem Fluß. »Hier ist keiner mehr... ich habe alles durchsucht.«

»Auch Gisela Sander fehlt.« Pater Fritz half Ingeborg aus dem Wasser. »Budumba hat sie beide mitgenommen.«

»Mitgenommen? Wohin?« Sie lehnte sich gegen die Brust Pater Fritz' und weinte laut. »Verstehen Sie das?«

»Man muß in Afrika aufhören, nach der Logik zu fragen.« Pater Fritz legte die Arme um Ingeborg wie um ein schutzsuchendes Kind. »Beten Sie zu Gott um Stärke, Ingeborg. Ich muß Ihnen die Wahrheit sagen: Robert und Gisela Sander sind für uns tot. Wir sehen sie nie wieder.«

Über der Insel standen jetzt sieben riesige Rauchsäulen. Bis weit ins Land hinein mußte man sie sehen.

Eine Militärkolonne, die von Ntoroko am Albert-See nach Itojo fuhr, auf einer schmalen Piste am Rande der Sümpfe, bemerkte sie durch die Ferngläser. Mit einem Funkgerät meldete der Offizier seine Beobachtung an den Kommandeur des Bataillons in Ntoroko.

»Schwenken Sie ab und sehen Sie nach«, lautete sofort der Befehl. »Ich werde es weitermelden nach Fort Portal zu den Hubschraubern.«

Die Militärkolonne verließ die Piste und fuhr in die Sümpfe. Nach drei Kilometern stak sie fest im schwabbelnden Boden, versanken die Jeeps im Morast. Die sieben Rauchsäulen aber standen gen Himmel und vereinigten sich hoch droben zu einer einzigen, weißlichen, bizarren Wolke.

Wenn dort Menschen lebten, wenn das Signale um Hilfe waren, kam ein großes Problem auf die Soldaten zu. Niemand kannte die Sümpfe. Keiner wußte die schmalen, geheimen, festen Pfade, die durch den Schilfwald führten. Nur die Bwambas kannten sie, und die konnte niemand mehr fragen.

Auch noch ein anderer sah die Rauchsäulen, blieb stehen und wischte sich den Schweiß aus dem Gesicht. Dann lehnte er sich gegen den dicken Stamm eines Baobab-Baumes, schälte sich eine wilde Banane und aß sie.

Sie sind weitergezogen, dachte Malanga ganz richtig. Budumba hat die Weißen zurückgelassen. Um ein paar Stunden nur komme ich zu spät.

Er ruhte sich unter dem Baobab aus, bis der Nachmittag etwas Kühle brachte, dann wanderte er weiter und tauchte in dem hohen Schilfdickicht unter.

Malanga kannte die geheimen Pfade. Er ging durch den Sumpf wie über eine feste Straße. Als die Dunkelheit sich über den Schilfwald senkte, blieb Malanga plötzlich stehen, riß das Gewehr herum und duckte sich. Er hörte Laute. Knirschende Schritte, die sich bemühten, unhörbar zu sein. Rascheln von Schilfhalmen, ein glucksendes Plätschern.

Malanga wurde eins mit dem Schilf. Unbeweglich stand er einen Schritt seitlich vom Pfad, dort, wo der schwabbelnde Boden noch fest genug war, ihn zu tragen. Ein halber Schritt weiter rückwärts, und der Morast würde ihn aufsaugen.

Von den Rauchsäulen her kamen drei Bantukrieger. Es waren die letzten der Wache, Freiwillige, die sich nun durchschlugen zu den Stoßtrupps Budumbas.

Malanga atmete auf. Mit einem Sprung war er mitten auf dem Weg, und ehe die Bantus ihre Gewehre heben konnten, rief er:

»Ich bin es. Der mganga Malanga.«

Die Krieger erstarrten in der Bewegung. Dann warfen sie ihre Gewehre weg, fielen auf die Knie und senkten den Kopf tief herab, bis sie mit den Stirnen den Boden berührten.

Über Malangas erschöpftes Gesicht glitt ein seliges Lächeln. Zu Hause, dachte er. Nach Irrfahrten durch die halbe Welt, nach der Jagd zum Wissen bin ich heimgekehrt. Hier gehöre ich hin, hier brauchen sie mich, hier werde ich Jahrhunderte überspringen müssen, um mein Volk in die Neuzeit zu führen.

»Bringt mich zu Kirugu«, sagte er mit bebender Stimme. »Ich bin endlich gekommen ...«

In der Nacht dröhnten zum erstenmal wieder die Trommeln durch die Finsternis. Irgendwo begann eine Trommel, dann flog die Nachricht über das Land, weitergegeben von Hand zu Hand. Ein dumpfes, rhythmisches Hämmern, beklemmend in der fahlen Dunkelheit.

Die Soldaten der Uganda-Armee, geboren und aufgewachsen in den Dörfern, verstanden die Nachricht wie die Bwambas. Auch Mike Harris verstand sie, der einsam durch die Savanne irrte, die noch nie so leer gewesen war wie jetzt. Und Thorwaldsen verstand die Trommeln. Er biß sich auf die Lippen und verschwieg Corinna die Wahrheit.

Noch schneller als die Nachricht der Trommeln flog die Neuigkeit per Telefon nach Kampala. Dort wurde Oberst McCallen aus dem Bett geläutet. Der General der Uganda-Armee war selbst am Apparat.

»Malanga ist angekommen!« sagte er und schwieg dann schnaufend.

McCallen lächelte grimmig. Nach seiner Niederlage bei der Rettung der weißen Geiseln gönnte er dem Land fast diesen Schlag.

»Na prost!« sagte er laut. »Sie wissen, General, was das für Uganda bedeutet.«

»Eine verstärkte Aktivität der Bwambas.«

»So kann man es auch nennen.« McCallen grunzte schadenfroh. »Nennen wir das Kind beim Namen: Bürgerkrieg! Jetzt wird Blut fließen. Die Bantus haben ihren Kopf bekommen. Mein Beileid, General.«

Oberst McCallen legte auf, setzte sich ins Bett und steckte sich eine Pfeife an. Es war ein merkwürdiges Gefühl, im Detail zu erleben, wie Afrika erneut an einer Ecke zu brennen begann.

Um diese Stunde fuhr Malanga bereits mit einem Jeep des I. Bwamba-Bataillons nach Westen.

»Noch eine Stunde«, sagte der Fahrer, »dann haben wir die Gruppe mit Budumba erreicht.«

Malanga nickte. In seinem Kopf entstand der Plan eines neuen Staates. Ein Staat, den kein Weißer betreten durfte. Wie die Stadt Lhasa, die heilige Stadt des Lamas in Tibet. Ein Staat in den Mondbergen, der die Urzelle eines neuen Afrika werden sollte.

Als der Morgen graute, sahen sie die ersten Gruppen der Nachhut Budumbas. Sie lagen gut gedeckt in Erdlöchern und begannen zu schießen, als der Jeep nahe genug herangekommen war.

Zwei Kugeln trafen den Jeep und heulten als Querschläger in den Busch, aber sonst geschah nichts. Die Begleiter Malangas brüllten aus Leibeskräften, winkten mit beiden Armen und jagten dann, als die Truppen Budumbas ungerührt weiterschossen, mit langen, katzenhaften Sätzen ins schützende hohe Gras. Malanga blieb im Jeep, duckte sich hinter das Armaturenbrett und schwenkte ein großes, weißes Taschentuch.

Dieses Zeichen ist international, auch ein Bantu versteht es. Aber die Nachhut Budumbas übersah auch dies. Sie schoß sich jetzt auf den einsamen Jeep auf dem schmalen Negerpfad ein, zertrümmerte die Windschutzscheibe, zerfetzte die Reifen und durchlöcherte die Scheinwerfer.

Malanga verstand das nicht. Er lag auf dem Wagenboden, hatte seine Pistole schußbereit in der Hand und wartete, bis die Bwambas den Jeep stürmen würden in der Annahme, den zurückgebliebenen Mann nun getroffen und erschossen zu haben.

Wie erwartet hörte das Schießen auch schlagartig auf. Im hohen Gras neben dem Jeep begannen die Begleiter Malangas wieder zu brüllen, nannten ihre Namen und beschimpften die versteckten Schützen. Aber niemand zeigte sich. Die Soldaten Budumbas warteten. Ein toter Löwe ist erst tot, wenn er stinkt, sagt ein Sprichwort.

»Er darf das Lager nicht erreichen!« hatte Budumba den Kommandeuren der Nachhut befohlen. »Er will unser Volk verraten! Jahrelang hat er unter den Weißen gelebt, er hat dort studiert, ihr Wissen aufgesaugt, weiße Frauen geliebt... er ist selbst ein Weißer geworden! Verhindert, daß er zu Kirugu kommt. Und vertraut nicht seinen Worten: Bei den Weißen hat er die Doppelzüngigkeit gelernt. Tötet ihn, wo ihr ihn trefft!«

Dann hatte Budumba wieder seinen Zauber losgelassen, den Kriegern mit Kreide kleine Kreise auf die Stirn gemalt und zu ihnen gesagt: »Ihr seid unverwundbar! Die Kugeln werden kurz vor euren Körpern abbiegen und in die Erde fahren. Ihr seid die Lieblinge der Götter geworden.«

Malanga kroch in sich zusammen, spannte seine Muskeln an wie eine Katze, die sich zum Sprung duckt, hielt einen Augenblick den Atem an und schnellte dann vor. Wie ein schwarzer Panther flog er durch die Luft, mit vorgestreckten Armen, und landete im Gras, ehe die verblüfften Schützen erneut die Abzüge ihrer Schnellfeuergewehre durchziehen konnten.

Malanga rollte sich weiter, bis er an einen Körper stieß, der platt auf der Erde lag. Es war der Unteroffizier der Streife, die Malanga in der Steppe aufgelesen hatte. Er zitterte und rollte ängstlich mit den Augen.

»Sind die verrückt geworden?« keuchte Malanga und preßte den Kopf in das harte Gras. »Sie wissen doch, wer ich bin.«

Der Unteroffizier des I. Bwamba-Bataillons zitterte. »Darum schießen sie ja, Bwana.«

»Das verstehe ich nicht.«

»Es sind Anhänger Budumbas. Wir haben zwei Gruppen, Bwana... Budumba und Kirugu. Und Budumba hat die Macht. Er ist ein großer Zauberer.«

»O Himmel.« Malanga lag ausgestreckt im Gras. Über ihn hinweg schwirrten die ungezielten Kugeln. »An alles habe ich gedacht... nur daran nicht.«

Es ist mein Fehler, dachte er. Ich habe mein Volk mit den Augen eines Menschen gesehen, der in Europa den Fortschritt und den Beginn des 21. Jahrhunderts gesehen hat. Ich habe zuviel verlangt von meinem Volk. Ich habe vergessen, daß hier in den Herzen und Hirnen noch das Mittelalter vorherrscht, daß sie an Zauber glauben, an Götter und Geister. Ich habe zu modern gedacht. Und plötzlich erkannte er bedrückt, daß er aus diesem Volk herausgewachsen war, daß er wirklich das war, was Budumba mit unheimlichem Instinkt erkannte: Ein in europäischer Mentalität denkender Farbiger, ein Verlorener für das alte Afrika, ein Fremder in den Savannen, in denen er zwar geboren war, denen er aber in den langen Jahren des Studiums der Zivilisation vollkommen entwachsen schien. Er war ein Bantu, aber er dachte, fühlte und handelte europäisch.

Das Schießen verstummte wieder. Malanga wußte, daß sie sich nun an den Jeep schleichen würden, um ihn zu »erobern«. Ein neuer, größerer Zauber, als ihn Budumba praktizieren kann, würde sie umstimmen, dachte Malanga. Aber was habe ich denn? Alles liegt in dem Landrover, mit dem Thorwaldsen nach Osten fährt. Meine Koffer und Kisten, Medikamente und Instrumente... und Corinna.

Malanga atmete tief auf. In seinem Herzen brodelte der Haß. Nein, sagte er sich, nein! Ich bin kein europäisierter Neger. Ich habe mein Volk nicht verraten. Ich bin der Bantu Malanga und sonst nichts. Ich will das Gift der weißen Denkart wieder aus mir herausdrücken, ich will ein Neger sein, ein Schwarzer, ein Nigger.

»Hört zu!« rief er. »Ich kenne eure Befehle. Aber ich weiß auch, daß es besser für alle Bwambas ist, wenn ich lebend zu

Budumba komme. Ich bringe euch einen neuen Zauber mit, der dem ganzen Volke nützen wird. Zwei Nächte bin ich allein gewandert und habe mich mit den Geistern unterhalten. Sie lieben unser Volk.«

Der Unteroffizier neben Malanga kroch näher an ihn heran. »Ist das wahr, Bwana?« flüsterte er heiser.

»Ja«, antwortete Malanga kurz.

Vom Jeep kam kein Laut mehr. Die Soldaten Budumbas schienen sich zu beraten. Ein junger »Leutnant« war unschlüssig, wie er sich verhalten sollte. Bei den Geistern weiß man nie, ob sie morgen noch so gut gelaunt sind wie heute. Am besten ist es, zu gehorchen. Wenn Budumba und Malanga zusammentrafen, würde es sich ja zeigen, wer der Stärkere ist, wer den größten Zauber in sich hat, wen die Götter am meisten lieben.

Malanga hob den Kopf. »Ich verspreche euch ein langes Leben!« rief er.

Aus dem Busch antwortete ihm Stimmengewirr. Dann tönte die helle Stimme des jungen »Leutnants« über das hohe Gras.

»Budumba hat uns schon unverwundbar gemacht. Auf unseren Stirnen sind Kreise.«

Malanga nickte. Über sein Gesicht glitt ein verzerrtes Lächeln. Der gleiche Zauber wie bei den Mau-Mau, dachte er. Budumba hat in Kenia viel gelernt, aber nicht genug. Ihm fehlt die Logik.

»Wascht die Kreide ab und der Zauber verfliegt!« rief er zurück. »Er ist nur kurz... nur so lange, bis eure Stirnen wieder glatt sind. Seht euch an: Wer keine Ringe mehr auf der Stirn hat, soll vortreten. Ich werde ihm beweisen, daß er verwundbar ist.«

Im Busch schwirrten die Stimmen wieder durcheinander. Dann teilte sich das Gras und ein großer Bwamba trat auf den Pfad, ging zum Jeep und wartete. Malanga zögerte. Es konnte eine Falle sein. Man lockte ihn aus der Deckung, und wenn er auch auf den Pfad hinauskam, schossen sie wieder auf ihn. Und diesmal trafen sie ihn, das war sicher. Aber dann sprang er doch auf und trat aus dem schützenden, hohen Gras.

Hoch aufgerichtet, stolz, so wie ein großer mganga gehen muß, kam er an den zerschossenen Jeep und streckte dem wartenden Bantu die Hand entgegen. Der Soldat nahm sie nicht... er starrte Malanga aus weiten Augen an, in denen Fragen und Angst gleichermaßen zitterten.

Malanga betrachtete die glänzende, schwarze Stirn des Mannes. Nur ein Hauch der Kreidekreise war noch darauf. Er hob die Hand und wischte sie ganz weg. Bei der Berührung zuckte der Bantu zusammen und verzog die dicken Lippen.

»Jetzt bist du ganz blank«, sagte Malanga hart. »Glaubst du noch an den Zauber Budumbas?«

»Ja«, antwortete der Bantu heiser.

»Er hat euch belogen! Sieh her! Heb die linke Hand.«

Der Bantu tat es. Sein Blick irrte zu den Erdlöchern, aus denen die Köpfe der anderen Bwambas hervorlugten.

»Streck den Zeigefinger aus!« kommandierte Malanga ungerührt. Es ging jetzt um mehr als um einen abgeschossenen Finger. Das Leben Hunderter von Bantus, das Fortbestehen des Volkes Bwamba hing an diesem lächerlichen, blutigen Experiment.

Der Bantu streckte den Zeigefinger aus. Ganz hoch über seinen Kopf hob er die Hand und grinste plötzlich, als Malanga seine Pistole langsam in Augenhöhe brachte.

Einen Finger treffen, dachte der Bantu, wer kann das? Budumbas Zauber wird doppelt wirken. Sobald er geschossen hat, werde ich die Arme herunterwerfen und ihn erwürgen. Er ist ein jämmerlicher Lügner.

Malanga zielte ganz kurz. Bei den Studentenmeisterschaften in Oxford hatte er im Schießen den zweiten Platz belegt. Nur um einen Punkt war er geschlagen worden.

Der Schuß peitschte durch die Morgenstille. Mit einem gellenden Schrei machte der Bantu einen hohen Satz in die Luft, Blut strömte über die Hand und den Arm, der Zeigefinger war abgeschossen, der Schmerz machte ihn fast wahnsinnig, er brüllte und rannte um den Jeep, um dann, als er wieder vor Malanga stand, in die Knie zu fallen und den Kopf tief zur Erde zu senken.

Aus den Erdlöchern kamen die anderen Soldaten, an der Spitze der junge Leutnant. Sie legten ihre Waffen vor Malanga auf den Boden, fielen dann ins Gras und unterwarfen sich dem großen Zauberer.

Am Nachmittag erreichte Malanga das Hauptlager der abziehenden Bwambas. Sein Eintreffen war wie ein Volksfest. Jubelnd zogen ihm die Bwambas entgegen; Kwame Kirugu, der König, umarmte ihn, küßte ihn und legte ihm die wertvolle Kette aus Leopardenzähnen um den Hals.

Seht, hieß das, er ist der wahre Herrscher. Jetzt wird unser Volk ein großes Volk werden.

Auch Nabu Budumba begrüßte Malanga. Er umarmte ihn nicht und drückte ihn nicht an sich ... in seiner Zaubertracht trat er aus der Hütte und hob den Wedel aus Löwenhaar, als wollte er Malanga verhexen.

Eine ganze Zeitlang sahen sie sich in die Augen, stumm und verbissen, als könne der Blick allein den anderen in die Knie zwingen. Die Bwambas um sie herum waren plötzlich still. Auch Kirugu hielt den Atem an.

Malanga lächelte. Er hob die Hand und klopfte Budumba auf die Schulter, so wie sich alte Freunde begrüßen, wenn sie sich nach langer Zeit unverhofft wieder treffen. Hier aber war dieses Schulterklopfen etwas Ungeheueres. Es war die Verachtung aller Würde, die Budumba um sich herum aufgebaut hatte.

»Laß es gut sein, Vetter«, sagte Malanga auf englisch, was Budumba noch mehr entehrte. »Deine Tricks kann man frei Haus kaufen. Für zwei Pfund bekommt du in Nairobi einen ganzen Zauberkasten. Hast du schon einmal den Trick versucht, einen Menschen zu zersägen? Im Varieté siehst du das jeden Abend. Ich habe mir das zeigen lassen, in London, es ist ganz einfach. Du mußt noch viel lernen, Vetter.«

Budumba schwieg. Aber in seinen Augen stand der Mord. Malanga erkannte es, sein Lächeln fror ein.

»So einfach ist das nicht«, sagte er gepreßt. »Ein Löwe tötet ein Schwein, aber nie das Schwein einen Löwen.« Er wandte sich ab und ließ Budumba in seiner ohnmächtigen Wut stehen. Kirugu, der glücklichste Mensch auf dieser Welt, faßte ihn unter.

»Es war höchste Zeit, daß du eingetroffen bist«, sagte er leise. »Sein Einfluß auf das Volk wächst von Tag zu Tag. Was konnte ich dagegen tun? Ich kann nicht zaubern.«

Malanga atmete tief auf. Er war heimgekehrt. Er blickte über das Menschengewimmel des Lagers, die Nothütten, die Frauen und Kinder, die zwischen den Rindern und Hühnern saßen und Hirsebrei in großen Kesseln kochten. Er sah neue Trupps von Kriegern in die Steppe fahren und bemerkte einen großen Stall aus zugespitzten Bambusstangen, hinter denen apathisch gefangene Regierungssoldaten hockten und auf ihren Tod warteten.

»Ich möchte die Weißen sehen«, sagte Malanga hart. »Die beiden Sanders. Gisela und Robert. Ich habe eine Nachricht für sie.«

Hendrik Thorwaldsen erreichte nicht sein Ziel, die Stadt Fort Portal. Immer wieder mußte er vom Weg abbiegen und in die Savanne hineinfahren, um den Stoßtrupps der Bwambas auszuweichen, die die ganze Gegend beherrschten. Einmal beobachtete er sogar, wie eine Streife der Regierungssoldaten auf einen solchen Bwambatrupp stieß. Es kam nicht, wie er es erwartet hatte, zu einem Gefecht, sondern die beiden Bantugruppen unterhielten sich, tauschten Zigaretten aus und entfernten sich dann wieder, jede in eine andere Richtung.

»Das muß man sich mal ansehen!« knurrte Thorwaldsen. Er stand im Landrover und beobachtete durch ein Fernglas diese Verbrüderungsszene. Ein Wald von Feigenbäumen machte den Wagen unsichtbar. Corinna lag hinten auf den Kisten und trank in kleinen Schlucken einen Becher voll lauwarmen Orangensaftes. »Die Kerle umarmen sich, statt sich totzuschießen.«

»Sie sind klüger als wir Weißen.« Corinna stellte den Becher ab. »Bei uns ist es möglich, daß Deutsche auf Deutsche schießen.«

»Da weiß man wenigstens, woran man ist.« Thorwaldsen kletterte vom Sitz. Sein Sarkasmus war bitter. »Hier umarmen sie sich, fahren ab und schleichen sich in einem großen Bogen wieder heran, um sich dann umzubringen. Und wir sind mitten drin in diesem gesegneten Landstrich.« Er setzte sich, stemmte die Beine gegen das Armaturenbrett und hieb mit dem Messer zwei Löcher in eine andere Fruchtsaftdose. »Wie geht es Ihnen, Corinna?«

»Gut.«

»Wirklich?«

»Ehrenwort. Ich habe kaum noch Schmerzen.«

»Kaum ist nicht gut.«

»Das Fieber ist weg. Morgen bin ich wieder ganz fit.«

Thorwaldsen trank die Dose in langen Zügen leer. Dann begann er, den Verband Corinnas zu erneuern. In den Kisten Malangas war alles, was er dazu brauchte. Mullbinden, Zellstofflagen, Wundsalbe, Penicillinpuder, Schere, Leukoplast.

Corinna hatte nicht übertrieben: Das Bein sah wesentlich

besser aus als vor zwei Tagen. Die Wunde war geschlossen, die Schwellung kaum noch sichtbar. Die Entzündung, die das Gift hervorgerufen hatte, schien abzuklingen.

»Fabelhaft!« sagte Thorwaldsen, als er die Wunde einpuderte. »Wenn er auch nur ein dreckiger Bantu ist – als Arzt hat er was in Old Europe gelernt. Jetzt kann ich es Ihnen ja sagen, Corinna: Als er die Bluttransfusionen machte und ich plötzlich Arzt spielen mußte, ging mir der Hintern auf Grundeis! Lieber drei Monate allein in der Wildnis von Kitepo, als noch einmal solche Handreichungen.«

»Aber er hat mich damit gerettet, nicht wahr?«

»Allerdings, das hat er. Ehrlich, Corinna: Ich gab keinen Kieselstein mehr für Sie.«

»Und plötzlich läßt er uns allein, ist einfach weg ... verstehen Sie das, Hendrik?« Corinna stützte sich auf den Ellbogen und sah zu, wie Thorwaldsen das Bein verband. »Er hat nichts gesagt? Keine Andeutung gemacht?«

»Gar nichts! Wir trennten uns bei der Jagd, und weg war er. Wer weiß auch, was in solch einem Negerhirn vorgeht?«

»Malanga war kein sogenannter Wilder mehr.« Corinna versuchte, aufzustehen und das Bein zu belasten. Es schmerzte noch etwas, aber sie stand, mit leicht verzerrtem Gesicht und aufeinandergebissenen Zähnen. Thorwaldsen faßte sie unter.

»Wollen wir?« fragte er.

»Versuchen wir es.« Corinna machte den ersten Schritt. Thorwaldsen trug sie fast die ersten Meter, ehe sie richtig fest auftrat, ein Zucken in der Wunde spürte, aber tapfer weiterging. Es war noch ein langsames Humpeln, aber Thorwaldsen klatschte in die Hände wie nach einer großen artistischen Leistung.

»Na also!« rief er. »Es geht ja! Es macht sich! Bis zum nächsten Foxtrott ist's nicht mehr weit.«

Erschöpft humpelte Corinna die paar Meter wieder zurück zum Wagen und setzte sich auf den Vordersitz. Der Schweiß lief ihr über das Gesicht und die Brust in die vorne offene Bluse. »Ich bin doch noch verdammt schwach«, sagte sie dabei.

»Das blasen wir auch gleich weg!« Thorwaldsen packte vom Hintersitz die zusammenklappbare »Küche« auf den Boden. »Ich mache Ihnen eine Rindfleischsuppe, vor der der Chefkoch des Hilton gelb vor Neid würde. Sie werden sehen, wie das wirkt. Ich kenne das noch von meiner Mutter. Immer, wenn ich eine

Krankheit überstanden hatte, gab es eine kräftige Rindfleischsuppe. Können Sie sich vorstellen, daß ich als Kind ein schwächlicher Knabe war?«

»Schwer.« Corinna lachte hell.

»Ich war immer ein zartes Büblein, bis zum fünfzehnten Lebensjahr. Da geschah ein Wunder: Ich wurde groß, breit und stark. Irgendein Kontakt in mir muß da gezündet haben. Meine Mutter behauptete aber, das seien nur die Rindfleischsuppen.«

Thorwaldsen hatte die Küche ausgepackt, der Gaskocher zischte. Corinna humpelte zu der Vorratskiste und suchte eine Büchse mit eingekochtem Fleisch. Der Schwächeanfall war vorüber. Nun gingen die nächsten Schritte schon viel müheloser. Plötzlich blieb sie stehen und sah sich zu Thorwaldsen um, der pfeifend Wasser aus dem Kanister in den Topf plätschern ließ. Zwischen den Büchsen hatte Corinna ein abgerissenes Stück eines Zettels gefunden.

»Führen Sie Tagebuch, Hendrik?« fragte sie.

»Nein! Sehe ich so aus?« rief Thorwaldsen vom Kocher her. »Wozu auch? In meinem großen Kopf ist immer Platz genug. Warum fragen Sie?«

»Mir fiel es nur so ein.« Sie steckte das Stückchen Papier vorne in ihre Bluse und klemmte es unter den Büstenhalter.

»Tagebücher sind etwas für junge Mädchen und romantische Männer. Oder für Politiker, die sich später einmal mit diesen Notizen rechtfertigen wollen.«

»Da könnten Sie recht haben, Hendrik.« Corinna warf ihm die Büchse mit Fleisch zu, ging dann hinter den Landrover und holte den Fetzen Papier wieder aus dem BH. Eine flüchtige Hand hatte die wenigen Worte geschrieben und den Zettel dann zerrissen. Wie das Stückchen zu den Büchsen kam, wußte niemand.

Ich liebe Sie ... stand auf dem Fetzen. Mehr nicht.

Malangas Handschrift.

In diesem Augenblick glaubte Corinna zu wissen, warum Malanga wortlos in der Weite der Savanne verschwunden war.

Er war vor seinem Herzen geflüchtet.

Nachdenklich steckte Corinna den Zettel wieder unter ihre Bluse.

Vielleicht war das die beste Lösung, dachte sie. Malanga war ein netter Mensch, er hätte ein guter Freund werden können.

Aber mehr auch nicht. Er hat es sicherlich geahnt und ist gegangen, bevor ich ihm weh tun mußte.

»Die Suppe kocht!« rief Thorwaldsen von der »Küche« her. »Gnädiges Fräulein, es wird gleich serviert. Bitte Platz zu nehmen!«

Corinna strich sich die Haare aus der Stirn und humpelte zu den aufgestellten Klappstühlen. So rauh und ungeschliffen Thorwaldsen auch war... jetzt war sie froh, mit ihm allein zu sein und nicht mit Malanga.

Einen Thorwaldsen konnte man abwehren, einen Malanga nicht.

Sie spürte das ganz deutlich an dem Rauschen ihres Blutes in den Schläfen.

Wenn Thorwaldsen gedacht hatte, nach der geradezu unheimlich schnell fortschreitenden Genesung Corinnas ebenso schnell in Sicherheit zu kommen, so hatte er viele Faktoren nicht einkalkuliert.

Nicht die Bwambas stellten sich ihm in den Weg, sondern der Landrover machte plötzlich Sorgen.

Es begann mit einer ganz gewöhnlichen Reifenpanne.

Thorwaldsen fluchte laut, als aus dem linken Vorderreifen die Luft entwich und er auf der Felge durch das Gras hoppelte. »Es hat keinen Sinn, den Ersatzreifen zu montieren«, sagte er nachdenklich, als habe er eine dunkle Ahnung von den kommenden Ereignissen. »Wenn wir ihn einmal dringend brauchen, stehen wir dann herum.«

Er begann also, bei 40 Grad Hitze den Schlauch zu flicken. Corinna baute das Zelt auf, denn bis zum Abend würde der Wagen nicht wieder fahrbereit sein. Thorwaldsen beschimpfte den verschwundenen Malanga mit den übelsten Worten.

»Sehen Sie sich das an!« brüllte er und hielt den Autoschlauch Corinna unter die Nase. »Porös wie ein Netzhemd! Mit so etwas fährt er in den Busch! Daß er überhaupt noch so lange gehalten hat!«

Im Pannenkasten fand er sechs Gummiflicken und entschloß sich, die drei am kritischsten aussehenden Stellen zu kleben. Darüber wurde es Nacht. Als das Feuer, das Corinna aus zusammengesuchten Zweigen entfacht hatte, flackernd brannte, hatte

Thorwaldsen endlich den Reifen wieder aufgezogen und an den Landrover geschraubt.

»Einen halben Tag haben wir verloren«, knurrte er. »Und Gott allein weiß, wie lange der geflickte Schlauch hält. Wie die anderen aussehen, daran wage ich gar nicht zu denken.«

Am nächsten Morgen wußte er es. Das rechte Hinterrad sank zusammen und verlor die Luft. Thorwaldsen hieb auf das Armaturenbrett und schien zu platzen. Bei der Überquerung eines fast trockenen Bachbettes hatte sich die Spitze eines Steines wie ein Dolch in den Reifen gebohrt.

Diese Reparatur dauerte nur zwei Stunden, aber gegen Mittag begann der Motor zu tuckern, der Wagen hüpfte merkwürdig, immer wieder wurde die Zündung unterbrochen, bis der Motor gar keinen Laut mehr von sich gab. Mitten in einem feuchten Savannengebiet, in einem lichten Wald von Euphorbien, Dumpalmen und Borassus blieben sie stehen.

»Scheiße!« schrie Thorwaldsen und sprang vom Sitz. »Etwas Besseres konnte uns gar nicht passieren! Jetzt fressen uns Milliarden Mücken auf. Mistding, verdammtes!« Er gab dem Landrover einen Tritt und öffnete dann die Motorhaube.

Corinna rutschte von ihrem Kistenlager herunter und humpelte in den Schatten einer großen Borassus. Ein Heer von Insekten umsummte sie sofort und stürzte sich auf sie. Um sich schlagend rannte sie zum Wagen zurück und riß den Sack mit dem Zelt und den großen Moskitonetzen heraus. Sie rollte das Netz auf und warf es über sich. So stand sie hinter dem Wagen, vermummt wie ein Gespenst, als Thorwaldsen hinter der Motorhaube wieder auftauchte, ölverschmiert und mit einem Zorn, der ihm den Atem nahm.

»Was ist?« rief Corinna. »Können wir bald weiter? Hier werden wir ja bei lebendigem Leib gefressen.«

Thorwaldsen warf einen großen Schraubenschlüssel gegen den Landrover, versetzte ihm noch einen Tritt und kam dann zu Corinna.

»Ich finde den Fehler nicht«, sagte er heiser. »Irgend etwas an der Brennstoffleitung muß es sein. Auch stinkt es nach verbranntem Kabel. Aber wo ist es?!«

»Dann müssen wir ausgerechnet hierbleiben?«

»Nur ein paar Stunden. Ich werde den Defekt schon noch finden.«

Um den unerträglichen Mückenschwärmen zu entgehen, zogen sie zunächst alle Moskitonetze um den Wagen, spannten sich ein wie eine Raupe und jagten dann die in dieser Netzburg gebliebenen Insekten durch Rauch hinaus. Sie steckten nasses Holz an und hielten hustend und mit tränenden Augen so lange in dem beißenden Qualm aus, bis sie glaubten, auch die letzten Mücken seien durch den freigelassenen Schlitz des Ausganges entwichen. Dann traten sie das Feuer aus, schlossen das Netz und tranken erst einmal jeder drei Becher voll Wasser.

»Es tut mir leid, Corinna«, sagte Thorwaldsen und rieb sich die geröteten Augen. »Aber es ist nicht meine Schuld. Man soll sich auf die Technik nie hundertprozentig verlassen. Früher, als man noch mit Trägerkolonnen durch Afrika zog, wäre das nie passiert. Da wurden auf einer Safari höchstens drei oder vier Schwarze von Löwen gefressen, aber ernsthafte Pannen gab es nie.«

Corinna mußte wieder lachen und setzte sich in den Wagen. »Wer Sie nicht kennt, Hendrik«, sagte sie, »der hält Sie für einen ganz kaltschnäuzigen, ekelhaften, brutalen Kerl.«

»Ach! Und Sie kennen mich anders, Corinna?«

»Ich glaube, ja. Hinter Ihrer Grobheit verstecken Sie ein weiches Herz. Sie schämen sich, daß auch Sie einmal gefühlvoll werden könnten.«

»Ich glaube, Sie täuschen sich gewaltig.« Thorwaldsen wandte sich ab. »Ich bin ein Eisenfresser.«

»Das sagen Sie allen. Ich glaube es nicht.« Corinna zog die Knie an und umschlang sie mit beiden Armen. Die blonden Haare fielen über ihr Gesicht. Sie sieht bezaubernd aus, fand Thorwaldsen. »Ich glaube, Sie können sogar sehr zärtlich sein.«

Thorwaldsen zuckte zusammen, als habe jemand ihn getreten. »Ich muß zum Motor«, knurrte er. »Zum Reden haben wir keine Zeit. Der Mistkarren muß doch wieder laufen!« Er verschwand wieder hinter der hochgeklappten Motorhaube und hantierte laut zwischen den Kabeln und Gestängen.

Ich habe mich in sie verliebt, dachte er, als er begann, die Benzinleitung abzuschrauben. Ich habe es immer gewußt, aber jetzt hat es eingeschlagen wie ein Blitz. Ich habe sie geliebt, als sie noch ein Schulmädchen war, aber nie darüber nachgedacht, weil es unsinnig war. Vor fünf Jahren war das auf der Sander-Farm. Sie war aus dem Internat in die Ferien gekommen und lief in kurzen Shorts an mir vorbei zum Tennisplatz, den der alte Sander gerade angelegt hatte. Donnerwetter, dachte ich damals und gab mir dann selbst einen Tritt. Alter dreckiger Esel, sagte ich mir. Welche Gedanken! Du bist ein grober Klotz von Großwildjäger, ein stinkender Buschtrapper. Sie sieht dich gar nicht an! Und außerdem ist sie noch ein halbes Kind. Sieh weg, alter Esel!

Er legte den Schraubenschlüssel weg und starrte gegen das Autoblech.

Wenn wir in Fort Portal sind, werde ich sie fragen, dachte er. Wenn ich mich gebadet und rasiert habe, einen vernünftigen Anzug anhabe und wie ein zivilisierter Mensch aussehe. Vielleicht tanzen wir dann zusammen, und wenn ich sie umschlungen halte und wir uns beim Tanzen in die Augen sehen, könnte ich den Mut haben, was anderes zu tun als zu fluchen. Aber jetzt, hier, unter dem Moskitonetz, bei einer Scheißkarre von Auto, das nicht weiter will, wäre es zu blöd.

Thorwaldsen nahm fast den ganzen Motor auseinander. Den Fehler fand er nicht. In dem engen Gefängnis aus Netzgespinst hatte Corinna drei Batterielampen aufgestellt und zwei Büchsen Obstsalat zum Abendessen geöffnet. Vor dem Netz klebten in dichten Wolken die Mücken. Thorwaldsen lächelte verkniffen.

»Wenn die hinein könnten! Corinna, ich will Ihnen nichts verschweigen: Ich habe wenig Hoffnung, den Karren wieder zum Laufen zu bringen. Was uns bleibt, ist der Versuch, uns bemerkbar zu machen. Ob Regierungstruppen oder Bwambas ... alles ist besser, als hier hocken zu bleiben.«

»Und wenn wir zu Fuß weitergehen?«

»Das schaffen Sie nicht, Corinna. Wir kommen jetzt in ein Feuchtsavannengebiet und in die Nähe der Toro-Sümpfe.« Er wischte sich über das Gesicht und seine Hand zitterte dabei. »Ich will es morgen noch einmal versuchen. Mein Gott, es ist ja nicht der erste Automotor, den ich auseinandergenommen habe. Vielleicht gelingt es. Haben Sie keine Angst, Corinna.«

»Angst? Überhaupt nicht! Ich bin kein ängstlicher Mensch. Und außerdem sind Sie ja da, Hendrik.«

»Das haben Sie schön gesagt.« Thorwaldsen wurde rot wie ein Schuljunge. »Verdammt, ich verspreche Ihnen, uns hier heil herauszuholen!«

In der Nacht wurde dieses Versprechen Thorwaldsens uneinlösbar.

Ein Trupp von zwanzig Bwamba-Kriegern überfiel die Netzburg, fesselte Thorwaldsen und Corinna und trug sie weg. Den Landrover banden sie mit drei dicken Seilen an einen Jeep und schleppten ihn ab. In einem Lager, dessen Feuer geschickt abgeschirmt war, nahm man Thorwaldsen und Corinna die Knebel aus dem Mund. Ein junger Bantu in der Phantasieuniform der Budumba-Truppe begann ein Verhör.

»Sie sind Mr. Thorwaldsen?« fragte er.

»Sieh an, es spricht sich rum!« Thorwaldsen nickte grimmig.

»Und Sie sind Miß Sander?«

»Ja«, sagte Corinna mit fester Stimme.

Der Leutnant winkte, zwei Bantus lösten die Fesseln, blieben aber hinter den Gefangenen stehen.

»Sie werden erwartet«, sagte der Leutnant höflich. »Entschuldigen Sie meine Leute, aber sie haben noch keinen Umgang mit Gästen. Auch wenn es beschwerlich ist, Miß Sander, muß ich Sie bitten, sofort mit mir zu fahren.«

Die Bantus führten sie zu einem gut getarnten, kleinen Lastwagen, auf den gerade die letzten Kisten aus Malangas Landrover umgeladen wurden. Der junge Leutnant half Corinna auf den Wagen, Thorwaldsen kletterte hinterher und setzte sich auf eine der Kisten. Vier mit Gewehren bewaffnete Bantus folgten ihm und hockten sich still in die andere Ecke des Laderaumes.

»Verstehen Sie das?« fragte Corinna, als der kleine Lastwagen anfuhr.

Thorwaldsens Herz klopfte heftig. Die Wahrheit, vor der er weggelaufen war, hatte ihn eingeholt.

»Ja«, sagte er rauh.

Dann versank er in dumpfes Brüten.

Die Chance zu überleben war so dünn wie ein Seidenfaden, an dem man einen Ertrinkenden aus dem Meer ziehen will.

Die Gefangenen auf der Insel wurden – nachdem ein Hubschrauber sie dreimal überflogen hatte – zunächst aus der Luft versorgt. Pater Fritz und vier andere Männer ruderten auf dem Floß von Robert Sander herum, entdeckten noch mehr schwimmende Inseln, kehrten aber immer wieder entmutigt zurück.

»Es ist zum Verzweifeln«, sagte Pater Fritz zu den anderen Gefangenen. »Der schmale Landweg, über den die Bwambas aus den Sümpfen gezogen sind, ist nicht zu entdecken. Wie sie von der sogenannten Königsinsel weggekommen sind, ist fast ein Rätsel. Überall nur grundloser Sumpfboden.«

»Suchen wir weiter, Pater.« Einer der Männer, der bei einer Eisenbahntruppe gearbeitet hatte und eine neue Strecke nach Kijura ausbaute, eine Kleinbahn für die Pflanzungen, hieb sich wütend auf die Schenkel. »Weggeflogen sind sie nicht, also *muß* es einen Weg geben.«

Die Hilfe von draußen ließ ebenfalls auf sich warten. Außerhalb der Sümpfe stand man vor dem gleichen Problem: Wie kommt man zu den Inseln? Der Major der Regierungstruppen, die diesen Abschnitt besetzt hatten, befragte in guter alter Manier die Bantubauern, die den Durchzug der Bwambas überlebt hatten. Er ließ sie zunächst peitschen, dann Pfeffer in die aufgeplatzte Haut streuen. Die Bauern brüllten vor Schmerz, aber einen Weg in die Sümpfe kannten auch sie nicht.

»Es war Budumba, der sie führte«, schrien sie. »Er hat die großen Geister bei sich!«

Der Major zuckte die Schultern und ließ die Bauern wegschaffen. Dann telefonierte er mit dem Kommando in Fort Portal und schlug vor, die Weißen durch Hubschrauber gruppenweise ausfliegen zu lassen.

»Das ist unmöglich«, antwortete ihm ein Hauptmann aus dem Hauptquartier. »Wir brauchen die Maschinen zur Bekämpfung der Rebellen. Außerdem hat man schon neun Hubschrauber abgeschossen. Die Weißen müssen warten, bis die Rebellen vernichtet sind.«

Die Gefangenen erfuhren diesen Entschluß durch ein Funkgerät, das man mit einigen Säcken voll Lebensmitteln über der Insel abwarf. Das Gerät war auf die Frequenz des Militärfunkverkehrs eingestellt, und Pater Fritz begann sofort, die Verbindung zu Fort Portal aufzunehmen.

»Wir haben hier neunundvierzig Frauen und siebenundzwanzig Kinder«, funkte er ins Hauptquartier. »Wenn man wenigstens sie aus dem Sumpf holt!«

In Fort Portal gab man keine Antwort mehr. Dafür brummten

täglich zwei Hubschrauber über den Sumpf und warfen Ballen mit Büchsen, Mehl, Zucker und Milchpulver ab.

»Das gibt eine dicke diplomatische Beschwerde«, sagte ein hagerer Mann, der bisher still in der großen Männerhütte gelebt hatte. »Bis jetzt habe ich geschwiegen, weil die Lage unübersichtlich war. Aber jetzt *will* man nicht. Ich bin Angehöriger der holländischen Handelsmission. Ich lasse mir das nicht bieten!« Und plötzlich sprang er auf, brüllte und warf die Arme um sich. »Ich will hier heraus! Ich protestiere! Ich bin Holländer. Ich pro-tes-tie-re!!«

Vier Männer hatten Mühe, den Tobenden festzuhalten und auf die Erde zu drücken. Da man keinerlei Medikamente hatte, entschloß man sich, ein altes Hausmittel anzuwenden, um den um sich Schlagenden zu besänftigen: Man schlug ihm mit einem Knüppel auf den Kopf.

Ingeborg Kraemer war in diesen Tagen immer stiller geworden. Sie saß an ihrer Schreibmaschine und tippte ununterbrochen. Nachdem nun Klarheit herrschte, daß die Bwambas Robert Sander und seine Schwester Gisela mitgenommen hatten, als einzige weiße Gefangene, hatte sie wieder Hoffnung, Robert noch einmal zu sehen. Wenn man ihn hätte töten wollen, wäre das sofort geschehen; daß man ihn mit in die Mondberge schleppte, war ein Beweis, daß Budumba ihn brauchte, daß Robert für ihn wertvoller war als alle anderen weißen Gefangenen zusammen.

Nun saß sie in Roberts Hütte auf der Sumpfinsel und schrieb die Geschichte ihrer Liebe. Es war kein Roman und auch kein Bericht; es war eine zärtliche, ergreifende Unterhaltung mit dem Mann, der irgendwo dort in der Ferne mit Tausenden von Bantus zu den schneebedeckten Gipfeln des Ruwenzori zog. Es war ein Gespräch mit Robert Sander, in dem sie ihm alles sagte, was sie bisher verschwiegen hatte.

Ihre Kindheit. Ihre erste Schülerliebe. Die Jahre als Volontärin bei der Zeitung. Der erste Mann in ihrem Leben. Der zweite, den sie heiraten wollte und der schon verheiratet war. Der dritte, ein Kollege, der mit dem Flugzeug über Südamerika abstürzte.

Manchmal unterbrach sie ihre Arbeit und las alle Seiten noch einmal durch. Wieviel man schon erlebt hat, dachte sie dann, und dabei ist man noch so jung. Und wie die unwichtigen

Dinge wichtig werden, wenn sie zur Beichte gehören... zum Bekenntnis, noch nie so geliebt zu haben wie jetzt.

Es war am fünften Tag nach dem Abzug der Bwambas aus dem Sumpf, als ein junger Mann, der in Hakibale als Entwicklungshelfer gearbeitet und dort eine Schlosserei eingerichtet hatte, mit einem selbstgebastelten Floß und breiten, geflochtenen Gleitschuhen, ähnlich den Schneeschuhen sibirischer Jäger, die Sumpf- und Wasserrinnen abfuhr und sich vorsichtig vorantastete. Auf der Insel brach fast eine Panik aus, als er zurückkam und schon von weitem schrie:

»Ich habe den Weg gefunden! Ich habe ihn! Ich habe ihn!«

Pater Fritz und einige besonnene Männer hatten größte Mühe, einen allgemeinen, ungeordneten Aufbruch zu verhindern, der viele in den Tod gerissen hätte. Wie von Sinnen hieben die meisten ihre Hütten zusammen, packten und versammelten sich am Ufer der Insel, um diese Hölle von Sumpf so schnell wie möglich zu verlassen.

Pater Fritz war mit dem jungen Mann allein hinausgerudert und kam nun sehr ernst zur Insel zurück.

»Der Pfad ist so schmal, daß nur zwei Männer knapp nebeneinander gehen können«, sagte er. »Und wo er endet, weiß noch keiner. Es kann sein, daß es ein blinder Weg ist und nur noch weiter in den Sumpf hineinführt. Es gehen zunächst vier Mann mit langen Stangen und Seilen allein den Weg ab, ehe wir die Frauen und Kinder als erste hinausschaffen.«

Am Abend wußten die Gefangenen, daß der Weg in die Freiheit führte. Aber es war ein teuflischer Weg. In Schlangenlinien, manchmal im Halbkreis, manchmal sogar eine Strecke wieder zurück und dann scharf im Winkel zur Seite zog sich der schmale Pfad festen Bodens durch den Sumpf.

Die vier Männer steckten ihn mit Bambusstangen und Schilfpuppen ab. Jede Biegung wurde markiert, jeder Bogen, jede gefährliche Stelle, wo der Boden fast einen halben Meter unter dem Wasser lag, glitschig, schwabbelnd, aber fest. Als sie am Abend todmüde zur Insel zurückkamen, hatten sie nur ein paar hundert Meter geschafft. Der Sumpf um sie herum aber war 15 Kilometer groß.

»Wir haben Zeit«, sagte Pater Fritz, als die Stimmung wieder zu sinken begann. »Aus der Luft werden wir verpflegt, im Herzen haben wir den Mut... soll uns die Ungeduld besiegen?

Wir wissen nun, daß es einen Weg gibt, wir wissen, daß wir alle überleben werden – nun laßt uns Zeit haben, Freunde. Denkt daran, wieviel Jahre Leben euch jetzt geschenkt worden sind.«

In dieser Nacht loderten die Feuer heller. Allen kam es so vor. Die Hoffnung machte die Nacht zum Tag.

»Morgen oder übermorgen verlasse ich die Insel im Sumpf von Toro, auf der ich dich kennenlernte und auf der ich begriff, was Liebe ist«, schrieb Ingeborg Kraemer in ihrem Gespräch mit Robert. »Ob wir uns wiedersehen? Ich glaube daran, ja, ich weiß es, denn ohne dieses Wissen bliebe ich zurück auf diesem runden Stück fester Erde, das für mich mehr ist als eine stinkende Sumpffläche: Es ist für mich der erste Ort gewesen, an dem ich selbst mein Herz gesehen habe.«

Am dritten Tag nach der Entdeckung des schmalen Pfades zogen die Frauen und Kinder, begleitet von einzelnen Männern, hinaus in die schilfwogende Unendlichkeit des Sumpfes.

Noch wußte keiner, wo und wie der Weg endete. Man war bisher nur vier Kilometer weit gekommen, und immer noch war nur schwabbelnder Boden um sie herum, so weit das Auge reichte.

Die Verpflegungshubschrauber begleiteten aus der Luft den Zug durch das Schilf... eine lange Schlange, immer zwei und zwei hintereinander, und weit voraus der kleine, sich vorwärtstastende Vierertrupp der Markierer, die Einsamen in dieser grünen, wogenden Hölle, die den Weg zum Paradies suchten.

»Wir schaffen es!« sagte Pater Fritz. »Mein Gott, wir schaffen es.«

Es war Nacht. Die lange Schlange im Sumpf stand still. Stehend, oft bis zum Bauch im Wasser, warteten sie auf den Morgen. Die Frauen, die Kinder, die Männer. Sie rührten sich nicht von der Stelle, denn links und rechts von ihnen, nur einen Schritt weit, lag der Tod.

So standen sie die ganzen Stunden bis zum Morgengrauen, bis wieder Licht über der grünen Hölle schien.

Dann tasteten sie sich weiter, zwischen den Bambusmarkierungen hindurch. Sie empfanden weder Hunger noch Durst, sie spürten keine Müdigkeit, sie kannten keine Erschöpfung.

Der Zwerg, der um sein Leben kämpft, hat die Kraft eines Riesen... nie klang ein Sprichwort wahrer.

Robert und Gisela Sander fuhren von ihrem Fellager hoch, als sich der Türvorhang der Hütte öffnete und ein Mann eintrat. Das fahle Licht, welches das Blätterdach durchließ, genügte, um sie erkennen zu lasssen, daß es nicht Budumba war, der in die Hütte kam, auch nicht Kirugu, sondern ein fremder, hochgewachsener, schlanker Bantu in einer modernen, engbeinigen Hose und einem sauberen, weißen Hemd. Das war so ungewöhnlich, daß Robert seine Schwester hinter sich schob und sie mit seinem Körper deckte.

»Wer sind Sie?« fragte er.

Malanga blieb an der Tür stehen und musterte Robert Sander.

Er hat Ähnlichkeit mit Corinna, dachte er und fühlte wieder den bohrenden Schmerz in seiner Brust. Er hat die gleichen mutigen Augen, das blonde Haar, die trotzige Kopfhaltung, die zusammengepreßten Lippen. Was wird er sagen, wenn ich von Corinna spreche? Wie sieht er mich? Wird er mich beleidigen? Bin ich für ihn auch nur ein Neger? Bei Gott, Robert Sander, sag so etwas nicht... ich bitte dich... ich könnte es nicht mehr ertragen. Wenn du mich einen Nigger nennst, werde ich dich töten müssen. *Müssen*, hörst du! Ich kann nicht anders. Ich bin ein Mensch, der innerlich verblutet, zerrissen von diesen tausendfachen Dornen, die uns trennen, nur weil wir eine andere Hautfarbe besitzen. Wenn ich daran zugrunde gehe, wirst du es auch, werden es alle Weißen, die mir von jetzt an begegnen. Ich habe es nicht gewollt, ich habe euch geliebt, ihr klugen, stolzen Weißen, ich habe euch bewundert... eure Hochhäuser, eure Kultur, eure Kliniken, eure Technik, euer Wissen, euer Genie... Ich wollte so werden wie ihr! Und was bin ich geblieben? Ein Nigger!

Robert Sander... sag das nie! Nie!

»Ich bin Dr. Julius Malanga«, sagte er und verbeugte sich höflich, so wie man sich in Europa formvollendet vorstellt. »Ich bringe Ihnen Grüße von Corinna.«

Hinter dem Rücken Roberts schrie Gisela leise auf. »Corinna...«, stammelte sie. »Was ist mit ihr? Wo ist sie? Kommen... kommen Sie aus Heidelberg...?«

»Auch. Jetzt komme ich aus Kampala. Ich traf Corinna auf dem Dachgarten des Apolo-Hotels.«

»Corinna in Uganda?! Um Himmels willen, was macht sie denn hier?«

»Sie bekam von den Eltern keine Nachricht und flog nach Entebbe. Ich begleitete sie durch den Busch nach Hause.«

Robert Sanders Lippen zuckten. »Nach... Hause...«, sagte er heiser. »Was für Teufel seid ihr doch. Genügt es nicht, daß ihr alles gemordet und niedergebrannt habt...«

»Als das geschah, stand ich noch in London am Krankenbett. Ich traf einen Tag vor Corinna in Entebbe ein, getrieben von der tiefen Sorge, was hier mit meinem Volk geschieht. Es wäre vieles nicht geschehen, wenn ich schon hiergewesen wäre.«

»Aber es ist geschehen! Und nichts kann mich diesen Mord an meinen Eltern vergessen lassen, auch nicht Ihre Worte. Welche Rolle spielen Sie hier eigentlich, Dr. Malanga? Wer sind Sie wirklich?« Robert Sander musterte den schlanken, schönen Neger mit deutlichem Haß. »Sind Sie das langerwartete geistige Haupt der Bwambas?«

»Ja.«

Das klang stolz und doch schlicht. Robert Sander zog etwas die Schultern hoch, als fröstelte ihn. »Und... was ist mit Corinna?« fragte er leise.

»Sie lebt, es geht ihr gut, und sie ist auf dem Wege nach Fort Portal.« Malanga sah Robert Sander forschend an. Er erkannte die innere Abwehr des Mannes und war traurig darüber. »Ich habe mich gefreut«, sagte er langsam, »als ich hörte, daß Sie das Massaker überlebt haben und unter dem Schutz meines Onkels Kirugu stehen. Es ist eine rein persönliche Freude. Nach dem tragischen Tod Ihrer Eltern, den ich – ich betone es noch einmal – verhindert hätte, wenn ich an Ort und Stelle gewesen wäre, sind Sie, Mr. Sander, das Oberhaupt der Familie. Ich habe in Europa gelernt, daß man bei gewissen Dingen das Familienoberhaupt zu fragen hat.« Malanga sah in den Augen Roberts ein gefährliches Glimmen. Sage jetzt nichts, bat er innerlich. Halte den Mund, bitte, bitte... du bist in den Klauen des Löwen, aber dieser Löwe will friedlich sein, er hat die Krallen eingezogen, er will sie nie gebrauchen, er will ein friedfertiger Löwe sein, aber ein Löwe, der seinen Stolz behält. Bitte, sage nichts!

Malanga holte tief Atem. Er wußte, daß sich jetzt alles in seinem Leben entschied.

»Sir«, sagte er formvollendet. »Ich bitte Sie um die Hand Ihrer Schwester Corinna.«

Einen langen Augenblick war es totenstill in der halbdunklen Hütte. Dann tat Robert Sander das Fürchterlichste, das überhaupt möglich war.

Er lachte schallend.

Über das Gesicht Malangas fiel eine eiserne Maske.

Er ließ Robert Sander auslachen, ohne ihn zu unterbrechen. Er stand stumm, hochaufgerichtet vor ihm und ertrug diese Schmach, die sich tiefer in sein Herz brannte als alle bisherigen Demütigungen.

Robert schien zu spüren, daß sein Lachen für Malanga grausamer war als Schläge ins Gesicht. Abrupt brach er ab und sah Malanga mit verkniffenen Lippen an.

»Warum lachen Sie, Sir?« fragte Malanga heiser. Sein Gesicht war so versteinert, daß die Worte aus seinem Mund kamen, ohne daß sich die Lippen bewegten. Robert Sander zog das Kinn an.

»Haben Sie schon mit Corinna darüber gesprochen?« fragte er zurück.

»Nein.«

»Und Sie glauben, daß Corinna einverstanden wäre, wenn sie es wüßte?«

»Ich sehne es herbei.«

»Zwischen Sehnsucht und Erfüllung liegt oft ein ganzes Meer, und wer kein Boot hat oder schlecht schwimmen kann, kommt nie hinüber.« Robert Sander wandte sich um. Gisela hatte sich an die Hüttenwand gedrückt; für sie waren die Worte Malangas nur eine Wiederholung der Anträge Budumbas. Sie wußte, zu welchen Grausamkeiten diese verschmähten Liebhaber fähig waren. Die Hinrichtung des weißen Farmers auf der Sumpfinsel, dieser Beweis von Budumbas Macht, würde sich wiederholen, das ahnte sie. Nur würde es noch grausamer werden. Neben den primitiven Haß Budumbas war nun der intellektuelle Haß Malangas getreten.

»Warum fragen Sie uns, Malanga?« sagte Gisela mit zitternder Stimme. »Es ist Ihre und Corinnas Sache. Nehmen Sie es Robert nicht übel, daß er lachte... er wollte Sie nicht beleidigen.«

»Was heißt beleidigen?« Robert Sander steckte die Hände in die Taschen seiner ausgeblichenen, an vielen Stellen zerfetzten Hose. »Sie sind Arzt, wie Sie eben sagten. Sie sind also ein intelligenter Mensch. Können Sie – wenn Sie sich in meine Lage versetzen – nicht verstehen, daß ich Ihren Antrag als absurd betrachte?«

»Nein«, antwortete Malanga kurz.

»Ihre Krieger haben unsere Farm niedergebrannt, sie haben meine Eltern und unsere treuen Arbeiter bestialisch hingeschlachtet, sie haben uns einen Haß auf alles Schwarze eingebrannt, der durch nichts mehr zu löschen ist... Und da kommen Sie und wollen Corinna heiraten!«

»Als diese Greuel geschahen, war ich noch nicht in Uganda.« Malangas Stimme war abgehackt und merkwürdig hohl. »Es wäre nie geschehen. Aber nun bin ich hier, und ich werde die Verantwortlichen für diese Taten bestrafen.«

»Davon werden meine Eltern nicht wieder lebendig.«

»Mehr als diese Sühne kann ich Ihnen nicht anbieten.«

»Doch!« Durch den Körper Roberts lief ein Zittern. Er dachte an die schrecklichen Stunden in Kitumba, als die Bantus, die man für ein friedliches Volk gehalten hatte, heranzogen, plötzlich in breiter Front die Farm überschwemmten, mit Buschmessern, Speeren, Revolvern und einigen Gewehren ein Gemetzel unter den Arbeitern anrichteten, die Häuser in Brand setzten und dann schreiend das Herrenhaus umstellten, in das sich die Sanders geflüchtet hatten. Er sah wieder die Minuten vor sich, als die Bantus das Haus stürmten, Gisela wegschleppten, ihn, Robert, mit sechs Männern festhielten und er zusehen mußte, wie man seine Mutter mit einem Buschmesser aufschlitzte und seinen Vater als Zielscheibe der langen Speere an die Zimmerwand stellte.

»Ich weiß, daß ich keine Chance zum Überleben habe«, sagte Robert Sander langsam. »Warum man uns über Hunderte von Kilometern mitschleppt, ist mir ein Rätsel. Vielleicht hofft Budumba, durch mich als Geisel meine Schwester zu bekommen. Er müßte wissen, daß es vergeblich ist. Gisela und ich sind uns einig: Keiner wird um des anderen willen nachgeben. Und nun kommen Sie auch noch und wollen Corinna haben. Ist das nicht zum Lachen? Ein Lachen, das in der Kehle gefriert?«

Malanga betrachtete Gisela Sander, und zum erstenmal seit Minuten zeigte sein Gesicht eine Regung. Es verzog sich zu einem schwachen Lächeln.

»Sie können ruhig sein, Miß Sander«, sagte er. »Budumba wird Sie nicht mehr belästigen. Ich gebe Ihnen mein Wort.«

»Und was haben Sie sonst noch mit uns vor, Doktor?«

»Ich möchte, daß Sie meine Gäste sind.«

»Ach! Ein gefälligeres Wort als Gefangene, nicht wahr?«

»Sie werden mich in die Mondberge begleiten. Ich habe eine Aufgabe zu erfüllen, einen Auftrag meinem Volke gegenüber. Ist er erledigt, haben wir das Gebiet erreicht, wo die Bwambas leben können in einem eigenen Königsstaat unter Kwame Kirugu, werden wir in die Zivilisation zurückkehren. Auch ich sehne mich nach einem ruhigen Leben. Doch das Volk, Sir, geht vor. Seit Hunderten von Jahren leben die Bwambas in Unfreiheit. Sie wurden von anderen Stämmen beherrscht, von arabischen Sklavenhändlern ausgeplündert, von den europäischen Farmern ausgenutzt, sie waren die Fußbank Afrikas, auf die jeder seinen Stiefel setzen durfte. Erst jetzt, nach Jahrhunderten, haben die Bwambas die Möglichkeit, frei und selbständig zu sein. Neunundvierzig Bwambas studieren in Europa und den USA... sie werden in diesem Jahr noch nach Abschluß ihrer Examen nach Uganda zurückkommen. Sie werden die Führungsspitze des Volkes bilden. Ich weiß, der Kampf um die Freiheit wird schwer sein, aber dort oben, in den Ruwenzori-Bergen nehmen wir niemandem Land weg, wir werden keinen stören, wir werden abseits der großen Politik leben, aber wir werden ein freies Volk sein.«

»Und Sie haben diese Hirngespinste ausgearbeitet?«

»Jedes Volk hat ein Recht auf Leben!«

»Und Sie glauben wirklich, daß Corinna da mitmacht?« Robert Sander legte den Kopf schief. »Doktor, so realistisch Sie sein mögen, in diesem Punkt werden Sie ein Phantast.«

Das Gesicht Malangas versteinerte sich wieder. Er wußte, daß jetzt das letzte, entscheidende Wort fiel, und er hatte keine Möglichkeit, es zu verhindern. Er wollte es auch nicht... er wollte es hören, vielleicht brannte es die Sehnsucht nach Corinna aus seinem Herzen weg.

»Warum soll ich ein Phantast sein, Sir?« fragte er gepreßt.

»Was soll man Ihnen darauf antworten?« Robert Sander hob die Schultern. »Jeden Morgen, wenn Sie sich rasieren und in den Spiegel sehen, haben Sie die Antwort.«

Malangas Faust schnellte so blitzartig vor, daß Robert keine Möglichkeit mehr hatte auszuweichen oder überhaupt zu reagieren. Genau auf den Punkt traf der Schlag, Robert drehte sich etwas und sank dann stumm in sich zusammen. Gisela schrie auf und streckte beide Fäuste zur Abwehr vor. Malanga verbeugte sich korrekt, stieg über den im Weg zur Tür liegenden Robert hinweg und verließ wortlos die große Hütte.

»Du siehst schlecht aus, mein Junge«, sagte Kirugu, als Malanga zu ihm kam und sich stumm neben ihm an den großen Klapptisch setzte. Im Hintergrund zirpte ein Funkgerät. Dort saßen zwei in der Armee ausgebildete Funker und hörten den Militärfunk ab, notierten die Funksprüche und fragten in bestimmten Zeitabständen bei den eigenen Stoßtrupps an, von denen neun erbeutete kleine Kurzwellensender bei sich hatten.

»Ich habe Sorgen, Onkel«, sagte Malanga leise.

»Wegen Budumba?«

»Nein.«

»Daß wir unser Ziel nicht erreichen?«

»Nein.« Malanga faltete die Hände. »Ich liebe eine weiße Frau.«

»Das ist schlimmer als der Fluch aller Geister.« Kirugu atmete schwer. »Vergiß sie!«

»Das kann ich nicht.«

»Versuche, sie zu hassen! Sage dir immer vor: Du bist ein Neger! Du bist ein Neger! Sie aber ist weiß... weiß... weiß...«

»Es hilft nicht.« Malanga legte die Stirn auf die gefalteten Hände. »Mein Herz brennt. Ich könnte mich selbst verleugnen, so liebe ich sie.«

»Dann hilft nur, sie zu töten!«

»Selbst das geht nicht. Ich weiß nicht einmal, wo sie jetzt ist. Ich weiß nur, daß meine Welt ohne sie immer leer bleibt. Ich habe noch nie so geliebt.«

»Soll ich sie suchen und töten lassen?«

Der Kopf Malangas zuckte hoch. Unsagbare Qual stand in seinen Augen. »Was würde das helfen?« sagte er dumpf. »Ich könnte sie nie vergessen. O mein Gott, warum bin ich nicht weiß geboren? Warum gibt es verschiedenfarbige Menschen? Warum hat Gott nicht eine einzige Rasse gemacht? Wir haben doch alle das gleiche Herz.«

»So solltest du nie denken.« Kirugu legte seine schwere Hand auf die zuckende Schulter Malangas. »Du bist unser Kopf! Du mußt denken für unser Volk. Reiße diese weiße Frau aus deinem Gehirn!«

»Es geht nicht.« Malanga preßte die Fäuste vor seine Augen. »Du hast sie nie gesehen, Kwame. Sie ist für mich wie ein Engel. Darf ich einen Engel vertreiben?«

Eine Stunde später fingen die Funker in Kirugus Königshütte den Spruch des Stoßtrupps VI auf.

»Haben Malangas Wagen, den weißen Mann und die weiße Frau gefunden. Kommen ins Hauptlager zurück. Ende.«

Kirugu überlegte lange, ob er Malanga verständigen sollte. Im Vorlager I waren sieben Verwundete eingeliefert worden. Die 2. Kompanie hatte sich mit Einheiten der Uganda-Armee einen wilden Kampf geliefert, bei dem ein Regierungspanzer ausbrannte. Nun war Malanga unterwegs, die Verwundeten zu versorgen. Es war leicht, Malanga zurückzurufen, und Kirugu wußte, daß er sofort umkehren würde.

Aber Kirugu schwieg.

Ich sehe sie mir erst an, dachte er. Ich muß den Engel sehen, der Malanga so verzaubert hat. Und dann werde ich sie töten und begraben, ehe er zurückkommt.

Malanga gehört dem Volke, nicht einer einzigen Frau.

Einer weißen Frau!

Und nie wird er erfahren, was geschehen ist. Er wird an sie denken als an ein unerreichbares Glück ... die Erinnerung wird verblassen, langsam, aber stetig ... und dann werden die Jahre alles zudecken.

Ein Mann wie Malanga hat andere Aufgaben, als zu lieben.

Am späten Nachmittag trafen Thorwaldsen und Corinna im Hauptlager ein. Die Handtrommeln der Vorposten meldeten sie an. Als das rhythmische Gedröhn aufklang, rannten einige Krieger zu der Hütte der Sanders und sperrten sie ab. Vier kräftige Männer stellten sich von innen an die Tür.

»Jetzt ... jetzt ist es soweit«, sagte Gisela Sander mit erstickter Stimme. Sie tastete nach der Hand Roberts und umklammerte sie. »Leb wohl, Robbi ... ich werde die Augen ganz fest zudrükken und auch nicht schreien. Es geht schneller, als man denkt. Die paar Sekunden Angst ... sie gehen auch vorbei. Leb wohl ...«

Robert Sander umfaßte Gisela und drückte sie an sich. Er

schwieg verbissen. Was sind Worte noch wert in dieser Stunde? Können sie noch trösten? Haben sie noch Kraft, den anderen aufzurichten? Was soll man sagen? Sei tapfer... das ist zu dumm. Wer ist tapfer, wenn er genau weiß, daß der Tod, der in wenigen Minuten zu ihm kommt, grauenhaft sein wird?

Robert lauschte auf das dumpfe Trommeln. Das klingt nicht wie eine Tanztrommel, dachte er verwundert. Das sind einfache Signale. Zu einem Fest, an dem zwei Weiße hingerichtet werden sollen, rufen sie anders. Da ist es ein einziger Wirbel, ein wilder Aufschrei der Natur. Hier aber klingt es deutlich wie getrommelte Buchstaben, das Morsealphabet der Savanne.

»Es hat mit uns nichts zu tun«, sagte er, als die Trommeln schwiegen. Er hielt Gisela noch immer umklammert und drückte sie an seine Brust. »Irgend etwas Außergewöhnliches muß draußen geschehen sein.«

»Warum haben sie aber die Hütte umstellt?«

Robert hob die Schultern. »Wir werden es bald wissen.«

Sie blieben umschlungen im Hintergrund der Hütte stehen und warteten. Die vier Bwambakrieger an der Tür rührten sich nicht. Wie vier große, schwarze Pfähle, die man in die Erde gerammt hatte, standen sie da.

Auf dem großen Platz vor der Königshütte klang jetzt Motorengebrumm auf. Es kam schnell näher, Bremsen quietschten, Hunderte von Stimmen schrien durcheinander.

»Es sind Wagen gekommen«, sagte Robert Sander stockend. »Die Bwambas müssen eine Kolonne überfallen haben und schleppen nun die Autos ins Lager.«

Das Brummen der Motoren erstarb. Dafür schrien die Stimmen lauter und gingen plötzlich in einen wilden, rhythmischen Gesang über.

»Sie feiern irgend etwas.« Robert Sander atmete hörbar auf. »Sie haben anscheinend eine große Beute gemacht, Gisela!« Er stockte und streichelte über ihr zerzaustes Haar. »Wir sind noch nicht dran.«

»Mein Gott!« Sie preßte das Gesicht gegen seine Brust und weinte laut. »Wann ist es endlich? Einmal werde ich keine Kraft mehr haben. Ich war jetzt so ruhig bei dem Gedanken, daß es vorbei ist.«

Auf dem großen Platz vor Kirugus Hütte hielt der kleine Lastwagen mit den Kisten und Koffern Malangas. Der Landrover, den er im Schlepp hatte, wurde abgebunden und zur Seite gerollt. Thorwaldsen, der durch einen Schlitz in der Plane des Wagens nach draußen äugte, lehnte sich zurück und legte seine Hand auf die Knie Corinnas.

»Wir sind in der Höhle des Löwen«, sagte er hart. »Verdammt, ich habe mir mein Ende anders vorgestellt. Nicht im weißbezogenen Bett... das habe ich immer gehaßt. Aber auf einem Hügel stehend, über die Savanne blickend und dann in die Sonne, vor sich die Herden der Impalas und Wasserböcke, und dann umfallen – das wäre schön!«

Corinna beugte sich vor und starrte ebenfalls durch den Riß in der Plane. Sie sah die Massen der Bantus, die die Kolonne umringten und in einer geradezu überschwenglichen Stimmung waren.

»Glauben Sie, daß man uns umbringen will?«

»Ich möchte Sie nicht mit frommen Lügen füttern, Corinna... ich sehe tatsächlich dunkel.«

»Dann verstehe ich nicht, wieso man mich wie eine Art Herrin behandelt. Denken Sie an den jungen Leutnant, der sich entschuldigte, daß man uns aus Versehen gefesselt habe.«

»Bei Ihnen, Corinna, ist das etwas anderes. Ich spreche nur von mir.« Thorwaldsen lehnte sich zurück. »Sie werden selbstverständlich weiterleben. An den Kragen geht es nur mir.«

»Vielleicht nützt es Ihnen etwas, wenn Sie von Malanga erzählen?« Corinna fuhr herum, ihre großen Augen waren plötzlich noch weiter. »Das ist es, Hendrik! Malanga! Sein Ziel war ja dieses Lager der Bwambas!« Sie wollte aufspringen, aber Thorwaldsen riß sie auf die Kiste zurück. »Wenn Robert und Gisela noch leben... dann sind sie hier... dann sehe ich sie gleich wieder...« Ihre Worte verloren sich in einem Stammeln. Thorwaldsen kaute an der Unterlippe. Er hatte den Arm wie schützend um Corinna gelegt, obwohl er wußte, daß jetzt jeder Mut sinnlos war, daß ihr Leben nur von dem Willen des einen Mannes abhing, der zu einer der geheimnisvollsten Persönlichkeiten Ostafrikas geworden war.

Licht fiel in das Halbdunkel des Laderaumes und blendete grell. Die Plane an der Tür wurde zur Seite gerissen. Corinna blinzelte in die Sonne und erhob sich. Thorwaldsen folgte ihr etwas gebückt. Er war größer als der Wagenaufbau und mußte den Kopf einziehen.

Die Bantus rund um den Wagen schwiegen nun. Aus Hunderten von schwarzen Gesichtern starrten abschätzende Augen auf die beiden Weißen, die jetzt mit Hilfe des jungen Leutnants aus dem Lastwagen kletterten.

Fünf Meter vom Wagen entfernt, unter einem großen Schirm aus geflochtenem Gras, den zwei Bantus an Stangen über ihn hielten, wartete Kwame Kirugu. Er hatte seinen Königsschmuck angelegt und das hemdartige, orangefarbene, mit goldenen Lurexfäden durchwirkte Gewand angezogen, dessen Stoff ihm ein indischer Händler vor drei Jahren verkauft hatte. »In diesen wertvollsten Stoff der Welt kleidet sich der Kaiser von Indien!« hatte der Händler gesagt und Fotos gezeigt, auf denen andere Könige majestätisch auf goldenen Thronen saßen, alle in Prunkgewändern aus diesem Stoff. Daß diese Aufnahmen in einem Zimmer des Londoner Old-James-Theaters aufgenommen waren, die goldenen Throne Bühnendekorationen waren und die Kaiser und Könige gut geschminkte Komparsen des Theaters – woher sollte Kwame Kirugu das wissen? Der Glanz der anderen Könige überzeugte ihn. Er kaufte für einen wahnsinnigen Preis einen Ballen dieses Goldstoffes und ließ sich daraus sein Königskleid machen. Als er zum erstenmal damit unter sein Volk trat, beschienen von der Sonne, die ihre Strahlen in den Goldfäden zurückwarf, und dadurch aussah, als leuchte er selbst, fielen seine Bantus auf die Knie und glaubten, Kirugu habe sich mit der Sonne bekleidet.

Corinna senkte einen Augenblick die Lider, geblendet von der mächtigen, goldorangenen Fülle Kirugus, und auch Thorwaldsen fand, daß diese Erscheinung unter dem Grasschirm imposant war. Er erkannte sofort den Mann wieder, den er damals in der Savanne auf dem geschnitzten Stuhl gesehen hatte, nachts, getragen auf einer Sänfte aus Bambusstangen. Der König, dessen Krieger einen Weg aus Feuer und Tod quer durch das Land geschlagen hatten.

Kwame Kirugu betrachtete Corinna genau, als sie vor ihm stand. Die schmutzige, verschwitzte Bluse, die Khakihose, deren linkes Bein abgeschnitten war, damit das noch immer dick verbundene Bein nicht gedrückt wurde, die blonden Haare, der zierliche und doch wohlgeformte Körper – es war ein Anblick, der Kirugu weh tat.

Ich kann dich verstehen, Malanga, dachte er. Die Schönheit

dieser weißen Frau hat dich vom Weg gelockt. Du bist ihr gefolgt wie der Löwe einer Löwin, durch die Steppen und Sümpfe, Regenwälder und Sandwüsten. Du hast nur sie gesehen. Es hätte nicht viel gefehlt, und du hättest dich verirrt für dein ganzes Leben. Du wärest deinem Volk davongelaufen, um in den Armen einer Frau ein Sklave zu werden.

Corinna sah sich um. Die Ansammlung primitiver Hütten bewies ihr, daß dieses Lager nur für ein paar Tage errichtet war. Einige Gruppen bauten schon wieder ihre Behausungen ab; die Frauen schnallten sich die Hüttenstangen auf den Rücken, schleppten die Säcke und Körbe und zogen die Rinder hinter sich her, auf denen der Hausrat verschnürt war.

Noch immer schwieg Kirugu und sah Corinna an. Thorwaldsen störte ihn. Wer ist er, dachte er. Wo kommt er her? Malanga hat nie ein Wort von ihm gesagt. Warum? Er hat ihn mir verschwiegen. Was ist in der Steppe vorgefallen? Warum wanderte Malanga einsam durch den Busch, während der Weiße mit der Frau in Malangas Wagen weiterfuhr? Haben sie ihn ausgesetzt? Ist der weiße Mann der Rivale Malangas in der Liebe zu dieser Frau?

Auf einmal hatte es Kirugu nicht mehr eilig, Corinna töten zu lassen. Er ahnte, daß sich draußen in der weiten Savanne eine stille Tragödie abgespielt hatte, deren Fortsetzung nun hier im Lager stattfinden mußte. Das alte Drama zwischen Schwarz und Weiß, dachte Kirugu und hatte plötzlich Mitleid mit seinem Neffen. Du liebst sie, und ein Weißer tritt dich weg, nur weil er eine helle Hautfarbe hat. Ist es so, Malanga? Sieh, ich werde das schöne weiße Weibchen leben lassen, damit du für immer von deinem Wahn geheilt wirst. Du bist ein Bantu, auch wenn du in Europa deinen Doktor der Medizin gemacht hast. Für die Weißen bist du immer ein Neger, ein Mensch zweiter Klasse. Du weißt es, aber du willst dieses Wissen nicht aufnehmen. Du wehrst dich dagegen, weil du sie liebst. Darum soll sie weiterleben, damit sie dir eines Tages selbst sagt, welcher Illusion du nachgerannt bist.

In diesem Augenblick wurden die Gedanken Kirugus durch einen klirrenden Lärm unterbrochen. Von der Zauberhütte her tanzte Budumba heran. Er war in sein Leopardenfell gekleidet, behängt mit bunten Glasketten und klingenden Glöckchen, silbernen Schnüren und gebleichten Totenschädeln von Affen, die aussahen wie die Köpfe von kleinen Kindern. Das Gesicht war durch eine bunt bemalte, holzgeschnitzte Fratze verdeckt, eine Maske, die selbst die nächtlichen Dämonen verscheuchte. Die Füße und Hände steckten in Manschetten aus Federn. Was da herantanzte, unartikulierte Schreie ausstoßend, mit wilden Körperzuckungen und federnden Beinen, war ein grellbuntes, gefiedertes Wesen, eine Fabelgestalt ohne Namen, ein erschrekkendes Gebilde abstoßender Häßlichkeit.

Nabu Budumba umtanzte schreiend Corinna und Thorwaldsen. Die Bantus machten ehrfürchtig vor ihm Platz und bildeten einen weiten Kreis. Kirugu sah mit verkniffenem Gesicht auf den hüpfenden Zauberer.

Budumba umkreiste ein paarmal Corinna und Thorwaldsen. Unter seiner hölzernen Maske lief ihm der Schweiß in Strömen über den Körper, aber er merkte es nicht. Was er jetzt tat, war ein Akt der Verzweiflung. Mit dem kleinen Lastwagen, das wußte er, war alles gekommen, was Malanga brauchte, um den Stamm auf seine Seite zu bringen, um der größte Zauberer aller Zeiten zu sein, der den kleinen Dämonentänzer Budumba lächerlich machen konnte. Aber jetzt war Malanga weit, der Zauber gehörte noch Budumba allein, und das wollte er nun ausnutzen, wollte vor den Bantus seine Kraft beweisen, die Liebe der Geister, die ihm gehörte.

Selbst Kirugu zuckte zusammen, als Budumbas schreiende Stimme aufklang. Thorwaldsen verstand nicht, was er brüllte; es war ein Dialekt, den er nicht kannte.

»Mit ihnen ist das Unglück zu uns gekommen!« schrie Budumba und schüttelte sich, daß alle Glöckchen anschlugen und die Glasketten rasselten. »Die Geister sagen es mir... sie sollen sterben... sterben... bevor die Sonne sich zum Schlafen legt... Überleben sie die Nacht, werden die Bwambas untergehen... Ich höre die Stimmen der Geister... ich höre sie... sie sind um mich... dringen in mich ein... zerfleischen mich. Oh!« Budumba stieß einen grellen Schrei aus. Er fiel zur Erde und wälzte sich wie in Krämpfen. Das hatte er lange geübt. Ein Mensch in Krämpfen galt bei allen primitiven Völkern als ein von den Geistern Besessener. Sie wurden geehrt und gepflegt, denn sie lebten ja schon in der Welt, in die man erst nach dem Tode hineinkam. Selbst im zaristischen Rußland galten die Epileptiker und Halbidioten als »Männer Gottes« und genossen am

Zarenhof Sonderrechte. Um wieviel stärker wirkte dann ein Mann wie Budumba auf die Bantus, deren Geisterglaube trotz Missionsschule und reisender Pater unerschütterlich war.

Ehrfürchtig standen die Bwambas um den zuckenden, sich über die Erde wälzenden Körper. Budumba hatte die Holzmaske vom Gesicht gerissen. Schaum stand ihm vor dem Mund, die Augen quollen wie Kugeln hervor. Sein Leib verkrampfte sich und schnellte dann wieder hoch, die Beine schlugen auf den Boden, die Hände trommelten in den Staub.

»Tötet sie...!« schrie Budumba heiser. »Tötet sie... tötet sie...!«

Die Mauer der Bwambas zog sich bedrohlich zusammen. Was die Geister befahlen, mußte getan werden, das war eine uralte Lehre. Wer die Geister erzürnt, hat ein schreckliches Leben und ein noch furchtbareres Ende.

Kwame Kirugu wuchs in diesen Augenblicken der Entscheidung über sich selbst hinaus. So sehr ihn die Vorstellung Budumbas beeindruckte, so sehr auch er in der Tradition verwurzelt war und Budumba als Zauberer anerkannte, jetzt, in der Minute der Gefahr für das ganze Volk, erinnerte er sich an die Jahre der Mission. Vor fast fünfzig Jahren war das. Der kleine Kwame kam nach Ntoroko am Albert-See, zusammen mit einem Onkel, um das Fischen zu lernen. Dort lernte er einen Mann kennen, der ein langes, weißes, bis zum Hals zugeknöpftes Gewand trug, die Sprache der Bwambas sprach, als sei er im Kral geboren, und der ihn, ohne lange zu fragen, mit ins Haus nahm, ihn in ein hölzernes rundes Gefäß mit warmem Wasser stellte, ihn mit etwas einrieb, das schäumte, süßlich roch und die Haut ganz glatt machte, dann mit einem Schlauch alles abspritzte und ihm ein herrliches, weißes, bis zu den Knöcheln reichendes Hemd schenkte. In den nächsten Tagen hatte Kwame viel zu hören. Er erfuhr von einem Mann, der Jesus hieß. Der weißgekleidete Mann, er nannte sich Pater Jules, zeigte Kwame Bilder dieses Jesus. Ein Weißer mit einem hellen Bart und gütigen Augen. Kwame hatte geduldig zugehört, denn nach allen Geschichten um diesen Mann bekam er ein gutes Essen – das allein war wichtig. Aber nach sechs Wochen hatte sich Kwame an Pater Jules gewöhnt. Nach neun Wochen machte ihm Pater Jules vor, daß man das, was man sprach, auch mit Zeichen ausdrücken konnte. So lernte Kwame schreiben, er lernte die

Bibel kennen, sang Kirchenlieder in der Buschkirche, wurde Meßdiener von Pater Jules und blieb vier Jahre bei ihm. Dann lief er weg, weil er Sehnsucht nach seiner Mutter hatte. Ein Gesangbuch und einen Rosenkranz nahm er mit... das Gesangbuch ging verloren, den Rosenkranz trug er noch immer, aber nicht zum Gebet, sondern als Zierkette um den Hals.

An all das erinnerte sich Kirugu jetzt in diesen Minuten. Er faßte mit beiden Händen an die Perlen der Rosenkranzkette und schlang die Finger um sie. Dann trat er vor, unter dem Dach aus Gras heraus, ging mit festen Schritten auf den zukkenden und spuckenden Budumba zu und stellte sich neben ihn.

»Er lügt!« sagte Kirugu laut. »Die Geister sprechen nicht zu ihm. Er spielt uns etwas vor! Seht her! Wenn er recht hat, müssen die Geister mich jetzt töten! Ich lache über das, was Budumba sagt. Ich lache!«

Kirugus Kopf flog hoch. Er lachte laut, aber in dieses Lachen mischte sich Angst.

Gibt es die Geister? Strafen sie mich jetzt?

Aber nichts geschah. Nur Budumba heulte auf wie ein verwundeter Schakal und starrte haßerfüllt auf Kirugu. Noch immer spielte er seinen zuckenden Anfall, aber er sah, daß die Wirkung zerstört war. Da erhob er sich, streckte die Arme hoch in den Himmel und nahm alle seine Kraft zusammen.

»Tötet sie!« brüllte er. Seine Stimme schallte über den ganzen Bwamba-Stamm. Aber niemand rührte sich. Sie blickten alle auf Kirugu, der in seinem goldenen Gewand majestätisch unter sein Grasdach zurückschritt.

Die Geister hatten ihn nicht bestraft. Welch ein Wunder!

Corinna und Thorwaldsen standen eng beieinander vor dem tobenden Budumba und dem dicken Kirugu.

»Verstehen Sie etwas?« fragte Corinna, als Budumbas letzter Verzweiflungsschrei verklungen war.

»Kein Wort. Sie sprechen einen barbarischen Dialekt.«

Das Gesicht Corinnas war entschlossen und hart. »Ich weiß nur, daß dieser Kerl da Budumba sein muß. Er hat Vater und Mutter töten lassen und die Farm angesteckt.«

»Woher wissen Sie das?«

»Malanga hat es mir gesagt.«

»Dann stimmt es. Bessere Informationen können Sie nicht

haben.« Es klang sarkastisch und gleichzeitig wehrlos. »Halten Sie den Kopf hoch, Corinna. Machen Sie jetzt nicht schlapp.«

»Ich bin noch nie so ruhig gewesen wie jetzt. Gleich werde ich wissen, was mit Robert und Gisela geschehen ist.«

»Man sollte den goldorangenen Opa einmal fragen.« Thorwaldsen sah zu Kirugu hinüber. »Er ist der König. Ob er die Anrede Majestät gern hört?«

»Hendrik!« Corinna senkte den Kopf. »Müssen Sie selbst jetzt noch den Spaßmacher spielen?«

»Was soll ich tun? Jedes Wort, glauben Sie mir, schmeckt bitter wie Galle. Aber es stirbt sich leichter mit einem Lachen als mit einem Schluchzen ...«

Kirugu winkte plötzlich. Ein Schwall von Kriegern ergoß sich über Thorwaldsen und Corinna, riß sie voneinander und schleppte sie nach verschiedenen Richtungen weg. Sie wehrten sich nicht; sie ließen sich abführen, festgehalten von schwarzen Händen, die sich in ihre Arme und Schultern krallten. Noch einmal sahen sie sich an, über die wolligen, dunklen Schädel ihrer Henkersknechte hinweg. Das Gesicht Thorwaldsens zuckte.

»Kopf hoch, Corinna!« schrie er ihr zu. »Und verdammt, jetzt sage ich es: Ich liebe dich!«

Er wurde herumgerissen, sank in die Knie und wurde in einer Staubwolke weggeschleift.

Starr, mit zusammengepreßten Lippen, ging Corinna durch das Lager. Vor einer runden Hütte hielten die Bantus an, vier Krieger kamen durch die Tür nach draußen und hielten dann den Eingang offen. Als letzter kam der junge Leutnant heraus, der mit seinem Trupp den Landrover Malangas aufgestöbert hatte. Höflich, wie vor ein paar Stunden in der Steppe, verbeugte er sich und zeigte auf die Tür.

»Bitte, treten Sie ein, Miß Sander«, sagte er in seinem harten Englisch.

Zuerst zögernd, dann mit festen Schritten ging Corinna zur Hütte. Was mich da drinnen auch erwartet, dachte sie, man wird nicht sehen, daß ich Angst habe.

Ihr Bein stach wieder, die Wunde zuckte. Sie verbiß den Schmerz, unterdrückte sogar ein Humpeln und betrat hocherhobenen Hauptes die Hütte.

Dann aber verließen sie Haltung und bewundernswerte

Kraft, die sie durch Savanne und Sumpf geführt hatten. Sie breitete die Arme aus und stürzte mit einem hellen Aufschrei den beiden Gestalten entgegen, die sich aus dem Halbdunkel der hinteren Hütten lösten und gleichfalls die Arme hochrissen.

»Corinna!« gellte ein Doppelschrei.

»Robert – Gisela –«

Dann prallten sie aneinander, umschlangen sich, preßten sich gegeneinander und weinten und lachten in einem Atemzug.

Nach zwei Tagen kehrte Malanga vom Vorlager I zurück. Drei Verwundete waren gestorben, die anderen kamen auf geflochtenen Tragen nach. Malanga fuhr in einem Jeep voraus. Trommeln hatten ihm schon gemeldet, was im Hauptlager geschehen war.

Corinna war angekommen.

Je näher er dem Lager kam, um so langsamer fuhr er.

Habe ich Angst vor der nun unausweichbaren Entscheidung, dachte er. Habe ich Angst vor Corinnas Nein zu meiner Frage? Habe ich Angst, in ihren Augen gleichfalls zu lesen: Wie kannst du mich fragen? Du, ein Neger!

Er umklammerte das Lenkrad so fest, daß die Gelenke seiner Finger knackten.

Ja, er hatte Angst. Höllische Angst. Angst auch vor sich, daß nach Corinnas Nein alle europäische Erziehung von ihm abfiel wie die Haut einer sich häutenden Schlange und er wieder nichts weiter wäre als ein getretener, verachteter, nach strengem Schweiß stinkender Bantu.

Kirugu empfing Malanga in seiner Königshütte. Er hatte noch immer sein goldorangenes Gewand an. Es war sein einziger, ihn moralisch aufrichtender Schutz gegen die wilde Wut Budumbas, der seine Niederlage jetzt nur noch mit Blut wegwaschen konnte. Die Spaltung der Bantus in zwei Gruppen löste sich auf; die Anhänger Budumbas bröckelten immer mehr ab; sie sahen, daß der große Zauberer nicht unbesiegbar war, daß zwar die Geister bei ihm waren, aber seine Kraft nicht ausreichte, sie voll zu verstehen. Kirugu wußte genau, daß nun zwischen ihm und seinem Vetter eine Todfeindschaft lag, doch er hatte vorgesorgt: Um seine Königshütte lagerten fünfzig ausgewählte, treue Krieger und bewachten ihn. Es war ein Ring, den Budumba allein nie sprengen konnte.

»Wo ist sie?« fragte Malanga knapp, nachdem er Kirugu umarmt hatte.

»Ich habe sie zu den anderen Sanders getan.«

»Und Budumba?«

»Er rief das Volk mit Zaubereien auf, sie zu töten. Ich konnte es gerade noch verhindern.«

Malanga sah starr an Kirugu vorbei.

»Und der weiße Mann?«

»Liegt an einen Pfahl gebunden in der Hütte von Leutnant Mgangenga.« Kirugu legte beide Hände auf die Schultern Malangas. »Willst du sie sehen?«

»Ja.« Malanga seufzte und legte die Stirn an die breite Brust Kirugus. »Es ist furchtbar, Kwame.«

»Es wird noch furchtbarer sein, wenn du sie gesehen hast.«

»Was hat sie gesagt?«

»Nichts.«

»Nichts?«

»Sie ist mutig und stolz, schön und gefährlich für dich, mein Junge. Sprich nicht mehr mit ihr.«

»Das ist unmöglich.«

»Ich habe lange über alles nachgedacht.« Kirugu legte den Arm um Malanga wie um einen weinenden, kleinen Jungen, der sich gestoßen hat und nun nach Trost sucht. »Du siehst sie nicht mehr. Morgen ziehen wir weiter, und wir lassen sie zurück mit einem Gewehr, Munition, genügend Verpflegung, einem Zelt und einem Jeep. Vergiß sie!«

»Wie kann man vergessen, was ins Herz gebrannt ist?« Malanga schüttelte den Kopf. »Ich liebe sie doch.«

»Und sie wird dir sagen, daß du nur ein Neger für sie bist.«

»Das wird sie nie sagen!« Malangas Kopf sank wieder gegen die Schulter Kirugus. »Mein Gott, kann es denn nicht möglich sein, daß sie mich auch liebt? Warum kann das nicht möglich sein?« Seine Stimme schwankte. »Bin ich denn ein Ungeheuer?«

»Du bist schwarz im Gesicht.«

»Ich werde das nie begreifen!« schrie Malanga.

»Auch ein Ochse versteht nicht, warum er acht Stunden am Tag das Wasserrad drehen muß«, sagte Kirugu. »Aber er geht geduldig im Kreise, immer und immer wieder, Stunde um Stunde, Tag um Tag, Monat um Monat und dreht das Wasserrad. Warum sollen wir große Fragen stellen? Nehmen wir hin, was ist.«

»Aber die Welt besteht aus Fragen!« Malanga riß sich los. »Ich habe gelernt, die Dinge und Wesen zu fragen und nach einem Sinn zu suchen. Nein, ich laufe nicht vor der Wahrheit weg... ich will sie hören. Aus ihrem Munde.«

»Und dann?«

»Ich weiß es nicht. Vielleicht bin ich dann gestorben«, sagte Malanga kaum hörbar.

Dann standen sie sich gegenüber, so, als hätten sie sich gerade gesehen, als habe sich Malanga soeben erst vorgestellt, als sei alles nur ein flüchtiges Gespräch, eine gesellschaftliche Höflichkeit auf der Terrasse eines Hauses, in das man zufällig gemeinsam eingeladen worden ist. Eine Schlucht war zwischen ihnen, über die zwar ihre Stimmen drangen, aber über die kein Steg mehr führt.

»Sie wissen jetzt alles, Corinna«, sagte Malanga, nachdem er Corinna die Hand geküßt hatte. Ihre Finger waren kalt, als habe sie kein Blut in sich, sondern Eiswasser in den Adern.

»Ja, ich weiß alles.« Corinna sah ihn lange an, bevor sie weitersprach. »Warum haben Sie mir in Kampala nicht schon die Wahrheit gesagt?«

»Ich wollte Sie nicht erschrecken.«

»Spätestens vor meinen toten Eltern hätten Sie sagen können, wer Sie sind.«

»Da schämte ich mich für mein Volk. Erinnern Sie sich... ich sagte es sogar. Und ich versprach Ihnen, daß Sie Robert und Gisela wiedersehen. Ich habe mein Versprechen gehalten. Auch den Tod Ihrer Eltern will ich an dem sühnen, der ihn befohlen hat. Ich hatte bisher nicht die Zeit dazu. Aber seit drei Stunden ist Budumba kein freier Mann mehr.«

»Sie werden ihn töten?«

»Nein, viel schlimmer. Ich werde ihn als Zauberer lächerlich machen. Das ist furchtbarer als der Tod. Wo ein Bantu ihn trifft, wird er schlimmer als ein Hund behandelt werden. Man wird ihn mit Tritten wegjagen, man wird ihn aus der Nähe anständiger Menschen wegprügeln. Er wird mit Hyänen und Geiern leben. Aber warum reden wir davon, Miß Corinna?« Malangas Stimme hatte wieder den warmen, singenden Klang, der Corinna auf der Terrasse des Apolo-Hotels in Kampala schon wie mit einem Samtmantel umhüllt hatte. »Ihr Bruder hat Ihnen auch das... das andere erzählt?«

»Ja.« Die Stimme Corinnas schwankte leicht. Sie griff in die Bluse, nestelte an ihrem Büstenhalter und holte den zusammengefalteten, abgerissenen Zettel heraus, den sie in der Kochkiste gefunden hatte. »Ich wußte es schon vorher. Es ist doch Ihre Schrift, Julius?«

Malanga nahm den Zettel und zerknüllte ihn dann zwischen den Fingern.

»Ja«, sagte er rauh. »Wo haben Sie ihn gefunden? Ich dachte, ich hätte den Zettel völlig vernichtet und verbrannt. Ich habe ihn nämlich zerrissen und angesteckt, als Sie schliefen. Es... es war ein Brief an Sie, Corinna.«

»Warum haben Sie ihn mir nicht gegeben?«

»Sie sollten ihn nie lesen.« Malanga wandte sich ab. Er konnte den Anblick Corinnas nicht länger ertragen. Ihr blondes Haar, ihr junger, weißer Körper, den die Bluse und die zerrissene, einbeinige Hose kaum verhüllten, ihre großen, blauen Augen, die Lippen, der Duft, der von ihrer Haut ausströmte und nun in dem Zettelstückchen eingefangen war... es war Malanga, als müsse sein Herz zerplatzen und sein Leben damit enden. Er drückte die Faust, in der er den Zettel umklammert hatte, an die Nase und atmete die Süße ein, die von Corinnas Haut in diesem Fetzen Papier geblieben war.

Ich bin verrückt, dachte er dabei. Ich bin ein pathologischer Fall. In der Klinik lachten wir als Studenten, wenn wir in der Psychiatrie einen Kranken vorgestellt bekamen, von dem es hieß, er litte an Liebeswahn. »Kaltes Wasser in die Hose!« riefen wir damals im Chor und lachten uns krumm. Wie unrecht taten wir dem armen Kranken. Ich verstehe ihn jetzt... ich könnte mich selbst auszehren vor Liebe. Ich würde Corinna zu Füßen fallen, wenn sie mich streichelte. Ich würde auf allen vieren hinter ihr herkriechen, wenn sie mich dafür küssen würde.

Ich bin verrückt in dieser Liebe. Ich kann nicht anders.

Er stand mit dem Rücken zu Corinna und starrte gegen die Hüttenwand. Es war Malangas Hütte, in die man die Kisten mit den medizinischen Geräten und den Medikamenten getragen hatte. Vor der Hütte hatte man das Zelt aufgespannt; hier wollte er Kranke behandeln und die besten Krieger gegen Cholera, Typhus und Malaria impfen.

»Sie sollen wissen, was ich Ihnen schrieb«, sagte Malanga plötzlich. »Es waren Bilder meiner Zukunft. Ein Haus am Victoria-See mit einem großen Garten. Eine Arztpraxis. Eine Frau mit zwei oder drei Kindern, die immer glauben sollten, daß sie in einem Paradies leben. Ein Leben voll Liebe und Glück. Abends, wenn die Sonne blutrot untergeht, sah ich uns auf der Terrasse des Hauses sitzen und über den See blicken. Die Wellen wurden violett, die Bäume blau, der Garten wie verzaubert. Wir saßen da, Hand in Hand, und waren glücklich. Was konnte uns die Welt noch Schöneres bieten?« Malanga machte eine Pause, ehe er weitersprach. »Das erzählte ich alles in dem Brief... und dann zerriß und verbrannte ich ihn.«

»Es war auch besser so, Malanga«, sagte Corinna.

Malanga zuckte wie unter einem Schlag zusammen. Jetzt werde ich zerrissen, dachte er. Jetzt verliere ich mein Leben. Jetzt stirbt Dr. Julius Malanga. Mach es kurz, Corinna.

»Ich bedeute Ihnen gar nichts, nicht wahr?« fragte er mühsam.

»Sie sind mir ein lieber Freund, das wissen Sie.«

»Auch ein Hund kann ein Freund sein.«

»Sie haben mir das Leben gerettet, ich habe Ihr Blut in meinen Adern, Sie haben mir meine Geschwister wiedergegeben – meine Schuld Ihnen gegenüber ist so groß, daß ich sie gar nicht abtragen kann.«

»Es gibt keine Schuld. Ich habe alles mit dem Herzen getan, Corinna.« Malanga fuhr herum. »Als ich Sie damals auf dem Dachgarten des ›Apolo‹ sah, erfuhr ich zum erstenmal, was es heißt: Der Blitz schlägt in das Herz. Sie waren so schön und so mutig. Ich war nach Uganda zurückgekommen, um zu kämpfen. Als ich Sie sah, verlor ich das Gefühl für meine Aufgabe. Ich erkannte, daß ich zurückgekommen war, um zu lieben.«

»Malanga, bitte!« Corinna hob flehend beide Hände. Malanga nickte schwer.

»Ich weiß. Ich habe mich verzaubert mit einer Illusion. Ich hätte jeden Tag das tun müssen, was mir Ihr Bruder ins Gesicht warf: In den Spiegel sehen und meine schwarze Haut erkennen.«

»So ist das nicht, Malanga«, sagte Corinna gequält.

»Doch, so ist es, Corinna! Könnten Sie mich lieben, könnten Sie meine Frau werden? Könnten Sie mir Kinder schenken? Ekelt es Sie nicht, wenn meine schwarze Hand über Ihren weißen Körper streicht?«

»Malanga!«

»Warum verstecken wir uns? Ich bin ein Neger; ich bin ein Wesen, ein Unwesen von einem anderen Stern!«

»Das ist nicht wahr, Malanga. Es gab Augenblicke, draußen in der Savanne, wo ich dachte...«

»... warum ist er kein weißer Mann? Dann läge ich jetzt selig in seinen Armen! War es so, Corinna?« Das Gesicht Malangas überzog sich mit Schweiß. Seine Augen flimmerten. »Warum lügen wir uns an? Lieben Sie Thorwaldsen?«

»Ich weiß es nicht.«

»Natürlich lieben Sie ihn! Er ist ein grober Klotz, aber er hat zwei gute Eigenschaften: Er mißachtet die Schwarzen und hat selbst eine weiße Haut!« Durch Malanga lief ein Zittern. Er warf den Zettel auf den Boden und zertrat ihn. Mit der Sohle seines Stiefels zermahlte er das Papier zu Staub. »Warum sagen Sie nicht zu mir: Geh weg, du schwarzes Aas! Warum drücken Sie sich vor der Entscheidung?«

Corinna sah ihn starr an, dann schüttelte sie langsam den Kopf.

»Jetzt sind Sie nicht mehr Malanga«, sagte sie stockend. »Jetzt sind Sie ein Fremder.«

»Ich bin ein Nigger!« schrie Malanga. Sein Herz war zerplatzt. Die Welt des Dr. Malanga ging unter, wie er es erwartet hatte. »Ich bin ein dreckiger Nigger, und wie ein Nigger werde ich auch handeln! Ich werde dir die weiße Haut deines Hendrik Thorwaldsen vor die Füße legen... sie kannst du lieben! Ohne Haut aber, das werde ich dir zeigen, wird auch er nicht anders aussehen als ich!«

»Malanga!«

Corinna schrie auf und warf sich ihm in den Weg, als er die Hütte verlassen wollte. Er schob sie zur Seite, und als sie sich an ihn klammerte, gab er ihr einen Stoß. Sie taumelte, fiel in einen Stapel Säcke hinein und schlug mit dem kranken Bein auf die Erde. Noch einmal schrie sie auf, diesmal vor Schmerzen, dann wurde es dunkel um sie.

Vier Bantus trugen die ohnmächtige Corinna wenig später zu dem aufgestellten Operationstisch im Zelt. Die Beinwunde war aufgeplatzt.

Am Abend dieses Tages, in einem Kreis lodernder Feuer, vollzog sich das Schauspiel der Entzauberung Budumbas.

Es war der gleiche Abend, an dem die Gefangenen in den Toro-Sümpfen endlich festen Boden erreichten und von Regierungstruppen in Empfang genommen wurden, Pater Fritz einen Dankgottesdienst abhielt und Ingeborg Kraemer den Kommandanten anflehte, Robert Sander zu suchen. Es war der Abend, an dem eine Patrouille des III. Bataillons von Fort Portal den herumirrenden Mike Harris in der Savanne auflas, einen Mann, der halb wahnsinnig war und dem man eine Beruhigungsspritze geben mußte, um ihn weiter zu transportieren ins Lazarett von Fort Portal, wo die Ärzte einen Sonnenstich feststellten und eine gefährliche Austrocknung bestimmter Hirnteile. Es war der Abend, an dem Oberst McCallen in Kampala widerwillig, aber einem Befehl aus London gehorchend, das – heimliche – Kommando über die Streitkräfte von Uganda übernahm. »Es ist im Interesse des Friedens erforderlich, daß der Aufstand der Bwambas so schnell und so gründlich wie möglich niedergeschlagen wird«, hieß es in einem verschlüsselten Telegramm des britischen Kriegsministeriums. McCallen wußte, was das bedeutete.

Zweitausend Bwambas umstanden den Feuerkreis, in den man Budumba gebracht hatte. Malanga hatte ihm die Zaubererkleidung wiedergegeben. In seinem Leopardenfell, behängt mit Glöckchen und Glasperlenketten, hockte Budumba auf dem Boden und sah Malanga lauernd an. Daß man ihn nicht einfach getötet hatte, ließ ihn Schreckliches ahnen.

Im Gegensatz zu ihm trug Malanga seinen weißen Arztkittel. Das war eine Tracht, die die meisten Bantus in tiefe Ehrfurcht versetzte. Der Gegensatz zwischen Budumba und Malanga war nie augenscheinlicher als jetzt: dort das Mittelalter Afrikas mit Zauberketten und Totenköpfen, hier der schlichte, weiße Kittel, hinter dem das Wissen der Neuzeit, die Wunder des Geistes verborgen waren.

Zwei Bantus trugen jetzt einen Tisch in die Mitte des Feuerkreises und stellten ihn neben den auf dem Boden hockenden Budumba. Auf weißen Tüchern lagen blitzende chirurgische Instrumente, Wunderwaffen in den Augen der stumm starrenden Bantus.

Budumba regte sich, als Malanga in den Kreis kam. Seine Augen flackerten vor Angst. Er erhob sich, die Glöckchen klingelten.

»Was willst du tun?« stammelte er. »Was sollen die Instrumente?«

Malanga antwortete nicht. Er trat hinter seinen Tisch und wartete. Erst als aus dem Dunkel Stimmen klangen und sich näherten, fiel seine starre Haltung zusammen. Seine Hände wurden unruhig.

Du bist Arzt, sagte eine Stimme in ihm. Du hast in Köln den Eid des Hippokrates geschworen. Du hast gelernt, zu helfen und zu heilen. Was aber willst du jetzt tun, Malanga? Mit dem Wissen und den Instrumenten, die zur Heilung, nicht zum Töten gemacht wurden?

Wo bist du, Dr. Julius Malanga?

Aus dem Dunkel in den Feuerkreis schleppten vier Bantus den gefesselten Thorwaldsen. Verwirrt sah er auf Malanga und die chirurgischen Instrumente. Dann überfiel ihn die Erkenntnis, was hier geschehen sollte. Alles Blut wich aus seinem Gesicht.

Außerhalb der Feuer lag jetzt eine lähmende Stille über den zweitausend Bantus. Das Schwatzen und Geschnatter hörte auf. Nur das Prasseln der brennenden Holzstöße unterbrach die nächtliche Stille. Corinna, Robert und Gisela, eingeschlossen in ihrer Hütte, standen an der geflochtenen Wand und lauschten nach draußen. Die plötzliche Ruhe war unheimlich. Von den Wachen hatte Robert erfahren, daß der große mganga Malanga beweisen wollte, daß er die Kraft der Götter mitgebracht hatte aus dem fernen Land, aus dem er zurückgekommen war. Und einen Feind wollte er bestrafen. Einen Feind, der die Gesetze der Steppe verletzt habe: Hilfe dem Wehrlosen.

»Er wird es nicht tun«, stammelte Corinna und drückte die Stirn gegen das Geflecht der Hüttenwand. »Es ist unmöglich. Er ist europäisch erzogen worden. Er ist in einer anderen Welt aufgewachsen.«

Robert Sander sah seine Schwester betroffen an. Er wußte

nichts von Corinnas Unterhaltung mit Malanga und verstand ihr Entsetzen nicht.

»Was ist denn schon dabei, wenn er Budumba entzaubert«, sagte er. »Es kann für uns nur zum Vorteil sein.«

»O Gott, Robbi...« Corinna warf sich herum und barg ihr Gesicht an seiner Brust. »Du weißt ja nicht, was er sich vorgenommen hat. Er will... er will Thorwaldsen die Haut abziehen und mir zu Füßen legen...«

Im Hintergrund stöhnte Gisela auf. Grauen war auf einmal in der dunklen Hütte. Robert Sander legte beide Arme um Corinna.

»Das ist nicht wahr«, stammelte er.

»Er hat es mir gesagt. Aber ich glaube nicht daran, ich kann das nicht glauben! Malanga fühlt und denkt wie wir. Er hat das alte Afrika von sich abgeschüttelt, er ist ein Mensch unserer Zeit. Und – er ist Arzt.«

»Aber er bleibt ein Bantu.« Robert Sander lauschte nach draußen. Die dünne Hüttenwand verbarg kaum die Geräusche. Er hörte das Prasseln der Feuerstöße und das unruhige Scharren von Tausenden von Füßen. Ein Klang wie das Rauschen eines aufgewühlten Meeres. »Das ist das Rätsel, das wir nie lösen werden, für das es auch keine Erklärung gibt: Man kann ihnen die ganze Welt zeigen, sie können unter den Weißen aufwachsen, lernen, Examen machen, Gelehrte werden, Menschen des 20. Jahrhunderts – und dann kommen sie zurück zu ihrem Volk, betreten ihre Hütte, legen mit dem Anzug auch ihr Jahrhundert ab und kehren mit dem Lendenschurz zurück ins Mittelalter. Es ist unbegreifbar, aber ich habe das hier schon oft erlebt. Warum soll Malanga eine Ausnahme sein?«

»Er ist nicht so.« Corinna lehnte den zuckenden Kopf an Roberts Schulter. »Er kann doch Thorwaldsen nicht die Haut...«

Sie weinte vor Grauen, und Robert trug sie zu den Fellbetten, legte sie hin und deckte sie zu. Gisela hockte sich neben Corinna und nahm ihre beiden Hände. So saßen sie in der Dunkelheit, gefangen in einer engen Rundhütte, und warteten.

Sie warteten auf einen Schrei, auf ein nervenzerreißendes Gebrüll, wenn man Thorwaldsen bei vollem Bewußtsein enthäutete. Sie warteten auch auf ihr Ende. Denn sie wußten plötzlich: Wenn Malanga fähig war, seine Feinde so zu bestrafen, gab es auch keine Rettung mehr für die Sanders.

Sie waren in den Klauen des Löwen.

Im Feuerkreis des Platzes standen sich Thorwaldsen und Malanga gegenüber. Budumba hockte neben dem Tisch auf der Erde, ein Bündel aus Leopardenfell, Glasperlenketten, gebleichten Affenschädeln und zitternder, schwarzglänzender Haut.

»Ich wußte, daß wir uns wiedersehen, Sir«, sagte Malanga ruhig. »Ihr Abschied an der Fallgrube konnte nicht endgültig sein. Erinnern Sie sich, ich rief es Ihnen noch zu. Aber Sie glaubten mir anscheinend nicht.« Er nahm ein Skalpell von dem weißen Tuch, mit dem der Tisch bedeckt war, und wog es in der Handfläche. Thorwaldsens Blick wurde starr vor Entsetzen.

»Ist Europa spurlos an Ihnen vorbeigegangen, Malanga?« knirschte er. Er brachte die Zähne nicht auseinander, seine Backenmuskeln zuckten. Die Worte waren kaum zu verstehen. Malanga lächelte versonnen.

»Ich verdanke Europa viel. Ich habe gelernt, daß ich ein Neger bleibe, auch wenn ich Professor würde. Nicht das Wissen, nicht der Charakter, nicht die Seelen machen einen Menschen, sondern nur die Hautfarbe! Ich habe in Köln meine Examina mit sehr gut bestanden. Ich habe meine Doktorarbeit mit Auszeichnung geschrieben. Ich konnte mehr als die meisten meiner weißen Kollegen, und doch blieb ich immer nur der Mann aus dem Urwald, wie mir einmal ein Kommilitone im Bierrausch sagte. Ich wollte es nicht glauben, aber dann bewies man es mir. In den Krankenhäusern sah ich es ganz deutlich, am Krankenbett. Ich sah die Augen der Patienten, wenn ich an ihr Bett trat; ich spürte die Abwehr, wenn ich sie aufdeckte; ich spürte den Ekel vor mir, wenn ich ihren Körper abtastete. Vierzehn Tage lang war ich auf einer Frauenstation, dann holte man mich weg. Man log mich an: Sie müssen auch die anderen Stationen kennenlernen. Hinterher erfuhr ich: Die Frauen hatten sich beschwert. Sie weigerten sich, sich von mir anfassen zu lassen. Ich kam auf die Männerstation. Hier war man großzügiger. Aber es war ein einziges Spießrutenlaufen. ›Doktor‹, sagte man zu mir, ›verwechseln Sie meinen Herzschlag bloß nicht mit einer Urwaldtrommel!‹ Oder: ›Sagen Sie mal, ist das wahr, bei Ihnen darf ein Häuptling hundert Frauen haben? Wie machen die das? Kauen die bestimmte Wurzeln? Ich schaffe kaum eine!‹ Und das Tag für Tag, Woche für Woche.« Malanga sah auf das blitzende Skalpell in seiner Hand. »Ich ließ mich versetzen – auf die

Kinderstation. Hier war alles anders. Die Kinder machten mich zu ihrem Freund. Ich erzählte ihnen unsere Märchen... von den Mondgöttern und den Leopardenmenschen, den Geistern der uralten Elefanten und dem König der Gorillas. Hier fühlte ich mich wohl, hier war ich glücklich. Die Kinder sahen nicht meine dunkle Haut, sie sahen nur mich. Und dann wurde ich auch von dort versetzt – die Eltern hatten sich darüber beschwert, daß ein Neger ihre Kinder betreute.«

Malanga sah Thorwaldsen an. Die vier Bantus hatten ihm das Hemd vom Leib gerissen. Über die weiße, behaarte, schweißbedeckte Brust flammte der Widerschein der Feuer.

»Man bot mir eine Stelle in der Anatomie an... was blieb mir übrig, ich nahm an. Ich wollte ja in Europa bleiben, ich wollte lernen, ich wollte zeigen: Afrika ist anders! Die junge Generation gehört zur Welt!« Malanga nahm eine Schere vom Tisch und eine große, klemmende Pinzette. »Hier hatte ich endlich Ruhe, unten im Anatomiekeller, vor den Marmortischen und Zinkwannen. Die Leichen sprachen nicht mehr, sie wehrten sich nicht, daß eine schwarze Hand sie aufschnitt. Ich wurde Assistent des Anatomieprofessors, teilte die Leichenteile zur Präparierung ein, überwachte die Studenten, die Muskeln, Gefäße und Nerven bloßlegten; ich übernahm frische Leichen von Toten, die keine Angehörigen mehr hatten. Landstreicher, Säufer, Zuchthäusler, deren Verwandte den Toten nicht haben wollten. Sie wurden meine Freunde. Mit ihnen unterhielt ich mich. Sieh, mein Junge, sagte ich. Nun präpariere ich dir die Lunge heraus. Eine schäbige Lunge. Zerstört vom übermäßigen Rauchen. Hast wohl deine Zigaretten in Zeitungen gedreht, was? Nun hast du einen Lungenkrebs gehabt... aber du hast wenigstens gelebt, du wurdest von den anderen akzeptiert, trotz Dreck und Läusen und Uringestank. Junge, du warst wenigstens ein Weißer! Ich bin ein Neger, und wenn ich dich jetzt auch aufschneiden darf, bin ich dennoch weniger wert als deine beschissenen Unterhosen.« Malanga atmete tief auf. »Ein Jahr blieb ich im Leichenkeller. Es war keine verlorene Zeit. Ich lernte, wie man einen Menschen zerlegen kann, genauso wie einen Automotor... in einzelne Schrauben, Muttern, Kolben und Zahnräder. Nur hießen sie hier Knochen, Muskeln, Nerven, Blutgefäße, Organe. Ich wurde ein glänzender Anatom. Dort übte ich auch, wie man vom Menschen eine Haut abzieht. Es ist so einfach wie bei einem

Kaninchen.« Malangas Kopf fuhr ruckartig vor. »Ich werde es Ihnen zeigen, Sir.«

Die vier Bantus hielten Thorwaldsen umklammert. Wie in einem Schraubstock hing er zwischen den Händen. Es war unmöglich, sich zu rühren. Welch einen Sinn hätte es auch gehabt, sich zu wehren? Dem Unabänderlichen kann man nicht ausweichen, nicht weglaufen; es holt einen immer wieder ein. Nur die Qual wird länger.

»So etwas können Sie nicht tun, Malanga«, sagte Thorwaldsen heiser.

»Wer will mich daran hindern, Sir?«

»Niemand von uns ... nur Sie selbst.«

»Appellieren Sie nicht an mein Gewissen. Ich habe keins, wie auch Sie keins hatten, als Sie mich in der Grube ließen. Den Tod, den ich dort erwarten sollte, kannten Sie genau: Wahnsinn durch Durst. Ein Sterben voller Grauen. *Sie* hatten kein Mitleid, Sir. Warum verlangen Sie es von mir?«

Thorwaldsen schüttelte den Kopf. Es war das einzige, was er noch bewegen konnte. »Kein Mitleid, Malanga. Es ist etwas anderes. Sie sind *Arzt!*«

Das Gesicht Malangas blieb eine starre Maske. Die Instrumente in seinen Händen bebten nicht. Aber er trat auch nicht an Thorwaldsen heran, um mit dem Skalpell den ersten langen Schnitt in die Haut zu tun, um sie dann stückweise abzutrennen. Neben sich hörte er Budumba laut durch die Nase atmen. Er schien zu ahnen, was ihn erwartete, wenn die Rache an Thorwaldsen beendet war.

Ich bin Arzt, dachte Malanga. Ich bin mit meiner ganzen Seele Arzt, aber wer hat sich jemals um meine Seele gekümmert? In Europa hat man nur die andersfarbene Haut gesehen. Das einzige Mädchen, das ich wirklich liebte, wird mich niemals heiraten, weil ich ein Bantu bin! Überall auf dieser Welt werde ich nur ein Neger sein. Nur hier nicht, in meinem Afrika, unter meinem Volk, in der Savanne, in den Mondbergen, in den Toro-Sümpfen. Was hat das alles genutzt? Die Missionsschule, das Gymnasium, das Studium, die ärztliche Praxis, das Aufsaugen des Wissens, als sei ich ein trockener Schwamm, diese Wonne, nicht mehr dumm zu sein, sondern ein Mensch, der erkennen gelernt hat. Was hat das alles genutzt? Mein Traum von einer eigenen Praxis – vorbei. Das Häuschen am Victoria-See – vorbei. Die

Kinder, das Lachen im Garten, die Liebe Corinnas, die wie eine zweite Sonne ist, die aufgeht, wenn die andere im See versinkt – vorbei. Was ist für mich die Welt noch wert?

Ich bin Arzt... Heilen und helfen habe ich geschworen... Nun ziehe ich einem Menschen die Haut vom Körper und will, daß er vor Schmerzen wahnsinnig wird, daß sein Gebrüll den Nachthimmel aufreißt, daß vor diesem Tod der Qual sogar die Tiere flüchten... Und ich bin Arzt...

Malanga drehte sich brüsk weg und warf die Instrumente auf den Tisch zurück. Thorwaldsen schloß erschöpft die Augen. Mein Gott, ich danke dir, betete er im stillen. Ich habe mich nie um dich gekümmert, Gott... aber diesmal warst du vonnöten. Es scheint dich wirklich zu geben.

Die Stimme Malangas schreckte ihn wieder auf. Er öffnete die Augen. Es schmerzte, und erst da wußte Thorwaldsen, daß seine Augen aufgequollen waren. Er weinte.

»Beweisen Sie Haltung, Sir«, sagte Malanga starr. »Sie werden sterben auf afrikanische Art. Nicht durch moderne Instrumente. Man wird Sie draußen in der Steppe an einen Baum binden. Mit der Morgensonne kommen die Löwen... aber wem erzähle ich das. Wer kennt die Lebensgewohnheiten der Löwen besser als Sie? Ich lag in einer Fallgrube – Sie sind an einen Baum gebunden. Sie haben die gleiche Chance wie ich! Betrachten Sie das als fair, Sir?«

»Ja.« Thorwaldsen nickte mühsam. »Das ist fair, Malanga. Ich danke Ihnen.«

Malanga winkte. Die vier Bantus hoben Thorwaldsen hoch und trugen ihn aus dem Feuerkreis weg in die Dunkelheit. Irgendwo in einer Hütte banden sie ihm die Hände und Füße zusammen, bogen ihn wie einen Bogen, bis seine Fäuste an den Füßen lagen und verschnürten sie miteinander.

Noch ein paar Stunden Aufschub, dachte Thorwaldsen und drückte das Gesicht gegen die Erde. Unendliche Müdigkeit überkam ihn. Die Schwäche, die nach der Angst folgt. Ein paar Stunden... und dann die Steppe, die hungrigen Löwen, ihr Knurren, ihr unschlüssiges Herumschleichen um den Baum mit dem zappelnden Menschen, der erste Prankenhieb, nur zur Information, was danach kommt... und dann der Sprung, die Krallen, die den Körper zerfetzen, die Zähne, bluttriefend vom ersten Biß...

Thorwaldsen biß die Zähne zusammen.

Ich habe eine Chance, dachte er. Ich habe immer noch eine Chance. In der Savanne ist alles möglich. Eine Patrouille der Regierungstruppen kann kommen, ein Hubschrauber mich entdecken, die kreisenden Geier können Suchtrupps anlocken, ja, sogar die Löwen können satt sein, wenn sie vor mir eine Impala oder einen Wasserbock geschlagen haben. Alles, alles ist möglich.

Noch lebe ich! Das allein zählt jetzt.

In dem Feuerkreis, der zweitausend halbnackte, schwarzglänzende Leiber beschien, standen nun nur noch Malanga und Budumba.

Die große Stunde war gekommen. Budumbas hündische Angst war gewichen. Der uralte Trotz der Bantus stieg in ihm hoch, ein verzweifelter Mut, ein Lebenswille, der in Anbetracht seiner Lage fast schon Irrsinn war.

Malanga hielt sich nicht mit langen Reden auf. Er hob die Hand, und der letzte Laut erstarb. Es war fast, als atmeten die zweitausend Menschen nicht mehr.

»Budumba ist ein großer Zauberer«, begann er. Hinter ihm klirrten die Glasperlenketten. Dieser erste Satz verwirrte Budumba. Er schüttelte sich, als käme ein Hund aus dem Wasser. »Er hat euch von den Göttern erzählt, von dem Weg, den unser Volk gehen soll, von der Rache an den Weißen, die die Geister fordern. Ihr habt dem Zauber gehorcht... niemand kann es euch übelnehmen. Wer wußte denn von euch, daß Budumba lügt?«

»Er lügt!« schrie Budumba und sprang vor. Er tanzte um den Tisch herum mit den rhythmischen Sprüngen, mit denen er sonst die Seelen der bösen Ahnen verscheuchte. »Er lügt! Habt ihr nicht gesehen, wie die Blitze vom Himmel fielen, wie sie in meinen Händen lagen, wie sie aus meinen Händen wieder zurück in den Himmel zuckten? Habt ihr nicht gehört, wie die Donner rollten, wenn ich die Hand ausstreckte?! Die Götter sind bei mir!«

Malanga sah sich um. Er sah Hunderte von schwarzen Köpfen, die nickten. Böse, kritische Augen starrten ihn über dem Feuerschein an. Sein Feuerwerksschauspiel, dachte Malanga. Es hat einen tiefen Eindruck auf sie gemacht. Wer kann das auch verstehen. Man wirft etwas Zischendes in die Luft, dann ertönt ein lauter Knall, bunte Sterne fallen aus dem Himmel, Blitze zucken, Nebelschwaden ziehen dahin... wer fällt da nicht auf die Knie und glaubt, die Götter selbst kämen zu den Bantu?

»Ja, das hat er getan!« rief Malanga in das aufkommende Gemurmel der zweitausend glänzenden, dunklen Körper hinein. »Aber es waren nicht die Götter. Dort, woher ich komme, kann das jedes Kind. Man kann in den Geschäften die Feuerwerksraketen kaufen, ein paar Shillinge kosten sie nur. Es sind künstliche Sterne und Sonnen.«

»Lüge!« heulte Budumba. »Lüge!« Er warf die Arme empor und stieß schrille Schreie aus. Die Bantus kannten das... so verjagt man die Geister der Krankheit und des Todes. Was Malanga da sagte, waren nur Worte.

»Komm her!« Malanga griff nach Budumba und zog ihn mit einem Ruck zu sich. Seine Augen waren hart. Budumba stemmte die Beine in die Erde, aber die Kraft Malangas war jung und trainiert. Ein kräftiger Zug, und der Zauberer fiel gegen die Brust seines unerbittlichen Gegners.

»Ich werde euch einen anderen Zauber zeigen!« sagte Malanga. »Seht diese Flasche. Aus ihr gieße ich ein paar Tropfen auf diesen kleinen Ballen Baumwolle. Budumba wird an ihm riechen, und nach ein paar Sekunden wird er keine Schmerzen mehr spüren, wird sein Geist bei den Ahnen sein.«

»Ich werde nie den Äther einatmen«, zischte Budumba an der Seite Malangas. »Nie!«

»Du wirst!« Die Stimme Malangas war kalt wie Eis. »Du hast die Wahl, Nabu: dein Untergang als Zauberer – oder den Tod! Entscheide dich.«

Budumba senkte den Kopf. Was er nun auch wählte, es war das Ende. Der Tod war milde gegen ein Leben als Aussätziger des Volkes. Aber man konnte wenigstens herumkriechen, essen und schlafen, man war zwar weniger als ein Hund, doch man sah die Sonne und spürte den Wind. Jeder durfte ihn anspucken und treten, aber die Nacht war milde, gehörte ihm allein und sagte ihm: Morgen werden sie dich wieder quälen und erniedrigen, doch du lebst. Es war ein langsames Sterben...

Budumba entschloß sich, zu leben. »Nun?« fragte Malanga

leise. Er hatte unterdessen die dunkle Flasche aufgeschraubt und den dicken Watteball mit Äther getränkt.

»Eines Tages werden sie auch dich vernichten!« stammelte Budumba. »Du bist nicht der größte Herr der Welt!«

»Wer hat das je behauptet?« Malanga hielt den Wattebausch hoch in die Luft. Der Widerschein der Flammen umzuckte seine schlanke, schöne Gestalt. »Seht her!« rief er. »Was wird aus Budumba?«

Plötzlich packte er zu, ergriff Budumba, zog an den Haaren seinen Kopf nach hinten und preßte die Ätherwatte auf sein Gesicht. Instinktiv wehrte sich Budumba, trat um sich, schlug mit den Armen nach Malanga, aber der Äther wirkte schnell, die Bewegungen wurden matter, im Flug sanken die Arme herab, wurde der Körper weich, als lösten sich alle Knochen in ihm auf. Der Zauberer drehte sich, fiel in sich zusammen und rollte vor Malanga auf die Erde.

Durch die Menge der zweitausend schwarzen Bantus jenseits des Feuerringes lief ein Murmeln.

Er hat Budumba getötet. Er hat ihn mit einem Zauberwasser getötet.

Malanga schien zu ahnen, was seine Bantus dachten. Er bückte sich, stemmte den Körper Budumbas empor und legte ihn neben die Instrumente auf den Tisch.

»Er lebt«, sagte Malanga stolz. »Er wird wieder aufstehen und zu euch kommen, wenn ich es will. Nur ich allein kann es bestimmen. Doch das ist nicht alles, Freunde: Ich kann mit ihm machen, was ich will. Er wird keine Schmerzen haben. Ich kann ihm ins Fleisch schneiden, ich kann ihm ein Bein abtrennen, einen Arm, die Brust aufspalten und sein Herz herausnehmen, ich kann ihm Wunden beibringen, überall ... er wird keinen Ton sagen, er wird nichts spüren, er wird nichts davon wissen.« Malanga ergriff ein großes, blinkendes Messer und hob es hoch. Die zweitausend Bantus schienen mit den Zähnen vor Erregung zu knirschen, ein merkwürdiger Laut flog zu Malanga in den Feuerkreis, ein Geräusch, das ihm zeigte, wie sehr sein »Zauber« das Volk ergriff.

Ohne Zögern setzte er das Messer an und schnitt tief in die Oberschenkelmuskulatur Budumbas. Das war ein ungefährlicher Schnitt; es blutete stark und wirkungsvoll, aber verletzte nur das Fleisch. Eine Narbe blieb zurück, das war alles.

Als er das Messer ansetzte, als das Blut über das Bein Budumbas strömte, ohne daß dieser sich rührte, aufbrüllte oder sich wehrte, schrien die zweitausend Bantus auf und warfen die Arme in den Nachthimmel.

Welch ein Wunder. Welch unbegreifliches Wunder!

Ein Mensch wurde aufgeschnitten und spürte dennoch keine Schmerzen!

Malanga kümmerte sich nicht mehr um sein Volk. Der große Zauber war getan, nun war er nur noch Arzt. Er drückte blutstillende Watte auf die Wunde, nahm seinen chromglitzernden Kasten aus der Tasche, in der die sterilen Nadeln und Fäden lagen, und begann, schnell, wie er es tausendmal in Europa getan hatte, den langen Schnitt zu vernähen. Dann wickelte er einen Verband um den Oberschenkel, kontrollierte schnell die Reflexe, hob die Augenlider des Betäubten hoch und drückte noch einmal kurz die mit Äther getränkte Watte gegen die Nase Budumbas.

Dann winkte er. Zögernd kamen vier Bantus in den Kreis, hoben den entthronten Zauberer vom Tisch und trugen ihn weg zu seiner Hütte. Dort warfen sie ihn wie ein Stück Abfall in die Ecke, traten sogar nach ihm und kehrten zum Feuerplatz zurück.

Die zweitausend Bantus lagen auf der Erde, die Stirn gegen den Boden gedrückt. Allein Kwame Kirugu, der König, kam langsam zu Malanga, der unbeweglich neben seinem Tisch stand. Das weiße Tischtuch war nun rot vom Blut.

»Ich danke dir«, sagte Kirugu und gab Malanga die Hand. »Das Volk gehört dir. Was willst du nun tun?«

»Ich führe euch in die Berge«, sagte Malanga mit seltsam tonloser Stimme. »Ich zeige euch euer neues Land. Ihr werdet dort zu essen und zu trinken haben. Wir werden Dörfer gründen und Produktionsgemeinschaften. Ihr werdet Hygiene lernen und ein vernünftiges Leben. Die Kinder werden nicht mehr sterben, die Frauen nicht krank werden, die Männer werden älter werden. Ich werde Missionare in das Land holen, es werden Schulen entstehen, ein Krankenhaus, Pflanzungen nach genauen Plänen. Man wird arbeiten mit Sinn und Verstand. Mehr brauchen wir nicht, um glücklich zu sein. Das Paradies ist um uns, man muß es nur erkennen. In zehn Jahren sind wir ein reiches Volk.«

»Und du wirst ihr König sein!« sagte Kirugu feierlich. Er hielt Malanga den Löwenhaarwedel hin, als sei es ein Zepter. Malanga schüttelte langsam den Kopf.

»Nein, Kwame«, sagte er mit belegter Stimme. »Wenn wir in den Bergen sind, wenn die ersten Missionare kommen, die ersten Ingenieure, die jungen Ärzte, die von Europa unterwegs sind, werde ich gehen. Ich werde dir meine Pläne geben.«

»Das ist unmöglich.« Kirugu starrte Malanga entsetzt an. »Unser Plan von einem mächtigen Bantureich...«

»Ein Hirngespinst von Budumba. Die Völker können nur glücklich sein, wenn sie miteinander leben, zusammenarbeiten für den Frieden, sich ergänzen und gegenseitig schützen. Herren und Sklaven, ob weiß oder schwarz – das ist vorbei. Wir werden mit unserer Umwelt Frieden machen, wenn wir den Platz erreicht haben, auf dem wir leben können.«

»Und du?« Kirugu umklammerte die Schulter Malangas. Es kam ihm vor, als verfalle er sichtlich, würde kleiner, schrumpfe zusammen. »Malanga... wo willst du denn hin?«

»Irgendwohin.« Malanga sah Kirugu aus unendlich traurigen Augen an. »Wo man mich nicht kennt, wo keine Erinnerungen sind... vielleicht nach Amerika... auf irgendeine Insel in der Karibik... nur weit, weit weg... Ich bin an einer weißen Frau zerbrochen, Kirugu. Ich bin einfach ausgebrannt.«

»Ich werde sie töten!« knirschte Kirugu. »Ich werde ihren weißen Körper vor dich hinlegen, damit du siehst, was von ihr übriggeblieben ist. Das wird dich heilen, Malanga.«

Er wollte weglaufen und seine Krieger rufen, aber Malanga hielt ihn fest. »Nicht du!« sagte er so heiser, daß man ihn kaum verstand. »Nur ein einziges Mal noch, nur ein paar Minuten will ich so sein, wie man uns sieht... der aus der Urzeit nie entwachsene, der grausame, blutgierige, rachsüchtige, entmenschte Neger... Sie sollen ihren Willen haben. Sie sollen an ihrer Blindheit, ihrem Stolz, ihrer Verachtung allen Farbigen gegenüber zugrunde gehen.«

Kirugu wich zurück. Die Augen Malangas glühten. Er hatte plötzlich Angst vor seinem Neffen. Das ist kein Mensch mehr, durchrann es Kirugu heiß. Das ist nicht mehr Malanga.

Dort steht ein Urwelttier. Eine gnadenlose Maschine. Ein Räderwerk der Rache.

Langsam verließ Kirugu, rückwärts gehend, den Feuerkreis.

Zögernd hoben die Bantus den Kopf, standen auf, starrten auf den großen Malanga und warteten. Als sich die weiße Gestalt inmitten der Feuer nicht rührte, so, als sei sie festgewachsen im Boden, gingen sie mit hängenden Köpfen auseinander. Sie krochen in ihre Hütten, rollten sich auf die Lager und brauchten lange, um einzuschlafen. Das Bild des blutenden Budumba, der keinen Laut von sich gab, lag auf ihren Seelen.

Nur die Wachen umkreisten das riesige Lager, die Späher durchstreiften die Savanne, tief gestaffelt lagen die Kompanien der Krieger in Erdhöhlen und improvisierten Bunkern. Vor ihnen brannten am Horizont die Lagerfeuer der Regierungstruppen.

Der große Kampf um die Freiheit begann erst.

Malanga stand allein auf dem Platz, bis die Feuer niedergebrannt waren. Er starrte in die glühenden Aschenhaufen.

Ich werde sie nie töten können, dachte er. Nie! Warum bin ich kein weißer Mann, Corinna... Warum muß ich an dieser Liebe zugrunde gehen... Wenn es möglich wäre, Corinna, würde ich mir die schwarze Haut abziehen und eine weiße Haut transplantieren lassen. Ich würde damit kein anderer Mensch, doch ich wäre weiß... weiß... Aber es geht nicht...

Er sah in die niedergebrannten Feuer, und er war in diesen Stunden der verzweifeltste und einsamste Mensch auf der Welt.

Unterdessen hatte Oberst McCallen die kleine Armee Ugandas indirekt unter seinen Befehl genommen. Der General unterzeichnete zwar die einzelnen Anordnungen, besichtigte die neu aufgestellten Kompanien und die umorganisierte Spezialtruppe, die aus Fallschirmjägern und im Buschkrieg geschulten, eiskalten Burschen bestand, aber hinter allem stand McCallen, unsichtbar, anonym, ein schneller Organisator, der den eingeborenen Offizieren mit geradezu perverser Freude zeigte, daß weißer Geist und weiße Logik doch nicht einfach zur Seite zu schieben seien. Wohl waren alle Offiziere damals in der britischen Armee geschult worden, aber sie hatten nur schießen und marschieren gelernt, grüßen und Ordnung, Waffenreinigen und sich eingraben. Von Taktik hatten sie bloß am Rande gehört.

Auch jetzt behielt McCallen die Logik für sich. Ein paarmal

fragten die farbigen Offiziere, warum er dies oder jenes anordne, warum er die Kompanien auflöste und Kampftruppen bildete. Sie bekamen immer die Antwort: »Es hat alles seinen Sinn, meine Herren.«

So zog sich nach einigen Tagen ein Ring um das Volk der Bwambas, unauffällig, aber undurchbrechbar. Fallschirmjäger wurden aus Hubschraubern im Rücken der Bwambas abgesetzt und blockierten die Wege, die in die Ruwenzori-Berge führten. McCallen jagte die Truppen von den normalen Straßen weg, wo sie an den Seiten herumlungerten und warteten, daß die Bantus ihnen in die Arme liefen... er schickte die Trupps, jeden mit Maschinengewehren, Gewehrgranaten und einem Minenwerfer, auf den unwegsamsten Negerpfaden und Tierwechseln in die Wildnis und ließ sie dort Lager errichten. »Kein Feuer!« befahl er. »Wenn es nachts kalt wird, wärmt euch Arsch an Arsch! Das ganze Gebiet zum Ruwenzori muß aussehen, als sei es unbewohnt! Wenn ich ein Flämmchen sehe, kastriere ich euch!«

Von Süden und Osten her schoben sich die Kommandotrupps an die Vorposten der Bwambas heran. Ab und zu überflogen die Hubschrauber die Gebiete, fotografierten die gegnerischen Stellungen und beschossen einzelne Bwambas, die auf Fleischjagd gingen.

In seinem Hauptquartier in Fort Portal betrachtete McCallen die Flugaufnahmen durch eine starke Lupe. Mit einem roten Fettstift malte er einige Kreise auf die Fotos. Die farbigen Offiziere, die ihm zusahen, staunten. Für sie war nur Steppe auf den Bildern. Hohes Gras, Baumgruppen von Euphorbien und Leberwurstbäumen, Hügel, Niederungen und Flußläufe mit verfilztem Regenwald.

»Man merkt, daß ein geschulter Kopf bei ihnen ist«, knurrte McCallen und schob die Fotos weg. »Sie graben sich ein. Sie haben Erdbunker. Und genau an den Stellen, wo sie die Savanne überblicken können. Aber warum gehen sie in die Erde? Sie wollen doch in die Berge ziehen! Wer sich eingräbt, wandert nicht!«

Er betrachtete wieder die Fotos und schüttelte den Kopf. Verrückte Erinnerungen tauchten auf an den letzten, großen Krieg. Die Kamikaze-Flieger Japans, die sich mit Flugzeug und Bombe auf die Ziele stürzten und sich selbst opferten. Die Einmann-Torpedos. Die Todeskommandos, die einen Brückenkopf bis zum letzten Mann verteidigten. Die Kommandotrupps, die hinter den feindlichen Linien absprangen und den Nachschub sprengten. Sollte Malanga auch diese Todestruppen aufgestellt haben? Blieben diese Bunkerstellungen so lange besetzt, bis das Gros der Bwambas in den Bergen war, in der Sicherheit der Felsen und Schluchten, der Urwälder und Lianendickichte? Alles deutete darauf hin.

»Es wird ein verdammt harter Kampf werden«, sagte McCallen ehrlich. »Wir haben einen Gegner vor uns, der sich außer für Medizin auch für Kriegsgeschichte interessiert haben muß. Die einzige Möglichkeit, die ganze Sache in den Griff zu bekommen, ist, den Weg zu den Bergen abzuschneiden. Wir werden die Bunkerwachen leerlaufen lassen. Ein paar Stoßtrupps sollen besonders laut knallen, damit sie glauben, die ganze Armee läge ihnen gegenüber. Wir werden alles, was wir an freien Truppen haben, nach Westen werfen. Aber dieser Riegel muß sitzen!«

Und er saß.

Der Weg zu den Mondbergen, zur Sehnsucht der Bwambas, war geschlossen. Drei Regimenter wurden dort abgesetzt. Mit dem einzigen überschweren Hubschrauber wurden sogar leichte Feldgeschütze in den Rücken der Bantus gebracht.

»Und jetzt Ruhe!« befahl McCallen, als der schwarze General, fiebernd nach Sieg und Gloria, losschlagen wollte. »Keinen Mucks! Sie sollen erst marschieren. Wir machen die Falle ganz weit auf, und wenn sie drin sind, lassen wir sie zuschnappen! Nur Ruhe... sie kommen von ganz allein...«

In Fort Portal waren unterdessen die aus dem Sumpf befreiten weißen Gefangenen eingetroffen. Lastwagen brachten sie in die Stadt, wo sie in ausgeräumten Schulen und Lagerhäusern untergebracht wurden. Ein Teil der Frauen und Kinder wurde in das Krankenhaus gefahren. Sumpffiebersymptome zeigten sich bei einigen. Viele der Frauen litten unter dem Schock, den die grauenhaften Tage bei ihnen ausgelöst hatten. Die meisten Kinder waren erkältet, eine Folge der Sumpfwanderung und der ewigen Nässe.

Pater Fritz hatte viel zu tun, betete an den Betten, sprach seine Erlebnisse auf Tonband und wurde von McCallen empfangen. Vor ihm aber war schon Ingeborg Kraemer bei McCallen gewesen und hatte einen wilden Tanz aufgeführt.

»Sie haben die gesamte Familie Sander als Geiseln mitgeschleppt!« schrie sie. »Man hat mir gesagt, daß Sie die Aktionen leiten...«

»Woher wissen Sie das?« unterbrach sie McCallen.

»Ich bin Journalistin.«

»Mir bleibt auch nichts erspart.« McCallen sah an die Decke. »Sie waren auch im Sumpf?«

»Natürlich.«

»Und die Bwambas haben Ihnen kein Haar gekrümmt?«

»Nein.«

»Verständlich! Wer einen Journalisten frißt, muß einen eisernen Magen haben.«

Verständnislos für den britischen schwarzen Humor starrte Ingeborg Kraemer den pfeiferauchenden McCallen an. »Verstehen Sie nicht...«, stammelte sie. »Sie haben die Familie Sander bei sich...«

»Das kann ich nicht ändern.«

»Mein Verlobter ist dabei!« schrie Ingeborg auf. »Sie haben die Pflicht, sie zu befreien!«

»Ich habe die Pflicht, für Ordnung im Lande zu sorgen. Für eine haltbare Ordnung. Dafür gibt es bestimmte Pläne, und die kann ich nicht umstülpen, nur weil die Familie Sander bei den Bwambas ist.« Der Ton McCallen wurde militärisch knapp. »Miß Kraemer, es ist schrecklich, aber ich kann die gesamte Taktik nicht wegen ein paar Menschen ändern. Sie müssen das einsehen.«

»Einsehen? Einsehen, wie drei Menschen geopfert werden?« Ingeborg Kraemer schwankte. Ein farbiger Boy, der McCallen gerade den Tee servierte, schob ihr einen Stuhl unter.

»Vier!« sagte McCallen ruhig. »Ein Thorwaldsen ist auch noch dabei.«

»Sie wissen also alles?« stammelte Ingeborg.

»Halten Sie mich bitte nicht für einen kleinen Idioten, Miß Kraemer.« McCallen goß sich den Tee ein und füllte auch eine zweite Tasse, die er Ingeborg zuschob. »Mike Harris hat mir alles erzählt. Ich weiß, Sie kennen Mike Harris nicht, aber ich kenne ihn um so besser. Wir haben Thorwaldsens Landrover im Busch gefunden. So ganz nebenbei ist auch noch ein Hubschrauber abgeschossen worden. Die Geschoßeinschläge sind hochinteressant. Neben einem Militärgewehr muß man auch mit einer Jagdbüchse auf den Hubschrauber geschossen haben. Rätselhaft, was? Es sind da überhaupt viele Rätsel. Schon die Rundreise dieser Miß Corinna Sander mit diesem Höllenhund Malanga... was soll das? Mike berichtete, Malanga habe ihr versprochen, die beiden Geschwister zu befreien. Das ist doch Blödsinn! Als wenn Malanga drei Kronzeugen laufen läßt!« Er trank in kleinen, schnellen Zügen den Tee aus und drückte die Glut im Pfeifenkopf herunter. »Ich kann im Augenblick gar nichts tun, Miß Kraemer.«

»Sie könnten mit Fallschirmjägern die Sanders befreien.« Ingeborg Kraemer zitterte vor Erregung. »Sie könnten das gleiche tun wie damals die Belgier im Kongo. Auch da wurden durch die Fallschirmjäger Hunderte von Weißen gerettet.«

»Die Situation war anders.« McCallen sah dem Pfeifenrauch nach. »Die Sanders befinden sich in der Mitte von über zweitausend gut bewaffneten Bantus. Was nützt da eine Kompanie aus der Luft? Man würde sie an den Fallschirmen abknallen, bevor sie überhaupt zur Erde kommen. Im Kongo war die Landung ein Schock. Als die Weißen vom Himmel fielen, liefen die Simbas weg. Ihnen fehlte die straffe Führung. Aber die Bwambas haben sie, Miß Kraemer. Erst Budumba, jetzt Malanga. Beide haben den Bantus die Angst vor dem Sterben genommen. Wissen Sie, was das bedeutet? Wenn wir das Lager stürmen, verliere ich eine ganze Kompanie... um vier Tote zu erobern.«

»Tote?« Ingeborg Kraemer faßte sich ans Herz. Sie taumelte im Sitzen. »Oberst...« Ihre Stimme brach in einem Schluchzen. McCallen schob die Unterlippe vor. Es hatte keinen Sinn, drumherum zu reden.

»Glauben Sie wirklich, daß sie noch leben?« Seine Stimme war plötzlich väterlich und mitfühlend. »Spätestens beim ersten Fallschirm leben sie nicht mehr. Ich kenne die Grausamkeiten Afrikas, ich lebe seit über dreißig Jahren hier... Es ist furchtbar, so hilflos zu sein. Ich weiß es.«

Wie eine Schlafwandlerin verließ Ingeborg Kraemer das Zimmer McCallens. Ihre Augen waren weit und leblos.

Ich sehe Robert nie wieder. Ich sehe ihn nie wieder. Nie... nie... dachte sie. Und die Welt wird sich weiterdrehen ohne ihn. Was ist schon ein einzelner Mensch wert...

Vor der Tür McCallens fiel sie ohnmächtig zusammen.

Zwei Tage lebten Corinna Sander und ihre Geschwister in völliger Ungewißheit. Ob Thorwaldsen getötet worden war, ob Malanga wirklich das Furchtbare wahrgemacht hatte und ihm die Haut abgezogen hatte, was nun mit ihnen selbst geschehen sollte... es war ein bedrückendes, niederschmetterndes Warten auf die Wahrheit.

Malanga ließ sich nicht mehr sehen. Täglich dreimal brachten die Bantus das Essen in die Hütte und nahmen die großen Kalebassen – ausgehöhlte riesige Flaschenkürbisse, die als Gefäße dienten – mit, in die die Sanders ihre Notdurft verrichten mußten.

Auf alle Fragen Roberts und Corinnas blieben die Bantus stumm. Sie stellten das Essen hin, nahmen die Wünsche schweigend entgegen und verließen die Hütte, die von außen abgeschlossen wurde. Am zweiten Tag sagte Corinna:

»Ich möchte Dr. Malanga sprechen! Sagt ihm, daß es wichtig ist.« Die Bantus schwiegen wie bisher, zeigten keinerlei Regungen, räumten die Essensreste vom Vortag weg und fegten mit einem Reisigbesen die Hütte aus. Corinna stellte sich ihnen in den Weg. »Sagt ihm«, schrie sie plötzlich, »daß ich die Hütte anzünde, wenn er nicht kommt! Habt ihr verstanden?!«

Die Wächter kehrten weiter, kamen mit neuen Kalebassen und schlossen dann das geflochtene Gefängnis wieder ab.

»Versprichst du dir etwas davon?« fragte Robert. Er kaute an einem Stück kalten Rinderbraten. »Was willst du ihm überhaupt sagen?«

»Daß ich ihn nicht verstehen kann.«

»Ich nehme an, das weiß er.« Robert trank aus dem Blechbecher das gefilterte Wasser, das man ihnen jeden Morgen in einer kleinen Kalebasse brachte. Es war gut gekühlt und erfrischte köstlich, wenn am Tage die unbarmherzige Sonne die Temperatur im Inneren der Hütte auf über 40 Grad ansteigen ließ. Dann lagen Gisela und Corinna, nur mit Büstenhalter und Höschen bekleidet, auf der kühlenden Erde, während Robert nackt bis auf eine knappe Unterhose an der geflochtenen Wand hockte.

»Hast du Malanga jemals die Gelegenheit gegeben, zu glauben, daß du ihn liebst?«

»Nein.« Corinna strich sich die blonden Haare aus dem schwitzenden Gesicht. »Wir waren gute Freunde. Er sieht gut aus, unbestritten, er ist klug und mutig, er ist gar nicht der Typ des ostafrikanischen Negers... das alles sagte ich mir damals auf der Hotelterrasse in Kampala und war nett zu ihm. Außerdem versprach er mir, mich zur Farm zu bringen. Ich wußte ja nicht, was mit euch geschehen war. Alle offiziellen Stellen mauerten sich zu. Sogar die deutsche Botschaft wußte von nichts und mußte sich auf die Lügen des Ministeriums verlassen. Ich glaube, bis heute weiß die Welt noch nicht, was hier in Toro passiert. Überall hieß es: Eine Seuche grassiert in diesem Gebiet. Riesige Buschbrände, Heuschreckenschwärme. Nur von Bwambas wurde kein Wort gesagt. Und da kam dieser Dr. Malanga und erbot sich, mich nach Kitumba zu euch zu bringen. Wer sagt da nein?«

»Und dann?« fragte Robert Sander.

»Dann fuhren wir tagelang auf Schleichwegen durch die Savanne, bis Thorwaldsen zu uns stieß. Vorher begruben wir Vater und Mutter... sie lagen noch so in den Trümmern, wie man sie zerhackt hatte. Da sie im Inneren des Hauses waren, kamen die Geier nicht an sie heran. Aber die Arbeiter...« Corinna senkte den Kopf. Das Bild des Grauens stieg wieder vor ihr auf und das Versprechen Malangas: Ich werde die Schuldigen zur Rechenschaft ziehen! Wer ahnte damals, wer Malanga wirklich war?

»Und er hat nie mit dir über seine Liebe gesprochen?«

»Nie.«

»Hast du es nicht gemerkt?«

»Manchmal... ja, da war ich unsicher. Er sah mich manchmal lange an, wenn er glaubte, er sei unbeobachtet. Aber dann sagte ich mir immer: Das ist unmöglich. Er weiß es genausogut wie du, daß es unmöglich ist. Er ist viel zu intelligent, um sich Hoffnungen zu machen. Es wäre ja auch absurd...«

»Du hast seinen Stolz vergessen, Corinna.« Robert nahm wieder einen Schluck Wasser. »Du hast ihn immer in der Hoffnung gelassen, daß er dir nicht gleichgültig ist. Du hast in ihm die Sehnsucht wachgehalten. Das kann er nie vergessen.«

Corinna nickte. »Ich sehe das jetzt alles ein. Wer denkt an diese Probleme, wenn er durch die Steppe fährt, um seine verschleppten Geschwister zu suchen? Für mich war die Hauptsache, euch zu finden. Darum will ich ja auch mit Malanga sprechen. Ich muß ihm alles erklären...«

»Ich glaube nicht, daß er jetzt noch Erklärungen annimmt.« Robert und die beiden Mädchen lauschten nach draußen. Lärm und Motorengebrumm klangen zu ihnen herein, eine Kompanie rückte ab nach Westen. Späher hatten gemeldet, daß Fallschirmjäger auf dem Weg zu den Ruwenzori-Bergen gelandet seien. Wie in einem Generalstab hatte Malanga auf den großen Spezialkarten, die er in London gekauft hatte und die nun auf einem langen Tisch ausgebreitet in der Königshütte lagen, den Einsatz seiner Truppen eingezeichnet und verschob sie nun. Aus Kampala hatte er Funkgeräte mitgebracht, die nun den Truppenführern der wichtigsten Einheiten zur Verfügung gestellt wurden. Die Trommelsignale gehörten der Vergangenheit an. Nun zirpte es auch bei den Bwambas durch den Äther, wurden die Stoßtrupps blitzschnell hin und her dirigiert. McCallen bekam es zu spüren: Ein Zug Fallschirmjäger lief in eine Falle und wurde vollständig vernichtet. Knirschend malte er auf seiner Karte ein dickes Kreuz auf dieses Gebiet.

»Sie rücken ab«, sagte Robert an der Hüttenwand. »Das Lager löst sich auf.« Er sah auf seine beiden Schwestern, und diese verstanden seinen stummen Blick.

Das Ende. Wieviel Stunden noch Leben?

»Wir müssen tapfer sein«, sagte Robert mit erstickter Stimme. »Denken wir an Vater und Mutter, dann geht es leichter... Glauben wir daran, daß wir sie in der anderen Welt wiedersehen. Mehr kann ich euch nicht sagen.«

Die Mädchen ergriffen sich bei den Händen und warteten. Gisela weinte leise vor sich hin. Da umfaßte Corinna sie, drückte sie an sich und streichelte ihre Haare. So hatte es Mutter immer getan.

Und die Stunden vergingen... Stunden, die wie Jahre waren...

Den ganzen Tag über rückten Kolonnen aus dem Lager ab. Aber andere kamen auch zurück. Sie berichteten von großen Massierungen der Regierungstruppen im Osten. Pausenlos griffen sie die Bunker in der Savanne an. Sie erreichten wenig damit, die Erdstellungen waren gut ausgebaut, aber trotzdem forderten die Bwambas Verstärkungen an, vor allem einige der eroberten Granatwerfer. Die List McCallens, Malangas Hauptmacht an der falschen Stelle zu binden, schien zu gelingen.

Malanga konnte selbst nicht entscheiden, er war mit seinem

Jeep unterwegs zum Kampfgebiet im Westen, wo die Fallschirmjäger den Weg zu den Mondbergen abriegeln wollten. Ein Hauptmann, früher Feldwebel in der Uganda-Armee und auch ein Bwamba, hatte den Befehl über die zurückgebliebenen anderen Truppen übernommen. Er war unschlüssig, wollte nichts ohne Malanga entscheiden und schickte nur hundert Krieger in die Bunkerstellungen. So wurde es möglich – aus Angst vor der Verantwortung –, daß McCallens Plan nur einen halben Erfolg hatte. Die Mehrzahl der Bantus machte sich nach Westen auf. Die Mondberge mußten erreicht werden, und wenn der Weg mit Toten gepflastert würde. In den Bergen war die Freiheit, kamen Waffen aus dem Kongo, warteten an der Grenze Lastwagenkolonnen mit Nachschub, die auf gefährlichen Schleichpfaden über die Felsen zu den Bwambas gebracht werden sollten.

Am Abend öffnete sich die Hüttentür, und zu den Sander-Geschwistern schlüpfte eine Gestalt herein. Zunächst erkannte niemand den halbnackten, schmucklosen Bantu, der nur eine dreckige Khakishorthose trug und dessen Oberkörper mit Striemen bedeckt war, als habe man vor kurzem Peitschen an ihm ausprobiert. Doch dann schrie Gisela auf und flüchtete an die hinterste Wand der Hütte. Robert und Corinna bauten sich vor ihr auf, eine lebende Wand, zu allem entschlossen.

»Budumba ...«, wimmerte Gisela in höchster Angst. »Es ist Budumba ... Ich will nicht ... Bringt mich vorher um!«

Budumba stand in der Mitte der Hütte, ein entehrter, entmachteter, getretener Mensch; Abfall, der unter einem Blätterdach am Rande des Lagers hauste und den jeder anspuckte, der an ihm vorbeiging.

»Keine Angst«, sagte Budumba leise. »Hören Sie mit Schreien auf, Miß Sander. Ich komme als Freund.«

»Sie – als Freund?« sagte Robert bitter.

»Malanga ist mit den Truppen voraus. Kirugu bricht gerade seine Hütte ab. Wir sind allein. Ich habe noch ein paar Freunde, die an mich glauben und die mir helfen ... Vertrauen Sie mir. Ich kann Sie wegbringen lassen.«

»Sie? Der gemeinste Hund, den ich kenne?« Robert trat an Budumba heran. Einen Augenblick lang war er bereit, blitzschnell die Hände um den Hals des Bantus zu werfen und ihn zu erwürgen. Aber dann siegte die Klugheit. Wem nützte Budumbas Tod? Selbst Malanga hatte ihn leben lassen; die Jammergestalt am Rande des Volkes war ein größerer, immer gegenwärtiger Triumph als eine Leiche, von der nach vier Stunden die Geier nur das Gerippe übrigließen. »Was wollen Sie von uns?« fragte Robert hart.

»Ich habe alles organisiert. Dreihundert Meter weiter wartet ein Jeep auf Sie. Er ist vollgetankt und mit allem beladen, was Sie brauchen. Auch zwei Gewehre liegen auf den Sitzen. Wasser ist genug in den Kanistern. Ich führe Sie in der Nacht hin, und Sie können wegfahren.«

»Das ist doch eine Falle, Budumba«, sagte Robert, schneller atmend. »Wenn wir vor dem Wagen stehen, erschießt man uns von hinten. Flucht ist ein guter Grund...«

»Was habt ihr mit Thorwaldsen gemacht?« rief Corinna. »Hat Malanga ihn getötet?«

»Mr. Thorwaldsen lebt in einer Hütte dreißig Meter entfernt von hier. Es geht ihm gut. Ich war schon bei ihm. Er hat zugesagt.«

Robert drehte sich zu seinen Schwestern um. Sein Blick war eine stumme Frage: Wollen wir es wagen? Wollen wir Budumba vertrauen? Und wenn es doch eine Falle ist...

»Es kürzt den Prozeß nur ab«, sagte Corinna starr, die die gleichen Gedanken hatte. »Es ist besser, als wie ein räudiger Hund erschlagen zu werden.«

»Wir sind bereit.« Robert wandte sich wieder zu Budumba. »Warum tun Sie das, Budumba? Woher diese plötzliche Menschenfreundlichkeit?«

»Fragen Sie nicht, Mr. Sander.« Budumbas Gesicht war verschlossen. »Um Mitternacht hole ich Sie ab.«

Wie ein Schatten verschwand er wieder aus der Hütte.

Die Stunden bis zum Wiedererscheinen Budumbas wurden noch länger als das vorherige Warten auf die Rache Malangas. Da sie keine Uhr mehr hatten, war auch das Gefühl für die Zeit verkümmert. Wie lange dauerte eine Minute? Wie endlos ist eine Stunde? Wieviel Uhr ist es überhaupt?

Endlich schwang die Tür wieder auf. Budumba stand, gegen den helleren Nachthimmel deutlich sichtbar, im Eingang und winkte stumm.

Noch einmal zögerte Robert. Was war außerhalb der Hütte? Wirklich die rätselhafte Freiheit – oder der Tod?

»Kommt!« sagte er dann rauh und faßte Corinna und Gisela

unter. »Kopf hoch. Was auch kommt, die Sanders sind keine Feiglinge.«

Aber nichts geschah, als sie aus der Hütte traten. Budumba war allein, die Wachen schienen sich verkrochen zu haben.

Ungefähr vierhundert Meter gingen sie stumm hinter Budumba her durch die Savanne, bahnten sich einen Pfad durch das hohe Elefantengras. Dann blitzte kurz eine Taschenlampe auf, sie traten auf einen Pfad, und hier stand der versprochene Jeep. Eine Gestalt, die hinter dem Steuer hockte, sprang auf die Erde.

Thorwaldsen.

»Mein Gott, Sie leben!« schrie Corinna auf. Sie umarmte Thorwaldsen und merkte gar nicht, daß er sie küßte, so erschüttert war sie.

»Keine langen Reden«, sagte Thorwaldsen energisch. »Einsteigen und ab. Zu Erklärungen haben wir später viel, viel Zeit. Erst einmal Staub zwischen uns und die Bantus!« Er wandte sich an Budumba, der still neben dem Pfad stand. »Und du, du Rabenaas, willst doch hoffentlich keinen Dank. Warum du das getan hast, weiß der Teufel! Los! Einsteigen!«

Er schwang sich hinter das Steuer, ließ den Motor an, und es war ein herrlicher Klang. Freiheit... Freiheit... Leben tuckerte die Maschine. Es war ein Ton, der die Seele aufriß.

Der Jeep machte einen Satz nach vorn, als Thorwaldsen die Kupplung losließ, hüpfte über den unebenen Boden, war nach wenigen Sekunden in der Dunkelheit der Nacht verschwunden. Budumba blieb stehen und starrte in die Finsternis, aus der noch das Motorengebrumm zu ihm herüberflog.

Das trifft Malanga mehr als alle Niederlagen, dachte er, das wird ihn vernichten. Das raubt ihm die Kraft. Er hat mich zu einem Hund gemacht... damit mache ich ihn zu einem irren Trottel! Er wird ihr nachlaufen, er wird sein Volk vergessen, und die große Zeit Budumbas wird wiederkommen.

Fahrt, ihr Weißen. Fahrt!

Je weiter ihr kommt, um so armseliger wird Malanga sein...

Gegen Morgen funkte Kirugu die Nachricht zur II. Kompanie, wohin Malanga unterwegs war. Budumba selbst hatte die leere Hütte gemeldet.

»Corinna und die anderen sind entflohen«, tickte es in den Morgenhimmel.

Malanga schaltete das Funkgerät ab und senkte den Kopf. Sein Gesicht war eine Maske aus schwarzem Eisen. Sein Herz schlug wie wild.

»Umdrehen!« sagte er zu seinem Fahrer. »Zurück!«

Während der Wagen den Weg zurückraste, in der gleichen Spur, die er bei der Hinfahrt durch die Steppe geschlagen hatte, lehnte sich Malanga zurück und schloß die Augen. Die geballten Fäuste lagen in seinem Schoß.

Ich werde sie jagen, dachte er. Ich werde sie bis ans Ende der Welt jagen.

Die Rückkehr Malangas in das Hauptlager war wie ein heißer Sturm.

Ein großer Teil der Bwambas war bereits in langen Kolonnen auf dem Weg zu den Mondbergen, das Königszelt war abgebrochen, Kirugus tragbarer Thron neu gebaut, im Osten standen die Kompanien in ständigem Kampf mit beweglichen Truppen der Regierung, die nach einem neuen Verfahren, das McCallen ausgearbeitet hatte, wie Insekten plötzlich auftauchten, die Erdbunker mit Granatwerfern beschossen und dann wieder im Busch verschwanden, ohne den Versuch zu unternehmen, die Bunker auch zu stürmen. Die Besatzungen funkten daraufhin verzweifelt nach Verstärkungen. Genau das wollte McCallen. Eine Schwächung der Westfront, wo seine versteckten Fallschirmjäger die Masse der Bwambas erwarteten.

Kirugu kam Malanga entgegen, als dessen Jeep mit knirschenden Bremsen hielt. Aber er kam nicht dazu, etwas zu sagen. Der Anblick Malangas war zu schrecklich. Sein schwarzes, ebenmäßiges, schönes Gesicht war nun rotgelb mit Staub überzogen, aus dem die Augen hervorglühten, als seien sie glimmende Kohlenstücke. Mit bloßen Händen, die Finger gespreizt, kam er auf Kirugu zu.

»Wo ist Budumba?« fragte er. Auch seine Stimme hatte sich verändert. Sie war rauh, wie über rostiges Blech gehaucht. Kirugu zog die Schultern hoch. Er war ein alter Mann, er lebte nur noch für sein Volk. Was jetzt hier geschehen würde, wollte er weder hören noch sehen. Es war die Abrechnung zwischen zwei Menschen, für deren Haß es auf dieser Welt keinen Platz mehr gab.

Stumm zeigte Kirugu nach hinten in das Gewirr der eingerissenen Hütten und die Berge von zurückgelassenem Unrat. Malanga nickte und ging weiter. Der Jeep blieb mit laufendem Motor stehen. Ein kurzer Aufenthalt, dachte Kirugu. Als wenn ein Mann schnell einen Becher Wasser trinken muß. Schaudernd hob er die Schultern noch höher und entfernte sich schnell zu der Kolonne, die um seinen tragbaren Thron stand.

»Was steht ihr herum?« brüllte er, als er die Gesichter der Männer sah, die Malanga nachstarrten. »Ist alles bereit? Können wir abrücken?«

»Du kannst dich setzen, großer Kirugu«, antwortete der Kommandeur der Königstruppe, zweihundert ausgesuchte Bantus, groß, kräftig, die besten Männer des Stammes. Er reichte Kirugu die Hand, und dieser stieg auf die Sänfte, setzte sich in den geschnitzten Stuhl und hielt sich an den Seitenlehnen fest, als die acht Träger das Gestänge gleichmäßig, mit einem dumpfen Anfeuerungsruf, auf die nackten Schultern hoben.

Kirugu wandte den Kopf zu den Mondbergen. Er wollte nicht sehen, was dort zwischen den Hütten geschah. »Los!« kommandierte er. Dann lehnte er sich zurück, schloß die Augen und genoß das leise Schaukeln seiner Thronsänfte. Um ihn herum tappten zweihundert Krieger, knirschte der Steppenboden unter vierhundert nackten, schwarzen Füßen. Vor ihm zogen in drei Kolonnen, wie drei riesige Schlangen, die Bwambas durch das hohe Elefantengras. Ein Volk war im Aufbruch, ein Volk sah von ferne, im weißblauen Licht gleißender Sonne seine neue Heimat.

Die Wälder, ein Reichtum ohnegleichen, wenn man die Schätze zu erkennen und zu verwerten versteht.

Die Berge mit ihren fruchtbaren Tälern und Hochebenen.

Die Felsen, natürliche Festungen gegen alle Feinde.

Und über allem, in den Wolken und im ewigen Schnee, die Götter.

Laßt Malanga leben, betete Kirugu stumm zu ihnen, während er durch das hohe Gras geschaukelt wurde. Wir brauchen ihn, er ist Kopf und Seele unseres Volkes. Was sind wir ohne ihn? Heimatlose in der Savanne, Vagabunden, Ausgestoßene. Erst er macht aus uns ein Volk. Laßt ihn leben – oder wir ziehen jetzt in das Vergessen. Mit ihm werden auch wir zugrunde gehen.

Malanga hatte die Hütte erreicht, die Budumba als letzter Unterschlupf diente. Eine alte, morsche Grashütte, am Rande des Lagers, dort, wo man den Unrat hintrug und in Haufen aufrichtete. Kein Hund würde hier wohnen... Budumba mußte es nach seiner Entzauberung.

Als er Malanga kommen sah, atmete er auf. Er hatte ihn erwartet. So sieht der Tod aus, dachte er, und es war keinerlei Schrecken in diesen Gedanken. Nur eine große Leere umgab ihn, eine Nüchternheit, die plötzlich die Welt entzauberte. Alles schien seine Farbe zu verlieren... die Gräser, die Bäume, der Himmel, der Boden... sie waren gleich, grau und dumpf, und alle Geräusche verloren den Klang und wurden zu einem eintönigen Summen.

Malanga verhielt den Schritt nicht, als Budumba ihm von seiner Hütte aus entgegenkam. Er hinkte etwas, der Verband um die Oberschenkelwunde war verrutscht. Die Wunde brannte etwas, aber auch das spürte Budumba nicht mehr, als er Malangas Augen sah.

Zwei Meter voreinander blieben sie stehen.

»Wo ist Corinna?« sagte Malanga heiser.

»Fort. Mit einem Jeep, mit Waffen und Verpflegung für eine Woche. Wenn sie gut fahren, können sie morgen die Regierungstruppen erreichen.« Budumbas Stimme war voll Triumph. Sein Gesicht glänzte wie nach einer seiner wirkungsvollsten Zaubereien. »Du siehst sie nicht wieder!«

»Welch ein Schwein bist du«, sagte Malanga leise. »Welch ein Schwein.«

»Besser ein Schwein als ein Idiot!« Budumbas Lachen gellte in den Ohren Malangas wie das Geschmetter von hundert Posaunen. Er verzog das Gesicht vor diesem brüllenden Ton, seine Augen verengten sich. »Jawohl, ein Idiot!« schrie Budumba. »Hast du geglaubt, du könntest das weiße Mädchen heiraten? Hast du bei ihr auf Liebe gehofft? Oh, du Verrückter! Was hast du denn an dir, daß sie dich lieben könnte? Deine Erziehung in der Missionsschule, deine Kunst, mit Messer und Gabel zu essen, einen Hummer so zu zerteilen, daß du auch an der Tafel des Hilton-Hotels essen könntest? Dein Studium? Deinen Doktorgrad? Deine Manieren eines Gentleman? Daß du drei Sprachen sprechen kannst? Daß du Walzer tanzt? Daß du Maßanzüge trägst statt Lendentücher? Du Idiot! Du Idiot! Was du auch tust, deine Haut bleibt schwarz! Deine Nase bleibt breit, deine Lippen bleiben wulstig. Und wenn du dich schminkst und bepuderst, und wenn du alles machst... du bleibst ein Neger!

Was nützt dir da dein Latein, was nützen deine Liebesgedichte? Ein Mädchen wie Corinna müßte blind sein, um dich zu lieben – und selbst dann merkt sie es noch an dem süßlichen Gestank, den wir ausströmen! Und du willst ein Leben mit ihr führen, willst sie heiraten und Kinder kriegen, kleine braune Malangas, die wie häßliche Erdklumpen aussehen, wenn sie an der Brust ihrer weißen Mutter liegen... Du Idiot! Du Idiot!«

Malanga hatte Budumbas Triumphgeschrei nicht unterbrochen. Starr, mit hochaufgerichtetem Kopf, ließ er die Flut der Beschimpfungen über sich ergehen. Die Worte waren wie Säure, sie zerfraßen die letzte Menschlichkeit in ihm. Erst als Budumba erschöpft mit Reden aufhörte, fragte er langsam:

»Hat sie das zu dir gesagt?«

»Ja!« jauchzte Budumba, diese neue Möglichkeit, Malanga innerlich zu zerfetzen, sofort ausnützend.

»Nabu... ich frage dich: Hat sie so über mich gesprochen?«

»Ja! Ja! Sie nannte dich einen schwarzen Affen!« Budumba klatschte in die Hände. »Ich hätte sie dafür küssen können.«

»Es ist gut.« Malanga nickte kurz. In ihm loderte ein Flammenmeer. Sie hat es nie gesagt, dachte er. Nie! Sie kann gar nicht so denken. Aber wenn sie auch so nicht denkt... ihr unbewußtes Gefühl, ihre Abwehr, ihr Ausweichen vor mir wird von diesen Gedanken diktiert. So denkt sie nicht, so fühlt sie bloß, diese Gedanken sind in ihrem Blut. Und dabei bin ich doch auch nur ein Mensch wie sie...

Blitzschnell, ohne vorherige Anzeichen, griff er zu. Es geschah so schnell, daß Budumba nicht eine Sekunde blieb, sich zu wehren. Als er begriff, daß Malanga angegriffen hatte, war sein Hals schon umklammert und schrie seine Lunge nach Luft.

Nur zwei Sekunden lebte Budumba noch mit wachem Verstand, sah die Sonne schwanken, den Himmel sich drehen. Die Welt zerplatzte in rasend rotierende Punkte. Dann senkte sich Nacht über ihn, der Druck auf den Kehlkopf unterbrach seine Verbindung zur Welt.

Mit starrem Gesicht trug Malanga den schlaffen Körper Budumbas zu einem großen Haufen Unrat. Faulendes Gemüse, Abfälle, ausgeleerte Kotkalebassen, Rinderdreck und mit Sand überdeckte menschliche Exkremente bildeten einen über einen Meter hohen Berg. Mückenschwärme umkreisten den stinkenden Hügel wie eine summende Nebelwolke.

Wie einen Speer hob Malanga den Körper Budumbas hoch. Mit beiden Armen, mit all seiner Kraft und seinem inneren Schmerz, seiner Wut und seiner Enttäuschung hielt er Budumba über seinem Kopf, atmete schwer auf und rammte dann den Körper mit dem Kopf zuerst tief in den gärenden, breiigen, jauchigen Berg. So tief schleuderte er Budumba hinein, daß nur noch die Beine bis zu den Knien herausschauten, als seien diese schwarzen Unterschenkel mit den Füßen und den weißen Sohlen ebenfalls Unrat, den man weggeworfen hatte.

Es war der schrecklichste Tod, den Malanga je gesehen hatte. Ein paar Sekunden zuckten die Beine noch, bewegten sich die Füße ruckartig, knickten die Knie ein und stießen die Beine wieder von sich... dann staken sie plötzlich ruhig in dem faulenden Berg wie zwei schwarze, hölzerne Pfähle.

Budumba war erstickt.

Mit regungslosem Gesicht wandte sich Malanga ab, ging schnell und dann immer schneller zu seinem Jeep zurück, sprang hinein, löste die Bremse und gab Gas. Mit heulendem Motor jagte er nach Osten, weg von den Mondbergen, denen sein Volk entgegenzog.

Ich werde sie einholen, dachte er, als er der Sonne entgegenraste. Ich werde sie einholen! Es ist die letzte Aufgabe, die ich im Leben noch zu erfüllen habe.

Thorwaldsen und Robert Sander wechselten sich im Fahren ab. Die Mädchen lagen hinten auf den Sitzen und schliefen erschöpft. Sie wußten, daß sie die Freiheit noch nicht erreicht hatten und daß es darauf ankam, so viele Meilen zwischen sich und Malangas Bantus zu bringen, wie es nur möglich war. So fuhren sie die ganze Nacht hindurch und auch den ganzen Tag, hielten nicht einmal zum Essen, sondern ließen sich von Corinna und Gisela die Kekse in den Mund schieben und tranken mit einer Hand aus der Flasche.

Einmal, es war gegen Mittag, sahen sie einen Trupp Bwambas unter einer Euphorbiengruppe stehen. Robert steuerte den Jeep, Thorwaldsen tat das einzig Richtige: Er legte das von Budumba erhaltene Schnellfeuergewehr an und befahl: »Drauf, Robert! Kopf einziehen, Kinder! Kriecht hinter die Vordersitze...« Und dann schoß er, mit einer Präzision, als läge er auf einem Schießstand. Schreiend stoben die Bwambas auseinander, als drei ihrer Leute wie Puppen nach hinten stürzten. Corinna sah mit zuckendem Gesicht diesem sinnlosen Sterben zu, Gisela hatte beide Hände vor die Augen geworfen und zitterte.

»Es muß sein«, sagte Thorwaldsen, als der Jeep einen Bogen machte und ungehindert weiterfahren konnte. »Robert wird mir recht geben, Corinna: Um das eigene Leben zu retten, darf man nicht daran denken, daß dort Leben vernichtet wird. Das ist gemein, ich weiß, aber sollen wir uns abschlachten lassen? Es ist Notwehr.«

Von ganz fern – genau konnte es keiner bestimmen – hörten sie in Abständen Artilleriefeuer. Die leichten Geschütze, die McCallen herangeschafft hatte, begannen mit der Beschießung des Befestigungsringes. Thorwaldsen hielt einen Augenblick an, um zu lauschen.

»Wo das ist«, sagte er gepreßt, »ist völlig gleichgültig. Es beweist aber, daß wir uns noch im Aufmarschgebiet der Bwambas befinden. Wir sind noch nicht durch! Überall kann also der Mist wieder losgehen! Verdammt noch mal... weiter!«

Am Nachmittag erlebten sie eine Überraschung.

Sie hüpften einen Pfad hinunter, der an einem Fluß endete, wo eine schmale hölzerne Balkenbrücke der einzige Übergang war, so schmal, daß neben den Rädern des Jeeps links und rechts genau sechs Zentimeter Platz blieben, als vor ihnen plötzlich ein dunkler Gegenstand auftauchte. Zuerst sah er wie ein grauer Stein aus... aber als sie näher kamen, erkannten sie einen drecküberzogenen, mit Grasbüscheln getarnten, anderen Jeep. Thorwaldsen hielt an. Robert Sander riß sein Gewehr von den Knien. Corinna legte den Arm um Gisela.

»Sei ruhig«, sagte sie merkwürdig gefaßt. »Auch das werden wir schnell hinter uns haben.«

Vor ihnen, zwischen dem Fluß und der Brücke, stand Malanga.

Wie er es geschafft hatte, auf anderen Wegen die Flüchtenden zu überholen und nun hier zu stellen, blieb bis heute unbekannt und rätselhaft. Es mutete wie ein Wunder an, aber es war keine Luftspiegelung. Malanga stand neben seinem Jeep, groß, schlank und hochaufgerichtet. Der Herr dieses Landes, der Rächer seiner schwarzen Haut, der Mann, der mit dieser Stunde sein Leben erfüllte.

Auch Thorwaldsen war ganz ruhig, als er aus dem Jeep kletterte und ein wenig mit den Beinen stampfte, um die steif gewordenen Fußgelenke zu lockern. »Dann wollen wir mal!« sagte er dann, so als ginge es um ein Preiskegeln. »Bleibt hier... ich mache das allein.«

»Unmöglich!« Robert Sander sprang hinterher. »Das machen wir gemeinsam!«

Bevor Thorwaldsen etwas sagen konnte, war auch Corinna neben ihm. Ihr blondes Haar flatterte im Wind und umwehte ihr zu allem entschlossenes Gesicht.

»Laßt mich mit ihm sprechen«, sagte sie. »Es ist besser so...«

»Zurück!« Thorwaldsen zog den Kopf ein. »In den Wagen, verdammt noch mal!« Und plötzlich brüllte er. »Genügt es nicht, wenn zwei Sanders begraben wurden? Immer dieses Heldenspielen! Zum Kotzen ist das! Zurück, sag ich! Das ist meine Angelegenheit! Der Herr dort und ich, wir haben ein privates Problem, das mit den Sanders nichts zu tun hat! Robert –« Er faßte Robert Sander am Hemd und riß ihn zurück. »Du nimmst deine Schwester und sorgst dafür, daß sie keine Dummheiten macht! Corinna –«, er stellte sich ihr in den Weg, als sie an ihm vorbei zu Malanga laufen wollte. »Sie haben ein herrliches Leben vor sich. Warum wollen Sie es wegwerfen? Es gibt keine Verhandlungen mehr, glauben Sie mir. Dort drüben steht nicht mehr der Dr. Julius Malanga, sondern ein schwarzer Löwe, weiter nichts. Alle Worte, die Sie sprechen, erreichen ihn nicht mehr! Auch Ihre blonden Haare, Ihre blauen Augen, Ihre weiße Haut... sie machen keinen Eindruck mehr. Dort drüben wartet die Wildnis, und mit der kenne ich mich aus! Ich flehe Sie an, gehen Sie zurück in den Wagen! Ich... ich bitte Sie darum... weil ich Sie liebe, Corinna...«

Nun war es heraus. Zu spät, im Augenblick des Schicksals, das nur einen Überlebenden kannte. Wer es sein würde, das wußte keiner. Aber Thorwaldsen war glücklich, es jetzt endlich gesagt zu haben. Er lächelte fast verträumt, als sich Corinna zu ihm hinbeugte und ihm einen Kuß gab.

»Wir werden nie heiraten, Corinna«, sagte er, »auch wenn ich nachher wieder zu euch zurückkommen sollte. Ich passe nicht in die Welt, die dir gehört. Ich bin ein Jäger und Abenteurer, ein Lumpenkerl und Aasgeier, ein Tier dieser Steppe mit einem menschenähnlichen Äußeren. Aber es hat gutgetan, daß es ein

Mädchen gibt, das mich küßt.« Er wischte sich über die Augen und straffte sich dann. »So, und jetzt in den Wagen!«

»Ich gehe mit!« sagte Corinna laut und umklammerte seinen Arm. Thorwaldsen schüttelte ihn ab.

»Blödsinn!« schrie er wieder in seiner alten Art. »Corinna, wenn Sie mir lästig werden, ohrfeige ich Sie zum Wagen zurück, so wahr ich Hendrik heiße! Lassen Sie dieses dämliche ›Ich will bei dir sein‹... ich mache diese Sache hier ganz allein...«

Er stieß Corinna ziemlich grob in die Arme Roberts und verließ mit schnellen, weitausgreifenden Schritten den Jeep.

Malanga kam ihm nur vier Schritte entgegen und blieb dann stehen. Unter den Arm geklemmt trug er zwei breitklingige, blitzende Macheten; scharfe Buschmesser, mit denen man sich einen Weg durch das verfilzte Gehölz schlagen kann und mit denen die Neger sogar Bäume fällen.

Malangas Augen waren traurig. Er hatte gesehen, wie Corinna vorhin Thorwaldsen geküßt hatte, und er empfand es als eine Demonstration gegen sich. Sieh, sollte das heißen, ihn liebe ich, ihn küsse ich... er ist ein Weißer!

»Sie haben kein Gewehr bei sich, Sir?« sagte Malanga, als sich Thorwaldsen ihm auf Sprechnähe genähert hatte.

»Nein!« Thorwaldsens Stimme war voll von Kraft. »Auch keine Pistole. Nichts. Ich erwarte, daß Sie fair sind, Malanga. Vielleicht ist das das einzige, was Sie von Ihrer europäischen Bildung übrigbehalten haben.«

Malanga schluckte auch das mit eisernem Gesicht. Er nahm eine der Macheten am Griff und warf sie Thorwaldsen zu. Kurz vor seinen Füßen klatschte sie auf den Boden. Die breite Schneide blitzte in der grellen Sonne. Thorwaldsen bückte sich, hob das Buschmesser auf und wog es in der Hand.

»Damit also?« fragte er gepreßt.

»Ja.«

»Fäuste wären mir lieber. Mit Macheten habe ich wenig Übung.«

»Ich hatte auch keine Übung, aus Fallgruben zu klettern, Sir«, antwortete Malanga höflich. Thorwaldsen nickte.

»Da haben Sie recht, Doc!« Er umklammerte das breite Buschmesser und holte tief Atem. »Zerhacken wir uns also!«

Sie standen sich gegenüber, die Macheten in der Hand, und belauerten sich. Vom Jeep herüber scholl ein Aufschrei. Dort hielt Robert seine Schwester Corinna umklammert. Sie wehrte sich, trat um sich und schlug mit den Fäusten auf ihn ein. »Laß mich zu ihm!« schrie sie. »Das ist doch unmenschlich! Laß mich mit Malanga sprechen!«

Thorwaldsen hörte die Schreie hinter sich. Über sein Gesicht zog ein Lächeln.

»Corinna hat Angst. Hören Sie ... sie will mit Ihnen sprechen, Doc. Aber ich habe es verhindert. Ob sie sich nun um mich oder Sie sorgt, das ist jetzt gleichgültig.«

»Hat Corinna mich einen Nigger genannt?«

»Nie!«

»Würde sie mich lieben können?«

»Schwer zu sagen.« Thorwaldsen beobachtete die Augen Malangas. Erfolgte ein Angriff, warfen die Augen den Blitz der Entscheidung voraus. »Vielleicht hätte sie es gekonnt, wenn sie Sie in Heidelberg getroffen hätte, als Arzt, als Kollegen. Jetzt, als Führer der Bwambas, die ihre Eltern zerhackt haben, die ihre Geschwister verschleppten, die mordend und brennend durchs Land zogen, haben Sie keine Chancen mehr. Sie sind nicht an Ihrer Hautfarbe gescheitert, Malanga, sondern an Ihrem Volk.«

»Ich danke Ihnen, Sir.« Malanga machte eine leichte Verbeugung. »Sie wissen nicht, was diese Worte für mich bedeuten. Sie machen mich glücklich. Ich weiß jetzt, daß ich als Mensch akzeptiert werde, daß Herzen stärker sind als Pigmente. Es ist ein schönes Gefühl, Sir. Sie werden es nie nachempfinden können. Daß der Kampf meines Volkes um seine Freiheit mich in den Strudel hineinreißt, ist etwas anderes. Es ist meine Tragik, nicht Ihre. Ihre Tragik ist es, sich nicht wie ein Gentleman benommen zu haben, als es darum ging, einem Hilflosen zu helfen. Das ist unverzeihlich.«

Malanga hob die breite, blitzende Klinge. Auch Thorwaldsens Machete zuckte hoch. Klirrend stießen sie gegeneinander. Vom Jeep her ertönte wieder ein lauter Aufschrei. Corinna kämpfte mit Robert, der sie mit beiden Armen umklammert hielt.

»Nicht!« schrie sie. »Nicht! Ihr Verrückten!«

Malanga sah mit einem langen, wehmütigen Blick hinüber zum Jeep. Es war ein Abschied für immer. Dann sprang er vor, wie ein Panther, der sich auf die Beute schnellt, und hieb gleichzeitig zu. Der Streich traf Thorwaldsen an der linken Schulter und schlug eine tiefe, klaffende Wunde, aus der sofort in einem breiten Strahl das Blut schoß.

Thorwaldsen schwankte nicht. Sein Gesicht wurde nur bleich, seine Zähne knirschten. Mit ungeheurer Kraft schlug auch er zu. Seine breite Klinge schnitt sich tief in den Oberarm Malangas bis auf den Knochen. Dann standen sie sich wieder gegenüber, schwer atmend. Ihre Körper zuckten.

»Ich schlage dir den Kopf ab...«, sagte Thorwaldsen keuchend.

»Ich habe das gleiche vor, Sir...«, entgegnete Malanga.

Sie hoben die breiten Messer, diese Hauklingen, mit denen man armdicke Äste zerfetzt, und visierten sich gegenseitig an. Sie wußten: Wer zuerst schlug, war der Sieger. Aber er mußte genau schlagen. Den Gegenschlag überlebte er sonst selbst nicht mehr.

Fast gleichzeitig sprangen sie aufeinander zu. Die Macheten zischten durch die Luft, fielen nieder. Es war ein Aufprall wie der Zusammenstoß zweier Kolosse, sie lagen aneinander, ihr Blut vermischte sich, ihre Körper schienen aufzuschreien... dann fielen sie auseinander wie zwei Hälften einer geteilten Frucht.

Thorwaldsens Kopf war unversehrt, aber der Hieb hatte seine Schulter bis zu den Rippen aufgespalten. Aus der Arterie schoß in hohem Bogen das Blut... er schwankte noch zwei Schritte, ließ dann die Machete fallen und fiel nach vorn auf das Gesicht. Dort starb er, aufgehackt wie ein Schwein, in einem See von Blut.

Malanga stand noch, als Thorwaldsen fiel. Sein linker Arm war abgeschlagen, auch aus ihm spritzte das Blut, aber er hatte noch die Kraft, hinüberzusehen zu dem Jeep. Dort lag Corinna ohnmächtig in den Armen Roberts, der ungläubig auf die blutigen Wesen starrte, die einmal Menschen gewesen waren.

Malanga ließ die Machete fallen und drückte die Hand flach auf den linken Armstumpf, als könne er damit die Blutung stillen. Er versuchte einen Schritt, aber die Beine knickten ihm weg, er fiel in die Knie, und unaufhaltsam spritzte das Blut und damit die Kraft aus ihm heraus.

Was dann geschah, mußten die zornigen Götter veranlaßt haben... so erzählten es sich später die Bantus.

Aus dem hohen Gras neben dem Fluß trat ein Löwe. Es war

die Zeit der Abenddämmerung, er war zur Tränke gegangen, und auf dem Weg dorthin hatte er Menschen gerochen, was ihm unangenehm war. Aber dann wehte etwas zu ihm, was ihn reizte, was ihn zittern ließ, was ihn in all seiner Wildheit aufrief: Blut!

Nun stand er da, roch das Blut, sah das Blut, sah ein Wesen, das sich wand und zuckte, das wegkriechen wollte... und er senkte zuerst den Kopf, duckte dann seinen braunen Körper, schlug mit dem quastigen Schweif den trockenen Boden, fuhr sich mit der Zunge über die Zähne und die Lefzen, hieb die Krallen in die Erde und atmete wieder den Geruch ein, der der schönste auf Erden für einen Löwen ist.

Blut –

Ganz kurz, wie ein lauter Atem, brüllte er auf. Malanga fuhr auf den Knien herum, die Hand noch auf seinen Armstumpf gepreßt. Auge in Auge mit dem Löwen war er, die Machete lag ungreifbar von ihm entfernt, und das Blut spritzte zwischen seinen Fingern hindurch in Richtung des lauernden, geduckten Raubtieres.

»Simba«, sagte Malanga mit trockener Kehle. »O Simba... Lala salama... (Gute Nacht).«

Mit weit offenen Augen starrte Malanga den Löwen an, als dieser aus seiner geduckten Stellung herausschnellte und sich auf ihn warf. Die Pranken hieben Malanga in die Brust, er fiel nach rückwärts, und das letzte, was er sah, hörte und roch, war der weit aufgerissene, hechelnde, nach Verwesung riechende Rachen des Löwen. Den Biß, mit dem seine Kehle durchrissen wurde, spürte er schon nicht mehr... sein Herz versagte, bevor er von den Klauen des Löwen zerfetzt wurde.

Man begrub Thorwaldsen und Malanga nebeneinander am Ufer des Flusses. Robert Sander zimmerte aus Palmenholz ein großes Kreuz und steckte es auf den Hügel.

Am Morgen des nächsten Tages erreichten sie die Vortruppen der Regierungssoldaten. Ein Hubschrauber flog sie sofort nach Fort Portal, wo sie Mike Harris trafen, der unter Arrest stand, weil er McCallen grob beleidigt hatte. Wie Ingeborg Kraemer hatte auch Harris die Auskunft erhalten, man könne wegen einer Familie Sander nicht den ganzen Kriegsplan ändern. Darauf hatte Mike den alten Oberst McCallen einen Hundsfott genannt, den man in Old England früher an den Mast gebunden hätte, um ihn zehn Tage lang zu bepinkeln! McCallen, ein Ästhet trotz allem, nahm das übel und stellte Harris unter Arrest.

Die Bwambas erreichten die Mondberge nie. Vor dem Riegel der Fallschirmjäger wichen sie zurück. Als die Regierungstruppen stürmten, ergaben sie sich. Es fehlte Malanga, der große Arzt, es fehlte auch Budumba, der große Zauberer. Kirugu, der alte Mann auf dem Thron, ließ sich weinend abtransportieren in das Gefängnis von Fort Portal. Fünftausend Bwambas zogen später zurück in ihre alten Gebiete, in die Savanne, an den See, an den Rand der Sümpfe. Und oft standen sie, die näher an den Bergen lebten, vor ihren Hütten und sahen hinüber zu den Mondbergen, wo das Paradies liegen sollte unter den Augen der Götter.

Kam ein neuer Malanga wieder?

Wann würde er kommen, das Volk in das Glück führen?

Warum hatten die Götter ihn bestraft?

Die Welt erfuhr nichts von diesem Krieg. Nur eine kurze Meldung – das war alles: »Im Westen Ugandas, so wird gemeldet, sind einige Unruhen unter einem Bantustamm ausgebrochen. Beamten der Regierung gelang es, schnell wieder Frieden herzustellen. Die Bantus wollten bessere Felder, was ihnen zugesichert wurde.«

Weiter nichts. In Europa erfuhr es überhaupt niemand.

Robert Sander und Gisela begannen die Farm in Kitumba wieder aufzubauen. Mike Harris half ihnen mit allen Arbeitern und Maschinen.

Corinna kehrte zurück nach Deutschland. Sie wurde Ärztin in Wuppertal und nahm sich vor, jedes Jahr zwei Monate nach Kitumba zu kommen.

Aber das Kreuz am Fluß fand sie nie mehr wieder. Der Wind hatte es weggerissen zum Fluß, und der Fluß hatte es bei Hochwasser mitgenommen in die Weite des afrikanischen Landes. Auch der Erdhügel war verweht, unter dem Thorwaldsen und Malanga gemeinsam liegen... aber was macht's?

Die wenigen Menschen, die wußten, wo sie lagen, standen ab und zu an dieser Stelle am Fluß, etwa dort, wo das Grab sein mußte, und wenn die Abenddämmerung über die Savanne kroch, sahen sie die Löwen zur Tränke ziehen, sahen, wie sie sich duckten und das Wasser schlürften, sich schüttelten und gähnend reckten, Könige dieses Landes, dessen Zauber einem auf der Zunge lag wie ein berauschendes Gewürz.

Und dann gingen die Löwen zurück über ihren alten Pfad, vorbei an dem Grab, und so wird es immer sein, Jahr um Jahr, ein kraftvolles, gewaltiges Leben, das über Gräber schreitet.

Afrika lebt. Auch heute. So wie damals. Und morgen.